·2011年度国家社科基金项目"中国古典词学重要理论命题与批评体式承衍研究"（11BZW006）

·2019年度云南省哲学社会科学规划重点项目"中国传统论词绝句研究"（ZD201915）

中国传统论词绝句史论

胡建次 汪素琴
金 凤 吴玉窕 著

中国社会科学出版社

图书在版编目(CIP)数据

中国传统论词绝句史论/胡建次等著.—北京：中国社会科学出版社，2022.5
ISBN 978-7-5227-0017-5

Ⅰ.①中… Ⅱ.①胡… Ⅲ.①词(文学)—诗歌评论—文学批评史—中国—古代 Ⅳ.①I207.23

中国版本图书馆CIP数据核字(2022)第054858号

出 版 人	赵剑英
责任编辑	刘 艳
责任校对	陈 晨
责任印制	戴 宽

出　　版	中国社会科学出版社
社　　址	北京鼓楼西大街甲158号
邮　　编	100720
网　　址	http://www.csspw.cn
发 行 部	010-84083685
门 市 部	010-84029450
经　　销	新华书店及其他书店
印　　刷	北京明恒达印务有限公司
装　　订	廊坊市广阳区广增装订厂
版　　次	2022年5月第1版
印　　次	2022年5月第1次印刷
开　　本	710×1000　1/16
印　　张	31.5
字　　数	503千字
定　　价	168.00元

凡购买中国社会科学出版社图书，如有质量问题请与本社营销中心联系调换
电话：010-84083683
版权所有　侵权必究

目　　录

绪　论 ……………………………………………………………（1）

第一章　元明两代的论词绝句 ………………………………（8）
　　概　论 …………………………………………………………（8）
　　第一节　元淮《读李易安文》的评说 …………………………（9）
　　第二节　瞿佑《易安乐府》的评说 ……………………………（10）
　　第三节　吴宽《易安居士画像题辞》的评说 …………………（11）
　　第四节　王象春《题〈漱玉集〉》的评说 ………………………（12）
　　第五节　张娴婧《读李易安〈漱玉集〉》的评说 ………………（13）
　　第六节　王鸿《柳絮泉诗二首》的评说 ………………………（14）

第二章　清代前期的论词绝句 ………………………………（16）
　　概　论 …………………………………………………………（16）
　　第一节　陈聂恒《读宋词偶成绝句十首》的批评观念 ………（18）
　　第二节　李其永《读历朝词杂兴》的批评观念与论说
　　　　　　特点 …………………………………………………（24）
　　第三节　厉鹗《论词绝句十二首》的批评观念与论说
　　　　　　特点 …………………………………………………（33）
　　第四节　郑方坤《论词绝句三十六首》的批评观念与
　　　　　　论说特点 ……………………………………………（43）
　　第五节　江昱《论词十八首》的批评观念 ……………………（54）

第三章　清代中期的论词绝句 …………………………………… （66）
  概　论 ………………………………………………………………… （66）
  第一节　章恺《论词绝句八首》的批评观念与论说特点 ……… （72）
  第二节　朱方蔼《论词绝句二十首》的批评特点 ………………… （77）
  第三节　沈初论词绝句的批评观念与论说特点 ………………… （86）
  第四节　陈观国《论词二十四首》的批评特点 …………………… （95）
  第五节　朱依真论词绝句的批评观念与论说特点 ……………… （105）
  第六节　孙尔准《论词绝句二十二首》的批评观念与
　　　　　论说特点 …………………………………………………… （116）
  第七节　沈道宽《论词绝句四十二首》的批评观念 ……………… （126）
  第八节　宋翔凤《论词绝句二十首》的批评观念与
　　　　　论说特点 …………………………………………………… （134）

第四章　晚清时期的论词绝句 ………………………………… （145）
  概　论 ………………………………………………………………… （145）
  第一节　周之琦《题心日斋十六家词》的批评观念与
　　　　　论说特点 …………………………………………………… （149）
  第二节　王僧保《论词绝句三十六首》的批评观念与
　　　　　论说特点 …………………………………………………… （158）
  第三节　谭莹《论词绝句一百首》的批评观念与论说特点 …… （168）
  第四节　谭莹论清代词人绝句的批评观念 ……………………… （186）
  第五节　谭莹论岭南词人绝句的批评观念 ……………………… （193）
  第六节　杨恩寿《论词绝句三十首》的批评观念 ………………… （200）
  第七节　冯煦《论词绝句十六首》的批评观念 …………………… （208）
  第八节　华长卿《论词绝句三十六首》的批评观念与
　　　　　论说特点 …………………………………………………… （214）

第五章　民国时期的论词绝句 ………………………………… （224）
  概　论 ………………………………………………………………… （224）
  第一节　潘飞声《论岭南词绝句二十首》的批评观念 ………… （226）

第二节 高旭《论词绝句三十首》的批评观念与论说
　　　　特点 ……………………………………………………… (232)
第三节 姚锡钧《际了公论词绝句十二首》的批评
　　　　观念与论说特点 ………………………………………… (241)
第四节 刘咸炘论词绝句的批评特点 ……………………………… (249)
第五节 吴灏论词绝句的批评观念 ………………………………… (262)

第六章 新中国成立以来的论词绝句 …………………………… (270)
概　论 ……………………………………………………………… (270)
第一节 陈声聪《论近代词绝句》的批评特点 …………………… (271)
第二节 夏承焘《瞿髯论词绝句》的论说方法与特点 …………… (282)
第三节 缪钺论词绝句的批评观念 ………………………………… (292)
第四节 启功《论词绝句二十首》的批评观念与论说特点 ……… (305)
第五节 叶嘉莹论词绝句的批评观念与论说特点 ………………… (314)
第六节 吴熊和《论词绝句一百首》的批评观念与论说
　　　　特点 ……………………………………………………… (324)
第七节 胡可先《论词绝句一百首》的批评观念与论说
　　　　特点 ……………………………………………………… (337)

结　论 ……………………………………………………………… (352)

参考文献 …………………………………………………………… (358)

附录一 中国历代论词绝句主要研究论文索引 ………………… (372)

附录二 中国历代主要论词绝句作者及作品简列 ……………… (375)

附录三 中国当代部分论词绝句辑录 …………………………… (429)

后　记 ……………………………………………………………… (495)

绪 论

20世纪80年代中期以来，词学理论批评研究方兴未艾，成为传统词学研究的显著生长领域，已形成名家带头、骨干发力、青年学者紧跟其后的良好局面。词学研究界同人在不断拓展、充实与深化传统词学研究的同时，将更多的目光与精力投注到词学理论批评的空间之上。经过努力耕耘，取得了很多的成绩。

在不同体式词学批评史论方面，出现的论著不少，如：刘庆云的《词话十论》，颜翔林的《宋代词话的美学研究》，朱崇才的《词话史》、《词话理论研究》，谭新红的《清词话考述》，萧鹏的《群体的选择——唐宋人选词与词选通论》，陶子珍的《明代词选研究》，闵丰的《清初清词选本考论》，薛泉的《宋人词选研究》、《宋人词选与宋代社会文化研究》，李睿的《清代词选研究》，甘松等的《元明词选研究》，许菊芳的《民国重要唐宋词选研究》，刘兴晖的《晚清民国唐宋词选本研究——以光宣时期为中心》，高春花的《清代唐宋词选研究》等。整体来看，词学理论批评研究已成为我国传统词学的重要领域，呈现出多维面展开与梯度掘进的良好态势，在很多方面取得了令人眼亮的实绩。

就传统论词绝句研究而言，自90年代初以来，逐渐显示出成绩。宋邦珍、范道济、范三畏、陶然、程郁缀、陶子珍、王伟勇、曹明升、孙克强、杨传庆、赵福勇、胡建次、谢永芳、詹杭伦、沈家庄、朱存红、孙赫男、沙先一、韩配阵、王晓雯、曹维金、汪素琴、李甜甜、邱青青、金凤、王雪婷、李梦凡、刘皇俊、吴玉宪等人撰有相关文章。赵福勇出版有《清代"论词绝句"论北宋词人及其作品研究》，王晓雯出版有《清代谭莹"论词绝句"研究》，他们对我国传统论词绝句进行了各样的探讨。近

1

些年来，在论词绝句文献的辑收笺注方面，出现有：吴熊和主编的《唐宋词汇评·两宋卷》附录清代论词绝句28家601首；王伟勇编的《清代论词绝句初编》辑录清代论词绝句133家1067首；程郁缀、李静的《历代论词绝句笺注》对宋代至现代近70家850余首论词绝句予以了笺注；孙克强、裴喆编著的《论词绝句二千首》汇辑明末清初至民国时期论词绝句555家2350首；冯乾编校的《清词序跋汇编》从清人词集序跋中辑出数百首稀见的论词绝句。这些文献资料，为传统论词绝句研究的进一步展开与深入提供了丰富翔实的依据。

但论词绝句研究目前还存在一些问题，主要表现在如下方面：（1）家底尚未完全摸清。传统论词绝句至今还未得到全面的钩索，需要进一步组织人力辑收整理，努力"竭泽而渔"。（2）体貌尚须进一步勾画。传统论词绝句的主要筋络、承纳衍化之生长样态，至今还未得到更清晰的勾勒梳理与分析论说。（3）系统性论著尚未出现。亟待对传统论词绝句予以全面考察，并特别注重从中钩索出所融含的词学理论思想与批评观念、论说方法。（4）历史意义尚未充分凸显。在论词绝句作为独特批评形式所体现的词学承衍研究方面，仍有进一步探讨的空间。由此，本书旨在对传统论词绝句的承纳、衍化与展开的历史脉络及其特征进行较为系统的探究。

本书的学术价值主要体现在两个方面：一、我国传统词学从古到今的演变发展，内含着千丝万缕的联系。在整体动态变化发展观念的导引下，探讨论词绝句的承纳、衍化与展开的历史进程及丰富内涵，这是很有意义的一件事情。二、我国传统词学在上千年的历史生成中，有着细微的承纳接受、衍化发展、成熟繁荣、蜕变衰落的过程。已有研究对论词绝句的个别考察多于通贯性探究。本书抓取论词绝句得以出现、承衍与展开之代表性论题，紧密依托各异的批评材料立论，清理论词绝句承纳与衍化的内中情形。以个案的历史承纳与创新发展为线索，以这一线索上众多的原点为支撑，揭橥论词绝句发生、发展、衍化与创新的丰富内涵。

本书在"中国文论古今演变"的总体思路下，在对不同体式词学理论批评系统考察的基础上设计构架。它专注于从传统论词绝句的承纳接受与历史生成入手，考察论词绝句所关注的命题与批评展开的内涵。其涉及范围主要包括词学体制论、创作论、审美论、批评论、宗尚论及词人论、词作论、词事论等方面内容。拟在点线面相互结合的观照视域中，着重考察论词绝句史上一些重要的承纳衍化之关节点，梳理论词绝句演变发展的历史脉络，阐析论词绝句的不同表现特征。

本书总体框架如下。绪论，在紧密联系不同时期词学理论批评演变发展的历史背景下，对论词绝句的产生渊源、孕育衍生、发展流变、创作情况、代表人物、主要内容（如表达词学见解、评说创作特征、赏析具体词作、评价成就地位、歌咏词之本事）、评说方法（如散点透视、形象喻示、追源溯流、相互比较、互为映证、烘云托月）及各方面特征（如体小意丰、重印象、尚简约、审美性评说、点线面结合）予以概述，以明确研究对象与基本内容，导引与提挈各章。第一章，论词绝句的孕育衍生。元明时期为论词绝句的孕育衍生时期，主要特点表现为数量甚少，偶有出现，甚至中断流程，为题辞类论词绝句之滥觞，多"无题"之论与专人之论，随感性、偶兴式特色比较明显，是不太为人所关注的批评形式。本书主要对元淮、瞿佑、吴宽、王象春、张娴婧、王鸿等人的论词绝句予以论析。第二章，论词绝句的成长发展。清代前期（1664—1750左右），为论词绝句的成长发展时期。其主要特点表现为，创制渐成蔚然之势，批评的自觉意识不断凸显，正式称名开始出现，"无题"之论与"有题"之论并行，从"无题"逐渐多地转变到"有题"、"组诗"之论，"零散"之论与"组诗"之论并存，内在系统性有所讲究。专节对陈聂恒的《读宋词偶成绝句十首》、李其永的《读历朝词杂兴》（三十首）、厉鹗的《论词绝句十二首》、郑方坤的《论词绝句三十六首》予以论析。第三章，论词绝句的全面繁盛。清代中期（1750左右—1840），为论词绝句的全面繁盛时期。其主要特点表现为：创作数量甚多，运用十分广泛；创作规制定型；"无意"之论为少而"有意"之论增多；"组诗"之论较多，个别组诗数量众多，精彩纷呈；有历代之论与本朝之论的不同，本朝之论相对更多；出现闺秀之论；有专人之论与专属之论的分别，内在系统性全面加强。受浙西词派和乾嘉学风等的影响，普遍呈现出推尊姜夔、张炎，重视词体探源与词人词作史料辨析的特征。专节对章恺的《论词绝句八首》、朱方蔼的《论词绝句二十首》、沈初的《编旧词存稿作论词绝句十八首》、陈观国的《论词二十四首》、朱依真的《论词绝句二十二首》、孙尔准的《论词绝句二十二首》、沈道宽的《论词绝句四十二首》、宋翔凤的《论词绝句二十首》予以论析。第四章，论词绝句的成熟深化。晚清时期（1840—1912），为论词绝句的成熟深化期。其主要特点表现为：有专人之论与地域之论、特定时期之论、女性之论等的分别；个别"组诗"之论数量众多，前超古人；知人论世的论说特征得以强化，其中当时的词人之论更显特色。专节对周之琦的《题心日斋十六家词》，王僧保的《论词绝句三十六首》，谭莹的《论词绝句一百首》、《又专论国朝人论词绝句》、《又专论岭南人论词绝句》，冯煦的《论词绝句十六首》，华长卿的《论词绝句三十六首》予以论析。第五章，论词绝句的继续流衍。民国时期（1912—1949），为论词绝句的继续流衍期。其主要特点表现为：浓厚的政治与社会色彩，学人化特征更为明显，内在系统性进一步强化，南社词人创作较多；推尊姜夔、张炎与崇尚苏轼、辛弃疾并行不悖；等等。专节对潘飞声的《论岭南词绝句二十首》、高旭的《论词绝句三十首》、姚锡均的《际了公论词绝句十二首》、刘咸炘的《说词韵语》、吴灏的《〈名媛词选〉题辞十首》予以论析。第五章，论词绝句的余光流彩。中华人民共和国成立以后，主体文学批评形式已经发生很大的改变，论词绝句创作在整体上呈现出日趋没落之势，少数人的创作依然绚烂，在内容与形式方面都臻于极致，多为名家与中青年才俊之论，富于典范性；他们驰骋才力，融学养情致与历史观照于一体，个性化特征更见明显，"旧形式"与"新眼光"并融，传统与新时代观念相互糅合。专节对陈声聪的《论近代词绝句》、夏承焘的《瞿髯论词绝句》、缪钺的《论词绝句三十六首》、启功的《论词绝句二十首》、叶嘉莹的《论词绝句五十首》、吴熊和的《论词绝句一百首》、胡可先的《论词绝句一百首》、王强的《说词韵语：散净居论词绝句一百首》等予以论析。

  本书重点为：一是在内容方面，着重对传统论词绝句中具有骨架意义的理论命题与主要批评观念加以梳理，对一些具有超乎历史时代意义的论辩性、消解性与融通性批评予以凸显，由此揭橥其词学批评所达到的层次与水平。二是在细微处理方面，着重从数量众多的批评家言论中梳理出一些在词学发展史上或具独创性，或有转关意义的论断，剖析其间的异同，挖掘深层次的联系，彰显它们在词学史上的价值与地位。三是在旨归寻绎方面，始终立足于承纳、衍化与创新的基点，寻绎不同论词绝句所融含的词学递变内涵及历史意义。

本书难点为：一是要尽一切可能扩大材料搜集范围，包括体现在序跋、书信、笔记、唱和交往等多种形态中的论词绝句材料；二是要细致深入地消化所搜集材料，把握各种材料的本质内涵及相互间的交集与网结；三是要提炼出深层次的词学理论批评承纳、衍化与展开内容及线索，努力从词学发展的本质层面勾画不同专题的承纳聚结与历史生成，挖掘勾勒出传统论词绝句的内在学理体系与筋络架构；四是要将系统观照的眼光与辩证论说的态度切实贯彻到研究之中。

本书主要目标为：一是考察论词绝句对我国传统词学理论批评论题的承纳衍化及具体展开情况；二是在对多维词学批评流程承纳与展开的论说中，注重历时与共时的融合，努力使传统论词绝句的理论骨架与批评筋络得到较为清晰的呈现；三是凸显出一个已然存在却未被深入系统发掘的词学批评传统，注重在清理中显现，在挖掘中张扬；四是从一个独特视域，多方位展示出我国文论承纳、衍化与发展的纵横交集及历史脉络，彰显传统词学理论批评的内在价值、历史地位及现代意义。

本书基本思路为：对我国传统论词绝句中一些主要理论批评成果的历史承纳、衍化建构与推阐展开等加以考察。在内容把握上，围绕不同专题的承纳接受与演变发展，专注于从思想养料与历史生成的角度加以清理，在历史的长河中比照异同，揭橥所潜藏的独特内涵。始终以"承纳"与"衍生"为立足点，钩索不同批评专题的历史发展过程及丰富面貌的形成。其着力张扬的学术理念是揭橥更合乎历史逻辑的词学衍化过程，勾勒更入情入理的词学批评脉络。注重"思"的累积、"史"的构架、"理"的衍展及宏观与微观相结合，关注不同专题细微的承纳、衍化与创新是其基本特征。

本书的基本方法为：一是依据运用文献说话的传统之法，立足翔实的材料，不作游谈无根之论；二是遵循系统联系及将历史发展与逻辑观照相结合的辩证方法，将历史实证与逻辑推衍有机融合；三是遵循由点到线、由点到面的三结合原则；四是以宏观视域观照与个案重点考察为纲目，以其中细部而关键性的论说为聚结点，以清晰地阐发不同批评内容与承衍发展线索为宗旨。

本书在学术思想方面的特色与创新总体体现为：系统考察我国传统论词绝句的承纳接受、历史生成、衍化发展、繁荣兴盛与边缘衰退的历程及特征。它积极回应"中国文论古今演变研究"学术思潮，依据其学理逻辑，从一种独特的批评形式切入对传统词学理论批评承纳衍化的研究。其体现为以不同时期词学批评之丰富展开映照传统词学发展流程，具有努力阐说和积极开显中国文论发生、承纳、衍化、创新与现代化的意义。

本书的学术观点总体体现为：一、论词绝句之体是我国传统词学理论批评推衍发展的有机组成部分，其在整体上呈现出相续相禅、衍化创新及有选择性展开建构的特征。在承纳与衍化的细致变化中，呈现出独特的历史脉络及面貌形态。二、传统论词绝句之理论批评所达到的广度与深度，从总体而言，是难与词话、序跋、书信等形式相提并论的。但它们在一些命题上或体现出卓越之见，或有着独特之处，进一步补充、丰富与完善了词学理论批评的建构，具有重要的历史价值，呈现出多样化的意义。三、我国传统论词绝句的发展流变脉络，大致可概括为：元明两代为孕育衍生期，清代前期为成长发展期，清代中期为全面繁盛期，晚清时期为成熟深化期，民国年间为继续流衍期，中华人民共和国成立以后为余光流彩期。其总体上呈现出前端细长不显，中段肥大丰满，后部纤弱不继的结构特征。四、我国传统论词绝句的衍化与流变特征大致表现为：总体上呈现出发展由慢而快，数量由少而多又由多而少，规模由小而大，内在系统性不断加强，螺旋型提升然又复趋于"玩赏"，"内敛性"特色比较明显等。五、我国传统论词绝句的承纳衍化是历时与共时发生的必然结果；同时，其衍化展开又为传统词学理论批评的建构、递变与创新起到一定的沟通或催生作用。它们与其他论评形式一起，共构出了传统词学理论批评的丰富内涵及完整体貌。

本书所秉持的考察原则主要有：一、立足文本细读。扣住我国传统论词绝句中一些具有关键意义的论题与大量批评家之言说及实践，对其予以细致探究与深入开掘。二、贯穿问题意识。以问题寻绎为突破点，以主体性理论批评之丰富呈现为落足点，以论说与揭橥为宗旨。三、历史与逻辑相结合。在对传统论词绝句演变发展历史的细致梳理中，特别注重对词学理论批评的内在承纳、衍化、建构与创新的勾勒清理。四、系统观照与把握。已有论词绝句研究对前后联系的考察也有一些，但大都比较零碎，在不同局部或取得一定的成绩，但还未有系统性论析的著作出现。

总之，我国传统论词绝句之体，从一个独特的视域展示出词学承纳、衍化与发展的纵横交集及历史脉络，凸显出一个已然存在却未被深入系统发掘的词学批评传统，具有彰显传统词学理论批评的内在价值及现代意义。同时，清代至民国时期，词学观念的多样化呈现及其演变情况，也较为明显地体现在论词绝句之体中。围绕南北宋之尊、体派之尚、词人词作经典化、词人的多维评价等论题，传统论词绝句在辨说中获得了充盈的生机活力，并在当下也有一定的影响显现。

第一章　元明两代的论词绝句

概　论

元明两代为我国传统论词绝句的孕育衍生期。这一时期，论词绝句的主要特点表现为数量甚少，偶有出现，甚至中断流程，为题辞类论词绝句之滥觞，多为"无题"之论与专人之论，随感性、偶兴式特色比较明显，是很少为人所关注的词学批评形式。

这一时期，具有论词绝句属性的诗作极少见到。其大致有元淮的《读李易安文》、瞿佑的《易安乐府》、吴宽的《易安居士画像题辞》、王象春的《题〈漱玉集〉》、张娴婧的《读李易安〈漱玉集〉》、王鸿的《柳絮泉诗二首》等。其所论对象都体现在对李清照及其词的评说上。其中，元淮为元代中后期的批评家；瞿佑是明代前期的批评家；吴宽为明代中期的批评家；王象春是明代后期的批评家；张娴婧生卒年不详，乃明代女诗人；王鸿生卒年也不详，为明代诗人。

此时期，我国传统论词绝句的名称，多表现为"读××"、"××题辞"、"题××"等，这在本质属性上都可归入"题辞类"的论词绝句。它们并没有更为明晰的题目，其表达内容的偶然性、随感性较强。这种评说方式一直延续了三百多年。在现有辑存的论词绝句中，元明时期的论词绝句见有六首，都是对李清照加以论评的。如，元淮在《读李易安文》一诗中，拈出《如梦令》中的佳句，称扬李清照过人的才情。瞿佑在《易安乐府》一诗中，围绕李清照的生平经历与婚姻生活进行评说。吴宽在《易安居士画像题辞》一诗中，对李清照悲惨的人生遭遇表达出深切的同情。王象春在《题〈题漱玉集〉》一诗中，阐说词人词作特征，揭橥李清照南渡后的作品表现出浓重深切的怀旧之感、家国之悲。张娴婧在《读李易安〈漱玉集〉》一诗中，称扬李清照才学的同时，对其坎坷的生活经历深表惋惜。王鸿在《柳絮泉诗二首》中，对李清照的生平历程、情感生活给予多方面的观照。总体来看，以李清照为评说对象是元明时期论词绝句的显著特征。词论家们以简洁的话语对李清照的人生经历、婚姻生活、创作才能、情感表现等作出形象化的论评，显示出别样的批评启发性。

第一节　元淮《读李易安文》的评说

元淮，生卒年不详，字国泉，号水镜，临川（今江西抚州）人，徙家福建邵武；元初，以军功授武德将军，官至溧阳路总管；才兼文武，工于诗文，著有《金渊集》一卷，因与仇远所著诗集重名，后人改为《水镜集》。在词学批评方面，有论词绝句一首，名为《读李易安文》。

元淮的《读李易安文》云："绿肥红瘦有新词，画扇文窗遣兴时。象管鼠须书草帖，就中几字胜羲之。"[1] 李清照乃宋代著名的女词人、婉约派的代表，有"千古第一才女"之誉。父亲李格非为苏轼的学生，工于诗词；母亲是状元王拱元的孙女。李清照深受家学熏陶，有着良好的文学修养，聪慧颖悟，才华出众，少时便有文名。如，王灼在《碧鸡漫志》中评李清照云："自少年便有诗名，才力华赡，逼近前辈。"[2] 李清照诗词创作出众，颇受世人的称誉。元淮认为，她对生活有着独特细腻的感受，其《如梦令》一词具有甚为强烈的艺术感染力。诗中，"绿肥红瘦有新词"一句，就出自李清照的《如梦令》。其云："昨夜雨疏风骤，浓睡不消残酒。试问卷帘人，却道海棠依旧。知否，知否？应是绿肥红瘦！"整首词委婉含蓄地表达出作者怜花惜春之心。同时，词人以景衬情，婉曲巧妙地吐露出内心的苦闷。元淮持论，"绿肥红瘦"乃《如梦令》一词中的惊警之句。作品以词人酒后询问花事展开叙写，用语自然清新，有人物、有场景、有对白，"应是绿肥红瘦"一句，饶有趣味，既是对侍女答语的反诘，又像作者的自言自语。词人以"绿"指代绿叶，以"红"指代红花，红花

---

[1] 程郁缀、李静：《历代论词绝句笺注》，北京大学出版社2014年版，第3页。
[2] 唐圭璋编：《词话丛编》，中华书局1986年版，第88页。

与绿叶形成鲜明的对应，给人以强烈的视觉冲击。"肥"指雨后的叶子肥茂旺盛，"瘦"表示娇艳的花朵不堪风雨的摧残而凋零。在强烈的对照下，词人怜花惜花之心跃然纸上。"绿肥红瘦"，本是很平常的字语，但经过词人的锤炼，起到了画龙点睛的作用，使词作艺术表现得形象生动。据此，元淮认为，"绿肥红瘦"一语乃精绝之笔，凸显出词人深厚的艺术功力。继之，他用"画扇文窗"、"象管鼠须"之语进一步肯定了李清照超凡的创作才情与艺术表现力。

第二节　瞿佑《易安乐府》的评说

瞿佑（1347—1433），字宗吉，号存斋，钱塘（今浙江杭州）人。年少即能诗，有文名，谙熟事典。历任浙江临安教谕、河南宜阳训导、周王府右长史。著有《存斋诗集》、《存斋遗稿》、《乐府遗音》、《归田诗话》、《剪灯新话》等。瞿佑有论词绝句一首，名为《易安乐府》，意在评说李清照的人生及其创作。

瞿佑的《易安乐府》云："清献名家厄运乖，羞将晚景对非才。西风帘卷黄花瘦，谁与赓歌共一杯。"[①]"清献"实为"清宪"，指赵挺之，乃李清照丈夫赵明诚之父。诗句"羞将晚景对非才"，指李清照流落江南后改嫁张汝舟之事。"非才"即指张汝舟。"西风帘卷黄花瘦"，乃出李清照《醉花阴》一词。其云："薄雾浓云愁永昼，瑞脑销金兽。佳节又重阳，玉枕纱橱，半夜凉初透。东篱把酒黄昏后，有暗香盈袖。莫道不消魂，帘卷西风，人比黄花瘦。"该词为作者婚后所作，描述独自饮酒赏菊的情景，书写出孤寂的氛围，表达出对丈夫深挚的思念。宋徽宗建中元年（1101），李清照十八岁，嫁给赵明诚，新婚不久，丈夫"负笈远游"，留下词人独守空闺，崇宁二年（1103），时届重阳，李清照思念远行的丈夫，于是写下《醉花阴》一词寄给远方的赵明诚。《醉花阴》中，最精彩的地方是所写之物皆染上愁苦的色彩，词人以愁苦心绪审视外在景物，故所咏之物皆饱含深情。作品末尾，词人独具匠心，高咏"莫道不消魂，帘卷西风，人

[①]　程郁缀、李静：《历代论词绝句笺注》，北京大学出版社2014年版，第4页。

比黄花瘦"。作者以花木之枯瘦比拟人之憔悴，在生动的比喻中让人联想到不堪忍受离别之苦的思妇形象。总体来看，末尾几句共同营造出了凄清寂寥的深秋怀人之境象，思妇的愁苦中寄寓着对丈夫深切的思念。"谁与赓歌共一杯"，指瞿佑对李清照坎坷的命运流露出深沉的叹惋之意。他感慨赵明诚离世后，再无人与李清照开怀畅饮、赓歌唱和。瞿佑的论词绝句，在高标李清照佳作之余，对她的生存境遇给予了莫大的关注，对其悲惨命运表现出深切的同情与怜悯。

第三节　吴宽《易安居士画像题辞》的评说

吴宽（1435—1504），字原博，号匏庵，人称匏庵先生，长洲（今江苏苏州）人，工于诗文，擅长书法。明代诗人、散文家、书法家。明成化八年（1472）进士，官至礼部尚书，死后谥文定。著有《匏庵集》。吴宽有论词绝句一首，名为《易安居士画像题辞》。

吴宽的《易安居士画像题辞》云："金石姻缘翰墨芬，文箫夫妇尽能文。西风庭院秋如水，人比黄花瘦几分。"[1] "金石姻缘翰墨芬"一句，乃指赵明诚、李清照夫妇有同嗜金石之雅好。赵明诚有《金石录》三十卷，李清照《金石录序》谓："每获一书，即同共勘校，整集签题。得书、画、彝、鼎，亦摩玩舒卷，指摘疵病，夜尽一烛为率。故能纸札精致，字画完整，冠诸收书家。"[2] 吴宽将李清照、赵明诚的结合誉为"金石姻缘"。"文箫夫妇尽能文"一语中的"文箫"二字，出自裴铏的《传奇·文箫》。吴宽借用书中文箫偶遇仙女并与之结为夫妻一事，评说李清照、赵明诚才名俱佳，意趣相投，两人的结合乃天作之合。诗中，后两句"西风庭院秋如水，人比黄花瘦几分"，出自李清照的《醉花阴》。词中，"莫道不消魂，帘卷西风，人比黄花瘦"，乃千古传诵的佳句。其构思精巧，句意秀颖，与文中"东篱"、"黄昏"、"暗香"等意象形成照应。李清照词以言愁见长，《醉花阴》即为其中的典范。词人以含蓄委婉的笔法，捕捉特定

---

[1] 程郁缀、李静：《历代论词绝句笺注》，北京大学出版社2014年版，第5页。
[2] 徐北文、石万鹏评注：《二安词选（李清照辛弃疾词评注）》，济南出版社1994年版，第66页。

的时间与地点，使主体情感层层推进，营造出凄凉孤寂的氛围。句末，词人以"人比黄花瘦"这一比喻作结，以菊花细长的花瓣形容人的瘦弱，收到形神俱佳的艺术效果。该句中，作者把愁苦的情调推向高潮后却戛然而止，令人回味绵长。相传，李清照将《醉花阴》一词寄给赵明诚后，赵明诚为之叹赏，遂作数阕，然终不及李清照之作。元代，伊世珍在《琅嬛记·外传》中载："易安以《重阳·醉花阴》词函致明诚。明诚叹赏，自愧弗逮，务欲胜之。一切谢客，忘食忘寝者三日夜，得五十阕，杂易安作，以示友人陆德夫。德夫玩之再三，曰：'只三句绝佳。'明诚诘之。曰：'莫道不销魂，帘卷西风，人比黄花瘦。'正易安作也。"① 总之，《醉花阴》一词中，"莫道不消魂，帘卷西风，人比黄花瘦"之句，无一涩字难语，别出机杼地表现出了闺中思妇因愁"销魂"，人瘦堪比"黄花"的独特情状，确乎传神写照之至。

第四节 王象春《题〈漱玉集〉》的评说

王象春（1578—1632），原名王象巽，字季木，号虞求，别号嶅湖居士，济南新城（今山东桓台）人。清代大诗人王士禛从祖。明神宗万历三十八年（1610）进士，官至南京吏部考功郎中。后遭魏忠贤等人迫害，名列"东林党"，被削职归里。著有《问山亭集》十二卷。王象春有论词绝句一首，名为《题〈漱玉集〉》。

王象春的《题〈漱玉集〉》云："宋朝名迹此中稀，剽水黥山感异时。唯有女郎风雅在，又随兵舫泣江蓠。"② 王象春高度肯定李清照的文学地位。他认为，宋代诗词名家众多，取得了璀璨的文学成就，但李清照的《漱玉集》（又名《漱玉词》）能脱颖而出，在众多名作中熠熠生辉。诗句"剽水黥山感异时"，指靖康之难导致宋朝山河破碎，大好国土沦落金人之手。北宋宣和七年（1125），金军南下，分东西两路攻打宋朝，情势危急之下，宋徽宗禅位于太子赵桓，即宋钦宗。靖康元年（1126），金军逼宋议和，割让中山、河间、太原三镇，并索要大量黄金和银币。同年八月至

---

① 褚斌杰、孙崇恩、荣宪宾编：《李清照资料汇编》，中华书局1984年版，第28页。
② 程郁缀、李静：《历代论词绝句笺注》，北京大学出版社2014年版，第6页。

闰十一月，金军又分两路进攻北宋，会师于汴京，宋钦宗欲与金人讲和，被拘禁。金军在攻破北宋都城汴京后，掳去宋徽宗、宋钦宗及大量皇族、宫嫔、朝臣，被虏计数千人。诗句"唯有女郎风雅在，又随兵舫泣江蓠"，指北宋灭亡后，康王赵构南下，于南京应天府即位，是为宋高宗。随着北方时局的危急，李清照亦辗转至江南。在家国破碎的时代背景下，李清照的词风发生了巨大的变化，其词充满低沉之音，抒发伤时怀旧、怀乡悼亡之情。如，《清平乐》有云："年年雪里，常插梅花醉。挼尽梅花无好意，赢得满衣清泪。今年海角天涯，萧萧两鬓生华。看取晚来风势，故应难看梅花。"词人以不同的赏梅心境而追昔抚今，表现了天涯漂泊的凄凉景象。南渡对于词人来说极为不幸，正是在这困窘的环境下，李清照凄恻沉着地进行创作，她于词中抒发慷慨悲凉之音。据此，王象春对于李清照的创作给予了很高的评价，认为其词流露出风骚之旨意，是值得大力肯定与推扬的。

第五节　张娴婧《读李易安〈漱玉集〉》的评说

张娴婧（生卒年不详），字蓼仙，六安（今属安徽）人，明代女诗人。工诗词，精书画。其词被誉为"风度嫣然，自是闺帏本色"。著有《蕉窗遗韵》，其中，诗词各一卷。在词学批评方面，她以绝句之体论评李清照的《漱玉集》，名为《读李易安〈漱玉集〉》。

张娴婧的《读李易安〈漱玉集〉》云："从来才女果谁俦，错玉编珠万斛舟。自言人比黄花瘦，可似黄花奈晚秋。"[1] 张娴婧在慨叹李清照具有超凡不俗才情的同时，对其不幸的人生遭遇寄以深切的同情。她认为，李清照满腹才华，所作词内容丰富，具有很高的艺术成就。此正如诗中所言，"从来才女果谁俦，错玉编珠万斛舟"。诗句"自言人比黄花瘦，可似黄花奈晚秋"，乃化用李清照《醉花阴》中的"莫道不消魂，帘卷西风，人比黄花瘦"之句。张娴婧对词人的痛苦遭遇甚为痛心。南渡后，李清照四处漂泊，在走投无路之际委身于张汝舟。胡仔在《苕溪渔隐丛话》中

---

[1] 程郁缀、李静：《历代论词绝句笺注》，北京大学出版社2014年版，第7页。

云：" 易安再适张汝舟，未几反目，有启事与綦处厚云：'猥之以桑榆之晚景，配兹驵侩之下材。'传者笑之。"① 婚后，李清照发现两人意趣相违，实难相处。张汝舟亦表现出丑陋的嘴脸，不断谩骂妻子，甚至拳脚相加，李清照不堪忍受。此时，张汝舟以不正当手段谋得官职一事有所暴露，李清照不顾牢狱之险去告发，事后，张汝舟被撤职，编管柳州，与李清照的婚姻也随即被解除。但是，宋代有法律规定，"妻告夫，虽属实，仍需服徒刑一年"，在亲友的帮助下，李清照被拘九天后放归，算是逃离了牢狱之苦。但李清照晚年的生活心境受此影响，进一步恶化，其生活状况是令人怜悯的。张娴婧之论，便形象而扼要地表达出了其对李清照才情的倾心称扬与对李清照人生的深切怜悯。

第六节　王鸿《柳絮泉诗二首》的评说

王鸿（生卒年不详），明代诗人，有《柳絮泉诗二首》评说李清照。

其《柳絮泉诗二首》（之一）云："扫眉才子笔玲珑，蓑笠寻诗白雪中。絮不沾泥心已老，任他蜂蝶笑东风。"② 诗作首句，王鸿称扬李清照的超迈才情。"扫眉才子"指有才能的女子，语出王建的《寄蜀中薛涛校书》。其云："万里桥边女校书，枇杷花里闭门居。扫眉才子知多少，管领春风总不如。"薛涛，唐代乐伎，蜀中女校书、诗人，有诗九十余首。王建对其称誉有加，以"扫眉才子"比喻她拥有不凡的才情。后"扫眉才子"一词便用来形容文采卓绝的女子，诗中，用此指代李清照。李清照少时便有文名，才力华赡，颇受人称誉。如，朱彧在《萍洲可谈》中云："本朝妇女之有文者，李易安为首称。易安名清照，元祐名人李格非之女，诗之典赡，无愧于古之作者。词尤婉丽，往往出人意表，近未见其比。所著有文集十二卷、《漱玉集》一卷。然不终晚节，流露以死。天独厚其才而啬其遇，惜哉。"③ 朱彧对李清照过人的才华甚为推扬，对其不幸的人生遭遇甚为痛心。"蓑笠寻诗白雪中"一句，据周辉《清波杂志》载："顷

---

① 胡仔纂辑，廖德明校点：《苕溪渔隐丛话》（前集），人民文学出版社1962年版，第416页。
② 程郁缀、李静：《历代论词绝句笺注》，北京大学出版社2014年版，第8页。
③ 朱彧：《萍洲可谈》卷中，《守山阁丛书》本。

见易安族人，言明诚在建康日，易安每值天大雪，即顶笠披蓑，循城远览以寻诗，得句必邀其夫赓和。明诚每苦之也。"① 王鸿将李清照踏雪作诗、与夫唱和一事纳入诗作之中，表现出了对李清照现实生活的关注，对其诗词创作的推扬。

王鸿的《柳絮泉诗二首》（之二）云："名园曾访历亭西，一碧寒泉泻野溪。欲觅遗诗编《漱玉》，多情转觉逊山妻。"② "历亭"即历下亭，为山东济南名亭之一。诗句"一碧寒泉泻野溪"，乃王鸿对李清照居所环境作出的说明。关于李清照的故居有一说，即李清照居于柳絮泉和漱玉泉旁，其《漱玉词》就以漱玉泉而命名。此诗第三、四句"欲觅遗诗编《漱玉》，多情转觉逊山妻"，高度肯定李清照的创作乃因情而发，以情为本，情感表现丰富、细腻、浓重，呈现出不凡的情爱表现格调。

总体来看，王鸿以李清照的过人创作才华与丰富情感表现为立足点进行论评，高度肯定她丰赡文采的同时，关注其生活，考察其居所，称扬其性情寄托，评说其生活格调。王鸿对李清照不同方面的生活加以言说，进一步开拓了评说的面向。

---

① 褚斌杰、孙崇恩、荣宪斌编：《李清照资料汇编》，中华书局1984年版，第11页。
② 程郁缀、李静：《历代论词绝句笺注》，北京大学出版社2014年版，第8页。

第二章　清代前期的论词绝句

概　论

　　清代前期（1644—1740 左右），为我国传统论词绝句的成长发展期。这一时期，论词绝句呈爆发式出现。其主要如：吴伟业的《读陈其年邗江、白下新词四首》，曹溶的《题周青士词卷四首》，庞垲的《偶成四首》，黄庭的《题沈东田〈苏州好〉〈忆江南〉》（四首），孙致弥的《题杜紫纶〈花雨填词图〉次原韵（画小山"落花人独立，微雨燕双飞"词意）》（三首），龚翔麟的《题〈红藕庄词〉》（五首），蒋锡震的《题陈曾起〈栩园词〉五绝句》，杜诏的《自题〈花雨填词图〉三绝句》，李必恒的《呈朱竹垞先生八绝句》，赵虹的《〈吾尽吾意斋乐府〉题辞》（三首），陈聂恒的《读宋词偶成绝句十首》，王时翔的《次韵题杜云川太史〈花雨填词图〉三首》、《酬姚鲁思太史枉题中州所制〈青绡乐府〉四绝句次原韵》，金志章的《题同年陆南香〈白蕉词〉四首》，李其永的《读历朝词杂兴》（三十首），厉鹗的《论词绝句十二首》，郑方坤的《论词绝句三十六首》，舒瞻的《题友人诗余》（四首），等等。

　　此时期论词绝句的主要特点体现为，创制渐成蔚然之势，批评的自觉意识不断凸显，批评称名正式出现，"无题"之论与"有题"之论并行，从"无题"之论逐渐转变到"有题"之论，"零散"之论与"组诗"之论并存，评说的内在系统性有所讲究。

　　这一时期，论词绝句的称名，主要承纳与延续了元明两代偶有出现的标题样式。其多表现为"读××"、"题××"、"××题辞"、"题××后"、"读××后"、"读××题××"、"××偶题"、"偶成××"、"××

跋"、"呈××"、"自题××"、"答××"、"书××后"等。如：钱德震的《〈罗裙草〉题辞》，朱彝尊的《题沈东田〈苏州好〉（忆江南）》，王士禛的《题陈其年填词图》，徐釚的《灯下自题壬子北征词》，庞垲的《偶成四首》，沈岸登的《题竹垞并头莲词后》，秦松龄的《读阮亭集题绝句》，宋至的《春日读周草窗〈绝妙好词〉偶题》，叶舒璐的《答友索词》，华喦的《题员双屋〈红板词〉后》，范咸的《〈白蕉词〉跋》，厉鹗的《书柘湖张龙威长短句后二首》，等等。

此时期，在论词绝句的正式称名方面，出现有厉鹗的《论词绝句十二首》、郑方坤的《论词绝句三十六首》等。如，厉鹗的《论词绝句十二首》，在论说特点上，它首次在题目中以"论"而称，清晰地表明此为论评之体，体现出创作态度的严谨性，同时，开创了一人一评的组诗形式，完善了以注补诗的论说方式。厉鹗的论词绝句，在我国传统词学批评史上具有十分重要的价值及地位。

这一时期，除厉鹗的《论词绝句十二首》之外，还出现一些论词绝句组诗，数首至数十首不等。如：吴伟业的《读陈其年邗江、白下新词四首》，曹溶的《题周青士词卷四首》，庞垲的《偶成四首》，蒋锡震的《题陈曾起〈栩园词〉五绝句》，陈聂恒的《读宋词偶成绝句十首》，王时翔的《酬姚鲁思太史枉题中州所制〈青绡乐府〉四绝句次原韵》，金志章的《题同年陆南香〈白蕉词〉四首》，李其永的《读历朝词杂兴》（三十首），李必恒的《呈朱竹垞先生八绝句》，等等。这是对以前一人一评形式的内在增量与有效扩充，以李其永的《读历朝词杂兴》为最，多至三十首诗作。

在批评家对闺秀词人的单独论说方面，延续了元明两代诗人论评李清照之习，出现有李澄中的《易安居士画像题辞》、查惜的《题李清照》，等等。

此时期，还出现多个作者围绕同一词集而创作论词绝句的现象。如：关于高不骞的《罗裙草》，出现有钱德震、吴骐、计南阳、沈皞日、魏坤、邵瑛、张大受的《〈罗裙草〉题辞》各一首，龚翔麟的《题〈红藕庄词〉、〈罗裙草〉题辞》。关于曹士勋的《翠羽词》，出现有汪楫、沈起孟、方曰岱的《题〈翠羽词〉》各一首。关于陆培的《白蕉词》，出现有范咸、徐焕然的《〈白蕉词〉跋》各一首，金志章的《题同年陆南香〈白蕉词〉四首》，等等。

总体来看，论词绝句之体在清代前期开枝散叶，得到了较为广泛的发展，对传统词学批评的展开起到了一定的开拓与辅助作用。

第一节　陈聂恒《读宋词偶成绝句十首》的批评观念

陈聂恒（1673—1723），字曾起，一字秋田，号栩园，武进（今属江苏常州）人。家有且朴斋、秋田苹堂；清代康熙二十九年（1690）举人，三十九年（1700）进士，历任广西荔浦知县、刑部主事、刑部检讨等；著有《朴斋文集》，词有《栩园词弃稿》。

陈聂恒的《读宋词偶成绝句十首》，附于《栩园词弃稿》卷四之后。它在数量上从前人单篇散论发展为组诗形式，对后来的论词绝句创作具有较大的启发与引导作用。

一　推尊词作之体

词自产生之后被视为诗余、艳科、小道等，其文体地位并不高，至有清一代，推尊词体成为词界的基本共识。陈聂恒亦从诗词同源于乐府的角度对词体予以推尊。

陈聂恒的《读宋词偶成绝句十首》（之一）云："不道曹刘须降格，可知乐府有同声。无题也与填词近，说是填词笑已生。"[1]"曹刘降格"，本源于唐代诗人皎然的《诗式》。其有云："假使曹刘降格来作律诗，与二子并驱，未知孰胜。"[2] 皎然以沈佺期、宋之问为"律诗之龟鉴也"，"矢不虚发，情多、兴远、语丽为上，不问用事格之高下"来形容两人乃创作律诗的高手，并想象如果曹植与刘桢"降格"来写作律诗，与沈佺期和宋之问相比难分伯仲。陈聂恒在此化用皎然之语，以"曹刘"暗指那些将填词视为"降格"之事的"正统人士"。陈聂恒指出，"正统人士"不应觉

---

[1] 程郁缀、李静：《历代论词绝句笺注》，北京大学出版社2014年版，第19页。
[2] 皎然著，李壮鹰校注：《诗式校注》，人民文学出版社2003年版，第206页。

得填词自降身份，也不应将词体以"小道"视之，词与诗实同源同宗，两者并无高下之分。在当时的社会环境中，填词确实仍被许多"正统人士"所小觑。如，王士禛年轻时在扬州做了五年的地方官，此间常与词友唱和，但他离开扬州之后，却对填词之事绝口不提，觉得填词只是少年轻狂时一段不值得提起的经历，而将主要创作精力用在诗歌和古文创作之上。陈聂恒在刊刻《栩园词弃稿》时，将顾贞观写给自己的一封信札置于卷首，其中就谈到清初王士禛热衷于填词，在扬州数年的倚声酬唱扇起了填词风气。其云："自国初辇毂诸公，尊前酒边，借长短句以吐其胸中。始而微有寄托，久则务为诣畅。香岩、倦圃，领袖一时。唯时戴笠故交，担簦才子，并与燕游之席，各传酬和之篇。而吴越操觚家闻风竞起，选者，作者，妍媸杂陈。渔洋之数载广陵，实为斯道总持。"然而，"未几，辄风流云散。渔洋复位高望重，绝口不谈。于是向之言词者，悉去而言诗、古文辞。回视《花间》、《草堂》，顿如雕虫之见耻于壮夫矣。虽云盛极必衰，风会使然"①。顾贞观指出，王士禛以位高望重之身而绝口不谈自己填词之事，致使以前有兴致填词的人都选择转攻古诗文辞，回顾《花间》、《草堂》之作，就像雕虫小技一样，难登大雅之堂。从中便可看出词体地位的不高，以致"正统人士"以词为小道而不愿明确张扬。

陈聂恒在《栩园词弃稿自序》中，对清初以词为"小道"的言论加以批评。其云："十余年来，当代之君子，薄填词为小道，而知其解者益鲜。往往俳优之习，与铜琵琶、铁绰板交讥。又其甚者，求新不得，而好为涩体，一物而必美其名，识者笑之。夫古人之词，即古人之乐府，其宫调虽不传，而志气之和平、音节之微婉顿挫，及今犹可知也。"② 陈聂恒指出，时人对词体之性与词作之旨仍然缺乏认识，有些人还如以乐舞谐戏为业的艺人一般，将词视为舞榭歌台、樽前花下的娱乐之品，也学苏轼幕僚调侃其词"须关西大汉，执铁板唱大江东去"③，以此表现对填词的讥讽之意。还有的人则追求创新却没有取得成功，转而创作艰涩词作以致艺术表现滞塞不灵，还对它进行美化，见笑于大方之家。陈聂恒指出这些做法都是流

---

① 陈聂恒：《栩园词弃稿》，清康熙四十三年刊本，第1页。
② 冯乾编校：《清词序跋汇编》，凤凰出版社2013年版，第380页。
③ 俞文豹撰，张宗祥校订：《吹剑录全编》，中华书局1959年版，第38页。

于偏途的。他认为,词源于乐府,虽然在东晋时期乐律失传,词体未能承继乐府之音律,但是乐府诗中所融含的微婉平和之旨意表现、抑扬顿挫之音律形式等,在词体之中仍然得到了承纳与张扬。

另外,陈聂恒在论词绝句中也体现出对词体的推尊。其《读宋词偶成绝句十首》(之七)云:"赋就闲情瑕白璧,到今征士尚垂声。小词只作闲情看,不为温公辨嫁名。"① 陶渊明创作有《闲情赋》。萧统在《陶渊明集序》中评道:"白璧微瑕惟在《闲情》一赋,扬雄所谓'劝百而讽一'者,卒无讽谏何必摇其笔端。惜哉,无是可也!"② 萧统认为,陶渊明就像一块"白璧",然美中不足,所作《闲情赋》便有瑕疵,因为赋中描绘的是劝诱人们对美人胡思乱想,而缺少讽谏之意。不同于萧统,陈聂恒在此对陶渊明予以了充分的肯定。他认为,《闲情赋》并不会对陶渊明造成不良的影响,相反,他的声名流传至今。陈聂恒化用陶渊明之语进行论说,同时肯定司马光"闲情"之词存在的合理性,指出像陶渊明这样不受朝廷征聘的隐士,本就是超凡脱俗的,然而,连他尚且创作有《闲情赋》,又何须为司马光的闲情之词作辩解呢?

二 以婉约为本色

在我国传统词学批评史上,张綖首次将词作风格界分为"婉约"与"豪放"两种类型。他在《诗余图谱·凡例》中认为婉约之词表现情感多含蓄蕴藉,豪放之词则气象恢弘,持论秦观的词多是婉约,苏轼的词多是豪放,并指出大抵词体以婉约风格为正则。陈聂恒与张綖一样,也从婉约与豪放风格呈现的角度来论说词作,亦主张以婉约风格为当行本色之道。

陈聂恒的《读宋词偶成绝句十首》(之六)云:"敢言豪气全无与,诗论天然非所宜。千古风流归蕴藉,此中安用莽男儿。"③ 陈聂恒点明词的创作应含蓄而不显露。他认为,北宋的豪放词虽然不乏本色天然,充满豪气,自然率真,但在其看来,豪放之词如"莽男儿"一般张扬外显,不加修饰,明显是不可取的,应以含蓄蕴藉为词之高格。如,陈聂恒在第九首

---

① 程郁缀、李静:《历代论词绝句笺注》,北京大学出版社2014年版,第22页。
② 陶渊明著,逯钦立校注:《陶渊明集》,中华书局1979年版,第10页。
③ 程郁缀、李静:《历代论词绝句笺注》,北京大学出版社2014年版,第22页。

绝句中论说了南唐和南宋词的艺术特征，就体现出对婉约词风的推崇。其云："南唐小令怜凄婉，南宋之时句亦工。肯爱自然遗刻画，勒成一卷纪吴风。"① 浙西派领袖朱彝尊在《词综·发凡》中曾云："世人言词，必称北宋，然词至南宋始极其工。"② 陈聂恒指出南唐的小令多显现悲凄委婉的风格，并借用朱彝尊的话来说明南宋词在体制、音律等方面都达到很高的水平，甚为注重形式与技巧等。陈聂恒喜欢的正是这种"吴风"，即南唐、南宋的婉约风情。

另外，在《读宋词偶成绝句十首》（之十）中，陈聂恒论李商隐诗及晏几道词云："神女生涯原是梦，但教是梦即为真。与君同作痴人看，句拟《高唐》更有神。"③ 李商隐曾作《无题》诗。其有云："重帏深下莫愁堂，卧后清宵细细长。神女生涯原是梦，小姑居处本无郎。风波不信菱枝弱，月露谁教桂叶香。直道相思了无益，未妨惆怅是清狂。"④ 诗作采取主人公深夜追思往事的方式，书写青年女子爱情失意的幽怨及相思无望的苦闷。陈聂恒摘取李商隐诗中原句"神女生涯原是梦"，巧妙化用巫山神女之典故，融会了神话的传奇色彩与乐府的独特韵味，写得瑰奇迷离，摇曳多姿，具有写情细腻、意境深远的特点。陈聂恒指出，虽然是"梦"，但背后之情是真实的，情感表达委婉含蓄。陈聂恒虽欣赏李商隐的诗，但他认为晏几道词更胜一筹。晏几道也常于词中借吟咏花卉，寄寓其抑郁不平之思致。同时，李商隐与晏几道的作品中虽常有大量的高唐意象，但不同于李商隐诗中高唐意象充满艳情之"俗"，晏几道在创作过程中超脱了《高唐》、《神女》二赋有关词语在流传中逐渐趋俗而带上的"狎邪"之意，而将襄王神女的故事雅化，并承继《高唐》、《神女》之血脉神采，赋予其忧愁深沉的雅致之意。故黄庭坚在《小山词序》中称扬晏几道，其云："至其乐府，可谓狎邪之大雅，豪士之鼓吹，其合者《高唐》、《洛神》之流，其下者岂减《桃叶》、《团扇》哉？"⑤ 因此，陈聂恒认为，晏几道的词虽然在句式运用与艺术表现上相似于宋玉的《高唐赋》，却比之

---

① 程郁缀、李静：《历代论词绝句笺注》，北京大学出版社2014年版，第23页。
② 朱彝尊编：《词综》，上海古籍出版社1978年版，第10页。
③ 程郁缀、李静：《历代论词绝句笺注》，北京大学出版社2014年版，第24页。
④ 刘学锴、余恕诚：《李商隐诗歌集解》，中华书局1988年版，第1452页。
⑤ 金启华等编：《唐宋词集序跋汇编》，江苏教育出版社1990年版，第25页。

更具神味韵致。由此看出，陈聂恒在欣赏婉约词的同时也表达出对艳俗词的批评。

在《读宋词偶成绝句十首》（之八）中，陈聂恒论及张先、宋祁、欧阳修三人。其云："三影郎中老放颠，自标好句与人传。尚书红杏词人耳，何事欧公也见怜。"① 张先与晏殊、欧阳修、宋祁、苏轼、王安石等人为好友。他的词喜用铺叙手法、雕字琢句，内容多为花月景色与男女恋情，遣辞造句颇为精工新巧，含蓄有味。因作词时喜用"影"字，且佳作不少，故世称"张三影"。该论词绝句虽写宋祁与欧阳修对张先词的喜爱②，但总的来说，它论说了北宋前期词的艺术特征，像张先的"云破月来花弄影"、宋祁的"红杏枝头春意闹"等句子，皆有一种朦胧的诗情画意之境，代表了北宋前期词轻歌曼舞的主旋律。而北宋大多数的词人皆承晚唐五代小令之传统，以艳遇闲愁为主题，以低唱浅酌为当行。所以，这在一定程度上体现出了陈聂恒对婉约词风的推尚。

三 推崇音律协美

陈聂恒论词提倡音律协美。其《读宋词偶成绝句十首》（之二）云："漫向人间求解事，候虫时鸟自哀鸣。物外有时闲堕泪，华堂只爱管弦声。"③ 陈聂恒表达出欲求超脱于尘世之外的理想，只钟情于管弦之音。词的兴起与音乐的发展密切相关，词谱尚存之时，倚声填词者占主流，但不排斥按词牌格律形式而填的方式，自词乐失传以后，词人的创作由倚声填词转化为按谱填词。

陈聂恒的《读宋词偶成绝句十首》（之三）云："宫调当年已不传，只今音节见天然。梦窗度曲玉田和，旧谱零落绝可怜。"④ 吴文英曾即景自

---

① 程郁缀、李静：《历代论词绝句笺注》，北京大学出版社2014年版，第23页。
② 北宋陈正敏《遁斋闲览》载："张子野郎中以乐章擅名一时，宋子京尚书奇其才，先往而视之。遣将命者，谓曰：'尚书欲见云破月来花弄影郎中。'子野幕后乎曰：'得非红杏枝头春意闹尚书？'遂出，尽酒而欢。"范公偁《过庭录》载："子野《一丛花令》一时盛传，永叔尤爱之，恨未识其人，子野家南地。以故圣都，谒永叔，闻者以通，永叔倒屣迎之曰：'此乃桃杏嫁东风郎中。'"
③ 程郁缀、李静：《历代论词绝句笺注》，北京大学出版社2014年版，第19页。
④ 程郁缀、李静：《历代论词绝句笺注》，北京大学出版社2014年版，第20页。

度《西子妆慢》一词，张炎亦作《西子妆慢》一首和吴文英。其词序谓："吴梦窗自度此曲，余喜其声调妍雅，久欲述之而未能。甲午春，寓罗江，与罗景良野游江上。绿阴芳草，景况离离，因填此词。惜旧谱零落，不能倚声而歌也。"① 陈聂恒呼应张炎在《西子妆慢》一词序中感叹旧谱零落的惋惜之情。以吴文英、姜夔、张炎等人为代表的格律派善于审音协律以求典雅，造境遣辞均避俗崇雅。陈聂恒在此表达出对吴文英、张先填词追求审音协律的欣赏。另外，在一定程度上也反映出清初文人对明词的批评。因元明以来，宫调失传，明人于律谱，虽有张綖的《诗余图谱》和程明善的《啸余谱》，填词之时多以二书为程式，但是《诗余图谱》"往往不据古词，意为填注。于古人故为拗句，以取抗坠之节者，多改谐诗句之律。又校雠不精，所谓黑圈为仄，白圈为平，半黑半白为平仄通者，亦多混淆，殊非善本"②。而《啸余谱》则"触目瑕瘢，通身罅漏"③。因此，造成明人填词时在音律上错误百出，失宫坠羽、音律舛误。这一现象延续至清初，直至万树的《词律》问世才有所好转。而且明人还喜欢自度曲，如王世贞的《怨朱弦》、杨慎的《落灯风》等。然而，清人认为"自度新曲，必如姜尧章、周美成、张叔夏、柳耆卿辈，精于音律，吐辞即叶宫商者，方许制作。若偶习工尺，遽尔自度新腔，甘于自欺而欺人，真不足当大雅之一噱。古人格调已备，尽可随意取填。自好之士，幸勿自献其丑也"④。清人对明人自度曲予以批评，认为只有像柳永、周邦彦、姜夔、张炎等精于音律的词人方可作自度曲，其他在宫调失传情况下的自度曲只是自欺欺人而已。

四 强调由技进乎道

陈聂恒主张词的创作要由技而进乎道。其具体做法是填词时须"精雕细琢"，而后加以修饰，以期达到自然熨帖、浑然天成的艺术表现效果。

陈聂恒在《读宋词偶成绝句十首》（之四）中云："张子论词先所志，

---

① 唐圭璋编：《全宋词》，中华书局1965年版，第3475页。
② 永瑢等：《四库全书总目》，中华书局1965年版，第1835页。
③ 万树：《词律》，上海古籍出版社1984年版，第6页。
④ 唐圭璋编：《词话丛编》，中华书局1986年版，第2515页。

不为物役正且平。乃知道也进乎技，书之座右箴诸生。"① 张炎在《词源》中指出："词欲雅而正，志之所之，一为情所役，则失其雅正之音。"② 即词的创作不应为情所累，表现太过直露，而应含蓄曲婉方为"雅正"。陈聂恒在此称赞张炎，认为他将"雅正"作为艺术实践目标，已达到"道"的境界。另一方面，陈聂恒也表明填词应经过不懈实践，在反复的创作体悟中积累经验，最终才能达到游刃有余的境界。而对于具体的实践方式，陈聂恒在第五首论词绝句中有所指明。其云："细意自然兼熨帖，象床玉手最相宜。裁缝须灭针线迹，不尔裂帛即可为。"③ 陈聂恒化用杜甫《白丝行》中的诗句，将填词之事比喻为裁剪衣裳。此中，"象床"指机床，"玉手"指织女。而作词时字雕句琢、审音协律正如衣服之针线要精心细密。衣服缝好之后须消弭针线的痕迹，讲求蕴藉，最终才会具有自然熨帖的效果。由此观之，陈聂恒主张词的创作由技而进乎道，创作中要精思巧构、不露痕迹。

综上所述，陈聂恒对于清初一些文人以词为小道而多不屑于创作加以批评，并从诗词同源的角度对词体予以了推尊。在论说词作时，以含蓄蕴藉为本色，而婉约词中又推扬以吴文英、姜夔、张炎等人为代表的格律派，认为其善于精思巧构、审音协律，遣辞造境均避俗崇雅。最后，落实到具体的创作之上，陈聂恒主张词的创作要由技而进乎道，要精心雕琢又不露痕迹，不断实践才能成就好的作品。陈聂恒的《读宋词偶成绝句十首》明确体现出"有意为之"的创作态度，呈现出较为丰富的批评内涵，在我国传统词学史上有着独特的价值。

第二节 李其永《读历朝词杂兴》的批评观念与论说特点

李其永（生卒年不详），字漫翁，苏州吴县籍诸生，充武英殿校书，

---

① 程郁缀、李静：《历代论词绝句笺注》，北京大学出版社2014年版，第21页。
② 张炎著，夏承焘校注：《词源注》；沈义父著，蔡嵩云笺释：《乐府指迷笺释》，人民文学出版社1963年版，第29页。
③ 程郁缀、李静：《历代论词绝句笺注》，北京大学出版社2014年版，第21页。

享年八十七岁,善诗文,精书法,著有《贺九山房诗集》、《雨窗词》等。其《读历朝词杂兴》(三十首)收录于《贺九山房诗集》卷一之中。它以绝句的形式论说了自唐代至南宋的词人词作词事。其论涉的词家有李存勖、南唐后主李煜、花蕊夫人、柳永、张先、宋祁、苏轼、黄庭坚、贺铸、毛滂、宋徽宗赵佶、陆游、辛弃疾、刘过、史达祖、吴文英、周密等。李其永的词学批评观念,较为集中地体现在两个方面:一是欣赏悲情之作;二是肯定不同的艺术表现。在批评形式上,并无固定的模式,采取一人一评或多人合于一评等进行论说。

一 批评观念

(一)欣赏悲情之作

在词的演化发展过程中,悲情之词始终占据着重要的一席。词家于作品的字里行间,表露出个人的风霜雨雪之感及黍离麦秀之悲,词人由内而外抒发的悲痛之情使作品沉郁深致、韵味无穷。在《读历朝词杂兴》(三十首)中,李其永高标南唐后主李煜、花蕊夫人、宋徽宗赵佶、辛弃疾等人的悲情之作。

李其永的《读历朝词杂兴》(之三)评李煜云:"凤笙冷落旧宫臣,隐隐伤心到晚春。欲问江南知好否,断花飞絮正撩人。"[1] 李其永认为,李煜词满是伤心之语。作者将现实生活中所遭遇的苦难化为"凤笙涕泪"、"断花飞絮",并以此表现内心的悲切哀婉之情。诗句"凤笙冷落旧宫臣",出自李煜的《望江南》一词,其中有"凤笙休向泪时吹,断肠更无疑"之句。此词是李煜被囚时整日以泪洗面的真实写照。词人心事不敢明言,往日寄情托意之凤笙也无法吹起。于是,"断肠更无疑"一句,将作者的无奈心绪淋漓尽致地宣泄了出来。"欲问江南知好否,断花飞絮正撩人",出自李煜的另一首《望江南》词。其有云:"闲梦远,南国正芳春。船上管弦江面渌,满城风絮辊轻尘。忙杀看花人。"词中,作者的自伤之情、亡国之恸跃然于纸上。在梦境中,词人回到故国,生活富足欢愉,与现今阶下囚的景况形成鲜明对比,表达出对往昔的眷恋,可眷恋越是深

---

[1] 程郁缀、李静:《历代论词绝句笺注》,北京大学出版社2014年版,第30页。

沉，今时的哀感就愈发沉重。词家以欢乐之梦境衬托今时之哀感，尽表囚居之伤痛。李其永持论，词家执笔叙哀，坦吐愁恨，显示出极大的艺术感染力。

李其永的《读历朝词杂兴》（之七）评贺铸云："可堪时候又黄梅，无数闲愁得得来。直把年华等风絮，断肠宁独贺方回。"① 李其永认为，贺铸词由情生愁，悲思纷纷。作者立意新奇，以博喻手法将无形之悲愁变得具体生动，兴起观者无尽的想象。诗句"可堪时候又黄梅，无数闲愁得得来"，指贺铸的《横塘路》一词中有"若问闲情都几许？一川烟草，满城风絮，梅子黄时雨"之句。作者将难以诉说、漫无边际而又缥缈不定的惆怅情怀，比拟为"一川烟草，满城风絮，梅子黄时雨"。"直把年华等风絮，断肠宁独贺方回"，指贺铸的《横塘路》一词中有"锦瑟年华谁与度。月桥花院，琐窗朱户。只有春知处。飞云冉冉蘅皋暮。彩笔新题断肠句"之句。该词中，作者以邂逅美人展开描写。佳人的背影已渐行渐远、可望而不可即，基于此，他展开丰富的想象，用无限叹惋的笔调描写美人独处闺阁之景。佳人美艳绝伦但可望而不可求，词人不觉悲从中来，书写下柔肠寸断的词句。李其永结合贺铸之句，标示出"黄梅"、"烟草"、"风絮"等意象，并言说出词之风物尽显作者哀婉凄凉之神。

李其永的《读历朝词杂兴》（之九）评辛弃疾云："停云老子擅风流，醉便狂歌不惯愁。任是蒲萄高索价，一年浑觅酒交流。"②"停云老子"指辛弃疾。李其永认为，辛弃疾借酒赋诗，消释胸中的悲愁。其《雨中花慢》一词中有"停云老子，有酒盈尊，琴书端可消忧"之句。《雨中花慢》作于南宋宁宗庆元六年（1200），辛弃疾此时闲居于江西铅山瓢泉。词的上片，立足于言说吴子似的怀才不遇，辛弃疾认为吴子似满腹才华却屈居人下，作者虽用调侃的语气言及此事，却饱含对现实的强烈讽刺。词的下片，主要围绕作者孤寂的生活而展开书写。落职闲居，唯有以酒赋诗，排遣心中的苦闷。作者极尽笔墨表达落魄之时需要友人的劝慰，可实质上友人已别，无人把酒言欢，表达出其对友人吴子似的不舍之情。李其永围绕辛弃疾的送别词，言简意赅地点明了词的情感内涵。

---

① 程郁缀、李静：《历代论词绝句笺注》，北京大学出版社2014年版，第31页。
② 程郁缀、李静：《历代论词绝句笺注》，北京大学出版社2014年版，第32页。

李其永的《读历朝词杂兴》（之二十三）评南唐后主李煜、宋徽宗赵佶云："无限思量去故宫，岂知双燕意难通。居然小令南唐好，一晌贪欢是梦中。"①李其永认为，李煜、赵佶词中都流露出伤感悲凉之意。诗句"无限思量去故宫，岂知双燕意难通"，是指赵佶的《燕山亭》一词中，其有云："凭寄离恨重重，这双燕何曾会人言语。天遥地远，万水千山，知他故宫何处。怎不思量，除梦里、有时曾去。无据。和梦也、有时不做。"此词中，作者从杏花凋零的叹惋声中，转接到直抒胸中的哀感悲凉，见南归寻巢的双燕有所触发，本想通过双燕托寄重重离恨，可双燕何曾能领会自己胸中的万千头绪。此词乃宋徽宗赵佶被虏之后受押解途中所作。北行途中，作者遭受了种种磨难，回首南望，再也见不到汴京城，心情陷入绝望之中，如泣如诉的笔调之下，早已哀痛至极、肝肠寸断。"居然小令南唐好，一晌贪欢是梦中"，乃指南唐后主李煜《浪淘沙》一词中有"梦里不知身是客，一晌贪欢"之句。此词是对作者囚禁生活中一个片段的书写。在梦中，词人忘记了囚徒身份，如往昔一般过着欢乐无忧的生活。重温昔日的欢愉之景，是在缅怀逝去的岁月，"不知"、"一晌"等字眼，反衬出词人深深的悲哀。李煜、赵佶的断肠之音，概括出人生最真切的伤心悲痛。李其永将两人合于一诗中进行论评，道出了词家以细腻的情感、悲凉的笔调，倾诉出常人难以言明的苦楚。

（二）肯定不同的艺术表现

在论词绝句中，李其永肯定不同的艺术表现。他认为，词的创作不能只沉溺于情感的宣泄，而应体现出创作者多样的艺术路径与风貌。李其永对词人所呈现的不同艺术表现持肯定之态。他称赏宋祁词有风情，高标张先词风流洒脱，称扬陆游高迈的人格精神。总之，对词的不同艺术表现持兼赏之态。

李其永的《读历朝词杂兴》（之十一）云："人生何事只言愁，莫遣凄惶又感秋。看罢柳枝衰飒了，夕阳还到酒家楼。"②李其永认为，词的创作应立足于人的真挚情性，其艺术魅力正由创作者的情感统摄而来。他持论，创作者应秉持通脱超迈的态度，即使身处逆境，意志也不能消沉，应

---

① 程郁缀、李静：《历代论词绝句笺注》，北京大学出版社2014年版，第39页。
② 程郁缀、李静：《历代论词绝句笺注》，北京大学出版社2014年版，第33页。

以豁达超脱的态度面对生活。诗中,"凄惶"、"感秋"等情感体验与"柳枝衰飒"的衰败之象,让人联想到生活中的磨难,面对生活中的风雨,李其永指出了应对之策——"人生何事只言愁",他的回答是要将满腔的豁达与超脱倾泻而出。李其永主张,在情感呈现上,应不拘泥于小儿女情态,而要超拔于时俗,以积极旷达的态度领略自然与生活之美,于凄凉中找寻慰藉,于绝望中寻觅希望。总之,在诗中,李其永认为面对逆境应通透洒脱,这也是词的创作得以充蕴魅力的源泉所在。

李其永的《读历朝词杂兴》(之十六)评宋祁云:"可喜当时小宋名,清词一一见风情。银筝罢后微吟在,先到花间教乳莺。"① 宋祁与其兄宋庠并有文名,时人称为"大小宋"。李其永认为,宋祁词语言表现清丽,颇显风流之面目,融含醇厚之韵味。他因《玉楼春》中有"红杏枝头春意闹"之句,而被称誉为"红杏尚书"。整体观之,《玉楼春》辞情俱佳,描绘了春日绚丽的景致,表达了及时行乐的人生意趣。全词张弛井然,收放有度,语言工致华美而不显轻佻,言情率真而不见扭捏之态,作者以清新的笔调描写春景,表现出对大好春光的由衷赞美。李其永正是从宏观角度称扬了宋祁词之风貌,认为其彰显出诗酒生活的风流,风格疏朗俊逸。

李其永的《读历朝词杂兴》(之十七)评陆游云:"不惜貂裘换钓篷,一身来往绿波中。鱼竿长在桃花树,春色山阴陆放翁。"② "不惜貂裘换钓篷",指陆游《恋绣衾》一词。其有云:"不惜貂裘换钓篷。嗟时人、谁识放翁。归棹借、樵风稳,数声闻、林外暮钟。幽栖莫笑蜗庐小,有云山、烟水万重。半世向、丹青看,喜如今、身在画中。""貂裘"指词人征战时的战袍,"钓篷"隐喻闲居生活。陆游的人生志向是收复中原失地,可现实中遭受谗佞之臣的打压,壮志难酬,"嗟时人、谁识放翁",正是作者万千感慨的表达。举国上下少有人识,英雄只能慢慢老去,心中的热血也随之消退。在后三句中,李其永指出,词人归隐山水,以高迈豁达的态度面对现实人生。早间,驰骋疆场,为收复失地而奔走呼号,如今只能于诗画之作中窥探大好河山。李其永道出了作者归隐之因,又点出了"绿波"、"鱼竿"、"桃花树"、"春色"等绝美的景致,表明归隐后生活的自

---

① 程郁缀、李静:《历代论词绝句笺注》,北京大学出版社2014年版,第36页。
② 程郁缀、李静:《历代论词绝句笺注》,北京大学出版社2014年版,第36页。

寄自适，体现出了词人高迈的志向与豁达的人生态度。

李其永的《读历朝词杂兴》（之十八）评张先云："风流八十尚书郎，花月吟多鬓亦香。扶杖归来忘已老，自穿红影入茅堂。"① 李其永认为，张先风流潇洒，其词呈现出风流华美之面貌，在词坛上享有盛名。"风流八十尚书郎"，指词人的风流韵事。张先于八十岁时，尚娶有十八岁女子为妾。为此，他赋诗云："我年八十卿十八，卿是红颜我白发。与卿颠倒本同庚，只隔中间一花甲。""花月"句、"自穿"句，指张先《木兰花》一词。其有云："人意共怜花月满。花好月圆人又散。欢情去逐远云空，往事过如幽梦断。草树争春红影乱。一唱鸡声千万怨。任教迟日更添长，能得几时抬眼看。"此词用语清新、晓畅圆融，词人以"花"、"月"意象来表现人生感悟。人们都喜欢花好月圆，可花好月圆之际，相互惦念的人又无法团聚，词作深切地表现出了人间美事不可得兼的道理。

二 论说特点

（一）内容丰富而显有所纷杂

李其永的《读历朝词杂兴》，大致处于论词绝句探索发展的过渡阶段。其题名《读历朝词杂兴》，未在题名中直接标示为论说之体，在论说形式上仍然体现出尝试与"随兴"之意，说明李其永论词绝句的创作仍包含一定的偶兴感发成分。从数量上看，《读历朝词杂兴》共三十首诗，这一数量在论词绝句发展的前期是很少有的，而在其发展的中期相对比较常见。据此，大致可以推断，李其永《读历朝词杂兴》的创作，大致处于论词绝句发展前期、趋向中期比较成熟的阶段。它在论说内容上比较丰富而显得有所纷杂。

如，李其永认为李煜、贺铸、辛弃疾、赵佶等人的词乃悲情之作，他持论，以上词人的创作都体现出以悲为美的特质。其《读历朝词杂兴》（之三）评南唐后主李煜云："凤笙冷落旧宫臣，隐隐伤心到晚春。欲问江南知好否，断花飞絮正撩人。"② "凤笙冷落旧宫臣，隐隐伤心到晚春"，乃指李煜的《望江南》一词。其第二首中有云："凤笙休向泪时吹，断肠

---

① 程郁缀、李静：《历代论词绝句笺注》，北京大学出版社2014年版，第37页。
② 程郁缀、李静：《历代论词绝句笺注》，北京大学出版社2014年版，第30页。

更无疑。""欲问江南知好否,断花飞絮正撩人",指李煜的另一首《望江南》词。其中有云:"船上管弦江面渌,满城风絮辊轻尘。忙杀看花人。"李煜的两首《望江南》,分别描写了江南春、秋的景色之美。作者通过对江南美景的描绘,表达出怀念过去、思念故国的情感。李其永持论,《望江南》为李煜沦为阶下囚时所作,作者梦忆江南、魂归故国,两首词言辞精练,以反写正,以乐景衬托哀情,在今与昔的反差中,寄寓了词人对往昔生活的无限眷恋,表现出无尽的悲凉之情,意蕴深厚。其《读历朝词杂兴》(之七)评贺铸云:"可堪时候又黄梅,无数闲愁得得来。直把年华等风絮,断肠宁独贺方回。"[1] 李其永持论,贺铸词运用具体生动的景物,表现难以捉摸的细致情感。作者的情感转化是可见可闻的,于景中见愁,以有形之景显现无形之情,情感表现意蕴深长。其《读历朝词杂兴》(之二十三)评宋徽宗赵佶云:"无限思量去故宫,岂知双燕意难通。居然小令南唐好,一晌贪欢是梦中。"[2] 此诗,李其永意在评析赵佶的《燕山亭》一词。该词创作于宋徽宗赵佶被掳北行途中。一路上,只见杏花盛开,作者看到这蓬勃的生命,油然想到的却是几番风雨,满地残红。词人怜花实际上是在怜己,杏花被风雨摧残的衰败景象,象征着美好事物的逝去,也暗示着词人所经历的悲惨遭遇。李其永认为,赵佶的《燕山亭》一词言辞中充满悲伤之情,所表现出的哀恸是难以言喻的。

李其永的《读历朝词杂兴》中,也有对相关词事的言说与究明。其第十二首诗云:"大江豪气已都非,芳草天涯未许归。独有闲愁偏惹恨,朝云又作柳绵飞。"[3] 苏轼的《蝶恋花·春景》中有云:"枝上柳绵吹又少,天涯何处无芳草。"在词中,作者描绘了一幅晚春时节的景致,展示出一幕痴情的单相思图卷。词作充满青春活力,也流露出词人对春光流逝、佳人难见的深切感喟。清代,张宗橚在《词林纪事》中引《林下词谈》云:"子瞻在惠州,与朝云闲坐。时青女初至,落木萧萧,凄然有悲秋之意。命朝云把大白,唱'花褪残红',朝云歌喉将啭,泪满衣襟。子瞻诘其故,答曰:'奴所不能歌者,是枝上柳绵吹又少,天涯何处无芳草'也!子瞻

---

[1] 程郁缀、李静:《历代论词绝句笺注》,北京大学出版社2014年版,第31页。
[2] 程郁缀、李静:《历代论词绝句笺注》,北京大学出版社2014年版,第39页。
[3] 程郁缀、李静:《历代论词绝句笺注》,北京大学出版社2014年版,第34页。

大笑曰：'是吾正悲秋，而汝又伤春矣。'遂罢。朝云不久抱疾而亡，子瞻终身不复听此词。"① 此则材料，有力地印证了有关苏轼和朝云共与四季感通之事。在诗中，李其永对苏轼的《蝶恋花·春景》相关词事也进行了言说与究明。"朝云又作柳绵飞"，指朝云吟唱苏轼的《蝶恋花·春景》时，到"枝上柳绵吹又少，天涯何处无芳草"二句，便哽咽而不能歌。可见该词所蕴含的情感内涵绝非一般，它道出了时光的无情流逝与人生的短促有限之间不可通约的矛盾。李其永在诗中以言及事典的形式对苏轼词予以了高度称扬。

（二）较为宏通的批评视野

李其永的《读历朝词杂兴》，较早以组诗的形式与面貌呈现，其涉及唐代至南宋的词家词作词事，有力地扩展了批评视域，体现出勾勒词史流变发展之意。其《读历朝词杂兴》（之一）云："风流天宝老词坛，羯鼓能挝胜管弦。不道淋铃皆入调，蜀山秋雨李龟年。"② 李其永以唐代天宝年间的词坛为论说之源，进而开启词史之论。在诗中，他表明，天宝年间的词多有倚声之质性，体现出该时期填词多注重词的音乐性特征。而后，李其永论涉了唐代末年的李存勖之作。其《读历朝词杂兴》（之四）云："薄罗衫子缝金泥，梦里阳台意亦迷。只有故宫如梦令，夜深残月唱还低。"③ 诗中，李其永化用李存勖《阳台梦》中的"薄罗衫子金泥缝"、"又入阳台梦"，以及《如梦令》中的"如梦，如梦，残月落花烟重"之句，虽未明显表示出对词人词作的态度，但将词人佳作展示于读者眼前，其意是不言而喻的。在余下的诗中，李其永论涉了五代十国时期词人李煜、花蕊夫人，北宋至南宋时期的词家柳永、张先、宋祁、苏轼、黄庭坚、贺铸、毛滂、宋徽宗赵佶、陆游、辛弃疾、刘过、史达祖、吴文英、周密等。总体来看，李其永意欲勾勒出自唐代至南宋的词的发展线索，呈现出词史流变的主体面貌及其特征，体现出了较为宏通的批评视野。

（三）以词中之句语入诗

在《读历朝词杂兴》（三十首）中，李其永多以词人词作中的句语入

---

① 张璋选编，黄畬笺注：《历代词萃》，河南人民出版社1983年版，第100页。
② 程郁缀、李静：《历代论词绝句笺注》，北京大学出版社2014年版，第28页。
③ 程郁缀、李静：《历代论词绝句笺注》，北京大学出版社2014年版，第30页。

诗。如，其第四首诗云："薄罗衫子缝金泥，梦里阳台意亦迷。只有故宫如梦令，夜深残月唱还低。"① 此诗主要化用了李存勖的词句。"薄罗衫子缝金泥，梦里阳台意亦迷"，出自李存勖的《阳台梦》一词，其中有"薄罗衫子金泥缝"、"又入阳台梦"、"只有故宫如梦令，夜深残月唱还低"之句。李存勖的《如梦令》一词中，又有"如梦，如梦，残月落花烟重"之句。李其永将它们有机地化为了论词绝句的组成部分。其《读历朝词杂兴》（之九）云："停云老子擅风流，醉便狂歌不惯愁。任是蒲萄高索价，一年浑觅酒交游。"② 诗中，"任是"二句，援引于辛弃疾的《雨中花慢》一词。其有云："笑千篇索价，未抵蒲萄，五斗凉州。"其《读历朝词杂兴》（之十三）云："豫章老子最诗狂，纤语偏能写断肠。醉去烛花红豆里，鬓边忘却有新霜。"③ "醉去烛花红豆里"，化用自黄庭坚的《忆帝京·私情》一词中的"银烛生花如红豆"之句。其《读历朝词杂兴》（之十七）云："不惜貂裘换钓篷，一身来往绿波中。鱼竿长在桃花树，春色山阴陆放翁。"④ 诗中，"不惜貂裘换钓篷"一句，出自陆游的《恋绣衾》一词。其有云："不惜貂裘换钓篷。嗟时人、谁识放翁。"其《读历朝词杂兴》（之十八）云："风流八十尚书郎，风月吟多鬓亦香。扶杖归来忘已老，自穿红影入茅堂。"⑤ 诗中，"花月"、"红影"两个意象，出自张先的《木兰花》一词。其有云："人意共怜花月满"、"草树争春红影乱"。其《读历朝词杂兴》（之二十一）云："重翻双燕曲犹新，到得歌残又一春。莫管呢喃声不住，柳昏花暝是何人。"⑥ 诗中，作者援引史达祖的《双双燕》一词。其有云："又软语、商量不定。""红楼归晚，看足柳昏花暝。"其《读历朝词杂兴》（之二十二）云："碧簟琉璃称晚凉，戏调小语促残妆。可怜幽梦谁还觉，肯逐流莺过短墙。"⑦ 诗中，"肯逐流莺过短墙"，援于吴文英的《双双燕》一词。其有云："尽日向、流莺分诉。还过短墙，

---

① 程郁缀、李静：《历代论词绝句笺注》，北京大学出版社2014年版，第30页。
② 程郁缀、李静：《历代论词绝句笺注》，北京大学出版社2014年版，第32页。
③ 程郁缀、李静：《历代论词绝句笺注》，北京大学出版社2014年版，第34页。
④ 程郁缀、李静：《历代论词绝句笺注》，北京大学出版社2014年版，第36页。
⑤ 程郁缀、李静：《历代论词绝句笺注》，北京大学出版社2014年版，第37页。
⑥ 程郁缀、李静：《历代论词绝句笺注》，北京大学出版社2014年版，第38页。
⑦ 程郁缀、李静：《历代论词绝句笺注》，北京大学出版社2014年版，第38页。

谁会千言万语。"其《读历朝词杂兴》（之二十三）云："无限思量去故宫，岂知双燕意难通。居然小令南唐好，一晌贪欢是梦中。"①诗中，"无限思量去故宫"，援引于宋徽宗赵佶的《燕山亭》一词。其有云："天遥地远，万水千山，知他故宫何处。怎不思量。""一晌贪欢是梦中"，乃指南唐后主李煜的《浪淘沙令》一词。其有云："梦里不知身是客，一晌贪欢。"李其永对摘句之法甚为喜爱，其三十首论词绝句中，明显的摘用词家语句的达八首之多。从摘句形式看，除"薄罗衫子缝金泥"（评李存勖）、"不惜貂裘换钓篷"（评陆游）两处较为完整的摘录之外，其余均为化用或承袭作品中的一二个语词，各见其运用之妙。

总体来看，李其永《读历朝词杂兴》（三十首）的批评观念，主要体现在两个方面：一是欣赏悲情之作；二是肯定不同的艺术表现。其论说特点，主要体现在三个方面：一是论说内容丰富而显有所纷杂；二是体现出较为宏通的批评视野；三是以词中之句语入诗。其论词绝句虽未以正式的绝句之名而称，所论涉内容也相对比较庞杂，偶感杂兴的意味较为浓厚，但显示出论词绝句之体在转型阶段的独特面貌，具有十分重要的历史价值，在我国传统词学批评史上有着特殊的地位。

第三节　厉鹗《论词绝句十二首》的批评观念与论说特点

厉鹗（1692—1752），字太鸿，又字雄飞，号樊榭、南湖花隐等，钱塘（今浙江杭州）人。清代诗人、词人、批评家，浙西派中期代表人物。其一生著述颇丰，有《樊榭山房集》、《宋诗纪事》、《辽史拾遗》、《秋林琴雅》等。

词继元明渐趋衰落之后在清代迎来中兴，作为词学批评重要方式的论词绝句亦随之蓬勃发展。厉鹗工于诗词，创作有《论词绝句十二首》。其中，论历朝词人词作共九首，论及《花间集》（算一人）、张先、柳永、晏几道、贺铸、姜夔、《乐府补题》（算一人）、张炎、《中州乐府》（算一

---

① 程郁缀、李静：《历代论词绝句笺注》，北京大学出版社2014年版，第39页。

人)、刘辰翁；论本朝词人三首，论及朱彝尊、严荪友、万树。该组论词绝句体现出独特的批评观念与论说特点。在厉鹗之前，虽有文人以论词绝句的形式评说词人词作，但较为随意。至厉鹗的《论词绝句十二首》出现，其论说之正式性与开创性，使论词绝句体制始有新貌，在传统论词绝句发展史上显示出极为重要的价值及地位。

一　批评观念

作为浙西派中期的代表人物，厉鹗的论词绝句所体现的批评观念与浙西派崇尚南宋，师尊姜夔、张炎，倡导雅正之词的主张一致，他追求清醇雅正的艺术风格。"雅"具体在内容上表现为醇雅，格高韵胜；在形式上讲求句琢字炼，合于音律。另外，厉鹗强调词的创作应该寄托主体情感志意，表现清秀深婉之美。

(一) 师法姜夔、张炎

浙西词派宗法南宋，尤其推崇姜夔、张炎的词风，以姜、张为典范。

其一是南宋词人尤其是姜夔、张炎词风淳雅精致。厉鹗的《论词绝句十二首》(之五)论姜夔云："旧时月色最清妍，香影都从授简传。"[1] 其第七首论张炎云："玉田秀笔溯清空，净洗花香意匠中。"[2] 厉鹗明确道出对姜夔词清迈妍俊、张炎词清彻空灵艺术风格的称赏。汪沆在《籽香堂词序》中曾转述其论词旨趣，点明唯有姜夔、张炎等人"清真雅正，为词律之极则"[3]，厉鹗推姜夔、张炎为词家极诣。

其二是以姜夔、张炎为代表的词人之作格律严谨。姜夔、张炎二人创作皆讲究格律，其中张炎尤为重视音律规范。其《词源》指出"雅词协音，虽一字亦不放过"，"词之作必须合律"[4]。"合律"正是浙西词派推崇姜夔、张炎等人的内在原因。朱彝尊曾在《水村琴趣序》中批评明代词风不振。其云："夫词自宋元以后，明三百年无擅场者，排之以硬语，每与

---

[1] 程郁缀、李静：《历代论词绝句笺注》，北京大学出版社2014年版，第48页。
[2] 程郁缀、李静：《历代论词绝句笺注》，北京大学出版社2014年版，第50页。
[3] 清代诗文集汇编委员会编：《清代诗文集汇编》(第301册)，上海古籍出版社2010年版，第452页。
[4] 唐圭璋编：《词话丛编》，中华书局1986年版，第256页。

调乖；窜之以新腔，难与谱合。"① 为了革除明词浅俗浮艳、不协声律所产生的不良影响，朱彝尊与汪森选编有《词综》。在《词综序》中，汪森指出，"鄱阳姜夔出，句琢字炼，归于醇雅"②，明确浙西派宗尚南宋实乃取法姜夔等人句琢字炼的醇雅词风。继《词综》之后，《绝妙好词》推尊姜夔，倡导格调雅正，强调协律合谱。张炎曾评《绝妙好词》为"精粹"。因与浙西词派的审美倾向相近而得到大力提倡，厉鹗与查为仁为之作笺。厉鹗在序中云："宋人选本朝词，如曾端伯《乐府雅词》、黄叔旸《花庵词选》，皆让其精粹。盖词家之准的也。"③《绝妙好词笺》成为推崇南宋雅词颇有影响的选本。

（二）推崇雅正

有清一代，雅俗呈现成为词学批评的重要标准。浙西派十分推崇雅正婉约之词。厉鹗将浙西派的宗旨概括为尚雅黜俗。雅正的内涵，主要体现在两个方面：首先，在内容上表现为以醇雅为上，提倡格高韵胜。厉鹗《论词绝句十二首》（之二）云："张柳词名枉并驱，格高韵胜属西吴。可人风絮堕无影，低唱浅斟能道无。"④ 厉鹗认为，人们枉将张先和柳永并称，实则柳不及张，因张先词"格高韵胜"，像"柳径无人，堕絮飞无影"这样的句子，是专写浮艳之词的柳永所创作不出来的。厉鹗在此张扬张先而贬抑柳永，便是秉持崇雅黜俗的批评观念，接续浙西六家清雅词风而标榜醇雅。朱彝尊在《群雅集序》中云："昔贤论词必出于雅正，是故曾慥录《雅词》，鲖阳居士辑《复雅》也。"⑤ 朱彝尊提出以雅为宗尚的论词主张，而且认为"言情之作，易流于秽，此宋人选词多以雅为目"（《词综·发凡》）⑥，即认为南宋人择选词作亦坚持雅之标准。朱彝尊在创作过程中践行这一原则，其词具有明显的姜派风格特征。作为浙西派后继者的厉鹗，其在《论词绝句十二首》（之十）中亦云："偶然燕语人无语，

---

① 朱彝尊：《曝书亭集》，商务印书馆1935年版，第666页。
② 朱彝尊、汪森编：《词综》，岳麓书社1995年版，第1页。
③ 厉鹗：《樊榭山房集》，商务印书馆1936年版，第756页。
④ 程郁缀、李静：《历代论词绝句笺注》，北京大学出版社2014年版，第46页。
⑤ 朱彝尊：《曝书亭集》，商务印书馆1935年版，第668页。
⑥ 朱彝尊、汪森编：《词综》，岳麓书社1995年版，第13页。

心折小长芦钓师。"① 表达倾心折服于朱彝尊，其尚雅观点自与朱彝尊一致。在《群雅词集序》中，厉鹗指出词源于乐府，乐府源于《诗经》，将雅正之源追溯至《诗经》之中。其云："四诗大、小雅之材，合百有五，材之雅者，《风》之所由美，《颂》之所由成，由《诗》而乐府，而词，必企夫雅之一言，而可以卓然自命为作者。故曾端伯选词名《乐府雅词》，周公瑾善为词，题其堂曰志雅。词之为体，委曲啴缓，非纬之以雅，鲜有不与波俱靡，而失其正者矣。"② 在厉鹗看来，词源于《诗经》并承其"材之雅者"，经由乐府之体发展而来，因此必须坚持雅正的方向，这可视为其标榜雅词的宣言。厉鹗因此对艳词和俗调持批评之见，其贬低柳永也便在情理之中了。

厉鹗在《论词绝句十二首》（之四）中云："贺梅子昔吴中住，一曲横塘自往还。难会寂音尊者意，也将绮障学东山。"原注："洪觉范有和贺方回《青玉案》词，极浅陋。"③ 在佛教中，将涉及闺门、爱欲等的华艳辞藻及杂秽之语称为绮语，烦恼和业障称之为障。厉鹗讥评惠洪习效贺铸作艳词，所和《青玉案》一词给人以艳俗之感而觉其浅陋，此中体现出他对艳俗词的批评及对雅词的倾心宗尚。

其次，在形式上讲求句琢字炼，合于音律。厉鹗《论词绝句十二首》（之八）云："《中州乐府》鉴裁别，略仿苏黄硬语为。若向词家论风雅，锦袍翻似让吴儿。"④ 厉鹗认为，《中州乐府》推崇"硬语"与豪放之风，所辑金人词作模仿苏轼、黄庭坚等人，语言风格硬实生健，实非"风雅"之举。故而反用元好问《自题〈中州集〉后五首》（之一）"邺下曹刘气尽豪，江东诸谢韵尤高。若从华实评诗品，未便吴侬得锦袍"一诗之意，谓金人词不及南宋之作。浙西派宗尚南宋，以南宋词严于声律且精于铸词，讲求字雕句琢，合于音律。

厉鹗的《论词绝句十二首》（之十二）论万树云："去上双声子细论，荆溪万树得专门。欲呼南渡诸公起，韵本重雕菉斐轩。"原注："近时宜兴

---

① 程郁缀、李静：《历代论词绝句笺注》，北京大学出版社2014年版，第51页。
② 厉鹗：《樊榭山房集》，商务印书馆1936年版，第477页。
③ 程郁缀、李静：《历代论词绝句笺注》，北京大学出版社2014年版，第47页。
④ 程郁缀、李静：《历代论词绝句笺注》，北京大学出版社2014年版，第50页。

万红友《词律》严去、上二声之变，本宋沈伯时《乐府指迷》。余曾见绍兴二年刊《菉斐轩词林要韵》一册，分东红、邦阳等十九韵，亦有上去入三声作平声者。"① 清初，万树在《词律》中对词之格律进行了系统的整理。纪昀等的《四库全书总目提要》评道："唐宋以来倚声度曲之法久已失传，如树者，故已十得八九矣。"② 此语充分肯定了万树《词律》的价值。而《菉斐轩词韵》是古老的词韵之书，厉鹗认为是宋人词韵，然陈廷焯、吴衡照及陆銮等人皆考证此为北曲，非宋人订正。不过这并不影响厉鹗对词之声律运用的推崇。他在诗中盛赞万树及其《词律》，主张"细论"、"去上双声"，认为南渡诸公严守词律，主张师法南宋，强调严于词律，而谨守词律便是词之雅正呈现的重要表征。

（三）强调兴寄

清初词学在推尊词体的大背景下，大量借用诗学话语，使传统词学呈现出鲜明的诗学化倾向。其中，重视比兴寄托便是对诗学批评借鉴的体现。承诗学比兴传统，厉鹗论词亦强调兴寄，以情志为尚，传达创作主体内心的真情实感。

厉鹗的《论词绝句十二首》（之一）云："美人香草本《离骚》，俎豆青莲尚未遥。颇爱《花间》断肠句，夜船吹笛雨潇潇。"③ 厉鹗追溯词之起源，以其出自《离骚》借以尊体。我国诗歌创作素有"香草美人"之喻的传统，厉鹗将词的产生上溯至《离骚》，借托香草美人之物以书写情志。他认为，李白与花间词人承袭《离骚》兴寄传统，以《花间集》中皇甫松的《梦江南》一词最为典范。"闲梦江南梅熟日，夜船吹笛雨潇潇"，作者以寥寥数语便勾勒出江南暮春雨夜朦胧之景象，将主体情绪隐藏在景象之后，落笔处尽显对故乡的浓重思念之情。

在《论词绝句十二首》（之九）中，厉鹗论刘辰翁等"凤林书院"体词人。其云："送春苦调刘须溪，吟到壶秋（罗志仁）句绝奇。不读凤林书院体，岂知词派有江西。"原注："元《凤林书院词》三卷，多江西

---

① 程郁缀、李静：《历代论词绝句笺注》，北京大学出版社2014年版，第53页。
② 永瑢等：《四库全书总目》，商务印书馆1965年版，第1828页。
③ 程郁缀、李静：《历代论词绝句笺注》，北京大学出版社2014年版，第45页。

人。"① 厉鹗提出江西词派一说，他将刘辰翁、罗志仁等晚宋江西词人称为江西词派。"凤林书院"体，指元代江西庐陵凤林书院刊刻之《凤林书院草堂诗余》，又名《名儒草堂诗余》，收南宋六十二位遗民之作203首，作者多为江西籍。该选本意在体现江西词人的亡国哀思。厉鹗曾校勘此集，他看重的也是词集中所体现与寄托的家国之思等内涵。绝句中所论词人刘辰翁，在南宋遗民中表现爱国情感最为强烈，其词多以"送春"为题以托寄对故国沦亡的哀伤。厉鹗评为"苦调"。如，《兰陵王·丙子送春》一词，作者将日常所见之景赋予主观色彩，烘托南宋灭亡的悲凉之感，巧妙地将伤痛哀悼之情与词中的艺术形象融为一体。

厉鹗在此表达对《花间集》和《草堂诗余》的欣赏，与明末清初《花间集》及《草堂诗余》的广泛传播有一定的关系，但并非推崇"艳词"。清初之后，《花间集》及《草堂诗余》的传播，文人更多地是借其表达政治寓意；而到清代盛世时期，文人们因《花间集》及《草堂诗余》存在艳俗弊端遂弃之，而转向推崇《乐府补题》与《绝妙好词》。

厉鹗在论《乐府补题》时，体现出对有兴寄之作的称赏。其《论词绝句十二首》（之六）云："头白遗民涕不禁，补题风物在山阴。残蝉身世香莼兴，一片冬青冢畔心。"原注："《乐府补题》一卷，唐义士玉潜与焉。"② 《乐府补题》为南宋遗民词集。宋亡后，元代藏传佛教僧人、江南释教总摄杨琏真伽，发掘南宋六位皇帝的陵墓，不仅劫掠陵墓中的珍宝，而且断残墓主肢体。此事在周密的《癸辛杂识》中记载最为详细。杨琏真伽此举引起王沂孙、周密、李居仁、陈恕可、唐珏等人的强烈愤慨。据元代张孟谦《唐珏传》载，唐珏出家资，招里中少年潜收宋帝尸骨，将他们葬于兰亭山，并移宋故宫冬青树植于其上。这些人满怀遗民之恸，托物寄情，借以抒发家国沦亡之悲。后汇成《乐府补题》流传于世。康熙十三年冬天，朱彝尊携复出的《乐府补题》入京，掀起京师词坛依调同题唱和之风，对浙西派产生了重要的影响。因《乐府补题》所选词多以龙涎香、白莲、莼、蟹、蝉等物托寄情感、寓意深厚且不着实处，含蓄蕴藉的风格符合盛世文人寄托情意的艺术趣味，故得浙西诸人大力推崇以扬其宗南宋、

---

① 程郁缀、李静：《历代论词绝句笺注》，北京大学出版社2014年版，第51页。
② 程郁缀、李静：《历代论词绝句笺注》，北京大学出版社2014年版，第49页。

尚醇雅的主张。朱彝尊在《乐府补题序》中云："诵其词可以观志意所存。虽有山林友朋之娱，而身世之感，别有凄然言外者。其骚人《橘颂》之遗音乎？"① 朱彝尊指出《乐府补题》咏物抒情颇有屈原《橘颂》遗音。厉鹗也标举《乐府补题》体现出浙西词旨。

另外，厉鹗的《论词绝句十二首》（之十一）云："闲情何碍写云蓝，淡处翻浓我未谙。独有藕渔工小令，不教贺老占江南。"原注："锡山严中允荪《秋水词》一卷。"② 既指出严绳孙擅长小令，又道出其词浓淡相映、寓浓于淡。在厉鹗看来，严绳孙与贺铸一样，他们的小令同为词中经典。严绳孙的小令之所以让厉鹗青睐，不仅是其措辞闲雅，还因其以情志为尚而铸造雅秀之质。沈雄在《古今词话》中曾言《秋水词》"娟娟静好，行役寄情如此，亦词品之最上乘也"③。沈雄充分肯定严绳孙的寄情手法，将《秋水词》推为词中上乘之作。

从《离骚》、《花间集》、《乐府补题》到《草堂诗余》、《秋水词》，厉鹗始终强调词的兴寄功能。虽然他生活于盛世，没有朝代更迭时期文人对故国的眷念之情，但其托兴更多的是寒士群体的身世之感。厉鹗在《群雅词集序》中评江昉等人云："今诸君词之工，不减小山。而所托兴，乃在感时赋物，登高望远之间。"④ 在《吴尺凫玲珑帘词序》中，其评吴焯云："尺凫之为词也，在中年以后，故寓托既深，揽撷亦富，纡徐幽遂，惝恍绵丽，使人有清真再生之想。"⑤ 厉鹗自己在创作中也十分重视托兴。如，其《湘月》云："何地更著功名，天教老子，付垂纶闲手。细数阑干，问往事，春共横波争秀。乱影风灯，催归晚笛，眷此情依旧。城头生月，作成相思时候。"其情感表现甚为深幽婉转，动人心肠。

（四）崇尚清婉

"清"是我国传统的审美范畴。浙西派在论词时标举"清空"之说，然"清空"作为词论范畴始于张炎。他在《词源》中云："词要清空，不

---

① 朱彝尊：《曝书亭集》，商务印书馆1935年版，第603页。
② 程郁缀、李静：《历代论词绝句笺注》，北京大学出版社2014年版，第52页。
③ 厉鹗：《樊榭山房集》，商务印书馆1936年版，第1048页。
④ 厉鹗：《樊榭山房集》，商务印书馆1936年版，第478页。
⑤ 厉鹗：《樊榭山房集》，商务印书馆1936年版，第477页。

要质实。清空则古雅峭拔，质实则凝涩晦昧。"① 浙西词派尚南宋、尊姜张，自是力倡清彻空灵。不过厉鹗在接受过程中有所侧重，更多地继承了清彻的品格，而于空灵则有所转变为"清婉"，强调词作表现清秀深婉之美。

厉鹗的《论词绝句十二首》（之三）论晏几道云："鬼语分明爱赏多，小山小令擅清歌。世间不少分襟处，月细风尖唤奈何。"② 厉鹗指出了晏几道的小令用语清丽合韵的特点。邵博《邵氏闻见后录》有云："伊川闻诵晏叔原'梦魂惯得无拘检，又踏杨花过谢桥'长短句，笑曰：'鬼语也'！意亦赏之。""鬼语"二字，可见晏几道出语之妙，能在较小的抒情空间里营造出情韵兼胜的艺术效果。厉鹗论姜夔云："旧时月色最清妍，香影都从授简传。赠与小红应不惜，赏音只有石湖仙。"③ 厉鹗此首绝句叙写姜夔与范成大的交往。南宋绍熙二年（1191）冬，姜夔在石湖拜谒范成大，时值湖墅梅花盛开，范成大"授简索词，且征新声"，姜夔遂自度《暗香》、《疏影》二曲以呈，范成大十分赞赏，命自家歌女习唱。家妓善歌者以小红为最，范成大遂将小红赠予姜夔。《暗香》、《疏影》二词历来为论家所称道。厉鹗在此点明姜夔词的最大特点便是"清妍"。厉鹗论张炎云："玉田秀笔溯清空，净洗花香意匠中。羡杀时人唤春水，源流故自寄闲翁。"④ 厉鹗持论张炎之作清彻空灵，以《春水》一词最为绝唱。

不同于前人主"清空"，厉鹗所言之"清"实为"清婉"，他常以清秀深婉的审美主张来评价词人词作。在《红兰阁词序》中，其评张云锦词"清婉深秀，摈去凡净"⑤；在《陆南香白蕉词序》中，其评陆培词"清丽闲婉，使人意消"⑥；在《吴尺凫玲珑帘词序》中，其评吴焯词"纡徐幽邃，惝恍绵丽，使人有清真再生之想"⑦。总体来说，厉鹗所言"清婉深秀"，多指词作具有清淡幽深、超凡脱俗之意境，追求深秀缠绵的弦外余

---

① 唐圭璋编：《词话丛编》，中华书局1986年版，第259页。
② 程郁缀、李静：《历代论词绝句笺注》，北京大学出版社2014年版，第46页。
③ 程郁缀、李静：《历代论词绝句笺注》，北京大学出版社2014年版，第48页。
④ 程郁缀、李静：《历代论词绝句笺注》，北京大学出版社2014年版，第50页。
⑤ 厉鹗：《樊榭山房集》，商务印书馆1936年版，第475页。
⑥ 厉鹗：《樊榭山房集》，商务印书馆1936年版，第475页。
⑦ 厉鹗：《樊榭山房集》，商务印书馆1936年版，第477页。

响。而"清婉深秀"的主张与他自身的生活经历有一定的关系。厉鹗家境贫寒，性格孤峭，仕途坎坷，屡试进士不第。雍正、乾隆时期，统治者大兴文字狱，士人生存甚为艰难。各种因素的综合造成他"不谐于俗"的为人行事风格。以厉鹗为代表的浙西派词人是康乾盛世中的寒士群体，在这样的环境下采取逃避现实的方式，转而体验山水园林之趣以追求清雅。而远离世俗与山水相伴自然使他们的创作带上清迈寒凄的趣味，有清秀深婉之感。厉鹗的"幽隽"之作，如《理安寺》云："老禅伏虎处，遗迹在涧西。岩翠多冷光，竹禽无惊啼。僧楼满落叶，幽思穷板跻。穿林日堕规，泉咽风凄凄。"沈德潜评此诗为神来之笔，认为其状景极工，幽复清冷，颇有一种出世者的静僻境界显现。无怪乎陈廷焯曾以"无一字不清俊"评价其作品。大体说来，浙西派中厉鹗词最得姜夔之神理意味。

二 论说特点

厉鹗的论词绝句体现出自身鲜明的特点。一是他首次在诗题中明确标示为论说之体，为论词绝句正式称名，体现出创作的严肃性、庄正性；二是开创了一人一评的论说形式；三是完善了以注补诗的论说体式。

（一）在诗题中明确标示为论说之体

厉鹗的《论词绝句十二首》首次在题目中冠以"论词绝句"字样，为论词绝句正式称名。在他之前，在题名中未有直接标示"论词绝句"字样者。未直接标示的形式是论词者或在"无意"中以诗的形式论评词人词作，或是自己在读词、选词、编词的过程中有所感悟并以绝句的形式记录下来。如，元明时期的论词绝句有：元淮的《读李易安文》、瞿佑的《易安乐府》、吴宽的《易安居士画像题辞》、王象春的《题〈漱玉集〉》、张娴婧的《读李易安〈漱玉集〉》；清代的论词绝句有：曹溶的《题周青士词卷四首》、李澄中的《易安居士画像题辞》、叶舒崇的《评朱彝尊词》、汪孟鋗的《题本朝词》、潘际云的《题〈断肠词〉》等。其特点是创作者在实际上以论词绝句的体式在评说词人词作，但他们并未明确意识到这便是与论诗绝句一样的论说之体，在论说理念上显示出"无意性"的特征。厉鹗《论词绝句十二首》是首次在题目中标示论词绝句字样的，这表明其已体现出创作的"有意性"特征。此后，许多论词者承纳与衍化厉鹗所明确开创的形式对词人词作进行评说。如：郑方坤的《论词绝句三十六首》，朱依真的《论词绝句二十二首附六首》，沈道宽的《论词绝句四十二首》，宋翔凤的《论词绝句二十首》，王僧保的《论词绝句三十六首》，谭莹的《论词绝句一百首》、《又四十首·专论国朝人》、《又三十六首·专论岭南人》，冯煦的《论词绝句十六首》，潘飞声的《论岭南词绝句二十首》，高旭的《论词绝句三十首》，姚锡均的《际了公论词绝句十二首》，等等。

（二）开创一人一评的论说形式

厉鹗的《论词绝句十二首》开创一人一评的论说形式，导引了后世论词绝句的基本创作路径。在他之前虽有论词绝句出现，然多为零散之作。如元淮的《读李易安文》、瞿佑的《易安乐府》、吴宽的《易安居士画像题辞》、王象春的《题〈漱玉集〉》、张娴婧的《读李易安〈漱玉集〉》、叶舒崇的《评朱彝尊词》等。另外，也有以组诗形式出现的论词绝句。如：曹溶的《题周青士词卷四首》，以四首论词绝句评说周篔词；陈聂恒的《读宋词偶成绝句十首》中有一人一评的形式，亦有一诗评多人的形式。厉鹗开创了一人一评的论说形式，其论词绝句十二首，每首分别评说一个词人或一本词集或一个词人群体。其第一首评《花间集》；第二首评张先；第三首评晏几道；第四首评贺铸；第五首评姜夔；第六首评《乐府补题》；第七首评张炎；第八首评《中州乐府》；第九首评"凤林书院"体词人；第十首评朱彝尊；第十一首评严绳孙；第十二首评万树及其《词律》。这种一人一评的形式开启了后世论词的基本路径，后世评词多以此为参照标准而加以展开。

（三）完善以注补诗的论说体式

厉鹗论词绝句吸取传统的加注方式，完善了以注补诗的论说体式。在他之前，诗后加注现象已经出现，但运用此论说体式的人甚为少见，所加注的文字也仅为一两句话语而已，甚是简单与偶尔为之。厉鹗分别在其论词绝句的第四首、第六首、第七首、第九首、第十首、第十一首、第十二首之后加注，用以对诗作所用事典加以解说，或对诗歌予以补充，或对诗作所涉内容加以说明。如其第七首诗云："玉田秀笔溯清空，净洗花香意匠中。羡杀时人唤春水，源流故自寄闲翁。"原注："邓牧心云：张叔夏词本其父寄闲翁，翁名枢，字斗南，有作在周草窗《绝妙好词》中。"①厉鹗在此对"寄闲翁"做了补充说明。其第十二首诗云："去上双声子细论，荆溪万树得专门。欲呼南渡诸公起，韵本重雕菉斐轩。"原注："近时宜兴万红友《词律》严去、上二声之变，本宋沈伯时《乐府指迷》。余曾见绍兴二年刊《菉斐轩词林要韵》一册，分东红、邦阳等十九韵，亦有上去入三声作平声者。"②厉鹗在注中提出《菉斐轩词韵》乃宋人词韵之书的观点。以注补诗的方式，有利于读者更好地把握诗歌主旨，这对论词绝句容量的先天不足是一个很好的补充延伸。后世很多论词者将其运用于论词绝句之中。如：郑方坤的《论词绝句三十六首》为诗歌加注多达三十四首；吴蔚光的《论词人绝句》九首皆有注；另外，沈道宽的《论词绝句四十二首》、宋翔凤的《论词绝句二十首》、王僧保的《论词绝句三十六首》、谭莹的《论词绝句一百首》等之中皆有不少以注补诗的例证。

总体来看，厉鹗《论词绝句十二首》体现的批评观念主要有四：一是主张师法姜夔、张炎，以他们为创作典范而加以标树；二是倡导雅正，讲究内容醇厚雅正、格高韵胜、句琢字炼、合于音律；三是强调兴寄，以抒发创作主体内心的情感；四是崇尚清婉，表现清秀深婉之美。在论说特点上，厉鹗首次在题目中为论词绝句正式称名，体现出创作态度的严谨性、庄正性，开创了一人一评的论说形式及完善了运用以注补诗的论说体式。这些，都对论词绝句的发展显示出极端重要的意义。厉鹗的论词绝句，在我国传统词学批评史上具有十分重要的价值及地位。

第四节　郑方坤《论词绝句三十六首》的批评观念与论说特点

郑方坤（1693—?），字则厚，号荔乡，福建长乐人。清代雍正元年（1723）进士，历任邯郸县令、兖州知府、登州知府等，素有政声。其诗词文皆工，被誉为"雅宗"，著有《金稗》六卷、《补五代诗话》十卷、《全闽诗话》十二卷、《蔗尾诗集》十五卷、《国朝诗钞小传》二卷、《岭

---

① 程郁缀、李静：《历代论词绝句笺注》，北京大学出版社2014年版，第50页。
② 程郁缀、李静：《历代论词绝句笺注》，北京大学出版社2014年版，第53页。

海文编》等。其《论词绝句三十六首》收录于《蔗尾诗集》卷五之中。

郑方坤的《论词绝句三十六首》，梳理了唐五代至其当世的代表性词人，评价词人创作特点、艺术风格及历史地位等。其论涉的词家有李白、温庭筠、南唐后主李煜、宋徽宗赵佶、冯延巳、欧阳修、宋祁、张先、苏轼、秦观、黄庭坚、李清照、辛弃疾、柳永、贺铸、周邦彦、岳飞、史达祖、王世贞、杨慎、王士禛、朱彝尊、陈维崧等。此外，对万树的《词律》、徐釚的《词苑丛谈》也予以了评说。郑方坤较早以庞大的组诗形式彰显其批评理念，显示出自身独特的色彩。

一 批评观念

（一）欣赏悲情之作

在词体中，词家通过婉转绵长的书写方式，在伤感悲戚的语辞及孤寂萧瑟的意象中宣泄内心的哀情。观者在品读富于悲情之作的同时，亦能领悟作者悲凉凄美的生命情调。在词学批评中，词论家往往将悲情视为词之重要的情感内核，认为它与创作者个人深层心理密切相接，是融含生命况味的深层次之美。郑方坤论词时，对南唐后主李煜、宋徽宗赵佶、岳飞、南宋遗民词人所表现出的悲情便大力予以肯定。

郑方坤的《论词绝句三十六首》（之四）评南唐后主李煜、宋徽宗赵佶云："梧桐深院诉情悰，夜雨罗衾梦尚浓。一种哀音兆亡国，燕山又寄恨重重。"[①]"梧桐深院"，指李煜的《相见欢》中有"寂寞梧桐深院，锁清秋"之句。该词尽显悲情之美，摄尽凄婉之神。词人将秋之萧瑟与心之落寞融为一体，凄清的月色中弥漫着常人难以体会的愁绪。"夜雨罗衾梦尚浓"，指李煜的《浪淘沙》中有"帘外雨潺潺。春意阑珊。罗衾不耐五更寒。梦里不知身是客，一晌贪欢"之句。该词乃李煜被囚禁时所作，描绘了作者梦醒后的凄凉景象，表达了对故国的无限思念及沦为阶下囚的痛苦心境。整首词，情境婉转凄苦，语言含蓄巧妙，深具感人力量。"燕山又寄恨重重"，指宋徽宗赵佶被掳途中，见杏花繁盛不禁百感交集，书写下《燕山亭》一词。该词中有"凭寄离恨重重，这双燕，何曾会人言语"

[①] 程郁缀、李静：《历代论词绝句笺注》，北京大学出版社2014年版，第58页。

第二章 清代前期的论词绝句

之句，作者借双燕形象抒发离恨哀情，道出由期望到失望，又由失望到绝望的悲哀情状。整首词，作者的情感层层深入，悲凉哀婉，令人动容。总体来看，郑方坤将李煜、赵佶合于一评，指出两人之作都表现出了一代君主的凄绝之感，词家选用的凄凉意象乃是对自身遭遇的真切哀诉。

郑方坤的《论词绝句三十六首》（之十九）评岳飞云："故山松竹梦难寻，半壁东南已陆沉。最是鄂王写哀愤，欲将心事付瑶琴。"① 郑方坤认为，岳飞词充分体现出作者的哀怨愤慨之情。此诗附注曰："岳武穆《小重山》词云：'白首为功名。故山松竹梦。阻归程。欲将心事付瑶琴，知音少，弦断有谁听。'伤和议已成，举朝无与同恢复之志也。"② "故山松竹梦难寻"、"欲将心事付瑶琴"，均借于岳飞《小重山》之语。郑方坤持论，岳飞的《小重山》表现出作者主张抗金、收复失地的一片赤子之心，但朝野上下议和之声甚为喧嚣，此种情状下，作者有志难伸。从情感表现而论，《小重山》一词寓情于景，忧思难抑，寄寓了词家满腔的悲愤与无可言说的沉痛。沈雄在《古今词话》中有云："武穆收复河南罢兵表云：'莫守金石之约，难充鸡鹜之求。暂图安而解倒悬，犹之可也。欲远虑而尊中国，岂其然乎。'故作小重山云：'欲将心事付瑶琴，知音少，断弦有谁听。'指主和议者。又作满江红，忠愤可见，其不欲等闲白了少年头，可以明其心事。"③ 沈雄指出岳飞收复失地之志，其将心事寄于瑶琴之声中，可惜无人赏音，故有"断弦"一说。郑方坤亦持同此论，认为岳飞的《小重山》确乎表现出了作者在知音难寻状态中无可言说的悲愤。

郑方坤的《论词绝句三十六首》（之二十四）评南宋遗民词人云："天山遁客激清商，故国衣冠感御香。荷盖纯丝雨萧瑟，蝉声凄咽蟹无肠。"④ "天山遁客"，指南宋遗民词人隐迹于山林之间，寻求精神的慰藉与解脱。"激清商"，指遗民词人所作乃亡国之后悲痛的写照，呈现出苍凉凄清的情感特质。"荷盖纯丝雨萧瑟，蝉声凄咽蟹无肠"，指南宋遗民词家眷怀故国，以自然之物托寄故国之思和山河之痛，词中多彰显出遗民词人

---

① 程郁缀、李静：《历代论词绝句笺注》，北京大学出版社2014年版，第68页。
② 程郁缀、李静：《历代论词绝句笺注》，北京大学出版社2014年版，第68页。
③ 唐圭璋编：《词话丛编》，中华书局1986年版，第762页。
④ 程郁缀、李静：《历代论词绝句笺注》，北京大学出版社2014年版，第72页。

凄迷哀怨的独特心态。此诗附注云："《乐府补题》有赋龙涎香、赋白莲、赋莼、赋蝉、赋蟹诸作，凡若干人，人若干首，皆赵宋遗老云。"① 郑方坤持论，《乐府补题》所收录遗民之作中，词家通过龙涎香、白莲、莼、蝉、蟹等自然物，聊抒亡国之哀思。《乐府补题》选录有《天香》（赋龙涎香）八首、《水龙吟》（赋白莲）十首、《摸鱼儿》（赋莼）五首、《齐天乐》（赋蝉）十首、《桂枝香》（赋蟹）四首，共计三十七首。所选词家有王沂孙、周密、王易简、冯应瑞、唐艺孙、吕同老、李彭老、李居仁、赵汝钠、张炎、陈恕可、唐珏、仇远等人。遗民词人深怀亡国之恸、失家之悲，他们咏物寄情，通过分咏龙涎香、莲、莼、蝉、蟹诸物，以抒发家国之思、乡土之念，其作品有着独特的现实意义及艺术价值。郑方坤对南宋遗民词人以自然之景象咏写胸中痛楚有着深刻的感悟与见地。

郑方坤的《论词绝句三十六首》（之二十五）评赵孟𫖯云："竹翠梅香低唱词，相逢不是少年时。王孙有泪如红蜡，直至歌筵始一垂。"② 郑方坤认为，赵孟𫖯的《浣溪沙·李叔固丞相会间赠歌者岳贵贵》一词凄凉哀婉，作者借赠歌者自怜身世。"竹翠梅香低唱词，相逢不是少年时"，出自赵孟𫖯《浣溪沙》中"罗袖染将修竹翠，粉香须上小梅枝。相逢不似少年时"一句。此词描绘了甚为热闹的宴饮场面，但词人正是以此反衬少年已不在的无限叹惋，在侧艳的笔致中凸显深挚悲婉之情。"王孙有泪如红蜡，直至歌筵始一垂"，此句点明了赵孟𫖯的身世之悲。作为宋太祖之子赵德芳的后人，赵孟𫖯家世显赫一时，可南宋灭亡之后，作为故朝的皇室宗孙一度蛰居在家，他有着比常人更为深沉的肺腑之痛。因而，其创作上不免多表现出对故国的思念与哀悼。赵孟𫖯虽然此后于元朝为官，但作为故朝皇室后裔，心境很是悲凉，其以含蓄隐晦的笔法表现出凄婉伤感之情。他的词往往选择独特的意象，如流水、夕阳、霜露、残霞、寒江、暮雨等来隐喻凄苦愁绝的心境，充蕴着悲情之感。

（二）标举精言秀语

在论词绝句中，郑方坤从字语运用的角度高标欧阳修、宋祁、李清照、贺铸、史达祖等人之作。他认为，词家通过反复推敲，锤炼字语，以

---

① 程郁缀、李静：《历代论词绝句笺注》，北京大学出版社2014年版，第72页。
② 程郁缀、李静：《历代论词绝句笺注》，北京大学出版社2014年版，第73页。

第二章 清代前期的论词绝句

精妙之语入词，可使得其面貌摇曳多姿，意味醇厚无垠。

郑方坤的《论词绝句三十六首》（之八）评欧阳修、宋祁云："天涯芳草有清音，庭院深深岂呕心。辛苦尚书咏红杏，枝头一字费沉吟。"① 诗中，郑方坤以"呕心"二字表明词家构思作品时的劳心苦虑，他高度肯定词家对字语的斟酌锤炼之功。"庭院深深"，出自欧阳修《蝶恋花》中"庭院深深深几许"一句。作者开首便描写"庭院深深"的景况，然后又以"深几许"相问，流露出自怨自艾之情。诗中叠用三个"深"字，描绘主人公闺阁幽闭、如同囚居的处境，不仅反映出主人公孤寂冷清的生活状况，而且表现出其心事重重、怨恨莫诉的惆怅心境。郑方坤认为，欧阳修《蝶恋花》中"庭院深深"一句，颇见作者之用心，正是词人的细思酌虑、苦心经营，才使得作品韵味深远有致。"辛苦尚书咏红杏，枝头一字费沉吟。"此句诗乃对宋祁的《玉楼春》之评。宋祁《玉楼春》中有"红杏枝头春意闹"一句，宋祁由此而被誉为"红杏尚书"。郑方坤认为，词家着一"闹"字而境界全出，反复吟味，生机活泼，意蕴颇丰。李渔在《窥词管见》中曾有云："若红杏之在枝头，忽然加一闹字，此语殊难着解。争斗有声之谓闹，桃李争春则有之，红杏闹春，予实未之见也。闹字可用，则吵字、斗字、打字，皆可用矣。"② 李渔认为，"闹"字一出，令人耳目一新，词作生趣盎然。郑方坤将欧阳修、宋祁合于一评，推崇两人之精言妙语，他持论，正是词家反复求索，以精秀字语而入，才创造出了甚富于艺术意味的作品。

郑方坤的《论词绝句三十六首》（之十二）评李清照云："黄花五字播闺吟，和笔真惭阁藁砧。谁嗣徽音向萝屋，海棠开后到而今。"③ 郑方坤持论，李清照《醉花阴》中的"人比黄花瘦"乃千古佳句，后人争相传诵。如，郑文妻据李清照之语，创作有《忆秦娥》一词，其中有云："花深深。一钩罗袜行花阴。"该词深具李清照词之神貌。李清照《醉花阴》的显著特点便是物皆着"我"之色彩，作者以愁苦心绪审视外在物象，无不使物象染上凄苦迷离的情绪。作者以花木喻人，以花之瘦比拟人之瘦，

---

① 程郁缀、李静：《历代论词绝句笺注》，北京大学出版社2014年版，第61页。
② 唐圭璋编：《词话丛编》，中华书局1986年版，第553页。
③ 程郁缀、李静：《历代论词绝句笺注》，北京大学出版社2014年版，第63页。

并将之与词的整体意象相融合，营造出甚为感人的凄凉之境。"人比黄花瘦"一句，形象地展现出佳人独自面对西风瘦菊的伤感之象，取譬涵蕴甚为丰富。

郑方坤的《论词绝句三十六首》（之十四）评贺铸云："贺家梅子句通灵，学士屯田比尹邢。只字单词足千古，不将画壁羡旗亭。"① 贺铸有"梅子黄时雨"之句，被誉为"贺梅子"。郑方坤认为，"梅子黄时雨"一句，可谓极尽精巧之致，将抽象的闲愁转化为可以感知的具体物象。从整体上看，"梅子黄时雨"与"一川烟草，满城风絮"相连接，比喻闲愁之深广而又连绵不断，在展现江南暮春时节烟雨迷蒙的情景下，再现出词人凄苦迷茫的心境。词人以一问三答的形式，组合成一个完整的意象群，将难以捕捉的情感意绪描绘得具体生动。黄庭坚曾称贺铸云"解作江南断肠句，只今唯有贺方回"，郑方坤亦称扬贺铸"只字单词足千古"，都意在称道词作末句的精妙所在。此正如诗后附注中所云："贺铸有'梅子黄时雨'之句，号'贺梅子'。"② 郑方坤认为，"贺梅子"之誉，正源于贺铸词中对佳言警句的巧妙呈现。

郑方坤的《论词绝句三十六首》（之二十）评史达祖云："崔子鸳鸯郑鹧鸪，描头画角总常奴。追魂得似梅溪燕，软语商量一句无。"③ 郑方坤指出，唐人崔珏以赋鸳鸯著称，时号"崔鸳鸯"，郑谷以创作《鹧鸪》诗而得名，人称"郑鹧鸪"，但是，两人所咏之物皆有模仿的痕迹，多偏于工笔细描。郑方坤引史达祖咏燕之事，对史达祖咏燕词表现出甚为激赏之意。史达祖咏燕词有云："过春社了，度帘幕中间，去年尘冷。差池欲住，试入旧巢相并。还相雕梁藻井。又软语商量不定。飘然快拂花梢，翠尾分开红影。芳径。芹泥雨润。爱贴地争飞，竞夸轻俊。红楼归晚，看足柳昏花暝。应自惜香正稳。便忘了、天涯芳信。愁损翠黛双蛾，日日画阑独凭。"郑方坤认为，该词用语精妙，"软语商量"一句，将春燕双飞双宿之景象描绘得惟妙惟肖。双燕因"欲住"而"试入"，"雕梁藻井"相视无果后，又商量不定，作者以拟人手法刻画双燕亲昵相商的细微景象，将双

---

① 程郁缀、李静：《历代论词绝句笺注》，北京大学出版社2014年版，第65页。
② 程郁缀、李静：《历代论词绝句笺注》，北京大学出版社2014年版，第65页。
③ 程郁缀、李静：《历代论词绝句笺注》，北京大学出版社2014年版，第69页。

燕间的小小情事书写得甚富于生活情趣。在语言表现上，该词以清隽精妙之语，描写燕子的动态神情，达到了形神俱似的艺术效果。沈际飞在《草堂诗余正集》中曾云："'欲'字、'试'字、'还'字、'又'字入妙。"① 沈际飞之言，体现出他对史达祖《双双燕》中佳字妙语运用的称赏。总体而论，沈际飞、郑方坤都认为史达祖以妙字隽语刻画双燕形象，以妥帖圆润的句法流转将双燕情事描绘得曲尽其妙。

（三）重视词作音律

在艺术形式上，词与诗文之体有着一定的差异。词可配乐而歌，词家创作时应充分规范其音律，彰显词之体制内在的音乐性特征。李清照在《词论》中曾云："盖诗文分平侧，而歌词分五音，又分五声，又分六律，又分清浊轻重。"② 李清照指出，词与诗文之体有所不同，它有着较为严格的音律性要求。沈义父在《乐府指迷》中也云："词之作难于诗。盖音律欲其协，不协则成长短之诗。"③ 沈义父亦认为，词体有别于诗体，在音律方面有着更为严苛的要求。郑方坤标榜词体的音乐性，主张词的创作应严守声律之用，体现出乐律的内在本质特征。

郑方坤的《论词绝句三十六首》（之十六）评周邦彦云："周郎慧业溯当年，识曲听真孰比肩。待制风流岂苗裔，新词一一奏钧天。"④ 郑方坤认为，周邦彦精音识曲，所填之词腔调圆美。宋徽宗时期，他出任大晟府提举，专门整理词调词乐，在完善词律方面做出了很大的贡献。周邦彦能自度新曲，他增添了许多新调，如《六丑》、《华胥引》、《隔蒲莲近拍》、《花犯》、《侧犯》等。周邦彦所填之词格律谨严，字润腔圆，常为宋徽宗赵佶所称赏。郑方坤于此诗后附注云："周美成官待制，以知音名。管领大晟乐府，所奏新词，常动帝听。"⑤ 对此，汪筠在《读〈词综〉书后二十首》（之十四）中亦有云："知音尽妙数清真，换骨能将古句新。风月

---

① 马兴荣、刘乃昌、刘继才主编：《全宋词广选·新注·集评》，辽宁人民出版社1997年版，第272页。
② 陈良运主编：《中国历代词学论著选》，百花洲文艺出版社1998年版，第72页。
③ 陈良运主编：《中国历代词学论著选》，百花洲文艺出版社1998年版，第183页。
④ 程郁缀、李静：《历代论词绝句笺注》，北京大学出版社2014年版，第66页。
⑤ 程郁缀、李静：《历代论词绝句笺注》，北京大学出版社2014年版，第66页。

漫夸天上有,莺花长发意中春。"① 总体而论,周邦彦以四声入词,对平仄之声运用颇为灵活自如,其词的创作充分体现出了音律声腔之美,郑方坤对此甚为推扬。

郑方坤的《论词绝句三十六首》(之三十一)评万树的《词律》云:"图谱金科守啸余,移宫换徵果何居。迩来词律严师律,三复宜兴廿卷书。"②"图谱"一句,指程明善写作有《啸余谱》十一卷。该词谱在万树的《词律》问世之前颇为流行,但正如万树在《词律·自叙》中所言,"触目瑕瑜,通身罅漏"。郑方坤在此诗后附注中云:"《啸余谱》纰缪特甚,顾俎豆百年不替,《词律》二十卷最精核,阳羡万红友著。"③ 郑方坤指出,程明善的《啸余谱》多有纰漏,而万树的《词律》修正了《啸余谱》之误,对词的创作发展有着十分重要的贡献。万树的《词律》一书,二十卷,收唐、宋、元词六百六十调,一千一百八十余体。其校订平仄音韵,确定词的格律运用,对于规范词体及其创作有着直接的促进作用。郑方坤称扬万树的《词律》一书,充分表现出其对词体声律运用的高度重视之意。

二　论说特点

(一) 努力勾勒词史发展历程

郑方坤努力梳理从唐代直至其当世的代表性词家,评价词人的创作特征、词学贡献及历史地位,俨然勾勒出一部历代词的演变发展简史。其《论词绝句三十六首》(之二)评李白云:"青莲雅志存删述,魏晋而来弃不收。却向词林作初祖,心伤暝色入高楼。"④ 郑方坤高度肯定李白在词史上的地位,认为李白乃千古填词之祖。其诗后附注云:"李太白《忆秦娥》《菩萨蛮》二调,为千古填词之祖。"⑤ 郑方坤指出,李白创作有《忆秦娥》、《菩萨蛮》,为词体源头,开后世依调而作之先声。

在词家之作特质方面,郑方坤亦有所论说。其《论词绝句三十六首》

---

① 程郁缀、李静:《历代论词绝句笺注》,北京大学出版社 2014 年版,第 104 页。
② 程郁缀、李静:《历代论词绝句笺注》,北京大学出版社 2014 年版,第 77 页。
③ 程郁缀、李静:《历代论词绝句笺注》,北京大学出版社 2014 年版,第 77 页。
④ 程郁缀、李静:《历代论词绝句笺注》,北京大学出版社 2014 年版,第 57 页。
⑤ 程郁缀、李静:《历代论词绝句笺注》,北京大学出版社 2014 年版,第 57 页。

(之十一）评黄庭坚云："随风柳絮剧颠狂，浅淡梅妆体自香。纵笔俳谐怪黄九，早将院本漏春光。"① 郑方坤认为，黄庭坚以俗语入词有失风雅质性，其词呈现出艳冶俚俗的特点，在词的创作上是失之偏位的。其在诗后附注云："山谷情至之语，风雅扫地。又多阑入俚词，殆为北曲先声矣。"② 郑方坤指出，在题材运用方面，黄庭坚多创作有香艳软媚之词，俚俗化特征比较明显，致使整个词缺乏端庄雅致之态，他的创作为元曲的出现洞开了先声。其《论词绝句三十六首》（之二十二）评辛弃疾云："稼轩笔比镆铘铦，醉墨淋浪侧帽檐。伏枥心情横槊气，肯随儿女斗秋纤。"③ 此诗后附注云："稼轩长才，遘斯末运，具《离骚》之忠愤，有越石之清刚。如金筛成器，自擅商声，枥马悲鸣，不忘千里，而陋者顾于音响声色间掎摭利病，无乃斥鷃之视鹍鹏矣乎。"④ 郑方坤持论，辛弃疾满腹经纶，才华横溢，素有报国之志，却请缨无路，他把一腔忠愤寄于创作之中，极表忠荩愤慨之意。其作品刚健清迈，甚富于悲情性，令人为之动容。辛弃疾确乎如鹍鹏一样有着远大的志向，这是一般人所不易具"同情之理解"的。其《论词绝句三十六首》（之二十三）评朱熹云："偷声减字费吟哦，小技真来长者诃。牵率晦翁张壁垒，不愁香粉倒前戈。"⑤ 郑方坤认为，朱熹善于经营字句，词风刚正，洗净香粉俗态，其创作亦可为词风之正则的形象体现。

对于词人的文学史贡献，郑方坤也多有论说。其《论词绝句三十六首》（之二十七）评周密云："《草堂》册子较《花庵》，错杂薰莸总不堪。别采蘋洲帐中秘，不妨高阁束双函。"⑥ 郑方坤对周密所选《绝妙好词》给予好评，肯定其在词学历史发展中的地位。其诗后附注云："《草堂》词最劣最传，《花庵》虽较胜，然雅郑更唱也。蘋洲周氏词选，今藏书家有存者。"⑦ 周密的《绝妙好词》多选录南宋婉约、格律派词人之作。它的

---

① 程郁缀、李静：《历代论词绝句笺注》，北京大学出版社2014年版，第63页。
② 程郁缀、李静：《历代论词绝句笺注》，北京大学出版社2014年版，第63页。
③ 程郁缀、李静：《历代论词绝句笺注》，北京大学出版社2014年版，第71页。
④ 程郁缀、李静：《历代论词绝句笺注》，北京大学出版社2014年版，第71页。
⑤ 程郁缀、李静：《历代论词绝句笺注》，北京大学出版社2014年版，第72页。
⑥ 程郁缀、李静：《历代论词绝句笺注》，北京大学出版社2014年版，第74页。
⑦ 程郁缀、李静：《历代论词绝句笺注》，北京大学出版社2014年版，第74页。

问世，反映出当时的词坛风尚与艺术追求。郑方坤指出，周密的《绝妙好词》编选甚为精审，所选多清丽婉美之作，不似《草堂诗余》、《花庵词选》标准不一，内容较为庞杂，它为后人择选词作提供了一个参照样本。其《论词绝句三十六首》（之三十一）评万树的《词律》云："图谱金科守啸余，移宫换徵果何居。迩来词律严师律，三复宜兴廿卷书。"① 郑方坤认为，万树的《词律》修正了《啸余谱》之误，进一步规范了词的格律运用法则，对词的创作发展具有十分重要的推动作用。其《论词绝句三十六首》（之三十三）评朱彝尊及其所编《词综》云："长芦朱叟捧珠盘，琴趣编成秀可餐。力为词场斩榛楛，老年花不雾中看。"② 其诗后附注云："竹垞词矜秀芊绵，直造白石佳境，所辑《词综》一书，尤大有功于倚声家，说者谓可一洗《草堂》之陋云。"③ 郑方坤在指出朱彝尊词具有秀雅芊绵特点、直逼姜夔词境的同时，突出其所辑编的《词综》一书，可冲洗长期以来由《草堂诗余》等所形成之陋习，有助于词的创作发展。郑方坤对朱彝尊"所作"、"所为"予以了大力的称扬。其《论词绝句三十六首》（之三十四）评徐釚云："词人事迹最萧骚，博雅徐卿荟萃劳。日暮一编下浊酒，强如左手剥双螯。"④ 郑方坤指出，徐釚的《词苑丛谈》广泛搜辑词人词事，采摭繁富，援据详明，成为词学研究的重要文献，具有重要的参考价值。郑方坤充分肯定徐釚的搜辑汇编与整理之功，对其之于文学活动的意义大力张扬。

总之，郑方坤依照时间先后顺序，以较为开阔宏通的视野勾勒出词史发展流程，其尝试与努力是值得肯定的。

（二）完善以注补诗的论说形式

在郑方坤之前，于论词绝句后附有注录的形式已经出现。如，厉鹗的《论词绝句十二首》就采用了此种方式，但郑方坤在厉鹗论说的基础上，进一步完善了以注补诗的体式。其论词绝句共三十六首，为诗作注就多达三十四处，可见他对这一论说形式的娴熟运用。

---

① 程郁缀、李静：《历代论词绝句笺注》，北京大学出版社2014年版，第77页。
② 程郁缀、李静：《历代论词绝句笺注》，北京大学出版社2014年版，第79页。
③ 程郁缀、李静：《历代论词绝句笺注》，北京大学出版社2014年版，第79页。
④ 程郁缀、李静：《历代论词绝句笺注》，北京大学出版社2014年版，第79页。

第二章　清代前期的论词绝句

郑方坤的《论词绝句三十六首》（之五）评南唐词人云："三唐诗卷集菁英，作者如林各善鸣。生面别开长短句，山花池水尽干卿。"① 此诗后附注云："南唐主谓冯延巳曰：'"风乍起，吹皱一池春水"，亦复干卿何事？'对曰：'未若陛下"小楼吹彻玉笙寒"也。'按，'小楼'句见唐元宗《山花子》词。"② 郑方坤指出，"山花池水尽干卿"，乃援自李璟之语。冯延巳《谒金门》中有"风乍起，吹皱一池春水"之句，李璟调侃云："吹皱一池春水，干卿何事？"可见，郑方坤在论词绝句之外，采用注释的形式对"山花池水尽干卿"之事典加以了解说。其《论词绝句三十六首》（之十七）评苏轼、柳永云："红牙铁板画封疆，墨守输攻各挽强。莫向此间分左袒，黄金留待铸姜郎。"③ 作者于诗后附注云："东坡问幕士云：'我词比柳何如？'对曰：'柳郎中词只好十七八女郎，执红牙拍，歌"晓风残月"，学士词须关西大汉，持铁绰板，唱"大江东去"。'姜尧章所著《石帚词》戛玉敲金，得未曾有。"④ 郑方坤于注释中引用苏轼与"幕士"的对话，对"红牙铁板"事典进行解说。在论词绝句的附注中，除了对词事词意的解说之外，郑方坤还以注释补充诗中所论及的批评观念。如，其《论词绝句三十六首》（之十六）评周邦彦云："周郎慧业溯当年，识曲听真孰比肩。待制风流岂苗裔，新词一一奏钧天。"⑤ 作者于诗后附注云："周美成官待制，以知音名。管领大晟乐府，所奏新词，常动帝听。"⑥ "以知音名"，具体指向诗中的"识曲听真孰比肩"，表现出郑方坤对周邦彦精识音律的充分肯定，对其独特艺术才能的大力称赏。其《论词绝句三十六首》（之二十二）评辛弃疾云："稼轩笔比镆铘铦，醉墨淋浪侧帽檐。伏枥心情横槊气，肯随儿女斗秾纤。"⑦ 作者于诗后附注云："稼轩长才，遘斯末运，具《离骚》之忠愤，有越石之清刚。如金筎成器，自擅商声，枥马悲鸣，不忘千里，而陋者顾于音响声色间掎摭利病，无乃斥鷃之视鶵

---

① 程郁缀、李静：《历代论词绝句笺注》，北京大学出版社2014年版，第59页。
② 程郁缀、李静：《历代论词绝句笺注》，北京大学出版社2014年版，第59页。
③ 程郁缀、李静：《历代论词绝句笺注》，北京大学出版社2014年版，第67页。
④ 程郁缀、李静：《历代论词绝句笺注》，北京大学出版社2014年版，第67页。
⑤ 程郁缀、李静：《历代论词绝句笺注》，北京大学出版社2014年版，第66页。
⑥ 程郁缀、李静：《历代论词绝句笺注》，北京大学出版社2014年版，第66页。
⑦ 程郁缀、李静：《历代论词绝句笺注》，北京大学出版社2014年版，第71页。

53

鹏矣乎。"① 郑方坤在论词绝句中指出辛弃疾词具有沉雄奔放的特点，在附注中，他进一步对此予以了凸显强化。他一方面从创作内涵上高度肯定辛弃疾词所表现出的忠愤沉郁之意；另一方面，对辛弃疾深具悲情性的艺术风格显示出深层次的理解，挖掘出了辛弃疾的独特人格精神与创作心态。

总之，郑方坤广泛采用诗注这一形式，对诗作所引事典与所论内容或加以解说，或进行补充说明，这有效地扩充了论词绝句的容量，对增强阐说事理与批评效果是大有裨益的。

总体来看，郑方坤《论词绝句三十六首》的批评观念，主要体现在三个方面：一是欣赏悲情之作，他对李煜、赵佶、岳飞、南宋遗民词人予以大力的肯定；二是标举精言秀语，他从字语运用的角度高标欧阳修、宋祁、李清照、贺铸、史达祖等人之作；三是重视词作音律，他对周邦彦的词律运用、万树的规范词律都甚为推扬。其论说特点主要体现在两个方面：一是努力勾勒词史演变发展的历程；二是完善以注补诗的论说形式，有效地扩展了论词绝句的容量。其《论词绝句三十六首》较早地以庞大的组诗形式，阐明丰富多样的批评观念，彰显出自身独特的持论，在我国传统词学批评史上有着重要的地位。

第五节　江昱《论词十八首》的批评观念

江昱（1706—1775），字宾谷，号松泉，广陵（今江苏仪征）人。长于诗文，尤好词章，有《松泉诗集》六卷、《梅鹤词》四卷、《集外词》一卷等。清代诗人、词人、批评家。江昱出身于书香世家，自幼天资禀异、喜好诗书。蒋士铨在《江松泉传》中云："君久困诸生中，嗜学安贫，不改其乐。偕恂坐凌寒竹轩，拥书万卷，上下古今，以著述酬酢，怡怡然。""童年及见国初诸老辈，有圣童之目，长负文誉。"② 可见，江昱人生历程始终是与诗书相伴的，累负盛誉。

《论词十八首》乃江昱亲手删订整理而成，大致在清代雍正七年

---

① 程郁缀、李静：《历代论词绝句笺注》，北京大学出版社2014年版，第71页。
② 蒋士铨著，邵海清、李梦生校笺：《忠雅堂文集校笺》，上海古籍出版社1993年版，第2114页。

(1729)至雍正十一年（1733）之间，收于《松泉诗集》卷一之中。该组论词绝句论评了自北宋至南宋时期的十九位词人。其中，首尾两首总论；此外十六首，论及北宋六人，即晏殊、晏几道、张先、苏轼、黄庭坚、周邦彦；南宋十三人，即辛弃疾、姜夔、陆游、史达祖、吴文英、周密、张炎、李清照、黄升、陈允平、王沂孙、刘过、刘克庄。

清代论词绝句的内容，主要体现为对词人创作渊源承继、主题表现、风格特色、尊体观念、雅俗呈现、词派之宗、南北宋之尚等内容予以评说。江昱也围绕其中论题提出了自己的批评观念。其《论词十八首》撷拾两宋重要词人之作，偏嗜南宋词的批评取向较为显著。他在论说词人时强调正本清源，注重从词的源头上加以观照，把握词人的创作路径与特色；高标爱国情怀与人格超拔之作，伸张人品与词品相统一的观念；提倡去俗崇雅；以婉约为词之正体。

一　强调正本清源

关于词源之辨的探析，自古以来众说纷纭，莫衷一是。清代以来，众多论词者以词学渊源为立论基点，推源溯流。江昱亦如是，他强调要把握词学根源，以利于更好地观照与辨析具体词人词作。

江昱的《论词十八首》有三首论及词学渊源。其第一首云："巴歈里社各纷然，法曲飘零五百年。只恨无人追正始，广陵何必遽无传。"[1] 江昱简单地勾勒词的起源与发展，认为词的产生可远溯到魏晋正始年间，且嵇康、阮籍之作中已初具词之雏形。该诗首句指出词源于曲，以合乐而著称。作词应歌、按曲歌唱的风气促成词的兴起与发展。词作为一种音乐文学，推源溯流最早起于隋唐时期，以配合燕乐而创作。而诗人三、四句笔端一指，认为早在魏晋正始年间已有词的雏形。魏晋时期，各方霸主纵横捭阖，社会分崩离析。以嵇康、阮籍为代表的魏晋名士，越名教而任自然，放达出格，仕隐兼修。嵇康天资聪颖，博闻强记，通晓音律，尤擅长演奏《广陵散》，与阮籍齐名。阮籍善音乐，常弹琴以复长啸。两人在音乐史上有"嵇琴阮啸"的美誉。江昱所指嵇康、阮籍言玄之作，合于音

---

[1] 程郁缀、李静：《历代论词绝句笺注》，北京大学出版社2014年版，第83页。

律，抒以性灵。在他看来词的发端最早可追溯到魏晋时期而非隋唐之际。

江昱的《论词十八首》（之二）云："临淄格度本南唐，风雅传家小晏强。更有门墙欧范在，春兰秋菊却同芳。"① 晏殊封临淄公，作为北宋词坛的大家工诗善文，尤擅小令，有"北宋倚声家初祖"的美誉。冯煦在《蒿庵论词》中评晏殊云："晏同叔去五代未远，馨烈所扇，得之最先，故左宫右徵，和婉而明丽，为北宋倚声家初祖。"② 晏殊词内容多书写男女爱恋，词风明丽婉约、闲雅雍容，承继五代冯延巳一脉。江昱此诗首句指出晏殊词与南唐词风的渊源关系，晏殊为北宋词坛宗匠，衔接五代之风，可以说起到了承前启后的作用。该诗第二、三句描述了晏殊对晏几道、欧阳修、范仲淹三人的影响。晏几道生于书香世家，为晏殊第七子，家学渊源深厚，词风与乃父相似。他早年身居宰相之家，生活富足，中年家境凋敝，晚年凄凉。家庭遽变，仕途跌宕，故其词相对于晏殊以深婉见长，多寄怀往事，书写哀愁，情感真挚，凄婉深细。江昱认为晏几道词胜于其父，在于他将不具个性的侧艳词转为书写一己之情的作品，使得抒情小词的创作由外而内转，富于浓重的个人色彩。此外，诗作尾句"春兰秋菊却同芳"一说，指出欧阳修、范仲淹同晏殊一样，对五代词接受颇多。"欧范"作为晏殊的门生，经他栽培荐引，均得到朝廷重用。晏殊、欧阳修、范仲淹作为北宋前期文人，词作题材多吟咏男女之情以抒发离愁别绪，无一不承袭南唐二主和冯延巳等人的词风。

江昱的《论词十八首》（之六）评周邦彦云："词坛领袖属周郎，雅擅风流顾曲堂。南渡诸贤更青出，却亏蓝本在钱塘。"③ 江昱指出周邦彦与南宋骚雅词派的渊源关系。周邦彦为浙江钱塘人，性格疏散，喜好填词，精通音律，讲究章法，自题其居所为"顾曲堂"。其词精雅典丽、浑厚缜密，为婉约词集大成者，被称为"词中老杜"，开南宋格律派之风。可以说南宋词人多受到周邦彦的影响。陈廷焯《白雨斋词话》云："词至美成，乃有大宗。前收苏、秦之终，后开姜、史之始。"④ 故江昱诗作前两句指出

---

① 程郁缀、李静：《历代论词绝句笺注》，北京大学出版社2014年版，第84页。
② 唐圭璋编：《词话丛编》，中华书局1986年版，第3585页。
③ 程郁缀、李静：《历代论词绝句笺注》，北京大学出版社2014年版，第86页。
④ 唐圭璋编：《词话丛编》，中华书局1986年版，第3787页。

周邦彦在两宋词坛结北开南的重要地位。"开姜、史之始",指的是姜夔、史达祖深受周邦彦词的影响,师法周邦彦格律之作。而姜夔、史达祖又为南宋格律派的中坚人物。南宋格律派词人诸如张炎、周密等大都精通音律,讲究句琢字炼,善于寓事用典,其创作渊源皆从周邦彦而来。

二 高标爱国情怀与人格超拔之作

在词的主题内容上,江昱高标爱国情怀与人格超拔之作。其《论词十八首》有三首诗涉及此批评观念,所评词人擅长托物言志、以物自喻,内容主要书写词人的跌宕身世、深沉的故国眷恋以及人格超拔的风格呈现。

江昱的《论词十八首》(之十三)云:"潜夫雅志足风流,象管蛮笺庾信愁。三昧此中谁会得,数声渔笛起蘋洲。"① 其中,"象管蛮笺庾信愁",乃引李彭老评周密诗文。其《踏莎行·题草窗十拟后》云:"紫曲迷香,绿窗梦月,芳心如对春风说。象管蛮笺写新声,几番尝试琼壶觖,庾信书愁,江淹别赋,桃花红雨梨花雪。周郎先自足风流,何须更拟秦箫咽。"周密早年与姜夔、李彭老等人交游,其《绝妙好词》选录李彭老词十三首。尾句"数声渔笛起蘋洲",化用周密词集《蘋洲渔笛谱》之名入诗。周密与吴文英并称"二窗",颇负盛名。宋亡后,他隐居弁山。其后期词"感慨激发,抑郁悲壮。每一篇出,令人百忧生焉,又乌乌然称其为累臣羁客"(《周公谨弁阳诗序》)②。国家覆亡,诗人辗转飘零而以遗老自居,个人年暮,心情悲闷沉痛,词作自有黍离之悲。李彭老将周密这种个人愁苦与家国之痛和庾信的愁思相比照。庾信深受忠君爱国思想熏染,早年多受梁朝皇室恩遇,后南梁江山颠覆,庾信入北,穷居乡郊。太平繁华荡然无存,国破家亡取代了歌舞升平,庾信内心煎熬而又无可奈何,常以潦倒消沉状态作诗为文,感慨生命之悲。梁朝复兴无望,庾信忧患国家,诗文风格发生转变,其作品摆脱了宫体之作的桎梏,放眼于国破之哀与战争疮痍之中,多为对沧桑人生与世事变迁的感悟。庾信后期作品如《燕歌行》、《杨柳歌》、《哀江南赋》等情感基调壮阔悲凉。江昱从知人论世的角度指出,周密后期词中家国感慨遂见深致,可与庾信家国愁思相媲美,

---

① 程郁缀、李静:《历代论词绝句笺注》,北京大学出版社2014年版,第90页。
② 戴表元著,陈晓冬、黄天美点校:《戴表元集》,浙江古籍出版社2014年版,第184页。

极力称赏两位词人所展现出的浓厚深沉的爱国情怀。

江昱的《论词十八首》（之十四）云："落魄王孙可奈何，暮年心事泣山河。宫商岂是人间调，一片凄凉不忍歌。"① 张炎出身于皇族世家，家境优渥，钟鸣鼎食。后蒙元掠宋，其祖父被元兵所杀，家道中落，流落江湖。戴表元在《送张叔夏西游序》中记载了张炎人生的前后变化。"玉田张叔夏与予初相逢钱塘西湖上。翩翩然飘阿锡之衣，乘纤离之马，于时风神散朗，自以为承平故家贵游少年不翅也。垂及强仕，丧其行资。则既牢落偃蹇。"② 家国兴亡使张炎的生活发生天翻地覆的变化。南归后，他辗转奔波、乞食漫游、窘迫困苦、落拓而终。首句，江昱以"落魄王孙"指出张炎遭受巨大的打击，山河破碎而力有未逮，暮年衰矣，唯有将叹息哀痛显现于笔端。张炎的《山中白云词》大部分创作于宋亡之后，作者的困顿失意都寄托其中。张炎追求"清空骚雅"，寄情于景，以"家国之痛"与"黍离之悲"为书写内容，词风萧瑟清疏。从"王孙公子"到"遗民词人"，江昱感慨张炎晚年落魄飘零，于家国个人感慨遂深。故其词多抒发出黍离之悲伤、兴亡之感叹。

江昱的《论词十八首》（之十八）云："暗香疏影静生春，绿意红情迥出尘。寂寂自开还自落，人间谁是别花人。"③ 江昱选取姜夔的《暗香》、《疏影》二词阕名入诗，张炎《红情》词"因易之曰《红情》《绿意》以荷花、荷叶咏之"。江昱引其中"红情"、"绿意"二词入诗，借荷花的高雅品质与清丽外观，赞赏姜夔清雅高迈的品格及格韵充盈之词。谢章铤在《赌棋山庄词话》中曾道："姜夔，字尧章，号白石，饶州鄱阳人。早孤露，气貌若不胜衣服。家贫无立锥，然好客，未尝一日倦。少时即奔走四方，一时如辛弃疾、杨万里、楼钥、王炎、周文璞，皆爱其才，为之延誉。"④ 姜夔年少时父亡，辗转投奔其姐，生活每况愈下，但每日手不释卷。在他二十二岁时出游求仕，但屡试不中，后云游江湖。姜夔出众的才情文采受到友人的推崇。他精于音律、诗词、绘画与书法。其人品秀拔，

---

① 程郁缀、李静：《历代论词绝句笺注》，北京大学出版社2014年版，第91页。
② 戴表元著，陈晓冬、黄天美点校：《戴表元集》，浙江古籍出版社2014年版，第283页。
③ 程郁缀、李静：《历代论词绝句笺注》，北京大学出版社2014年版，第93页。
④ 唐圭璋编：《词话丛编》，中华书局1986年版，第3355页。

创作多显现出超凡隐逸的姿态，形成清绝高远的风格特色。

三 倡导去俗崇雅

北宋，经李清照、苏轼、秦观等人的努力，词由俗向雅逐渐变化，雅词风尚至周邦彦最为突出，其词精巧典丽，成为一代典范。到宋末元初，姜夔、张炎、沈义父等人进一步倡导"雅正"之求。他们主张词的创作应合于音律，在用字选语方面避免俚俗。张炎在《词源》中标举中和、无邪、骚雅，认为"词欲雅而正"。到了清代乾隆前期，浙西派的词学理论已臻成熟。他们寄希望于恢复词的本色之道，倡导雅正之途。与此相应，江昱亦主张崇雅黜俗，一方面极力推扬雅正婉约之词，另一方面贬低浮靡低俗之作。

江昱的《论词十八首》（之二）云："临淄格度本南唐，风雅传家小晏强。更有门墙欧范在，春兰秋菊却同芳。"[1] 晏殊封临淄公，精于填词，其词珠圆玉润，浑然天成，承衍南唐一派之风。其子晏几道青出于蓝，亦工于言情，小令清新自然、淡雅有致。此外，欧阳修、范仲淹等人各有所长，与晏殊并称于词坛。大小晏多承南唐柔婉深约、含蓄蕴藉的艺术格调。江昱梳理南唐词风与晏殊之间的承继衍化关系，很好地道出了晏几道、欧阳修、范仲淹对于晏殊词风的接受及拓展之特征。

江昱的《论词十八首》（之五）云："绮语消除变老苍，着腔诗句欠悠扬。如何鼻祖江西社，不受词坛一瓣香。"[2] 此论词绝句嘲弄黄庭坚俚俗之作。北宋，惠洪在《冷斋夜话》中载："法云秀关西，铁面严冷，能以理折人。鲁直名重天下，诗词一出，人争传之。师尝谓鲁直曰：'诗多作无害，艳歌小词可罢之。'鲁直笑曰：'空中语耳，非杀非偷，终不至坐此堕恶道。'师曰：'若以邪言荡人淫心，使彼逾礼越禁，为罪恶之由，吾恐非止堕恶道而已。'鲁直颔之，自是不复作词曲。"[3] 江昱借惠洪"邪言荡人心"之语讥讽黄庭坚词俚俗俳狎。黄庭坚词的创作得益于柳永与苏轼，他的词早期受到柳永以俗悦众的影响，后期又受苏轼以诗入词的启发，创

---

[1] 程郁缀、李静：《历代论词绝句笺注》，北京大学出版社2014年版，第84页。
[2] 程郁缀、李静：《历代论词绝句笺注》，北京大学出版社2014年版，第85页。
[3] 邓子勉编：《宋金元词话全编》，凤凰出版社2008年版，第258页。

作了许多诗化之作。刘体仁在《七颂堂词绎》中评黄庭坚云："柳七最尖颖，时有俳狎，故子瞻以是呵少游。若山谷亦不免，如我不合太擢就类，下此则蒜酪体也。"① 刘体仁认为，黄庭坚多学柳永俳狎之作，以"蒜酪体"比譬其词粗俗难登大雅之堂。刘熙载在《词概》中也云："黄山谷词用意深至，自非小才所能辨。惟故以生字俚语，侮弄世俗，若为金元曲家滥觞。"② 刘熙载对黄庭坚的论说，重在批评其词成为金元曲家引导之源。他认为，唯真才能辨识其文，所作生字俚语被曲家所效仿，这既肯定了黄庭坚词作立意深远，又批评了其趋于俚俗的习气。江昱主要针对黄庭坚艳俗之词进行了否定，他以"如何"二字质疑黄庭坚作为江西诗派的鼻祖地位，认为其词过于俚俗，不应被后人所推崇学习。

江昱的《论词十八首》（之六）云："词坛领袖属周郎，雅擅风流顾曲堂。南渡诸贤更青出，却亏蓝本在钱塘。"③ 从"属"字角度可知，江昱肯定周邦彦以雅词的创作擅名，为一代词宗。王世贞在《艺苑卮言》中曾云："言其业，李氏、晏氏父子、耆卿、子野、美成、少游、易安至矣，词之正宗也。"④ 王世贞将周邦彦与晏殊、晏几道、李煜、李清照等人相提并论，肯定婉约词作为正体这一观念。刘体仁评价周邦彦"其体雅正"。其《七颂堂词绎》云："周美成不止不能作情语，其体雅正，无旁见侧出之妙。"⑤ 直接以"雅正"一语标举周邦彦之作。清代，先著、程洪在《词洁》中高度称扬周邦彦上承并超越北宋诸家，下开南宋词人。其云："词家正宗，则秦少游、周美成。然秦之去周，不止三舍。宋末诸家，皆从美成出。"⑥ 先著、程洪论南北宋词不分轩轾，视雅正秀洁为选词标准。他们所选录的内容题材多样，均以雅正为旨归。江昱对周邦彦的称赏偏于其雅正的创作，认为正是此艺术风貌奠定了周邦彦作为一代词宗的地位。

江昱的《论词十八首》（之九）云："莲花博士浣铅华，风味萧疏别

---

① 唐圭璋编：《词话丛编》，中华书局1986年版，第622页。
② 唐圭璋编：《词话丛编》，中华书局1986年版，第3691页。
③ 程郁缀、李静：《历代论词绝句笺注》，北京大学出版社2014年版，第86页。
④ 唐圭璋编：《词话丛编》，中华书局1986年版，第385页。
⑤ 唐圭璋编：《词话丛编》，中华书局1986年版，第622页。
⑥ 先著、程洪编：《词洁》，河北大学出版社2007年版，第126页。

一家。便使时时掉书袋，也胜康柳逐淫哇。"① 江昱赞赏陆游兼具雄浑壮阔的豪放之风及清丽绵挚的婉约之气，贬斥康与之、柳永淫哇之声。"掉书袋"乃引南宋刘克庄的《跋刘叔安感秋八词》中语。其云："放翁、稼轩，一扫纤艳，不事斧凿，高则高矣，但时时掉书袋，要是一癖。"② 江昱指出，陆游词纵使寓事用典过多，也是为求雅致而使诗词显得有隔，不够本色当行，远胜于康与之、柳永俚俗之语。柳永因书写烟花柳巷的鄙俗之语而多被人所诟病。张炎《词源》有云："词欲雅而正，志之所之，一为情所役，则失其雅正之音。耆卿、伯可不必论，虽美成亦有所不免。"③ 张炎批评柳永词内容源于风月场所，一味为情而作，有浓郁的凸显"欲"的一面，实为不雅。沈义父在《乐府指迷》中亦评柳永词"然未免有鄙俗语"④。可见，柳永词因所用字粗鄙多被人诟病。此外，张舜民《画墁录》有载："柳三变既以词忤仁庙，吏部不放改官，三变不能堪，诣政府。晏公曰：'贤公作曲么？'三变曰：'只如相公亦作曲子。'公曰：'殊虽作曲子，不曾道"彩线慵拈伴伊坐"。'柳遂退。"⑤ 张舜民亦道出柳永词在格调呈现与意境创造方面趋于俗媚的特征。总的来说，江昱正是承纳前人对柳永的批判，贬斥柳永词俗艳轻浮。在他看来，词作用字造句当求雅致，所描述的对象与寄托的情感皆应呈现出雅正之态。

江昱的《论词十八首》（之十七）云："别裁伪体亲风雅，毕竟花庵逊草窗。何日千金求旧本，一时秀句入新腔。"⑥ 诗作首句摘取杜甫《戏为六绝句》中的"别裁伪体亲风雅，转益多师是汝诗"一句诗意而入。《戏为六绝句》寥寥数百字，杜甫借以阐说其诗学宗旨，第六首尾句对文学承继问题予以阐明。"别裁"多依据主观标准，体现不同的立场。而"伪体"立足于形式方面的判定。践行"别裁伪体"以近风雅，不仅要立足"真"的基点，更力求新意与创造，不厚古薄今，兼备思想性与艺术性的统一。杜甫指出，转益多师，当归依于风雅。其中，"风雅"指《诗经》

---

① 程郁缀、李静：《历代论词绝句笺注》，北京大学出版社2014年版，第88页。
② 刘克庄：《后村先生大全集》卷九，《四部丛刊》本。
③ 唐圭璋编：《词话丛编》，中华书局1986年版，第266页。
④ 唐圭璋编：《词话丛编》，中华书局1986年版，第278页。
⑤ 施蛰存、陈如江编：《宋元词话》，上海书店出版社1999年版，第86页。
⑥ 程郁缀、李静：《历代论词绝句笺注》，北京大学出版社2014年版，第93页。

中《国风》、《大雅》、《小雅》。孔子以"无邪"评价《诗经》雅正之旨。刘克庄在《水龙吟·自和前二首》中指出,词乃"自和山歌,国风之变,《离骚》之裔"①。他认为,词是对以《诗经》、《楚辞》为代表的文学传统的继承。江昱承衍杜甫对前人诗歌取舍的批评,以"风雅"为衡量标尺,裁定黄升与周密词的高下。黄升隐居玉林散花庵,不好科举,性喜吟咏,雅好校勘辑佚文章。其《花庵词选》收录飘逸、盛丽、悲壮、豪俊等多种风格之作,标举豪放与婉约之风。周密的《绝妙好词》编选宗旨多承姜夔"雅词"风格,其词选多择取典雅清隽、用典精工、意境幽远之作。江昱指出周密以清秀雅正为标尺,有意识地选录醇雅为尚的词人词作,汇编而成《绝妙好词》,此选本对南宋词坛的审美风尚进行了一定的总结,是对南宋词史建构的锦上添花之举。

四 尚婉约为正

词体的发生始终以歌词和乐曲两个基本结构互动贯穿,呈现出动态的发展过程,前期以曲、词结合为标志,此阶段为原体词,后期词曲分离,词走向独立的文学化阶段,意为变体词。词体之辩早已有之,张綖首先提出"词有二体"之说。其《诗余图谱·凡例》云:"词体大略有二:一体婉约,一体豪放。婉约者欲其词情蕴藉,豪放者欲其气象恢弘。盖亦存乎其人。如秦少游之作,多是婉约,苏子瞻之作,多是豪放。大抵词体以婉约为正,故东坡称少游今之词手,后山评东坡词虽极天下之工,要非本色。"②张綖将豪放与婉约之词作了明确的区分,"气象恢弘"为豪放词的特征,而婉约之作以"词情蕴藉"见长,且婉约为正体。词长期以来多趋于婉转柔美,婉约风格长期支配词坛,影响甚大。两宋词学鼎盛,婉约和豪放两派在词坛竞妍,到了清代前中期,浙西派以词体正变为理论支柱,致力于提高词的地位。朱彝尊作为浙西词派的创始人,推尊词体,宗尚南宋之风,力崇醇雅,推举姜夔、张炎婉约之作,婉约被奉为词之正宗、正体。江昱在《论词十八首》中宗尚婉约为正体,主要表现在两个方面:一方面尊奉姜夔,贬斥苏轼、辛弃疾豪放之风;另一方面推尚婉约之词。

---

① 钱仲联:《后村词笺注》,上海古籍出版社1980年版,第35页。
② 陈良运主编:《中国历代词学论著选》,百花洲文艺出版社1998年版,第275页。

第二章　清代前期的论词绝句

　　江昱的《论词十八首》（之四）评苏轼云："一扫纤秾柔软音，海天风雨共阴森。分明铁板铜琶手，半阕杨花冠古今。"① 江昱指出，苏轼的豪放词虽然成就不小，但相比较其婉约词而言稍逊一筹。苏轼咏杨柳一词被誉为婉约缠绵之绝唱，诗人以"冠古今"给予高度的赞赏。苏轼的《水龙吟·次韵章质夫杨花词》通过借物寓情，达到声韵谐婉、情调幽怨的艺术表现效果。王国维以"和韵"和"元唱"之分，把章质夫的《杨花词》和苏轼的《水龙吟》作比，认为章质夫"才之不可强也如是"②。苏轼词虽婉约与豪放兼备，但在江昱看来，其婉约之作为词之正体，备受胜誉。

　　江昱的《论词十八首》（之七）评辛弃疾、刘克庄、刘过云："辛家老子体非正，有时雅音还特存。卓哉二刘并才俊，大目底缘规孟贲。"③ 江昱指出，辛弃疾作为书写豪放词的名家，风格呈现要非本色，但他还创作有少部分婉约之词。刘过、刘克庄习效苏轼、辛弃疾，欲继承辛弃疾的豪放词风，被称为辛派后劲。诗人正是由此而入，批评刘过、刘克庄习学苏、辛非本色的词风。

　　江昱的《论词十八首》（之十六）引李清照本事，赞赏词人婉约之体。其诗云："漱玉便娟态有余，赵家芙草梦非虚。最怜重九销魂句，吟瘦郎君总不如。"④ 李清照有《漱玉集》。江昱引其夫赵明诚的两个本事，赞赏李清照的体貌才情。元代，伊世珍在《琅嬛记·外传》中载："赵明诚幼时，其父将为择妇。明诚昼寝，梦诵一书，觉来惟忆三句云：言与司合，安上已脱，芝芙草拔。以告其父。其父为解曰：'汝待得能文词妇也。"言与司合"，是"词"字，"安上已脱"，是"女"字，"芝芙草拔"，是"之夫"二字，非谓汝为词女之夫乎？'后李翁以女女之，即易安也，果有文章。"⑤ 此则笔记虽疑为杜撰，但有助于了解李清照与赵明诚两人的趣事。伊世珍以托梦解词，暗示了李清照与赵明诚的结合及李清照过人的文学才情。江昱指出赵明诚之梦不假，李清照才貌兼备属实。后又引两人诗词创作方面的趣闻。《琅嬛记》又载："易安以《重阳·醉花阴》词函致

---

① 程郁缀、李静：《历代论词绝句笺注》，北京大学出版社2014年版，第85页。
② 王国维著，滕咸惠校注：《人间词话新注》，齐鲁书社1981年版，第30页。
③ 程郁缀、李静：《历代论词绝句笺注》，北京大学出版社2014年版，第87页。
④ 程郁缀、李静：《历代论词绝句笺注》，北京大学出版社2014年版，第92页。
⑤ 褚斌杰、孙崇恩、荣宪宾编：《李清照资料汇编》，中华书局2005年版，第28页。

明诚。明诚叹赏,自愧弗逮,务欲胜之。一切谢客,忘食忘寝者三日夜,得五十阕,杂易安作,以示友人陆德夫。德夫玩之再三,曰:'只三句绝佳'。明诚诘之。曰:'莫道不销魂,帘卷西风,人似黄花瘦。'正易安作也。"① 赵明诚欲与妻子李清照一比创作高下。他废寝忘食,填制出五十阕词,将李清照的《醉花阴》杂于其中,让友人陆德夫评判。陆氏品评再三,尤属意《醉花阴》一词为佳,令人叹服。江昱所引赵明诚夫妇的趣事,形象生动地体现出对李清照婉约之词推尚的审美旨趣。

江昱十分尊崇姜夔清空婉约之词,其《论词十八首》中有三首诗论说到姜夔。其第八首云:"石帚高情自度工,孤云无迹任西东。乐书不赏张兄死,只合吹箫伴小红。"② 首句"石帚高情自度工",实为江昱用以指代姜夔。诗人指出姜夔精于音律,尤擅自度曲而创作,并引用张炎曾评姜夔词"如野云孤飞,去留无迹"之句入诗,用来赞许姜夔词的清空之美。诗文后两句,诗人引姜夔本事入诗,叙述姜夔的两位知己张鉴和小红。姜夔和张鉴在杭州相识,两人一见如故,情深谊厚,常诗词唱和,张鉴曾欲为姜夔买官,后被他婉言谢绝。张鉴病逝后,姜夔作诗哀挽,内心悲伤不已。小红是姜夔的红粉知己。姜夔客居范成大宅邸时创作有《暗香》、《疏影》两首咏梅词,范成大随即命歌姬演唱,后将演唱的歌姬小红赠予姜夔。至岁末除夕的夜晚,姜夔携小红路过吴江松陵的垂虹桥,茫茫雪夜,姜夔有感作词,小红吟唱,因有"小红低唱我吹箫"之句。其第十二首论王沂孙、姜夔云:"碧山花外韵悠然,意度还追白石仙。怊怅埋云空玉笥,一灯后此竟谁传。"③ 王沂孙身居玉笥山,有"玉笥山人"之称。他工于咏物,崇尚婉约之体,张炎在《词源》中评其"有白石意度"。江昱正是以姜夔婉约清空之风作为标尺,肯定王沂孙咏物词的成就。其第十八首云:"暗香疏影静生春,绿意红情迥出尘。寂寂自开还自落,人间谁是别花人。"④《暗香》、《疏影》被誉为姜夔咏物词的绝唱,创作于南宋光宗绍熙三年(1191)冬季。姜夔爱梅至深,应范成大之邀,驰骋才华,借用林

---

① 褚斌杰、孙崇恩、荣宪宾编:《李清照资料汇编》,中华书局2005年版,第28页。
② 程郁缀、李静:《历代论词绝句笺注》,北京大学出版社2014年版,第87页。
③ 程郁缀、李静:《历代论词绝句笺注》,北京大学出版社2014年版,第90页。
④ 程郁缀、李静:《历代论词绝句笺注》,北京大学出版社2014年版,第93页。

逋《山园小梅》诗中的"疏影"、"暗香"为词牌名，创作了这两首精绝的咏梅词。他以梅之神理及特征书写清彻空灵的意向，"自立新意"，为人广为传诵。江昱借张炎的评价，以梅花比喻词人高拔凡俗的人格品性与清空雅致的词风。

总体来看，作为清代中期浙西词派的代表，江昱在批评观念上，承纳与衍化浙西派"中和雅正"的词学批评宗旨，融汇朱彝尊、厉鹗诸家之说。他强调正本清源，对词学渊源承继多有关注探讨；高标爱国情怀与人格超拔之作；主张去俗崇雅，以雅致正则为标尺，崇尚婉约为词之正体。在论说特点上，他擅长摘引词人秀句与语典入诗，妥帖适宜，自然浑融。既有单人单评，也将词作风格若出一辙，或迥然有异的词家合而论之，以起到相互联系或比照的效果。江昱的论词绝句体量虽不算太大，但批评的视野较为开阔，为丰富与提升我国传统论词绝句这一批评形式作出了贡献。

第三章　清代中期的论词绝句

概　论

清代中期（1740左右—1840）为我国传统论词绝句的全面繁盛期。这一时期，论词绝句呈现出十分兴盛繁荣的景象。其主要如：沈廷芳的《怀人绝句十四首》，江昱的《论词十八首》，陈章的《哭太鸿十二绝》，鲍倚云的《题吴锡芍词卷》（六首）、《题〈听奕轩诗词卷〉八绝句》，钱载的《题词卷三首》，汪筠的《读〈词综〉书后二十首》、《校〈明词综〉三首》，章恺的《论词绝句八首》，冯浩的《题汪孝廉（孟鋗）〈埋冰词〉四首》，汪孟鋗的《题本朝词十首》，刘臻的《〈花韵馆词〉题辞》（四首），朱方蔼的《论词绝句二十首》，刘伊的《跋李渔衫〈乡乐府〉词后三首》，汪仲鈖的《题陆南香〈白蕉词〉后四首》，吴泰来的《怀人诗二十八首》，张熙纯的《题朱时霖词卷四首》，赵文哲的《书曹容圃近词后四首》，蒋士铨的《题蔡生词本后》（三首），程名世的《题家汧江伯〈虫天呓语〉乐府后》（四首），褚廷璋的《周湘渔〈春岩词〉题后四首》，鲍廷博的《题吴枚庵词》（四首），沈初的《编旧词存稿作论词绝句十八首》、《题陈迦陵前辈填词图五首》，翁方纲的《题陈其年检讨填词图后四首》，陆锡熊的《题〈问云词〉十二首》，张埙的《陈其年先生填词图五首》，彭元瑞的《汪太史（上林）〈花韵山房诗余〉》（四首），毛大瀛的《寄赠王无言三首》，吴蔚光的《词人绝句》（九首），秦瀛的《题陈迦陵先生填词图六首》，陈观国的《论词二十四首》，赵怀玉的《钱秀才（季重）以诗余索予评骘，为书三断句》，顾宗泰的《南唐杂事诗》（三首），武廷选的《题〈澹香楼词〉三首》，朱依真的《论词绝句二十二首》、《仆

第三章 清代中期的论词绝句

少有论词绝句，迄今二十年，灯下读诸家词，有老此家数之意，复缀六章，于前论无所出入也》（六首），杨凤苞的《题严九艳词后》（八首），石韫玉的《读蒋心余、彭湘涵、郭频伽词草各系一诗》（三首），朱文治的《题张茂才远春词》（三首），严冠的《〈远春词〉题词》（三首），尤维熊的《评词八首》、《续评词四首》，徐熊飞的《咏苏东坡丙辰中秋作〈水调歌头〉事》（八首），黄丕烈的《题影钞金椠蔡松年词残本后》（八首），王文诰的《题吴湛溪词草三首》，程应佐的《〈红雪词〉题辞》（五首），舒位的《书潘榕皋农部〈水云笛谱〉后》（三首），李沣的《〈意香阁词〉题词》（四首），席佩兰的《题竹桥太史〈小湖田乐府〉词稿》（六首）、《题华亭张蓝生女史（玉珍）〈晚香居词卷〉》（四首），赵同钰的《〈小湖田乐府〉题辞》（三首），屈秉筠的《吴竹桥太史〈小湖田乐府〉题辞》（三首）、《〈晚香居词〉题词》（三首），陈鸿寿的《填词图为严小秋作》（四首），戴敦元的《题严修能〈画扇斋秋怨词〉后》（十四首），孙尔准的《论词绝句二十二首》，查揆的《〈客舫填词图〉为陶观察作》（四首），郑勉的《丙寅秋九月因家柳田得见小秋，并读词卷，奉题三绝》，陈文述的《题朱淑真〈断肠集〉》（五首）、《又题〈漱玉集〉》（四首），陈寿祺的《题叶小庚同知所辑〈本事词〉申芍》（五首），黄承吉的《饮泉以所作词数卷要予点定，久未报命，雨窗展玩，率成四绝简之》，沈道宽的《论词绝句四十二首》，陶梁的《陆费春帆见和销夏诸作，赋此束之》（四首），陈本直的《读其年检讨词钞漫书》（十首），马功仪的《题〈六花词〉》（四首），汪潮生的《以词稿乞正于春谷，未蒙点定，顷以四诗见简，即此奉酬》（四首），周仪昈的《题吴兰雪〈绿春词〉后》（四首），石同福的《〈小庚词存〉题辞》（四首），汤贻汾的《题秦淮海集》（三首）、《赠蒋敦复四绝句》，宋翔凤的《论词绝句二十首》、《〈紫藤花馆诗余〉题辞》（三首），王敬之的《带山诗来，谓白石道人最契于梅，当于梅花盛时为白石寿，余适得白石小象石墨，遂相招设供》（四首），朱壬林的《姚古楂茂才（前枢）〈桐华馆词集〉题词三首》，王乃斌的《桐江道中读魏滋伯〈花滩渔唱〉词》（四首），何国华的《〈意香阁词〉题词》（三首），王晓的《题〈裁云馆词〉》（四首），周铭新的《己卯闰四月奉题小秋词集，时行色匆匆，言不尽意》（四首），孙芹的《题玉生餐花词集》（四首），吴规臣的《辛巳秋杪来游白门，读〈餐花词集〉，赋此奉题》（四首），周之琦的《题心日斋十六家词》，毛梦兰的《〈浣花阁词钞〉题词》（四首），张复的《题〈餐花吟馆词稿〉为严小秋作三首》，宋瓛的《题严小秋（骏生）〈餐花词集〉》（三首）、《题马棣原（功仪）〈倚云亭填词图〉》（五首），李德庚的《甲申花朝后五日晤小秋于角城，赋题〈餐花词集〉》（四首），韩崇的《〈翠薇花馆填词图〉为戈顺卿题》（三首）、《题张广文（鸿卓）填词图小影（筱峰，华亭人，今摄元和学官）》（三首），方熊的《题友人悼亡词后》（三首）、《题李清照〈漱玉集〉、朱淑真〈断肠集〉》（三首），路德的《题叶小庚（芗）同年〈天籁轩词〉后》（十一首），沈炳垣的《题雷约轩葆廉秀才〈海上论词图〉三首》，郭尚先的《陈子敬别驾见示新词即题其后》（五首），程恩泽的《题周稚圭前辈〈金梁梦月词〉》（八首），潘德舆的《怀里人作》（三首），张祥河的《论词绝句十首专赋闺人》，梁梅的《论词绝句一百六十首》，王僧保的《论词绝句三十六首》，杨棨的《题韫庵上人词集》（四首），朱士龙的《韫庵上人〈清梦轩诗余〉题词》（四首），尹文浩的《题〈清梦轩诗余〉》（四首），贺熙龄的《陈迦陵先生填词图》（三首），汪澍的《题蒋上舍梦花（楷）〈来者阁词稿〉后三首》，许其淮的《〈翠薇花馆词〉题辞》（三首），毕华珍的《读〈烟波词〉忆西湖旧游作》（八首），谈怡曾的《题〈秋莲子词稿〉》（三首），沈沂曾的《题郑幼韩（志潮）手摹陈其年填词图卷》（四首），史麟的《题钱塈衫〈双花阁词钞〉三首》，陈裴之的《题〈倚云亭填词图〉》（四首），等等。

此时期，论词绝句的主要特点表现为：创作的数量甚多，运用十分广泛；创作规制定型；"无意"之论较少而"有意"之论增多；"组诗"之论较多，个别组诗数量众多，精彩纷呈；有历代之论与本朝之论的不同，本朝之论相对更多；有不少闺秀词人之论；有专人之论与专属之论的分别，评说的内在系统性全面加强。受浙西词派和乾嘉学风等影响，普遍呈现出推尊姜夔、张炎，重视词体探源与词人词作史料辨析等特征。

在论词绝句的创作规制定型方面，出现如：江昱的《论词十八首》，章恺的《论词绝句八首》，朱方蔼的《论词绝句二十首》，沈初的《编旧词存稿作论词绝句十八首》，吴蔚光的《词人绝句》（九首），陈观国的

《论词二十四首》,朱依真的《论词绝句二十二首》,孙尔准的《论词绝句二十二首》,沈道宽的《论词绝句四十二首》,宋翔凤的《论词绝句二十首》,张祥河的《论词绝句十首专赋闺人》,王僧保的《论词绝句三十六首》,梁梅的《论词绝句一百六十首》,等等。他们承纳、补充与衍化厉鹗等人之开创,将传统论词绝句之体有效地予以了完善。如,陈观国的《论词二十四首》在补充与完善创作规制方面的意义,主要体现在三个方面:一是对传统词史流变的简明勾画,二是知人论世的评说方式,三是平正融通的论说特征。其论词绝句既有对词史相对整体的把握,又有对词家、词作、词事的细致辨说,点与线结合,富于批评的宏通性与论说的张力性,对于拓展传统论词绝句之体显示出一定的价值。[①]

在对本朝词人之论方面,出现如:郑燮的《题陈孟周词后》,黄图珌的《读张茶邨〈白雪词〉》,鲍倚云的《题〈听奕轩诗词卷〉八绝句》,冯浩的《题汪孝廉(孟鋗)〈埋冰词〉四首》,汪孟鋗的《题本朝词十首》,刘伊的《跋李渔衫〈乡乐府〉词后三首》,汪仲鈖的《题陆南香〈白蕉词〉后四首》,张熙纯的《题朱时霖词卷四首》,赵文哲的《书曹容圃近词后四首》,褚廷璋的《周湘渔〈春岩词〉题后四首》,沈初的《题陈迦陵前辈填词图五首》,张埙的《题陈其年先生填词图五首》,翁方纲的《题陈其年检讨填词图后四首》,秦瀛的《题陈迦陵先生填词图六首》,武廷选的《题〈澹香楼词〉三首》,钱林的《紫珊见示所著〈碧梧山馆词〉卷,读竟题二绝句于后》,王文诰的《题吴湛溪词草三首》,陈石麟的《书张皋文填词后二首》,石韫玉的《读蒋心余彭湘涵郭频伽词草各系一诗》(三首),席佩兰的《题竹桥太史〈小湖田乐府〉词稿》,赵同钰的《〈小湖田乐府〉题辞》,屈秉筠的《吴竹桥太史〈小湖田乐府〉题辞》,黄承吉的《饮泉以所作词数卷要予点定,久未报命,雨窗展玩,率成四绝简之》、《饮泉没,为念旧今情况,漫成十绝句,遂以挽之》,程恩泽的《题周稚圭前辈〈金梁梦月词〉》,侯云松的《题蒋敦复填词图》,汤贻汾的《赠蒋敦复四绝句》,宋翔凤的《紫藤花馆词题辞》(三首),等等。

在男性批评家单独对闺秀词人的论说方面,出现如:王文治的《题史

[①] 胡建次、邱青青:《陈观国〈论词二十四首〉批评特色摭论》,《船山学刊》2018 年第 5 期。

赤霞〈翡翠词〉后》，武廷选的《题〈澹香楼词〉三首》，乔煌的《题闺媛徐湘蘋〈拙政园诗余〉后二首》，潘际云的《题朱淑真〈断肠词〉》，屈秉筠的《〈晚香居词〉题辞》，王斯年的《题归佩珊女史〈绣余诗词〉册》，陈文述的《题朱淑贞〈断肠集〉》（四首）、《题查白葵撰〈李易安论〉后》、《又题〈漱玉集〉》，陈基的《辛丑嘉平客全椒官舍，家苏生出示吴蘋香女史花帘书屋手书词册，芬芳悱恻，一往情深，洵推作手，因题二绝》，林元英的《阅〈侯鲭录〉辨传奇崔莺莺事并谱元微之、崔莺莺〈商调蝶恋花〉词十章题后》，方熊的《题李清照〈漱玉集〉朱淑真〈断肠集〉》（三首），张祥河的《论词绝句十首专赋闺人》，等等。

在女性批评家单独对闺秀词人的论说方面，出现如：李华的《〈红雪词〉题辞》（一首），顾金望的《〈红雪词〉题辞》（一首），吕玉的《〈红雪词〉题辞》（一首），席佩兰的《题华亭张蓝生女史（玉珍）〈晚香居词卷〉》（四首），归懋仪的《〈晚香居词〉题词》，李静仪的《〈浣花阁词续钞〉题辞》（二首），金婉的《为外录〈词林正韵〉毕书后》，史静的《蕊生长姒〈百美诗〉于李易安、朱淑贞尚沿旧说，诗以辨之》（二首），周仪昕的《题吴兰雪〈绿春词〉后》（四首），等等。

此时期，还出现了很多对单个词人的集中性评说。如对阳羡派首领陈维崧的论说，就出现如：秦瀛的《题陈迦陵先生填词图六首》，潘允喆的《题陈迦陵先生填词图》，吴照的《题陈迦陵先生填词图》，吴文照的《陈伯恭先生题迦陵检讨填词图》，顾廷纶的《题陈迦陵先生填词图》，沈初的《题陈迦陵前辈填词图五首》，翁方纲的《题陈其年检讨填词图后四首》，张埙的《陈其年先生填词图五首》，贺熙龄的《陈迦陵先生填词图》（三首），沈沂曾的《题郏幼韩（志潮）手摹陈其年填词图卷》（四首），等等。

还出现了对某一词人的集中性广泛深度论说。如，关于浙西派中后期领袖厉鹗，就出现有陈章的《哭太鸿十二绝》，以多至十二首论词绝句的形式对厉鹗的现实人生、理想情怀、词作内涵、艺术特征及风格呈现等予以了多方面的评说。此外，还有陈本直的《读其年检讨词钞漫书》（十首），等等。

这一时期，个别批评家所创作论词绝句的数量之多令人称奇，这主要

第三章 清代中期的论词绝句

体现在梁梅的《论词绝句一百六十首》之中，体现出超乎时代发展的意义。梁梅以一百六十首论词绝句的总量评说历代词人词作，真可谓前无古人、后无来者，只可惜现在只能看到二十六首。

在多个作者围绕同一词集所创作的论词绝句方面，出现了不少对清代当世词人集子的评说。如：关于徐熊飞的《六花词》，就有吴中奇、邵源、陆坊、李毂、倪稻孙、马功仪、吴清皋的《题〈六花词〉》各一首。关于吴蔚光的《小湖田乐府》，有席佩兰的《题竹桥太史〈小湖田乐府〉词稿》、赵同钰的《〈小湖田乐府〉题辞》、屈秉筠的《吴竹桥太史〈小湖田乐府〉题辞》。关于冯云鹏的《红雪词》，有吴麐、汪桂林、李华、顾金望、吕玉的《〈红雪词〉题辞》各一首。关于戈载的《翠薇花馆词》，有吴翌凤、程步瀛、蒋宝龄、徐传垿、许其洭的《〈翠薇花馆词〉题辞》各一首，王敬之、孙义钧的《题〈翠薇花馆词〉十七卷后》各一首，韩崇的《〈翠薇花馆填词图〉为戈顺卿题》一首。关于李洴的《意香阁词》，有查有新的《题李篁园明经〈意香阁词〉》、何国华的《〈意香阁词〉题词》、文溥的《〈意香阁词〉题词》、李毂的《〈意香阁词〉题词》。关于严骏生的《餐花词集》，有沈涛的《读严小秋（骏生）词卷即题其〈餐花吟馆图〉后二首》、徐汉苍的《题严小秋（骏生）〈餐花词〉》、孙芹的《题玉生餐花词集》、吴规臣的《辛巳秋杪来游白门，读〈餐花词集〉，赋此奉题》、张复的《题〈餐花吟馆词稿〉为严小秋作三首》、阮亨的《道光壬午秋八月奉题小秋〈餐花词集〉》、乔普的《奉题小秋〈餐花词卷〉》、方先甲的《奉题〈餐花词集〉》、钱有序的《道光癸未重九晤小秋于蔻香阁，承赠〈餐花词集〉，赋此奉题》、宋锽的《题严小秋（骏生）〈餐花馆词集〉》、李德庚的《申甲花朝后五日晤小秋于角城，赋题〈餐花词集〉》、卢昌祚的《甲申冬十月重遇小秋于袁江，赋题〈餐花馆词集〉》。关于释了璞的《清梦轩诗余》，有杨荣的《题韫庵上人词集》、朱士龙的《韫庵上人〈清梦轩诗余〉题词》、尹文浩的《题〈清梦轩诗余〉》。关于王僧保的《秋莲子词》，有谈怡曾的《题〈秋莲子词稿〉》、梅植之的《次王西御（僧保）自题〈秋莲子词〉韵》、孔继鏻的《题王保御僧保〈秋莲子词〉四首》、许宗衡的《书西御〈秋莲子词集〉》，等等。

总之，论词绝句之体在清代中期运用十分广泛，创作数量很多，呈现

71

出非常繁盛之面貌。这对推动词人词作传播接受起到了十分重要的作用，共构出了清代词学批评兴盛繁荣的局面。

第一节　章恺《论词绝句八首》的批评观念与论说特点

章恺（1718—1770），字虞仲，号北亭，浙江嘉善人。清代乾隆乙丑年（1745）进士，改庶吉士，以传胪入翰林，授编修，诗文援笔立就。著有《北亭丛稿》、《章北亭全集》、《诗赋杂文》五卷及《琐语》一卷，汇刻为《敦艮堂集》。他酷好读书吟咏，早年尝与同浦镗、周澧为讲学之会，各攻一业。

章恺的《论词绝句八首》，论评了自唐代至清代前期的八位词人之作。从批评内容上看，他更为推扬南宋之词，强调词的创作要崇雅去俗，以委婉典重为正，艺术表现要清彻空灵。其所论及的词人有《花间集》（算一人）、冯延巳、柳永、苏轼、姜夔、吴文英与张炎（吴、张合论）、周密、朱彝尊与浙西词派（算一人）。

一　批评观念

论词绝句发展到清代中期蔚为繁盛。章恺的《论词绝句八首》正体现了这一时期词学批评的基本样式与风貌特征。它以庄正的"论词绝句"字样冠以标题，体现出论词的自觉性、有意性。其次，以组诗形式而论，有单人之论，也有个别是两人合论。

（一）倡导去俗崇雅

雅俗之辨是我国传统词学甚为重视的话题，清初词人对词体词风的认识仍然偏重于传统的"本色"观念。至清代中期，众多词人词派推尊词体，标举雅致之作。章恺亦承纳去俗崇雅的词学观念，以之作为论评词人词作的标尺之一。

章恺的《论词绝句八首》（之一）云："花间余韵已销沉，俗调流传易浸淫。要洗寻常筝笛耳，须凭天外玉箫音。"[1] 花间词作为晚唐五代的产

---

[1] 程郁缀、李静：《历代论词绝句笺注》，北京大学出版社2014年版，第111页。

物，其风格直接影响了北宋词坛。章恺认为，词的发展在于纠偏而行，北宋词不断趋于雅致，以含蓄蕴藉为贵。发展至苏轼，创造性开拓了词的艺术表现空间，兼融婉约与豪放之美；延至南宋，辛弃疾等人又将豪放词风发展到极致。章恺以"消沉"二字，评说花间词的承继状态，指出俗词已被雅致之作逐渐盖过势头。他认为，词的创作应该以婉约雅致为艺术评价的标尺。一个"洗"字，道出了章恺的复雅之意，其中，"玉箫"借指醇厚雅正之作。可见，他甚为推尚雅致之词。

章恺的《论词绝句八首》（之三）云："柳岸风情尽自夸，繁声无奈近淫哇。佳人自有阳关曲，莫信儿童汲井华。"[①] 诗作首句化用柳永《雨霖铃》中的"杨柳岸、晓风残月"一句，借"自夸"、"淫哇"批评柳永词浅近卑俗、语辞尘下。"阳关曲"又名《阳关三叠》，乃据唐人王维的七言绝句《送元二使安西》谱写而成，因其情感表现真挚动人、婉转深长而广受称扬。末句"儿童汲井华"，源自宋代叶梦得的《避暑录话》。其中有云："尝见一西夏归朝官云：凡有井水饮处，即能歌柳词。"[②] 此句指明柳永词具有十分俗化的特点。杜甫《大云寺赞公房》一诗有云："儿童汲井华，惯捷瓶上手。"章恺认为，柳永词近于一片趋俗淫邪之声，而雅致之作如《阳关三叠》情意绵绵、雅人深致、真切动人。章恺以阳关曲风靡传诵的史实，劝诫人们更多地创作出雅致之作。

（二）以委婉典重为正

清初词坛，人们多尚婉约之风，将婉约视为当行本色之道。与时代主流相应，章恺论词亦主张以委婉典重为正，其主要体现在两个方面，一是推扬婉约之词，二是强调以本色为贵。

本色当行乃我国传统词学批评的基本观念。章恺评词对本色之求颇为强调。其《论词绝句八首》（之四）云："罗衫画扇可怜春，花底吹笙韵绝尘。传语教坊雷大使，铜琶铁板太惊人。"[③] 陈师道在《后山诗话》中曾评苏轼豪放词"要非本色"。其云："退之以文为诗，子瞻以诗为词，如

---

① 程郁缀、李静：《历代论词绝句笺注》，北京大学出版社2014年版，第112页。
② 张惠民编：《宋代词学资料汇编》，汕头大学出版社1993年版，第143页。
③ 程郁缀、李静：《历代论词绝句笺注》，北京大学出版社2014年版，第113页。

教坊雷大使之舞，虽极天下之工，要非本色。"① 章恺借陈师道之语，委婉地批评苏轼以作诗之法填词，混淆了诗词二体的界限，就好像雷大使之舞，用男儿之身而表现女子情态，是难见本色的。

章恺推尚浙西派之作，尤喜好朱彝尊的雅正之词。其《论词绝句八首》（之八）云："南渡风流唱和齐，清才只在浙东西。一尊剩载江湖酒，苍玉丛寒梦未迷。"②"南渡风流唱和齐"，指南宋末年王沂孙、周密等人相与唱和，汇成《乐府补题》一集，被清代浙西派诸人所推崇。"一尊剩载江湖酒"一句，乃化用朱彝尊的《江湖载酒集》之名。该集编成于康熙十一年（1672），题意取自杜牧的诗句"落拓江湖载酒行"。李符在《江湖载酒集序》中云："集中虽多艳曲，然皆一归雅正，不若屯田乐章徒以香泽为工者。"③《江湖载酒集序》集中体现出朱彝尊崇尚醇厚雅正的词学主张。总的来说，章恺论词在很大程度上受到朱彝尊的影响。朱彝尊论词推扬南宋。他认为，词发展到南宋更见工巧雅致，更合乎本色当行之质性。尔后，曹溶、陈维崧、厉鹗、吴锡麒等人都大力提倡，宗法南宋被视为词的创作圭臬。朱彝尊极为重视词的抒情功能，南宋词语言凝练、结构缜密，以寄托而入，旨意遥深，意味醇厚。因而，章恺论词正是接受承纳了以朱彝尊为代表的浙西词派的批评主张，将对清彻空灵之作的推尚线索进一步织密了。

（三）推尚清彻空灵之作

"清空"作为评判词的创作的重要审美范畴，是词作雅化的历史产物。被浙西词派奉为圭臬的张炎，论词着重强调清彻空灵之美。其《词源》以姜夔清彻空灵之论为典范立说，对比姜夔与吴文英词作风格，辨析了"清空"与"质实"两种艺术风格及审美理想的不同。章恺在论词绝句中体现出以清彻空灵为美的批评主张，标举姜夔、张炎之作。

章恺认为，词的"清空"之美大致包含两个方面，一是意境的清彻空灵，二是词乐的清淡疏徐。其《论词绝句八首》（之五）评姜夔云："秀

---

① 何文焕辑：《历代诗话》，中华书局1981年版，第309页。
② 程郁缀、李静：《历代论词绝句笺注》，北京大学出版社2014年版，第115页。
③ 朱彝尊：《朱彝尊词集》，浙江古籍出版社2012年版，第7页。

骨清魂画亦难,千秋白石压词坛。暗香疏影春风意,淡月黄昏一笛寒。"[1]宋代文学呈现出一些鲜明的特色,如主意致、崇格调、尚雅正、重韵味。发展到姜夔,以骚兴雅旨为创作追求,力求"含蓄"、"音妙"。姜夔一生坎坷波折,以布衣清客自居,身世飘零,其词多家国之思、故国之悲。他工于咏物,多书写出清彻空灵之美。其《暗香》、《疏影》被誉为咏物词的典范,立意新颖,空灵淡雅,为人所广为传诵。其词牌取于林逋的佳句"疏影横斜水清浅,暗香浮动月黄昏"。章恺以"秀骨"一词称赞姜夔之作具有不凡的艺术气质,更以清迈之魂灵赞赏姜夔高拔清峻的人品,"千秋"二字从纵向角度凸显出姜夔卓越的词史地位。

章恺的《论词绝句八首》(之六)将吴文英、张炎合论,推扬张炎之作清空入妙。其云:"七宝楼台耀眼光,半空飞影入云长。玉田妙境谁能会,万里冰壶月正凉。"[2]诗作首句"七宝楼台",源于张炎《词源》评吴文英之语。其云:"吴梦窗词如七宝楼台,眩人眼目,碎拆下来,不成片段。"[3]张炎以清彻空灵为评判依据,贬低吴文英雕饰之风。他认为,吴文英之作辞藻艳丽华美,使用意象有时过于密集,艺术结构过于紧绷,导致其词的创作往往意义模糊、旨意不易寻绎,这成为它为人所诟病的最重要原因。"玉田妙境",指出张炎词风婉曲疏净、清丽雅致。章恺合论吴文英、张炎二人,借张炎对吴文英的批评,凸显出张炎之词意境空灵、风格古雅峭拔,这也正体现出章恺对南宋雅正之词的推尚。

二 论说特点

(一) 合论词人

章恺在《论词绝句八首》中体现出开始将词人合论。他把词风相近的词人于一诗中加以评之,借以更为明晰地传达自己的批评主张。其《论词绝句八首》(之六)合论吴文英、张炎云:"七宝楼台耀眼光,半空飞影入云长。玉田妙境谁能会,万里冰壶月正凉。"[4]章恺标举清彻空灵的艺

---

[1] 程郁缀、李静:《历代论词绝句笺注》,北京大学出版社2014年版,第113页。
[2] 程郁缀、李静:《历代论词绝句笺注》,北京大学出版社2014年版,第114页。
[3] 唐圭璋编:《词话丛编》,中华书局1986年版,第259页。
[4] 程郁缀、李静:《历代论词绝句笺注》,北京大学出版社2014年版,第114页。

境界，推尚清空流丽之作。而"清空"的审美范畴正是张炎所提出的。张炎论词独尊姜夔，认为其开辟了清彻空灵之境界。在词学发展史上，"清空"成为词学风气转向的标志之一。章恺受张炎之论影响甚多，对其词甚为推扬。他在对比中，将对吴文英、张炎的评价凸显了出来。

（二）运用本事批评

本事批评是我国传统的批评方式之一。晚唐时期，孟棨最早提出"本事"一词。其在《本事诗序目》中云："诗者，情动于中而形于言。故怨思悲愁，常多感慨。抒怀佳作，讽刺雅言，虽著于群书，盈厨溢阁，其间触事兴咏，尤所钟情，不有发挥，孰明厥义？因采为《本事诗》，凡七题，犹四始也。"① 在孟棨看来，诗是以抒情而见长的文体，其表现载体是语言，通过语言以传达情感意蕴。"触事兴咏，尤所钟情"，是诗歌兴发的缘由。可见，诗歌从"事"到"情"再到"文"，要想读懂作者之意须追溯其文，了解作品中所寓含的故实，从"本事"到"本意"、"本义"，如此，才是赏诗评诗的应有途径。

章恺的《论词绝句八首》（之二）云："玉柱钢筝雁作行，罗敷一曲艳歌长。一池春水关何事，枉向东风暗断肠。"② 此诗引南唐元宗李璟与冯延巳之间的本事入诗。清代，王奕清在《历代词话》中引《南唐书》道："元宗乐府云：'小楼吹彻玉笙寒。'延巳有'风乍起，吹皱一池春水'之句。皆为警策。元宗尝戏延巳曰：'"吹皱一池春水"，干卿何事。'延巳对曰：'未若陛下"小楼吹彻玉笙寒"。'元宗悦。"③ 南唐中主李璟雅好诗文，"时时作为歌诗，皆出入风骚"。他常与宠臣韩熙载、冯延巳等人饮宴赋诗。他们的诗多为娱宾遣兴、闺阁儿女之音。章恺借李璟戏谑冯延巳之语嘲讽了其闺音之作。

总体来看，章恺的《论词绝句八首》，其词学批评观念主要有三：一是倡导去俗崇雅，以雅致为艺术标尺；二是以委婉典重为正，标举婉约之作；三是推尚清彻空灵之美，以之作为词的理想艺术境界。在论说特点上，其主要有二：一是合论词人以作异同之比；二是以本事论词，增扩了

---

① 丁福保辑：《历代诗话续编》，中华书局1983年版，第2页。
② 程郁缀、李静：《历代论词绝句笺注》，北京大学出版社2014年版，第111页。
③ 唐圭璋编：《词话丛编》，中华书局1986年版，第119页。

论说的容量。其论词绝句虽然体制很小,但批评价值不可小觑。它体现出清人以绝句之体开展批评的有意性与自觉性,助推了论词绝句这一批评样式在清代前中期的发展。

第二节 朱方蔼《论词绝句二十首》的批评特点

朱方蔼(1721—1786),亦作方霭,字吉人,号春桥,别号桐溪钓叟,浙江桐乡人。贡生,官翰林院孔目。为朱彝尊族孙、沈德潜弟子,精诗词,通古文,善山水,晚年尤喜画梅。著有《春桥草堂诗集》、《小长芦渔唱》等。

朱方蔼有论词绝句二十首,收录于《春桥草堂诗集》卷六中。通观之,可看出,他的论词绝句大致按时间顺序,对五代至清代的词人词作词事予以了评说,其论涉的词人主要有孟昶、苏轼、林逋、张先、宋祁、柳永、黄庭坚、李清照、张炎、元好问、朱彝尊、陈维崧、顾贞观、纳兰性德等。在批评特色方面,朱方蔼的论词绝句既有对词家词作的批评,亦体现出对词人词选、词学主张甚至词盛之地的关注。在批评形式上有一人一评或多人合评,并无固定的样式。此外,他运用以注补诗的形式,诗句与补注并行。在二十首论词绝句中,有十二首附有详略不一的注释,其中,包含词人词作的介绍考辨及寓事用典的补充等。总之,朱方蔼的《论词绝句二十首》所论涉的内容较为丰富,论说特点亦见鲜明,彰显出广博的学识与独到的批评观念。

一 对代表性词人各有称扬与批评

在《论词绝句二十首》中,朱方蔼对代表性词人各有称扬与批评。如,其评苏轼词句不及孟昶精妙,评林逋咏草词传神,肯定张先词佳,认为宋祁词俗,评柳永词不及魏承班词自然,肯定黄庭坚俗词有一定的合理性,激赏李清照的创作才华,高标张炎的《春水》、顾贞观的《弹指词》与纳兰性德的《侧帽词》。

朱方蔼的《论词绝句二十首》(之一)评后蜀之主孟昶、苏轼云:"蜀主新词韵最娇,摩诃池上暑初消。眉山隐括偏多事,未免旁人笑续貂。"① 朱方蔼认为，苏轼的《洞仙歌》乃隐括蜀主孟昶之作，孟昶词韵味精妙，苏轼的《洞仙歌》自是不如，此外，朱方蔼评说苏轼隐括之举为狗尾续貂。此诗附注云："苏子瞻《洞仙歌》本隐括蜀主孟昶避暑摩诃池上作也，然反有点金成铁之憾。"② 蜀主孟昶曾夜同花蕊夫人避暑摩诃池上，创作有《玉楼春》一词。其有云："冰肌玉骨清无汗，水殿风来暗香满。绣帘一点月窥人，欹枕钗横云鬓乱。起来琼户启无声，时见疏星度河汉。屈指西风几时来，只恐流年暗中换。"朱方蔼持论，苏轼的《洞仙歌》正是隐括孟昶的《玉楼春》而来，但苏轼词在艺术成就上并未超越孟昶之作。朱彝尊在《词综》中云："苏子瞻《洞仙歌》本隐括此词，然未免反有点金之憾。"③ 李调元在《雨村词话》中亦云："蜀主孟昶冰肌玉骨一阕，本玉楼春调，苏子瞻洞仙歌隐括其词，反为添蛇足矣。词综谓为点金，信然。"④ 可见，朱方蔼与朱彝尊、李调元所持论断一致，苏轼的《洞仙歌》虽隐括孟昶的《玉楼春》，但前者成就确乎逊于后者。

朱方蔼的《论词绝句二十首》（之四）评林逋云："曾读逋仙几阕词，传神不独咏梅诗。爱他满地和烟雨，画出春风芳草时。"⑤ 林逋，字君复，后人称和靖先生，北宋著名隐逸诗人，终生不仕不娶，唯喜植梅养鹤，自谓"以梅为妻，以鹤为子"，人称"梅妻鹤子"。朱方蔼认为，林逋的咏梅诗堪称一绝，其咏草词也尤为写照传神。林逋有《山园小梅》一诗，其中，"疏影横斜水清浅，暗香浮动月黄昏"一句被誉为"咏梅绝唱"，生动地描绘出梅花清幽香逸的风姿。"爱他满地和烟雨"之句，出自林逋的咏草词《点绛唇·金谷年年》。其有云："金谷年年，乱生春色谁为主？余花落处，满地和烟雨。又是离歌，一阕长亭暮。王孙去，萋萋无数。南北东西路。"朱方蔼持论，林逋的《点绛唇·金谷年年》描写了草长花落之景象，词人巧妙地表现出春草到处蔓延的内在生机。"余花落处，满地和烟雨"一句，乃指花落在繁茂的草地上，草色、落红、烟气、微雨融合在一处，情调哀婉。张先游历林逋隐居的杭州西湖孤山时，曾云："湖山隐

---

① 孙克强、裴喆编著：《论词绝句二千首》，南开大学出版社2014年版，第112页。
② 孙克强、裴喆编著：《论词绝句二千首》，南开大学出版社2014年版，第112页。
③ 朱彝尊、汪森编：《词综》，上海古籍出版社1999年版，第15页。
④ 唐圭璋编：《词话丛编》，中华书局1986年版，第1390页。
⑤ 孙克强、裴喆编著：《论词绝句二千首》，南开大学出版社2014年版，第112页。

后居空在,烟雨词亡草自青",表现出对林逋咏草词的激赏之意。

朱方蔼的《论词绝句二十首》(之五)评张先、宋祁云:"三影何人赋得成,都官佳句冠平生。枝头春闹终嫌俗,红杏尚书枉擅名。"① "三影"乃指张先。沈雄在《古今词话》中有云:"有客谓子野曰:'人皆谓公为张三中,即眼中泪、心中事、意中人也。'子野云:'何不目之为张三影。'客不晓。子野曰:'云破月来花弄影';'娇柔懒起,帘幕卷花影';'柳径无人,堕絮飞无影',此余平生所得意也。"② 张先填词善于运用"影"字,人称"张三影"。朱方蔼对张先"影"字的运用技巧尤为称赏。"都官"指张先曾做过都官郎中。他持论,张先之作辞意俱佳、韵味隽永,以工巧之笔表现朦胧之美。"枝头春闹终嫌俗,红杏尚书枉擅名。"③ "枝头春闹",乃指宋祁的《玉楼春·春景》中有"绿杨烟外晓寒轻,红杏枝头春意闹"之句。朱方蔼认为,"红杏枝头春意闹"略显俗气,宋祁枉有"红杏尚书"的称誉。可以看出,朱方蔼对宋祁的《玉楼春》颇有微词。宋祁的《玉楼春》乃脍炙人口的名作,"红杏枝头春意闹"一句尤为人所称道,词人因而也被誉为"红杏尚书"。沈雄在《古今词话》中又云:"宋子京为天圣中翰林,以赋采侯,中博学宏词科第一。每夕临文,必使丽竖燃椽烛,此张先所称'红杏枝头春意闹'尚书也。"④ 又如,郑方坤在论词绝句中云:"天涯芳草有清音,庭院深深岂呕心。辛苦尚书咏红杏,枝头一字费沉吟。"⑤ 沈雄、郑方坤对宋祁"红杏枝头"一句都甚为激赏。朱方蔼持异他人之论,不彰旧说,持论甚见独到。

朱方蔼的《论词绝句二十首》(之六)评柳永云:"铁板铜弦苏学士,晓风残月柳屯田。须知点窜承班句,不若江东语自然。"⑥ "晓风残月",乃指柳永《雨霖铃》中的"杨柳岸、晓风残月"。朱方蔼认为,柳永"晓风残月"一词乃化取魏承班词句而成,并且柳永词不及魏承班词自然平

---

① 孙克强、裴喆编著:《论词绝句二千首》,南开大学出版社2014年版,第113页。
② 张璋、职承让、张骅、张博宁编纂:《历代词话》,大象出版社2002年版,第960—961页。
③ 孙克强、裴喆编著:《论词绝句二千首》,南开大学出版社2014年版,第113页。
④ 唐圭璋编:《词话丛编》,中华书局1986年版,第978页。
⑤ 孙克强、裴喆编著:《论词绝句二千首》,南开大学出版社2014年版,第70页。
⑥ 孙克强、裴喆编著:《论词绝句二千首》,南开大学出版社2014年版,第113页。

易。此诗附注云："耆卿'杨柳岸、晓风残月'盖本魏承班'帘外晓莺残月'，只改一字、增二字耳。"① 朱方蔼持论，"晓风残月"中的"风"字乃化取自魏承班词句中的"莺"字，柳永"杨柳岸"也是化取自魏承班"帘外"一词而成。《雨霖铃》主要以冷清萧瑟的秋景作为衬托，来展现与情人难舍难分的离愁别绪，具有很高的艺术成就。词史上，大多数词论家从柳永词的成就方面进行立论，鲜少揭橥其词的不足。如，李清照在《词论》中云："始有柳屯田永者，变旧声作新声，出《乐章集》，大得声称于世。"② 陈振孙《直斋书录解题》云："其词格固不高，而音律谐婉，语意妥帖，承平气象，形容曲尽，尤工于羁旅行役。"③ 李清照、陈振孙从词作音律的角度出发，对柳永词大加赞誉，朱方蔼则对柳永词进行辨说，认为其《雨霖铃》乃化取魏承班词而成，柳永词实不及魏承班之作。

朱方蔼的《论词绝句二十首》（之八）评黄庭坚云："艳词都半属空中，情致缠绵曲始工。蝉客未知其趣尔，辄将犁舌戒涪翁。"④ 黄庭坚为江西诗派的宗主，与苏轼并称"苏黄"。在词的创作上亦颇有建树，但由于所创作的词雅俗并存，时人毁誉不一。如，陈师道在《后山诗话》中称道："今代词手，惟秦七、黄九尔，唐诸人不逮也。"⑤ 陈师道对黄庭坚词评价颇高，将其与秦观并列。黄庭坚在《小山词序》中曾云："余少时间作乐府，以使酒玩世，道人法秀独罪余'以笔墨劝淫，于我法中当下犁舌之狱'。"⑥ 法秀乃较早对黄庭坚俗词提出批判的人。他评说黄庭坚词有着淫俗的倾向，理应受到文学法庭的审判。刘体仁在《七颂堂词绎》中云："柳七最尖颖，时有俳狎，故子瞻以是呵少游，若山谷亦不免，如我不合太捆就类，下此则蒜酪体也。"⑦ 刘体仁对黄庭坚的俗词创作也予以批评。他认为，黄庭坚的俚词俗语与柳永之作相比，实有过之而无不及。朱方蔼不执法秀道人等人之说，他认为黄庭坚的俗词创作确有其内在缘由所在，

---

① 孙克强、裴喆编著：《论词绝句二千首》，南开大学出版社 2014 年版，第 113 页。
② 陈良运主编：《中国历代词学论著选》，百花洲文艺出版社 1998 年版，第 71—72 页。
③ 陈振孙：《直斋书录解题》，上海古籍出版社 1987 年版，第 616 页。
④ 孙克强、裴喆编著：《论词绝句二千首》，南开大学出版社 2014 年版，第 113 页。
⑤ 何文焕辑：《历代诗话》，中华书局 1981 年版，第 309 页。
⑥ 陈良运主编：《中国历代词学论著选》，百花洲文艺出版社 1998 年版，第 45 页。
⑦ 刘体仁：《七颂堂集》，黄山书社 2014 年版，第 218 页。

第三章　清代中期的论词绝句

偶透着轻薄之气，但其词所表现情致与意趣，确乎有独到之处。

朱方蔼的《论词绝句二十首》（之九）评李清照云："清照居然是作家，闺门难得此才华。每歌宠柳娇花语，深惜桑榆暮景差。"① 朱方蔼对李清照才情甚为推扬。他认为，李清照是闺阁女子中难得的人才。"每歌宠柳娇花语"，乃出自李清照《念奴娇·春情》一词。其有云："宠柳娇花寒食近，种种恼人天气。"这句词由冷风寒雨而联想到宠柳娇花，既倾注了词人对美好事物的关注，也表露出惆怅自怜的感慨之情。"深情桑榆暮景差"，道出了朱方蔼对词人感受的深切同感。此诗附注云："李易安后改适张汝舟，与人札曰：'猥以桑榆之暮景，配兹驵侩之下材。'闻者笑之。"② 南宋绍兴二年（1132），李清照过着颠沛流离的生活，在艰难困顿之际嫁给了张汝舟，可张汝舟并非良人，只是觊觎李清照珍贵的收藏。婚后，当发现她并无多少财物时，张汝舟大失所望，随即不断谩骂，甚至拳脚相向。面对张汝舟的种种恶行，李清照难以容忍，后发现张汝舟还存有其他恶行，便报官告发张汝舟并提出和离。后虽准获和离，但李清照身陷囹圄，在亲友的帮助下才得以脱离困境。朱方蔼大力标举李清照的才情，面对词人遭受的种种磨难甚为痛心疾首。

朱方蔼的《论词绝句二十首》（之十一）评张炎云："清真白石去多年，妙笔凌空数玉田。不独当时唤春水，相思孤雁亦流传。"③ 朱方蔼认为，张炎是继周邦彦、姜夔之后的词坛巨匠，其《春水》和《孤雁》传唱千古。此诗附注云："张叔夏《春水》一词绝唱今古，人以'张春水'目之，见邓牧《伯牙琴》。叔夏赋雁词有'写不成书，只记得相思一点'，人皆称之曰'张孤雁'。"④ 在此诗附注中，朱方蔼点明了"张春水"、"张孤雁"的由来，对张炎《春水》、《孤雁》持以大力的称扬。《春水》全名为《南浦·春水》，是词人春游于水滨所作，文辞秀润，风格典雅清秀。整首词以西湖起笔，将春水描写得活灵活现，散发着春天的气息，透露出和煦温暖。整体来看，全词笔调细腻委婉，绘景出彩，衔接自然，具有很

---

① 孙克强、裴喆编著：《论词绝句二千首》，南开大学出版社2014年版，第113页。
② 孙克强、裴喆编著：《论词绝句二千首》，南开大学出版社2014年版，第113页。
③ 孙克强、裴喆编著：《论词绝句二千首》，南开大学出版社2014年版，第114页。
④ 孙克强、裴喆编著：《论词绝句二千首》，南开大学出版社2014年版，第114页。

高的艺术成就。此外，张炎的《孤雁》也写得极妙。《解连环·孤雁》是其出色的咏物词，借吟咏孤雁以寄托词人不平的情志。全词紧扣"孤"字，状物精巧而不着痕迹。在叙写方法上，体物与抒情融为一体，在景物描写中，尽显身世之悲与家国之痛。

朱方蔼的《论词绝句二十首》（之十九）评顾贞观、纳兰性德云："舍人弹指意何深，侧帽歌来亦雅音。海内两家称竞爽，更闻传唱动鸡林。"[1] 朱方蔼认为，顾贞观的《弹指词》情真意切，意致深沉；纳兰性德的《侧帽词》温润雅洁，韵味无穷。两人俱有盛名，他们的词传唱于海内外。此诗附注云："顾梁汾舍人《弹指词》、成容若侍卫《侧帽词》俱传至朝鲜，人有'谁料晓风残月后，而今重见柳屯田'之句。"[2] 顾贞观的《弹指词》与纳兰性德的《侧帽词》传至朝鲜之后，颇受时人追捧，认为此两人词是继柳永后的杰出之作。顾贞观《弹指词》中"弹指"二字，源于"弥勒弹指，楼阁门开"的传说。该词集传神动人，不落前人窠臼。其中，寄吴汉槎《金缕曲》二首，竭其肺腑，婉转动人。顾贞观面对友人的无辜受累，悲痛之际，书写下《金缕曲》二首以寄友人。从两首词看，皆性情结撰而成，如话家常却痛快淋漓，词人"悲之深，慰之至，无一字不从肺腑流出"。对于顾贞观的赤诚之心，纳兰性德称道："绝塞生还吴季子，算眼前此外皆闲事。"纳兰性德《侧帽词》中，"侧帽"二字乃运用北朝独孤信侧帽而戴的事典。此处亦可看出纳兰性德风流潇洒的贵公子姿态。整体来看，纳兰性德词清丽婉约、哀感顽艳，于淡淡的忧伤中透着端庄典雅的意味。朱方蔼将顾贞观的《弹指词》概括为"意深"，将纳兰性德的《侧帽词》归结为"雅音"，是很切合词人词作特点的。

二 有着较为广阔的关注视域

朱方蔼的《论词绝句二十首》，有着较为广阔的关注视域。他对词人、词选及某处词盛之地都有所评说，对开拓传统论词绝句的评说维面起到了推波助澜的作用。

朱方蔼的《论词绝句二十首》（之十二）评元好问云："宋季词称极

---

[1] 孙克强、裴喆编著：《论词绝句二千首》，南开大学出版社2014年版，第115页。
[2] 孙克强、裴喆编著：《论词绝句二千首》，南开大学出版社2014年版，第115页。

盛时，金元那得作肩随。中州乐府新编集，独任宏裁元裕之。"① 元好问乃金朝词坛的翘楚，有词作三百七十七首之多。在书写内容上，元好问有咏史抒怀词、山水田园词、咏物言情词、赠答词、送别词等，在艺术上多以苏轼、辛弃疾的词风为典范。作为现实主义词人与批评家，元好问辑有《中州乐府》，该词集较为全面地反映出金朝词坛的景况。朱方蔼对元好问所编辑的词选给予高度的评价。他认为，元好问所辑《中州乐府》，凡金代可传之词大都收录于其中。金元时期，词道衰微，词人地位不彰，作品散佚严重。在《中州乐府》中，元好问编写出词人小传，或点评词人之作，体现出了对相关词人词作之历史地位的彰显。因此，彭汝寔在《近刻中州乐府叙》中评说此选本"盖金人小史也"。

朱方蔼的《论词绝句二十首》（之十六）评浙江诸词人云："倦圃词同延露优，柘湖梅里盛名流。若当昭代论风雅，吾郡真堪冠九州。"② 此论词绝句体现出朱方蔼对浙江地域词坛的关注。他持论，在当代，若要论及词盛之地，那他所处的郡县必居首位。此诗附注云："《延露》，彭羡门少宰词名。柘湖陆义山、沈融谷、覃九，梅里李秋锦。"③ 彭孙遹，字骏孙，号羡门，又号金粟山人，浙江海盐人。著有《延露词》，其词多书写艳情，朱祖谋称其"吹气如兰彭十郎"。"陆义山"指陆葇，浙江平湖人，腹有才华，学识渊博，著有《词谱》十三卷。"沈融谷"指沈皞日，浙江平湖人，清初词坛"浙西六家"之一，著有《柘湖精舍词》。"覃九"指沈岸登，浙江嘉兴人，著有《黑蝶斋诗词钞》。"李秋锦"指李良年，浙江秀水人，诗词皆工，曹贞吉称李良年论词，"必尽扫蹊径，独露本色"。朱方蔼持论，彭孙遹、陆葇、沈皞日、沈岸登、李良年都为浙江词人，他们在词坛上有着重要的影响。朱方蔼之论表现出对乡帮先贤词人的大力称扬之意。

朱方蔼的《论词绝句二十首》（之十七）评朱彝尊云："太史吾宗大雅材，倚声无美不兼赅。慢词小令分南北，曾记先生自道来。"④ 朱彝尊为

---

① 孙克强、裴喆编著：《论词绝句二千首》，南开大学出版社2014年版，第114页。
② 孙克强、裴喆编著：《论词绝句二千首》，南开大学出版社2014年版，第114页。
③ 孙克强、裴喆编著：《论词绝句二千首》，南开大学出版社2014年版，第114页。
④ 孙克强、裴喆编著：《论词绝句二千首》，南开大学出版社2014年版，第115页。

清代前期词坛领袖,浙西派创始人,他与陈维崧并称"朱陈",与王士禛称"南北两大词宗",其词风格雅正清丽,影响颇大。如,《桂殿秋》乃朱彝尊的优秀之作,况周颐在《蕙风词话》中将该词列为当朝第一。词中有云:"思往事,渡江干,青娥低映越山看。共眠一阁听秋雨,小簟轻衾各自寒。"短短数语中,词人讲述了一段凄美的往事,抒发出内心难舍的痴情,表露了人生无奈的深沉感喟。此外,朱彝尊有《江湖载酒集》、《茶烟阁体物集》、《蕃锦集》等。总体来看,其词律工整,洒落有致,用字清新,意境醇雅。在词学批评方面,朱彝尊亦有精辟的论说。他批判明人学《花间集》、《草堂诗余》,致使词语浅薄、气格淫弱,标举"清空"、"醇雅"以矫时弊。诗中,朱方蔼大为肯定朱彝尊"慢词小令分南北"的批评主张。此诗附注云:"家竹垞公尝云:'小令宜师北宋,慢词宜师南宋。'秋锦先生深以为然。"① 朱彝尊主张两宋词各有优长,北宋工于小令之体,南宋长于慢词之制,学词者应当取径两宋词的长处,朱彝尊认识到小令和长调具有不同的审美特质。朱彝尊所标举的慢词典范乃是学南宋姜夔、张炎为代表的清雅词人。如,其《词综·发凡》云:"世人言词,必称北宋。然词至南宋,始极其工,至宋季而始极其变。"② 朱彝尊意在通过习效南宋清雅词风,扭转明代以来颓靡的风气。又如,他在《水村琴趣序》中云:"夫词自宋元以后,明三百年无擅场者。排之以硬语,每与调乖;窜之以新腔,难与谱合。"③ 朱彝尊试图通过南宋姜夔、张炎的清空骚雅之取径与风格来拯救明词的乖拗淫靡。朱彝尊改变词坛风气的意图不仅体现在其词论中,他还通过选编《词综》为习词者提供蓝本,取代在明代影响颇大的《草堂诗余》。

三 论词具有整体性

朱方蔼论词具有整体性,较为讲究评说结构的展开与内在逻辑的贯穿。先从词源而论,由五代词事论至清代当世,凸显出其整体性的评说意图。

---

① 孙克强、裴喆编著:《论词绝句二千首》,南开大学出版社2014年版,第115页。
② 陈良运主编:《中国历代词学论著选》,百花洲文艺出版社1998年版,第421页。
③ 孙克强、杨传庆、裴喆编著:《清人词话》,南开大学出版社2012年版,第588页。

朱方蔼的《论词绝句二十首》（之一）云："争溯词源创自唐，花间一集重歌场。不知梁武江南弄，已为诸家作滥觞。"① 词源论是我国词学批评的传统命题，这一论题具体指向词的孕育、发展与衍化。朱方蔼认为，词的起源可追溯至唐代，由诗体衍化而来，此前，梁武帝的《江南弄》可视为后世词之滥觞。杨慎在《词品序》中有云："在六朝，若陶弘影之《寒夜怨》、梁武帝之《江南弄》、陆琼之《饮酒乐》、隋炀帝之《望江南》，填词之体已具矣。"② 吴宁在《榕园词韵·发凡》中亦云："词肇于唐，盛于宋，溯其体制，则梁武帝《江南弄》、沈隐侯《六忆》已开其渐。"③ 朱方蔼与杨慎、吴宁持论具有一致性，都认为词体肇始于唐代，此前，梁武帝的《江南弄》诸作已类似于词的体制。

朱方蔼以词的起源为出发点，导引了历代词人词作之评。其《论词绝句二十首》（之二）评孟昶、苏轼云："蜀主新词韵最娇，摩诃池上暑初消。眉山隐括偏多事，未免旁人笑续貂。"④ 朱方蔼指出，蜀主孟昶游摩诃池，创作有《玉楼春》，语淡味浓。苏轼的《洞仙歌》隐括孟昶的《玉楼春》，虽有特点但终不及原词。《玉楼春》围绕词人避暑于摩诃池上之景况及惜时伤逝之感进行叙写，蕴意深厚，实为词家大手笔也。其《论词绝句二十首》（之三）评南唐词人云："春事阑珊雨不休，南唐小令善言愁。虽然去国居人下，词笔终推第一流。"⑤ 朱方蔼持论，南唐词人多擅长创制小令，在书写内容上，主要围绕伤春、悲秋、离情别绪展开。词作呈现出柔婉深约、含蓄蕴藉的特点。朱方蔼指出，作为南唐词人中的一员，李煜词中融入了丰富深沉的人生感悟，提高了词的表现力，致使词的美学品格上升，因此，他评说李煜词笔堪称第一流。

继之，朱方蔼评说了两宋词人林逋、张先、宋祁、柳永、黄庭坚、李清照、张炎等，金代词人元好问，以及当朝词家彭孙遹、陆葇、沈皞日、沈岸登、李良年、朱彝尊、顾贞观、纳兰性德等。他认为，北宋词人林逋的咏草词，如其咏梅诗一样出色。词家以拟人笔法写得情意缠绵、凄楚哀

---

① 孙克强、裴喆编著：《论词绝句二千首》，南开大学出版社2014年版，第112页。
② 张璋、职承让、张骅、张博宁编纂：《历代词话》，大象出版社2002年版，第228—229页。
③ 吴宁：《榕园词韵》卷首，清乾隆四十九年刻本。
④ 孙克强、裴喆编著：《论词绝句二千首》，南开大学出版社2014年版，第112页。
⑤ 孙克强、裴喆编著：《论词绝句二千首》，南开大学出版社2014年版，第113页。

婉，在清新空灵的笔调下尽显春意之盎然。论及张先、宋祁时，朱方蔼认为，张先词佳，宋祁词俗，词人枉有"红杏尚书"的称誉。评柳永时，运用对比之法，将柳永与魏承班进行比较。他认为柳永词乃衍自魏承班词句，但柳永词不及魏承班词自然。朱方蔼不仅道出柳永《雨霖铃》的源流，还阐说该作的特点。评黄庭坚俗词时，持论黄庭坚俗词有其内在的缘由，对法秀道人的批判不予肯定。此外，朱方蔼肯定李清照的才情，称扬张炎的咏物词。论及金代词人元好问时，他指出，金元词的特征具有宋词之质性，元好问的《中州乐府》便能充分体现出金元词的特点，由此大力肯定其词学史意义。评论当朝词人时，朱方蔼指出彭孙遹、陆葇、沈皞日、沈岸登、李良年等人为浙江地域词学的发展做出重要的贡献。此外，朱方蔼关注词人的批评主张，如肯定朱彝尊"小令宜师北宋，慢词宜师南宋"的批评理念。论及顾贞观、纳兰性德时，他认为，顾贞观词"意深"，纳兰性德词可称"雅音"，对两人持以大力推扬。

结尾处，朱方蔼表明了自己的批评态度。其《论词绝句二十首》（之十二）云："纷纭卷帙几回披，最是移情绝妙词。落落古今数十倍，九原可作我应师。"[①] 朱方蔼指出，词是基于人的真挚情性而抒发的，绝妙之词能表现词人诚挚的内心情感，给读者带来无穷的审美感受。他认为，习词者应博纳众长、转益多师。总之，朱方蔼的论词绝句整体性较强，以词源为首论，进而开展对历代词人词作的评说，最后阐述心得体会以告诫世人。

总体来看，朱方蔼《论词绝句二十首》的批评特点主要体现在三个方面：一是对代表性词人各有称扬与批评，其批评之语大多比较切中肯綮；二是有着较为广阔的关注视域，体现出对词人、词选甚至词盛之地等的广泛关注；三是论词具有整体性，较为讲究评说结构的展开与内在逻辑的贯穿。其论词绝句蕴含着丰富的批评内涵，显示出自身独特的论说特点，在论词绝句的系统性评说道路上做出了自己的贡献。

第三节　沈初论词绝句的批评观念与论说特点

沈初（1729—1799），字景初，号萃岩，又号云椒，浙江平湖人。少

[①] 孙克强、裴喆编著：《论词绝句二千首》，南开大学出版社2014年版，第115页。

有禀异，读书目下数行。清代乾隆二十七年（1762）召试，赐举人，授内阁中书。翌年考取进士，授编修，后出任礼部右侍郎、礼部侍郎、福建学政、顺天学政、江西学政等职。嘉庆元年（1796）迁左都御史，授军机大臣，转兵部尚书、吏部尚书、户部尚书。卒于官，谥文恪。沈初历经乾隆、嘉庆两朝，通晓诗文，博览经籍，亦善书法，历充四库全书馆、三通馆副总裁，续编《石渠宝笈》、《秘殿珠林》，校勘太学《石经》，著有《兰韵堂诗文集》等。

沈初创作有论词绝句二十三首。其中，《编旧词存稿，作论词绝句十八首》，辑录于《兰韵堂诗集》之中。其论词绝句中论涉了自晚唐五代至清代的词人，具体论评对象有温庭筠、南唐中主李璟、南唐后主李煜、和凝、晏殊、晏几道、柳永、苏轼、秦观、张炎、高观国、姜夔、朱淑真、李清照、彭孙遹、朱彝尊、曹贞吉、陈维崧、沈皞日、沈岸登、李良年、李符等。另外，他还有五首论词绝句组诗，为《题陈迦陵前辈填词图五首》。在论词绝句中，沈初以词家之作为立足点加以论说，借此表明其批评旨向，阐发词学观念。

一　批评观念

（一）标树真情之作

词的艺术本质在于道人情思、传达创作主体的情志。词家通过情感的抒发，赋予词以强烈的艺术感染力。清代初年，沈谦在《填词杂说》中云："词不在大小浅深，贵于移情。"① 沈谦持论，词家情感的贯注与表现是词的创作本质所在。田同之在《西圃词说》中也云："词与诗体格不同，其为摅写性情，标举景物，一也。"② 田同之认为，诗词虽然体制有异，但在艺术追求上，两者都通过对外在景物的状写，书写主体襟怀情性。他大力肯定情感表现乃词作生发之源，强调性情书写的真实自由。

沈初的论词绝句十分注重词家情性的抒发。他高度称扬朱淑真、李清照词中所彰显出的情志。其《编旧词存稿，作论词绝句十八首》（之十）评朱淑真云："百行何堪绳晚世，独于闺阁检行藏。黄昏却下潇潇雨，终

---

① 唐圭璋编：《词话丛编》，中华书局1986年版，第629页。
② 唐圭璋编：《词话丛编》，中华书局1986年版，第1450页。

使词人为断肠。"① 朱淑真乃我国古代著名的才女，创作有《断肠集》，后世常将她与李清照并称，被誉为"闺阁隽才"。沈初颇为推崇朱淑真之作，认为其词以清新婉丽的笔致表现出深挚真诚之情感。诗中"黄昏却下潇潇雨"一语，出自朱淑真《蝶恋花·送春》中的"把酒送春春不语，黄昏却下潇潇雨"一句。沈初直接引用词家语典，肯定词人所表现的性情。《蝶恋花·送春》一词中，作者以景见情，以潇潇暮雨为突破口，在暮色苍茫、春雨淅沥之中，营造出令人黯然神伤的氛围。词人心绪亦随时空变化而层层推进，由赏春到惜春、怨春，情感由热诚激烈转化为沉郁绵渺。整首词在缜密清朗中显现作者之性情，彰显出独有的艺术风貌。魏仲恭在《断肠诗集序》中曾云："比往武陵，见旅邸中，好事者往往传诵朱淑真词，每窃听之，清新婉丽，蓄思含情，能道人意中事，岂泛泛者所能及，未尝不一唱而三叹也。"② 魏仲恭认为朱淑真词清新婉丽，以婉转细腻的笔调表现出浓郁的主体情感。可见，情感真挚乃朱淑真词的一大特色，其以精巧细腻的笔触展示出了惜惋伤感之情愫。

沈初的《编旧词存稿，作论词绝句十八首》（之十四）评李清照云："一编漱玉总工愁，零落残魂黯不收。却唱桐花新乐府，扬州司理最风流。"③ 沈初认为，李清照的《漱玉集》所显示情感为"愁"情，作品中，呈现出词人飘零惨淡的落魄之态。李清照之作，随着时代的变化而呈现出不同的特点。南渡之前，主要反映词人的闺中生活，表现作者的相思离别之情；南渡之后，国破家亡，其词中充满凄凉低沉之音，表现出作者伤时念旧与怀乡悼亡的深沉情感。总体来看，李清照词多抒发真挚沉郁之情。其词中直接对"愁"字的描绘约占词作总数的三分之一有余。如，其《声声慢·寻寻觅觅》中云："这次第，怎一个、愁字了得。"《武陵春·春晚》中有云："载不动、许多愁。"《一剪梅·红藕香残玉簟秋》中有云："一种相思，两处闲愁。"李清照之愁是在深切体味人事缺憾的基础上书写的，表现出作者纤弱敏感的情感神经。李清照的词不仅有单纯之闺愁，亦有对国破家亡之慨叹，充满了历经生活之艰难的愁苦书写。王灼《碧鸡漫

---

① 程郁缀、李静：《历代论词绝句笺注》，北京大学出版社2014年版，第136页。
② 朱淑真撰，郑元佐注：《朱淑真集注》，浙江古籍出版社1985年版，第320页。
③ 程郁缀、李静：《历代论词绝句笺注》，北京大学出版社2014年版，第138页。

志》评其词云："能曲折尽人意，轻巧尖新，姿态百出。"① 刘体仁在《七颂堂词绎》中亦云："惟易安居士'最难将息，怎一个愁字了得'深妙稳雅，不落蒜酪，亦不落绝句，真此道本色当行第一人也。"② 王灼、刘体仁都关注到李清照词情感传达的论题，刘体仁认为李清照在《声声慢》中所表达的愁情最能体现出本色当行之道，是宋代词人的典范之作。

总体来看，李清照以真情书写、立足于社会现实，其词中充满了对往昔生活之追忆、身世之慨叹，融含了时代的忧思及家国的忧愁，彰显出社会人生方方面面的内涵。她以女性独有的情感特质与人文感怀，吟唱出了个人忧思与家国劫难，感人至深。

（二）推扬韵味融含之词

沈初在论词绝句中高标韵味融含之作，体现出其对词作委婉雅致、韵致深具的推尚。其《编旧词存稿，作论词绝句十八首》（之六）评秦观与柳永云："山抹微云秦学士，露花倒影柳屯田。就中气韵差分别，始信文章品最先。"③ "山抹微云"指秦观《满庭芳》中有"山抹微云，天粘衰草"之句，"露花倒影"指柳永《破阵乐》中有"露花倒影，烟芜蘸碧"之句。叶梦得在《避暑录话》中云："秦观少游亦善为乐府语。工而入律。知乐者谓之作家歌。……《满庭芳》词。而首言山抹微云。天粘衰草。尤为当时所传。苏子瞻于四学士中最善少游。故他未尝不极口称善。岂特乐府。然犹以气格为病。故常戏云。山抹微云秦学士。露花倒影柳屯田。"④ 可见，此诗首二句正于此处借语。沈初主张诗文中含蓄悠长之韵味是最重要的审美本质所在。他认为，秦观的《满庭芳》与柳永的《破阵乐》，韵味风致略有分别。秦观词中"山抹微云"与"天粘衰草"相衔接，书写出了境界之高旷、意蕴之深远，词家以至情至性之笔调描绘出韵味深长之境界。反观柳永的《破阵乐》，多运用铺叙展衍之法，即"层层铺叙，情景兼融，一笔到底，始终不懈"。全词由晨景而起，以晚景而终，将金明池上一天之游况形容曲尽，词意显得浅露，缺乏隽永深长的意韵之美。

---

① 唐圭璋编：《词话丛编》，中华书局1986年版，第88页。
② 张璋、职承让、张骅、张博宁编纂：《历代词话》，大象出版社2005年版，第918页。
③ 程郁缀、李静：《历代论词绝句笺注》，北京大学出版社2014年版，第133页。
④ 叶梦得：《避暑录话》，商务印书馆1939年版，第50页。

沈初的《编旧词存稿，作论词绝句十八首》（之九）评姜夔云："梅溪竹屋斗清新，体物幽思妙入神。那及鄱阳姜白石，天然标格胜于人。"①高观国与史达祖交好，常常互相唱和，两人之词亦齐名而论。沈初认为，高观国、史达祖之词清新雅丽，但与姜夔之作相比还是逊色不少。姜夔词有天然雅趣，有含蓄融通之意致，回味隽永，久而弥笃，这正是高观国与史达祖词中所欠缺的。词中，姜夔运用娴熟的艺术技巧，独抒超拔之情趣意旨，丽而不淫，雅而不涩，如《暗香》、《疏影》，皆为逸韵超脱之作。如，张炎曾给予姜夔颇高的评价。其云："诗之赋梅，唯和靖一联而已。世非无诗，不能与之齐驱耳。词之赋梅，唯姜白石暗香疏影二曲，前无古人，后无来者，自立新意，真为绝唱。"②张炎认为，姜夔的《暗香》、《疏影》可比林逋的《山园小梅》，此两人之作可谓绝唱。就实际而论，林逋之作重点落于景物之致，如"疏影横斜水清浅，暗香浮动月黄昏"一句，描绘出梅花清香飘逸的风姿。但姜夔以梅之形态尽表身世之感，可谓"所咏了然在目，且不留滞于物"，非咏物但又句句不离于物，其技法更高一筹。总体来看，姜夔下笔运意疏密有间，皆以天然雅韵为标的，可谓"淡语有致，浅语有味"，词作具有更大的艺术张力性。高观国、史达祖的物尽极妍笔法应逊于姜夔，沈初之评确乎有高妙之处。

沈初的《编旧词存稿，作论词绝句十八首》（之十七）评沈皞日、沈岸登云："清溪梅里知名士，二沈名于二李偕。高韵一时推黑蝶，就论诗笔也清佳。"③"梅里"指浙江嘉兴王店镇，古时称梅里，亦称梅汇、梅会里。沈初诗中首句点明，梅里有沈皞日、沈岸登、李良年、李符这样的名人雅士。此外，沈初认为，沈岸登的《黑蝶斋词》可谓有高韵，其词中既彰显出作者的才情，又于才情彰显中求索独特之韵致，展现出深远悠长的艺术意境。朱彝尊在《黑蝶斋词序》中云："词莫善于姜夔，宗之者张辑、卢祖皋、史达祖、吴文英、蒋捷、王沂孙、张炎、周密、陈允平、张翥、杨基，皆具夔一体。基之后，得其门者寡乎。其惟吾友沈覃九乎。……其

---

① 程郁缀、李静：《历代论词绝句笺注》，北京大学出版社2014年版，第135页。
② 唐圭璋编：《词话丛编》，中华书局1986年版，第266页。
③ 程郁缀、李静：《历代论词绝句笺注》，北京大学出版社2014年版，第141页。

《黑蝶斋词》一卷，可谓学姜氏而得其神明心者矣。"①朱彝尊高标沈岸登的《黑蝶斋词》，他认为，沈岸登之作颇有姜夔词神貌意趣。沈岸登词以精妙字句铸就丰厚意旨，使得词作富有韵味意趣。余外，沈岸登还工于绘画，其词极具画面感，他尤为擅长以优美画意展示无穷的韵味。如，《采桑子》一词中，其主旨表达思妇愁思，词人不以人之愁情为始却以物起兴，以诗意笔法描绘山前充满生机的碧草绿树，以优美景色引导思妇形象，词中"春色年年独自愁"，表面写景而实则托寓人之愁情。其笔力清峭，旨意曲折，饶有余味。

（三）标举陈维崧之作

陈维崧词广纳众家之长，形成了自身鲜明的艺术特色，在词坛上有着很高的地位。蒋景祁《陈检讨词钞序》曾云："故读先生之词者，以为苏、辛可；以为周、秦可；以为左、国、史、汉、唐、宋诸家之文亦可。"②蒋景祁认为，陈维崧词容纳众家神采风韵而独出机杼，另具艺术面貌。陈维崧作为清初词家之代表，其词在内容表现与风格创新上都具有重要的影响，同时代的朱彝尊、曹贞吉、王士禛、沈初等人都对他甚为推崇。

沈初的《编旧词存稿，作论词绝句十八首》（之十六）云："安邱舍人致潇洒，酒酣横槊有家风。悲歌最爱陈阳羡，跋扈飞扬气概中。"③沈初对陈维崧大有激赏之意，认为其词乃慷慨悲歌、风格遒炼的典范。他将充蕴的学力与丰盈的才气融铸于词的创作之中，以气脉穿贯全篇。在陈维崧的笔下，多充满了强烈的情感表现与磅礴的气势彰显。如，其《水龙吟·秋感》有云："凄凉不为秦宫汉瓦，被伊吹碎，只恨人生、些些往事，也成流水。"整首词气势激楚苍凉，作者以昨日欢乐与今日孤寂形成鲜明的对比，尤其今日之凄凉孤寂，更加深了主体情感表现的强度。陈维崧立足于社会历史与现实人生，以气脉运词，意旨表现丰富沉郁，显示出很高的艺术水平。沈初在论说其豪迈词风的同时，亦阐明其创作多见性情。

沈初的《题陈迦陵前辈填词图五首》（之一）云："骈俪文章一代雄，

---

① 朱彝尊：《曝书亭集》卷四十，上海古籍出版社1987年版。
② 陈维崧：《湖海楼词集》卷首，《四部备要》本。
③ 程郁缀、李静：《历代论词绝句笺注》，北京大学出版社2014年版，第140页。

苏辛词笔古同今。须髯如戟真才子，消受春风鬓影中。"① 沈初认为，陈维崧词继承了苏轼、辛弃疾笔法，其于雄奇奔放之中展示出儒雅的气度。诗中"消受春风鬓影中"，主要指向其所表现出的凄清悲凉之情。陈维崧之作多伤时感物，情感内涵苍凉豪放，触人心魂。陈宗石在《湖海楼词序》中云："途中更颠沛，饥驱四方，或驴背清霜，孤篷夜雨；或河梁送别，千里怀人；或酒旗歌板，须髯奋张；或月榭风廊，肝肠掩抑。一切诙谐狂啸，细泣幽吟，无不寓之于词。"② 陈宗石联系陈维崧的生存境遇，认为其词乃"穷而后工"的产物。陈维崧历经时代动荡，其词中多抒发人生际遇及家国兴亡之感喟。如，其《点绛唇·夜宿临洺驿》有云："悲风吼，临洺驿口，黄叶中原走。"词人茕茕孑立、苍凉孤寂的形象跃然纸上，尤其"悲风吼"三字凌厉至极，使词作具有很强的艺术表现力。总之，沈初认为陈维崧词之源乃秉承苏轼、辛弃疾豪放而来，其词情致潇洒淋漓，骨力峭拔，气势腾跃磅礴，显示出独特的艺术风貌。

二 论说特点

（一）善用比较之法

在论词绝句中，词论家常常运用类比或对比之法，对词苑翘楚予以比较论析。沈初亦如此。他对词家之作予以比较，表明其所持批评观念，又将风格相似的词家合于一评进行类比，既凸显出词家风貌又彰显所持词学观念。

词人词作之对比。如，沈初的《编旧词存稿，作论词绝句十八首》（之九）评史达祖、高观国、姜夔云："梅溪竹屋斗清新，体物幽思妙入神。那及鄱阳姜白石，天然标格胜于人。"③ 沈初认为，史达祖、高观国词以清新著称，但史达祖、高观国之作与姜夔词比较，两人终不及姜夔。个中缘由，沈初认为，史达祖、高观国之作历经细思酌虑，方达清新之境。反观姜夔词，以天然逸韵取胜。可见，沈初将史达祖、高观国及姜夔合于一评，采用对比之法，认为在创作路径上，史达祖、高观国"幽思"之作

---

① 孙克强、裴喆编著：《论词绝句二千首》，南开大学出版社2014年版，第136页。
② 冯乾编校：《清词序跋汇编》，凤凰出版社2013年版，第90页。
③ 程郁缀、李静：《历代论词绝句笺注》，北京大学出版社2014年版，第135页。

实不及姜夔自然天成之词。又如，其第十七首诗评沈皞日、沈岸登、李良年、李符云："清溪梅里知名士，二沈名于二李偕。高韵一时推黑蝶，就论诗笔也清佳。"① 诗中，沈初将沈皞日、沈岸登、李良年、李符合于一评。他认为四人之中，沈岸登的《黑蝶斋词》最具高韵，其创作成就高于其他三人。二沈、二李皆为康熙时期浙西派词人，均有声名。谢章铤在《赌棋山庄词话》中曾云，"然而李氏武曾、分虎（符，耒边词），沈氏融谷（皞日，柘西精舍集）、覃九（岸登，黑蝶斋词），机云竞爽，咸籍并称"。② 论及四人诗笔时，沈初持论沈岸登以韵致表现高妙为胜，其填词取法姜夔，笔力清新细腻，风格清虚冲淡、格调高雅。

词人词作之类比。如，沈初的《编旧词存稿，作论词绝句十八首》（之十二）评高启云："弯弯月子照湖州，裙衩芙蓉一段秋。听去江城风调古，宛然张泌是青丘。"③ 高启的《江城子·江上偶见》有云："芙蓉裙衩最宜秋"，"教唱弯弯，月子照湖州"。词中前两句化用词人之句。沈初认为，高启词之风貌类似于花间词人张泌之作。张泌乃五代后蜀时期的词人，其创作以艳情词居多，用字工炼，笔调细腻，风格绮靡幽艳。高启乃元末明初时期的文坛巨匠，与杨基、张羽、徐贲合称"吴中四杰"。其《江城子·江上偶见》尽显女子旖旎之姿，风格柔媚绮丽。沈初认为，高启宛如张泌，此乃由于两人之作均显软昵婉媚之态。又如，其第十六首诗评曹贞吉、陈维崧云："安邱舍人致潇洒，酒酣横槊有家风。悲歌最爱陈阳羡，跋扈飞扬气概中。"④ 曹贞吉的《珂雪词》潇洒至极，雄浑苍茫。陈维崧在《珂雪词序》中曾云："人言燕市，实悲歌慷慨之场；我识曹君，是文采风流之裔。狂歌飒沓，聊凭凤纸以填来；老兴淋漓，亟命鸾笙为谱去。"⑤ 可以看出，慷慨淋漓乃曹贞吉词的显著艺术特征。陈维崧作为清初词家代表，其创作呈现出雄浑壮阔、秾丽苍凉之面貌。陈廷焯在《白雨斋词话》中有云："迦陵词气魄绝大，骨力绝遒，填词之富，古今无两。"⑥

---

① 程郁缀、李静：《历代论词绝句笺注》，北京大学出版社2014年版，第141页。
② 唐圭璋编：《词话丛编》，中华书局1986年版，第3462页。
③ 程郁缀、李静：《历代论词绝句笺注》，北京大学出版社2014年版，第137页。
④ 程郁缀、李静：《历代论词绝句笺注》，北京大学出版社2014年版，第140页。
⑤ 曹贞吉：《珂雪词》卷首，文渊阁影印《四库全书》本。
⑥ 唐圭璋编：《词话丛编》，中华书局1986年版，第3837页。

沈初将曹贞吉与陈维崧合于一诗中，论说两人词作艺术风貌，对曹贞吉与陈维崧相近词风予以了具体形象的阐明。

（二）擅长探讨词人词作渊源

沈初论评词家词作时，注重词的发展脉络，在一定程度上，既关注到词的整体源流，又努力凸显单个词家之间的承纳衍化过程。

词坛名家源流探寻。沈初的《编旧词存稿，作论词绝句十八首》（之四）云："晏家父子擅清华，欧九风神更足夸。若准沧浪论诗例，须从开宝数名家。"[①] 沈初认为，晏殊、晏几道擅长填词，他们的词具有清丽华美之风貌。欧阳修之作则风流儒雅，呈现出风姿卓然的姿态。诗句"若准沧浪论诗例"，指严羽在《沧浪诗话》中首次将唐诗按照历史发展予以分期，其分为"初唐体"、"大历体"、"元和体"、"晚唐体"。沈初提及此，便意在引出后面之意，即"须从开宝数名家"。开宝指宋太祖年号，开宝时，词坛尚无名家，柳永、张先、晏殊等人都是开宝以后才登上词坛的。词的创作于唐五代时期较为繁荣，至宋初，词坛又较为冷清，开宝之后，大致宋仁宗时期，词的创作复呈现兴旺之势。沈初之论"须从开宝数名家"，确乎体现出探寻词坛名家源流之意。他论及词坛名家时，理清了五代以后，词坛名家须从开宝之后历数的线索，彰显出独特的词史流变及发展观念。

词人词作风貌梳理。沈初的《编旧词存稿，作论词绝句十八首》（之七）云："南渡名流间世才，眉山以后一宗开。"[②] 苏轼乃四川眉山人，此处"眉山"指代苏轼。沈初认为，南渡以后，辛弃疾等人继轨苏轼，形成与发展为豪放词派。此处，沈初强调豪放词派风貌自是承纳与衍化苏轼之作而来的，其推陈出新，蔚为一宗。又如，沈初评曹贞吉云："安邱舍人致潇洒，酒酣横槊有家风。"[③] 曹操"横槊赋诗"，其奔放潇洒之性情可见一斑。沈初持论，曹贞吉词作风貌承纳衍化了曹操之作，其艺术风格老练遒劲，因而有"酒酣横槊有家风"一说。其《题陈迦陵前辈填词图五首》（之一）云："骈俪文章一代雄，苏辛词笔古今同。须髯如戟真才子，消受

---

① 程郁缀、李静：《历代论词绝句笺注》，北京大学出版社2014年版，第132页。
② 程郁缀、李静：《历代论词绝句笺注》，北京大学出版社2014年版，第134页。
③ 程郁缀、李静：《历代论词绝句笺注》，北京大学出版社2014年版，第140页。

春风鬓影中。"① 沈初认为，陈维崧词乃承传衍化苏轼、辛弃疾一脉而来，其词满怀赤子之心，性情表现真挚直率而又深寓社会现实与人生内涵，有着独特的艺术感染力。

总体来看，沈初《编旧词存稿，作论词绝句十八首》与《题陈迦陵前辈填词图五首》所显示的批评观念，主要体现在三个方面：一是标树真情之作，强调情感表现的真实感人；二是推扬韵味融含之词，强调词作独特的艺术魅力；三是标举陈维崧之词，对其融含广阔的社会生活与深切的人生体悟甚为推重。其论说特点，主要体现在两个方面：一是善于运用比较之法；二是擅长探讨词人词作渊源。沈初的论词绝句，蕴含着丰富的批评内涵，显示出自身的特色，在我国传统词学批评史上有着独特的地位。

第四节　陈观国《论词二十四首》的批评特点

陈观国（1745—1815），字寿宁，号惺斋，浙江海宁人。清代中期学识博通之士，乾隆四十五年（1775）名题雁塔，历任四川通江、平武，江苏萧县、甘泉知县，浙江海门同知等。他不仅勤心政务，而且在学术志业方面孜孜不怠，昼耕夜诵，黾勉于习文缀辞之事，著有《惺斋吟草》等。

陈观国有论词绝句二十四首，存于《惺斋吟草》卷四之中。据其"自叙"所云："予不解填词，弟雪圃颇能探其原委。闲中赋此，就目前所见涉略及之，以示吾弟，不知有当否也。"②可知作者初涉以诗论词之域，对度曲填词之事不太精晓，故这组闲时所赋论词绝句或可视为一次"有意"的尝试。通观之，可以发现，陈观国的《论词二十四首》大体按时间顺序，逐次品评唐五代至清代词人词作。在此过程中，作者于每个朝代择取数位饮誉词坛的巨擘予以评说，如李白、韦庄、南唐后主李煜、宋祁、柳永、欧阳修、李清照、苏轼、秦观、周邦彦、姜夔、辛弃疾、朱熹、陆游、虞集、刘基、宋濂、杨基、"明七子"、吴伟业、王士禛、朱彝尊等，或一人一评，或多人合论，并无有一定的拘束。《论词二十四首》评说的内容较为丰富，涉及词家、词作、词事和词学理论等，其中多有闳识孤怀

---

① 孙克强、裴喆编著：《论词绝句二千首》，南开大学出版社2014年版，第136页。
② 孙克强、裴喆编著：《论词绝句二千首》，南开大学出版社2014年版，第160页。

之见。总体而言，陈观国以组诗形式来发抒词学之思，不乏自身独有的批评特色与论说风貌。

一　对传统词史流变的简明勾画

词，作为我国传统抒情文体，借由其绵亘不息而又绚烂多姿的流变态势，成为文学阆苑中夺人眼目的一支奇葩。自晚唐五代至两宋，词的创作曾历经一个流光溢彩的时期。厥后，因时代变更及"艳科"、"末技"、"小道"等流俗观念之桎梏，致使其一度趋于式微，甚至出现"词衰"、"词亡"之说。所幸的是，清代的词人力挽颓波，促就了词坛异彩纷呈之景象，终为这一文学体式谱写出硕果足可炳耀史册的绚丽华章。

有清一代，词史意识在"诗史"说及推尊词体观念的驱动下有了进一步的强化。其中，相对较早地将"词"和"史"相联系者，当数陈维崧、曹尔堪、尤侗等人。陈维崧在《词选序》中曾于两处谈及"词"与"史"的论题。其一处云："客亦未知开府《哀江南》一赋，仆射在河北诸书，奴仆《庄》《骚》，出入《左》《国》。即前此史迁、班椽诸史书，未见礼先一饭；而东坡、稼轩诸长调，又骎骎乎如杜甫之歌行与西京之乐府也。盖天下之生才不尽，文章之体格亦不尽……为经为史，曰诗曰词，闭门造车，谅无异辙也。"[①] 此处，陈维崧将苏轼与辛弃疾长调比之于杜甫歌行与汉代乐府，意在说明词亦具有可记录时事、折射社会万象、托载史实的艺术功能。另一处是："然则余与两吴子、潘子仅仅选词云尔乎？选词所以存词，其即所以存经存史也夫！"[②] 陈维崧之言阐明了自身选词的意旨，即在于存经存史。这也就意味着，词与"经"、"史"殊方同致，皆具有留存与传承文化之功用。曹尔堪则于品评吴伟业《满江红·白门感旧》之际言及"词史"之事。其云："陇水呜咽，作凄风苦雨之声。少陵称诗史，如祭酒可谓词史矣。"[③] 曹尔堪所谓的"词史"，显系受"诗史"观念启发而来，即注重作品的实录性与情感内蕴。尤侗在《词苑丛谈序》中谈及"词史"论题，则郑重其事地指出："今复辑成《词苑丛谈》一书，盖撮

---

① 陈维崧：《陈维崧集》，上海古籍出版社2010年版，第54页。
② 陈维崧：《陈维崧集》，上海古籍出版社2010年版，第55页。
③ 吴伟业著，李学颖集评标校：《吴梅村全集》，上海古籍出版社1990年版，第564页。

第三章 清代中期的论词绝句

前人之标而搜新剔异，更有闻所未闻者，洵倚声之董狐矣！殆与《本事诗》相为表里，予故重为之序。夫古人有'诗史'之说，诗之有话，犹史之有传也。诗既有史，词独无史乎哉?"① 在尤侗看来，诗之本事犹如史之传记，那么，词之本事亦类乎史之传记。当然，他们关于"词史"的言论，仅是意识到"词"与"史"可联系起来做整体性的考量。后来，常州词派的周济在《介存斋论词杂著》中提出："感慨所寄，不过盛衰，或绸缪未雨，或太息厝薪，或己溺己饥，或独清独醒，随其人之性情学问境地，莫不有由衷之言。见事多，识理透，可为后人论世之资。诗有史，词亦有史，庶乎自树一帜矣。"② 至此，"词史"概念方得以基本形成，并广为后世论家所接受与承纳。

有清一代，是词体历经元明颓然寥落之后的中兴时期，亦是词史观念得以较为充分建构的时代。其时，词家虽未修撰出较为系统的词史著作，但他们在词话、词选的编纂，抑或词的创作过程中，对词人、词作、词事等详细辑录，或有意识地以时事入词或以词歌咏史实，都赋予了它们以重要的历史意义。事实上，清代学人的"词史"意识不仅体现在"片段式"的实录或纪史方面，还可见于词之通史的自觉建构方面。

民国时期之前，学界尚未出现词之通史类著作。纵然部分词话、词籍序跋中不乏关于某一时代词之推演历程的简括，但仅限于片段化的概述，缺乏一定的宏通性。而数十首之多的论词组诗的出现，适巧弥补了这一不足。清代论词者多好以规模较为庞大的组诗谈词论艺，其中，有不少作品是遵循时代顺序，依次对词人词作词风予以论说的，以尝试勾勒词体兴衰流变之历史进程。譬如，郑方坤的《论词绝句三十六首》，其总数达三十六首之多，主要以一人一评的形式论说唐五代至清代的词人词作。汪筠的《读〈词综〉书后二十首》、《校〈明词综〉三首》，此组论词绝句共二十三首，以一人一评或多人合评的形式论说上起晚唐五代、下至金元时期的词人词作。朱依真的《论词绝句二十二首附六首》，共二十八首之多，论说形式以一人一评为主，所论对象自唐五代迄清朝词人词作。沈道宽的《论词绝句四十二首》，共四十二首诗作，其论说形式不拘，既有一人一

---

① 王百里：《词苑丛谈校笺》，人民文学出版社1988年版，第3页。
② 唐圭璋编：《词话丛编》，中华书局1986年版，第1630页。

评，也有一人多评，还有多人合评的情况，主要论说历代词坛驰声走誉的名家。事实上，以历时线索纵向建构简明词史的论词组诗，不单以上所举之例，还有沈初的《编旧词存稿，作论词绝句十八首》，宋翔凤的《论词绝句二十首》，王僧保的《论词绝句三十六首》，谭莹的《论词绝句一百首》等，作者蕴寓其中的自觉建构词史的意识皆是有据可察的。

  陈观国的《论词二十四首》，亦体现出勾画词史流变脉络的创作取向。其论词绝句之数，就篇章数量而言，虽不可与郑方坤（三十六首）、沈道宽（四十二首）、王僧保（三十六首）、谭莹（一百七十七首）等人的论词绝句作等量齐观，但其能将历代对词学演变发展历程产生一定影响的部分重要词家纳入论说之内，已是难能可贵。陈观国的论词绝句，运用散点透视之法，或考察词源，或褒贬词家，或评述词风，或辨证词事，每一首绝句大都是一个关键点，以时间先后顺序纵向铺排，实际上勾勒出了一条简明的词史线索。如，追探词源，其云："谪仙才调擅词场，子夜江南已滥觞。若仿河梁五字例，主盟端合让韦庄。"[1] 陈观国主张以韦庄为千古填词之祖。对词之内在情韵的把握，其云："试演念家山破调，绝胜玉树后庭花。"[2] 陈观国肯定李煜亡国之词直出肺腑、寄托深致的一面。对词人词作风格的称道，其云："何须律吕协韶咸，旖旎多情语不凡。"[3] 陈观国颂扬宋祁词秾丽幽约又不流于艳俗的艺术风貌。对词人词作成就的肯定，其云："宣和书画雄当代，词谱还应压古人。"[4] 陈观国高度称扬周邦彦足冠一时的艺术造诣。对词籍史料的审视，其云："有情芍药秦淮海，却被遗山笑女郎。"[5] 陈观国反驳了元好问嘲讽秦观词为"女郎诗"一事。对词人历史地位的肯定，其云："一声长啸大江秋，坡老天才压众俦。"[6] "剑南诗格少陵夸，词藻还应列大家。"[7] 通过考察苏轼与陆游词作风格，陈观国对两人予以历史定位。对词人得失的评判，其云："明末人争复古词，

---

[1] 孙克强、裴喆编著：《论词绝句二千首》，南开大学出版社2014年版，第160页。
[2] 孙克强、裴喆编著：《论词绝句二千首》，南开大学出版社2014年版，第160页。
[3] 孙克强、裴喆编著：《论词绝句二千首》，南开大学出版社2014年版，第160页。
[4] 孙克强、裴喆编著：《论词绝句二千首》，南开大学出版社2014年版，第161页。
[5] 孙克强、裴喆编著：《论词绝句二千首》，南开大学出版社2014年版，第161页。
[6] 孙克强、裴喆编著：《论词绝句二千首》，南开大学出版社2014年版，第161页。
[7] 孙克强、裴喆编著：《论词绝句二千首》，南开大学出版社2014年版，第161页。

梅村风调最淋漓。一钱不值何须说，惆怅泉途悔已迟。"① 陈观国主要针对明末复古主义加以立论生发。对词作风貌的评骘，其云："但夸晕碧裁红了，北里终惭大雅弦。"② 陈观国将光艳流丽之作与清妍雅洁之音相比照，表明自身论词崇尚雅正的审美旨趣。对词家词作的赏誉，其云："铁板铜琶推绝唱，就中吾最爱迦陵。"③ 陈观国将陈维崧视为苏轼词作风格之传人，表达出了自己深切的喜爱之情。

因学术习尚不同，时人在审视或处理某些问题方面也就迥然有异，词史的建构亦不例外。诚如孙克强所云："受时代观念所限，论词绝句组诗的作者不可能按现代'史'的理论体系和框架结构撰写词史，这一局限在论词绝句中同样体现。"④ 故而，论词者往往选择规模庞大的组诗形式，对单个词人或重要的词学现象加以评说，以达到梳理脉络、理清进路的目的。这既能充分体现词论家对历代社会风潮、词人本事、词作风致的熟稔于心，又简明地描画出词体演进跌宕起伏的历史发展轨迹。

二 知人论世的评说方式

"知人论世"是我国传统文学批评的原则之一。它最早见于《孟子·万章下》一文中。其云："一乡之善士，斯友一乡之善士；一国之善士，斯友一国之善士；天下之善士，斯友天下之善士。以友天下之善士为未足，又尚论古之人。颂其诗，读其书，不知其人，可乎？是以论其世也，是尚友也。"⑤ 依孟子之见，后人倘若欲与古人心会神契，结为良友，诵读古人书卷乃重要法门之一。孟子此言，旨在论说"尚友"之道，然而值得玩味的是，它也不自觉地暗示着一类读书之法，即读者解读文本之时，需将其与作者创作的时代背景、当下境遇、审美趣尚等相结合，方能恰当地领会所托之"志"。清代，章学诚于《文史通义》中对"知人论世"作了颇具理论意义的阐释。其云："不知古人之世，不可妄论古人之辞也。知

---

① 孙克强、裴喆编著：《论词绝句二千首》，南开大学出版社2014年版，第162页。
② 孙克强、裴喆编著：《论词绝句二千首》，南开大学出版社2014年版，第162页。
③ 孙克强、裴喆编著：《论词绝句二千首》，南开大学出版社2014年版，第162页。
④ 孙克强、裴喆编著：《论词绝句二千首》，南开大学出版社2014年版，第15页。
⑤ 朱熹：《孟子集注》，上海古籍出版社1987年版，第82页。

其世矣，不知古人之身处，亦不可遽论其文也。"① 章学诚将"知人论世"分为"知人"和"论世"两个层次，即受众要品鉴作品，必当知晓作者所经历时代与个人遭际，才能言之凿凿，洞入内里。由此可见，"知人论世"本义为"尚友"之道，后经人们的进一步阐扬，才渗透到我国古代文论领域，成为一种重要的批评方法。

陈观国的《论词二十四首》在论说部分词家之际，也多运用"知人论世"的批评方法。他往往善于针对词人的身世遭际、典型性事象或词作艺术风格加以立论生发，既拓展充实诗作的论说内容，又强化批评的内在张力。如，其评李煜云："金陵梦断玉笙斜，后主才华十国夸。试演念家山破调，绝胜玉树后庭花。"② 五代十国之际的南唐，凭借天然的地理优势，偏安一隅。金陵城内声色犬马，歌舞升平。君臣之间每每填词付与歌妓乐工，以侑酒佐欢、聊作遣兴娱宾之资。南唐后主李煜锦心绣肠，工诗善词。其前期生活安定闲雅，故常以细腻之笔调摹写歌舞宴饮之景象，书写缠绵悱恻之情愫。如《玉楼春》（晚妆初了明肌雪）、《清平乐》（别来春半）、《浣溪沙》（红日已高三丈透）、《菩萨蛮》（花明月暗笼轻雾）、《蝶恋花》（遥夜亭皋闲信步）等词，风格柔媚婉约，未脱"花间"习气。逮到开宝八年，宋师破关入城，李煜被迫降宋，沦为亡国之君，金陵梦断，词风随之一变。其后期词扫却缛采轻艳之气，始"以血泪书"，满腔的丧邦之恨与黍离之悲喷涌难抑，多有沉郁凄怆之声调。如《破阵子》（四十年来家国）、《浪淘沙》（帘外雨潺潺）、《乌夜啼》（昨夜风兼雨）、《相见欢》（林花谢了春红）等，俱是作者饱满现实生活情感的恣意书写，纯抒性灵，天然入妙。无怪乎王国维有如是评："词至李后主而眼界始大，感慨遂深，遂变伶工之词而为士大夫之词。"③《念家山破》本为唐代大曲，用以抒发思家念国之情。李煜精通音律，遂以此度曲填词。《后庭花破子·玉树后庭前》一阕，表达了作者对美好光景的留恋之情。文中后两句将此二词衡短论长，或可视为作者评骘李煜前后期词孰优孰劣的表征之

---

① 章学诚：《文史通义》，中华书局1961年版，第60页。
② 孙克强、裴喆编著：《论词绝句二千首》，南开大学出版社2014年版，第160页。
③ 况周颐著，王幼安校订：《蕙风词话》，王国维著，徐调孚注，王幼安校订：《人间词话》，人民文学出版社1960年版，第197页。

一。总体来看，陈观国的论词绝句通过对李煜亡国之典型性事象的论说，传达出了自身对李煜意境深邃、情致深厚之作的称赏，从中足可窥见其推尚寄托、不喜绮丽浮艳之批评取向。其《论词二十四首》（之三）评李清照云："金石文词集汉唐，桑榆沦落亦堪伤。红闺一代征才调，璧合珠联是断肠。"①李清照以文采闻名遐迩。据王灼的《碧鸡漫志》有载："自少年便有诗名，才力华赡，逼近前辈。在士大夫中已不多得。若本朝妇人，当推词采第一。"②明末清初，陈宏绪在《寒夜录》中亦称："李易安诗余，脍炙千秋，当在《金荃》、《兰畹》之上。古文如《金石录后序》，自是大家举止，绝不作闺阁妮妮语。《打马图序》，亦复磊落不凡。独其诗歌无传。仅见《和张文潜浯溪中兴碑》二篇，亟录出之……。二诗奇气横溢，尝鼎一脔，已知为驼峰、麟脯矣。古文、诗歌、小词并擅胜场。虽秦、黄辈犹难之，称古今才妇第一，不虚也。"③后人推尊至此，李清照才力之胜自不待言。事实上，她不仅以诗才词艺饮誉古今，其金石造诣亦可问鼎两宋。她与丈夫赵明诚在金石方面志趣相投。据《金石录后序》载："每获一书，即同共勘校，整集签题。得书、画、彝、鼎，亦摩玩舒卷，指摘疵病，夜尽一烛为率。"④两人齐心协力撰成《金石录》一书，辑录自上古三代讫隋唐五代以来，其所能见到的钟鼎彝器之铭文款识和碑铭墓志等石刻文字。两人乃琴瑟和鸣之佳偶，然不幸遭逢靖康之难，赵明诚于辗转之际染疾而终，独留李清照流离异乡。清代诗人李廷榮在《易安居士故里诗》中曾叹惋道："自随兵舫去，谁更续江蓠。"⑤借李清照之本事发论，字里行间难掩对李清照的顾恤之情。

刘勰在《文心雕龙·体性》中曾云："然才有庸俊，气有刚柔，学有浅深，习有雅郑，并情性所铄，陶染所凝，是以笔区云谲，文苑波诡者矣。故辞理庸俊，莫能翻其才；风趣刚柔，宁或改其气；事义浅深，未闻乖其学；体式雅郑，鲜有反其习；各师成心，其异如面。"⑥作品乃创作者

---

① 孙克强、裴喆编著：《论词绝句二千首》，南开大学出版社2014年版，第161页。
② 唐圭璋编：《词话丛编》，中华书局1986年版，第88页。
③ 褚斌杰、孙崇恩、荣宪宾编：《李清照资料汇编》，中华书局1984年版，第58页。
④ 李清照：《漱玉词》附录，影印文渊阁《四库全书》本。
⑤ 徐北文：《李清照全集评注》，济南出版社2006年版，第396页。
⑥ 刘勰著，黄霖编：《文心雕龙汇评》，上海古籍出版社2005年版，第97页。

人格个性的外在表现，因人之"才"、"气"、"学"、"习"的不同而各具面目。作品也是时代的产物，"歌谣文理，与世推移"，它随世情、时序之变迁而风貌不一。陈观国深谙此道，其于论说之时往往能自觉践行"知人论世"的原则，糅合词家之处境与心境入诗，委实可不拘于篇幅之短，而道尽对词人词作之深切体味，真可谓入髓入神。

三 平正融通的论说特征

论词绝句作为论词者畅抒己见之载体，其主要价值就在于论者用以传达自身的批评意旨，达到寓褒贬、伸己见的目的。但批评实践是人类本质力量对象化的活动，论词者在以诗的形式谈词说艺之际，不免带有浓厚的个人情感色彩，致使某些评语失之偏颇。而陈观国《论词二十四首》并非如此。他在具体的论说过程当中，虽不乏个人情感之诉诸，却并未拘囿于"婉约"、"豪放"体派之藩篱，或落于前人窠臼，拾他人耳食之言。反之，他凭借博通之才学，既酌鉴于往哲又渊思独虑，多有平允融通之论。

众所周知，词至两宋已至巅峰值域，元明之际词学式微，难以继盛，这在一定程度上为理论反观的兴盛提供了优渥的土壤。词学畛域内的批评活动自明代生发，至清代蔚然成势、足称大观，对词作风韵格调研精覃思者不可胜举。而以"婉约"、"豪放"二体之殊，择取典型性词家，分正变、辨优劣，更是词学批评史上的重要命题。譬如，厉鹗对以苏轼、辛弃疾为典型的雄放激昂词风颇为排斥，与其前修汪森所持"使事者失之伉"观点一致。他曾谓："中州乐府鉴别裁，略仿苏黄硬语为。若向词家论风雅，锦袍翻是让吴儿。"① 章恺亦称："传语教坊雷大使，铜琶铁板太惊人。"② 褚廷璋则高呼："终古词场留正格，休将铁板混红牙。"③ 三者持论都以婉约风格为本色当行，不喜豪放之意甚为明了。反观陈观国，其论词组诗并不一味称扬或鄙薄某一体派，而以中正姿态阐发议论。如，其《论词二十四首》（之七）评苏轼云："一声长啸大江东，坡老天才压众俦。

---

① 孙克强、裴喆编著：《论词绝句二千首》，南开大学出版社2014年版，第64页。
② 孙克强、裴喆编著：《论词绝句二千首》，南开大学出版社2014年版，第104页。
③ 孙克强、裴喆编著：《论词绝句二千首》，南开大学出版社2014年版，第132页。

人世碧澜矜寸寸，谁知沧海解横流。"① 诗作首句乃借《念奴娇·赤壁怀古》一阕，称扬苏轼超群绝伦之词技。苏轼词素以豪迈放旷著称，其于举世尚婉约绵丽之音的背景下，凭借郢匠挥斤之才，践行词体变革意图。他倡导"以诗为词"，突破了词作传统题材、内容、形式、风格之界域，将词的创作从歌舞宴饮、闺情离怨的仄狭之境拓展至目之所及之景象，学识、胸襟、怀抱尽融汇于其中。胡寅在《酒边词序》中评其"一洗绮罗香泽之态，摆脱绸缪宛转之度"②，甚具豪迈放旷之势。刘辰翁在《辛稼轩词序》中亦云："词至东坡，倾荡磊落，如诗如文，如天地奇观。"③ 苏轼为文追求雄浑恣肆，于词原本祈求在婉媚绮艳质性之外另辟宗风，这对尚旖旎柔婉之美的北宋词坛而言，确有新人耳目、矫枉救弊之功绩。故而，诗文末句所谓的"沧海解横流"，不单可视作苏轼以旷达襟怀看待进退荣辱之境的形象写照，更是作者对苏轼敢于革新词体、奏响慷慨激昂之音、打破婉约词独尊格局的讴歌。其《论词二十四首》（之十一）评辛弃疾云："河山南渡半能文，大将还矜翰墨芬。留得风云豪气在，词坛谁撼岳家军。"④ 辛弃疾亲历宋室南渡巨变，一生以恢复家国为志业，满腔爱国之情与拳拳报国之心，常以词之体式宣泄于笔端，词情激昂恣肆，词风雄豪雅健。刘克庄在《辛稼轩集序》中曾道："公所作大声鞺鞳，小声铿鍧，横绝六合，扫空万古，自有苍生以来所无。"⑤ 李佳在《左庵词话》中亦评辛弃疾"用笔如龙跳虎卧，不可羁勒，才情横溢，海天古浪。然以音律绳之，岂能细意熨帖"⑥。陈廷焯在《词则·放歌集》中则认为辛弃疾词"魄力雄大，如惊雷怒涛，骇人耳目，天地钜观也"⑦。后人对辛弃疾词推崇之意可见一斑。陈观国对辛弃疾词雄豪气魄亦激赏之甚，并将其与"胆量、意见、文章悉无古今"的岳飞同日而语，这也足以体现出他对辛弃疾词史地位的高度推扬。其《论词二十四首》（之四）评柳永云："晓风杨

---

① 孙克强、裴喆编著：《论词绝句二千首》，南开大学出版社 2014 年版，第 161 页。
② 吴讷编：《百家词》，天津古籍出版社 1992 年版，第 595 页。
③ 陶秋英编选：《宋金元文论选》，人民文学出版社 1984 年版，第 322 页。
④ 孙克强、裴喆编著：《论词绝句二千首》，南开大学出版社 2014 年版，第 161 页。
⑤ 张惠民编：《宋代词学资料汇编》，汕头大学出版社 1993 年版，第 227 页。
⑥ 唐圭璋：《词话丛编》，中华书局 1986 年版，第 3168—3169 页。
⑦ 孙克强编：《唐宋人词话》，河南文艺出版社 1999 年版，第 612 页。

柳记屯田，人比襄阳孟浩然。登厕阿谁传恶谑，蚍蜉撼树亦堪怜。"① 柳永一生落拓不羁，流连于歌楼妓馆，屡试不第后，便一心"奉旨"填词，有《乐章集》传世。其中，翦红刻翠之作占据了绝大部分，俚曲慢调，多有"闺门淫媟之语"与"羁旅穷愁之词"。② 柳永词因与传统习见不甚契合而备受訾议。如，王灼在《碧鸡漫志》中斥道："惟是浅近卑俗，自成一体，不知书者尤好之。予尝以比都下富儿，虽脱村野，而声态可憎。"③ 陈师道在《后山诗话》中更言辞激切地批驳柳永词"骫骳从俗"。陈观国并不以为然，他对这些鄙薄之论嗤之以鼻，嘲讽其为"蚍蜉撼树"的行径。首句"晓风杨柳"，乃化用柳永《雨霖铃》"杨柳岸、晓风残月"之句，即欲借此说明，柳永词虽多以俚俗之语描摹市井风情或男女艳情，然尤善于抒发羁旅行役之情，显系不流于淫俗。柳永羁旅行役之词如《八声甘州》（对潇潇暮雨洒江天）、《引驾行》（虹收残雨）、《安公子》（远岸收残雨）、《迷神引》（一叶扁舟轻帆卷）等，常以"我"为抒情主体，观自然时序之景，用平铺直叙之法，构筑苍凉雄浑之境，并襄之以率真直露的抒怀方式，孤寂与思归之意尽现笔底。这与以温庭筠、韦庄为典型的以女性为抒情主体、含蓄委婉的文人闺情词大相径庭，乃"词人变古"之首倡也。作者将其与不媚俗世、多写羁旅行役之感的盛唐诗人孟浩然相提并论，推尊之意溢于言表。其《论词二十四首》（之八）评秦观云："有情芍药秦淮海，却别遗山笑女郎。词格不同诗体健，何妨龋齿媚新妆。"④ "有情芍药"一词，乃源于秦观《春日》"有情芍药含春泪，无力蔷薇卧晓枝"之句。元好问对此句曾致以微词。其《论诗绝句三十首》（之二十四）讥讽道："有情芍药含春泪，无力蔷薇卧晓枝。拈出退之山石句，始知渠是女郎诗。"⑤ 元好问指斥秦观身为阳刚之躯，所作诗文却纤柔温婉，如妇人之语。陈观国并不苟同此论，他持诗词体貌不一之观点以明其说。实际上，结合诗词生发史实来看，这一论断并非大谬不然。诗者，乃文学之正体、雅正之音。自上古之际，便已遵循儒家"兴"、"观"、"群"、"怨"的教

---

① 孙克强、裴喆编著：《论词绝句二千首》，南开大学出版社2014年版，第160页。
② 胡仔：《苕溪渔隐丛话》（后集），人民文学出版社1962年版，第319页。
③ 唐圭璋编：《词话丛编》，中华书局1986年版，第84页。
④ 孙克强、裴喆编著：《论词绝句二千首》，南开大学出版社2014年版，第161页。
⑤ 陶秋英编选：《宋金元文论选》，人民文学出版社1984年版，第458页。

化传统，肩负起有助于治国安邦、敦厚人伦教化之重任，且常应制、合事而作，故须风骨遒劲、意气爽朗，以经世致用。词者，乃配乐而歌的佐欢之作，"用助娇娆之态"，非属正统文学之列。自肇端以始，填词一事便被视为"末技"。文人墨客作诗之余倚声填词，往往以合音协律为要务，以付与歌女之口，唱于歌筵酒席，达到娱宾遣兴之目的，词作自然显现出温馥柔媚的特征。秦观善为乐府，专主情致，遣辞用语典雅精巧。因出身贫寒，仕宦生涯又屡遭流贬，故词作多浸染身世之感，风格清丽凄婉，不悖于词原本婉转绵丽之质性。陈观国之论乃是对定位秦观诗为"女郎诗"一说的反驳，延而伸之，抑或可视为对男子作闺音的辩解。

关于词体"婉约"、"豪放"取何者之争，宋已有之，清代词学批评领域内的争辩尤显激烈。他们或称扬婉约，贬抑豪放；或称扬豪放，贬抑婉约，当然，也不乏平和中正之声，以为两者当不分优劣高下。如，王士禛在《香祖笔记》中曾谓："词家绮丽、豪放二派，往往分左右袒。予谓：第当分正变，不当分优劣。"[①] 而陈观国论词亦持此辩证的态度。其对词家词风之体认，豪放如"苏辛"者，婉约如"秦柳"者，皆能理性持论，不滞于迷真之见，整体上呈现出平正融通的论说特点。

总之，陈观国的《论词二十四首》，有着自身独具的评说特色，这主要体现在对传统词史流变的简明勾画、知人论世的论说方式与平正融通的论说特征三个方面。其中，通过对传统词史流变的勾勒，可看出作者自觉建构词史的意识，知人论世的论说方式又使其词学批评更具切中性，平正融通的论说特点则是其不宥旧说、独抒己思的产物。整体来看，陈观国的论词绝句，既有对词史的整体把握，又有对词家、词作、词事的细致辨说，点与线之间相互结合，宏观与微观相互融通，它对于开拓和完善我国传统词学批评显示出重要的价值与意义。

第五节 朱依真论词绝句的批评观念与论说特点

朱依真（生卒年不详），字小岑，号癸水潜夫，临桂（今广西桂林）

[①] 王士禛：《香祖笔记》卷九，上海古籍出版社1982年版。

人。他不乐科举之道，以布衣终老，为明宗室靖江王后裔，其父朱若炳为清代乾隆二年（1737）进士。承蒙家学，朱依真潜心钻研十七史，通声律，精诗词，工绘画。袁枚称其为"粤西诗人第一"。嘉庆三年（1798），朱依真应聘主纂《临桂县志》，又曾任谢启昆主修的《广西通志》分纂，有诗集《九芝堂集》。

在词学批评方面，朱依真有《论词绝句二十二首附六首》。据其自跋可知，前二十二首绝句乃少时所作，二十年后，又补作六首。该组论词绝句大致遵循时间线索，依次论涉了唐五代至清朝的词家词作，关涉到的词家有南唐中主李璟、南唐后主李煜、苏轼、秦观、柳永、周邦彦、姜夔、卢祖皋、高观国、史达祖、张炎、元好问、陈维崧、朱彝尊、厉鹗、谢良琦、朱若炳、冷昭、唐氏、梁月波等。总体来看，在论词绝句中，朱依真既论涉了唐五代至清代的词坛大家，又对不甚闻名的粤西地域词人给予了一定的关注与推扬。

一 批评观念

（一）推举清空骚雅之作

词兴于唐而盛于宋，元明后，词坛呈现出衰败之象，其重要的原因便是词坛尚俗风气的盛行。明人多将词视为"娱宾遣兴"的工具，词人之作多呈现出俚俗浅率之态。朱彝尊等人以革除词坛弊端为己任，尊尚南宋的姜夔、张炎，将清空醇雅之作奉为圭臬，力图纠正明词鄙俗之习。受时代风气的影响，朱依真亦有崇雅斥俗的批评取向，对清秀雅洁的词作尤为赏识。

朱依真的《论词绝句二十二首附六首》（之六）评姜夔云："合是诗中杜少陵，词场牛耳让先登。《暗香》《疏影》精神在，夜月清寒照马塍。"[1]朱依真对姜夔词高度赞誉，他将姜夔比作"诗中杜甫"。杜甫以蕴藉沉着的笔法，将社会离乱之苦、仁民爱物之心表现于诗中，在题材书写上，诗人即事而作，真实地刻画出安史之乱前后的政治时事及广阔的现实生活画面，所创作的诗歌有"诗史"之誉。朱依真将姜夔与杜甫相并而论，表现

---

[1] 程郁缀、李静：《历代论词绝句笺注》，北京大学出版社2014年版，第148页。

第三章 清代中期的论词绝句

出其对姜夔词史地位的充分推扬。绝句中,"《暗香》《疏影》精神在,夜月清寒照马塍",意在推崇姜夔,认为姜夔之词对后世有广泛深远的影响。其中,"马塍"指姜夔卒于苏州,葬于西马塍。《暗香》、《疏影》二词乃姜夔词中的名篇,为咏梅之典范。词家以清新淡雅的语言,将内心情感化作疏远的意象,所咏了然在目,且不滞于物。总之,朱依真将姜夔与杜甫相比,高度称扬姜夔的咏梅名篇,可见他对姜夔的推崇之意。

朱依真的《论词绝句二十二首附六首》(之七)评卢祖皋、高观国云:"香泥垒燕卢申之,澹月疏帘绮语词。何似山阴高竹屋,独标新意写乌丝。"①"香泥垒燕卢申之",指卢祖皋《倦寻芳》一词中有"香泥垒燕"之语。朱依真引用其词句,表现了他对卢祖皋词的充分肯定。卢祖皋填词,苦吟推敲,注重字句的锤炼,其词呈现出典雅庄重之面貌。此外,卢祖皋选择意象时多偏好轻盈淡雅之物。如《贺新郎》词中,通过"寒江"、"雁影"、"瘦梅"、"飞雪"等意象,营造出清绝无尘、淡雅疏远的意境。杨慎在《词品》中曾云:"'江寒雁影梅花瘦。四无尘,雪飞风起,夜窗如昼。'其警句也。"②"何似山阴高竹屋,独标新意写乌丝",指高观国词清隽可喜、超逸脱俗。"独标新意"一词,表现了朱依真对高观国词雅致清丽、自出新意的肯定。张炎在《词源》中曾云:"秦少游、高竹屋、姜白石、史邦卿、吴梦窗,此数家格调不侔,句法挺异,俱能特立清新之意,删削靡曼之词,自成一家,各名于世。"③张炎高度肯定高观国清秀典雅之作,称许其能自成一家。朱依真与张炎所持观点一致,赞誉高观国雅洁清隽之词作品格。

朱依真的《论词绝句二十二首附六首》(之九)评史达祖云:"雕梁软语足形容,柳暝花昏意态中。项羽不知兵法消,也应还著贺黄公。"④史达祖有《双双燕》一词,其中有云"还相雕梁藻井,又软语商量不定",且"看足柳昏花暝"。朱依真推尚史达祖的《双双燕》,认为该词物尽极妍、形神俱似。"雕梁软语"一词,作者以细腻曲折的笔法,书写出富于

---

① 程郁缀、李静:《历代论词绝句笺注》,北京大学出版社2014年版,第148页。
② 唐圭璋编:《词话丛编》,中华书局1986年版,第492页。
③ 唐圭璋编:《词话丛编》,中华书局1986年版,第255页。
④ 程郁缀、李静:《历代论词绝句笺注》,北京大学出版社2014年版,第150页。

情趣之作，将双燕之间的情谊栩栩如生地传达出来。朱依真认为，"雕梁软语"乃此作的点睛之笔，构思精巧，不落俗套。其中，诗句中"足形容"一词，窥探出朱氏首肯之意。朱依真持论，"柳暝花昏"自是佳句，但与"雕梁软语"之句相比略显平乏。"柳暝花昏"指柳色昏暗、花影迷蒙，词家将景色之美表现得富于诗意，但与"雕梁软语"中温情脉脉、亲昵相商的双燕相比，终是缺乏生命之气。王世贞甚为推崇史达祖"雕梁软语"之句。他在《艺苑卮言》中云："史邦卿题燕曰：'差池欲住，试入旧巢相并。还相雕梁藻井，又软语商量不定。'可谓极形容之妙。"① 贺裳在《皱水轩词筌》中也云："史邦卿咏燕，几于形神俱似矣。……常观姜论史词，不称其'软语商量'，而赏其'柳昏花暝'，固知不免项羽学兵法之恨。"② 朱依真持同王世贞、贺裳等人的观点，认为史达祖咏燕之作中，"软语商量"乃传神之笔，其论词绝句中的后两句诗意便指于此。

朱依真的《论词绝句二十二首附六首》（之十）评周密云："半湖春色少人窥，夜月蘋洲渔笛吹。深悔钝根闻道晚，廿年始读草窗词。"③ "半湖春色"一语，指周密《曲游春》中有"闲却半湖春色"之句。"夜月蘋洲渔笛吹"一句，指周密词集《蘋洲渔笛谱》。"深悔钝根闻道晚，廿年始读草窗词"，此诗句指朱依真对周密甚为称赏，对较晚瞻阅周密之作甚感遗憾。作为南宋骚雅派的代表，周密词用语清雅秀润，音节谐婉，意境清隽悠远，如《解语花》、《木兰花慢》等。江昱在《论词绝句十八首》中有云："潜夫雅致足风流，象管蛮笺庾信愁。三昧此中谁会得，数声渔笛起蘋洲。"④ 江昱认为，周密以"雅致"为标的，词集多为精巧工致之作，为南宋骚雅派词人的创作指示了方向与门径。如此可看出，朱依真如江昱一般，尤为推尚周密之作。

朱依真的《论词绝句二十二首附六首》（之十一）评张炎云："莲子结成花自落，清虚从此悟宗门。西湖山水生清响，鼓吹尧章岂妄言。"⑤ 朱依真此论词绝句主要评说了张炎对姜夔的追奉。张炎在《词源》中提出词

---

① 唐圭璋编：《词话丛编》，中华书局 1986 年版，第 390 页。
② 唐圭璋编：《词话丛编》，中华书局 1986 年版，第 704 页。
③ 程郁缀、李静：《历代论词绝句笺注》，北京大学出版社 2014 年版，第 151 页。
④ 程郁缀、李静：《历代论词绝句笺注》，北京大学出版社 2014 年版，第 90 页。
⑤ 程郁缀、李静：《历代论词绝句笺注》，北京大学出版社 2014 年版，第 151 页。

要清彻空灵，将姜夔奉为创作典范，其评价姜夔词如"野云孤飞，去留无迹"①。在创作中，张炎多取法姜夔，如《扫花游·赋高疏寮东墅园》，笔致婉曲高远，有姜夔词清刚空灵之面貌，深得姜夔词之神髓。先著评张炎《探春慢》云："白石老仙以后，只有此君与之并立。以上两词，工力悉敌，试掩姓氏观之，应不辨孰为尧章，孰为叔夏。"②"工力悉敌"，乃是将姜夔、张炎并立而言。先著认为，张炎在习学姜夔的基础上有独特的创见，独树一帜。姜夔之作在组织结构上能大开大合、收放得体，词作意蕴颇为丰富，但张炎词作结构紧凑，针脚绵密，叙事清晰有度，故姜夔、张炎词作艺术表现确有差异。

（二）主张豪放与婉约不可偏废

明代，张綖在《诗余图谱·凡例》中云："词体大略有二：一体婉约，一体豪放。婉约者欲其词情蕴藉，豪放者欲其气象恢弘。"③张綖首次提出"婉约"与"豪放"之论，概括出我国词作艺术表现的两种主导性风格。在传统词学批评中，对于词论家宗尚"婉约"或"豪放"之体，抑或持"豪放"与"婉约"不可偏废之论，已有颇多论说。朱依真在论词绝句中，对婉约与豪放之体都予以推扬。他推崇两宋婉约大家如柳永、秦观、姜夔，亦赞赏苏轼、辛弃疾、陈维崧等人豪迈奔放的词风。

朱依真的《论词绝句二十二首附六首》（之四）评秦观、柳永云："贫家好女自娇妍，彤管讥评岂漫然。若向词家角优劣，风流终胜柳屯田。"④秦观、柳永都为婉约词之宗匠，其中，秦观词精巧细腻、妍丽丰赡。李清照《词论》曾云："秦即专主情致，而少故实。譬如贫家美女，虽极妍丽丰逸，而终乏富贵态。"⑤李清照认为，秦观词如贫穷人家的美女，缺乏富贵之面貌。朱依真引用李清照之语却不拘执于其论，他认为秦观词有着独特的娇娆妍丽之态。其评柳永"若向词家角优劣，风流终胜柳屯田"，朱依真认为，作为词坛翘楚，柳永词虽采用俚语、俗语，但淋漓尽致的铺叙及富有个性的白描，使得词作彰显出独特的艺术魅力。朱依真

---

① 唐圭璋编：《词话丛编》，中华书局1986年版，第259页。
② 程郁缀、李静：《历代论词绝句笺注》，北京大学出版社2014年版，第1355页。
③ 陈良运主编：《中国历代词学论著选》，百花洲文艺出版社1998年版，第275页。
④ 程郁缀、李静：《历代论词绝句笺注》，北京大学出版社2014年版，第145页。
⑤ 陈良运主编：《中国历代词学论著选》，百花洲文艺出版社1998年版，第72页。

将秦观、柳永合于一评，认为秦观词有"娇妍"之态，柳永词有"风流"之貌，可见其对秦观、柳永的推崇之意。

朱依真的《论词绝句二十二首附六首》（之六）评姜夔云："合是诗中杜少陵，词场牛耳让先登。《暗香》《疏影》精神在，月夜清寒照马塍。"① 作为南宋婉约词人的代表，姜夔崇尚清空高雅之风，追求意在言外。姜夔继承了婉约词人写情状物的艺术技巧，于侧面着笔，于虚处传神，善于将思维与感受串联起来，表现内心特定的心理情绪。此外，他常借助外物表现内心强烈的盛衰之感，如《暗香》一词，就梅花盛衰之事加以展开，暗示人的青春年华如梅花凋零一般不断消逝的哲理。朱依真将姜夔词的创作成就等同于杜甫在诗歌中的建树，他在标举词人之余也有深层所指。姜夔少年孤贫，仕途多舛，一生转徙江湖，但他仍有不忘君国的感时伤世之作。面对历史兴衰，姜夔关注现实，用隐藏于幕后的方式来审视日渐衰败的社会。

朱依真的《论词绝句二十二首附六首》（之二）评苏轼、辛弃疾云："天风海雨骇心神，白石清空谒后尘。谁见东坡真面目，纷纷耳食说苏辛。"② 苏轼长于状写豪迈慷慨的形象和雄伟壮阔的场面，词风刚劲磊落。朱依真用"天风海雨"一词，形容苏轼之作气象恢弘，境界开阔壮大，震撼人心。朱依真持论，苏轼与辛弃疾是不同的。苏轼以文人的浩然之气创造出豪放高旷的词风，至辛弃疾，豪放词风得到进一步扩展。但由于两人所处的时代、环境不同，导致苏轼、辛弃疾词风确有明显的差异。苏轼有着强烈的社会责任感，其不屈的人格与世俗官场发生冲突时，他能从精神上寻求解脱，以旷达的胸襟体验人生百态，其词中多体现出文人士大夫的雄朗旷达之气。辛弃疾作为时代豪杰，把收复失地看成毕生的事业，其作品书写出了人生期盼与民族大义，表现出不甘平庸的英雄本色。总的来看，朱依真推尚苏轼的豪迈之气，努力阐明苏轼、辛弃疾同为豪放派的代表，但苏轼词旷达豪迈的文人气节与辛弃疾词大义凛然的民族节义确乎有不同之处。

朱依真的《论词绝句二十二首附六首》（之十六）评陈维崧云："陈

---

① 程郁缀、李静：《历代论词绝句笺注》，北京大学出版社2014年版，第148页。
② 程郁缀、李静：《历代论词绝句笺注》，北京大学出版社2014年版，第144页。

髯怀抱亦堪悲，写入青衫怅怅词。记得中州乐府体，岂知肖子属吴儿。"①朱依真认为，陈维崧之词书写怀抱豪迈空旷。诗句"写入青衫怅怅词"，指陈维崧《摸鱼儿》中有"君不见，青衫已是人迟暮"之句。陈维崧发扬苏轼、辛弃疾的豪放词风，其作品多展现豪放之态，抒情主人公放旷慷慨之气。如《摸鱼儿》一词将写景、纪事与抒情融为一体。词家由琵琶古乐而涌起无限感叹，悲叹处又见骨力，词中，"忽然凉瓦飒然飞，千岁老狐人语"之句，笔力峭拔，意趣竞发，尽显豪放恣肆之意。朱彝尊曾赞其云："擅词场，飞扬跋扈，前身可是青兕？"陈维崧摒弃绮罗香泽之态，以气脉运词，情感表现激昂高亢。其词跳出传统艳情词的窠臼，体现出沉雄俊爽、凌厉纵横的特点。

总体来看，朱依真既推尚秦观词妍丽娇媚之态、柳永词风流浪迹之貌以及姜夔词纤婉含蓄之美，又标举苏轼、陈维崧豪迈放旷之风，可见其通脱达观的词学批评观念。

(三) 对粤西词人的关注

有清一代，词学发展呈现出勃然兴盛之势，百花齐放，流派纷呈。粤西一地受词坛风气影响，词的创作也出现兴盛之态。朱依真作为粤西词家的代表，对本土词坛给予了很大的关注，他以论词绝句的形式弘扬乡邦词坛。其论词绝句评说了谢良琦、朱若炳、冷昭、唐氏以及梁月波等乡邦词人。

朱依真的《论词绝句二十二首附六首》（之十八）评谢良琦云："侯鲭都不解疗饥，癖嗜疮痂笑亦宜。一夜梨花惊梦破，何如春草谢家诗。"②此诗意在推扬粤西词家谢良琦。谢氏乃清初名士，涉猎诗、文、词，以古文名重一时，填词匠心独运，词作常有精警之句。张怡在《醉白堂文集序》中评他"间以小词寄其逸兴，柔情细语，缓步花间，又欲与淮海、七郎争驰并辔矣"③。张怡认为，谢良琦词精雕细琢，显示出高迈超拔的意趣，又有花间词之缲采风神，可与秦观、柳永之作相媲美。朱依真对谢良琦也有很高的评价。他认为，谢良琦《满江红》中词句"昨夜梨花惊梦

---

① 程郁缀、李静：《历代论词绝句笺注》，北京大学出版社2014年版，第155页。
② 程郁缀、李静：《历代论词绝句笺注》，北京大学出版社2014年版，第156页。
③ 孙克强、杨传庆、裴喆编著：《清人词话》，南开大学出版社2012年版，第49页。

破，而今芳草伤心碧"乃为精警秀句，与谢灵运"池塘生春草，园柳变鸣禽"之句不分伯仲。

朱依真的《论词绝句二十二首附六首》（之十九）评朱若炳云："十载无能读父书，摩挲遗谱每唏嘘。词人竞美遗山好，蕴藉风流那不如。"①朱若炳文采横溢，工于诗词，有《补闲词》二卷，其词作敏妙、意境超群。如《醉落魂》、《睿恩新·元旦雪》、《踏莎行·封印》等，不事雕琢，文采卓然，意兴超群，韵致清逸。但朱若炳也有境界平泛之作，如一味迎合统治者之需粉饰太平、润色鸿业。朱依真将朱若炳与元好问相提并论，认为两人旗鼓相当。此当然有敬慕乡贤之意，难免有溢美之嫌。作为金末元初文坛巨匠，元好问词造诣甚高，精于用事，工于炼句，风格多样，将朱若炳与元好问相比，朱若炳肯定是逊于元好问的。

朱依真的《论词绝句二十二首附六首》（之二十）评冷昭云："岭西宗派颇纷拏，谁倚新声仿竹垞。独有春山冷居士，闭门窗下咏枇杷。"②朱依真对当世词坛状况作出描述，认为世人倚声填词多学朱彝尊，冷昭却能自立出新，"咏枇杷"一词为当时一绝。冷昭能诗且尤工于词，其咏枇杷花与新雁词甚为精妙，颇得人们的称扬。

朱依真的《论词绝句二十二首附六首》（之二十一）评唐氏云："红杏梢头宋尚书，较量闺阁韵全输。无端叶打风窗响，肠断人间词女夫。"③闺秀唐氏有词句"试听飘坠声声，风际吹来打窗叶"，朱依真对此甚为推尚。他认为，素有"红杏尚书"之誉的宋祁与唐氏相比，其词都不及唐氏之作有韵致。闺秀唐氏乃朱依真之友黄南溪原配，自号月中逋客，早卒，有《杏花天》一词为时人所称颂。宋祁乃北宋文坛大家，诗词工丽，因《玉楼春》中有"红杏枝头春意闹"之句，世称"红杏尚书"。宋祁填词多承花间之风，注重字句的锤炼，善于写景抒情，长于造境，词作表现出蕴藉雅致的特点。朱依真认为唐氏之作韵致高于宋祁之词，可见他对唐氏的推崇之意。

朱依真的《论词绝句二十二首附六首》（之二十二）评梁月波云：

---

① 程郁缀、李静：《历代论词绝句笺注》，北京大学出版社2014年版，第157页。
② 程郁缀、李静：《历代论词绝句笺注》，北京大学出版社2014年版，第157页。
③ 程郁缀、李静：《历代论词绝句笺注》，北京大学出版社2014年版，第158页。

"零膏剩粉可能多,啧啧才名梁月波。叵耐断肠天不管,香销帘影卷银河。"① 梁月波乃官宦人家之女,腹有文思,却是红颜薄命之人。朱依真对梁月波的创作才力颇为称赏,认为其词情调感伤动人,对词家早卒表现出深切的惋惜之情。

总之,朱依真所推崇的谢良琦、朱若炳、冷昭、唐氏、梁月波等人并非为当时的词坛名家。但是,他们的词从不同方面反映了粤西词坛的创作面貌,朱依真对粤西词家给予充分的肯定,展现出浓浓的乡邦情谊,此举对岭南地域词学的阐扬产生了重要的影响。

二 论说特点

(一)不拘旧说,有独得之见

朱依真推崇清空骚雅一派词家,接近于浙西派的词学思想,但他又不拘执于浙西派观念,彰显出自身的独得之见。

朱依真的《论词绝句二十二首附六首》(之二)评苏轼、姜夔云:"天风海雨骇心神,白石清空谒后尘。谁见东坡真面目,纷纷耳食说苏辛。"② 朱依真推尚苏轼之作,认为苏轼词风豪放,境界阔大,足以震撼人心。但此时,以朱彝尊为首的浙西派标举姜夔、张炎清雅之词,对苏轼、辛弃疾之作不甚关注。谢章铤在《赌棋山庄词话》中曾云:"铤流览近日词家,颇怪其派别之讹,非但无苏、辛,亦无周、柳,大抵姜、史之糟粕耳。"③ 谢章铤此番言论正揭示出浙西派崇尚姜夔、张炎而贬抑苏轼、辛弃疾之风气。朱依真不囿浙西派之说,推崇苏轼豪放词风,他认为,姜夔清空之风可追溯到苏轼词中。朱依真之论令人耳目一新,彰显出不同于流俗的词学观念。

朱依真的《论词绝句二十二首附六首》(之八)评吴文英云:"质实何须诮梦窗,自来才士惯雌黄。几人真悟清空旨,错采填金也不妨。"④ 朱依真认为,"质实"与"清空"乃词作呈现的不同面貌特征。他主张词的

---

① 程郁缀、李静:《历代论词绝句笺注》,北京大学出版社2014年版,第158页。
② 程郁缀、李静:《历代论词绝句笺注》,北京大学出版社2014年版,第144页。
③ 唐圭璋编:《词话丛编》,中华书局1986年版,第3388页。
④ 程郁缀、李静:《历代论词绝句笺注》,北京大学出版社2014年版,第149页。

创作应兼采吴文英的"错采填金"与姜夔的"清空骚雅",对世人讥诮吴文英"质实"、"凝涩晦昧"之说予以批判。朱依真认为,清空之旨不仅体现为形式要求,更应注重内涵呈现,他将吴文英精致华美之词形容为"错采填金",认为此与清彻空灵之创作并不相悖。

朱依真的《论词绝句二十二首附六首》(之五)评周邦彦云:"词场谁为斩荆榛,双手难扶大雅轮。不独俳谐缠令体,铺张我亦厌清真。"① 清代,浙西派与常州派中人对周邦彦都十分推崇,周邦彦词在清代地位甚高,但朱依真不拘于成说,认为周邦彦词"俳谐"、"铺张",难以"斩荆榛"、"扶大雅轮"。朱依真之言明确表明其贬斥之态,其立论与当时词坛之说相左,但他勇于独抒己见,甚为难得。

朱依真评朱彝尊、厉鹗时,对厉鹗的评价明显高于朱彝尊。其《论词绝句二十二首附六首》(之十五)评朱彝尊云:"燕语新词旧所推,中兴力挽古风颓。如何拈出清空语,强半吴郎七宝台。"② 朱依真肯定朱彝尊改变明末以来词学颓靡的历史贡献,高度称扬其"力挽古风颓",但他也注意到,朱彝尊的《茶烟阁体物集》有"叠垛"、"饾饤"之嫌。其虽体物细致、刻画精工,但用较多典故修饰物态之美,不免显得堆砌累缀。此外,朱彝尊采用赋法铺叙,穷形尽相,故实多而趣少。其《论词绝句二十二首附六首》(之十七)评厉鹗云:"樊榭仙音未易参,追踪姜史复谁堪。一时甘下先生拜,合与词家作指南。"③ 朱依真认为,厉鹗词有姜夔、史达祖之风范,可谓词家典范,他持论厉鹗乃"词家指南",对厉鹗的推崇之意现于言表,朱依真对厉鹗的评价是明显高于朱彝尊的。

(二)摘录词人妙语秀句入诗

朱依真深谙摘句批评之妙,其论词绝句多采用摘句之法。在二十八首论词绝句中,有七首引用或者化用了词家之句语入诗。

朱依真的《论词绝句二十二首附六首》(之一)评南唐中主李璟、南唐后主李煜云:"南国君臣艳绮罗,梦回鸡塞欲如何。"④ 其中,"梦回鸡

---

① 程郁缀、李静:《历代论词绝句笺注》,北京大学出版社2014年版,第146页。
② 程郁缀、李静:《历代论词绝句笺注》,北京大学出版社2014年版,第154页。
③ 程郁缀、李静:《历代论词绝句笺注》,北京大学出版社2014年版,第156页。
④ 程郁缀、李静:《历代论词绝句笺注》,北京大学出版社2014年版,第143页。

塞"一语，援自李璟《摊破浣溪沙》中的"细雨梦回鸡塞远"一句。其第二首论词绝句评苏轼云："天风海雨骇心神，白石清空谒后尘。"①"天风海雨"一语，援自苏轼《鹊桥仙·七夕送陈令举》中的"尚带天风海雨"之句。其第三首论词绝句又评苏轼云："柳绵吹少我伤春，杜宇声声不忍闻。"②"杜宇声声不忍闻"一句，直接引自李重元《忆王孙·春词》中的"杜宇声声不忍闻"之句。其《论词绝句二十二首附六首》（之七）评卢祖皋云："香泥垒燕卢申之，澹月疏帘绮语词。"③其二句分别出自卢祖皋《倦寻芳》中的"香泥垒燕"之句和《宴清都·初春》中的"笼愁澹月"之语。其第九首论词绝句评史达祖云："雕梁软语足形容，柳暝花昏意态中。"④二句分别化用史达祖《双双燕》中的"还相雕梁藻井，又软语"及"看足柳昏花暝"之句。其第十首论词绝句评周密云："半湖春色少人窥，夜月蘋洲渔笛吹。"⑤"半湖春色"一语，援自周密《由游春》"闲却半湖春色"之句。其《论词绝句二十二首附六首》（之二十二）评梁月波云："叵耐断肠天不管，香销帘影卷银河。"⑥"香销帘影卷银河"一语，援自梁月波《如梦令》中的"香烬香烬，帘卷银河波影"之句。如此等等。

总之，朱依真的《论词绝句二十二首附六首》所显示的批评观念，主要体现在三个方面：一是推崇清空骚雅之作。朱依真将姜夔比作"诗中杜甫"，对姜夔、卢祖皋、高观国、史达祖、周密、张炎等人予以大力推扬。二是主张豪放与婉约风格不可偏废。他既推崇婉约大家如柳永、秦观、姜夔，亦赞赏苏轼、辛弃疾、陈维崧等豪放词人。三是对粤西本土词人的关注。他评说了谢良琦、朱若炳、冷昭、唐氏及梁月波等乡邦词人，努力弘扬粤西乡邦词人词作。其论说特点主要体现在两个方面：一是不拘旧说，勇于独抒己见，在一定意义上对浙西派的词学观念有所超越；二是广泛地摘引词人妙语秀句入诗，进一步加强了论词绝句的形

---

① 程郁缀、李静：《历代论词绝句笺注》，北京大学出版社2014年版，第144页。
② 程郁缀、李静：《历代论词绝句笺注》，北京大学出版社2014年版，第144页。
③ 程郁缀、李静：《历代论词绝句笺注》，北京大学出版社2014年版，第148页。
④ 程郁缀、李静：《历代论词绝句笺注》，北京大学出版社2014年版，第150页。
⑤ 程郁缀、李静：《历代论词绝句笺注》，北京大学出版社2014年版，第151页。
⑥ 程郁缀、李静：《历代论词绝句笺注》，北京大学出版社2014年版，第158页。

象性与切中性。朱依真的论词绝句，在我国传统词学批评史上有着独特的价值及地位。

第六节　孙尔准《论词绝句二十二首》的批评观念与论说特点

孙尔准（1770—1832），字平叔，又字莱甫，号戒庵，金匮（今属江苏无锡）人。他生于书香门第，自幼承蒙家学，喜爱读书，勤学敏思，既擅长诗词又精于书法，在多个领域均有成就。他于乾隆六十年（1795）中举，后经苦读，于嘉庆十年（1805）考中进士，为翰林院庶吉士，授编修。历官汀州知府、江西按察使、福建布政使、安徽巡抚、福建巡抚，至闽浙总督，加太子少保，卒赠太子太师，谥号文靖。孙尔准一生官运亨通，但始终保持文人本色，笔耕不缀，著有《泰云堂集》。其中，包括文集二卷、诗集十八卷、词集三卷、其他二卷。词集中，有《雕云词》、《荔香乐府》、《海棠巢乐府拈题》各一卷。

在词学批评方面，孙尔准创作有《论词绝句二十二首》，收录于《泰云堂集》卷四《假归集》之中。其论涉对象多为清朝当世名家，如陈维崧、朱彝尊、纳兰性德、王一元、曹溶、曹吉贞、尤侗、陈聂恒、梁清标、高层云、史万谦、万树、厉鹗等。

一　批评观念

（一）崇雅黜俗

在我国传统文学理论批评中，雅俗之辨是其基本内容之一。至清代，雅俗之辨仍然成为批评家热议的话题。如，张祖望云："词虽小道，第一要辨雅俗。"（王又华《古今词论》记）[1] 吴锡麒的《戴竹友银藤花馆词序》云："大抵倚声之道，雅正为难。"[2] 总体来看，清代不少词论家显示出崇雅黜俗的批评观念。

孙尔准在《论词绝句二十二首》中也表现出明显的崇雅黜俗批评取

---

[1] 唐圭璋编：《词话丛编》，中华书局1986年版，第605页。
[2] 戴延介：《银藤花馆词》卷首，清嘉庆戊辰刻本。

向。其第三首诗云:"凤林书院纪新收,最爱书棚读画楼。犹识金元盛风雅,不知谁洗《草堂》羞。"① "凤林书院"乃指元代江西庐陵凤林书院无名氏所选辑的《凤林书院草堂诗余》,又名《名儒草堂诗余》,共三卷。自刘藏春以下,凡六十余家,皆为南宋遗老,选词二百余首。此书明人未知,清初始显,为清人所重视。孙尔准诗作首句之意便在于此。"不知谁洗《草堂》羞",表现出作者十分推扬醇雅之作,提倡填词应讲究风流儒雅。此处,《草堂》指《草堂诗余》。明人视域下,《草堂诗余》可谓通俗唱本,乃娱乐佐欢之具,大肆流行。孙尔准一针见血地指出《草堂诗余》呈现出香弱柔靡的风貌,对此持贬斥的态度。他认为,与元代无名氏选编的《凤林书院草堂诗余》中词家微言大义相比,明代盛行的《草堂诗余》柔媚婉靡,难登大雅之堂。同时,孙尔准肯定朱彝尊的《词综》一洗《草堂诗余》骨妍奇媚之病。《草堂诗余》本为书坊选编,旨在满足歌妓吟唱之需要,而并不太注重作品的思想内容及艺术价值,有征歌娱宾之俗的特点,其中之取舍大致以社会俗众需求为主要导向。如,朱彝尊在《词综·发凡》中对《草堂诗余》由征歌而需所形成的分类予以过批判。其云:"宋人词集大约无题,自《花庵》《草堂》增入闺情、闺思、四时景等题,深为可憎。"② 朱彝尊对《草堂诗余》为席间樽前应景征歌而纳入"闺情"、"闺思"、"四时景"持以批评态度。在其论词绝句中,对于《草堂诗余》的贬低之意可见一斑。

孙尔准评陈聂恒、董文友之词时,简明扼要地道出两人词作特点,明确表明所持态度。其《论词绝句二十二首》(之十七)云:"流传遮莫笑吴儿,蓉渡真凭谰语为。若向兰陵论风疋,解嘲赖有椆园词。"③ 作者认为,董文友的《蓉渡集》中大都为"谰语",即妄语,指毫无根据的用语,这明显表现出他对董文友词的不满态度。董文友擅长书写闺阁之趣,抒发儿女之情,用语绮艳柔靡,风力欠佳。王士禛云"艳情中之有文友"。郭麐在《灵芬馆词话》中也云:"毗陵邹、董,各以词名,文友词淫言媟

---

① 程郁缀、李静:《历代论词绝句笺注》,北京大学出版社2014年版,第198页。
② 朱彝尊、汪森:《词综》,上海古籍出版社1978年版,第15页。
③ 程郁缀、李静:《历代论词绝句笺注》,北京大学出版社2014年版,第212页。

语，不免秀铁面所呵。"① 邹士锡、董文友之词，秾艳婉丽，多长于言情，其中，一些"淫言媟语"有违风雅。孙尔准认为，若要论及风雅，不得不提及陈聂恒，其词可谓风雅之作的典范。《栩园词弃稿》存词两百九十七首，咏物甚多，笔致平实，词意似近而远，结构似密而疏，松快有余，风格清雅健爽。顾贞观曾作《论词书》为其序。孙尔准对陈聂恒的《栩园词》大为称赏，认为其风姿绰约、含蓄典雅。陈聂恒的论词绝句亦有云："敢言豪气全无与，诗论天然非所宜。千古风流归蕴藉，此中安用莽男儿。"② 陈聂恒的词学观念与孙尔准之论相与契合。总体来看，孙尔准大力肯定陈聂恒词的蕴藉有度与风雅之貌，批评董文友之作，认为其陷于俚俗浅直之格套，缺乏风流典雅之面貌。

孙尔准大力推崇厉鹗词的清雅风貌。其《论词绝句二十二首》（之二十一）云："定瓯练果试新茶，樊榭清吟漱齿牙。付与小红歌一阕，鬓云颤落玉簪花。"③ 孙尔准指出厉鹗词清正雅洁，乃为清雅之作的典范。他在承纳姜夔、张炎清彻空灵风格的同时，又对他们的"清空"风貌有所开拓与展衍，形成了以清雅为主的独特风格。冯金伯在《词苑萃编》"品藻"中引陈玉几之语："吾友樊榭先生起而遥应之，清真雅正，超然神解，如金石之有声，而玉之声清越。如草木之有花，而兰之味芬芳。登培嵝以揽崇山，涉潢污以观大泽。"④ 陈玉几高度称扬厉鹗之作，认为他承纳姜夔、张炎词风，艺术表现清雅洁净，犹如"金石"之声、"草木"之芳。孙尔准与陈玉几所持观点基本一致，但在此之外，孙尔准尤为突出厉鹗词之雅乃清迈雅正，强调"清雅"之态为厉鹗词的独特之处。其中，"付与小红歌一阕，鬓云颤落玉簪花"二句，乃具体称扬厉鹗的《露华·玉簪秋海棠同置小瓶词以写之》。该词用语自然清新，风格幽隽淡雅。孙尔准的《论词绝句二十二首》（之二十二）云："马赵陈吴记合并，响山四壁变秦声。便入宛委山房里，莼玉蝉弦字字清。"⑤ "马赵陈吴"，分别指代马曰琯、马曰璐、赵文哲、陈章、吴烺，都是与厉鹗相与唱酬并受其影响的词人。

---

① 唐圭璋编：《词话丛编》，中华书局1986年版，第1534页。
② 程郁缀、李静：《历代论词绝句笺注》，北京大学出版社2014年版，第22页。
③ 程郁缀、李静：《历代论词绝句笺注》，北京大学出版社2014年版，第216页。
④ 唐圭璋编：《词话丛编》，中华书局1986年版，第1950页。
⑤ 程郁缀、李静：《历代论词绝句笺注》，北京大学出版社2014年版，第217页。

"响山"一句，指张四科的《响山词》。张四科与马氏兄弟诗酒唱和，其原籍陕西，流寓江都，乃浙西派健将，词作师法张炎，所谓"变秦声"便指于此。厉鹗曾高度评价张四科词，认为其删削靡曼、研炼字句、归于骚雅。"宛委山房"指曹仁虎，著有《宛委山房诗集》。其作品一洗粗率轻佻之习，格律醇雅，为时人所推崇。孙尔准将以上之人比为唱和《乐府补题》的词人，其中，《乐府补题》由朱彝尊携至京城，为浙西词人所效仿。由此可见，孙尔准论词称赏雅致清逸的风貌，持纯洁雅正之批评态度。

（二）重视寄兴托意

清代嘉庆年间，浙西派创作弊端日渐显露，除浙西派内部人员自身修正之外，以张惠言为首的常州词人顺势而起，他们将词体视为风骚之遗，重视词的思想内容，讲究比兴寄托之法，常州派的创作主张逐渐影响于词坛。张惠言在《词选序》中云："意内而言外谓之词。其缘情造端，兴于微言，以相感动。极命风谣里巷男女哀乐，以道贤人君子幽约怨悱不能自言之情，低回要眇以喻其致。盖《诗》之比兴、变风之义、骚人之歌，则近之矣。"[①] 张惠言认为，"意内而言外"可谓词之根本，词体与《诗经》、《离骚》相近，其丰富深致之意，可通过比兴寄托的形式加以呈现。张惠言崇尚词体思想内容之深远，重视比兴寄托，在孙尔准的论词绝句中亦得到体现。

孙尔准的《论词绝句二十二首》（之一）云："风会何须判古今，含商嚼徵有知音。美人香草源流在，犹是当时屈宋心。"[②] 孙尔准认为，古今风尚有所差异，不应为时代风气所局囿，唯有真正的知音方能领悟词之本质所在。他持论，词体之性是千古流传、不易改变的，其源头如屈原、宋玉借香草美人之法寄托深意。可见，孙尔准对词的认识与张惠言相近。他将词体与诗体紧密联系起来，认为词体乃《离骚》之流衍，词的意旨彰显是以比兴寄托形式而实现的。在词的艺术表现上，孙尔准既强调思想内容的深致，即如张惠言所谓"意内"，又标榜比兴托意的独特方式，即"言外"。与他处于同时期的周济，在对词的认识上具有相似的看法。周济在《词辨自叙》中云："以为词者，意内而言外，变风骚人之遗。其叙文旨深

---

① 张惠言著，黄立新点校：《茗柯文编》，上海古籍出版社2015年版，第60页。
② 程郁缀、李静：《历代论词绝句笺注》，北京大学出版社2014年版，第197页。

词约,渊乎登古作者之堂,而进退之矣。"① 周济在张惠言所倡"意内而言外"的基础上,标示"旨深词约"。强调词作艺术表现应有丰富深致的意蕴,实则对词的创作提出了更高的要求。他主张创作者应有端庄的创作态度,把握有方,才能使作品言近旨远、饶有余味。

孙尔准的《论词绝句二十二首》(之三)云:"凤林书院纪新收,最爱书棚读画楼。犹识金元盛风雅,不知谁洗《草堂》羞。"② 孙尔准对于《凤林书院草堂诗余》持大力肯定的态度。该集选录之词为南宋遗民所作,词家历经家国沦丧之痛,多以词为载体抒发内心忿闷,但所表达情感又较为含蓄隐晦,咏物托意深沉有致。如,周密吟咏水仙,以水仙寄寓忧愤之思,又以水仙明志,表达对故国的一片忠心。蒋捷以竹节自勉,以竹之正直坚贞寄托不屈的品格。南宋遗民词人以常见之物寄寓不凡之意,在微言大义中使词体显示出独特的艺术张力。孙尔准对于南宋遗民之作的大力肯定,亦包括其对遗民词人以小见大、以比兴寄托表现丰富深致意旨的推扬。孙尔准认为,金元之词犹存风韵,明代盛行的《草堂诗余》则内容平弱,具有俚俗化的倾向,可见,《草堂诗余》与意旨深远的南宋遗民之作形成鲜明的对照。总体来看,孙尔准赞赏寄托遥深的遗民之词,贬斥《草堂诗余》中不少词作内容浅俗、意蕴不够深广。

(三)力主天然浑成

浙西词派发展至后期,作品题材大都取径狭小,缺乏性情,少见韵味。吴锡麒、郭麐等人对本派流于"琐屑"、"饾饤"之弊端予以过评说。如,吴锡麒在《张渌卿露华词序》中云:"天籁一通,奇弄乃发。"③ 他推尚天籁之作,追求清新怡人的艺术风貌。孙尔准在词学观念上与吴锡麒、郭麐等人相近相通,颇为欣赏自然浑成之音。

孙尔准的《论词绝句二十二首》(之五)云:"姑山句好尚书称,一代词家尽服膺。人籁定输天籁好,长芦终是逊迦陵。"④ 孙尔准认为,朱彝尊词讲究人力,精心雕刻,不如陈维崧之作浑然天成,得自然意趣。朱彝

---

① 唐圭璋编:《词话丛编》,中华书局1986年版,第1637页。
② 程郁缀、李静:《历代论词绝句笺注》,北京大学出版社2014年版,第198页。
③ 吴锡麒:《有正味斋骈体文》卷八,《续修四库全书》本。
④ 程郁缀、李静:《历代论词绝句笺注》,北京大学出版社2014年版,第199页。

尊炼字炼句，难达天然雅趣。陈维崧历经时代更迭，身世飘零，词采瑰玮，以才力与气概填词，将人生感悟凝练于词中，纵笔恣肆，自然而成。郭麐在《灵芬馆词话》中亦云："迦陵词伉爽之气，清丽之才，自是词坛飞将。竹垞所谓'前身定自青兕'，非妄誉也。"① 郭麐大力肯定陈维崧的创作才力，推扬其自然而为之作风。在创作上，陈维崧长于把历史史实、眼前物事及自身胸臆融汇于词中，情辞兼胜，骨韵高标。如，其《沁园春·题徐渭文钟山梅花图同云臣、南耕、京少赋》一词，上片从不同角度描写梅花，表现梅花优美的姿态及高雅的韵致，进而以花为信物，联想到明末金陵的繁华；词的下片以啼乌、石马、落花、流水等意象抒发朝代更迭之悲。整首词善用对比之法，虚实相接，将眼前之景、易代之悲以及作者对于现实的不满衔接起来，不见锤炼之痕。又如，其《念奴娇·读屈翁山诗有作》一词，以口语而入，摆脱佶屈聱牙之病，词句信手拈来，富于自然情趣。孙尔准剖析出陈维崧之作的特点，并将其与朱彝尊进行比较，以此推崇自然天成的艺术旨趣。

孙尔准的《论词绝句二十二首》（之八）云："吊雨花台万口传，平安季子语缠绵。东风野火鸳鸯瓦，才是平生第一篇。"② "吊雨花台万口传"，乃指顾贞观的《金缕曲·秋暮登雨花台》中有词句"吊不尽人间今古，试上雨花台上望"。孙尔准认为该词为人所称颂。他评说顾贞观词情感表现真挚自然。诗中"平安季子"，乃指《金缕曲·寄吴汉槎宁古塔，以词代书，丙辰冬寓京师千佛寺冰雪中作》中的"季子平安否"语句。该词指作者离居千佛寺，以词代书，以性情而填，同情友人遭遇，一字一泪，如话家常，可见顾贞观与友人情感之笃深。冯金伯在《词苑萃编》中引黄之隽语："顾梁汾寄吴汉槎宁古塔以词代书金缕曲二阕，激昂悲壮。即置之稼轩集中，亦称高唱。"③ 黄之隽甚为称赏顾贞观对友人的深情，认为《金缕曲》一词慷慨悲壮，充蕴真情。孙尔准抓住顾贞观性情特点，也称扬其以真情而作，自然感人。诗中"东风野火鸳鸯瓦"一句，援自顾贞观的《青玉案》一词。孙尔准认为，词中"青娥冢上，东风野火，烧出鸳

---

① 唐圭璋编：《词话丛编》，中华书局1986年版，第1509页。
② 程郁缀、李静：《历代论词绝句笺注》，北京大学出版社2014年版，第203页。
③ 唐圭璋编：《词话丛编》，中华书局1986年版，第1937页。

莺瓦"一句乃千古绝唱，为顾贞观集中的压卷之作。此句情感表现深致，显示出作者不凡的创作才情。

孙尔准的《论词绝句二十二首》（之十八）评纳兰性德云："德也清才却执殳，棠村未许便齐驱。风流侧帽天然好，莫向铜街拟独孤。"① "德也清才却执殳"一句，乃指纳兰性德于康熙十五年（1676）为进士，官至一等侍卫之事。"棠村"，指梁清标的《棠村词》，其虽多应酬闲适之作，但端庄雅正、寄托深致。沈雄在《古今词话》中引梁冶湄云："叔父家法，自理学经济诸书外，稗官野史，不许子弟浏览。然使其涉猎诗词者，所以发其兴观群怨，使知古来美人芳草，皆有寄托也。"② "叔父"指梁清标。梁氏治家谨严，教育子弟必合乎规矩，认为诗词创作应有所寓托。其词丽而不则、庄而不佻，孙尔准对他评价颇高，认为梁清标之词与纳兰性德之作大致可并驾齐驱。"侧帽"，这里指纳兰性德的《侧帽词》。孙尔准认为，《侧帽词》风流儒雅、自然天成，这与词人情志自然流露有着莫大的关系。纳兰性德主张创作应抒发性灵。其有云："诗乃心声，性情中事也。"纳兰性德喜尚自然隽永的艺术风格。王国维的《人间词话》云："纳兰容若以自然之眼观物，以自然之舌言情。此由初入中原，未染汉人风气，故能真切如此。"③ 清新怡人、真挚自然，乃纳兰性德《侧帽词》的显著特征。赵函在《纳兰词序》中也云："纳兰容若以承平贵胄，与国初诸老角逐词场。所传《通志堂集》二十卷，其板久毁，不可得见。而词则卓然冠乎诸公之上，非其学胜也，其天趣胜也。"④ 由此可见，纳兰性德以自然柔婉之笔书写缠绵悱恻之情，率真天然成为其显著的艺术风貌。孙尔准论词时，赞赏梁清标典雅庄重的"大夫词"，又以梁清标之词作为引子，标举纳兰性德之作真实自然、清新雅致。

（四）推崇陈维崧之作

作为阳羡派的首领，陈维崧继承辛弃疾雄浑奔放的艺术风格，其创作呈现出慷慨激昂、豪放洒脱的格调。孙尔准对陈维崧词作风格给予大力的

---

① 程郁缀、李静：《历代论词绝句笺注》，北京大学出版社2014年版，第213页。
② 唐圭璋编：《词话丛编》，中华书局1986年版，第1037页。
③ 唐圭璋编：《词话丛编》，中华书局1986年版，第4251页。
④ 孙克强、杨传庆、裴喆编著：《清人词话》，南开大学出版社2012年版，第660页。

张扬，评价甚高。

孙尔准的《论词绝句二十二首》（之四）云："词场青兕说髯陈，千载辛刘有替人。罗帕旧家闲话在，更兼蒋捷是乡亲。"① 朱彝尊在《买陂塘·题其年题词图》中云："擅词场、飞扬跋扈，前身可是青兕？"朱彝尊以"青兕"相称陈维崧，以致后来不少人的评价亦如此。"髯陈"，亦指陈维崧。孙尔准将陈维崧视为南宋豪放词人辛弃疾、刘过的传衍者，他对陈维崧词风的源头予以了阐明。"罗帕旧家闲话在，更兼蒋捷是乡亲"二句中，"罗帕"一语，乃指蒋捷的《女冠子·元夕》，此处指蒋捷之作为人所称颂。陈维崧与蒋捷同为江苏宜兴人，孙尔准评说陈维崧与蒋捷为"乡亲"，其意在抬高陈维崧的词史地位。陈维崧性情流露自如，词风锐利。沈初在《编旧词存稿，作论词绝句十八首》（之十六）中云："悲歌最爱陈阳羡，跋扈飞扬气概中。"② 郭麐在《灵芬馆词话》中也云："激昂慷慨，迦陵为最。竹垞亦时用其体，如居庸关李晋王墓诸作，直欲平视辛、刘，自出机杼。"③ 陈维崧词慷慨淋漓，以气概称胜。沈初、郭麐、孙尔准均关注到此点。孙尔准与郭麐在解说陈维崧词作特点的同时，对其艺术风貌承衍的源头亦有明确的阐明。

孙尔准的《论词绝句二十二首》（之五）云："姑山句好尚书称，一代词家尽服膺。人籁定输天籁好，长芦终是逊迦陵。"④ 陈维崧与朱彝尊作品合有刻本，词论家往往对两人进行对比，凸显各自的创作特点，而并不将两人之作予以高下之分。如，冯金伯在《词苑萃编》中引曹溶之语："其年与锡鬯并负轶世才，同举博学鸿词，交又最深，其为词亦工力悉敌。乌丝载酒，一时未易轩轾也。"⑤ 曹溶认为朱彝尊与陈维崧均为奇才，两人工力相当，难分伯仲。但孙尔准将朱彝尊、陈维崧词作进行高下之分，通过对比，他认为陈维崧之作乃性情使然，浑然天成，充满自然之趣；反观朱彝尊词，追求精益求精，相对缺乏自然之情味。

---

① 程郁缀、李静：《历代论词绝句笺注》，北京大学出版社2014年版，第199页。
② 程郁缀、李静：《历代论词绝句笺注》，北京大学出版社2014年版，第140页。
③ 唐圭璋编：《词话丛编》，中华书局1986年版，第1535页。
④ 程郁缀、李静：《历代论词绝句笺注》，北京大学出版社2014年版，第199页。
⑤ 唐圭璋编：《词话丛编》，中华书局1986年版，第1942页。

二　论说特点

（一）善用比较之法

针对词人或词坛现状，孙尔准善于运用比较之法进行论评。其主要体现在两个方面：一是将艺术风格相近的词人合于一评进行论说；二是联系历史事实而加以阐论。

在第一个方面，如，孙尔准的《论词绝句二十二首》（之九）云："严顾同熏北宋香，清词前辈数吾乡。珠帘细雨今犹昔，贺老江南总断肠。"① 严绳孙与顾贞观宗尚北宋词风，两人之词感情率真、风致自然。孙尔准认为，严绳孙《望江南》一词尤为出色，其中，"江南好，一片石头城。细雨飞来矶燕小，暖风扶来纸鸢轻。依约是清明"，广为人所传颂，此词与贺铸的《青玉案》不分伯仲。严绳孙的《望江南》如一幅着墨不多的素描，色彩清丽明净，语句雅静恬淡，情感流露自然。贺铸的《青玉案》以三组意象比喻愁情，使所抒发之情可触可感，主体情感表现得以立体化。严绳孙词风与贺铸相近，自然雅致，于细微处彰显出其情怀，情感流注不着痕迹而表露无余。

在第二个方面，如，孙尔准的《论词绝句二十二首》（之十）云："新来艳说六家词，秋锦差能步钓师。云月西昆挦扯遍，防他笑齿冷伶儿。"② 孙尔准表现出对《浙西六家词》的不满。所谓"六家词"，乃指朱彝尊、李良年、龚翔麟、李符、沈皞日、沈岸登之作，由龚翔麟择选，题为《浙西六家词》。其中，"云月西昆挦扯遍，防他笑齿冷伶儿"一句，作者评说以杨亿为首的西昆诗人，作诗宗尚李商隐，诗中多袭用李商隐之句。孙尔准联系这一典实，讽喻浙西末流只知模仿姜夔、张炎，徒得其形而失其神。浙西派末期，词坛风气已由崇尚清空雅致而流于"琐屑"、"饾饤"，浙西词人刻意追求清雅，却造成主旨表现模糊、不易寻绎。此外，其片面理解雅词之意，忽视词之思想内容。对此，郭麐《灵芬馆词话》云："近人莫不宗法雅词，厌弃浮艳，然多为可解不可解之语，借面装头，口吟舌言，令人求其意旨而不得。此何为者耶。昔人以鼠空鸟即为诗妖，

---

① 程郁缀、李静：《历代论词绝句笺注》，北京大学出版社2014年版，第204页。
② 程郁缀、李静：《历代论词绝句笺注》，北京大学出版社2014年版，第205页。

若此者，亦词妖也。"① 作为浙西派人士，郭麐针对浙西派刻意追求雅致，醉心于形式技巧探求，忽视词作内涵提出了有力的批评。孙尔准也明确表现出对浙西末流的不满，他联系史实而加以论说，可谓切中要害。

（二）长于抑扬结合

孙尔准在《论词绝句二十二首》中，多采用称扬与批评相结合的方式，批评之语比较直接犀利，在词学批评史上甚为少见。如，孙尔准的《论词绝句二十二首》（之六）云："七宝楼台隶事骈，雪狮儿句咏衔蝉。清空婉约词家旨，未必新声近玉田。"② 孙尔准批评浙西派词人以求典雅，刻意用事，过分罗列，致使词作内容虚空不实。"清空婉约词家旨，未必新声近玉田"，乃批评浙西词人未必真正得到张炎的创作精髓。他认为，朱彝尊"倚新声玉田差近"乃自欺欺人之言，论评甚为尖锐。朱彝尊在形式上效仿张炎清空婉约之貌，可在意旨呈现上远不及张炎之深致厚重。其《论词绝句二十二首》（之十四）云："丽农延露衍波笺，一世才名只浪传。妾是桐花郎是凤，倚声谁辟野狐禅。"③ 邹祗谟、彭孙遹、王士禛分别有《丽农词》《延露词》《衍波词》传世，孙尔准认为，三人之才可谓名实不太相符。其中，王士禛的"郎是桐花，妾是桐花凤"，孙尔准评说此种词句乃谄媚之语，斥责其为"野狐禅"。其《论词绝句二十二首》（之十七）云："流传遮莫笑吴儿，蓉渡真凭谰语为。若向兰陵论风䪨，解嘲赖有栩园词。"④ 孙尔准批评董文友多艳词，辞藻华丽，过于堆砌。其《论词绝句二十二首》（之十二）云："史笔梅村语太庄，雕华不解定山堂。要从遗老求佳制，一曲观潮最擅场。"⑤ 孙尔准对清初诸老、广陵词人都给予中肯的评价，他认为，吴伟业词"语太庄"，龚鼎孳词"不解雕华"，都是词中的上等之作。

在第四首、第五首诗中，孙尔准甚为推赏陈维崧雄放洒脱之词，高扬其以性情而填，格韵高拔。其第七首、第八首、第九首诗肯定顾贞观之词情感表现真挚纯澈。孙尔准又认为严绳孙的《望江南》一词可与贺铸的

---

① 唐圭璋编：《词话丛编》，中华书局1986年版，第1524页。
② 程郁缀、李静：《历代论词绝句笺注》，北京大学出版社2014年版，第201页。
③ 程郁缀、李静：《历代论词绝句笺注》，北京大学出版社2014年版，第208页。
④ 程郁缀、李静：《历代论词绝句笺注》，北京大学出版社2014年版，第212页。
⑤ 程郁缀、李静：《历代论词绝句笺注》，北京大学出版社2014年版，第206页。

《青玉案》相匹敌，给予严绳孙以很高的评价。此外，他还称扬曹贞吉的《珂雪词》意蕴无穷、耐人寻味，高标陈聂恒的《栩园词》乃风雅篇什，意蕴警人。

总之，孙尔准的《论词绝句二十二首》多论清朝当世名家之作，注重缘于现实、有感有为而发。在词学批评观念上，它主要体现在四个方面：一是崇雅黜俗；二是重视寄兴托意；三是力主天然浑成；四是推崇陈维崧之作。在论说特点上，其主要体现在两个方面：一是善于运用比较之法；二是长于抑扬结合。孙尔准的论词绝句，显示出自身独具的特色，在我国传统词学史上有着较为重要的价值及地位。

第七节　沈道宽《论词绝句四十二首》的批评观念

沈道宽（1772—1853），字栗仲，顺天大兴（今属北京）人，先世鄞县（今浙江宁波）人。词人、批评家、书画家。清代嘉庆九年（1804）举人，嘉庆二十五年（1820）进士，后一直任职于湖南，历官宁乡、茶陵、耒阳、酃县、桃源等地。他于诗词文章方面，有《话山草堂文集》一卷、《话山草堂诗钞》四卷及《话山草堂词钞》一卷。

沈道宽创作有《论词绝句四十二首》，论说了众多词坛名家，如南唐后主李煜，宋代晏殊、晏几道、柳永、欧阳修、宋祁、范仲淹、张先、苏轼、黄庭坚、秦观、周邦彦、李清照、辛弃疾、张孝祥、姜夔、史达祖、王沂孙，金代元好问，元代张翥，明代陈子龙、王世贞及清代邹祗谟、朱彝尊、厉鹗等。在部分绝句后，还有附注。其论词绝句所评说的内容丰富多样，涉及词的源起、主体表现、创作传达、面貌呈现及艺术风格等方面。

一　持同倚声之论

词源之辨由来已久，众说纷纭。至清代，词论家在论词绝句中对这一命题也多有涉及，沈道宽便是其中之一。在其论词绝句中，第一首、第二首、第三首、第七首、第二十三首、第二十五首、第三十四首、第四十二首，都体现有对于词源的辨说。他认为，词在本质上乃音乐文学，属于倚声之体。

第三章 清代中期的论词绝句

沈道宽的《论词绝句四十二首》（之一）云："探源乐府溯虞廷，要把诗余比再赓。大晟伶官工制谱，王孙已道永倚声。"① 在对词源论题的探溯中，沈道宽认为词乃承纳汉魏乐府传统而来，他持同词源于乐府之论，肯定音乐性为词的本质属性，强调词乃倚声之体。在附注中，其云："有声病对偶之诗乃有词。近人苦为诗余二字辨，欲比之唐赓歌、商周雅颂，误矣。"② 沈道宽认为，词乃讲究声韵对偶之诗的衍化物，不少词论家出于尊体的意图，对"诗余"二字作出新的解说，认为"诗余"的前身是尧舜禹时期的古歌和《诗经》，这种追溯实在太遥远了。

沈道宽的《论词绝句四十二首》（之七）云："国胜身危赋小词，无愁天子写愁时。倚声本是相思调，除却宫娥欲对谁。"③ 沈道宽直接点明词的倚声属性，他认为李煜家国破败之际，以词体寄托愁情。其中，"倚声本是相思调"一句，表明"倚声"的突出质性便是因调制词。"除却宫娥欲对谁"一句，化用李煜《破阵子》中的"垂泪对宫娥"，表达词人的悲痛心境。实则，词初名为曲子或曲子词，常伴曲而唱，发展至后来，词又称为"乐章"、"渔笛"、"琴趣"等，都体现出鲜明的音乐性特征，乃"倚声"之产物。宋代，朱熹在《朱子语类》中云："古乐府只是诗，中间却添许多泛声。后来人怕失了那泛声，逐一声添个实字，遂成长短句，今曲子便是。"④ 朱熹论断词之根源为乐府诗，为方便入律，增加实字，从而使得对仗工整的诗体演变为长短不一的词体，所以，词在本质上是讲究音律的，其依声而填的特征是显著的。张炎在《词源》中亦云："古之乐章、乐府、乐歌、乐曲，皆出于雅正。粤自隋唐以来，声诗间为长短句。至唐人则有尊前、花间集。迄于崇宁，立大晟府，命周美成诸人讨论古音，审定古调，沦落之后，少得存者。由此八十四调之声稍传。而美成诸人又复增演慢曲、引、近，或移宫换羽，为三犯、四犯之曲，按月律为之，其曲遂繁。"⑤ 张炎也持论词体为倚声之属。他认为，词在形式上表现为长短句，随着人们用语韵律的改变，其音乐化特征表现尤为明显。如，

---

① 程郁缀、李静：《历代论词绝句笺注》，北京大学出版社 2014 年版，第 229 页。
② 程郁缀、李静：《历代论词绝句笺注》，北京大学出版社 2014 年版，第 229 页。
③ 程郁缀、李静：《历代论词绝句笺注》，北京大学出版社 2014 年版，第 233 页。
④ 朱熹著，黎靖德编：《朱子语类》，岳麓书社 1997 年版，第 3009 页。
⑤ 唐圭璋编：《词话丛编》，中华书局 1986 年版，第 255 页。

在《尊前集》、《花间集》的创作中，词人们便甚为注重声律表现。至北宋，随着大晟府的设立，周邦彦等人对于词作声律加以整理，创制出众多的调谱，这进一步促进了人们对音律运用的规范化，词的"倚声"特质更为明显。这里，沈道宽与朱熹、张炎所论侧重点有所不同。朱熹侧重从体制上加以观照，他认为，词源于乐府，为合于音律，使用增删字句的形式，使得规整的诗体变为长短不一的词体。张炎侧重从音调角度加以立论，他认为，在创律用调的基础上，词的音乐性特征表现更加凸显。沈道宽综合体制与音调两个维度，赞同词之体制是由乐府诗演变而来的，同时，也肯定历代词家对声调曲律不断创新完善之功。

二 推扬情感表现

与大多数词论家一样，沈道宽对词人情感表现甚为推扬。他认为，情感表现乃词家创作的要诀所在，从内在影响着词的艺术魅力的产生。

沈道宽的《论词绝句四十二首》（之七）云："国胜身危赋小词，无愁天子写愁时。倚声本是相思调，除却宫娥欲对谁。"[1] 沈道宽对李煜词中所表现的国破家亡之愁情甚为称赏，他认为此情感乃作者衷肠郁结而发，尤为感人肺腑。如，李煜的《破阵子》有云："一旦归为臣虏，沈腰潘鬓消磨。最是仓皇辞庙日，教坊犹奏别离歌，垂泪对宫娥。"其真切地诉说出了作者沦为臣虏后的悲凉景况，引人垂泪。苏轼的《书李主词》曾云："后主既为樊若水所卖，举国与人，故当恸哭于九庙之外，谢其民而后行，顾乃挥泪宫娥，听教坊离曲哉？"[2] 据此，沈道宽注道："此时不应作小词，宋人讥其对宫娥之非，可谓不揣其本。"[3] 沈道宽驳斥苏轼的理解偏离了李煜词的原意，"挥泪宫娥"乃泛指辞别故国之意，不能拘限与据实而论。就词人的现实状况而言，沈道宽的评价是合乎实际的。

沈道宽的《论词绝句四十二首》（之十八）评李清照云："巷语街谈点化难，却教闺秀据骚坛。断肠已尽凄凉调，更辟町畦李易安。"[4] 沈道宽

---

[1] 程郁缀、李静：《历代论词绝句笺注》，北京大学出版社2014年版，第233页。
[2] 苏轼著，张春林编：《苏轼全集》，中国文史出版社1999年版，第1416页。
[3] 程郁缀、李静：《历代论词绝句笺注》，北京大学出版社2014年版，第233页。
[4] 程郁缀、李静：《历代论词绝句笺注》，北京大学出版社2014年版，第240页。

肯定李清照在词坛的独特地位，称扬其真挚深沉的情怀。他认为，不管前期的闺中恋情还是后期漂泊客乡的孤独感伤，李清照都以细腻的笔触书写赤子之心，所写物事体现出强烈的伤感幽怨。李清照词注重个体心灵深处情感的抒发，其词是极为触动人心的。如，其词中有"载不动、许多愁"、"泪向愁中尽"、"柔肠一寸愁千缕"、"怎一个愁字了得"等的直接抒发，无一不传达出词人落寞悲凉的情感心态。

沈道宽的《论词绝句四十二首》（之二十六）评周密云："渔笛清歌付玉箫，天涯沦落寄情遥。杜郎旧事花能说，一梦扬州廿四桥。"① 周密有词集《蘋洲渔笛谱》。其《解语花》一词中，有"金鞍误约，空极目天涯草色"之句，通过叙写春天景致衬托词人孤寂落寞的心绪。"杜郎旧事花能说，一梦扬州廿四桥"一句，暗用杜牧诗意，追叙扬州旧事。周密作为南宋遗民词人，面对民族灾难，于悲怆中流露出无限的感慨。他在词中抒发亡国之悲，其作品深深打上了家国之痛的烙印，表现出对故国的无尽思念。高士奇在《绝妙好词序》中有云："公瑾生于宋末，以博雅名东南。所作音节凄清，情寄深远，非徒以绮丽胜者。"② 高士奇评说周密词情感表现深致渺远，寓含无尽思致，其词作正以此而感动人心。

除论及李煜、李清照、周密情感表现之外，沈道宽在不少诗中都体现出对主体情感表现的推扬。如其评欧阳修云："相思清泪落悲筘，酒入愁肠叹鬓华。"③ 评宋徽宗赵佶云："乌衣不会君王意，愁绝寥天五国城。"④ 评高观国云："愁边新句无人道，十二阑干六曲屏。"⑤ 评赵彦端云："不放闲愁入酒酣，王孙芳草怨江南。"⑥ 评刘克庄云："潜夫别调写相思，且尽尊前酒一卮。"⑦ 评王世贞云："绮思骚情都不尽，更于小令卷波澜。"⑧ 沈道宽以情感表现为标帜，认为佳作之中往往饱含真挚的情感。这也正如

---

① 程郁缀、李静：《历代论词绝句笺注》，北京大学出版社 2014 年版，第 245 页。
② 周密著，查为仁、厉鹗笺注，徐文武、刘崇德点校：《绝妙好词笺》，河北大学出版社 2006 年版，第 2 页。
③ 程郁缀、李静：《历代论词绝句笺注》，北京大学出版社 2014 年版，第 236 页。
④ 程郁缀、李静：《历代论词绝句笺注》，北京大学出版社 2014 年版，第 233 页。
⑤ 程郁缀、李静：《历代论词绝句笺注》，北京大学出版社 2014 年版，第 246 页。
⑥ 程郁缀、李静：《历代论词绝句笺注》，北京大学出版社 2014 年版，第 247 页。
⑦ 程郁缀、李静：《历代论词绝句笺注》，北京大学出版社 2014 年版，第 247 页。
⑧ 程郁缀、李静：《历代论词绝句笺注》，北京大学出版社 2014 年版，第 251 页。

启功所言："佳者出常情，句句适人意。终篇过眼前，不绝纸有字。"① 好的作品往往能凸显作者的性情，引发接受者的强烈共鸣。就情感呈现而言，沈道宽既推扬如赵佶、赵彦端、高观国、周密词中率性而出的愁情，也肯定如欧阳修、李清照、刘克庄、王世贞词中所表现出的婉转悱恻之情。总体来看，他将词的创作看成主体情感不同方式的呈现，所以，不为其表现形式所局限，而称扬真情而发之作。

三 肯定不同表现路径

词的艺术表现包含多种形式与创作路径。沈道宽既推尚佳字妙语，也称扬自然而出，体现出较为通脱的艺术传达观念。

沈道宽的《论词绝句四十二首》（之十三）云："六字犹人一字殊，春风红杏宋尚书。何当更遇张三影，好句交称一笑初。"② 沈道宽赞赏宋祁与张先词中的佳句。宋祁有"红杏枝头春意闹"一句，其中，"闹"字用得甚为奇妙，使整首词表现生动传神，但与此同时，其构思精巧又甚为自然，可谓巧丽与自然得兼。张先的"云破月来花弄影"一句，看似雕琢字句实则并不显斧凿之痕，具有很好的艺术表现效果。其《论词绝句四十二首》（之十四）云："佳士还须好客陪，匠心惟有贺方回。一川烟草漫天絮，梅子黄时细雨来。"③ 沈道宽称扬贺铸词匠心独运，认为其"一川烟草，满城风絮，梅子黄时雨"一句乃千古绝唱。它变抽象为形象，化无形为有形，因而成为绝佳之句。"烟草"、"风絮"、"梅子黄时雨"，本是三个零散的意象，作者将它们构合成一个整体，营造出感人的艺术境界，确可谓"不特善于喻愁，正以琐碎为"。贺铸言愁善于借鉴前人所言，又于前人所言中翻新出奇。罗大经在《鹤林玉露》中曾云："有以水喻愁者，李颀云：'请量东海水，看取浅深愁'，李后主云：'问君能有几多愁？恰似一江春水向东流'，秦少游云：'落红万点愁如海'是也。贺方回云：'若问闲情都几许？一川烟草，满城风絮，梅子黄时雨。'盖以三者比愁之

---

① 启功口述，赵仁珪、章景怀整理：《启功口述历史》，北京师范大学出版社2004年版，第200页。
② 程郁缀、李静：《历代论词绝句笺注》，北京大学出版社2014年版，第237页。
③ 程郁缀、李静：《历代论词绝句笺注》，北京大学出版社2014年版，第238页。

多，犹为新奇，兼兴中有比，意味更长。"① 可见贺铸言愁之新奇巧妙。

沈道宽的《论词绝句四十二首》（之十七）云："内庭开馆聚才人，供奉词章字字新。更欲就中求巨擘，故应有客和清真。"② 沈道宽认为创作中应努力标新，不要重蹈前人町畦。他将周邦彦视为杰出人物，认为其词乃为佳作，名流辄为赓和，周邦彦因创作《汴都赋》而声名大噪，其中多妙字奇语，受到世人推崇。此外，周邦彦擅长化用诗句入词，炼章琢句，法度严密，典雅精工，显示出很高的艺术水平。其《论词绝句四十二首》（之二十四）云："流水缄愁带落红，梅溪写出态怡融。试临断岸看新绿，信是毫端有化工。"③ 沈道宽大力肯定史达祖词作，认为其因物而发，呈现出自然无饰之美。"流水缄愁带落红"一句，指史达祖词运用多样的意象，表现丰富的情感内涵。"梅溪写出态怡融"，指史达祖词呈现出宁静圆融之美，其寓动于静，将精巧的构思寓于"自然而出"之中。"试临断岸看新绿，信是毫端有化工"二句，表现出作者描写景物注重传神，浑化无迹。如，其《绮罗香·咏春雨》一词，书写春雨缠绵之景象，全篇不着"雨"字，却处处贴紧题意，语言工丽精致，意境自然清幽。

四　崇尚雅正之作

在词的演变发展历程中，雅化是其一大基本走向，至清代乾隆时期，浙西派崇尚醇雅之风影响词坛。朱彝尊的《孟彦林词序》云："词虽小道，为之亦有术矣。去《花庵》、草堂之陈言，不为所役，俾滓窳涤濯，以孤技自拔于流俗。绮靡矣，而不戾乎情；镂琢矣，而不伤夫气，然后足下古人方驾焉。"④ 作为浙西派的首领，朱彝尊提出词的艺术表现应以醇厚雅正为旨归，反对无休止地宣泄情感，用语绮靡及过分雕琢字句。吴锡麒的《戴竹友银藤花馆词序》也云："大抵倚声之道，雅正为难。质实者连蹇而滞音，浮华者苟缛而丧志。甚或猛起奋末，徒归乎虎贲；阴淫案衍，渐流爨弄，翩其反矣。"⑤ 吴锡麒强调词的创作需遵循雅正之道。他反对运用佶

---

① 罗大经撰，王瑞来点校：《鹤林玉露》，中华书局1983年版，第127页。
② 程郁缀、李静：《历代论词绝句笺注》，北京大学出版社2014年版，第240页。
③ 程郁缀、李静：《历代论词绝句笺注》，北京大学出版社2014年版，第244页。
④ 陈良运主编：《中国历代词学论著选》，百花洲文艺出版社1998年版，第425页。
⑤ 陈良运主编：《中国历代词学论著选》，百花洲文艺出版社1998年版，第50页。

屈聱牙之语，斥责运用绮丽浮华的语言使得词作意旨虚空不实。沈道宽在论词时亦体现出推崇雅正的观念，具体表现为倡导清雅秀丽的语言，追求声律谐美、合于韵调；在思想内涵上，提倡继承古代优秀的诗歌传统，显示丰富深刻的意蕴。

沈道宽《论词绝句四十二首》（之三十一）云："野史亭边咏古风，空群冀北道园同。正声不愧诗人笔，只有遗山继放翁。"① 此首诗从正变之道的角度，称扬元好问的创作走的是雅正之道，继承古代优秀传统，以充盈的现实内涵与丰富的意蕴使词作富于艺术魅力。元好问的词，展现出丰富深刻的社会现实意蕴。如其《石州慢·击筑行歌》一词，可谓见证作者一生，从早年壮志满怀，立志于经邦治国到后来壮志难酬的苦闷无奈。词作末尾，作者承扬古代诗歌的怨刺传统，以"诗句欲成时，满西山风雨"一句表明自己的创作志向，表现对黑暗政治的不满。元好问的词注重内涵意趣、疏快之余不失深婉，彰显出大家风范。其《论词绝句四十二首》（之三十七）云："一片笙歌咏太平，渔洋唱叹意分明。《衍波》一卷饶清艳，开出人间雅颂声。"② "一片笙歌咏太平，渔洋唱叹意分明"二句中，作者道出王士禛词意旨明晰、合乎音律。"《衍波》一卷饶清艳"，乃指出王士禛《衍波词》用语清秀明丽。王士禛推崇李清照秀雅之风，以自身的"济南身份"为骄傲之资，他在创作中多以李清照为典范，形成清雅疏淡的词风。如，其《望江南·梦故乡作》、《南乡子·怨欢》、《甘草子·四时》、《生查子·离恨》、《满庭芳·闰六月初七夜，戏为天孙赋比》等词，都体现出用语秀雅圆融的特征。

总之，沈道宽持论填词以雅正为本色，提倡作品要有雅正之意韵旨趣，对有违纯正雅洁之审美宗尚的风气不予肯定。

五　肯定豪放与婉约风格并重

在我国传统词学批评中，崇尚婉约还是豪放，抑或婉约与豪放风格并重，都有着悠远的承纳衍化线索。至清代，不少批评家持婉约与豪放不可偏废之论，如沈谦的《填词杂说》、王士禛的《花草蒙拾》、田同之的

---

① 程郁缀、李静：《历代论词绝句笺注》，北京大学出版社2014年版，第249页。
② 程郁缀、李静：《历代论词绝句笺注》，北京大学出版社2014年版，第252页。

《西圃词说》、郭麐的《灵芬馆词话》、谢章铤的《赌棋山庄词话》、陈廷焯的《白雨斋词话》、沈祥龙的《论词随笔》等都寓含此批评观念。沈道宽亦秉持豪放与婉约风格并重的思想,显示出较为中正的批评观念。

在对豪放之风的称赏方面,如,其《论词绝句四十二首》(之十九)云:"稼轩格调继苏髯,铁马金戈气象严。我爱分钗桃叶渡,温柔激壮力能兼。"[1] 诗作首句指出苏轼以雄杰之才立于北宋词坛,开创豪放一派,之后,辛弃疾承纳衍化苏轼之词,将豪放风格发扬光大。"铁马金戈气象严"一句,道出苏轼、辛弃疾词风豪迈奔放、气势面貌宏大,短短几字足见作者对豪放词风的赞叹。"我爱分钗桃叶渡,温柔激壮力能兼"中,作者表明辛弃疾词不仅有对豪放之风的彰显,且于豪放中兼融婉约之气脉,将不同艺术因子加以了中和融汇,创造出独特的艺术意境。冯煦的《蒿庵论词》论辛弃疾词云:"摧刚为柔,缠绵悱恻,尤与粗犷一派,判若秦越。"[2] 冯煦认为,辛弃疾词表达豪壮之情思外,又体现出温润的一面,呈现出要渺幽深之艺术境界。高旭在《论词绝句三十首》中亦有云:"稼轩妙笔几于圣,词界应无抗手人。侠气柔情双管下,小山亭酒倍酸辛。"[3] 高旭抓住"侠气"与"柔情"两方面加以立论,对辛弃疾词所表现出的多方面因素及其艺术特征的融合深为嘉许。沈道宽的《论词绝句四十二首》(之二十)评张孝祥云:"赍恨于湖笔气遒,隔江猎火望毡裘。符离取败张中令,忍听歌头唱《六洲》。"[4] 沈道宽称扬张孝祥词笔力遒劲、气势宏浑、悲壮豪放。他所作《六洲歌头》笔饱墨酣,淋漓奔放。就创作手法而论,全词声情并茂、感时伤乱、悲愤难抑,忧国之思溢于言表,乃为爱国词之典范。

在对婉约之风的称赏方面,如,沈道宽的《论词绝句四十二首》(之九)云:"珠玉新编逸韵饶,仙郎仙笔更飘飘。世儒也爱玲珑句,梦踏杨花过谢桥。"[5] 此首诗中,作者表达出对晏殊、晏几道之词绵延婉丽、珠圆玉润的喜爱。晏殊有《珠玉词》传世,其芳姿绰约,不流于俗。晏几道承

---

[1] 程郁缀、李静:《历代论词绝句笺注》,北京大学出版社2014年版,第241页。
[2] 唐圭璋编:《词话丛编》,中华书局1986年版,第3592页。
[3] 程郁缀、李静:《历代论词绝句笺注》,北京大学出版社2014年版,第562页。
[4] 程郁缀、李静:《历代论词绝句笺注》,北京大学出版社2014年版,第242页。
[5] 程郁缀、李静:《历代论词绝句笺注》,北京大学出版社2014年版,第234页。

家学之源,深谙词之精诣,所作《小山词》辞情要眇,风格清新俊逸。在审美意趣上,晏殊喜于秀雅,晏几道好尚秾丽;在词调表现上,晏殊舒缓有余,晏几道千回百转。总体而论,晏氏父子选字造语明丽雅致,情绪表达蕴藉有度,沈道宽将晏氏父子一并而论,传达出对两人婉约词风甚为称赏之意。

总体来看,沈道宽的《论词绝句四十二首》的批评观念,主要体现在五个方面:一是持同倚声之论,认为词乃音乐文学之属;二是推扬情感表现,强调创作者内心情性的抒发;三是肯定不同艺术表现路径,既推尚佳字妙语,也称扬自然而出;四是崇尚雅正,倡导清雅秀丽之面貌,追求声律谐美、合于韵调;五是豪放与婉约风格并重,体现出较为平正的艺术风格之论。沈道宽的论词绝句,关注到词体质性、创作发生、表现方式、面貌呈现、艺术风格等多方面论题。其蕴含着丰富多样的批评内涵,在我国传统词学史上有着重要的价值及独特的地位。

第八节 宋翔凤《论词绝句二十首》的批评观念与论说特点

宋翔凤(1779—1860),字于庭,长洲(今江苏苏州)人。清代嘉庆五年(1800)中举,之后科考不顺,一生委于小官。历任泰州学正、旌德训导、耒阳知县、新宁知县,咸丰九年(1859)加知府衔。在经学方面,他颇有建树,著有《论语说义》十卷、《论语郑注》十卷、《孟子赵注补正》六卷、《小尔雅训纂》六卷、《过庭录》十六卷等。在词学领域,宋翔凤也取得很大的成就,词集有《洞箫词》一卷,《香草词》、《碧云庵词》各二卷,词论著作有《乐府余论》、《论词绝句二十首》等。

宋翔凤的《论词绝句二十首》论涉了唐五代至清朝的词坛名家,如南唐后主李煜、欧阳修、苏轼、柳永、秦观、周邦彦、辛弃疾、姜夔、史达祖、李清照、陈维崧等。宋翔凤论词绝句所论内容较为丰富,体现出重视比兴寄托、推扬情感表现以及词作音律的批评观念。同时,宋翔凤注重对词家词作之考辨,注重对词史的勾勒。以《论词绝句二十首》为具体的对象,对于理解宋翔凤的词学批评主张大有裨益。

一 批评观念

（一）重视比兴寄托

嘉庆初年，针对浙西派讲究形式为工、性灵少存的弊端，以张惠言为首的常州词派应运而起。张惠言遵沿诗骚之义理，将儒家诗教援引于词论之中，主张比兴寄托。宋翔凤尝师从张惠言，受其影响，他的词学根基大体上都承纳与衍化张惠言的思想。其中，宋翔凤对张惠言词学观念的认同，主要表现在对比兴寄托的承纳与重视之上。宋翔凤在《香草词序》中云："余弱冠后，始游京师，就故编修张先生受古今文法。先生于学皆有源流，至于填词，自得宗旨。其于古人之词，必缒幽凿险，求义理之所安，若讨河源于积石之上，若推经度于辰极之表。其自为词也，必穷比兴之体类，宅章句于性情，盖圣于词者也。"① 宋翔凤明确道出他和张惠言之间的渊源联系，并对张氏词学主张高度称扬。在论词绝句中，宋翔凤承继张惠言意内言外、比兴寄托之说，喜好以寄托来论说词人词作，发掘词的微言大义之旨。

宋翔凤的《论词绝句二十首》（之一）云："风雅飘零乐府传，前开太白后《金荃》。引申自有无穷意，端赖张侯作郑笺。"② 宋翔凤认为，李白的《忆秦娥》以及温庭筠的《金荃集》都承继了风雅传统。张惠言所编《词选》中，伸李白、温庭筠之意，认为其作品中托兴绵远，有无穷之意旨。对此，宋翔凤给予颇高的评价。他认为，张惠言对前人作品所作的阐释，可以匹敌汉代郑玄对儒家经典的注释。宋翔凤在《香草词序》中用"缒幽凿险，求义理之所安"来概括张惠言挖掘词作内在深层意蕴之举。张惠言在论及温庭筠词时云："此感士不遇也。篇法仿佛长门赋，而用节节逆叙。"③ 张惠言认为，温庭筠词乃对感怀不遇的慨叹。此外，他对词中的思妇形象予以剖析，认为温庭筠词有"离骚初服之意"④。可见，张惠言解词的最终目的在于把握作品背后的深意。总之，宋翔凤对张惠言以解读

---

① 孙克强、杨传庆、裴喆编著：《清人词话》，南开大学出版社2012年版，第1148页。
② 程郁缀、李静：《历代论词绝句笺注》，北京大学出版社2014年版，第263页。
③ 唐圭璋编：《词话丛编》，中华书局1986年版，第1609页。
④ 唐圭璋编：《词话丛编》，中华书局1986年版，第1609页。

字面之义来挖掘背后深意的词学之求予以高度的肯定。

宋翔凤的《论词绝句二十首》（之二）云："十国河山破碎情，君臣不敢语分明。后来惆怅重湖月，赢得词人白发生。"①五代时期为我国古典词学发展的重要阶段，形成了西蜀、南唐两个词学中心。西蜀词坛以王衍、孟昶为代表，南唐词坛以李璟、李煜为典范。一般言之，五代词人多描写男女艳情或离愁别绪，内容相对俗化、风格绮艳。宋翔凤不执此论，他认为，五代词人生逢乱世，在"河山破碎"的社会环境中惶恐不定，内心极度悲切却不敢言说。宋翔凤持论，五代词人虽较多描写了风花雪月的感伤情调，实则寄托深远的情志。如，南唐词家李煜，其词中无粉黛之气，而寄寓了国破家亡的深哀巨痛。《虞美人·春花秋月何时了》一词凄婉伤感，表面多描写伤春悲秋之情，实则蕴含"亡国之音哀以思"。总之，五代词人之作凄凉悲切、寄寓深远，是一首首泣尽以血的绝唱。

宋翔凤的《论词绝句二十首》（之三）云："庐陵余力非游戏，小令篇篇积远思。都可诬成轻薄意，何论堂上簸钱时。"②宋翔凤否认欧阳修词乃游戏之作。他认为，欧阳修词非但没有"轻薄之意"，而且寄托深致。"何论堂上簸钱时"，指欧阳修有《望江南》一词，前人对此争论不一，辩析此词是否为欧阳修所作。如明人徐士俊云："安知非谗夫捏为此词，如《周秦行记》之出于赞皇客耶。"③清人王士禛在《花草蒙拾》中云："'堂上簸钱堂下走'，小人以蔑欧阳。"④徐士俊、王士禛都持论《望江南》一词是伪造的，乃奸佞之人故意编出而诬称欧阳修所作，以损毁其声誉。宋翔凤不囿于词家之辩，用"缒幽凿险"之法探求词作蕴含的深义。他在《乐府余论》中有所解释："此词极佳，当别有寄托，盖以尝为人口实，故编集去之。然缘情绮靡之作，必欲附会秽事，则凡在词人，皆无全行。正不必为欧公辩也。"⑤宋翔凤认为，《望江南》一词并非淫亵之作，该词寄托深意，即诗中所言的"积远思"，乃意旨深致之作。

---

① 程郁缀、李静：《历代论词绝句笺注》，北京大学出版社2014年版，第264页。
② 程郁缀、李静：《历代论词绝句笺注》，北京大学出版社2014年版，第264页。
③ 卓人月汇选，徐士俊参评，谷辉之校点：《古今词统》，辽宁教育出版社2000年版，第244页。
④ 唐圭璋编：《词话丛编》，中华书局1986年版，第680页。
⑤ 唐圭璋编：《词话丛编》，中华书局1986年版，第2497页。

第三章 清代中期的论词绝句

宋翔凤的《论词绝句二十首》（之十一）云："抱得胸中郁郁思，流莺消息不教知。伤春伤别总无赖，生面重开南渡词。"① 宋翔凤认为，辛弃疾之作多有寄托，借闺怨愁绪抒发其满腔郁思，彰显词人忧国伤时的爱国情怀。此外，宋翔凤表明，辛弃疾之作开南渡词人言他物寄托对故国思念的先河。宋翔凤在《乐府余论》中云："南宋词人，系情旧京，凡言归路，言家山，言故国，皆恨中原隔绝。"② 宋翔凤持论，南渡词人情迁故国，所作词皆可为忧愤之思的寄托。"流莺消息不教知"，指辛弃疾的《满江红·暮春》中有"怕流莺乳燕，得知消息"之句。《满江红·暮春》一词委婉但不绵软，细腻却不平板，每句之中皆见词家骨力，辛弃疾借闺阁女子怀念情人而又羞涩难言之状，寄托自己忿闷不平的心境。总之，宋翔凤高度推扬辛弃疾词，他认为辛弃疾词别有寄托、化柔为刚，于哀怨悠长的笔力中蕴含家国之思念。

宋翔凤的《论词绝句二十首》（之十五）云："无端软语去商量，昔日差池今断肠。丞相堂前存故吏，怪渠词意尽低昂。"③ "无端软语去商量"，乃指史达祖的《双双燕·咏燕》中有"又软语，商量不定"之句。该词乃咏燕之绝唱，通篇不离"燕"字，句句写燕，可谓物尽极妍、神形毕肖。王士禛在《花草蒙拾》中称赞其云："以为咏物至此，人巧极天工矣！"④ 词作末尾，作者别出心裁地将双燕与人粘连相接，人与燕若即若离，词意盎然有趣。宋翔凤持论，史达祖咏燕词蕴含深沉之意、别有寄托。他在附注中云："史邦卿为韩侂胄堂吏，侂胄意在恢复，故史词托兴亦在此也。"⑤ 宋翔凤认为，史达祖《双双燕》一阕有弦外之音，隐喻韩侂胄之事。嘉泰年间，韩侂胄意在恢复中原，史达祖作为中书堂吏出使金国，却未能将敌国的信息准确地提供给宋朝，致使韩侂胄北伐失策，其自身也受到牵连追究。对此，邓廷桢在《双砚斋词话》中云："史邦卿为中书省堂吏，事侂胄久。嘉泰间，侂胄亟持恢复之议，邦卿习闻其说，往往托之于词。如《双双燕》前阕云：'过春社了，度帘幕中间，去年尘冷。

---

① 程郁缀、李静：《历代论词绝句笺注》，北京大学出版社2014年版，第271页。
② 唐圭璋编：《词话丛编》，中华书局1986年版，第2502页。
③ 程郁缀、李静：《历代论词绝句笺注》，北京大学出版社2014年版，第274页。
④ 唐圭璋编：《词话丛编》，中华书局1986年版，第683页。
⑤ 程郁缀、李静：《历代论词绝句笺注》，北京大学出版社2014年版，第274页。

差池欲住，试入旧巢相并。还相雕梁藻井。又软语商量不定。'后阕云'应自栖香正稳。便忘了天涯芳信。'……大抵写怨铜驼，寄怀麑幕，非止流连光景，浪作艳歌也。"① 宋翔凤持同邓廷桢之论，认为史达祖《双双燕》一词寄托深致，暗含词家深沉的懊悔之意。

（二）推扬情感表现

词的创作生发于人之性情，是人的情感艺术化的传达。在我国传统词学批评史上，将"情"作为词体生发之本的立论源远流长、甚为丰富。至清代，对于词情的论说已臻于成熟。如沈谦、朱彝尊、田同之、张惠言、宋翔凤、刘熙载等人，都持论词的创作在于主体情感的凝注。宋翔凤在《香草词序》中借汪全德之口云："凡情与事委折抑塞，于五七字诗不能尽见者，词能长短以陈之，抑扬以究之。"② 宋翔凤认为，诗与词有着独特的艺术质性。他推尊词体，力主"词言情"，在抒情功能上，认为词体比诗体更具有艺术表现力，能将人之情志传达得更为细幽曲折。宋翔凤还持论，词作情感深挚的表现是立足于作者对人生际遇的感悟。可见，宋翔凤对于词情之阐述有着深刻的见地。在论词绝句中，他大力标举词的情感表现，推崇以深情而填制词作。

宋翔凤的《论词绝句二十首》（之八）云："寒鸦数点正斜阳，淮海当年独断肠。何意西湖湖水上，尊前重改《满庭芳》。"③ 此诗意在评析秦观的《满庭芳》一词。"寒鸦数点正斜阳"一句，指秦观《满庭芳》中有"斜阳外，寒鸦数点，流水绕孤村"之句。《满庭芳》乃秦观的代表作，用语清丽圆润、情切意浓，借男女之情言身世之悲。秦观仕途不顺，屡受打击，被贬多处，宋徽宗即位后放还，又死于回归途中。秦观不少词都表现出失意的痛苦，《满庭芳》一词亦便如是。首句"山抹微云"，既描绘林外的山痕又刻画山间之云迹，素为世人称许，秦观亦赢得"山抹微云"君之雅号。"山抹微云"与"天粘衰草"相连，表现出暮冬时节，暮霭苍茫，全篇意绪皆由此八字而发。词家以极目天涯之情绪，尽眼前之景象咏吟出"斜阳外，寒鸦数点，流水绕孤村"之千古佳句。秦观抓住斜阳、寒

---

① 唐圭璋编：《词话丛编》，中华书局1986年版，第2531页。
② 孙克强、杨传庆、裴喆编著：《清人词话》，南开大学出版社2012年版，第1148页。
③ 程郁缀、李静：《历代论词绝句笺注》，北京大学出版社2014年版，第269页。

鸦、流水、孤村等意象，将微官落魄、去国离乡的游子之恨刻画得淋漓尽致。天色既暮，归禽思巢，面对着流水孤村，词人心情痛苦万分，但作者并未着重刻画心际的悲凉，而用"无言"之笔墨描绘出凄美的境界。此词尤彰显出笔法的高超。宋翔凤认为，《满庭芳》一词将作者孤苦孑然之形象描绘得生动怜人，至情至性，韵味深长。

宋翔凤的《论词绝句二十首》（之十二）云："四上分明极声变，粗豪无迹胜缠绵。稼翁白发尊前泪，尽付云屏一枕边。"① 宋翔凤认为，辛弃疾虽有不合格律之词，但无叫嚣气，不显粗率态。辛弃疾词风貌自胜缠绵小词。宋翔凤还持论，辛弃疾以血泪铸词，彰显出赤子之心。"尽付云屏一枕边"，指辛弃疾的《念奴娇·书东流村壁》中有"划地东风欺客梦，一夜云屏寒怯"之句，此词乃游子客乡思旧之作。词人以清明花落景象起兴，叙写游子悲愁的心境。清明之际，春冷似秋，游子惊梦，让人触景生情，心生悲凉。词作结构上，作者以感伤气脉承接上下两阕，情至切处，有感而发而又无语凝噎。总之，辛弃疾将所见之景与心中之情呈现于词中，景美情真，尽显词之品格。可见，宋翔凤甚为称赏辛弃疾的真情之作，认为其以景传情、尽显深意，实为动人。

宋翔凤的《论词绝句二十首》（之十三）云："垂虹亭畔老词人，缝月裁云意总真。赖得《词源》三卷在，异时法曲识传薪。"② "垂虹亭畔老词人"，乃指姜夔。宋翔凤认为，姜夔词尽显精妙新巧的裁剪艺术，体现为情真意挚。张炎深谙姜词之精巧灵妙，大力标举姜夔之作。其《词源》中对姜词有颇多的论说，此举为后人认识姜夔提供了丰富的材料。姜夔今存词八十多首，其中，咏物词最为引人，作者常借外物托寓身世之感，也流露出对时事的慨叹。如，其《暗香》、《疏影》二词吟咏梅花感伤身世，抒发胸中郁郁不平之气。《扬州慢·淮左名都》中，作者怀着沉痛哀悼的心绪，描绘扬州城经过金兵洗劫之后破败不堪的景象，表现出对国势渐衰的伤悼和对百姓的深切同情。

宋翔凤的《论词绝句二十首》（之十八）云："南宋风流近未存，浙

---

① 程郁缀、李静：《历代论词绝句笺注》，北京大学出版社2014年版，第271页。
② 程郁缀、李静：《历代论词绝句笺注》，北京大学出版社2014年版，第272页。

西词客欲销魂。沉吟可耐情俱浅，片片空留襞积痕。"① 此诗意在对浙西派末流予以批评。浙西词派以清彻典雅为旗帜，尊尚姜夔、张炎，在清代词坛上产生了巨大的影响。然浙西派发展到后期，词坛风气已由清空骚雅逐渐流于"琐屑"、"饾饤"之习。针对浙西之弊端，宋翔凤认为，浙西派末流学南宋者虽有形式而少见内涵，情感表现比较空泛，吟情而不知情之所往。如，金应珪曾将浙西派貌似清雅实无真情之作概括为"游词"，他在《词选后序》中云："规模物类，依托歌舞，哀乐不衷其性，虑叹无与乎情，连章累篇，义不出乎花鸟，感物指事，理不外乎酬应。虽既雅而不艳，斯有句而无章，是谓游词。"② 金应珪认为，浙西派末流为求雅致，题材表现比较空泛，过于注重修辞之法，真情不易寻绎。总之，对于浙西派刻意追求形式而走琐屑浅薄之道，宋翔凤、金应珪的批评是很能切中要害的。

（三）强调词作音律表现

在词学批评方面，宋翔凤在承纳张惠言"比兴寄托"的基础上又形成自己的特色。他认为，填词需讲求"寄托之旨"，以言"大义"，亦要重视声律表现。他在《乐府余论》中云："文章通丝竹之微，歌曲会比兴之旨。使茫昧于宫商，何言节奏，苟灭裂于文理，徒类嘲啾。"③ 宋翔凤认为，尚"立意"的文体要符合格律，词作亦如是。在论词绝句中，他主张，词的创作应与音乐紧密结合起来，应充分重视词的音律性特征。

宋翔凤的《论词绝句二十首》（之四）云："不精宫角谈词律，总在模黏影响间。铁拨鹍弦无恙在，几人能唱古阳关。"④ "宫角"代指乐音。宋翔凤持论，不精乐音而去论词律是不可取的，他指出词的创作应注意音律的规范，词体与音乐是息息相关的。以上诸论，皆如其在《乐府余论》中所云，"北宋所作，多付筝琶，故啴缓繁促而易流，南渡以后，半归琴笛，故涤荡沈渺而不杂"。⑤ 宋翔凤认为，伴奏乐曲以及乐曲形式发生变

---

① 程郁缀、李静：《历代论词绝句笺注》，北京大学出版社2014年版，第275页。
② 唐圭璋编：《词话丛编》，中华书局1986年版，第1619页。
③ 唐圭璋编：《词话丛编》，中华书局1986年版，第2498页。
④ 程郁缀、李静：《历代论词绝句笺注》，北京大学出版社2014年版，第265页。
⑤ 唐圭璋编：《词话丛编》，中华书局1986年版，第2498页。

化，词作风格也会随之改变。北宋时期，以小令见长，伴奏乐曲多为古筝、琵琶等弦乐器；南宋慢词长调渐多，多以笛箫一类的管乐器伴奏，词的面貌呈现出要渺沉郁的特点。

宋翔凤的《论词绝句二十首》（之六）云："三唐诗变出耆卿，抗坠终能合正声。就使浅斟低唱去，伤心一样托浮名。"①"三唐"指诗家论及唐人诗作时多以初、盛、中、晚分期，或以中唐分属盛、晚，称之为"三唐"。宋翔凤认为，柳永词音调高低有度、清浊错落、音律谐婉，丝毫不逊于唐人之诗。"就使浅斟低唱去，伤心一样托浮名"，指柳永的《鹤冲天》中有"忍把浮名，换了浅斟低唱"之句。柳永作为北宋著名词人取得了很大的艺术成就，当时就形成了"饮水处，即能歌柳词"的局面。总体而论，柳永的创作与教坊乐有着密切的联系，他既能倚声制腔又善为填词，能变旧声为新曲。李清照在《词论》中曾云："柳屯田永者，变旧声作新声，出《乐章集》，大得声称于世；虽协音律，而词语尘下。"② 李清照认为，柳永《乐章集》有俗语，但音律协和婉转。王灼在《碧鸡漫志》中也云："柳耆卿乐章集，世多爱赏该洽，序事闲暇，有首有尾，亦间出佳语，又能择声律谐美者用之。"③ 王灼认为，柳永词叙事详细，有佳语，声律谐美。总之，协和声律乃柳永词的典型特质，李清照、王灼及宋翔凤对柳永词之音律表现都有深刻的认识。

二 论说特点

（一）注重词家词作之辨析

清代乾隆、嘉庆时期，考据之风盛行，在词学批评领域，词论家也受时代风气的影响，以求真务实的态度校勘词集、辨别词调及考订词家名姓、里爵、词作归属等。宋翔凤作为腹笥丰饱之士，其论词时十分注重对词家词作的辨证。

宋翔凤的《论词绝句二十首》（之五）云："摩诃池上夜如何，玉骨

---

① 程郁缀、李静：《历代论词绝句笺注》，北京大学出版社2014年版，第267页。
② 陈良运主编：《中国历代词学论著选》，百花洲文艺出版社1998年版，第71—72页。
③ 唐圭璋编：《词话丛编》，中华书局1986年版，第84页。

清凉语未多。别出旧词全隐括,细吟那及《洞仙歌》。"①"摩诃池",指后蜀主孟昶与花蕊夫人游摩诃池一事。"玉骨清凉语未多",指苏轼《洞仙歌》中有"冰肌玉骨,自清凉无汗"之句。宋翔凤认为,苏轼在《洞仙歌序》中已有言,此词乃据蜀宫女留下的只言片语,自行补足孟昶之作而成。其在附注中云:"老尼本蜀宫女,得首二句而续成。后人即东坡全词隐括作小令,托为蜀主原词。竹垞舍苏词而录之,是有意翻《草堂》之案也。"② 宋翔凤持论《玉楼春》并非蜀主之词,乃后人檃栝苏轼《洞仙歌》,托名于孟昶而来。细细品酌,《玉楼春》之味自逊于《洞仙歌》。宋翔凤此论,意在为苏轼《洞仙歌》一词正名。在他之前,针对苏轼的《洞仙歌》,前人也有独到的论说。如,朱彝尊在《词综》中云:"苏子瞻《洞仙歌》本隐括此词,然未免反有点金之憾。"③ 李调元在《雨村词话》中云:"蜀主孟昶冰肌玉骨一阕,本玉楼春调,苏子瞻洞仙歌隐括其词,反为添蛇足矣。词综谓为点金,信然。"④ 朱彝尊、李调元都认为苏轼的《洞仙歌》隐括孟昶的《玉楼春》,且苏轼词之成就逊于孟昶的《玉楼春》。宋翔凤持异前人之论,据实考究,认为《洞仙歌》一词的创作缘由当以苏轼词序为准。宋翔凤之论彰显出不拘旧说、独抒己见的品质。

宋翔凤的《论词绝句二十首》(之七)云:"一钩残月夜迢迢,玉佩丁东意更消。总为斜阳浑易暮,不关好色是无聊。"⑤ "一钩残月夜迢迢",乃指秦观《南歌子》中有"天外一钩残月,带三星"之句,"玉佩丁东意更消",指秦观《水龙吟》有词句"玉佩丁东别后"。诗作三四句,意在对秦观《踏莎行》进行解说,阐明该词用字下语未见重出。此诗附注中,宋翔凤云:"秦词'杜鹃声里斜阳暮',按:斜阳是日斜时,暮是日没时。暮,《说文》作'莫',日且莫也。言自日斜至日没,杜鹃之声亦云苦矣。山谷未解暮字之义,以斜阳、暮为重出,非也。"⑥ 黄庭坚认为秦观词中"斜阳暮"有重出之义。宋翔凤否定黄庭坚的看法,认为"日斜"与"日

---

① 程郁缀、李静:《历代论词绝句笺注》,北京大学出版社2014年版,第266页。
② 程郁缀、李静:《历代论词绝句笺注》,北京大学出版社2014年版,第266页。
③ 朱彝尊、汪森编:《词综》,上海古籍出版社1999年版,第15页。
④ 唐圭璋编:《词话丛编》,中华书局1986年版,第1390页。
⑤ 程郁缀、李静:《历代论词绝句笺注》,北京大学出版社2014年版,第268页。
⑥ 程郁缀、李静:《历代论词绝句笺注》,北京大学出版社2014年版,第268页。

没"并不表现同一准确的时间点,两者并不冲突,他又援引《说文解字》中的解释,力证秦观的《踏莎行》遣辞造语未有重复之处。

宋翔凤的《论词绝句二十首》(之十六)云:"说尽无聊《六一词》,黄昏月上是何时。《断肠集》里谁编入,也动人间万种疑。"[1] 此诗意在对《生查子》一词的作者进行考证。"黄昏月上",指《生查子》中有"月上柳梢头,人约黄昏后"之句。该词描绘了作者去年元宵之夜与恋人相会时的甜蜜光景,又表现出今日物是人非、旧情难续的伤感。作者采用今夕对比的手法,表达出抒情主人公伤感哀痛的体验。该词妥帖圆融、饶有余味,有人认为,《生查子》一词为欧阳修所作,只是误编入朱淑真的《断肠集》之中。也有人持论,《生查子》一词为朱淑真所作,并对其妇德持有微词。如,杨慎在《词品》中云:"朱淑真元夕《生查子》云:'去年元夜时,花市灯如昼。月上柳梢头,人约黄昏后。今年元夜时,月与灯依旧。不见去年人,泪湿春衫袖。'词则佳矣,岂良人家妇所宜邪。"[2] 宋翔凤认为,《生查子》一词作者为欧阳修,此词尚存《六一集》之中,《断肠集》不存在编入一说。总之,宋翔凤对词家词作进行仔细的辨证,彰显出谨严端持的学者风范。

(二)注重对词史的勾勒

宋翔凤具有较为宏通的批评视域,其所论及词家大致遵循先后顺序,体现出较为清晰的历史线索。其论词绝句中,对词人词作之质性加以议评,关注部分词家在词史流变发展中的重要作用,这使其《论词绝句二十首》具有鲜明的词史价值。

诚然,二十首论词绝句不能囊括词史上所有词家,宋翔凤择取了部分重要的词家,评说其词作特质、词史地位及对词学的贡献。如,其《论词绝句二十首》(之二)评李煜云:"十国河山破碎情,君臣不敢语分明。后来惆怅重湖月,赢得词人白发生。"[3] 宋翔凤高度肯定李煜词的思想深度,认为其寄托深远,在词史上有着重要的意义。在论及欧阳修时,其《论词绝句二十首》(之三)云:"庐陵余力非游戏,小令篇篇积远思。都

---

[1] 程郁缀、李静:《历代论词绝句笺注》,北京大学出版社2014年版,第274页。
[2] 唐圭璋编:《词话丛编》,中华书局1986年版,第451页。
[3] 程郁缀、李静:《历代论词绝句笺注》,北京大学出版社2014年版,第264页。

可诬成轻薄意,何论堂上簸钱时。"① 宋翔凤跳出前人争论的窠臼,不纠缠于词之真伪,紧密地就词的文本而论,独自创辟,以"缒幽凿险"的方法阐发词的微言大义。

  宋翔凤又依次论说了秦观、辛弃疾、姜夔、史达祖等人。他认为:秦观以真情实感铸词,甚为动人;辛弃疾之作尽显豪迈与刚性之美,开南渡词人寄寓故国之思的先河。在论及姜夔时,其《论词绝句二十首》(之十四)云:"诗从杜曲波愈阔,词到鄱阳音太希。纵有玉田相鼓吹,还当无缝逊天衣。"② 宋翔凤认为,姜夔词后人难以企及,乃宋词的集大成者。在评史达祖时,宋翔凤认为,其词有深厚的思想意蕴,《双双燕》一词乃比兴寄托的典范。总体看来,宋翔凤论说了自唐五代至清朝的部分词家,其《论词绝句二十首》可视为一篇简明的词学批评发展史。

  总之,宋翔凤深受常州派词学思想的影响,在继承张惠言比兴寄托之论的基础上有所衍化与开拓。其《论词绝句二十首》所显示的批评观念,主要体现在三个方面:一是重视比兴寄托,以之为灵魂统率整个词的创作之意;二是推扬情感表现,将情感视为创作的内在动力之源,努力予以发掘张扬;三是强调词作音律表现,将音乐文学之体的观念切实贯彻到了具体的词学批评之中。其论说特点,主要体现在两个方面:一是注重词家词作之辨析;二是注重对词史的勾勒。宋翔凤的论词绝句,在我国传统词学批评史上有着独特的地位。

---

① 程郁缀、李静:《历代论词绝句笺注》,北京大学出版社2014年版,第264页。
② 程郁缀、李静:《历代论词绝句笺注》,北京大学出版社2014年版,第273页。

第四章　晚清时期的论词绝句

概　论

晚清时期（1840—1912）为我国传统论词绝句的成熟深化期。这一时期的论词绝句主要如：周之琦的《题心日斋十六家词》、康发祥的《填词图为金子石（德辉）题》（三首）、《黄子鸿藏姜白石道人像题词五首》，翁心存的《题王艺畇〈江南词〉后并示香谷》（三首），何朝昌的《题墨农〈剑光楼词集〉后》（四首），蒋启敭的《张春查司马〈柳院填词图〉》（三首），查冬荣的《题小庚郡伯〈本事词〉》（四首），冯询的《张春槎司马（湄）属题〈柳院填词图〉》（四首），王汝玉的《自题词稿并寄潘和卿、蒋淡人（元圻）》（六首），钱福昌的《〈绿雪馆词〉题辞》（八首），高三祝的《〈绿雪馆词〉题辞》（三首），王僧保的《论词绝句三十六首》，谭莹的《论词绝句一百首》、《又三十六首·专论岭南人》、《又四十首·专论国朝人》，王文玮的《西江作论古五首》、《题家春泉通守词集四首》，罗汝怀的《再答玉夫八绝句》，徐汉苍的《题严小秋（骏生）〈餐花词〉》（五首），刘倬的《题蒋鹿潭春霖〈水云楼词〉》（四首），孔继鑅的《题王西御僧保〈秋莲子词〉四首，沈筠的《华亭张啸峰醝尹（鸿卓）寄惠〈绿雪馆词集〉赋谢》（三首），姚燮的《论词九绝句示杜（煦）、汪（全泰）两丈》，华长卿的《论词绝句三十六首》，蒋敦复的《题孙月坡秀才（麟趾）〈绣鸳词〉》（三首），陈澧的《论词绝句六首》，边浴礼的《十汊海传为明相国园址，秋晚过此，赋五绝句》，周沐润的《题倪又香秀才（宝键）〈白门秋柳填词图〉》（四首），赵鋆的《〈香隐庵词〉题辞（集姜白石诗句）》（四首），许宗衡的《书西御〈秋莲子词集〉》（四首），潘希甫的《题玉泉弟词稿四首》，王汝金的《又题〈味红阁填词图〉三首》，钱国珍的《宣卿题拙词奖誉过甚，依韵赋谢》（三首），刘家谋的《读〈词〉杂感》（十二首），王庆勋的《题姚伯孝廉（燮）〈疏影楼词稿〉》（三首），方浚颐的《题子慎〈征息斋词稿〉》（六首），亢树滋的《题瘦羊〈听风听水填词图〉》（三首），谢章铤的《题高文樵（思齐）词卷》（四首），王济的《论词绝句十二首》，陈凤孙的《题〈玉诠词〉》（四首），沈世良的《案头杂置诸词集戏题四绝句》，严辰的《题吴蓉圃前辈（凤藻）〈桐华仙馆填词图〉》（四首），汪瑔的《赠余药田（寿宏）即书其所作〈抱香词〉后》（四首），倪鸿的《除夕怀鬼诗》，汪芑的《题〈林下词〉》（四首），江人镜的《游吴草题辞》（四首），王诒寿的《购得国朝各家词四种，读竟各题一绝》，狄学耕的《怀人绝句五首》，潘尚志的《〈莲漪词〉题辞》（四首），丁丙的《题张啸峰鸿卓〈藕花香里填词图〉》（三首），潘康保的《题族兄钟瑞〈听风听水填词图〉》（四首），臧榖的《〈扬州百咏拟题望江南调〉题辞》（四首），余云焕的《论词绝句》（三首），严永华的《题张素霞女史〈修诗轩诗余〉》，杨恩寿的《论词绝句（翻阅近人词集，仿元遗山论诗体各题一绝，仅见选本暨生存者概付阙如）》，张荫桓的《〈茗花春雨楼填词图〉为樊云门题，即送计偕入都》（四首），陈作霖的《题张次珊通参（仲炘）词集三首》，刘寿曾的《题南汇张筱峰先生〈藕花香里填词图〉》，李煊的《论词（专论宋元以来吴兴词人）》（六首），冯煦的《论词绝句十六首》，谢烺枢的《题白石道人诗词集后四首》，葛其龙的《〈绿梅花庵词〉题词》（四首），万钊的《题仲修〈烟柳斜阳填词图〉》（三首），缪荃孙的《题朱古微校词图》（三首），樊增祥的《题徐舍人词稿》，王鹏运的《校刊〈稼轩词〉成率题三绝于后》，屠寄的《江吉士标属题其〈红蕉词〉册三绝句》，陈衍的《为古微同年题〈彊村校词图〉三首》，张焕桢的《论词绝句》（三首），顾麟士的《为沤尹先生作校词图附书三绝句》，载滢的《徐花农太史嘱题〈玉可庵词存〉，录呈都希雅政》，宋恕的《历下杂事诗》，吴庆坻的《朱沤尹前辈校词图》（四首），张岳的《论词绝句三首》，等等。

此时期，论词绝句的主要特点体现为：个别"组诗"之论数量众多，前超古人；有女性词人之论、专人之论与地域之论、特定时期之论等的分

第四章 晚清时期的论词绝句

别；知人论世的评说特征得以强化，其中的当时代词人之论更显示出特色。

在"组诗"之论方面，谭莹的《论词绝句一百首》论涉了自唐代至清朝的词坛名家，有李白、白居易、张志和、韩翃、温庭筠、韩偓、蜀主孟昶、南唐中主李璟、南唐后主李煜、和凝、韦庄、宋徽宗赵佶、宋高宗赵构、寇准、晏殊、林逋、韩琦、范仲淹、司马光、宋祁、欧阳修、柳永、张先、晏几道、苏轼、黄庭坚、秦观、晁补之、张耒、贺铸、毛滂、王诜、舒亶、王安石、王观、聂冠卿、蔡挺、苏过、谢逸、周邦彦、徐伸、万俟雅言、吕滨老、王安中、曾觌、詹天游、赵鼎、向子諲、叶梦得、陈与义、朱敦儒、张孝祥、辛弃疾、赵彦端、刘过、陈亮、张镃、陆游、廖莹中、俞国宝、黄机、刘克庄、卢祖皋、姜夔、戴复古、高观国、史达祖、张辑、吴潜、吴文英、黄孝迈、黄升、蒋捷、张炎、陈允平、徐照、周密、孙惟信、王沂孙、李南金、文天祥、陈参政、《乐府补题》（算一人）、李清照、朱淑真、郑文妻孙氏、严蕊、无名氏，共八十八人。其《又三十六首·专论岭南人》论涉的词家有黄损、崔与之、李昴英、刘镇、陈纪、赵必瓛、黎贞、陈献章、戴珙、祁顺、黄瑜、邱濬、霍韬、霍与瑕、张萱、卢龙云、区元晋、何绛、韩上桂、陈子升、屈大均、梁佩兰、陈恭尹、梁无技、陶窳、许遂、王隼、易宏、何梦瑶、张锦芳、黎简、谭敬昭、倪济远、黄球、黄蔼观、欧嘉逢、今释、张乔，共三十八人。其《又四十首·专论国朝人》论涉的词家有吴伟业、梁清标、宋琬、彭孙遹、王士禛、曹贞吉、尤侗、吴绮、顾贞观、纳兰性德、毛奇龄、徐釚、吴兆骞、朱彝尊、陈维崧、严绳孙、李武曾、李符、汪森、董以宁、沈岸登、龚翔麟、沈暤日、杜诏、厉鹗、张梁、查为仁、王时翔、江昱、江昉、张云锦、汪棣、蒋士铨、郑燮、赵文哲、张熙纯、黄景仁、杨芳灿、杨揆、吴锡麒、彭兆荪、徐灿，共四十二人。总体而言，谭莹的三组论词绝句所评说的时间跨度长，涉及面广泛，论涉量很大，在我国传统词学批评史上有着极为重要的地位。

在男性批评家单独对女性词人之论方面，其主要有：张祥河的《论词绝句十首专赋闺人》，蔡邦甸的《书朱淑真词后》，林寿春的《题武林闺秀吴频香〈花帘词〉》，于源的《〈断肠集〉题词》，韩弼元的《题许烈姬

〈和《漱玉词》〉》，奕䜣的《莲因室词题词·题孝妇郑太夫人〈莲因室集〉，应徐花农太史嘱〉》（三首），严永华的《题张素霞女史〈修竹轩诗余〉》，林纾的《为拔可令妹李榍清补画〈花影吹笙室填词图〉并题》，等等。

在女性批评家单独对闺秀词人的论说方面，其主要有：顾春的《再迭前韵答湘佩》，辛丝的《和〈自题词卷〉》，史静的《蕊生长姒〈百美诗〉于李易安、朱淑贞尚沿旧说，诗以辨之》，季兰韵的《读王素卿夫人（韵梅）〈问月楼遗稿〉》，赵韵卿的《重读吴藻香女史〈花帘词集〉》，汪纫兰的《题何阆霞夫人（若琼）〈双烟阁吟草〉》，等等。

在专门性地域之论方面，出现有谭莹的《又三十六首·专论岭南人》，李煊的《论词（专论宋元以来吴兴词人）》（六首），等等。如，谭莹的《又三十六首·专论岭南人》的词学批评观念，主要体现在三个方面：一是大力推扬岭南乡帮词人；二是崇尚主体情感表现；三是推尚词品词格。其论词绝句为进一步宣传岭南词坛作出了贡献，具有努力倡导之功。

在多个作者围绕同一词集所创作的论词绝句方面，如：关于张鸿章的《绿雪馆词》，有贾敦临、钱福昌、汪农、赵莲、贾允明、高三祝的《〈绿雪馆词〉题辞》各一首。关于颜琬的《东篱词稿》，有戴熙、钱衡、叶其英的《〈东篱词稿〉题词》各一首。关于潘遵璈的《香隐庵词》，有顾影的《香隐庵词题辞》一首，韩崇、杨长年、蒋镕经、潘曾莹的《香隐庵词题辞》各二首，赵鋆的《香隐庵词题辞》（集姜白石诗句）四首。关于张炳堃的《抱山楼词》，有潘祖同、张开霁的《〈抱山楼词录〉题辞》各一首，孙衣言的《抱山楼词题辞》（二首）。关于陈维崧的《陈检讨填词图》，有陈荣仪、陈荣伦、龚显曾的《题陈检讨填词图》各一首。关于沈传桂的《清梦庵二白词》，有邵堂、朱绶、吴慈鹤、褚逢椿、蒋志凝、王嘉禄、赵亚函、董国琛、潘曾沂、洪朴、舒位、沈沂曾、戈载、刘开、钦善、曹楙坚、孙义钧、史麟、沈亮、辛瑟婵的《清梦庵二白词题辞·和作》各一首。关于姚诗雅的《醒花轩词》，有王鸿初、张修府的《醒花轩词题识》各二首，王杭的《醒花轩词题识》（三首），冬荣的《醒花轩词题识》（四首）。关于项鸿祚的《艺云词》，有陈继勋、蒋予检的《艺云词题词》各一首，冯询、彭寿三的《艺云词题词》各二首。关于熊裕棠的

《浣花阁词续钞》，有毛梦兰、刘瀚、杨云书、聂汝佶、孙宗礼、胡大镛的《浣花阁词续钞题词》各二首。关于萧承荨的《微波阁词》，有金安澜、释星云的《微波阁词题赠》各一首，陈震升的《微波阁词题赠》（二首），许耀、刘梅的《微波阁词题赠》各四首。关于张炳堃的《抱山楼词》，有潘祖同的《抱山楼词题辞》（一首），祁寯藻、秦炳文、张开霁、孙衣言的《抱山楼词题辞》各二首。关于宋志沂的《宋浣花诗词合刻》，有朱寿康的《读宋浣花残稿，感怀书二十八字》（一首），陆懋修、邹在衡、朱培源的《宋浣花诗词合刻题辞》各二首，冯应图、亢树滋的《宋浣花诗词合刻题辞》各三首。关于江标的《红蕉词》，有袁宝璜、程秉剑、王寿卿的《红蕉词题词》各二首，屠寄的《红蕉词题词》（三首）。关于成本璞的《泪影词》，有易顺鼎的《泪影词题词·成君著有〈九经今义〉一书，又以〈泪影词〉属读，辄题一绝》一首，陈鼎、黄应迻的《泪影词题词·和观察韵题〈泪影词〉》各一首。等等。

总之，论词绝句之体在晚清时期仍然数量很多，其言说表达方式多样，在推动词人词作传播接受方面体现出明显的特色，对传统词学批评的展开起到了相当重要的开拓与辅助作用。

第一节 周之琦《题心日斋十六家词》的批评观念与论说特点

周之琦（1782—1862），字稚圭，号耕樵，祥符（今河南开封）人。清朝嘉庆十三年（1808）进士，授翰林院编修，一生历嘉庆、道光、咸丰三朝，仕途顺遂，累官广西巡抚，于道光二十六年（1846）因病请辞归乡。词人、批评家。著有《心日斋词》、《金梁梦月词》，辑有《心日斋十六家词录》。

周之琦的《题心日斋十六家词》创作于道光二十三年（1843），为所辑十六家词后的附题。其所论评的对象涉及晚唐五家即温庭筠、南唐后主李煜、韦庄、李珣、孙光宪，北宋四家即晏几道、秦观、贺铸、周邦彦，南宋六家即姜夔、史达祖、吴文英、王沂孙、蒋捷、张炎，元代一家即张翥。

一 批评观念

（一）倡导真情而发

真情实感乃文学创作的基石，是文学作品艺术魅力产生的源泉所在。周之琦在论评词作时尤为注重情感表现，倡导真情而发。其《题心日斋十六家词》评南唐后主李煜云："玉楼瑶殿枉回头，天上人间恨未休。不用流珠询旧谱，一江春水足千秋。"① 周之琦认为，李煜词饱含真情实感，于简洁凝练的笔调之中，一字一句皆为真情实感所发，真可谓衷肠郁结之物。王国维的《人间词话》有云："后主之词，真所谓以血书者也。"② 周之琦在评论李煜词时，甚为关注词人的情感表现，强调其"恨未休"，赞赏词人情感表达直畅而出，一个"恨"字有力地突出了李煜创作的情感真挚。他用李煜千古名句"一江春水向东流"中的"一江春水"，表现其愁情绵延不绝，读者在阅读时自能充分感受其中所饱含的人生伤感。

周之琦的《题心日斋十六家词》评蒋捷云："阳羡鹅笼涕泪多，清辞一卷黍离歌。红牙彩扇开元句，故国凄凉唤奈何。"③ 蒋捷所处的时期为南宋末年。他期许恪尽臣子本分，但事与愿违，蒙古铁骑踏灭了其报国之志。作为南宋遗民，蒋捷谨守对故国的忠贞，不为元廷效力。面对国家破败景象，他只能将自己对故国的思念、百姓的同情融汇于作品之中。周之琦点出蒋捷词具有亡国之痛、黍离之悲。短短几行字句，便深刻显现出词人所经历的乱离之苦。面对现实的无可奈何，词人对于故国的哀恸油然而生。周之琦紧密联系词人生活实际，注重其情感生发之深层缘由，论说切中肯綮。

周之琦的《题心日斋十六家词》评张炎云："但说清空恐未堪，灵机毕竟雅音涵。故家人物沧桑录，老泪禁他郑所南。"④ 公元 1276 年，南宋灭亡，张炎目睹山河破碎、社会乱离之状，其亡国之痛油然而生。他将眼前之状、胸中之情书写于词中，借眼前景象表达心中哀怨的情愫。周之琦

---

① 孙克强、裴喆编著：《论词绝句二千首》，南开大学出版社 2014 年版，第 327 页。
② 唐圭璋编：《词话丛编》，中华书局 1986 年版，第 4243 页。
③ 孙克强、裴喆编著：《论词绝句二千首》，南开大学出版社 2014 年版，第 329 页。
④ 孙克强、裴喆编著：《论词绝句二千首》，南开大学出版社 2014 年版，第 329 页。

是深切懂得张炎清空骚雅风格背后所蕴含的深沉亡国之悲与沧桑之感的。

周之琦论词，欣赏词人看似率性而发的真情。他所眷注的词，其中所表现的情怀，不只限于创作者个体的感时伤逝、命运之叹，而更多的是家国之思、黎民之忧。词人的情感冲破小我的身世自怜，上升到国家民族的高度，这种由个体生存而拓展至社会整体的情感选择取向是令人推服的。

（二）推扬比兴寄托

清代嘉庆、道光年间，常州派成为词坛主流，针对浙西末流的空疏创作之弊，以张惠言为首的常州词人不断进行观照反思。他们主张词的创作应继承风骚传统，推崇比兴寄托，力主词的社会现实功用，以此对浙西派末流的浮华不实予以鞭挞。张惠言在《词选序》中云："意内而言外谓之词。其缘情造端，兴于微言，以相感动。"① 张惠言认为，词具有独特的艺术表现功能，要注重"意内"之旨，即讲究词作内容的"深美闳约"，提倡比兴寄托，应联系社会现实注重发挥其独特的功用。周之琦深受常州词论的影响，注重"比兴寄托"之旨，讲究发掘言外之意。

周之琦的《题心日斋十六家词》评温庭筠云："方山憔悴彼何人，《兰畹》《金荃》托兴新。绝代风流《乾七子》，前生合是楚灵均。"② 周之琦将温庭筠比譬为屈原，认为温庭筠词中的"托兴"之法和屈原《离骚》中"香草美人"的比兴传统有着承继关系。屈原借香草美人自喻其品质，温庭筠词中有大量对女性形象的描写，也体现出作者对美的追求，这种美即品德之美，此与借香草美人自喻有着异曲同工之妙。此外，温庭筠词多以女子口吻抒情立意，明写女子闺阁哀怨，实则暗抒士子怀才不遇之情。对此，陈廷焯的《白雨斋词话》云："飞卿《菩萨蛮》十四章，全是《楚骚》变相，古今之极轨也。徒赏其芊丽，误矣。"③ 陈廷焯认为温庭筠词确有寄托之意，阅读温庭筠词时，不能只停留于欣赏典雅的辞文，而应从更深层次上体悟内在的意旨。

周之琦的《题心日斋十六家词》评张翥云："谁把传灯接宋贤，长街

---

① 唐圭璋编：《词话丛编》，中华书局1986年版，第1617页。
② 孙克强、裴喆编著：《论词绝句二千首》，南开大学出版社2014年版，第327页。
③ 陈廷焯著，彭玉平导读：《白雨斋词话》，上海古籍出版社2009年版，第9页。

掉臂故超然。雨淋一鹤冲霄去，寂寞骚坛五百年。"① 周之琦将张翥视为承纳宋人词风的贤士，认为其创作继承了北宋词清新自然及南宋词婉转含蓄的特点。其中，"寂寞骚坛五百年"一句，作者旨在说明元朝时期比兴寄托之词少有。而张翥身处元末乱世，却能自如地运用比兴寄托之法，表现出强烈的忧时伤乱之情，传达出丰富深刻的思想内涵。如，其《忆旧游》（重到金陵）、《百字令》（芜城晚望）、《木兰花慢·次韵陈见心文学孤山问梅》，等等。张翥往往借物托意，因事寄情，通过对具体形象的描绘书写，蕴含无限的感叹与缥缈的情思。周之琦甚为推崇张翥作品中的比兴寄托，重视其丰富多样的意蕴呈现。

（三）强调音律表现

从词的渊源变化与发展历程来看，音律乃词的本质特性。北宋时期，李清照《词论》提出"词别是一家"之论，即强调词的音律性特征，主张词乃特殊的音乐文学，认为其可分"五音"、"五声"、"六律"、"清浊"。浙西派之祖朱彝尊尤为注重词的音律性，标举姜夔之作音律精工，乃为创作典范。其在《群雅集序》中有云："洎乎南渡，家各有词，虽道学如朱仲晦、真希元，亦能倚声中律吕，而姜夔审音尤精。"② 周之琦认为，相比于南宋不少词人初通音律表现之道，姜夔是其中最为精通音律艺术的人。其《题心日斋十六家词》又评周邦彦云："宫调精研字字珠，开山妙手讵容诬。后生学语矜南渡，牙慧能知协律无。"③ 周邦彦词作音律精工，下字用笔皆有法度，博纳众家之长，精致巧妙，具有独特的创作个性。周之琦充分肯定周邦彦为音律表现的"开山妙手"，他认为其创作确可为填词之范本。他持论一些人在对周邦彦词音律之美予以推崇的同时，并未得其创作神髓，而忽视了词体表现的情感意蕴。周之琦用"牙慧能知协律无"一句加以揭橥，明确批评此种现象之虚空性，是不得要领的。

（四）崇尚清空醇雅

张炎在《词源》中曾云："词要清空，不要质实。清空则古雅峭拔，质实则凝涩晦昧。姜白石词如野云孤飞，去留无迹；吴梦窗词如七宝楼

---

① 孙克强、裴喆编著：《论词绝句二千首》，南开大学出版社2014年版，第329页。
② 朱彝尊：《曝书亭集》卷四十，影印文渊阁《四库全书》本。
③ 孙克强、裴喆编著：《论词绝句二千首》，南开大学出版社2014年版，第328页。

台，眩人眼目，碎拆下来，不成片段。此清空质实之说。"① 张炎通过对吴文英与姜夔词作特点的比较，标举"清空"、"骚雅"之作。所谓"清空"、"骚雅"，即力求作品清彻空灵、纯净典雅。周之琦在词学批评中，十分推崇清空醇雅之作，在论词绝句中，他表达出对姜夔、史达祖及王沂孙词清空醇雅特点的青睐。

周之琦的《题心日斋十六家词》评姜夔云："洞天山水写清音，千古词坛合铸金。怪底纤儿消生硬，野云无迹本难寻。"② 周之琦认为，姜夔词清空婉丽，别有风味。他反驳姜夔词生硬一说，称扬其具有清新飘逸的风格特征。词从五代伊始，以"婉丽"为本色，发展至北宋中期，苏轼的豪放之作与婉丽之词并驾齐驱，至南宋末年，姜夔开拓出清空骚雅的词风。清代前期，汪森在《词综序》中有云："鄱阳姜夔出，句琢字练，归于醇雅。"③ 可见，清彻空灵、纯静典雅乃姜夔词的一大特色。周之琦将姜夔比譬为开创一代风气的陈子昂，给予其很高的历史评价。

周之琦的《题心日斋十六家词》评张炎云："但说清空恐未堪，灵机毕竟雅音涵。故家人物沧桑录，老泪禁他郑所南。"④ 周之琦在称扬张炎词具有清逸空灵特点的同时，更关注其醇厚雅正的特征。此正如厉鹗所言，"豪放者失之粗厉，香艳者失之纤亵。惟有宋姜白石张玉田诸君，清真雅正，为词律之极则"（汪沆《籽香堂词序》引）⑤。厉鹗认为，不管豪放还是婉媚词风都有不足，清正雅洁的词风则不失为创作者追求的绝佳目标。周之琦在词学观念上，与厉鹗一样主张词的雅洁清正之美。"雅"与"清"作为词学批评的重要范畴，对创作者提出了较高的要求。周之琦力主词的创作应具有清空醇雅之态，体现出较高的艺术品质。

周之琦的《题心日斋十六家词》评史达祖云："长安索米漫郗歔，秘省申呈不负渠。泉底织绡尘去眼，当时侍从较何如。"⑥ 周之琦在感叹史达祖身世境遇的同时，称赏其词超尘脱俗、自然圆融、清新雅洁。史达祖词

---

① 唐圭璋编：《词话丛编》，中华书局1986年版，第259页。
② 孙克强、裴喆编著：《论词绝句二千首》，南开大学出版社2014年版，第328页。
③ 朱彝尊、汪森编：《词综》，上海古籍出版社1978年版，第1页。
④ 孙克强、裴喆编著：《论词绝句二千首》，南开大学出版社2014年版，第329页。
⑤ 汪沆：《槐堂文稿》卷二，上海古籍出版社2010年影印本。
⑥ 孙克强、裴喆编著：《论词绝句二千首》，南开大学出版社2014年版，第328页。

清隽优雅的特点尤其体现在写景咏物之中，如《杏花天·清明》、《绮罗香·咏春雨》等。周之琦对史达祖词给予很高的评价。

周之琦的《题心日斋十六家词》还评王沂孙云："碧山才调剧翩翩，风格鄱阳好并肩。姜史姜张饶耳目，人间别有藐姑仙。"① 周之琦将王沂孙与同时期词人相比较。"风格鄱阳好并肩"一句，称扬王沂孙词在艺术风格表现上可与姜夔并肩而美。姜夔词以清空雅丽为最大特色，联系王沂孙之作，其创作最多的咏物词善于将个人情感与外在景物有机融合，用清新之笔勾勒出醇雅的意境。因而，周之琦将王沂孙与姜夔相联系起来而加以评说。

（五）以悲为美的审美趣味

以悲为美是我国文学创作活动的传统。自古文人雅士多躬耕于哀情悲音之中，其机要便在于多受"诗可以怨"、"离群托诗以怨"等观念的影响，这使得诗词创作呈现出以悲为美的鲜明特征。周之琦在论评词作时，尤为推崇表现悲情之作，在审美趣味上也显示出以悲为美的特色。

周之琦的《题心日斋十六家词》评南唐后主李煜云："玉楼瑶殿枉回头，天上人间恨未休。不用流珠询旧谱，一江春水足千秋。"② 周之琦注重发掘词中的深刻内涵。他扼要地指出李煜亡国破家之"恨"，其以个人之痛唤起千古士人之悲，恰如"一江春水"的愁情，言说出亡国之君的无奈心理与情感郁结，引发人的强烈共鸣。叶嘉莹在《迦陵论词丛稿》中有言，"后主此词乃能以一己回首故国之悲，写出了千古人世无常之痛"③。李煜亡国后词作多以"楼"、"月"、"落花"、"流水"等意象书写亡国之悲，诉尽人生失意的酸楚与悔恨，体现出浓重的悲剧色彩，令人读之黯然神伤。王国维在《人间词话》中云："词至李后主而眼界始大，感慨遂深，遂变伶工之词而为士大夫之词。"④ 周之琦评李煜时所言"不用流珠询旧谱"，与王国维所持观点具有一致性，两人都认为在词的发展历程中，李煜具有划时代的意义。他在继承花间与南唐词人创作传统的基础上，将个

---

① 孙克强、裴喆编著：《论词绝句二千首》，南开大学出版社2014年版，第328页。
② 孙克强、裴喆编著：《论词绝句二千首》，南开大学出版社2014年版，第327页。
③ 叶嘉莹：《迦陵论词丛稿》，河北教育出版社1997年版，第31页。
④ 唐圭璋编：《词话丛编》，中华书局1986年版，第4242页。

人命运感怀上升到对人类命运的眷念，由此扩大了词的艺术空间，丰富了词的情感表现，创造出阔大深远的意境。

周之琦的《题心日斋十六家词》评蒋捷云："阳羡鹅笼涕泪多，清辞一卷黍离歌。红牙彩扇开元句，故国凄凉唤奈何。"① 全诗点出蒋捷词充满故国之思与漂泊之感。蒋捷出身名门，衣食无忧，奈何历经时代动荡，流落江湖，饱受风霜之苦。夏承焘有云："有宋一代词事之大者，无如南渡及崖山之覆，当时遗民孽子，身丁种族宗社之痛，辞俞隐而志俞哀。"② 作为宋朝遗民，蒋捷心中充满深重的郁结愁苦。周之琦评其词悲壮凄美、境界宏浑，用血和泪书写出了苦难时期的无助与悲苦，他在推扬蒋捷词悲壮凄美的同时，对词人忠贞爱国的品行也给予了充分的肯定。

统观而论，周之琦评词甚为注重词的悲情之美，他设身处地从创作者这一维度审视词作以悲为美的艺术旨趣，感悟与见出其独特的艺术感染力所在，彰显出独到的批评眼光。

二　论说特点

（一）结合词人生活际遇而论

周之琦在论词绝句中十分注重结合词人生活际遇而论。他在评说温庭筠、李珣、史达祖时，都紧密联系他们的生平状况而加以展开。

周之琦的《题心日斋十六家词》评温庭筠云："方山憔悴坡何人，《兰畹》《金荃》托兴新。绝代风流《乾七子》，前生合是楚灵均。"③ 温庭筠出身于书香门第，颇有才情，渴望在政治上有所建树，可时运不济，仕途多舛。诗中的"方山"指方城山，温庭筠曾被贬为方城尉，"憔悴"二字表现出落魄的形象。漂泊之际，温庭筠仍然期待一展才能，可内心期许与现实之间形成极大的反差。"憔悴"二字，表达出作者对其才情丰赡却穷困潦倒、仕途不顺的深切同情。

周之琦的《题心日斋十六家词》评李珣云："杂传纷纷定几人，秀才

---

① 孙克强、裴喆编著：《论词绝句二千首》，南开大学出版社2014年版，第329页。
② 夏承焘：《夏承焘集》，浙江古籍出版社1998年版，第231页。
③ 孙克强、裴喆编著：《论词绝句二千首》，南开大学出版社2014年版，第327页。

高节抗峨岷。扣舷自唱《南乡子》，翻是波斯有逸民。"① "波斯有逸民"一句，乃指李珣先祖为波斯人，点明其身世。"秀才高节抗峨岷"一句，则联系李珣的仕途状况，指出其忠心事蜀，具有忠君爱国之节操。全诗表现出对李珣爱国气节的高度称赏。

周之琦的《题心日斋十六家词》评史达祖云："长安索米漫郁歔，秘省申呈不负渠。泉底织绡尘去眼，当时侍从较何如。"② "长安索米"一词，在将词人生活窘境书写出来的同时，也道出其痛苦无奈。词人有心归隐，然无钱安舍，不得不在长安折腰于权贵，这充分表现出词人空有才华，却为生存而无奈屈从的矛盾状况。周密在《浩然斋雅谈》中云："史达祖邦卿，开禧堂吏也。当平原用事时，尽握三省权。一时士大夫无廉耻者皆趋其门，呼为梅溪先生。韩败，达祖亦贬死。"③ 史达祖只是一个"堂吏"，但韩侂胄对他甚为重视，韩侂胄由于北伐失败而去势，史达祖也未获善终。周之琦对史达祖的仕途经历表达出强烈的感叹。他提出，如果史达祖当初听从他人的意见，选择离开韩侂胄圈子，其结果会不会有所不同呢？诗句既表现出史达祖身世境遇的凄凉，也传达出诗人对其人生遭遇的无限感慨。

（二）注重梳理词的源流线索

周之琦评词，注重将作者置于词的发展脉络之中，梳理源流线索。其《题心日斋十六家词》评贺铸云："雕琼镂玉出新裁，屈宋嬗施众妙该。他日四明工琢句，瓣香应自庆湖来。"④ 诗中论涉到吴文英和贺铸，指出了吴文英词中炼字琢句的特点是受到贺铸影响的。贺铸在炼字琢句中，往往能于细节之处用心，将文字的虚与实、隐与显有机融合，从而使作品波澜起伏、韵味无穷。吴文英词在承纳与衍化贺铸炼字琢句特点的同时，又体现出自身的开拓与创新。总之，不论是贺铸词的韵味深长还是吴文英词的意旨深远，都体现出炼字琢句的功力。周之琦认为，吴文英对贺铸炼字琢句特点的继承衍化，孕育出了无穷的灵机新意。

---

① 孙克强、裴喆编著：《论词绝句二千首》，南开大学出版社2014年版，第327页。
② 孙克强、裴喆编著：《论词绝句二千首》，南开大学出版社2014年版，第328页。
③ 周密撰，孔凡礼点校：《浩然斋雅谈》，中华书局2010年版，第16页。
④ 孙克强、裴喆编著：《论词绝句二千首》，南开大学出版社2014年版，第328页。

周之琦的《题心日斋十六家词》评张翥云："谁把传灯接宋贤,长街掉臂故超然。雨淋一鹤冲霄去,寂寞骚坛五百年。"①周之琦将张翥看作承接宋代词风的贤士,对他在词史上的地位作出很高的评价。两宋时期是词发展的鼎盛时期,至元代渐趋衰落。张翥在艺术表现中效法南宋姜夔等人之作,其艺术风格表现清新雅丽,"为一代正声"。总之,周之琦在评词时,往往将批评的眼光置于整个词史发展中进行考察。他较为注重词作特质的承纳衍化,在一定意义上,将词史上的源流之论串联了起来。

(三)擅长引用词句入诗

周之琦的《题心日斋十六家词》,有五首化用了词人词作入诗,可见他对引用词句入诗评说方式的熟练运用。在这些论词绝句中,有评韦庄所用的诗句"负他春水碧于天",援自韦庄《菩萨蛮》中的"春水碧于天";评孙光宪时,所用诗句"最苦相思留不得",援自其《谒金门》中的"留不得!留得也应无应"。除此二句完整地化用词人词句外,其余三句化用词作中的短语入诗。其评李煜时,所用诗句"一江春水足千秋"中的"一江春水",出自李煜《虞美人》中的"问君能有几多愁,恰似一江春水向东流"之句;评李珣时,"扣舷自唱《南乡子》"中的"扣舷",出自李珣《南乡子》(其三)中的"扣弦歌,采珍珠处水风多"之句;评孙光宪时,"一庭疏雨善言愁"中的"一庭疏雨",出自其《浣溪沙》中的"一庭疏雨湿春愁"之句,周之琦将"一庭疏雨湿春愁"中的"一庭疏雨"化用到论词绝句之中,还化用了词人词句,将"湿春愁"化用为"善言愁"。

总体来看,周之琦的《题心日斋十六家词》,其批评观念主要有五:一是倡导真情而发,以情感表现为词作之本,强调真情实感在词的创作中的重要意义。二是推扬比兴寄托,提倡词作发挥兴寄表现功能,蕴含丰富深刻的意蕴。三是强调音律表现,认为音乐性乃词的本质特性。四是崇尚清空醇雅,推尚以自然雅丽之笔勾勒清空醇雅之境。五是显示出以悲为美的艺术趣味,推崇富于悲情感人之作。其论说方式主要有三:一是善于结合词人生活境遇而论,提倡知人论世。二是注重梳理词的源流线索,将所评词人置于词史发展的脉络中进行考量。三是擅长引用所评词人词作之语

---

① 孙克强、裴喆编著:《论词绝句二千首》,南开大学出版社2014年版,第329页。

入诗。周之琦的论词绝句,在我国传统词学史上有着独特的价值及地位。

第二节　王僧保《论词绝句三十六首》的批评观念与论说特点

王僧保(1792—1853),字西御,号秋莲子,江苏仪征人,诸生。他性情孤傲伉爽,不随于流俗,筑松西书屋而居,杂莳花竹,吟咏其间。精于词,擅长刻画愁绪,骨力遒劲,风格悲凉;亦工诗,多为纪游之作。清代咸丰三年(1853),太平军攻陷扬州,毁其书屋,遂绝食而死。著有《秋莲子词》三卷、《论词绝句》一卷等七种,汇为《词林丛著》,凡十卷;又有《西御诗存》一卷、《暂园集》一卷、《爪雪集》一卷。

王僧保的论词绝句共有三十六首,大致分为三个部分。第一部分为总论即第一首诗。第二部分为具体词人词作之评,论涉的词家分别为李白、南唐后主李煜、晏殊、晏几道、柳永、欧阳修、苏轼、黄庭坚、李清照、陈允平、周紫芝、曾觌、张孝祥、吴文英、辛弃疾、姜夔、蒋捷、张炎、张翥等。第三部分主要表达作者所持的创作理念与艺术旨趣。总体来看,以《论词绝句三十六首》为考察对象,基本可窥探出王僧保的词学观念。

一　批评观念

(一)推尚情感表现

"情"乃我国传统文论的重要范畴,标示出文学创作的本质所在。我国古典词学对于"情"的论说源远流长,甚为丰富多样。如,南宋时期,王灼在《碧鸡漫志》中云:"或曰,古人因事作歌,抒写一时之意,意尽则止,故歌无定句。因其喜怒哀乐,声则不同,故句无定声。今音节皆有辖束,而一字一拍,不敢辄增损,何与古相戾欤。予曰,皆是也。今人固不及古,而本之性情,稽之度数,古今所尚,各因其所重。"[①] 王灼认为词源于人的性情,是人之情感的艺术化传达。他以古之歌行体与词体相对照,认为歌行体缘事而发,而词体强调字句与曲调的有序配合,不如歌行

---

① 唐圭璋编:《词话丛编》,中华书局1986年版,第80页。

体自在随和，但歌行体与词体一样都生发于创作者的情感，只是表现形式有所差异而已。清代前期，沈谦在《填词杂说》中亦云："词不在大小浅深，贵于移情。'晓风残月'、'大江东去'，体制虽殊，读之皆若身历其境，惝恍迷离，不能自主，文之至也。"① 沈谦论断词创作的本质意义，便在于主体情感的贯注与艺术化呈现，而无关乎境界表现的大小深浅。他具体以柳永的《雨霖铃》和苏轼的《水调歌头》为例，认为两人艺术风格迥异，但都让人沉醉其中，难以自拔。王僧保在论词绝句中，亦反复申论词的创作乃主体情感蕴蓄与表现的必然结果。

在王僧保的《论词绝句三十六首》中，大致有六首诗涉及创作主体情感表现之论，主要体现在第三首、第二十二首、第二十三首、第二十四首、第二十八首之中。其论涉到的词人有南唐后主李煜、宋璟、晏几道、贺铸、陈允平、陈与义、谢逸、张翥等。

王僧保主张情感表现要真挚自然。其《论词绝句三十六首》（之三）评南唐后主李煜云："落花流水寄嗟欷，如此才情绝世稀。谁遣斯人作天子，江山满目泪沾衣。"② 李煜的《浪淘沙》有"流水落花春去也，天上人间"一句。王僧保感叹李煜才情。后两句诗中，王僧保联系身世际遇，感叹其人生错位，表现出对词人遭遇的深切同情。余怀在《玉琴斋词序》中有云："李重光风流才子，误作人主，至有入宋牵机之恨。其所作之词，一字一珠，非他家所能及也。"③ 余怀联系词人现实生活，对其"误作人主"深表惋惜，但对其才人之能甚为称扬。王僧保论及李煜词情感表现，所持视点与余怀相似，也联系词家血泪人生，认为一字一珠乃郁结而发的产物，其情感表现真挚深沉、自然感人。

王僧保的《论词绝句三十六首》（之六）评张炎云："前辈风流玉照堂，翩翩公子妙词章。千金散尽身漂泊，对酒当歌不是狂。"④ "玉照堂"乃指张镃的《玉照堂词》。"前辈"指张镃，张炎乃张镃后辈，出身于贵胄之家，精于词。早年间，他过着富家子弟渥华悠闲的诗酒生活，以西湖美

---

① 唐圭璋编：《词话丛编》，中华书局1986年版，第629页。
② 程郁缀、李静：《历代论词绝句笺注》，北京大学出版社2014年版，第300页。
③ 龙榆生：《唐宋名家词选》，上海古籍出版社2014年版，第67页。
④ 程郁缀、李静：《历代论词绝句笺注》，北京大学出版社2014年版，第302页。

景为写作对象,形成了清秀雅淡的艺术风格。宋亡后,张炎从贵家子弟成为江湖落拓之徒,词中,他将家国之感与身世之悲融为一体,常于词中感叹身世之悲与家国之痛。其《台州路》中有云:"十年前事翻疑梦,重逢可怜俱老。"《台城路》中有云:"叹千里悲歌,唾壶敲缺。"《忆旧游》中有云:"乍见翻疑梦,对萧萧乱发,都是愁恨。"过去繁华富足的生活已成往事云烟,现在词人心中只有无尽的伤感怀恋。郑思肖在《玉田词题辞》中云:"吾识张循王孙玉田前辈,喜其三十年汗漫南北数千里,一片空狂怀抱,日月化雨为醉。"① 张炎的真挚深沉之情与其所经历的家国之痛有着深刻的联系,自然造就出其词的独特魅力。又如,舒岳群在《赠玉田序》中有云:"宋南渡勋王之裔子玉田张君,自社稷变置,凌烟废堕,……笑语歌哭,骚姿雅骨,不以夷险变迁也。"② 可见,抒发家国之感乃张炎词的重要内涵,王僧保的"千金散尽身漂泊,对酒当歌不是狂",对张炎人生之痛是识见深刻的。

王僧保的《论词绝句三十六首》(之二十八)评张翥云:"身世悲凉阅盛衰,关山梦里涕淋漓。苍茫独立谁今古,屈子《离骚》变雅遗。"③ 张翥见证了元朝兴衰,悯乱忧时,其词有慷慨之音、悲凉之气。王僧保推尚张翥词为"《离骚》变雅"之遗,此正如其《陌上花》中所云"关山梦里,归来还又岁华催晚"。作者于词中融入人生体验,言随意转,语辞工丽,抒情真切而含蓄婉曲。先著在《词洁辑评》中评《陌上花·关山梦里》云:"元词张仲举为工,然无刻入之句。"④ 张翥以飘零伤乱之情驾驭笔端,如他在《声声慢·扬州筝工沈生弹虞学士浣溪沙求赋》中有云:"我亦从来多感,但登山临水,慷慨愁生。"在《沁园春·泉南初度》中有云:"怪朗吟御史,笑回红粉送归司马,泪湿青衫。"在《木兰花慢·次韵陈见心文学孤山问梅》中有云:"如今憔悴客愁村。难返暗香魂。"《四库全书简明目录》评"其词皆风流宛转,有姜夔、吴文英之遗。又一身阅元之盛衰,故闵乱忧时,颇多楚调"⑤。张翥一生将伤时之感、飘零之悲表

---

① 张炎撰,吴则虞校辑:《山中白云词》,中华书局1983年版,第164页。
② 张炎撰,吴则虞校辑:《山中白云词》,中华书局1983年版,第165页。
③ 程郁缀、李静:《历代论词绝句笺注》,北京大学出版社2014年版,第320页。
④ 唐圭璋编:《词话丛编》,中华书局1986年版,第1361页。
⑤ 孙克强、岳淑珍编著:《金元明人词话》,南开大学出版社2012年版,第237页。

现于词中，又于词中展现出其对时代社会的深沉关注。总体观之，张翥词重视言情，但其所言之情与"批风抹月"的艳情形成鲜明的对照，他以"老成"笔法表现出对时代的关切，对自身际遇的吟咏，形成了语真意切的艺术风貌。

王僧保的《论词绝句三十六首》（之十七）评宋璟与晏几道云："韵事咏梅宋广平，当歌此老亦多情。梦魂又踏杨花去，不愧风流济美名。"[①] 宋璟世称"宋和平"，有《梅花赋》，词人因物感怀，兴致生发，将所萦绕的情感诉诸笔端。晏几道之词有云："梦魂惯得无拘检，又踏杨花过谢桥。"词人春夜怀人，将现实中不可能之举付诸梦中，虚实结合，语出新奇。又如，其《论词绝句三十六首》（之二十二）评贺铸云："眼前有景赋愁思，信手拈来意自怡。词客竞传佳话说，须知妙悟熟梅时。"[②] 王僧保称扬贺铸之作，认为其情真意切。《青玉案》一词以情景交融之法传达出深深的愁思。其中，"梅子黄时雨"乃为世人所称赏。先著、程洪的《词洁辑评》评方回《青玉案》云："工妙之至，无迹可寻，语句思路，亦在目前，而千人万人不能凑泊。山谷云：'解道江南断肠句，只今惟有贺方回。'其为当时称许如此。"[③] 可见，贺铸词言情绝妙，其情真意切，情中布景，景中见情。其《论词绝句三十六首》（之二十三）评陈允平云："词人多半善言愁，月露连篇欲语羞。"[④] 其第二十四首诗评陈与义、谢逸云："笛声吹彻想风情，酒馆青旂别绪萦。"[⑤] 可以看出，王僧保甚为推崇情感表现之作，其诗句中涉及创作者的身世自怜之情、物事寄怀之情、怀人相思之情、家国感怀之情。他认为，人世际遇中大小轻重的社会感叹与人生忧乐都可寄寓于词中。

（二）强调兴寄之意

清代嘉庆、道光年间，浙西派创作弊端日益显露，人们对浙西派的词学主张进行反思，不满浙西末流过分注重形式技巧。常州词派以突出意蕴表现，关注生命情感的传达而登上词坛，在当时产生了广泛深远的影响。

[①] 程郁缀、李静：《历代论词绝句笺注》，北京大学出版社2014年版，第310页。
[②] 程郁缀、李静：《历代论词绝句笺注》，北京大学出版社2014年版，第314页。
[③] 唐圭璋编：《词话丛编》，中华书局1986年版，第1350页。
[④] 程郁缀、李静：《历代论词绝句笺注》，北京大学出版社2014年版，第314页。
[⑤] 程郁缀、李静：《历代论词绝句笺注》，北京大学出版社2014年版，第315页。

王僧保论词时亦充分注重词的思想内涵，主张词的艺术表现要寄托深意。

王僧保的《论词绝句三十六首》（之三十二）云："人人弄笔强知音，孤负霜毫莫浪吟。千载春花与秋月，一经寄托便遥深。"① 王僧保倡导词的创作要寄托深致，反对空洞浮华，对"人人弄笔"而造成的无病呻吟、矫揉造作现象予以痛斥。他主张词作内容充实有深意，自古被文人所吟唱的"春花与秋月"，一经寄托便令人寻味。周济在《词辨自叙》中有云："以为词者，意内而言外，变风骚人之遗。其叙文旨深词约，渊乎登古作者之堂，而进退之矣。"② 周济认为，词的创作应注重内涵的传达，讲究托寓深意。况周颐在《蕙风词话》中有云："词贵有寄托。所贵者流露于不自知，触发于弗克自已。身世之感，通于性灵即性灵，即寄托，非二物相比附也。横亘一寄托于搦管之先，此物此志，千首一律，则是门面语耳，略无变化之陈言耳。"③ 况周颐反对词家高标寄托却书写不出真正的有意致之作，他提出"性灵即寄托"，反对将"寄托"一味格套化、僵硬化。王僧保实际上亦持相似之论。他以诗词中经常出现的"春花"、"秋月"为对象，认为寄托应有具体的立足点，主张以具体的物事传达遥深的意旨。

王僧保的《论词绝句三十六首》（之三十三）云："儿女恩情感易深，更兼怨别思沉沉。美人芳草多香泽，不是《离骚》意亦淫。"④ "美人芳草"指美人香草，比喻国君及诸贤臣，《离骚》中以美人香草之辞寄寓忠君爱国之思。王僧保提及此，意在阐明词的创作应继承比兴寄托传统，以比兴之法表现丰富多样的内涵。作为诗歌创作的常用表现形式，比兴之法一直为诗家所关注，尤其是从《诗经》到《楚辞》，比兴形式实现了跨越式的发展。《离骚》中将"比"与"兴"交合，形成了"香草美人"的象喻系统。王僧保认为，将比兴表现形式与含蓄深厚内蕴相整合，以此构造出词作精美婉丽、意旨深远之表现形式，实际上，此即为王国维"要眇宜修"之意。可见，王僧保对于词作内蕴含蓄深美有着独到的见解。他也同时关注到儿女之思、离别之情动人心腑，主张要避免情感表现的浅露

---

① 程郁缀、李静：《历代论词绝句笺注》，北京大学出版社2014年版，第322页。
② 唐圭璋编：《词话丛编》，中华书局1986年版，第1637页。
③ 唐圭璋编：《词话丛编》，中华书局1986年版，第4526页。
④ 程郁缀、李静：《历代论词绝句笺注》，北京大学出版社2014年版，第322页。

直白。

王僧保的《论词绝句三十六首》（之三十四）云："沉思渺虑窈通神，一片清光结撰成。岂许人间轻薄子，柔弦曼管写私情。"① 王僧保认为，词的创作要深思细酌，经过细致之思的词，能够促使创作者与欣赏者在艺术传达中实现融汇互通。他主张词的创作要书写出深广的现实内涵，反对一味表现个人之"私情"。王昶曾有云："词至碧山、玉田，伤时感事，上与风骚合旨，小道云乎哉！通人之言，识解自卓。"② 王昶认为，王沂孙、张炎之作摆脱了狭隘的个人情感，与社会现实显示出深广的联系，其旨意含蓄深厚，入乎风雅之道。可见，王僧保与王昶等人都赞同词作摆脱个人情感的宣泄，反映深广的社会现实与生活内涵。

（三）称赏气节表现

词人格高气清，则其作品很可能呈现出不凡的意蕴，彰显出独具特色的生命魅力。与王僧保大抵处于同一时期的孙麟趾在《词径》中有云："天之气清，人之品格高者，出笔必清。"③ 孙麟趾称赏创作主体高尚之气节，认为主体气节高尚则其作品也必然有不俗的格调。王僧保评词时亦甚为看重词人之气节表现。

王僧保的《论词绝句三十六首》（之十三）评张孝祥云："唾壶击碎剑光寒，一座欷歔墨未干。别有心胸殊磊落，不同花月寄悲欢。"④ 王僧保称赏张孝祥的人品，认为其胸怀天下，词中充满忧患意识，英特迈往之气非一般摹写花月以寄闲情者可比。南宋时期，金兵入侵，社会动荡不安，不少词家书写出慷慨悲凉之音。张孝祥便是这些词人中的代表之一，爱国忧民成为其创作的主旋律。如，《水调歌头·雪洗虏尘净》、《木兰花慢·拥貔貅万骑》、《浣溪沙·霜日明霄》等，皆为眷注君国之作，其用语磊落刚健，词风慷慨淋漓。查礼在《铜鼓书堂词话》中评张孝祥词"声律宏迈，音节振拔，气雄而调雅，意缓而语峭"⑤。张孝祥以家国之悲为站位，其词确乎体现出很高的艺术价值。

---

① 程郁缀、李静：《历代论词绝句笺注》，北京大学出版社2014年版，第323页。
② 张璋、职承让、张骅、张博宁编纂：《历代词话》，大象出版社2002年版，第1457页。
③ 唐圭璋编：《词话丛编》，中华书局1986年版，第2555页。
④ 程郁缀、李静：《历代论词绝句笺注》，北京大学出版社2014年版，第308页。
⑤ 唐圭璋编：《词话丛编》，中华书局1986年版，第1482页。

王僧保的《论词绝句三十六首》（之十六）评蒋捷云："红近阑干韵最娇，泥人香艳易魂销。春风词笔浑无赖，独抱孤芳耐寂寥。"① 蒋捷有《虞美人·梳楼》一词，书写其羁旅他乡的凄迷心境，用语工巧，选字锤炼。词中"海棠红近绿阑干"一句，淡雅清新。王僧保在称赏蒋捷词的同时，对其坚守气节予以大力肯定。作为南宋遗民，蒋捷坚拒仕元，隐居竹山，抱节终身。在动乱的社会背景中，蒋捷将对故国的思念及自身凄凉遭遇书写于词中，特殊的人生体验丰富了其词作内涵，黍藜麦秀之悲成为词中的主调。吴衡照在《莲子居词话》中有云："陈西麓尝为制置司参议官。宋亡，有告庆元遗老通于海上，西麓为魁，幸而得脱。蒋竹山，元大德间宪使臧梦解、陆垕文章荐其才，卒不起。生平著述，多以义理为主，有小学详断。观二公之轶事，足见品谊之高，不止为填词家也。"② 吴衡照对蒋捷品德大力称扬，认为其词不仅是对自我遭遇的深切感怀，更蕴含着对民族气节的执着坚守。王僧保论词时也正是关注到了词人对家国的由衷眷怀之情。

王僧保的《论词绝句三十六首》（之二十六）评曾觌、周紫芝云："竹坡何事亦工愁，海野悲凉汴水流。须识文章关气节，才名终与秽名留。"③ "竹坡"指周紫芝。其早年喜爱晏几道词，故填词时似小晏体制，讲究凝练工妙，与北宋疏宕自然之主导路径有所出入。"海野"指曾觌的《海野词》，其中多表现感慨悲凉之意。王僧保指出周紫芝、曾觌词作特点的同时，对其人品表现出批判的态度。他认为，文章与气节息息相关，周紫芝为枢密院编修官时已在暮年，却阿谀秦桧、秦熺父子，为他们所作诗词达几十首之多。周紫芝甚至称秦桧为"元臣良弼"，其谄媚奉承之相甚有伤为人之气节，真可谓"老而无耻，贻玷汗青"。曾觌与龙大渊同为宋孝宗为建王时的幕僚，善于察言观色，颇得宋孝宗欢心，后与龙大渊恃宠干政，广收贿赂，后世将两人列为奸佞。如，纪昀等的《四库全书总目提要》评曾觌云："黄昇《花庵词选》谓其语多感慨，凄然有黍离之悲。虽与龙大渊朋比作奸，名列《宋史·佞幸传》中，为谈艺者所不齿，而才华

---

① 程郁缀、李静：《历代论词绝句笺注》，北京大学出版社2014年版，第309页。
② 唐圭璋编：《词话丛编》，中华书局1986年版，第2414页。
③ 程郁缀、李静：《历代论词绝句笺注》，北京大学出版社2014年版，第318页。

富艳，实有可观。"① 可以看出，曾觌品行不端而文采卓然，才名最终掩盖不住其污点，此正如王僧保所云"才名终与秽名留"，他们最终被钉在历史的耻辱柱之上。

二 论说特点

（一）关注词人境遇

在批评方法上，王僧保论词体现出知人论世的特点。其《论词绝句三十六首》（之六）评张炎云："前辈风流玉照堂，翩翩公子妙词章。千金散尽身漂泊，对酒当歌不是狂。"② 张炎身为贵胄后裔，工于填词，风格清新流畅，时有惊警之意。诗中"千金散尽身漂泊"一句，指张炎家道中落后的凄凉处境。作为贵胄公子，他本生活悠闲自在，元兵攻陷临安，祖父张濡被元人所害，身遭变故的他漂泊异乡，居无安所。张炎常以个人之愁寄寓国家衰亡之痛。他不愿俯首事敌，怀抱空旷。可见，宋亡之后，张炎的人生际遇深刻地影响了其词的创作。

王僧保的《论词绝句三十六首》（之十九）评柳永云："波翻太液名虚负，只博当筵买笑钱。不是晓风残月句，未应一代有屯田。"③ "波翻太液名虚负"，指的是柳永将所作《醉蓬莱·渐亭皋叶下》一词，投献于宋仁宗以望重用，结果适得其反。词中"夜色澄鲜"、"漏声迢递"、"月明风细"等景物描写颇具美感，但与歌颂帝王功德的主题不显相和。此外，词中出现的颂词竟有语句与悼词暗和，如"宸游，凤辇何处"与御制《真宗挽词》暗合。由此，宋仁宗甚为不悦，柳永"自此不复擢用"。王僧保在点明柳永仕途不顺外，认为其应制词多阿谀奉承之语，不具有较高的价值。"只博当筵买笑钱"，指词人科考受挫，因事书怀，写下《鹤冲天·黄金榜上》一词。其中"忍把浮名，换了浅斟低唱"，本为失意之人的牢骚语，后传到宋仁宗耳中，仁宗大为恼怒。胡仔在《苕溪渔隐丛话》中引《艺苑雌黄》云："柳三变字景庄，一名永，字耆卿，喜作小词，然薄于操行。当时有荐其才者，上曰：'得非填词柳三变乎。'曰：'然。'上曰：

---

① 永瑢：《四库全书总目》，海南出版社1999年版，第1083页。
② 程郁缀、李静：《历代论词绝句笺注》，北京大学出版社2014年版，第302页。
③ 程郁缀、李静：《历代论词绝句笺注》，北京大学出版社2014年版，第311页。

'且去填词。'由是不得志,日与猥子纵游娼馆酒楼间,无复检约,自称云'奉旨填词柳三变'。"① 由此看出,官场之门彻底向柳永关上了。"不是晓风残月句,未应一代有屯田",王僧保尤为称赏柳永"今宵酒醒何处,杨柳岸、晓风残月"一语,认为其确乎为千古传颂的佳句。

(二) 善用比较之法

王僧保在论词绝句中善于运用比较之法,彰显其批评意向。其《论词绝句三十六首》(之二)云:"倚声宋代始专家,情致唐贤小小夸。刘白温韦工令曲,谪仙谁与并才华。"② 王僧保所言"始专家"、"情致唐贤小小夸",表明唐时之词多表现作者情志。"刘白温韦"乃指唐五代词人刘禹锡、白居易、温庭筠、韦庄,他们都擅长填词,但与李白相比,四人还是稍逊一筹。王僧保通过对刘禹锡等人与李白的比较,高度称誉李白的创作才情。其《论词绝句三十六首》(之十一)云:"精心音律有清真,往复低徊独怆神。若与梅溪评格调,略嫌脂粉污佳人。"③ 王僧保认为,周邦彦词音律精巧,声调回环往复,情感深致感人,但就格调而论,其词并不及史达祖。周邦彦之作多绮语,虽精工富艳,却少见骨格;史达祖词情辞兼备,兼具瑰奇、洒脱、闲婉、清新之长。因此,王僧保论及周邦彦、史达祖时,明确表明自己的论评态度,彰显出对有格调之作的推扬。

王僧保的《论词绝句三十六首》(之二十六)云:"竹坡何事亦工愁,海野悲凉汴水流。须识文章关气节,才名终与秽名留。"④ 王僧保运用类比之法,将周紫芝与曾觌相提并论,认为两人的才名卓著,但为人行事有伤气节。周紫芝、曾觌虽有才名,但他们品行不端终为人所不齿。总之,王僧保将周紫芝、曾觌置于同一首诗中,既推扬两人的创作才华又批评他们为人之气节,褒贬之意鲜明可见。

(三) 论评与阐说相结合

王僧保善于将具体论评与理论阐说相互结合,以体现所持词学观念及欣赏旨趣。其《论词绝句三十六首》(之四)评姜夔云:"缥缈孤云漾太

---

① 唐圭璋编:《词话丛编》,中华书局1986年版,第171页。
② 程郁缀、李静:《历代论词绝句笺注》,北京大学出版社2014年版,第299页。
③ 程郁缀、李静:《历代论词绝句笺注》,北京大学出版社2014年版,第306页。
④ 程郁缀、李静:《历代论词绝句笺注》,北京大学出版社2014年版,第318页。

第四章　晚清时期的论词绝句

清，定知冰雪净聪明。凄凉一曲《长亭怨》，擅绝千秋白石名。"① 王僧保给予姜夔极高的评价，认为其词清逸俊朗，达到"极炼而不炼，出色而本色"的效果，看似工于字句锤炼却毫无斧凿之气貌。其《论词绝句三十六首》（之三）评南唐后主李煜云："落花流水寄嗟欷，如此才情绝世稀。"② 诗人巧用"流水落花春去也"之句，评说李煜以"流水落花"意象寄寓身世之悲，将平凡之景赋予丰富深广的艺术内涵。其《论词绝句三十六首》（之五）评李清照云："易安才调美无伦，百代才人拜后尘。比似禅宗参实意，文殊女子定中身。"③ 王僧保认为，李清照词具有很高的艺术造诣。他将李清照比譬为文殊菩萨，对她超群的创作才力予以高度称扬。其《论词绝句三十六首》（之七）评苏轼、辛弃疾云："何人创立苏辛派，两字粗豪恐未工。"④ 王僧保充分肯定苏轼、辛弃疾对词风的开拓及贡献，认为他们的词乃豪放中见出精细，不能将两人的创作特点视为"粗豪"。此外，王僧保认为吴文英"语太工"，黄庭坚"绝无雅韵"，陈允平"多半善言愁"，如此等等。

　　王僧保的《论词绝句三十六首》后八首诗具有较强的理论色彩。如，第二十九首诗云："风流相尚溯当年，不少名家简牍传。论断若无心得处，依人作计亦徒然。"⑤ 此乃王僧保对词学批评的总体持论。他认为，品评前世名家流传下来的词时，应有自己的心得体悟，切不能盲目依从他人之论。其第三十首诗云："残葩剩粉亦堪珍，或恐飘零委劫尘。字字打从心坎上，此中自有赏心人。"⑥ 其第三十一首诗云："南北诸贤既渺然，寥寥同调最堪怜。瓣香未坠从人乞，吟断回肠悟秘诠。"⑦ 此乃王僧保的具体赏词之论。他认为，残存下来的词集尤为珍贵，赏读时应细细品味，把握精细之处，体会作者之用心。王僧保还就词的创作提出看法。其第三十二首

---

① 程郁缀、李静：《历代论词绝句笺注》，北京大学出版社2014年版，第300页。
② 程郁缀、李静：《历代论词绝句笺注》，北京大学出版社2014年版，第300页。
③ 程郁缀、李静：《历代论词绝句笺注》，北京大学出版社2014年版，第301页。
④ 程郁缀、李静：《历代论词绝句笺注》，北京大学出版社2014年版，第303页。
⑤ 程郁缀、李静：《历代论词绝句笺注》，北京大学出版社2014年版，第320页。
⑥ 程郁缀、李静：《历代论词绝句笺注》，北京大学出版社2014年版，第321页。
⑦ 程郁缀、李静：《历代论词绝句笺注》，北京大学出版社2014年版，第321页。

诗云："千载春花与秋月，一经寄托便遥深。"① 其第三十三首诗云："美人芳草多香泽，不是《离骚》意亦淫。"② 王僧保认为，词的创作贵在讲究内涵丰富、意旨深厚，这样的词往往具有经久不息的艺术魅力。在情感表现上，创作者也不能一味地抒发"私情"，而应充分地关注社会现实，将个人感受与时代内涵相互融合。其第三十五首诗云："别有心情人不识，春秾秋艳要思量。"③ 王僧保肯定词人创作时的匠心独运，认为词的惊奇之处是很有必要的，如寻常"裁红剪绿"之句必流于平俗，难以让人耳目一新。其第三十六首诗云："百编寻思总未安，真源自在语知难。"④ 王僧保还识见到词人创作甘苦非言语所能道尽，见出了现实生活对于词创作的根本意义。

总体来看，王僧保的《论词绝句三十六首》，所论涉的对象涉及唐代至元代的不少词人，论涉范围比较广泛。在词学批评观念上，其主要体现在三个方面：一是推尚情感表现；二是强调兴寄托意；三是称赏词人气节表现。在论说特点上，其主要也体现在三个方面：一是关注词人生平境遇；二是善用比较之法；三是将具体词人词作之评与词学理论阐说相互结合。王僧保的论词绝句数量较多，形成一定的批评影响力，在我国传统词学批评史上有着重要的价值及地位。

第三节　谭莹《论词绝句一百首》的批评观念与论说特点

谭莹（1800—1871），字兆仁，号玉生，南海（今广东广州）人。清代道光二十四年（1844）举人，曾官化州训导，后为琼州府学教授。自幼敏迈，于书无所不窥，长于词赋与骈文，好搜辑粤中文献，助友人伍重曜刻《岭南遗书》、《粤雅堂丛书》、《乐志堂集》。

谭莹的《论词绝句一百首》论涉了自唐代至清朝的词坛名家，有李

---

① 程郁缀、李静：《历代论词绝句笺注》，北京大学出版社2014年版，第322页。
② 程郁缀、李静：《历代论词绝句笺注》，北京大学出版社2014年版，第322页。
③ 程郁缀、李静：《历代论词绝句笺注》，北京大学出版社2014年版，第323页。
④ 程郁缀、李静：《历代论词绝句笺注》，北京大学出版社2014年版，第323页。

白、白居易、张志和、韩翃、温庭筠、韩偓、蜀主孟昶、南唐中主李璟、南唐后主李煜、和凝、韦庄、宋徽宗赵佶、宋高宗赵构、寇准、晏殊、林逋、韩琦、范仲淹、司马光、宋祁、欧阳修、柳永、张先、晏几道、苏轼、黄庭坚、秦观、晁补之、张耒、贺铸、毛滂、王诜、舒亶、王安石、王观、聂冠卿、蔡挺、苏过、谢逸、周邦彦、徐伸、万俟雅言、吕滨老、王安中、曾觌、詹天游、赵鼎、向子諲、叶梦得、陈与义、朱敦儒、张孝祥、辛弃疾、赵彦端、刘过、陈亮、张镃、陆游、廖莹中、俞国宝、黄机、刘克庄、卢祖皋、姜夔、戴复古、高观国、史达祖、张辑、吴潜、吴文英、黄孝迈、黄升、蒋捷、张炎、陈允平、徐照、周密、孙惟信、王沂孙、李南金、文天祥、陈参政、《乐府补题》（算一人）、李清照、朱淑真、郑文妻孙氏、严蕊、无名氏，共八十八人。谭莹的论词绝句所评词人数量众多、涉及面甚广，批评内容十分丰富，在我国传统词学批评史上有着极为突出的地位。

一　批评观念

（一）推崇词品为本

谭莹论词绝句的一个突出特点是推重词品，以品格呈现为衡量词人词作的重要标准。其《论词绝句一百首》（之四十五）评谢逸云："杏花村馆有词题，驿壁曾烦驿卒泥。未览《溪堂词》一卷，但名蝴蝶品流低。"[①] 谢逸乃江西诗派的重要成员。江西诗派中大多数人都沿袭黄庭坚的精神，即"士大夫处世可以百为，唯不可俗，俗便不可医也"，崇尚淡泊超然的气节，不与流俗同道。谢逸将黄庭坚此种精神流布于创作之中。他的词数量虽不算多，现存六十二首，但人们对其评价较高。惠洪在《跋谢无逸诗》中云："置于文潜、补之集中，东坡不能辨。"[②] "杏花村馆有词题"，指谢逸的《江神子》中有"杏花村馆酒旗风"一句。该词主人公在孤寂幽凄的环境下追忆往昔，只有芳草连天，思念之情愈加浓厚，想见却不能见，唯有寄托于山水。"驿壁曾烦驿卒泥"，指谢逸在驿馆墙壁上所题《江神子》（杏花村馆酒旗风）一词受到人们的肯定。行人多次向驿馆役卒索

[①] 程郁缀、李静：《历代论词绝句笺注》，北京大学出版社2014年版，第367页。
[②] 惠洪：《石门文字禅》卷二十七，影印文渊阁《四库全书》本。

要纸张将此词抄写下来，役卒对此感到十分烦扰，故用泥巴将词抹去。谭莹化用此故实表明其对谢逸《江神子》一词的高度评价。"未览《溪堂词》一卷，但名蝴蝶品流低"二句中，"蝴蝶"一语指《溪堂词》。谢逸尝作咏蝶诗三百首，故被人呼为"谢蝴蝶"。谭莹采用反语以强化其对谢逸词品高拔的推扬。谭莹认为，未细读过谢逸的《溪堂词》而评其词品流俗乃极大的错误。谢逸对品格的追求不仅体现在创作之中，亦体现在交友之道中。他交友的对象皆为品行高洁之士。其《集西塔寺怀亡友汪信民以念君子温其如玉为韵探得念字》一诗称汪革云："吾友汪夫子，才力百夫赡。独立流俗中，如山不可堑。"在《林间录序》中，谢逸又云："大抵文士有妙思，惟体道之上，见亡执谢，定乱两融，心如明镜，遇物便了，故纵口而笔，肆读而书，无遇而不贞也。"① 可见，谢逸不为功名利禄所动摇。谭莹高度推扬谢逸，认为其词于婉约之中体现出不俗的品格。

谭莹的《论词绝句一百首》（之五十四）评赵鼎云："香余鸳帐冷金倪，名相词传品未低。唱彻声声《苏武令》，人言作者李梁溪。"② 赵鼎为南宋时期著名的政治家与文学家，诗词文俱工，其词作主要收录于王鹏运《四印斋所刻词》中的《宋四名臣词》。他与李纲、李光、胡铨并称为"南渡四名臣"。"香余鸳帐冷金倪"，乃指赵鼎《点绛唇·春愁》中的"香冷金炉，梦回鸳帐余香嫩"一句。此乃女子伤春之作，词人以杏花零落起兴，书写闺中女子从梦中醒来，将目光转向窗外晚春之景，正值清明之际，寒意肃起，让人心生哀怨凄婉之感。春去秋来、花开花落本是自然现象，但作者因美好时光不再而生发惆怅，其刻画伤春的愁容，更多地表现出珍惜时光、挚爱生命之情怀。谭莹评说赵鼎词是其个人情感的自然流露，是书写其人生感慨及对国家民族忧愁的艺术呈现，词作内容深有寓意、格调不凡。

谭莹的《论词绝句一百首》（之五十二）评曾觌云："画像偏教戴牡丹，《阮郎归》赋寿皇欢。诙谐莫消曾鹑脯，凄绝《金人捧露盘》。"③ "画像偏教戴牡丹"，指曾觌的《定风波·赏牡丹席上走笔》一词。此词既歌

---

① 谢逸：《溪堂集》卷七，《豫章丛书》本。
② 程郁缀、李静：《历代论词绝句笺注》，北京大学出版社2014年版，第379页。
③ 程郁缀、李静：《历代论词绝句笺注》，北京大学出版社2014年版，第376页。

颂君恩，亦在寄寓及时行乐的同时感慨时光流逝。"《阮郎归》赋寿皇欢"一语，指曾觌词《阮郎归》，此为其随皇上游览时的即兴应制之作。谭莹首句中所论及的词，皆为曾觌受宠期间陪同游赏时所作。这些词除了对吟咏对象进行叙述外，都寄寓了对帝王的称颂。黄苏在《蓼园词评》中有云："《绝妙词选》云：上苑初夏，公侍宴池上，有双飞新燕掠水而去，得旨赋之。"① "按末二句，大有寄托忠爱之心，婉然可想。"② 此词深得其中之昧。末句"凄绝《金人捧露盘》"，谭莹借"凄绝"二字，评说曾觌的《金人捧露盘·庚寅岁春奉使过京师感怀作》一词。曾觌曾三次出使金国，《金人捧露盘》便是他在归途中"过京师"所作。此时的汴京已为金兵占领，破败不堪，加上此时作者已经年迈，回想往昔，现实的荒凉落寞与曾经的富庶繁华形成鲜明的对照。整首词不言伤感而悲情自见，展现出不俗之格调。

谭莹的《论词绝句一百首》（之八十二）评蒋捷云："江湖遁迹竟忘还，词品尤推蒋竹山。心折春湖春恨语，扁舟风雨宿闲湾。"③ 蒋捷始终义不仕元，遁迹以终。"词品尤推蒋竹山"，可见谭莹评说蒋捷词品之高迈。末尾两句，系出自蒋捷的《行香子·舟宿兰湾》中的"待将春恨，都付春潮"一语。蒋捷将"愁"、"恨"之情贯穿于全篇，词中的"愁"、"恨"非止于羁愁离恨，而寓含更为深沉的隐痛；折射出作者颠沛流离的身世，亦暗示了风雨飘摇的国事。通过羁旅乡愁、人生感慨的表层，我们发现作者隐藏着深沉的亡国之痛、家国之恨。蒋捷以一腔衷肠谱写出乱世中的动人篇章。谭莹十分赞赏蒋捷的人品与词品，称扬他在国家替变之际能坚守民族气节，其可贵的爱国情怀令人钦佩。

（二）崇尚婉约为正

谭莹在其论词绝句中大力推扬婉约词。其《论词绝句一百首》（之八）评韩偓云："猩色屏风画折枝，已凉天气未寒时。《香奁》语绝无人俪，奈仅《生查子》一词。"④ 韩偓诗多书写艳情，辞藻华丽，有"香奁体"之

---

① 张璋、职承让、张骅、张博宁编纂：《历代词话》，大象出版社2002年版，第1791页。
② 张璋、职承让、张骅、张博宁编纂：《历代词话》，大象出版社2002年版，第1792页。
③ 程郁缀、李静：《历代论词绝句笺注》，北京大学出版社2014年版，第412页。
④ 程郁缀、李静：《历代论词绝句笺注》，北京大学出版社2014年版，第330页。

称。开篇两句，系出自韩偓的《已凉》诗。这是一首寓闺怨之情于其中的作品，诗中把作者的闺情绮思推到极点，却没有一字涉及"情"字，构思巧妙，笔调蕴藉。韩偓的《香奁集》主要表现男女情爱，是我国诗歌史上第一部文人艳情诗集，它继承了南朝宫体诗和唐代艳情诗的传统及其特点。谭莹评说《香奁集》为后人所难以企及。诗中末句，谭莹肯定韩偓词作语言表现倩丽动人；对于《香奁集》中仅辑有《生查子》一词，其余皆为五言诗，他感到颇为惋惜。《生查子》咏写闺怨，塑造了思念情人的闺中少妇形象，以生动的细节描写和细腻的心理刻画为特色。词的上片叙写一个侍女对贵妇人未眠的误会与发现，下片书写贵妇人未眠的情态与原因。全词仅四十字，将闺中少妇的心理活动、情感起伏表现得甚是形象生动。陈廷焯称其为"五代闺阁词之祖"。

谭莹的《论词绝句一百首》（之三十二、三十三）评秦观云："天生好语阿嬷同，不碍诗词句各工。流下潇湘常语耳，万身奚赎过推崇。""山抹微云都下唱，独怜知己在长沙。一代盛名公论协，揄扬翻出蔡京家。"① "天生好语"，系出自吴曾在《能改斋漫录》中引晁补之语。其云："近世以来，作者皆不及秦少游，如斜阳外，寒鸦万点，流水绕孤村，虽不识字，亦是天生好言语。"② 吴曾以秦观的《满庭芳·山抹微云》为例，认为即使是不识字的人，也能知道这是天生的好语，尤其是"斜阳外，寒鸦万点，流水绕孤村"一句，择取典型性意象，在艺术表现上十分贴合。吴曾对秦观词极为推崇。谭莹亦持同吴曾之论，其第三十三首论词绝句中的"山抹微云都下唱"一句，称扬秦观的《满庭芳·山抹微云》乃本色当行之作，传唱甚广，影响很大。

谭莹的《论词绝句一百首》（之二十八）评晏几道云："词同《珠玉集》俱传，直过《花间》恐未然。人似伊川称鬼语，君王却赏《鹧鸪天》。"③ 晏几道有《小山词》。谭莹评《小山词》"同《珠玉集》俱传"，成就斐然。他认为，将晏几道词与《花间集》相比亦不为过。"人似伊川称鬼语"，乃出自理学大家程颐之语。程颐素来以庄重严板的形象著称，

---

① 程郁缀、李静：《历代论词绝句笺注》，北京大学出版社2014年版，第355页。
② 魏庆之：《诗人玉屑》，商务印书馆1938年版，第377页。
③ 程郁缀、李静：《历代论词绝句笺注》，北京大学出版社2014年版，第348页。

但连他都很欣赏晏几道《鹧鸪天》中的"梦魂二句",当听到有人念出这两句词时,程颐直呼为"鬼语也"。此处"鬼语",乃就句中幽远绵眇的意境而言,认为只有甚为精灵之人才能创作出来。谭莹通过引用程颐之语,对晏几道词作要眇宜修之美予以了有力的标举。

谭莹的《论词绝句一百首》(之八十五)评陈允平云:"晓起帘栊翠渐交,莺声春在杏花梢。独将雅正评西麓,剩粉零金语欲抛。"① "晓起帘栊翠渐交"一语,系出自陈允平《恋绣衾》中的"银鸳金凤画暗销。晓帘栊、新翠渐交"一句。此词为伤春怀人之作。思妇为怀念远方故人而日渐憔悴,即将逝去的春景,无限的惋惜感伤,于婉约中渐露其相思之情。伤春是最容易写俗了的,但作者在用字、写景、表情、立意等方面都显得典雅醇正、流转婉美。此外,"莺声春在杏花梢",乃出自陈允平《菩萨蛮》中的"杏花枝上莺声嫩,凤屏倦倚人初困"一句。"杏花"、"归雁"、"夕阳楼"等春景衬托层层的相思,由春愁生闺怨,以景语入情语,"香浓情转伤",借春景表达出无限的伤愁之情,可谓得"婉雅"之境。对此,谭莹给予陈允平颇高的评价,引张炎之语评其词呈现出雅致正则之面貌。

(三)提倡多种艺术风格

谭莹在论词绝句中高标多种艺术风格,体现出对不同风格持以兼容并蓄的态度。其《论词绝句一百首》(之十四)评韦庄云:"《醉妆词》作又何年,韦相才名两蜀先。徵到《小重山》故事,遭逢霄壤《鹧鸪天》。"② 韦庄词风格清丽疏淡,音调婉美,意境含蓄蕴藉。"《醉妆词》"一句,暗示韦庄处于五代十国分裂动荡时期。《醉妆词》为王衍的生活写照之一,词调亦为其所创。词作勾勒出一个处处花柳、触目芳菲的自然环境,表现了流连赏玩、悠意游宴的乐趣和追求赏心乐事的强烈欲望。由这首词,我们可见出王衍的"君不君",流连于"寻花柳"、"金杯酒"的美人醇酒生活,无怪乎朝纲不振、享国日浅。"徵到《小重山》故事"一语,指的是韦庄的宫怨词《小重山》。汉武帝时陈皇后被幽闭长门宫。此词书写失宠宫人的忧郁之思,上片回忆昔日的恩宠,下片咏写幽居的孤凄。谭莹评韦庄《小重山》虽与《鹧鸪天》风格相差甚远,但《小重山》一词并非纯

---

① 程郁缀、李静:《历代论词绝句笺注》,北京大学出版社2014年版,第413页。
② 程郁缀、李静:《历代论词绝句笺注》,北京大学出版社2014年版,第334页。

粹刻画宫中后妃失宠之凄凉情状，而是深有寓托之意。作为婉约大家，韦庄清丽疏淡的词风和寓含寄托的创作特点对后世有着不小的影响。

谭莹的《论词绝句一百首》（之六十一、六十二）评辛弃疾云："小晏秦郎实正声，词诗词论亦佳评。此才变态真横绝，多恐端明转让卿。"① "斜阳烟柳话当年，秾丽词工又屑传。谨谢夫君言亦误，两词沉痼实依然。"② 辛弃疾能诗善文，尤工于词，与苏轼并称"苏辛"。谭莹评说辛弃疾词秾丽绵密，风格委婉含蓄。"小晏秦郎实正声"，认为辛弃疾词之秾情致语实可与晏几道、秦观相与匹敌。在第六十二首论词绝句中，谭莹引辛弃疾的《摸鱼儿》评说其词之秾丽工致。诗中"斜阳烟柳话当年"一语，指的是辛弃疾《摸鱼儿》中有"闲愁最苦，休去倚危栏，斜阳正在，烟柳断肠处"一句。此词以委婉曲折的笔调，书写失宠女子的内心苦闷，实际上表达出词人的忧国情怀及壮志难酬的激愤。上片叙写春意阑珊，"落红"既是春天逝去的象征，也寄寓了词人对年华虚度的伤怀；下片借历史事典，书写词人爱国之情无处倾诉的苦闷。此词以香草美人起兴而书写怀抱，以刚为柔，兼具婉约与豪放之长。对此，谭莹是极力加以标举的。

谭莹的《论词绝句一百首》（之七十二、七十三）评姜夔云："石帚词工两宋稀，去留无迹野云飞。旧时月色人何在，戛玉敲金拟恐非。"③ "前无古更后无今，可向尊前一集寻。锦瑟未知终不信，小红低唱有余音。"④ 谭莹认为姜夔词善于借托比兴之法。诗中"去留无迹野云飞"一句，系引自张炎的《词源》。其有云："姜白石词如野云孤飞，去留无迹。"⑤ 张炎评说姜夔词清彻空灵，句意深远飘逸，境界高远。在第七十三首论词绝句中，谭莹认为姜夔词清空之境，"前无古更后无今"，乃为词中一大宗主。他论说姜夔词史地位时，将姜夔与李商隐相比照，高扬姜夔词的独特价值及历史地位。

谭莹的《论词绝句一百首》（之九十五、九十六）评李清照云："绿

---

① 程郁缀、李静：《历代论词绝句笺注》，北京大学出版社2014年版，第389页。
② 程郁缀、李静：《历代论词绝句笺注》，北京大学出版社2014年版，第392页。
③ 程郁缀、李静：《历代论词绝句笺注》，北京大学出版社2014年版，第404页。
④ 程郁缀、李静：《历代论词绝句笺注》，北京大学出版社2014年版，第405页。
⑤ 唐圭璋编：《词话丛编》，中华书局2002年版，第259页。

肥红瘦语嫣然，人比黄花更可怜。若并诗中论位置，易安居士李青莲。"①"一瓶一钵可归来，寻寻觅觅亦写哀。自是百年钟间气，张秦周柳总清才。"② 此两首论词绝句意在结合李清照前后期的作品，对她在词史上的地位予以高度肯定及推扬。李清照的创作，因其在南北宋时期生活的变化而呈现出不同的特点。其前期词主要书写自然风光与离别相思，反映闺中生活与思想感情；后期词主要抒发深重的伤时念旧与怀乡悼亡之情。其第九十五首论词绝句选取李清照前期词《如梦令》、《醉花阴》，评说这两首词情感表现真挚、语新意隽，将诗坛的李白比拟词坛的李清照。其第九十六首论词绝句选取李清照后期词《声声慢·寻寻觅觅》，评说词作充满凄凉低沉之音，高度表现出了那个时代的苦难和个人的不幸命运。谭莹认为，这首词"是百年钟间气"所凝聚而成的。他评说李清照与张先、柳永、秦观、周邦彦等人一样，呈现出独特的清俊迈往之创作才力。

总体来看，谭莹既推尚韦庄、李清照婉约之风，又标举辛弃疾豪放之格，还推崇姜夔清彻空灵之美，等等，可见他对多种艺术风格的兼融并收的态度。

二 论说特点

（一）以总—分—总的顺序展开

谭莹的《论词绝句一百首》以总—分—总的顺序加以展开。其所论词家大致遵循先后顺序，体现出内在的逻辑性。谭莹对词人词作之质性加以评议，关注部分词家在文学发展中的重要作用，这使得其论词绝句逻辑结构十分清晰，显明的历史意识与有机的系统性贯注到了其中。

诚然，一百首论词绝句不能囊括词史上的重要词家，谭莹择取了部分词家，评说其词作特质、词史地位及词学贡献。

首先，在结构连贯上，注重首尾呼应。其《论词绝句一百首》中的第一首，对于词的起源及作用提出见解；最后一首，就词的发展给予概括评价。其《论词绝句一百首》（之一）云："对酒歌难兴转豪，由来乐府本

---

① 程郁缀、李静：《历代论词绝句笺注》，北京大学出版社2014年版，第420页。
② 程郁缀、李静：《历代论词绝句笺注》，北京大学出版社2014年版，第421页。

风骚。承诗启曲端倪在，苦为分明却不劳。"① 谭莹持词源于古诗与《诗经》、《离骚》之论。诗中"由来"一语，论说乐府这一诗体，乃可追溯到《诗经》中的《国风》及《楚辞》中的《离骚》。谭莹认为，词乃"承诗启曲"之体，在我国文学发展史上既显示出独特的价值又具有桥梁作用。此首论词绝句实类似于总纲。其《论词绝句一百首》（之一百零一）云："倚声谁敢陋金元，由宋追唐体较尊。且待稍偿文字债，紫藤花底试重论。"② 此乃谭莹对金元词的略论。他认为，纵观中国词史，金元时期是词的衍化发展史上无法忽略的一个时段，其词的创作理应受到重视。

其次，除头尾"对酒歌难"、"倚声谁敢"两首之外，中间依次分论唐宋词人。谭莹择取了唐宋时期很多重要的词家，评说他们词作的特质及历史地位。如，其《论词绝句一百首》（之七）评温庭筠云："温李诗名旧日齐，樊南绮语说《无题》。《金荃》不谱梧桐树，恐并《花间集》也低。"③ 谭莹通过将温庭筠词与李商隐诗加以比照，论说温庭筠词香艳秾丽，风格婉约绮靡。他被后人推为"花间鼻祖"，不仅因为其词冠于《花间集》之首，最重要的还是奠定了"花间风格"。其论词绝句第二十一首评范仲淹云："大范勋华有定评，小词传唱《御街行》。至言酒化相思泪，转觉专门浪得名。"④ 谭莹言世人评范雍功勋才华，此种评价早已成为一种趋向，但对范仲淹之才评价不一。谭莹充分肯定范仲淹在词史上的地位。"小词传唱《御街行》"，指的是此词为作者秋夜观月、思念家乡之作。上片，寒夜秋声衬托主人公所处环境的冷寂，突出人去楼空的落寞之感，抒发良辰美景却无人与共的愁情；下片，书写词人长夜不寐、无以排遣的思愁别恨。沈谦在《填词杂说》中评其"虽是赋景，情已跃然"⑤。范仲淹的词中极少涉及儿女私情，却有一首如此情意绵绵之作，其将"言情"之道发挥到了极致。"至言酒化相思泪"，乃化自范仲淹的《苏幕遮》，词中有"酒入愁肠，化作相思泪"之句。此词上片摹写了一幅旷远辽阔、水天相接的深秋图景；下片抒情，遣愁不成更添相思之苦。谭莹称扬范仲淹的

---

① 程郁缀、李静：《历代论词绝句笺注》，北京大学出版社2014年版，第325页。
② 程郁缀、李静：《历代论词绝句笺注》，北京大学出版社2014年版，第425页。
③ 程郁缀、李静：《历代论词绝句笺注》，北京大学出版社2014年版，第329页。
④ 程郁缀、李静：《历代论词绝句笺注》，北京大学出版社2014年版，第341页。
⑤ 唐圭璋编：《词话丛编》，中华书局2002年版，第630页。

《苏幕遮》为北宋豪放词之先声。

最后，以闺秀词人殿后为附论。其论词绝句第九十五首至第九十九首，集中评说闺秀词人。如，第九十六首论词绝句评李清照云："一瓶一钵可归来，寻寻觅觅亦写哀。自是百年钟间气，张秦周柳总清才。"①谭莹高度肯定李清照词的思想深度及艺术风格，认为其寄托深远，在词史上有着重要的价值。他对李清照评价甚高，认为她是词坛上难得一遇的清俊之才。论及朱淑真，其第九十七首论词绝句云："幽栖居士惜芳时，人约黄昏莫更疑。未必断肠漱玉似，送春风雨总怜伊。"②谭莹认为，朱淑真与李清照词有相似之处，但后者略胜于前者。评严蕊时，谭莹认为，其词虽被命题限韵，但时而见出惊奇之语，《鹊桥仙》一词所用之韵甚为自然妥帖，令人称道。

（二）善于联系比较

针对词人或词坛现状，谭莹善于运用联系之法进行论评，将历时与共时比较相互交融。其《论词绝句一百首》中，有近二十首诗运用到比较之法，约占总数的五分之一。其中，所涉及词人有陈允平、周密、张志和、温庭筠、宋徽宗赵佶、寇准、晏殊、苏轼、王安石、徐伸、万俟雅言、赵鼎、吴文英、李南金、李清照、朱淑真。

谭莹的《论词绝句一百首》（之五）评陈允平、周密、张志和云："臣本烟波一钓徒，风斜雨细景谁摹？《日湖渔唱》蘋洲笛，渔父词还似此无。"③张志和辞官之后隐居江湖，自称"烟波钓徒"。"风斜雨细景谁摹"一语，于张志和的《渔父词》（其一）"斜风细雨不须归"一句中借语。此词似一幅水乡渔乐图卷。词中"白鹭"、"桃花"、"鱼肥"等春湖之景，用语随俗雅化，见出生活之乐。作者不急于大笔勾画，只用"桃花流水"四字，一面暗指此时为桃花盛开之期，另一面令人联想到陶渊明的《桃花源记》。词中虽无"渔"等字样，但句句皆景，景景相生，于隐约中塑造出渔夫形象。谭莹采用历史比较之法，将张志和的《渔父词》与陈允平的《日湖渔唱》、周密的《蘋洲渔笛谱》相比照，认为陈允平、周密之作虽

---

① 程郁缀、李静：《历代论词绝句笺注》，北京大学出版社2014年版，第421页。
② 程郁缀、李静：《历代论词绝句笺注》，北京大学出版社2014年版，第422页。
③ 程郁缀、李静：《历代论词绝句笺注》，北京大学出版社2014年版，第328页。

仿张志和词，但未及张词之妙，凸显出张志和词融清丽于古淡、情兼雅俗的特点，不愧为同类题材中的代表之作。

谭莹的《论词绝句一百首》（之七）评温庭筠云："温李诗名旧日齐，樊南绮语说《无题》。《金荃》不谱梧桐树，恐并《花间集》也低。"① 谭莹将温庭筠词比拟李商隐之诗，论说温庭筠词绮丽缠绵乃超过《花间集》中之作。诗中"温李诗名旧日齐"一语，评说温庭筠与李商隐齐名，李商隐《无题》为其绮丽诗风的代表。"梧桐树"一语，指的是温庭筠的《更漏子》，词中有"梧桐树，三更雨，不道离情正苦"一句。此词以孤寂凄凉的环境烘托相思女子的愁肠苦泪和对孤独寂寥的感受。上片，头三句写境，次三句写人，香浓绵密；下片，承夜长而来，写梧桐夜雨，语浅情深。词人用景烘托，把女主人公愁肠寸断的形象凸现在人们面前。温庭筠在此词中将"梧桐雨"意象更加定型化了，使其成为悲伤凄凉的代名词。谭莹认为，若将温庭筠词与《花间集》之作相比，恐将温庭筠的词史地位拉低，温庭筠词之婉约绮美乃远超过《花间集》中的词作。

谭莹的《论词绝句一百首》（之十五）评宋徽宗赵佶云："孟婆风紧太郎当，谁忆君王更断肠。说到故宫无梦去，三生端是李重光。"② "谁忆君王更断肠"，指的是谢克家《忆君王》一词。谢克家亲历靖康之变，借此表达亡国之悲，其凄凉怨慕之音、缠绵悱恻之情溢于字里行间。全词富于抒情色彩，但又不直言国破君掳，而从宫柳依依、楼殿寂寂写起，给人以物是人非之感，亡国失家之悲跃然纸上。谭莹引谢克家词，一为书写靖康之变所带来的亡国之痛；二为揭示宋徽宗赵佶《燕山亭·北行见杏花》之创作背景。"说到故宫无梦去"，乃指《燕山亭·北行见杏花》中有"知他故宫何处"一句。谭莹引用其句表达出他对宋徽宗赵佶词的肯定。赵佶此词，由题名可知是他被掳北上途中见杏花盛开有感而作，通过对杏花由开放而残败的描绘，暗示了作者的遭际，抒发对故国的深沉思念和不尽的离愁别恨。末尾两句，谭莹评说宋徽宗赵佶与南唐后主李煜有着相似的人生经历，两人皆借词作书写人生的悲欢离合之情，字字句句都蕴含着巨大的艺术感染力。

---

① 程郁缀、李静：《历代论词绝句笺注》，北京大学出版社2014年版，第329页。
② 程郁缀、李静：《历代论词绝句笺注》，北京大学出版社2014年版，第335页。

谭莹的《论词绝句一百首》（之十七）评寇准云："唤柘枝颠亦自误，能称曲子相公无。柔情不断如春水，认作唐音恐太谀。"① 寇准为宋初一代名相，不但在政治上有所建树，在诗词创作上也有成就。《全宋词》收其词四首，为《甘草子》、《踏莎行》、《阳关引》、《点绛唇》；另有《江南春》、《夜度娘》二首，属词属诗颇有争议。谭莹认为，《夜度娘》作为词体来看似乎更好。寇准酷爱柘枝舞，谭莹将其比作和凝，善于化曲乐入词。"柔情不断如春水"一语，取自寇准的《夜度娘》。其化用柳恽诗意，看似写景实寓佳人望穿秋水之情。谭莹认为，若持论《夜度娘》在本质上属于诗体实有牵强，寓含他判评此作品为词体之性。

谭莹的《论词绝句一百首》（之二十九）评苏轼云："大江东去亦情多，燕子楼词鬼窃歌。唱竟天涯芳草语，晓风残月较如何。"② 谭莹化用苏轼词以表达对其的肯定，在末句将苏轼与柳永相比较，凸显其词作婉约之风略胜一筹。"大江东去"，指苏轼的《念奴娇·赤壁怀古》中有"大江东去，浪淘尽，千古风流人物"之句。这首词为苏轼被贬黄冈时所作，面对三国时期周瑜建功立勋的赤壁，词人遂有"人生如梦"之感慨。谭莹评其仍然不能忘情世事，词作表现豪情壮慨、寓意丰富。"燕子楼词"一句，指的是苏轼的《永遇乐·彭城夜宿燕子楼，梦盼盼，因作此词》。此词形象地描画了作者夜宿燕子楼的情境和惊梦后的惆怅情怀，通过对燕子楼的凭吊抒发人生感慨。"唱竟天涯"，指苏轼的《蝶恋花》中有"天涯何处无芳草"之句。《蝶恋花》上片书写春光将尽，下片表达闻声而不见佳人的失意情怀。谭莹将其与柳永的《雨霖铃》相比照，认为苏轼词之情韵胜过柳永之作。

谭莹的《论词绝句一百首》（之七十九）评吴文英云："四卷词编而补遗，梦窗词比义山诗。得君乐府迷能指，履贯谁传沈伯时。"③ 吴文英一生布衣，善于填词，作品主要有《梦窗词甲乙丙丁稿》四卷及补遗一卷。其藻采富丽，如"七宝楼台"，风格雅致。他与辛弃疾、周邦彦、王沂孙并称两宋词坛"四大家"。"梦窗词比义山诗"一句，将诗坛的李商隐比

---

① 程郁缀、李静：《历代论词绝句笺注》，北京大学出版社2014年版，第337页。
② 程郁缀、李静：《历代论词绝句笺注》，北京大学出版社2014年版，第350页。
③ 程郁缀、李静：《历代论词绝句笺注》，北京大学出版社2014年版，第410页。

作词坛的吴文英。"得君乐府迷能指"一句，指的是沈义父的《乐府指迷》。它与王灼的《碧鸡漫志》、张炎的《词源》并称"南宋三大词话"，由此可见其理论批评价值。沈义父认为，吴文英词重视音律表现，深得周邦彦词之妙。沈义父提倡词之下字用语典则雅正。如此可见，谭莹与沈义父一样，尤为推崇谐和雅正之作。总之，在《论词绝句一百首》中，谭莹巧用联系比较之法为其论说拓展了空间。

（三）论评讲究轻重有分

谭莹在《论词绝句一百首》中所论及的词人较多，但其论评词人时轻重有分，论及重要词人往往以两首绝句予以评说，如论李白、南唐后主李煜、柳永、苏轼、秦观、周邦彦、辛弃疾、姜夔、张炎、周密、李清照十一位词人便是如此。

谭莹的《论词绝句一百首》（之二）评李白云："谪仙人语独称诗，《菩萨蛮》推绝妙词。并《忆秦娥》疑赝作，盍将风格比温岐。"[①] "谪仙人语独称诗"一句，称扬李白诗风豪迈奔放、用语独特，达到浪漫主义的高峰。而后人对其《菩萨蛮》、《忆秦娥》亦甚为推尚，认为前超古人。谭莹认为，此二词为晚唐温庭筠引领花间词导其先路，"词祖"之名，李白当之无愧。其第三首论词绝句评李白云："七言律少五言多，偶按新声奈若何。《清平乐令》真衰飒，纵入《花庵》选亦讹。"[②] 李白的七言律诗较少，五言绝句偏多，且较喜以曲乐入词，《清平乐》乃其善以曲乐而入的代表之作。此词风格哀感顽艳而起人志意。谭莹论说李白在中国词史上颇负盛名，引导了词的创作正道。

谭莹的《论词绝句一百首》（之十一）评南唐后主李煜云："伤心秋月与春花，独自凭栏度年华。便作词人秦柳上，如何偏属帝王家。"[③] 李煜身处五代乱世，在"破南唐"的社会环境中，他"偏属帝王家"，亡国之痛极为悲切，凄凉怨恨无以言说。谭莹评说李煜词寄托深远的情志。如，其《虞美人·春花秋月何时了》一词，表面书写伤春悲秋，实则表达"亡国哀音"；《浪淘沙》一词，看似书写对春天即将逝去的惋惜之情，实则表

---

① 程郁缀、李静：《历代论词绝句笺注》，北京大学出版社2014年版，第326页。
② 程郁缀、李静：《历代论词绝句笺注》，北京大学出版社2014年版，第326页。
③ 程郁缀、李静：《历代论词绝句笺注》，北京大学出版社2014年版，第332页。

达对故国的思念以及作为囚徒的无限哀痛。总之，李煜之作感情真挚、寄寓深远。其第十二首论词绝句评李煜云："念家山破了南唐，亡国音哀事可伤。叔宝后身身世似，端如诗里说陈王。"① 李煜词之"哀音"绵延不断，与陈叔宝诗一脉相通，皆为悼念亡国之作。谭莹这两首诗，其意既在评析李煜词为"亡国哀音"之代表，亦在阐明其寄托着作者深远的意旨。

谭莹的《论词绝句一百首》（之二十五）评柳永云："空传饮水能歌处，谁使言翻太液波。诗学杜诗词学柳，千秋论定却如何。"② "空传饮水能歌处"一句，语出叶梦得的《避暑录话》。其云："凡有井水饮处，即能歌柳词。"③ 叶梦得评说柳永词名甚高，其词皆是当时广为传唱的民间曲调，婉约美妙。张端义《贵耳集》记项平斋之语："诗当学杜诗，词当学柳词。"④ 项平斋认为，学习如何填词，首先应当多去研读柳永词。谭莹认为后人多模仿其词，但只是"取其貌不袭其神"，未能超越柳永融雅入俗之妙。其第二十六首论词绝句评柳永云："便有人刊《冠柳词》，霜风凄紧各相思。纵难遽许唐人语，谱入红牙板最宜。"⑤ "便有人刊《冠柳词》，霜风凄紧各相思"一句，指王观《冠柳集》中之作与柳永词风十分相近，工细轻柔又兼才气豪健，但只是模得柳永词之面貌，未能将柳词神髓渗入其中。可见，谭莹评柳永雅俗交融，词中多生动活泼的俗词俚语，具有以俗为雅之妙。

谭莹的《论词绝句一百首》（之四十六）评周邦彦云："敢说流苏百宝装，唐人诗语总无妨。移宫换羽关神解，似此宜开顾曲堂。"⑥ "唐人诗语总无妨"，指周邦彦善于化用唐人诗句入词，"点夺之法"浑然天成，谭莹对此甚为推扬。"移宫换羽关神解，似此宜开顾曲堂"，旨在评说周邦彦的《意难忘·美人》一词，将音乐上的声调之美巧妙融入词的创作中。王国维评周邦彦云："创调之才多，第一作者。"正因为周邦彦词音调运用十分讲究，故被后人广为推崇。其第四十七首论词绝句又评周邦彦云："新

---

① 程郁缀、李静：《历代论词绝句笺注》，北京大学出版社2014年版，第333页。
② 程郁缀、李静：《历代论词绝句笺注》，北京大学出版社2014年版，第345页。
③ 叶梦得：《避暑录话》卷下，《稗海》本。
④ 施蛰存、陈如江辑：《宋元词话》，上海书店出版社1999年版，第479页。
⑤ 程郁缀、李静：《历代论词绝句笺注》，北京大学出版社2014年版，第346页。
⑥ 程郁缀、李静：《历代论词绝句笺注》，北京大学出版社2014年版，第368页。

词学士贵人宜，独步尤难市侩知。唱竟《兰陵王》一阕，君王任访李师师。"①"新词学士贵人宜，独步尤难市侩知"，此句评说周邦彦词在民间流传甚广，受到社会各阶层人们的喜爱，与柳永"凡有井水处，即能歌柳词"之盛誉相当。谭莹论评周邦彦词善于化用，富有音乐性，尽现精巧工丽之美。

谭莹的《论词绝句一百首》（之八十三）评张炎云："归去山中卧白云，王孙憔悴总能文。不名孤雁名春水，岂藉揄扬始重君。"②张炎与周密、王沂孙、蒋捷并称"宋末四大家"。"归去山中卧白云"，系指张炎的《山中白云词》。因张炎擅长填词，以《南浦·春水》而得名。此词以咏西湖春水而起，以追怀往日春游水滨之情而收束，文辞之美与词风之雅，令人称道。又因其将孤雁描写得极为神妙，故有"张孤雁"之称。如，《解连环·孤雁》为张炎著名的咏物词，在咏写孤雁的同时表达作者对国势危难、无能为力的忧愤之情。谭莹以"不名孤雁名春水"一语，高度肯定张炎"春水词"与"孤雁词"。其第八十四首论词绝句又评张炎云："悲凉激楚不胜情，秀冠江东擅倚声。词格若将诗格例，玉溪生让玉田生。"③张炎的《山中白云词》，大致创作于宋亡至元代延祐四年期间，其中有大量的"悲凉激楚"之作，词人的黍离之感和落魄之愁都渗透在字里行间。"词格若将诗格例，玉溪生让玉田生"，谭莹将词格比拟诗格，将诗中的李商隐比拟词中的张炎，给予张炎以很高的评价。

谭莹的《论词绝句一百首》（之八十七）评周密云："观者直求形似外，弁阳不为一词言。梦轻怕被愁遮住，似此能无斧凿痕。"④谭莹认为，周密词工于遣辞造语，不留痕迹。"梦轻怕被愁遮住"，系化自周密《高阳台·寄越中诸友》中的"梦魂欲渡苍茫去，怕梦轻、还被愁遮"一句。此词为周密寄友人而作，词中描绘故都临安的凄凉景象，抒发对故友的浓烈思念和对年华消逝的喟叹，最后表示期盼与友人共倾心曲。谭莹评此词"似此能无斧凿痕"，认为其浑然天成、毫无造作的痕迹。其第八十八首论

---

① 程郁缀、李静：《历代论词绝句笺注》，北京大学出版社2014年版，第370页。
② 程郁缀、李静：《历代论词绝句笺注》，北京大学出版社2014年版，第412页。
③ 程郁缀、李静：《历代论词绝句笺注》，北京大学出版社2014年版，第413页。
④ 程郁缀、李静：《历代论词绝句笺注》，北京大学出版社2014年版，第414页。

词绝句又评周密云:"旧选中兴绝妙词,更名《绝妙好词》为。效颦十解人人拟,直比文通杂体诗。"① 谭莹将周密的《绝妙好词》直比江淹的杂体诗创作。他认为,与江淹的杂体诗相比,周密的《绝妙好词》以清新婉曲、醇雅清空为创作标杆,对后世产生了不小的影响。

(四) 重视对女性词人的评说

谭莹的《论词绝句一百首》,从第九十五首开始集中论评女性词人,其中论及的女性词人有李清照、朱淑真、郑文妻孙氏、严蕊,体现出作者对女性词人的重视之意。

谭莹的《论词绝句一百首》(之九十五)评李清照云:"绿肥红瘦语嫣然,人比黄花更可怜。若并诗中论位置,易安居士李青莲。"② "绿肥红瘦语嫣然,人比黄花更可怜"一句,乃指李清照的《如梦令》与《醉花阴》二词。李清照前期词主要书写优美的自然风光和闺中儿女的悠悠情思。《如梦令》将鲜少运用的人物对话引入词中,将雨后落花这样的寻常小事表现得意趣横生。《醉花阴》为作者婚后所作,抒发的是重阳节思念丈夫的细微心绪。上片寥寥数语,将闺中少妇心事重重的愁态描摹出来;下片着重书写重阳节赏菊饮酒之事,直接引出怀人之思的主题。作者在对自然景物的描写中加入浓厚的感情,结尾三句,用黄花比喻人之憔悴,以消瘦表现相思之深切,言有尽而意无穷。

谭莹的《论词绝句一百首》(之九十六)又评李清照云:"一瓶一钵可归来,寻寻觅觅亦写哀。自是百年钟间气,张秦周柳总清才。"③ "寻寻觅觅亦写哀",指的是李清照后期词《声声慢·寻寻觅觅》中有"寻寻觅觅,冷冷清清,凄凄惨惨戚戚"一句。李清照早年过着优裕安乐的生活,自靖康之变后,丈夫病死,流寓江南,境遇孤苦。这一时期的作品再也没有早期的清新可人,而转为沉郁凄婉,书写她对亡夫的深切思念与自身的孤单凄凉之境。《声声慢·寻寻觅觅》通过对秋景的描绘,渲染出伤感凄凉的氛围,表现出词人在漂泊境遇中的无限落寞之情。谭莹评李清照"百年钟间气",对其词作评价极高。诗作末句,将李清照与张先、秦观、周

---

① 程郁缀、李静:《历代论词绝句笺注》,北京大学出版社2014年版,第415页。
② 程郁缀、李静:《历代论词绝句笺注》,北京大学出版社2014年版,第420页。
③ 程郁缀、李静:《历代论词绝句笺注》,北京大学出版社2014年版,第421页。

邦彦、柳永相提并论，彰显出对李清照词史地位的充分肯定与高度称扬。

谭莹的《论词绝句一百首》（之九十七）评朱淑真云："幽栖居士惜芳时，人约黄昏莫更疑。未必断肠漱玉似，送春风雨总怜伊。"① 谭莹认为，朱淑真词与李清照词有着相似之处，朱淑真受到李清照的影响，但其词更为细腻，闺阁气息亦更为浓郁。诗中"送春风雨总怜伊"，指朱淑真《蝶恋花》中有"把酒送春春不语，黄昏却下潇潇雨"一句。此词上片叙写杨柳想挽留春天，向春天表示无限的依恋之意，作者将春天人格化；下片描绘春天的高山溪流，却传来子归鸟的阵阵凄凉叫声，使春归之愁绪愈浓。面对此景，愁春留不住，故把酒送春，心中满是无奈。末两句借景抒情，以潇潇暮雨表达春归之后内心的孤寂与凄冷。谭莹认为，朱淑真《蝶恋花》一词凄伤哀怨，乃真情深切之作。

谭莹的《论词绝句一百首》（之九十八）评郑文妻孙氏云："寄《忆秦娥》语不深，海棠开后到如今。酒楼伎馆皆传播，信是旗亭独赏音。"② "海棠开后到如今"，指郑文妻孙氏《忆秦娥》中有"海棠开后，望到如今"一句。《忆秦娥》为孙氏仅存的一首词。其云："花深深，一钩罗袜行花阴。行花阴。闲将柳带，细结同心。日边消息空沉沉。画眉楼上愁登临。海棠开后，望到如今。"这是一个痴情妻子寄给游学未归的丈夫之作。词中以"花深深"三字描绘出百花盛开的浓丽春景，紧接着，写独自一人徘徊于花阴之下，春和景明，本该夫妻团聚，携手同游，如今却良辰美景虚设。"细结同心"，表达的是作者对心心相印爱情的向往之意。上片以女主人公行动暗示独处的惆怅与对爱情的向往，不言愁而愁意自见；下片以直抒胸臆的方式表达痛苦的期待与热切的召唤。无数次的等待，结果却"空沉沉"，既想登楼眺望又害怕再度失望，一个"愁"字表达出十分矛盾的心理。末尾两句，表明自己从海棠开放的仲春时节一直盼望到夏日将临，时间之长、思念之深，期待的痛苦与热情的召唤相互交融。谭莹认为，孙氏用语浅至但情意表现悠远绵长，末尾两句，其评孙氏《忆秦娥》一词在当时常刻于驿亭邮壁，流传甚为广泛。

谭莹的《论词绝句一百首》（之九十九）评严蕊云："天台伎合赋桃

---

① 程郁缀、李静：《历代论词绝句笺注》，北京大学出版社2014年版，第422页。
② 程郁缀、李静：《历代论词绝句笺注》，北京大学出版社2014年版，第423页。

花，限韵词供益作家。怪得有人心如醉，鹊桥已驾恐缘差。"① 严蕊，字幼芳，浙江台州人。周密在《齐东野语》中有云："善琴弈歌舞、丝竹书画，色艺冠一时。间作诗词有新语，颇通古今。善逢迎，四方闻其名，有不远千里而登门者。唐与正守台日，酒边，尝命赋红白桃花，即成《如梦令》。"② 可见，严蕊词大多出于承命应酬，为应时即景之作。诗中首句"天台伎合赋桃花"，指的是严蕊《如梦令·题红白桃花》一词。其有云："道是梨花不是，道是杏花不是。白红与红红，别是东风情味。曾记，曾记，人在武陵微醉。"此词为郡守唐与正给严蕊出的一道难题。桃花一般以红色为主，红白相杂的桃花殊不多见，唐与正要求严蕊为红白相杂的桃花题词。这首词为咏物之作，严蕊以白色的梨花、红色的杏花为开端，连用两个"不是"以表示否定，明确此种花既非梨花亦非杏花之类；第三句"别是东风情味"，暗示桃花足以代表春天景致；末句借用陶渊明《桃花源记》中"武陵人"之意。词作工巧，语短意长。谭莹称严蕊为"限韵词供益作家"，认为其词虽被命题限韵，但仍能语出惊人。末二句系指严蕊限韵之作《鹊桥仙》。其上片书写七夕之景，"碧梧"、"桂香"、"池上水花"，表现七夕之节物景色；下片由景物转入人事，书写传说中的七夕故事，催人情思。谭莹评《鹊桥仙》"心如醉"，认为严蕊词中所用限韵字甚为自然妥帖，毫无牵强之感，可见他对严蕊词作工巧书写的大力推扬。

总之，谭莹的《论词绝句一百首》所显示的批评观念，主要体现在三个方面：一是推崇词品，论评词人词作以品格作为重要的衡量标准；二是推尚婉约之体，以婉约为正声、豪放为变体；三是受容多种艺术风格，对各种风格的词作持兼容并蓄的态度。其论说特点主要体现在四个方面：一是在结构上，按总—分—总的顺序加以展开，体现出内在的逻辑性；二是在内容上，善于联系比较，将历时与共时比较相互交融；三是论评词人讲究轻重有分，论及重要词人时，往往以两首诗作加以评说；四是关注女性之词，重视对女性词人的评说与标举。其论词绝句体量甚大，史上少有，蕴含着十分丰富的批评内涵，显示出自身鲜明的特色，在我国传统词学史上有着极为重要的地位。

---

① 程郁缀、李静：《历代论词绝句笺注》，北京大学出版社2014年版，第424页。
② 周密：《齐东野语》，《历代笔记小说大观》本，上海古籍出版社2012年版，第215页。

第四节　谭莹论清代词人绝句的批评观念

谭莹论清代词人绝句共四十首，辑录于《乐志堂诗集》之中。其《又四十首·专论国朝人》论涉的词家有吴伟业、梁清标、宋琬、彭孙遹、王士禛、曹贞吉、尤侗、吴绮、顾贞观、纳兰性德、毛奇龄、徐釚、吴兆骞、朱彝尊、陈维崧、严绳孙、李武曾、李符、汪森、董以宁、沈岸登、龚翔麟、沈皞日、杜诏、厉鹗、张梁、查为仁、王时翔、江昱、江昉、张云锦、汪棣、蒋士铨、郑燮、赵文哲、张熙纯、黄景仁、杨芳灿、杨揆、吴锡麒、彭兆荪、徐灿，共四十二人。它在对清代词人的专题性评说中，体现出独特的批评观念。

一　推尚词作情感表现

词的艺术本质在于道人情思，传达创作主体的情志。清代后期，陈廷焯在《白雨斋词话》中云："李后主、晏叔原皆非词中正声，而其词则无人不爱，以其情胜也。情不深而为词，虽雅不韵，何足感人？"① 陈廷焯持论，词家深挚的情感乃词的创作本质所在，是词之雅致感人的前提。他大力肯定情感表现为词中正道。沈祥龙在《论词随笔》中也云："词有三要，曰情、曰韵、曰气。情欲其缠绵，其失也靡。"② 沈祥龙认为，诗词创作的三个最重要因素为情感、韵致与气脉，其中，词家细致深切的情感表现乃词的创作本质所在。

谭莹论清代词人绝句，十分注重主体情感的抒发与表现。他高度称扬梁清标、顾贞观、纳兰性德、严绳孙、龚翔麟、蒋士铨、郑燮、赵文哲词中所彰显出的情志。其《又四十首·专论国朝人》（之二）评梁清标云："涂泽为工足寄情，生香真色殆分明。海棠开否芭蕉绿，一品官闲独倚声。"③ 梁清标一生勤敏好学，著作颇丰，有《蕉林诗集》、《蕉林诗钞》、《棠村词》、《棠村乐府》等。其《棠村词》与吴伟业的《梅村词》、龚鼎

---

①　唐圭璋编：《词话丛编》，中华书局1986年版，第3952页。
②　唐圭璋编：《词话丛编》，中华书局1986年版，第4050页。
③　程郁缀、李静：《历代论词绝句笺注》，北京大学出版社2014年版，第449页。

孽的《香严词》并称。梁清标在当时被认为仅次于吴伟业、王士禛、朱彝尊、陈维崧，与自成一体的纳兰性德、主持词坛三次唱和的曹尔堪等人地位相当。"海棠开否芭蕉绿，一品官闲独倚声"，乃评说梁清标在官任上并无多少政绩可言，很长时间是在闲适中度过的，其唯风雅好文。谭莹对梁清标抒情之作评价较高，诗中"涂泽为工足寄情，生香真色殆分明"一句，乃评说梁清标善用含蓄笔调抒发情致，多用轻灵的意象融情于景，其词虽委婉但不失真情，用语凸显本色当行之求。如，其《雨中花第四体·听雨》云："百尺楼中香一缕，梦乍醒，庄生栩栩。栖半亩烟云，几竿修竹，咫尺潇湘浦。趺坐垂帘浑不语。听淅沥，落英无数。怪风裛孤灯，凉生彩袖，多是芭蕉雨。"作者以景见情，上片数笔勾勒出宛如仙境一般清幽的景致，楼房笼罩在弥漫的烟雾之中，屋旁种植着修长的竹子，如潇水、湘水般的河流尽在咫尺，静静地从屋旁穿过。下片抒情含蓄而不直露，借淅淅沥沥、萧萧瑟瑟的雨景，营造出令人黯然神伤的氛围。梁清标与其他遗民词人或再度出仕新朝的词人有所不同，其词未透露怀念故国的情绪和身事二朝的负罪感。其《又四十首·专论国朝人》（之九）评顾贞观云："无情谁许作词人，情挚恶能语逼真。远寄汉槎金缕曲，山阳思旧恐难伦。"①"情挚恶能语逼真"一句，体现出谭莹持论顾贞观词以真情实感而作，艺术表现诚挚自然。诗中"远寄汉槎金缕曲"，乃指顾贞观的《金缕曲·寄吴汉槎宁古塔，以词代书，丙辰冬寓京师千佛寺冰雪中作》（二首）而言。作者寓居千佛寺，以词代书，以性情填词，字字泪，句句情，读来令人心碎。他同情友人所遭受的不幸，抒发对流放边地挚友的思念之情，伸张其竭尽全力相救的诺言，表达对友人早日归来的真挚期盼。这种深沉缠绵之情贯穿于词的始终。冯金伯《词苑萃编》引黄之隽语："顾梁汾寄吴汉槎宁古塔以词代书金缕曲二阕，激昂悲壮。即置之稼轩集中，亦称高唱。"② 黄之隽十分称赏顾贞观对友人的深情，他评《金缕曲》真情充蕴、慷慨悲壮。谭莹抓住顾贞观词"深情真气为之干"的特点，称扬其感人至深。此外，诗中"山阳思旧恐难伦"一句，指谭莹认为向秀的《思旧赋》也难与顾贞观的《金缕曲》相较，颇显示出他对顾贞观所表现

---

① 程郁缀、李静：《历代论词绝句笺注》，北京大学出版社2014年版，第455页。
② 唐圭璋编：《词话丛编》，中华书局1986年版，第1937页。

的真率之情的由衷赞许。

谭莹的《又四十首·专论国朝人》（之十）评纳兰性德云："家世文章第一流，如猿啼夕雁吟秋。纵王内史生平似，何必言愁也欲愁。"① 况周颐在《蕙风词话》中将纳兰性德誉为"国初第一词手"，认为他与顾贞观、曹贞吉并称为"京华三绝"，创作成就甚高。纳兰性德为满洲贵族，其父乃权倾朝野的宰相，自己则为康熙帝的贴身侍卫，故谭莹评其"家世第一流"。紧接着，谭莹以纳兰性德的两首词为例，论说其"文章第一流"。诗中第二句"如猿啼夕雁吟秋"，前半部分指纳兰性德《满庭芳·题元人芦洲聚雁图》中词句"似有猿啼，更无渔唱，依稀落尽丹枫"。该词为纳兰性德与好友严绳孙一同欣赏《芦洲聚雁图》，各自填词题画所作。词的上片描绘的是悲凄之景。图画中，红色的枫叶已飘落尽了，只剩下枯枝之象，天空的湿云里飞过点点雁影，气氛颇显悲凉。词的下片书写的乃自我情怀。纳兰性德从一片萧索的画面中看到了同样萧索的世景，抚今追昔，感慨着斯人已去，人情更改，不知何处才能寻到一方净土，供奉那些高尚之身。诗作后半部分指其《金缕曲·姜西溟言别赋此赠之》中词句"滚滚长江萧萧木，送遥天、白雁哀鸣去。黄叶下，秋如许"。该词是纳兰性德好友姜宸英为母丧返家，纳兰氏赋词送别，表达对好友的怜惜慰藉之情。上片书写惜别之意，大雁悲鸣着向遥远的天空飞去，长江滚滚，落叶萧萧，秋色浓如许。下片抒发慰藉之情，其意眷眷，气氛更加凝重。纳兰性德同情好友仕途不遂，暗含劝慰之意。谭莹认为，纳兰性德钟情于书写愁绪，他在词中寄托自己的多愁之意，沉郁深致。谭莹赞赏纳兰性德之深情，标举纳兰词真实自然、感人至深。

谭莹的《又四十首·专论国朝人》（之十五）评严绳孙云："人如倪瓒特萧闲，绮靡缘情语早删。小令见推樊榭老，固当标格异《花间》。"②"人如倪瓒特萧闲"一句，指严绳孙为人平和冲淡，少有激昂矫厉之语，其词淡雅闲放、情真意重。谭莹评严绳孙词以潇洒悠闲为主，与以幽远简淡为宗的倪瓒十分相似。他们的词多抒发闲雅放旷之情，少有浮艳柔弱之风。《秋水词》中有小令五十七首，数量之多与质量之精受到人们的关注。

---

① 程郁缀、李静：《历代论词绝句笺注》，北京大学出版社2014年版，第456页。
② 程郁缀、李静：《历代论词绝句笺注》，北京大学出版社2014年版，第460页。

诗中"小令见推樊榭老",乃针对厉鹗评严绳孙"独有藕渔工小令,不教贺老占江南"① 一句而言,将严绳孙词与北宋的贺铸词相比,肯定了严绳孙的词史地位。谭莹认为,两者的小令具有很大的相似性,严绳孙虽也多写闺情,但他并没有肆无忌惮地将儿女情长、莺莺燕燕过多地融入词中,而是本着"发乎情,止乎礼义"的原则加以抒发。可见,严绳孙主张词应当注重真情实感的流露,而不能停留于表面的精雕细琢,这样才能彰显本真魅力。诗中末句"固当标格异《花间》",肯定词人之作情辞并胜,有《花间》遗风。《秋水词》在抒情上多借深闺妇人之语,看似信笔挥洒的字句里饱含了真切的情思。陈廷焯在《白雨斋词话》中评《秋水词》云:"情词双绝,似此真有贺老意趣。"② 情感表现与言辞巧妙并胜,乃严绳孙词所体现出来的典型特征。

谭莹的《又四十首·专论国朝人》(之二十一)评龚翔麟云:"粉署仙郎爱读书,湖山归梦也终虚。江南江北相思惯,《红藕庄词》比藕渔。"③ 龚翔麟工于诗词创作,乃浙西派的重要成员,与朱彝尊、李良年、李符、沈皥日、沈岸登并称"浙西六家"。他家有玲珑阁,藏书甚为丰富,著有《田居诗稿》十三卷、续三卷及《红藕庄词》三卷。谭莹推崇龚翔麟之作,认为其词以雅正之笔表现出相思情致。李符序其词,称其"无纤豪俗尚,得以入其笔端",可见其词之雅正端持。诗中末句"《红藕庄词》比藕渔",将龚翔麟的《红藕庄词》与严绳孙之作进行对比,持论《红藕庄词》在创作表现上略胜一筹。

谭莹的《又四十首·专论国朝人》(之三十二)评蒋士铨云:"盖代诗名山斗重,崎嵌磊落更淋漓。便将诗笔为词笔,热血填胸一洒之。"④ 谭莹持论,蒋士铨的《铜弦词》为世人所称颂,他用"山斗"二字评说其词史地位。谭莹认为,蒋士铨乃真性情之人,不流于世俗,文字正是其吐露真情实感的最好工具,故有"便将诗笔为词笔"之评。陈廷焯在《词坛丛话》中云:"心余太史,才名盖代。其传奇各种,脍炙人口久矣。词不逮

---

① 程郁缀、李静:《历代论词绝句笺注》,北京大学出版社2014年版,第52页。
② 唐圭璋编:《词话丛编》,中华书局1986年版,第3834页。
③ 程郁缀、李静:《历代论词绝句笺注》,北京大学出版社2014年版,第464页。
④ 程郁缀、李静:《历代论词绝句笺注》,北京大学出版社2014年版,第473页。

曲，然倔强盘曲，自是奇才。""读心余词，使人骨气顿高。皆能动人之性情者。"① 蒋士铨词慷慨淋漓，其之所以脍炙人口、具有经久不衰的魅力，关键便在于以情感表现称胜。谭莹又评蒋士铨"热血填胸一洒之"，认为其诗词创作都是热血挥洒而成的，所以崎嵌磊落、淋漓洒脱。如，江顺诒在《词学集成》附录中云："蒋心余先生云：'大凡人之性情气节，文字中再掩不住。词曲虽游戏之文，其中慷慨激昂，即是一个血性丈夫。写情至死不变，正是借以自况，其愚不可及也。"② 江顺诒评说蒋士铨词风格沉郁遒劲，读来可以洗涤心灵，豪荡之情洒于文字当中。

二 推扬当时代词人

有清一代，词人辈出，佳作不断。谭莹的《又四十首·专论国朝人》以组诗的形式推扬清代当世词人，体现出对清词中兴之论的切实弘扬。

首先，从所论词人的数量来看，其专论清代词人有四十首之多，可见他对清代词人词作的高度重视与弘扬之意。其次，从词派来说，谭莹论评清代词人时，对各个流派持以兼容并蓄的态度。如代表浙西词派的"浙西六家"，其《又四十首·专论国朝人》之第十三首论词绝句评朱彝尊、第十六首论词绝句评李良年、第十七首论词绝句评李符、第二十首论词绝句评沈岸登、第二十一首论词绝句评龚翔麟、第二十二首论词绝句评沈暤日，对清代代表性词人的创作个性及特征都有论说。又如，其第十四首论词绝句评阳羡派首领陈维崧，其第三十二首论词绝句评蒋士铨，第三十六首论词绝句评黄景仁。从明末清初的云间词派到后来的浙西词派、阳羡词派、常州词派，谭莹都努力予以了形象而切实的论评。

最后，从所选词人来看，谭莹在论评清代词人时，绝大多数评价较高。如，其《又四十首·专论国朝人》（之四）评彭孙遹云："怯月凄花不可伦，即焚绮语亦周秦。大科名重千秋在，开国填词第一人。"③ 谭莹持论，彭孙遹师法北宋词人周邦彦与秦观，这是其独特之处。末二句对彭孙遹评价很高，评说他是"开国填词第一人"，彪炳史册。其《又四十首·

---

① 唐圭璋编：《词话丛编》，中华书局1986年版，第3736页。
② 唐圭璋编：《词话丛编》，中华书局1986年版，第3305页。
③ 程郁缀、李静：《历代论词绝句笺注》，北京大学出版社2014年版，第451页。

专论国朝人》（之七）评尤侗云："语本天然笔不休，将军射虎也封侯。老名士是真才子，法曲飘零总泪流。"① 谭莹称扬尤侗词风格浑然天成，诗文亦多新警之思，彰显出本色之貌，夸赞他乃"真才子"。其《又四十首·专论国朝人》（之十）评纳兰性德云："家世文章第一流，如猿啼夕雁吟秋。纵王内史生平似，何必言愁也欲愁。"② 谭莹评说纳兰性德的诗文创作超乎时流，其词的创作成就也极高。他推尚纳兰性德《满庭芳·题元人芦洲聚雁图》、《金缕曲·姜西溟言别赋此赠之》二词，认为它们将作者之愁绪怨情充分地表现了出来。其《又四十首·专论国朝人》（之十三）评朱彝尊云："齐名当代说王朱，乐府还能抗手无。少日桐花名丽绝，也应心折小长芦。"③ 谭莹认为，朱彝尊与王士禛在清代词史上的地位相当，其词能够与汉魏乐府诗相匹敌。"少日桐花名丽绝"一语，出于王士禛的《蝶恋花·和〈漱玉词〉》。其中有云："郎似桐花，妾是桐花凤。"此词为和李清照《蝶恋花》而作，借女子口吻以自述。王士禛借用桐花与桐花凤比喻爱人与自己，将彼此之间的柔情呈现了出来。谭莹归结朱彝尊与王士禛之词不分伯仲。其《又四十首·专论国朝人》（之十六）评李武曾云："诗名不贱竟何如，二李名齐足起予。人似武曾须学步，梦窗绵密玉田疏。"④ 谭莹评说李武曾不近于名利荣誉，其词工于写景，以淡语言深情，颇有吴文英词作遗韵。"梦窗绵密玉田疏"中的"梦窗"指吴文英，"玉田"指张炎。谭莹评说李武曾习学张炎词恰到好处，如若过于雕饰，就会失却自然深情的艺术表现风格。其《又四十首·专论国朝人》（之四十）评徐灿云："起居八座也伶俜，出塞能还绣佛灵。文似易安人道韫，教谁不服到心形。"⑤ 谭莹对徐灿持以大力肯定的态度，评说其诗词与宋代才女李清照、东晋才女谢道韫之作十分相似，令人推服。可见，谭莹对所论清代词人的评价大都很高，充分体现出对清代词人的切实推尚及对清词中兴之论的努力弘扬。

---

① 程郁缀、李静：《历代论词绝句笺注》，北京大学出版社2014年版，第453页。
② 程郁缀、李静：《历代论词绝句笺注》，北京大学出版社2014年版，第456页。
③ 程郁缀、李静：《历代论词绝句笺注》，北京大学出版社2014年版，第458页。
④ 程郁缀、李静：《历代论词绝句笺注》，北京大学出版社2014年版，第460页。
⑤ 程郁缀、李静：《历代论词绝句笺注》，北京大学出版社2014年版，第481页。

三 对不同艺术风格兼容并收

谭莹在论词绝句中高标各种艺术风格之词,体现出其对不同风格兼容并收的态度,同时他对少数人的创作也持以批评斥责。其《又四十首·专论国朝人》(之三十六)评黄景仁云:"头衔未署柳屯田,袁蒋诗工合让先。却被浅斟低唱误,如何情韵不芊绵。"① 谭莹评说黄景仁词不输于柳永之作,他只是未从表面形式上挂起柳永的招牌而已,但内中的创作接续衍化了其血脉精髓。"袁蒋诗工合让先"一句,点明黄景仁词负有盛名,其艺术风貌胜于袁枚、蒋士铨之诗。谢章铤在《赌棋山庄词话》中有云:"仲则诗名最盛,其《竹眠词》为王兰泉司寇所刊定。仲则曾及司寇之门,以词论,殊觉青胜于蓝,冰寒于水。"② 黄景仁诗于当世颇有盛名,其词虽略显逊色,但多书写哀情而格调并不低沉,有力地冲击了传统词作纤艳柔弱的弊端。末句"如何情韵不芊绵",乃批评黄景仁词的诗腔太重而韵味不足。陈廷焯在《白雨斋词话》中云:"袁、赵、蒋盛负时名,而其诗实无可贵。"③ 谭莹论词绝句的第二句正于此处借语。陈廷焯认为,黄景仁人生失意,体弱多病,但天资聪颖,词风追求豪壮阔大之境。谭莹评其"却被浅斟低唱误",认为黄景仁词之壮美被"低唱"之声误读了。

谭莹的《又四十首·专论国朝人》(之三十七)评杨芳灿、杨揆云:"二陆才多擅倚声,文章碧海掣长鲸。颇嫌乐府香奁语,孤负冰天雪窖行。"④ 杨芳灿、杨揆乃杨氏家族中有文名者,他们自小就受到家庭教育熏陶,不仅善诗而且工词。诗中"二陆",指的是陆机、陆云。谭莹将"二杨"相比譬,赞赏杨芳灿、杨揆善于创制倚声之作。陈廷焯在《白雨斋词话》中曾评杨芳灿、杨揆"工为绮语"。"颇嫌乐府香奁语"一句,表明谭莹对杨芳灿、杨揆词似花间香奁之语持以批评态度,认为其《菩萨蛮》一词颇有花间之风,用语过于绮艳柔靡、情致表现相对乏味。其《又四十首·专论国朝人》(之三十八)评吴锡麒云:"巧独天工不可阶,镂冰剪

---

① 程郁缀、李静:《历代论词绝句笺注》,北京大学出版社2014年版,第478页。
② 唐圭璋编:《词话丛编》,中华书局1986年版,第3484页。
③ 唐圭璋编:《词话丛编》,中华书局1986年版,第3960页。
④ 程郁缀、李静:《历代论词绝句笺注》,北京大学出版社2014年版,第479页。

雪费安排。我朝亦有吴君特,七宝楼台拆尽佳。"① 吴锡麒为乾隆、嘉庆时期词人,是浙西派的代表人物之一,著有《有正味斋集》七十三卷,词有《有正味斋词》。吴锡麒以雅正词风为宗尚,融合苏轼、辛弃疾的豪放旷达,形成多样的艺术风格。"巧独天工不可阶,镂冰剪雪费安排",乃指吴锡麒词构思新颖精巧、浑然天成。诗中"我朝亦有吴君特"一句,称扬吴锡麒就是当时代的吴文英。末句"七宝楼台拆尽佳",引自张炎的《词源》。其有云:"吴梦窗词如七宝楼台,眩人眼目,碎拆下来,不成片段。"② 张炎评吴文英词过于在字面上讲究、雕绘过甚,时有堆砌晦涩之失。谭莹持论吴锡麒词也过于注重华丽之貌,他对此持贬斥态度。

总之,谭莹既推扬黄景仁的雄浑豪放词风,也称赏杨芳灿、杨揆的善于声律表现之作,还赞扬吴锡麒词"巧独天工"、构思新颖精巧。可以看出,他对各种风格之作都不拒绝排斥,而是持以兼容并收的态度,对有所欠缺之词人词作则予以批评斥责。

总体来看,谭莹的《又四十首·专论国朝人》所显示的批评观念,主要体现在三个方面:一是推尚词作情感表现,强调创作者情感表现的真挚性;二是以组诗形式推扬当时代词人,体现出对清词中兴之论的切实弘扬;三是对不同艺术风格之作兼容并收,同时对少数人的创作所缺亦予以批评斥责。谭莹论清代词人绝句,体现出词学批评的当时代性、现实性,有着十分重要的价值及意义,在我国传统词学批评史上有着重要的地位。

第五节　谭莹论岭南词人绝句的批评观念

谭莹的《又三十六首·专论岭南人》论涉的词家有黄损、崔与之、李昴英、刘镇、陈纪、赵必𤩪、黎贞、陈献章、戴琏、祁顺、黄瑜、邱濬、霍韬、霍与瑕、张萱、卢龙云、区元晋、何绛、韩上桂、陈子升、屈大均、梁佩兰、陈恭尹、梁无技、陶𨱏、许遂、王隼、易宏、何梦瑶、张锦芳、黎简、谭敬昭、倪济远、黄球、黄蔼观、欧嘉逢、今释、张乔,共三

---

① 程郁缀、李静:《历代论词绝句笺注》,北京大学出版社2014年版,第479页。
② 张炎著,夏承焘校注:《词源注》,沈义父著,蔡嵩云笺释:《乐府指迷笺释》,人民文学出版社1963年版,第16页。

十八人。在对清代岭南词人的专题性评说中,体现出其独特的批评观念。

一 推扬乡邦词人

岭南词是在地域文学发展衍化之下产生的具有独特南国风味之作。我国古代,广东地处比较偏僻,远离政治与文化中心。清代,岭南词人受到浙西派、常州派词风影响较小,岭南一地词的创作相对保持了独有的特色。谭莹的《又三十六首·专论岭南人》从不同的角度推扬乡邦词人,大力肯定各种创作路径与艺术风格之作。

首先,从标题上可以看出,其《又三十六首·专论岭南人》论评的对象是岭南词人。其次,从数量上看,该组论词绝句共三十六首,仅一人非广东地域词人,其余三十五首所论皆为广东词人。其中,黄损、崔与之、李昂英、刘镇、陈纪、黎贞等三十四人为广东人;另,张乔原籍江苏,寄寓于广东。谭莹大力肯定岭南词人的各种创作路径与艺术风格。如,其《又三十六首·专论岭南人》(之三)评李昂英云:"不知履贯亦称工,忠简生平六一同。独说《兰陵王》一阕,晓风残月柳郎中。"[1] 受浙西词派的影响,谭莹推崇雅正风格之作。李昂英自幼聪慧,诵读经史,为宋代广东科榜中探花第一人。其为官清正廉洁、忠直敢谏,生平经历与欧阳修甚为相似。可知李昂英乃有着高度的民族归属感,其词内容及风格不是沉湎于缠绵雅丽的艺术世界,而表现出勤勉为国、心系时艰的抒怀言志特征。谭莹对李昂英之作颇为推崇。李昂英《兰陵王》一词书写闺怨春恨,有美人香草之寄托,词句缠绵悱恻。与其说《兰陵王》是一首哀婉的思妇词,不如说是作者在以夫妻比喻君臣,以夫离妻比喻臣别君,以此表达其宦途遇阻、报国无门的悲愤之情,寄托对君国安危的深切忧虑。词虽凄婉而意实沉致。毛晋在《文溪词跋》中评李昂英《摸鱼儿》云:"余读《摸鱼儿》诸篇,其佳处岂逊'杨柳岸、晓风残月'耶?"毛晋认为,李昂英的《摸鱼儿》可与柳永的《雨霖铃·寒蝉凄切》相比肩。谭莹亦承毛晋所言,认为李昂英的《兰陵王·燕穿幕》与柳永的《雨霖铃·寒蝉凄切》可相提并论,词风铺叙展衍、慢曲新声,入人心肺。其《又三十六首·专论

---

[1] 程郁缀、李静:《历代论词绝句笺注》,北京大学出版社2014年版,第427页。

第四章 晚清时期的论词绝句

岭南人》（之四）评刘镇云："柳周辛陆事兼能，论到随如得未曾。岂独后村平骘当，心倾周密又黄升。"①诗作首句袭自与刘镇同时代的刘克庄对其词的称扬。刘克庄曾评柳永词尽显俚俗言语，尽现教坊之意；周邦彦词运用古语，有仿袭之弊；陆游、辛弃疾词一扫清艳，但过多地引经据典亦显瑕疵。刘克庄认为，只有刘镇的词几乎摒去周邦彦、柳永、辛弃疾、陆游词之弊而兼其所长。"论到随如得未曾"一句，乃评说刘镇的《随如百咏》格高气远、清新俊逸。谭莹标举刘镇工于填词，以新丽见长。其《又三十六首·专论岭南人》（之五）评陈纪云："《念奴娇》曲赋梅花，谱《贺新郎》听琵琶。《绝妙好词》偏未选，咸淳以后足名家。"②谭莹借用《念奴娇·梅花》、《贺新郎》两首词论评陈纪，赞赏其词笔清挺，颇有雅健之风。其《念奴娇·梅花》云："断桥流水，见横斜清浅，一枝孤裛。清气乾坤能有几，都被梅花占了。玉质生香，冰肌不粟，韵在霜天晓。林间姑射，高情迥出尘表。除是孤竹夷齐，商山四皓，与尔方同调。世上纷纷巡檐者，尔辈何堪一笑。风雨忧愁，年来何逊，孤负渠多少。参横月落，有怀付与青鸟。"此词虽为咏梅，但颇见陈纪的南宋遗民身份。"清气乾坤能有几"以下词句，盛赞梅花高格。"除是孤竹夷齐"三句，化用几个著名的隐士作梅花"同调"，亦花亦人，融为一体。陈纪称扬梅花正是以花自况，表达隐居不仕的情怀。此外，《贺新郎》写听琵琶的感受，清婉而富有情韵，不失雅健之风。其《又三十六首·专论岭南人》（之六）评赵必𤩞云："感到沧桑《覆瓿》宜，秋娘犹在足相思。集中多用清真韵，《秋晓词》同《玉片词》。"③谭莹评说赵必𤩞《覆瓿》一词甚见沧桑面目，充满忠愤之气。赵必𤩞经历时代巨变，宋亡之后，隐居乡中，每于海边遥望崖山必伏地大哭，又画文天祥像于厅堂之中，朝夕泣拜。诗作第二句取自赵必𤩞的《苏幕遮·钱塘避暑忆旧用美成韵》，其有云："断桥风月，梦断飘蓬旅。旧日秋娘犹在否。雁足不来，声断衡阳浦。"赵必𤩞年轻时甚为喜爱周邦彦词，其《秋晓词》与周邦彦《片玉词》很是相似，多书写艳情与羁旅之愁，语句工丽，颇有绮思。

---

① 程郁缀、李静：《历代论词绝句笺注》，北京大学出版社2014年版，第428页。
② 程郁缀、李静：《历代论词绝句笺注》，北京大学出版社2014年版，第429页。
③ 程郁缀、李静：《历代论词绝句笺注》，北京大学出版社2014年版，第430页。

谭莹推扬乡邦词人，一方面体现在评说岭南词人时，不仅推扬岭南大家如李昂英，也推扬岭南词史上名气较小的词人如祁顺、黄瑜、霍韬等；另一方面，大力肯定各种创作路径与艺术风格，如李昂英词凸显凛然正气、赵必瓛与陈纪词中深含遗民之恨、刘镇词多闲适情味。这不仅体现出谭莹浓郁深厚的乡邦之情，同时展现出岭南士子对家乡词人之作艺术魅力的强烈自信。它为人们认识与了解岭南词坛的流变及其在词坛的地位起到一定的作用，为岭南词坛的发展壮大作出了贡献。

二　崇尚情感表现

谭莹论词崇尚情感表现。其《又三十六首·专论岭南人》（之一）评黄损云："竟传仙去亦多情，得近佳人死也荣。谁谓益之能直谏，生平愿作乐中筝。"① 黄损因直言进谏而触犯皇帝，被贬后退居永州，当时有传说，他成了仙亦不忘未婚妻。诗中第二句和末句系引自黄损赠未婚妻的《忆江南》一词。其有云："平生愿，愿作乐中筝。得近玉人纤手子，砑罗裙上放娇声。便死也为荣。"这首词主要叙说的是，作者愿意成为未婚妻所钟爱的古筝，以此得以亲近其玉手，即便是死也以此为荣。一字一句如镂心之语，情真意切。《诗余广选》曾持论《忆江南》词中"得近玉人纤手子，砑罗裙上放娇声"二句，本为唐人崔怀宝所作。黄损借用此二句，一是彰显裴家小姐善于弹筝；二是因筝的形状似瑟，常常是放在膝上而弹奏的，故作者以此形容其为与未婚妻更为亲近，不惜化为古筝的情意。

谭莹的《又三十六首·专论岭南人》（之二十六）评许遂云："门掩梨花雨打声，至今肠断《摘红英》。真吾阁在伊人死，谁谱孤舟棹月明。"② 诗作首句取自许遂《摘红英》中的"门掩梨花，声声暗打"一句，风雨摧打梨花，声声入耳，作者试图用门掩住风雨、落花与寒春，与世隔绝，但无异于掩耳盗铃、自欺欺人罢了。读《摘红英》一词，从情思之真切着眼，发现其情挚意深，再回读时，身临其境，仿佛只身流落他乡、游子因思乡而愁肠寸断，凄苦愁情寄寓字里行间。第三句，谭莹评说《摘红英》与《明月棹孤舟》乃《真吾阁集》中最为工致的两首词作，所写之

---

① 程郁缀、李静：《历代论词绝句笺注》，北京大学出版社2014年版，第426页。
② 程郁缀、李静：《历代论词绝句笺注》，北京大学出版社2014年版，第442页。

情至真至诚，情韵深致。结句引自许遂《明月棹孤舟》中的"枻歌频起，明月照人难寐"一句。屋外，远处的歌声频频响起，作者辗转反侧，看着窗外的明月难免心生哀情。可见许遂通过对外在景致的描写抒发其苦闷之情。谭莹对许遂词情深挚甚为称扬。其《又三十六首·专论岭南人》（之二十七）评王隼云："《琵琶楔子》寄闲情，合大樗堂外集评。解赋无题诗百首，固当秦七是前生。"① 王隼为"小一代遗民"中的代表人物，筑庐隐居，以著书为业。《琵琶楔子》与《大樗堂初集》乃其代表作。《琵琶楔子》主要以轻松娱人的笔调展现娱乐之情。王隼将其遗民情结寄托于《大樗堂初集》之中，表现乱离、追悼故国、鄙视变节者，该诗集中多为纪实之作。谭莹对王隼甚为推许，赞赏其诗词之作彰显主体情志，评说其可与秦观相提并论，同时对其忧国之情予以称扬。其《又三十六首·专论岭南人》（之三十一）评黎简云："樵夫情韵特缠绵，小阁何因署药烟。少作《芙蓉亭乐府》，中年哀乐总鳌然。"② 谭莹论评黎简词中所展示之情甚为缠绵悱恻，对黎简词颇为推崇。他引用黎简少年时期根据自身经历所创作的《芙蓉亭乐府》，认为其以天真烂漫、饱含深情的笔调书写钱芳与沈玉的爱情，将情感表现始终贯穿其中。黎简晚年所作的《药烟阁词钞》中有云："筑药烟阁，旦夕与其妇梁相依于药鼎茶铛中。"于体贴入微中见其情愫真挚深沉。其《又三十六首·专论岭南人》（之三十三）评倪济远云："曲付玲珑旧酒徒，官场滋味困倪迂。茆烟箐雨茶崷舍，便算罗浮与鼎湖。"③ 倪济远雅好读书，诗才斐然，立志有所作为，但其在官场上因性情慷直而不得意，故将报国之志寄寓茶酒之道中。倪济远的《茶崷舍稿》彰显出仕途不得意之情，谭莹以"茆烟"、"箐雨"这样萧瑟的景象衬托词集所书写的浓郁悲情。

总之，谭莹大力肯定真情之作。他认为，无论是黄损诗词中所彰显的真情、许遂诗词中的悲情，抑或王隼诗词中所展现的遗民故国之情、倪济远诗词中的仕途不得志之情，都是从创作主体肺腑中迸发而出的至真之情，足以感动人心。

---

① 程郁缀、李静：《历代论词绝句笺注》，北京大学出版社2014年版，第443页。
② 程郁缀、李静：《历代论词绝句笺注》，北京大学出版社2014年版，第445页。
③ 程郁缀、李静：《历代论词绝句笺注》，北京大学出版社2014年版，第446页。

三 推尚词品词格

谭莹论词绝句的又一个突出特点是重视词品词格，以词品词格作为衡量词人词作的重要标准之一。其《又三十六首·专论岭南人》中，共有四首绝句论评到词品词格。

谭莹的《又三十六首·专论岭南人》（之二）评崔与之云："但许词家品已低，推崇独说李文溪。出师拜表如忠武，《水调歌头》剑阁题。"[1] 谭莹甚为标举崔与之高洁的词品。诗作首句，作者指出，词人论词重视品格的高下，李昴英词品独具一格，众人皆推崇其《文溪存稿》，却忽略了崔与之词，他对崔与之雄直飘洒之作击节叹赏。有着"粤词之祖"称誉的崔与之，少年时期立志报国、黾勉好学，终成岭南第一位由太学生而考取进士之人。入仕后，淮东抗金，尽护四蜀，为官清廉，善举人才。崔与之诗文乃其一生真实的写照，《水调歌头·题剑阁》是其词风最典型的代表。谭莹认为，此词雄浑悲壮、格调高拔。其词以沉郁之笔书写忧国忧民之情，豪迈悲凉。其《水调歌头·题剑阁》云："万里云间戍，立马剑门关。乱山极目无际，直北是长安。人苦百年涂炭，鬼哭三边锋镝，天道久应还。手写留屯奏，炯炯寸心丹。对青灯，搔白发，漏声残。老来勋业未就，妨却一身闲。梅岭绿阴青子，蒲涧清泉白石，怪我旧盟寒。烽火平安夜，归梦到家山。"此词上片书写作者抗敌守边的决心与报效家国的忠心；下片抒发其人老功业未就的无限感慨。诗作第三句引出表达诸葛亮忠贞之志的《出师表》，以此来凸显崔与之的《水调歌头·题剑阁》，两首诗皆为忠贞感人之作。可见，格调高拔乃崔与之词的一大特色。

谭莹的《又三十六首·专论岭南人》（之八）评陈献章云："风韵何尝乐府殊，白沙远过邵尧夫。春风沂水人千古，也学烟波旧钓徒。"[2] 谭莹称扬陈献章词如乐府诗一般灵活自由。他在论评陈献章词作格韵之高时，还从其理学思想入手。诗作第二句，作者将陈献章与邵雍对比，认为陈献章理学思想之广博深远超过邵雍。他是明代心学的奠基者，开启心学思潮之先河。可以说，明代心学在陈献章这里才真正得以开拓。陈献章认为，

---

[1] 程郁缀、李静：《历代论词绝句笺注》，北京大学出版社2014年版，第426页。
[2] 程郁缀、李静：《历代论词绝句笺注》，北京大学出版社2014年版，第431页。

填词需"以静为主",要"端坐澄心,于静中养出端倪",以自由之境书写超然之作,也就是谭莹所云"烟波旧钓徒"之意。诗作第三句,评说陈献章旷达而任、放情自然,以"千古"二字彰显出其对世人影响之深远。最后,谭莹引《钓鱼效张志和》一词,来论说对陈献章词韵致之高迈、志趣之旷达的推崇。

谭莹的《又三十六首·专论岭南人》(之十五)评张萱云:"西园词稿不须添,著等身书韵偶拈。独钓罢时还独泛,喜无一语近《香奁》。"①谭莹用"韵偶"二字评说张萱词音律严谨、格调清丽。张萱好学博识,入侍经筵,曾参与编修国史,涉猎贯通。诗作第三句,作者引出张萱的《望海潮·独钓》与《念奴娇·独泛》二词,以此例证其词作格韵清美。两首词上片皆描写自然风光,下片转为抒发情感。谭莹推崇雅正词风,故末句引韩偓《香奁》为例,将张萱的《望海潮·独钓》、《念奴娇·独泛》与韩偓的《香奁》对比。其《又三十六首·专论岭南人》(之十九)评韩上桂云:"《长相思》与《浪淘沙》,不为忠魂许作家。第一才人余技称,死生消息有莲花。"②谭莹对韩上桂评价甚高。韩上桂幼时家贫、勤勉读书,曾向人借阅《二十一史》,浏览一月即默识大略,后得巡抚方一藻力荐。韩上桂雅好诗词,有《朵云山房遗稿》。在他的众多词作中,谭莹认为,忠贞赤子之篇当推《长相思》与《浪淘沙》。诗作尾句,谭莹以"莲花"一词概括韩上桂去世后留给后人如莲花一般高洁的形象。

总体来看,谭莹的《又三十六首·专论岭南人》的词学批评观念,主要体现在三个方面:一是大力推扬乡帮词人,肯定不同的创作路径与艺术风格;二是推扬情感表现,将情感表现视为词的创作本质所在,将清代前中期岭南地域的主要词人予以了切实的评说;三是推尚词品词格,注重人品与气格在词作中的显现。谭莹的论词绝句,甚有助于人们对清代前中期岭南词坛的了解认识,为进一步宣传岭南词坛的创作成就作出了切实而重要的贡献。

---

① 程郁缀、李静:《历代论词绝句笺注》,北京大学出版社2014年版,第435页。
② 程郁缀、李静:《历代论词绝句笺注》,北京大学出版社2014年版,第438页。

第六节　杨恩寿《论词绝句三十首》的批评观念

杨恩寿（1837—1891），字鹤俦，号鹏海、蓬海，湖南长沙人。官候补知府，后羁宦漂泊，西南至滇黔，东北至九河，皆为幕僚。杨恩寿工于诗文，擅长戏曲，在词的创作领域也有相当的建树，被誉为"同光三家词"之一。他著述颇丰，有《坦园全集》，包括《坦园文录》十四卷、《坦园诗录》二十卷、《坦园词录》七卷、《坦园词余》一卷、《坦园赋录》一卷、《坦园偶录》三卷等；戏曲理论著作有《词余丛话》、《续词余丛话》各三卷，另有记载伶人的《兰芷零香录》三卷，绘画鉴赏方面有《眼福编》三十六卷，谜语对联方面有《灯社嬉春集》两卷、《四书对联》一卷等，共近百卷。

杨恩寿的《论词绝句三十首》，副题为"翻阅近人词集，仿元遗山论诗体各题一绝，仅见选本暨生存者概付阙如"，可见，此组论词绝句乃是对清代前中期词人的论评，对当时已有选本收录之作及尚存于世的词人则不予评说。其收于《坦园全集》之《坦园诗录》第六卷中。其中，所评词人主要有吴伟业、龚鼎孳、王士禛、陈维崧、尤侗、徐釚、朱彝尊、李良年、吴绮、余怀、吴兆骞、顾贞观、纳兰性德、孔尚任、洪昇、李渔、袁于令、厉鹗、马曰琯、万树、蒋士铨、乐钧、杨芳灿、杨揆、张九钺、吴锡麒、郭麐、袁通、陈梦欧、黄景仁、沈起凤、汪端光、汪全德、汪全泰、周之琦、项鸿祚、戈载等，彰显出了独特的词学批评观念。

一　大力肯定富于悲情性之作

在词学批评中，词论家往往将悲情视为重要的表现内涵，认为它是作者展示主体内心世界的硬核，是一种融合了生命内涵的深层次美。杨恩寿论词时，对吴伟业、龚鼎孳、徐釚、余怀、吴兆骞、顾贞观、马曰琯、张九钺、郭麐、蔡元春、周之琦、项鸿祚等人所显示出的对自然、社会、人事之悲情予以了大力的肯定。

杨恩寿的《论词绝句三十首》（之一）评吴伟业云："飘萧白发老江

关，泪落檀槽断续间。流水落花无限恨，选声应唱念家山。"① 吴伟业与钱谦益、龚鼎孳并称"江左三大家"。诗中"飘萧白发老江关"一语，乃指吴伟业有《满江红·感旧》一词。此词反映明代弘光朝的国事与作者身世。其上片忆旧，主要是对明亡历史教训的总结，下片寄寓作者的黍离之悲。词中"庾信"二句，接入自己的身世之感。词人此时已经仕清但为此又悔恨痛苦不已，故此词尤显矛盾凄苦，在感念亡国之伤悲时亦兼感身世之痛楚，全词曲折深沉、苍凉悲壮。吴伟业的《满江红·感旧》一词与汪中的《满江红·白门感旧》主旨相似，皆为感念家国之作，但《满江红·感旧》兼具身世之感。杨恩寿评说吴伟业此词为"选声应唱念家山"，可见其对社会人事悲情之作的偏赏。

杨恩寿的《论词绝句三十首》（之二）评龚鼎孳云："麦秀渐渐冷夕晖，白头词客欲沾衣。伤心岂为飞红雨，门巷重来万事非。"② "伤心岂为飞红雨，门巷重来万事非"二句，乃指龚鼎孳创作有《蓦山溪》一词。这首赠别之作寄寓了词人太多的感慨，其中，既有对"重城几处"一般身世的哀伤，更有对友人归来的深切期盼。词作选取鸳鸯、玉窗、红雨、钟鼓等意象，来隐喻其盼望友人归来的凄苦心境，表现出身为降臣的内心真实复杂的情感。沈雄《古今词话》载："王阮亭曰：龚尚书蓦山溪词'重来门巷，尽日飞红雨'，不知其何以佳，但觉神驰心醉。"③ 王士禛评说龚鼎孳的《蓦山溪》以辞近意远、含蓄婉曲的方式寄托主体情感，令人神驰心往。龚鼎孳作为处于异族统治下汉族士大夫的复杂心态得到充分的呈现。

杨恩寿的《论词绝句三十首》（之六）评徐釚云："一编珍重压归装，海客低头拜菊庄。料得重洋荒岛外，风涛相应识宫商。"④ "海客低头拜菊庄"一语，乃指徐釚有《菊庄词》。杨恩寿对此作给予很高的评价，认为其名震海内外。"风涛相应"一语，系出自《鹧鸪天·西湖即事》中的"尽听商妇弹红泪"一句。此词歌咏西湖春天景象，揭露出士大夫的奢靡昏馈，表现了作者的忧国忧民情怀。上片主要写景，从"窈窕"与"凄

---

① 孙克强、裴喆编著：《论词绝句二千首》，南开大学出版社2014年版，第598页。
② 孙克强、裴喆编著：《论词绝句二千首》，南开大学出版社2014年版，第598页。
③ 唐圭璋：《词话丛编》，中华书局1986年版，第813页。
④ 孙克强、裴喆编著：《论词绝句二千首》，南开大学出版社2014年版，第599页。

凉"、"迷"与"冷"的对比中，词人对国家的深沉思考与复杂感情表现得淋漓尽致。下片承上而来，叙写士大夫游乐活动，借用事典讽刺一些士大夫的奢靡生活，由此将自己的忧国情怀加以托出。整首词，情感表现真挚深沉、层层而入，将对社会人事之忧愁生动地呈现出来。

　　杨恩寿的《论词绝句三十首》（之十）评余怀云："秦淮杨柳雨潇潇，旧梦迷离记板桥。一管春风好词笔，闲调金粉写南朝。"①"旧梦迷离记板桥"一语，乃指余怀创作有《板桥杂记》。该书内容多记明季秦淮曲院盛况，以身世之感并入艳情，以侧艳笔调凸显悲惋之情，以托寓故国之思。杨恩寿评"秦淮杨柳雨潇潇"，把自己的遭遇和感想融入诗中，在回忆与联想的今昔对比中融入对一己身世的俯仰之叹，情调悲凉沉郁。诗作第三句，乃评说余怀用语雅致，寄托哀怨沉郁，风格呈现哀感顽艳。第四句评说余怀词风之转变，认为其前期词俊艳逸丽；到了明清之交，词风转为哀艳凄楚，多寓沧桑之感、今昔之悲。

　　杨恩寿的《论词绝句三十首》（之十一）评吴兆骞云："伤心天汉远浮槎，绝塞风沙两鬓华。被酒夜阑愁不睡，一庭霜月听秋笳。"②吴兆骞因科场案被流放塞外宁古塔二十余年，出关时以牛车载万卷，于苦寒塞外仍与谪臣逐客饮酒赋诗。吴兆骞的词大多是对塞外山川景物的描绘。"一庭霜月听秋笳"，乃指吴兆骞的《秋笳集》。其中，最能代表作者心境的便是《念奴娇·家信至有感》一词。其上片书写谪居生活之苦，以寒冷的戍所与故乡的"绿杨烟旅"形成鲜明的对照，不言离愁别恨而相思之情思毕见。下片书写两地相思之苦，末句既表达出浓浓的思乡之情，又流露出对妻子富贵不淫、贫贱不移的深深敬意。郭则沄在《清词玉屑》中有云："吴汉槎《秋笳词》卷，皆戍宁古塔时所作。竹垞《词综》录其（念奴娇）家信至有感一阕云云。语出至情，故当独擅。"③郭则沄指出吴兆骞擅于借悲苦景象书写相思之痛楚，沉郁悲凉。杨恩寿与郭则沄持相通之论，他评说吴兆骞"伤心天汉远浮槎"，认为其中的哀怨凄楚之情动人心魄。

　　杨恩寿的《论词绝句三十首》（之十二）评顾贞观云："交情郑重抵

---

① 孙克强、裴喆编著：《论词绝句二千首》，南开大学出版社2014年版，第599页。
② 孙克强、裴喆编著：《论词绝句二千首》，南开大学出版社2014年版，第599页。
③ 郭则沄：《清词玉屑》卷一，民国二十五年自序自刊本。

河梁,雪窖冰天泪两行。季子荷戈宁古塔,何堪重听贺新凉。"①"季子荷戈"一语,乃指顾贞观的《金缕曲》(其一)中有"季子平安否"之句。顾贞观以词代书,表达对挚友吴兆骞含冤流放的深切同情与无限思念。上片开篇"季子平安否",口吻平淡亲切,感情真挚,书写出了吴兆骞所受苦难之深。下片转为安慰,至少还留得性命在,至少还可能骨肉团圆,作者连用两个事典以表达对朋友的忠诚。顾贞观从未忘记当初的诺言,心意坚定,矢志不移,其词句从肺腑中流出,情真意切。谢章铤在《赌棋山庄词话》中有云:"其寄汉槎宁古塔贺新凉云云,浓挚交情,艰难身世,苍茫离思,愈转愈深,一字一泪。吾想汉槎当日,得此词于冰天雪窖间,不知何以为情。"②谢章铤指出了顾贞观的《金缕曲》一词以性情结撰而成,其悲慨之深、慰勉之切,令人为之动容。杨恩寿亦持同此论,他认为顾贞观的《金缕曲》确乎饱含深情,层层而入,字字句句都体现出其对挚友的深切情谊,震撼人心。

二 对一般词人也努力推扬

在《论词绝句三十首》中,杨恩寿既有对词坛大家的侃侃而论,亦努力推扬一般词人,深入挖掘一般词人词作之特点及其价值意义。

杨恩寿的《论词绝句三十首》(之五)评尤侗云:"晚入承明两鬓丝,姓名早达九重知。花天酒地留题遍,画壁先歌百末词。"③尤侗,长洲(今江苏吴县)人,举博学鸿词科,授翰林院检讨,三年后告归,隐居林下二十余载,被称为"东南老宿"。杨恩寿对尤侗词持以大力称赏的态度。诗中"姓名早达九重知。花天酒地留题遍"之句,乃评价尤侗才情敏迈,才华早已名扬四海,其词为百姓所喜爱。"画壁先歌"一语,意在论说尤侗的《百末词》自然生新,情文互谐,秾丽中有感慨,哀怨中不失流宕。尤侗佳作如《沁园春·和阮亭偶兴》中有"无可奈何,旧事南柯,新恨东流"之句,将词人怀才不遇的凄寒心境彰显了出来,其中寄寓了对世态人情的深切理解。尤侗在填词时,将真性情表现于字里行间,故其创作自然

---

① 孙克强、裴喆编著:《论词绝句二千首》,南开大学出版社2014年版,第599页。
② 唐圭璋编:《词话丛编》,中华书局1986年版,第3414页。
③ 孙克强、裴喆编著:《论词绝句二千首》,南开大学出版社2014年版,第599页。

高人一筹。杨恩寿对尤侗的词名及其《百末词》予以了切中的评价。

杨恩寿的《论词绝句三十首》（之八）评李良年云："一时声价信无虚，秀水词人说李朱。南渡风流未消歇，荷池桂子唱西湖。"①"一时声价"、"秀水词人"二语，乃评说李良年词史地位之高，与朱彝尊齐名，被称为"朱李"。"南渡风流未消歇"一语，指李良年的创作追随南宋吴文英、张炎，文辞雅正，音律谐和，词风空灵秀雅。最后一句，乃评说李良年词含蓄蕴藉。如其《柳梢青·怀友人白下》一词，将思友之情书写得婉曲深至。词作上片，叙写春天本是会友的好时节，"人在江南"将作者因春而触的怀人之思轻轻点出，看似不经意却又自然细致，于深挚中显出淡淡的遗憾。词作下片，以今夜之孤独衬托对友人强烈的思念之情。整首词文辞典雅，风格婉丽，似淡实浓，深得婉约风旨。陈廷焯在《云韶集》中评李良年《高阳台》云："情词凄切，别乎其年、竹垞外自成高手。"②陈廷焯评说李良年词异乎陈维崧、朱彝尊之作风格特征，在清初词坛独成一家。

杨恩寿的《论词绝句三十首》（之九）评吴绮云："新词拍手遍儿童，太守声名满折中。红豆一双新种得，有人把酒祝东风。"③诗作开篇评说吴绮词广泛流传于民间。第三、四句，系取自吴绮《醉花间·春闺》中的"把酒祝东风，种出双红豆"一句。该词乃吴绮的成名作，吴氏因此而有"红豆词人"的美称。这首词书写女子触春景而伤怀之情。上片叙写触景，一个"凑"字突出春景来得不合时宜，"红豆"乃"相思"的代称，一个"双"字暗示出双方彼此的相思；一个"种"字书写出相思之深。词之下片，通过"鸦啼门外柳"和"花影暗窗纱"，书写出闺中人的相思之苦。朝朝暮暮的孤独寂寞使得闺中人消瘦憔悴。结尾一个"又"字，不仅写出这种生活日复一日的漫长，而且点出女主人公对此种生活的无法忍受。通观全词，炼字精深，言辞谐畅，可见吴绮炼字觅韵的匠心与功力。

杨恩寿的《论词绝句三十首》（之二十）评张九钺云："立马黄河吊

---

① 孙克强、裴喆编著：《论词绝句二千首》，南开大学出版社2014年版，第599页。
② 孙克强、杨传庆、裴喆编著：《清人词话》，南开大学出版社2012年版，第476页。
③ 孙克强、裴喆编著：《论词绝句二千首》，南开大学出版社2014年版，第599页。

汴宫，清商恻恻满江红。樊楼灯火金明柳，都入才人泪眼中。"① 诗作第一句，乃叙说张九钺的《满江红·大梁怀古十三首》。这首词为咏史怀古之作。"清商恻恻满江红"一句，乃指连商人看了此词后都会泪流不止，可见其悲慨之深。《满江红·大梁怀古十三首》采用组诗形式，以十三首之数尽述词人游历大梁的吊古之情。如，《满江红·吴山伍相国祠》有云："门外黑豚奔宿雨，江头白马翻晴雪。是寒潮、一片海门来，英雄血。"词人眼前所看到的景象一片荒凉，对英雄的凭吊之情，沉郁其中而喷薄于外。张九钺凭吊的对象不仅有英雄豪杰，还有与之相对的红颜佳人。如《满江红·虞姬墓下作》、《清平乐·苏小小墓》、《水龙吟·过红拂墓》等，都在凭吊怀古间展现出对女性的哀悼之情。杨恩寿又以"才人泪眼"突出张九钺词的悲壮特色，对其词予以了充分的肯定。

杨恩寿的《论词绝句三十首》（之二十三）评袁通云："蒋赵相推第一流，诗名清福自千秋。随园缺陷从今补，更有江南捧月楼。"② 诗中第一句，杨恩寿运用"第一流"、"自千秋"六个字，将袁通的创作放在甚为重要的位置，持以大力推扬的态度。"随园缺陷"一语，旨在标树袁通对其父袁枚所倡导"性灵"说的继承发扬。袁通在创作技巧上虽效法姜夔、张炎，其词之内容却坚持着重视情感表现的原则。如，其《声声慢·还西泠过毗陵作》一词，上片为细腻的心理描写；下片首句便化用明代性灵派主将袁宏道的写景小文，表达自己内心的不安与彷徨。整首词，无论是"听潮听雨"还是"识我重来"，皆与"性灵"说所标举的有我之境不谋而合。虽然"性灵"说未成为嘉庆、道光时期及其后论词的主流，但以袁通为代表的性灵词人在词坛嬗变之际别树一帜，对后来的学词者产生了深远的影响。

三 努力勾索词之渊源流变

杨恩寿的《论词绝句三十首》对于浙西词派的评骘尤为突出，他在诗中努力勾索词之渊源流变，大致梳理了浙西词派的发展脉络，推尊之意颇为显著。其所论评的词人，涉及浙西派的主要有朱彝尊、杨揆、厉鹗、李

---

① 孙克强、裴喆编著：《论词绝句二千首》，南开大学出版社2014年版，第600页。
② 孙克强、裴喆编著：《论词绝句二千首》，南开大学出版社2014年版，第601页。

良年、项廷纪、吴锡麒、马曰琯、杨芳灿、郭麐等。浙西派是清朝前期最大的词派，由于创始人朱彝尊以及主要词人居于钱塘江以西而得名。早期，以朱彝尊及曹溶为首的浙西派以醇正高雅的盛世之音活跃于词坛。清代中叶，以厉鹗为中坚，承前启后，张大浙西词派视域，修正与丰富其立派原则，深化其创作之境。之后，郭麐、吴锡麒播扬于上，浙派之势得以承纳衍化。杨恩寿"温婉绵丽，低徊郁伤"的词学主张与创作风格明显受到南宋姜夔、张炎及浙西词风的影响。

杨恩寿的《论词绝句三十首》（之二十二）评郭麐、蔡元春云："沦落梧桐爨下材，延津双剑郁风雷。朱门风月旗亭酒，传唱江南两秀才。"①杨恩寿对郭麐与蔡元春都甚为推尚，认为两人乃晚期浙西派的中坚力量。其中，"朱门"指以朱彝尊为代表的浙西词派，诗尾"两秀才"指郭麐与蔡元春。郭麐作为浙西派末期的代表人物，努力拯救浙派式微的处境，跳出独尊姜夔、张炎的樊篱，提出了摅述性灵的词学主张。他认为，人们在追求雅正词的创作中应当书以性灵，让词人的个性情感得到自由的抒发，从而使词之情感表现真实本色、自然清新。

杨恩寿的《论词绝句三十首》（之二十五）评黄景仁云："鼎鼎才名白也传，诗中无敌酒中仙。灞陵柳色秦楼月，更听红箫谱梦年。"②杨恩寿将黄景仁与李白相媲美，可见对其的大力推扬之意。前两句评说黄景仁的才学，后两句化用李白《忆秦娥·箫声咽》之句。黄景仁乃"毗陵七子"之一。他四岁而孤，家境清寒，一生贫困潦倒，其诗文多抒发穷愁不遇、寂寞凄怆之情。杨恩寿指出黄景仁因身世坎坷，故所作诗词多嗟贫叹苦，沉郁苍凉，黄景仁又长于化用前人精妙之词，臻出新境。

杨恩寿的《论词绝句三十首》（之二十七）评汪端光与汪全德、汪全泰（竹氏父子）云："瘴乡东去拥征骓，雏凤都随老凤飞。担妇狯男传唱遍，一门佳句织弓衣。"③杨恩寿合评汪端光与汪全德、汪全泰，赞赏三人不匮的才情。其中，"雏凤都随老凤飞"，乃化用李商隐"雏凤清于老凤声"一句，杨恩寿指出汪全德、汪全泰父子诗词造诣之深。读汪全德《解

---

① 孙克强、裴喆编著：《论词绝句二千首》，南开大学出版社2014年版，第601页。
② 孙克强、裴喆编著：《论词绝句二千首》，南开大学出版社2014年版，第601页。
③ 孙克强、裴喆编著：《论词绝句二千首》，南开大学出版社2014年版，第601页。

连环·梦忆》一词，可见其旨意之深。《解连环·梦忆》书写女主人公的春愁春恨。上片融写景、叙事与抒情为一体，层层铺叙，渲染出女主人公情思之深。下片，作者设身处地描写女主人公的心理活动，表现出其对良人的相思之情，含蓄蕴藉，细致婉转。

　　杨恩寿的《论词绝句三十首》（之二十八）评周之琦云："鱼龙角抵海天秋，健笔淋漓扫柳周。肯向喁喁小窗下，也随儿女诉闲愁。"① 杨恩寿持论，周之琦词胜于北宋柳永、周邦彦词一筹，其题材择取较为广泛，风格多变。首句以"鱼龙"暗喻周之琦之创作路径与风格表现。如，其《思佳客人》为一首离情词。主人公为一位男性，当与作者的经历有关，所怀念的是一位歌姬。上片诉说其身世飘零之可怜。下片将不知春寒的贵妇人与他所怀念的女子作对比，寄托作者对歌姬的无尽思念与深切眷念。谭献评此词"寄托遥深"。尾句点明周之琦词既有豪放旷达之风，又有描写儿女闲愁的凄婉。杨恩寿之论表现出其对周之琦的大力称扬之意。

　　杨恩寿的《论词绝句三十首》（之三十）评戈载云："戒律精严说上乘，万先戈后此传灯。更饶韵本流传遍，不数当年沈去矜。"② 杨恩寿梳理戈载词学渊源，指出戈载对晚清词学声律做出了重要的贡献。他承纳与衍化万树对词律的定制，将词体声律之学进一步予以了发扬光大。杨恩寿认为，戈载既继承了浙西派崇尚骚雅词风的传统，又影响了俞樾、黄燮清、姚燮等人。他与朱绶、沈传桂、吴嘉淦、王嘉禄、沈彦曾、陈彬华并称为"吴中七子"。其一生精研词律，成绩卓著。谭献在《复堂词话》中云："顺卿谨于持律，剖及豪芒。"③ 戈载受其师顾广圻影响甚深。顾广圻精通天文历法、古籍校勘与声韵之学，戈载在声律方面青出于蓝。尾句，杨恩寿借用沈谦之事典比拟戈载的词学功绩，借沈谦之评肯定戈载对于词学声律的坚守与开拓。杨恩寿以较为开阔宏通的视野努力勾索词的渊源流变，其尝试与努力是值得充分肯定的。

　　总体来看，杨恩寿的《论词绝句三十首》的批评观念，主要体现在三个方面：一是大力肯定富于悲情性之作，对表现自然与社会人事悲慨之作

---

① 孙克强、裴喆编著：《论词绝句二千首》，南开大学出版社2014年版，第602页。
② 孙克强、裴喆编著：《论词绝句二千首》，南开大学出版社2014年版，第602页。
③ 唐圭璋编：《词话丛编》，中华书局1986年版，第4011页。

予以充分肯定,将悲情视为词之重要的情感内核;二是对一般词人也努力推扬,表现出对晚清词坛广泛而深切的关注;三是以较为开阔宏通的视野,努力勾索词的渊源流变。其论词绝句出于晚清这一新旧交替时期,体现出丰富的批评内涵,呈现出鲜明的个性特征,在我国传统词学批评史上具有重要的地位。

第七节　冯煦《论词绝句十六首》的批评观念

冯煦(1843—1927),原名熙,后更名煦,字梦华,号蒿庵,辛亥革命后称蒿隐,江苏金坛人。冯氏家族以诗书相传。冯煦五岁时便随祖父学习《孝经》,八岁时随母亲学诗,母亲出身于江苏宝应(今上海)的名门望族,家学底蕴深厚,对冯煦的启蒙教育影响颇为深广。

冯煦少年时期从师之一即为乔守敬。乔守敬博通经史百家,擅长倚声之道,是冯煦诗词创作的重要启蒙老师。冯煦于清代光绪十二年(1886)考中进士,授编修;光绪三十三年(1907)擢升为安徽巡抚;任职一年后被罢官;一年之后又被清政府重新任用为查赈大臣。辛亥革命后定居上海,并与友人共同创立义赈协会,远推至京、豫、湘等地。

在词学方面,冯煦辑编有《六十一家词选》。全书十二卷,成于清代光绪十三年(1887),乃当时甚为流行的词作选本;词选前附有"例言",唐圭璋单独辑入《词话丛编》之中,题为《蒿庵论词》;冯煦另编选有《唐五代词选》。

一　推崇关注社会现实之作

在词的题材内容上,冯煦推崇关注社会现实之作。他身经丧乱,内睹政治腐朽,外恨列强入侵;故其所选所论更倾向于关注社会现实之作,反映与体现社会人生之思想内容。

冯煦的《论词绝句十六首》(之三)评冯延巳云:"吾家正中才绝代,罗衣行地冒残熏。东风吹皱一池水,不分人传成幼文。"[1]"绝代"二字,

---

[1] 程郁缀、李静:《历代论词绝句笺注》,北京大学出版社2014年版,第520页。

乃推崇冯延巳词冠绝当时，彰显出冯延巳的创作成就及其在词史上的独特地位。次句取自冯延巳《清平乐》中的"砌下落花风起，罗衣特地春寒"一句，书写春雨晴晚之景，冯延巳见到这些景象心有所抑，顿生悲意。最后一句"不分人传成幼文"，阐说出冯延巳词影响之广。冯延巳所仕的南唐，内忧外患，"如沸如羹，天宇崩析"，但此时的南唐君主及很多大臣还做着歌舞升平的美梦。王国维在《人间词话》中曾用"和泪试严妆"，来比喻冯延巳这位乱世宰相的"词品"，认为他以浓丽的笔触描绘悲凉情状，就好像女子有"和泪"一样的哀愁，却又故作"严妆"之态。冯延巳抓住乱世带来的这份伤感，突破单纯的儿女闺怨，把词的意境拓展推广开了。其词抒发出内心无法排遣的哀愁，书写出对国家危难的深切担忧。

冯煦的《论词绝句十六首》（之八）评史达祖云："一程烟草一程愁，岁晚将归鬓已秋。怪底梅溪跋珠履，解吟双雁月当楼。"[1] 诗作首二句，袭自史达祖的《鹧鸪天》一词。史达祖出使边塞，故乡音信全无，作者以此表现词人对家国的眷恋之思。《双双燕》一词，上片叙写燕子的形态，下片抒发天涯思妇的盼归心理，暗喻中原父老期盼南宋王朝收复山河、拯救沦陷的国土之期盼。史达祖借助咏物之法，曲折地表达出对家国兴亡的担忧与期盼恢复之情怀。他在行旅中对家乡的思念与愁绪，随着路程的遥远而不断增加。苍茫幽远的塞北风云，不仅益发增添了词人怀念家乡的忧思，更将对国家的无限思念与平戎报国志向展现在词中。其《论词绝句十六首》（之十三）评张炎云："王孙风调极清遒，石老云荒眇眇愁。犹见贞元朝士否，空弹清泪下西州。"[2] 此诗次句，出自张炎《疏影》中的"却笑归来，石老云荒，身世飘然一叶"。张炎以王孙子弟飘然南北、骤然归来，哀伤之感较常人为深。冯煦不仅在首句称赏张炎词具清刚之风，亦论及其词所表现愁绪。第三句化自张炎《解连环·拜陈西麓墓》中的"叹贞元、朝士无多，又日冷湖阴，柳边门钥"。此词乃作于唐德宗之时，适逢安史之乱后不久，作者深有感慨。末句出自张炎《甘州》一词中的上片。其云："记玉关、踏雪事清游。寒气脆貂裘。傍枯林古道，长河饮马，此意悠悠。短梦依然江表，老泪洒西州。一字无题处，落叶都愁。"此词

---

[1] 程郁缀、李静：《历代论词绝句笺注》，北京大学出版社2014年版，第525页。
[2] 程郁缀、李静：《历代论词绝句笺注》，北京大学出版社2014年版，第528页。

前五句，为我们展现出一幅迎风踏雪、长河饮马的北国羁旅图。此情此景何以胜言，张炎仅用"此意悠悠"，便道出心中无限的忧思愁怨。后四句，表现作者北游南归，见故乡也已成他人乐土，其深有家国沦亡之悲伤。张炎将自己飘零如秋的身世之感和愁怀故国的覆亡之痛书写得哀婉动人，由壮及悲，由友情及国仇家恨。诗中第三句"犹见贞元朝士否"，化用张炎《解连环》一词上片。其云："句章城郭。问千年往事，几回归鹤。叹贞元、朝士无多，又日冷湖阴，柳边门钥。"张炎身处家国沦亡之际，不免感慨深致，于蕴藉中透出国破家亡的沧桑感。冯煦以问句出之，对张炎的身世与创作表达出深切的共鸣之情。冯煦推崇"忧时念乱，意内言外"创作之旨，对关注社会现实之作格外重视推扬。

二 推尚以悲为美

"以悲为美"是我国文学创作的传统。它大致萌芽于先秦时期，发展于两汉，成熟于魏晋南北朝。唐以后，这一审美传统对诗词创作有着广泛深刻的影响。冯煦在论评词作时，也甚为推尚表现悲情之作。

冯煦的《论词绝句十六首》（之二）评南唐后主李煜云："梦编罗衾夜未央，秦淮一碧照兴亡。落花流水春归去，一种销魂是李郎。"[①] 诗作首句，引自李煜《浪淘沙令》中的"罗衾不耐五更寒。梦里不知身是客，一晌贪欢"。薄薄的罗衾抵挡不住晨寒的侵袭，回过头来追忆梦中之事，好像忘记了身为俘虏，似乎还在故国华美的宫殿里，昔日锦衣帝王今日却成笼中之囚。词人试图从梦中抓住失去的天堂，以"流水落花"意象抒发亡国悲伤，言说出内心的痛苦无奈。《浪淘沙令》字里行间无不包含着李煜深挚的情感，深刻地表现出词人的亡国之痛和囚徒之悲。王国维在《人间词话》中曾云："尼采谓：'一切文学，余爱以血书者。'后主之词，真所谓'以血书者'也。"[②] 可见，李煜词所表现人生悲哀之深切。末句"一种销魂是李郎"，悲哀至深，难以自胜，给人以至为凄美的艺术冲击，由此可见冯煦对李煜悲美之作的推扬。其《论词绝句十六首》（之十二）评王沂孙云："青禽一梦春无著，颇爱中仙绝妙辞。一自冷云埋玉笥，黄金

[①] 程郁缀、李静：《历代论词绝句笺注》，北京大学出版社2014年版，第519页。
[②] 周锡山编校：《人间词话汇编汇校汇评》，北岳文艺出版社2004年版，第58页。

不复铸相思。"① 诗作首句，取自王沂孙《淡黄柳》中的"料青禽、一梦春无几，后夜相思，素蟾低照，谁扫花阴共酹"。此词书写国家离乱之际，朋友聚散无常，作者将个人身世哀感寄于家国之思中，浸透了南宋遗民所无法明言的血泪隐痛。"后夜相思"一句，绵延了词人的忧郁伤怀之情，王沂孙所流露出的幽怨无奈正是南宋剧变时代的哀音。诗作次句，冯煦称扬王沂孙词为"绝妙辞"，并表示"颇爱"之意。后两句化用张炎为悼念王沂孙所作的《锁窗寒》。其下片云："清凉意。伥玉笥埋雪，锦袍归水。形容憔悴。料应也、孤吟山鬼。那知人、弹折素弦，黄金铸出相思泪。"词作字里行间于沉痛中隐见张炎对王沂孙的标举之意。冯煦诗的后两句即承张炎之意以论王沂孙，对王沂孙凄楚哀婉之词极表推扬之意。

冯煦的《论词绝句十六首》（之十三）评张炎云："王孙风调极清遒，石老云荒眇眇愁。犹见贞元朝士否，空弹清泪下西州。"② 诗作首句评张炎乃"王孙"之身，次句出自张炎《疏影》中的"却笑归来，石老云荒，身世飘然一叶"。冯煦在首句中不仅称赏张炎词清刚之风，亦兼及其所表现身世之感与幽渺之绪。第三句化自张炎《解连环·拜陈西麓墓》中的"叹贞元、朝士无多，又日冷湖阴，柳边门钥"，深表感慨之情。末句出自张炎《甘州》中的"短梦依然江表，老泪洒西州。一字无题处，落叶都愁"，张炎将飘零如秋的身世之感和愁怀故国的覆亡之痛书写得哀婉动人。冯煦评张炎一诗中，有三句化自张炎的词，层层解析其所流露出的深切悲痛与哀惋之情。冯煦在推扬张炎词悲美的同时，对于词人忠贞的品行给予充分的肯定。其《论词绝句十六首》（之十四）评李清照云："金石遗文迥出尘，一编《漱玉》亦清新。玉箫声断人何处，合与南唐作替人。"③ 此诗首句推崇李清照的《金石录后序》，此文系李清照写于其丈夫辞世之后，它表现出人世之悲欢离合，文情跌宕，感慨淋漓。冯煦称赞此文乃远出尘俗之作。次句推崇李清照的《漱玉集》，称赏其清切新丽的艺术风格。后两句化用李清照《孤雁儿》中之句，称扬词人书写身世、家国情意真切动人，尤举出赵明诚死后，李清照的后期作品可视为其对南唐李煜创作的

---

① 程郁缀、李静：《历代论词绝句笺注》，北京大学出版社2014年版，第527页。
② 程郁缀、李静：《历代论词绝句笺注》，北京大学出版社2014年版，第528页。
③ 程郁缀、李静：《历代论词绝句笺注》，北京大学出版社2014年版，第529页。

真正继承、发扬。

三 推扬格高之作

"格"是我国古代文论的重要审美范畴，它与"风"、"骨"、"清"、"秀"等一起，被用来概括人物的个性气质与精神面貌，后逐渐运用于文学批评之中。

冯煦在《论词绝句十六首》中表现出明显的推扬格高的批评取向。其《论词绝句十六首》（之四）评张先、柳永云："晓风残月剧凄清，三影郎中浪得名。却怪西湖老居士，强将子野右耆卿。"[1] 诗作首句，取自柳永《雨霖铃》中的"杨柳岸、晓风残月"。此词将秋天的意象描绘得深远悲凉，意境的雄浑壮阔在秋意的萧瑟宏大中被极致彰显，离愁之意被衬托得更为沉郁深致。《雨霖铃》一词上片写景，下片转而将作者心情的悲凉通过秋意的点染烘托弥散为整首词的氛围。结尾名句"杨柳岸、晓风残月"，使整个画面弥漫着凄清的气氛，情境之冷落，风景之清幽，离愁之绵邈，一一浮现。柳永笔下的秋境是一种翻陈出新、悲凉雄浑的大胆书写，这种独特的格调，使人心头为之一震，包蕴着生命的律动，形成了有异于前人的独特境界。次句，作者转而对张先进行评价，认为他"浪得名"。第三句"却怪西湖老居士"，反拨厉鹗贬抑柳永揄扬张先的主张，认为厉鹗将张先的词史地位置于柳永之上过于牵强。冯煦将柳永与张先进行对比，认为柳永词比张先之作高出一筹。

冯煦的《论词绝句十六首》（之九）评姜夔云："垂虹亭子笛绵绵，吸露餐风解蜕蝉。洗尽人间烟火气，更无人是石湖仙。"[2] 此诗首句乃书写姜夔于南宋光宗绍熙二年除夕，雪夜过垂虹桥即兴作《除夜自石湖归苕溪》十绝句。当时随行者还有范成大所赠侍女小红，故又作《过垂虹》一绝。其云："自作新词韵最娇，小红低唱我吹箫。曲终过尽松陵路，回首烟波十四桥。"冯煦首句便借此佳话称扬姜夔词作清雅之风。故次句谓姜夔虽漂泊度日，却如蝉一般"吸露餐风"、不食人间烟火，亦能"蝉蜕于浊秽"。第三句称扬姜夔"洗尽人间烟火气"。此句恰好也印证了张炎之

---

[1] 程郁缀、李静：《历代论词绝句笺注》，北京大学出版社2014年版，第521页。
[2] 程郁缀、李静：《历代论词绝句笺注》，北京大学出版社2014年版，第525页。

论。张炎在《词源》中有云："词要清空，不要质实。清空则古雅峭拔，质实则凝涩晦昧。姜白石词如野云孤飞，去留无迹。"① 张炎认为，词的创作要意象运用疏朗，描写空灵蕴藉，不留滞于物，要达到清彻空灵之意境。末句"更无人是石湖仙"，乃取自姜夔《石湖仙》中的"须信石湖仙，似鸱夷、翩然引去"。此词乃姜夔自度曲，为寿范成大而作，赞美范成大潇洒超俗的品格与在朝为官时的功绩，并预言范成大不久必将被朝廷再度重用。寿词本是一种实用性之词，内容往往多阿谀奉承的不实之语，姜夔的《石湖仙》之所以不俗、格调高迈，便在于姜夔的创作态度是真诚的，其于词中寄予了高雅的志趣。蔡小石在《拜石词序》中云："词盛于宋，自姜、张以格胜，苏、辛以气胜，秦、柳以情胜，而其派乃分。"② "格"即格调、品格之意，有雅俗之分，姜夔和张炎之词以格调高雅见胜。冯煦推扬姜夔词清雅，对姜夔清彻空灵之作甚为称许，认为其词格之高是后人难与相比的。

四 兼融并取南北宋之词

我国传统词学批评中，主张崇尚南宋词还是北宋词，抑或主张兼容并取南北宋词，都有着悠远的历史承纳及衍化线索。至清代，不少批评家持兼容并取南北宋词之论。冯煦亦持兼容并取南北宋词的主张，显示出较为平允的批评观念。

冯煦的《论词绝句十六首》（之六）评秦观云："楚天凉雨破寒初，我亦迢迢清夜徂。凄绝柳州秦学士，衡阳犹有雁传书。"③ 此诗首二句取自秦观的《阮郎归·湘天风雨破寒初》一词。其有云："湘天风雨破寒初，深沉庭院虚。丽谯吹罢小单于，迢迢清夜徂。乡梦断，旅魂孤，峥嵘岁月又除。衡阳犹有雁传书。"此词为秦观在郴州贬所之作。上片书写羁居贬所的凄凉困境，下片抒发漂泊异乡的孤独幽怨，结尾表达作者身在贬所、举目无亲、孤寂难耐的人生况味。"衡阳犹有雁传书"一句，表达出作者在岁暮天寒中无尽的思乡之情，寄托了沉重的身世感慨。冯煦用"凄绝"

---

① 程郁缀、李静：《历代论词绝句笺注》，北京大学出版社2014年版，第259页。
② 唐圭璋编：《词话丛编》，中华书局1986年版，第3272页。
③ 程郁缀、李静：《历代论词绝句笺注》，北京大学出版社2014年版，第523页。

二字概括秦观词之哀婉表现，表达出对其所传达凄婉之意的大力肯定。其《论词绝句十六首》（之十）评吴文英云："七宝楼台迥不殊，周姜而外此华腴。雁声都在斜阳许，余子纷纷道得无。"[①] 诗作首句化用张炎在《词源》中所评吴文英"七宝楼台"之语，认为除周邦彦、姜夔外，论内涵之丰腴、词彩之华丽非吴文英莫属。后两句乃化用吴文英《浪淘沙·九日从吴见山觅酒》一词。其云："山远翠眉长，高处凄凉。菊花清瘦杜秋娘。净洗绿杯牵露井，聊荐幽香。乌帽压吴霜，风力偏狂。一年佳节过西厢。秋色雁声愁几许，都在斜阳。"此词为九月九日登高之作，词中"菊花"、"风力"等皆为实写；从景中带出愁情，虚实兼到，具有表达细腻入微的特点，实乃吴文英词高华之处。冯煦化用吴文英《浪淘沙·九日从吴见山觅酒》之句，便意在说明其词之高妙境界。

总体来看，冯煦的《论词绝句十六首》，其批评观念主要体现在四个方面：一是推崇关注社会现实之作，将社会现实内涵作为词作书写的内核；二是推尚以悲为美，将悲剧性之美视为一种高层次的审美境界；三是推扬格高之作，将格调高迈作为词作艺术表现的追求之一；四是主张兼融并取南北宋词，体现出颇为融通平正的词学观念。其论词绝句，显示出丰富的批评内涵，对传统词的创作与发展起到了引导和推动的作用。

第八节　华长卿《论词绝句三十六首》的批评观念与论说特点

华长卿（1804—1881），原名长懋，字枚宗，号梅庄，晚号米斋老人。工于诗，长于文，善隶篆。清代道光十一年（1831）举于乡；咸丰三年（1853）选任奉天开元训导，后加国子学正学录衔；光绪五年（1879）以耳疾告归。他与边浴礼、高继珩，合称"畿男三子"。著有《梅庄诗钞》十六卷、《熏香馆词钞》等。

华长卿创作有论词绝句三十六首，收录于《梅庄诗钞》卷五之中。其论涉的词人主要有李白、白居易、刘禹锡、张志和、王建、韩偓、温庭

---

① 程郁缀、李静：《历代论词绝句笺注》，北京大学出版社2014年版，第526页。

筠、蜀主王衍、后蜀主孟昶、韦庄、李珣、毛文锡、牛峤、牛希济、顾夐、鹿虔扆、南唐后主李煜、冯延巳、孙光宪、晏殊、欧阳修、晏几道、柳永、张先、苏轼、秦观、黄庭坚、贺铸、毛滂、周邦彦、朱敦儒、左誉、赵长卿、赵孟頫、辛弃疾、张孝祥、姜夔、陆游、高观国、史达祖、黄昇、吴文英、周密、蒋捷、王沂孙、张炎、李清照、吴激、元好问、白朴、张翥、朱彝尊、吴伟业、陈维崧等。在批评观念方面，华长卿既推尚富于悲情性之作，亦重视词之格调呈现。在批评形式上有一人一评或多人合评，善于运用比较之法，注重词人之间的内在联系。

一　批评观念

（一）推尚富于悲情性之作

华长卿将情感视为词作艺术表现的根本，强调词的创作要以情感人而非以理服人。在论词绝句中，他高标韦庄、南唐后主李煜、贺铸、蒋捷、王沂孙、张炎等人的富于悲情性之作。

华长卿的《论词绝句三十六首》（之五）评韦庄云："羁魂何日度函关，韦相神伤泪暗潸。绝代佳人难再得，那堪填到《小重山》。"[1] 华长卿评说韦庄词体现出浓重的悲愁哀怨之情。"羁魂何日"，乃指韦庄的漂泊身世，其词书写出颠沛流离的人生经历与愁苦的心灵境界。"神伤泪暗潸"，指韦庄词是对自身遭际的形象写照，它以深挚的情感表现提高了词之境界。诗中第三、四句，评说韦庄失去宠姬之悲伤。《小重山》为一首宫怨词，借汉武帝时期陈皇后被禁长门宫之事，书写出宫中后妃失宠后的凄惋悲凉情状，寓意遥深。上片回忆昔日的恩宠。起句道出宫中后妃的相似遭遇，"春又春"，年复一年，无人问津，长夜漫漫，寒意袭人，听着更漏声，不知不觉入梦，醒来后倦卧不起，细思旧事，黯然销魂。"红袂有啼痕"，可知伤泣非止一日。下片以妃嫔宫人失宠之恨道出盛极而衰之感。远处歌乐，门前芳草，牵惹出万般惆怅。"凝情立，宫殿欲黄昏"，满腹幽凄，只能随着逐渐暗淡的余晖沉浸在黑夜之中。女主人预感自己的一生也要被无情的命运吞没，等待她的将是无边的黑暗。华长卿对韦庄的《小重

---

[1] 程郁缀、李静：《历代论词绝句笺注》，北京大学出版社2014年版，第487页。

山》持以大力的称扬,认为其切实书写出了人生的孤独与愁苦之绪。

华长卿的《论词绝句三十六首》(之七)评南唐后主李煜云:"哀音亡国总堪嗟,惆怅江南小李家。金粉六朝流水去,可怜玉树后庭花。"① 李煜的词,根据其生活转折可分为两个时期:其前期词或书写宫廷生活,或抒发男女离愁别绪;后期词转向书写思乡之情、亡国之恨,表现出强烈的悲剧性内涵。华长卿此诗旨在论评李煜后期词中的亡国之悲。诗中前两句,意在说明李煜作为亡国之君的身份,其于词中寻求精神的慰藉与解脱。"金粉六朝流水去",指词人从前繁华绮丽的生活一去不复返。"可怜玉树后庭花",乃指词人后期之作皆充满沉重的感伤无奈,是对其悲剧性生命体验的形象表达。如其《虞美人·春花秋月何时了》一词,开篇便以极为无奈的口吻质问苍天,抒发悲愤之情;结尾自问自答,"问君能有几多愁,恰似一江春水向东流",沉痛的伤感悲哀流溢于自我诉说之中,每个字都浸透着孤寂落拓。李煜后期词所表现的思想内涵已升华为对整个人生的无奈和悲伤,引起人的普遍性共鸣。

华长卿的《论词绝句三十六首》(之十七)评贺铸云:"一寸芭蕉易惹愁,横塘台榭水东流。满城风絮黄梅雨,肠断江南贺鬼头。"② "一寸芭蕉易惹愁",指贺铸的《石州引》中有"欲知方寸,共有几许清愁,芭蕉不展丁香结"之句。该词借景抒怀,表现相思怀人之情。词人书写他与一位深爱女子间的相思情意,层层旧愁堆砌出许多新怨。作者以芭蕉喻己,以丁香喻人,凸显出相思愁绪。"满城风絮黄梅雨",乃指贺铸《青玉案》词。该词为贺铸晚年隐居苏州所作,借怀思美人抒发苦闷闲愁的心境。上片叙写路遇佳人而不知所往的惆怅,"目送"二字,刻画出看见美人翩然归去的如痴如醉情态。"锦瑟年华"句乃作者自问自答,书写出陪伴美人度过如此青春年华的,除了华丽的庭院,就是无处不到的春风。下片书写因相思不得而引起的种种愁绪。词人在水边等待,天色已暮,伊人一去不返。词人愁绪满怀,不觉自问,这让人肠断的"闲愁"究竟有多少啊?作者连续运用比喻把愁绪书写得似触手可及。华长卿评"肠断江南贺鬼头",道出了贺铸词艺术表现的优长及特征所在。

---

① 程郁缀、李静:《历代论词绝句笺注》,北京大学出版社2014年版,第488页。
② 程郁缀、李静:《历代论词绝句笺注》,北京大学出版社2014年版,第494页。

华长卿的《论词绝句三十六首》（之三十一）评蒋捷、王沂孙、张炎云："竹山名共碧山传，苍莽悲凉有玉田。白石老翁相鼓吹，赋成春水倍凄然。"①"竹山名共碧山传"一句，旨在评说蒋捷与王沂孙，两人词皆书写出沦落之悲。"苍莽悲凉有玉田"一句，乃评说张炎词以清彻空灵笔调抒发出难以言喻的悲凉无垠之感。他们的创作在凸显悲剧性情感意蕴方面都见所长。"春水"一语，指张炎创作有《南浦·春水》。该咏物词为作者游西湖时所作。上片描写西湖春水，下片重在借景抒情。起句叙写"空山"，悲凉之意转浓。词人忆起旧时与友人到此游玩，而今只剩下"孤村路"，只余下"情渺渺"，词作抒发出了作者对物是人非的深沉感喟。华长卿借用"凄然"二字加以评说，认为整首词由优美之景转至荒凉之境，情感表现亦随之由欢快转为悲凉。总体来看，华长卿将蒋捷、王沂孙、张炎合于一评，道出几人之作很好地表现出了浓重的哀愁荒凉之感。

华长卿的《论词绝句三十六首》（之三十四）评元好问、白朴云："遗山诗派踞金源，中调尤多感慨存。更有嗣音《天籁集》，令人一读一销魂。"②"遗山诗派踞金源"一句，系引自刘熙载的《词概》。其云："金元遗山，诗兼杜、韩、苏、黄之胜，俨有集大成之意。以词而论，疏快之中，自饶深婉，亦可谓集两宋之大成者矣。"③ 刘熙载指出，元好问乃杰出的诗人，也是卓越的词人，其词为金元词之高峰。诗中第二句，华长卿持论元好问词具有充盈的现实内涵，思想情感表现切实动人。"更有嗣音《天籁集》，令人一读一销魂"，则指白朴的《天籁集》令人沉醉。它很好地承继了元好问等人的创作精神与主旨表现，所写所思皆从肺腑中流出，多抒发盛衰黍离之感，充蕴悲情，呈现出动人的魅力。华长卿从词的创作与现实生活相联系的角度，给予元好问与白朴词以很高的评价。

（二）推扬词格呈现

华长卿十分重视词之格调，倡导以格调论词，推崇词格高迈之作。他在评说赵长卿、赵孟頫、辛弃疾、姜夔等人时，都体现出这一批评旨向。

华长卿的《论词绝句三十六首》（之二十二）评赵长卿、赵孟頫云：

---

① 程郁缀、李静：《历代论词绝句笺注》，北京大学出版社2014年版，第502页。
② 程郁缀、李静：《历代论词绝句笺注》，北京大学出版社2014年版，第504页。
③ 唐圭璋编：《词话丛编》，中华书局1986年版，第3697页。

"《惜香乐府》号仙源，恬淡高风万古存。寄语吴兴松雪老，姓名惭否赵王孙。"① 诗作第一、二句评说赵长卿《惜香乐府》脱却艳冶之风，多恬淡高远之调。如其《临江仙·暮春》一词，于凄苦境遇中抒发对故乡浓厚的思念之情。诗中后一句，华长卿称扬赵孟頫所取得的成就。赵孟頫词风清迈俊逸，有《松雪斋集》，多以表现闲情逸志居多，亦有抒发亡国哀感之作。如其《虞美人·浙江舟中作》一词，由潮生潮落联想到世事沧桑，生发出无限的感叹。作者哀叹南宋的覆亡、感慨人生的易逝，艺术境界苍凉，风格呈现沉郁。

华长卿的《论词绝句三十六首》（之二十三）评辛弃疾云："谁信词人老战场，忠肝义胆溢骚肠。玉环飞燕皆尘土，此语安能悟寿皇。"② 华长卿评说辛弃疾乃久经沙场的老词人，其一生都在为收复失地而奔走呼号，虽仕途坎坷、命运多舛，但并未因此而躺平消沉，而将满腹的爱国情怀注入创作之中。"忠肝义胆"，乃指辛弃疾《永遇乐·戏赋辛字送十二弟赴都》中有"烈日秋霜，忠胆义胆，千载家谱"之句。词中，作者悲壮情怀溢于言表。在他的笔下，个人坎坷的遭遇不但没有消磨其壮志，反而成为了努力奋进的强大动力之源。其词尽显英雄本色，格调高迈、刚柔相济。"玉环飞燕皆尘土"，系出自辛弃疾《摸鱼儿·更能消几番风雨》中的"君莫舞，君不见，玉环飞燕皆尘土"之句。该词吊古伤今，表面书写失宠女子心中的苦闷，实则抒发了作者对国家的忧虑和屡次遭受打击的沉重心情。上片描写春景，展现年华虚度的悲伤；下片借咏写历史人物，抒发爱国之情。整首词以香草美人起兴，寄寓了作者的独特心境、现实理想与丰富的情感世界。

华长卿的《论词绝句三十六首》（之二十四）评张孝祥云："南渡无人说中兴，状元忠愤气填膺。千金一字《于湖集》，来历何人注少陵。"③ 张孝祥词上承苏轼，下开辛弃疾，在词史上有着重要的地位。其词以南渡为界呈现出迥异的风格，前期词清丽缠绵，后期词慷慨悲壮。他著有《于湖居士文集》、《于湖词》，多抒发深厚的爱国之情。"状元忠气"，语出张

---

① 程郁缀、李静：《历代论词绝句笺注》，北京大学出版社2014年版，第497页。
② 程郁缀、李静：《历代论词绝句笺注》，北京大学出版社2014年版，第498页。
③ 程郁缀、李静：《历代论词绝句笺注》，北京大学出版社2014年版，第498页。

孝祥《六州歌头》一词。其有云："使行人到此，忠愤气填膺，有泪如倾。"此词叙写了沦陷地区的荒凉景象和金人的残暴行为，抒发对南宋王朝苟且偷安的义愤，满腔痛苦洒落于字里行间。陈廷焯在《白雨斋词话》中云："张孝祥《六州歌头》一阕，淋漓痛快，笔饱墨酣，读之令人起舞。"① 陈廷焯之语道出张孝祥词表现出人民的爱国心声。华长卿对张孝祥词中的爱国之志向甚为称赏，认为《于湖词》乃"千金一字"，真切地抒发出了诚挚深沉的爱国情怀。

华长卿的《论词绝句三十六首》（之二十五）评姜夔云："缝月裁云推妙手，敲金戛玉诩奇声。咏梅绝调高千古，岂止词华媲美成。"② "缝月裁云推妙手，敲金戛玉诩奇声"二句，系出自范成大。江顺诒的《词学集成》有载："范石湖云：'白石有裁云缝月之妙手，敲金戛玉之奇声。'"③ 范成大之语指出了姜夔词似出水芙蓉、天然去雕饰，具有独特多变的音律之美，华长卿亦认为姜夔词表面似平淡无痕而韵味悠长。"咏梅绝调高千古"一句，乃指姜夔有咏梅之作《暗香》、《疏影》。华长卿评说姜夔这两首词格调高迈，流传千古。如《暗香·石湖咏梅》，此词描绘了一幅月下梅香图，将幽梅之香与清远之美合而为一。诗中尾句，华长卿将姜夔与周邦彦相比，认为姜夔词之格调境界更胜周邦彦一筹。

华长卿的《论词绝句三十六首》（之二十八）评史达祖云："警迈瑰奇自一家，织绡泉底净无沙。甘心枉作权奸用，平睨方回未足夸。"④ "警迈瑰奇自一家，织绡泉底净无沙"二句，系摘自张镃的《题梅溪词》。其云："盖生之作辞情俱到，织绡泉底，去尘眼中，妥帖轻圆，特其余事；至于夺苕艳于春景，起悲音于商素，有瑰奇警迈清新闲婉之长，而无訑荡污淫之失。"⑤ 张镃评说史达祖词风格多样，于清秀之中见出瑰奇，俊语联翩，甚具奇丽婉曲之美，而无浮华虚荡之失。华长卿引张镃语，表明他对张镃之论十分赞同。"甘心枉作权奸用"一句，指史达祖深得韩侂胄赏识，故韩侂胄派遣李璧出使金国时，史达祖亦随同北行。他一路上创作有爱国

---

① 陈廷焯著，杜维沫校点：《白雨斋词话》，人民文学出版社1959年版，第152页。
② 程郁缀、李静：《历代论词绝句笺注》，北京大学出版社2014年版，第499页。
③ 唐圭璋编：《词话丛编》，中华书局1986年版，第3268页。
④ 程郁缀、李静：《历代论词绝句笺注》，北京大学出版社2014年版，第500页。
⑤ 陈良运主编：《中国历代词学论著选》，百花洲文艺出版社1998年版，第131—132页。

篇什，充满沉痛的家国之感。如其《满江红·九月二十一日出京怀古》，就透露出对伐金战役的坚定支持与满怀信心，表现出高远的志向。诗中最后一句，亦引自张镃的《题梅溪词》。其有云："端可以分镳清真、平睨方回，而纷纷三变行辈，几不足比数。"① 华长卿与张镃持相似之论，指出史达祖词可与周邦彦、贺铸词相比。史达祖词奇秀清逸，融情于景，亦长于摹写物像，出神入化。尤其是《梅溪词》，可与周邦彦的《清真词》、贺铸的《东山词》鼎足而三，互为媲美。华长卿持论，史达祖的《梅溪词》更能真实地反映作者的思想情感，凸显黍离之悲痛。

二　论说特点

（一）在一首诗中论评多位词人

在批评特色上，华长卿喜于同一首诗中论评多位词人，注重词人相互间的内在联系。其《论词绝句三十六首》（之二）评白居易、刘禹锡、张志和、王建、韩偓云："香山梦得与张王，流派无人较短长。名氏不传词更妙，莫将艳体认冬郎。"② "香山梦得与张王，流派无人较短长"两句，意在评说白居易、刘禹锡、张志和、王建，认为他们的词皆有独特之处，在词史上体现出开创性意义。他们的词风虽然各异，但相互间并无高下之分。诗作第四句，华长卿对有人将韩偓《香奁集》视为与《玉台咏新》具有相同的属性持反对态度。他认为，两者创作宗旨虽然大体一致，皆描写男女艳情，但《香奁集》更胜一筹。《香奁集》为诗体向词体过渡之作，它较好地承纳与衍化了南朝艳体诗传统，为词体的变化发展作出了一定的探索及贡献。

华长卿的《论词绝句三十六首》（之四）评王衍、孟昶云："西川天子尽无愁，争似王郎与孟侯。唱到冰肌无汗句，摩诃池上气如秋。"③ 王衍、孟昶为五代前后蜀国君主，但皆为亡国之君。华长卿诗作首句"西川天子尽无愁"，乃评说两位词人的相似身份与经历。"唱到冰肌无汗句，摩诃池上气如秋"，指孟昶《木兰花·避暑摩诃池上作》中有"冰肌玉骨清

---

① 陈良运主编：《中国历代词学论著选》，百花洲文艺出版社1998年版，第132页。
② 程郁缀、李静：《历代论词绝句笺注》，北京大学出版社2014年版，第486页。
③ 程郁缀、李静：《历代论词绝句笺注》，北京大学出版社2014年版，第487页。

无汗,水殿风来暗香暖"之句。《木兰花·避暑摩诃池上作》为孟昶与其妻夏夜纳凉摩诃池上所作,书写芳华不永、韶光易逝的主题。上片叙写水殿中纳凉情景,从侧面烘托良辰美景、宫中佳人;下片由疏星流逝联想到时光飞逝,引出一番流年似水、韶华易逝的感叹。整首词以宁静的月夜为背景,情辞流丽,意境清美。华长卿对王衍、孟昶之作的共性予以观照把握,凸显出了两位君主在前后蜀国的词史地位。

华长卿的《论词绝句三十六首》(之三十)评吴文英、周密云:"片玉真传得异才,眩人七宝幻楼台。知音独有周公谨,频听蘋洲渔笛来。"[1] 周密词注重音律表现,风格清丽秀雅,与吴文英并称"二窗"。华长卿将吴文英与周密相为联系,合为一评。"片玉真传得异才,眩人七宝幻楼台"之句,指的是周邦彦所作《片玉词》颇彰显当行本色之道,用语工丽,长于铺叙,其创作对吴文英影响很大。吴文英词藻采富丽,如层楼叠嶂,意象繁富,结构绵密,呈现出独特的美。诗中第三、四句,乃指周密有词集《蘋洲渔笛谱》,较好地吸收扬弃了吴文英词的创作特点,将格律派之词予以弘扬光大。华长卿将吴文英、周密置于同一首诗中而评,推扬两人的创作才华,其相互间的内在联系得到了形象的勾画。

华长卿的《论词绝句三十六首》(之三十六)评朱彝尊、吴伟业、陈维崧云:"紫色蛙声尽唱酬,朱明一代废歌讴。千秋绝学传三杰,竹垞梅村湖海楼。"[2] 华长卿持论,明词多学《花间集》、《草堂诗余》,有情感表现浅薄、气格呈现卑弱的弊端。"紫色蛙声尽唱酬",所指的便是这种创作风习。朱彝尊和陈维崧并称"朱陈",朱彝尊词讲求音律工严,用字典雅清新,意境雅正醇厚,其咏史怀古之作颇有苍凉之气。陈维崧词不但延续了苏轼与辛弃疾的豪放之气,更有利落洒脱磅礴气势扑面而来。吴伟业处于明末清初动乱之际,少时词作意气充沛,奇思丽藻,有清丽芊绵之致,遭逢丧乱之后,阅尽兴亡盛衰,风格转为苍凉遒劲,骨力充蕴。他们一改明末清初词坛纤靡柔弱之气貌,创造出独具特色的词作,对清代词坛的建构影响巨大。华长卿充分肯定朱彝尊、吴伟业、陈维崧在词学衰微后的努力振兴之功,将他们合于一评之中予以大力推扬。

---

[1] 程郁缀、李静:《历代论词绝句笺注》,北京大学出版社2014年版,第501页。
[2] 程郁缀、李静:《历代论词绝句笺注》,北京大学出版社2014年版,第505页。

（二）善于运用比较之法

在《论词绝句三十六首》中，华长卿善于将词人进行比较，以更好地彰显批评意向。如，其《论词绝句三十六首》（之六）评李珣、毛文锡、牛峤、牛希济、顾敻、鹿虔扆云："一卷琼瑶妙剪裁，巫山云气雨中来。毛牛顾鹿皆浮艳，谁及波斯李秀才。"①"一卷琼瑶妙剪裁，巫山云气雨中来"之句，乃旨在评说李珣为五代十国前蜀词人，是"花间派"的重要成员。他创作有《琼瑶集》，其中《巫山一段云》一词，采用写景、叙事与想象相互融合的手法，从瑶姬传说转到楚灵王细腰宫遗址，又从吊古引出个人身世之感。词中所引传说皆与楚国君王有关，楚国因君王昏庸、国事腐败而被秦国所灭，词中弥漫着浓重的今昔兴亡之感。这首词，寓山水景物与咏写史事为一体，甚具曲折深致之致。诗作后两句，"毛牛顾鹿皆浮艳，谁及波斯李秀才"，乃指西蜀词人毛文锡、牛峤、牛希济、顾敻、鹿虔扆，他们都擅长填词，但华长卿认为，与李珣相比，其创作还是稍逊一筹，其缘由便在于意蕴呈现上存在差异，内在表现层次是有所差异的。华长卿通过比较之法，高度称誉李珣的创作才情。

华长卿的《论词绝句三十六首》（之十六）评秦观、黄庭坚云："残阳鸦点水边村，目不知丁亦断魂。黄九那如秦七好，休将学士抹微云。"②秦观与黄庭坚皆游学于苏轼门下。秦观填词用语工巧，清丽淡雅，情韵深永；黄庭坚作词明快峭健，辞情兼胜，但内容多见狭窄，气格呈现不为高迈。秦观所作持守了词的本质特点，多彰显"词人之词"的特征；而黄庭坚受到"以诗为词"创作思想的浸润，"著腔子唱好诗"，多彰显"诗人之词"的特色。华长卿将秦观与黄庭坚相比较，立足于词体的特质评词，明确持论黄庭坚词不及秦观词，两者并不在同一个艺术层次。如秦观《满庭芳·山抹微云》一词虽书写艳情，却能融入仕途不遇、前尘似梦的身世之感，格调高迈。词中写景抒情融为一体，至情至性，错综变化，脍炙人口。华长卿论及秦观、黄庭坚时，采取比较之法表明自己的态度，彰显出对有格调之作的倾心推扬。

华长卿的《论词绝句三十六首》（之十二）评晏几道云："小山赋骨

---

① 程郁缀、李静：《历代论词绝句笺注》，北京大学出版社2014年版，第488页。
② 程郁缀、李静：《历代论词绝句笺注》，北京大学出版社2014年版，第494页。

绍家传，神似高唐宋玉篇。梦过谢桥参鬼语，竟邀青眼到伊川。"①"小山赋骨绍家传"一句，表明晏几道继承其父晏殊之创作血脉，其词多书写人生聚散难期的哀伤和离别相思之苦，哀婉凄迷，悲切感人。"神似高唐宋玉篇"一句，乃将晏几道词与宋玉的《高唐赋》相比较，认为它们有着很大的相似之处。《高唐赋》书写楚王与巫山女神梦中相会的故事，寓含讽谏之意；晏几道词很好地承纳了楚骚以来的创作传统，将物象与托意有机融合，传达出了超常的对人情的感怀。诗作后两句，指晏几道《鹧鸪天》一词书写男女离情别恨，于往昔浓情蜜意的追忆中，流露出对旧情的依恋和对落魄人生的无限感慨。诗作第三句中的"鬼语"一词，系摘自程颐评晏几道"梦魂惯得无拘检，又踏杨花过谢桥"之句，称其"鬼语也"，乃意在评说晏几道叙写梦境之语竟如此深情绵邈，表现出十分称赏的态度。华长卿运用类比之法，将对晏几道词的推扬之意彰显了出来。

华长卿的《论词绝句三十六首》（之二十五）评姜夔云："缝月裁云推妙手，敲金戛玉诩奇声。咏梅绝调高千古，岂止词华媲美成。"②华长卿认为，姜夔词在艺术表现的结构组织上深具自然天成之妙。它不仅具有奇妙的音律之美，更在格调呈现上超迈千古。由此而论，姜夔的创作更胜于周邦彦，两者的本质区别便也在此。华长卿将对词人词作的比较紧密置放于创作主体的品性格调之上，体现出了不同于流俗的批评标准。

总体来看，华长卿的《论词绝句三十六首》所论对象涉及时间跨度大，论涉范围广。在词学批评观念上，其主要体现在两个方面：一是推尚富于悲情性之作，高标韦庄、南唐后主李煜、贺铸、蒋捷、王沂孙等人富于悲情性之作；二是推扬词格呈现，以格调论词，称扬骨格高迈之作。在论说特点上，其亦主要体现在两个方面：一是注重词人之间的相互联系，喜在同一首诗中论评多位词人；二是善于运用比较之法，以凸显论评对象的优长与欠缺。华长卿的论词绝句数量较多，显示出自身的特色，在我国传统词学批评史上有着重要的价值。

---

① 程郁缀、李静：《历代论词绝句笺注》，北京大学出版社2014年版，第491页。
② 程郁缀、李静：《历代论词绝句笺注》，北京大学出版社2014年版，第499页。

第五章　民国时期的论词绝句

概　论

　　民国时期为我国传统论词绝句的继续流衍期。这一时期的论词绝句主要如：莲僧的《题江宾谷〈山中白云词疏证〉》（四首），陈三立的《纳兰容若小像题词》（四首），吴郁生的《奉题彊村先生校词图》（三首），陈衍的《为古微同年题〈彊村校词图〉三首》，夏孙桐的《为傅沅叔题徐湘蘋水墨写生册四首》，吴学廉的《古微侍郎命题校词图》（七首），章梫的《题徐仲可舍人珂〈纯飞馆题词图〉》（六首），潘飞声的《论岭南词绝句二十首》、《题方剑盟参军钊〈姜露庵填词图〉》（四首）、《词家四咏》、《题〈淮海先生诗词丛话〉》（四首）、《辛仿苏出观宋张玉娘〈兰雪集〉，为鲍氏知不足斋写本，翰林院旧藏也，题四绝句》，夏仁虎的《剑秋属点定其室吕桐花夫人〈清声阁词稿〉即题四章》，张尔田的《论词绝句八首》，高旭的《论词绝句十三首》、《〈十家词选〉题词》，王国维的《题敦煌所出唐人杂书六绝句》，陈曾寿的《怀人四首》，吴灏的《〈名媛词选〉题辞十首》、《重印〈名媛词选〉题辞》（四首），陈芸的《小黛轩论诗诗》（一百六十首），姚锡钧的《际了公论词绝句十二首》，刘咸炘的《说词韵语》（二十九首）、《说诗词韵语》（五首），梁品如的《论词绝句（辛稼轩）》（七首），陈声聪的《论近代词绝句》（四十五首），等等。

　　此时期，传统论词绝句的特点主要体现为：浓厚的政治与社会色彩，学人化特征更为明显，评说的内在系统性进一步强化，对闺秀词人之论仍然不少，南社词人的创作较多，地域词人之评说得到延续发展，推尊姜夔、张炎与崇尚苏轼、辛弃疾并行不悖等。

第五章　民国时期的论词绝句

在男性批评家单独对闺秀词人之论方面，其主要有：金兆蕃的《李易安像》，夏仁虎的《剑秋属点定其室吕桐花夫人〈清声阁词稿〉即题四章》，诸宗元的《五言二截句奉题寄尘女士词卷》，李宣龚的《题亡妹椒清〈花影吹笙室填词图〉，书毕怆然》，吴灏的《〈名媛词选〉题辞十首》、《重印〈名媛词选〉题辞》（四首），叶恭绰的《题李易安三十一岁小像》（三首），梁鸿志的《李椒青〈花影吹笙室图卷〉拨可属题。椒青，拨可妹也》（二首），沙曾达的《易安词女》，等等。

在女性批评家单独对闺秀词人的论说方面，有陈芸的《小黛轩论诗诗》（其中，论闺秀词人十二首），徐自华的《小淑以余词比清照，口占答之》，吕碧城的《重阳和徐芷生见寄柳絮泉访易安遗址韵》，等等。如，陈芸的《小黛轩论诗诗》，所评说的当世闺秀词人有沈穗、林普晴、葛秀英、张纶英、陆眷西、江瑛、朱屿、吴娟娟、孙荪薏、沈湘云、程伏娥、于懿，等等。①

这一时期，南社词人所创作的论词绝句，主要有：高旭的《论词绝句十三首》、《〈十家词选〉题词》，高燮的《题王睫庵诗词稿》，于右任的《山阳笛语题词》（一首），邵瑞彭的《太傅礼部〈晚闻室填词图〉今归芸子，既感且幸，为赋二绝》，潘飞声的《辛仿苏出观宋张玉娘〈兰雪集〉，为鲍氏知不足斋写本，翰林院旧藏也，题四绝句》，吕碧城的《重阳和徐芷生见寄柳絮泉访易安遗址韵》，王蕴章的《题〈酹江月〉后一绝》，黄侃的《题刘仲蘧〈瑞龙吟〉词后》，俞锷的《读楚伧〈菩萨蛮〉词率题两绝呈一厂、亚子并调楚伧》，柳亚子的《读李后主词感赋》、《题檗子〈玉琤玦馆填词图〉》、《题俞剑华〈小窗吟梦图〉》、《为人题词集》，徐自华的《小淑以余词比清照，口占答之》，易孺的《奉题忏翁〈半舫斋词卷〉》，等等。

在地域词人之评方面，突出地体现为潘飞声的《论岭南词绝句二十首》。潘飞声是专论岭南词的代表诗人之一，他对岭南地域词人高度重视并大力弘扬。其《论岭南词绝句二十首》，结合自身人生喜尚着重推扬表现情感之作，主张婉约与豪放风格并重，对于气格鼓荡之作也甚为欣赏。

---

① 孙克强、裴喆编著：《论词绝句二千首》，南开大学出版社2014年版，第760—765页。

可以说，潘飞声的《论岭南词绝句二十首》，在某种程度上引起了世人对于粤词的再度关注与重视，具有努力倡导之功效。

这一时期，对某一词人的集中性论说仍然得到个别的继承与呈现。如，关于辛弃疾，出现有梁品如的《论词绝句（辛稼轩）》，多至七首诗作，对辛弃疾词的创作内涵及艺术特征予以了多方面的评说。

在论词绝句所评说内在系统性进一步强化方面，少数词论家达到了很高的层次与水平，体现出论评的辩证性特征。如：刘咸炘的《说词韵语》（二十九首）、《说诗词韵语》（五首），在对词人词作的评说上呈现出鲜明的特色，主要体现在四个方面：一是广阔宏通的批评视野，二是不落窠臼的词学创见，三是"风流标格"的审美原则，四是"以注补诗"的论评形式。其论词绝句，内在体现出一以贯之的批评理念，富于论说个性与批评圆融性。

此时期，在多个作者围绕同一词集所创作的论词绝句方面，如：关于顾宪融的《红梵词》，出现有钱梯丹、许醉侯、张恂子、谢珩的《题〈红梵词稿〉》各一首；关于程文楷的《兰锜词》，出现有夏敬观、李光、金树武的《兰锜词题辞》各一首；等等。

总之，论词绝句之体在民国时期仍然得到一定程度的继续流衍。其创作数量依然不少，一些评说显示出很高的水平，这对更有效地促进词学批评的展开起到了很重要的辅助作用。

第一节　潘飞声《论岭南词绝句二十首》的批评观念

潘飞声（1858—1934），字兰史，一字公欢，又字剑士，号心兰，四十岁之后更字为"老兰"，又号独立山人，别署老剑、说剑词人、罗浮道人，广东番禺人。近代诗词家、书画家。潘飞声夙乘家学，少年时便有文名，被誉为"桐圃凤雏"。他师从何藜青、叶衍兰、陈良玉，与居巢、杨永衍等人为忘年交。其二十八岁时在德国柏林大学教授粤语，三十一岁回国居住于香港，担任香港《华字日报》、《实报》编辑；1910年定居上海，先后加入南社、淞滨吟社、因社等社团。潘飞声一生未入仕途，虽有经世之志但屡遭挫折，最后将精力投入诗词书画之中，在文艺世界中，呈现出由"剑士"到"独立山人"的转变轨迹。

潘飞声是"广州十三行"行商潘振承的后人。优越的家庭环境、深厚的家学渊源，使沉浸在文化艺术熏陶中的他少年时便才华过人。潘飞声在学词的道路上，深受叶衍兰和陈良玉的影响。他与冒广生曾一同师事叶衍兰，叶衍兰在当时词坛是一枝独秀的"春兰"。相较于前半生在柏林、香港的漂泊，晚年寓居上海的潘飞声，在文人雅集活动中，更像寻找到了人生的休憩地。他"诗情酒胆、豪兴无匹"，虽然生活贫困，常以卖画维持生计，但并不影响他对诗词之道的钟爱。潘飞声是近现代众多批评家中专论岭南词人的代表。他著有《说剑堂集》二十五种，编有《粤东词钞三编》，诗词评论之作有《在山泉诗话》、《粤词雅》、《论岭南词绝句二十首》等，对于研究广东及香港诗词都具有重要的价值。

一　弘扬岭南地域词人词作

清代"区域词学"习尚的风靡，推动了各地词人创作数量大幅度地增加。潘飞声既是词人又熟悉岭南文学，他借助论词绝句的形式来保存乡邦文献和弘扬本土文化这一特殊的意图，在其《论岭南词绝句二十首》中体现得甚为明显。首先，从所论词人数量来看，其论岭南词绝句共论评了二十位词人，其中，黄损、崔与之、刘镇等十八人皆为岭南词人，陈良玉虽是辽宁铁岭人但寄寓广州，故可知二十位词人中仅有一位词人不属于岭南地域，由此可见潘飞声对于岭南词人的重视弘扬。其次，从所选词人来看，潘飞声在论评所选的岭南词人时，正面评价占绝大多数，且评价较高。如，其评赵必璩云："南山词调记游春，消得风风雨雨晨。拈出美成佳句否，心香一瓣在清真。"[1] 潘飞声认为赵必璩词师法周邦彦，是有其独特之处的；且赵必璩词中有多首引用了周邦彦的作品，如《赣上饮归用美成韵》、《别赣上故人用美成韵》等。其评张乔云："清词滴粉与搓酥，珠海群花拜丽姝。为识双忠青眼定，莲香终胜柳蘼芜。"[2] 潘飞声开门见山地称扬张乔词风格清秀，乃粤东女词人中一绝。其评梁无技云："南樵风调

---

[1]　程郁缀、李静：《历代论词绝句笺注》，北京大学出版社2014年版，第536页。
[2]　程郁缀、李静：《历代论词绝句笺注》，北京大学出版社2014年版，第539页。

柳耆卿,梦断南湖载酒行。一席花娘能劝醉,玉梅红袖可怜生。"① 潘飞声甚至直接评说梁无技的《南樵集》风格与柳永词风相似。其评谭敬昭云:"郎君曾读上清书,绝代仙才岭海无。买断人间天不晓,金钱那惜万缗输。"② 潘飞声认为,谭敬昭饱读仙道之书,拥有仙风道骨,是岭南词坛的绝代仙才。其评陈澧云:"经师偏解作词谈,朱厉齐驱笔岂惭。记读真娘凭吊曲,一帘春雨忆江南。"③ 潘飞声认为,陈澧虽以经学名世,但偏爱作诗填词,其在词学上的造诣可与朱彝尊、厉鹗并驾齐驱。其评吴尚熹云:"楚游烟雨吊湘君,肮脏襟期写韵人。毕竟岭南钟间气,红闺词句似苏辛。"④ 其中的"肮脏襟期写韵人"、"红闺词句似苏辛"二句,认为吴尚熹的某些词具有大丈夫不屈不阿、胸怀磊落的壮怀,末句赞扬其词风与苏轼、辛弃疾甚为相似。可见,潘飞声对所选岭南词人的评价很高,反映了他对岭南词人的推扬。最后,从地理角度来看,潘飞声所选的词人分布较广,囊括了广东各个地区,具有相当的代表性。不仅有珠三角地区的词人,还囊括了粤东、粤西以及广东北部山区的词人,体现出呼吁世人重视粤词的心声。

二 推扬情感表现

潘飞声论词倡导以情为本,推扬情感表现强烈的词作。无论是个人之情还是家国之情,只要情真情深就能得到他的肯定与推扬。如,其《论岭南词绝句二十首》评黄损云:"尚书极谏有时名,底愿平生作乐筝。要近佳人纤手子,神仙不过是多情。"⑤ 潘飞声肯定黄损有直言极谏的爱国情怀,也肯定黄损词作的"艳情",认为这是继承了文学传统以男女之情比譬君臣之义。其评刘镇云:"红尘醉貌爱金挥,曾羡花翁策蹇归。绝忆青楼题小扇,春愁多半在屏帏。"⑥ 诗作后两句,借用刘镇《沁园春·和刘潜夫送孙花翁韵》中的"谁似花翁,长年湖海,蹇驴弊裘。想红尘醉帽,青

---

① 程郁缀、李静:《历代论词绝句笺注》,北京大学出版社2014年版,第540页。
② 程郁缀、李静:《历代论词绝句笺注》,北京大学出版社2014年版,第542页。
③ 程郁缀、李静:《历代论词绝句笺注》,北京大学出版社2014年版,第543页。
④ 程郁缀、李静:《历代论词绝句笺注》,北京大学出版社2014年版,第544页。
⑤ 程郁缀、李静:《历代论词绝句笺注》,北京大学出版社2014年版,第534页。
⑥ 程郁缀、李静:《历代论词绝句笺注》,北京大学出版社2014年版,第535页。

楼歌扇,挥金谈笑,惜玉风流"一句,点出刘镇对春景的多愁善感,肯定刘镇词具有情感表现真挚感人的特点。其评陈纪云:"高卧溪山老岁华,秋江欸乃托渔家。都将家国无穷感,趁拍哀弦听琵琶。"① 潘飞声借陈纪《秋江欸乃》词集、《贺新郎》词,指出他将对亡国的感慨与悲痛寄寓于琵琶哀弦之中。其评梁无技云:"南樵风调柳耆卿,梦断南湖载酒行。一席花娘能劝醉,玉梅红袖可怜生。"② 诗作后二句论说柳永艳曲难终,杜牧《遣怀》中有"落魄江湖载酒行,楚腰纤细掌中轻。十年一觉扬州梦,赢得青楼薄幸名"之句;作者触景而生苍凉悲伤之意。其评谭敬昭云:"买断人间天不晓,金钱那惜万缗输。"③ 此二句出自谭敬昭的《偷声木兰花·艳词》。其有云:"神仙亦为多情死,云锁巫山吹不起,那惜金钱,买断人间不晓天。银屏隐映芙蓉帐,宵指鸳鸯都两两。羞见东风,只恐梅花也笑侬。"词中呈现有仙风道骨,但不失沉迷烟花柳巷的才子之气。潘飞声在对所选词人的论评中,道出了词的本质便在于抒发真情实感。

潘飞声对于情感表现不局限于正面张扬,并且敢于摒弃传统看法,结合自身情感喜好、交友之道,大胆推扬表现绮靡之情的词作。其《论岭南词绝句二十首》评黄损云:"尚书极谏有时名,底愿平生作乐筝?要近佳人纤手子,神仙不过是多情。"④ "底愿平生作乐筝?要近佳人纤手子",出自黄损的《忆江南》一词。其云:"无所愿(平生愿),愿作乐中筝。得近玉人纤手子,砑罗裙上放娇声。便死也为荣。"黄损词明白如话,很显然书写的是艳情,潘飞声非但没有指责,对此却颇为欣赏,末句用"多情"一词加以解说。其评张锦芳云:"尊前亲付雪儿歌,博得微嚬唤奈何。偏是销魂憔悴日,春衫花气酒痕多。"⑤ 在这首论词绝句的小注中,有"《逃虚阁词》最多,爱其'博得微嚬,也都情分','挽断春衫,半是酒痕花气','假如真有销魂日,拌暂为伊憔悴'等句"⑥。可见潘飞声不避风流之事,大胆地颂扬绮靡之情。张锦芳词作俊逸,格高调爽,潘飞声论

---

① 程郁缀、李静:《历代论词绝句笺注》,北京大学出版社2014年版,第536页。
② 程郁缀、李静:《历代论词绝句笺注》,北京大学出版社2014年版,第540页。
③ 程郁缀、李静:《历代论词绝句笺注》,北京大学出版社2014年版,第542页。
④ 程郁缀、李静:《历代论词绝句笺注》,北京大学出版社2014年版,第534页。
⑤ 程郁缀、李静:《历代论词绝句笺注》,北京大学出版社2014年版,第541页。
⑥ 程郁缀、李静:《历代论词绝句笺注》,北京大学出版社2014年版,第541页。

张锦芳时却偏偏选了他携妓而作的《风流子》和《陌上花》。此举对于张锦芳创作来说可能有所偏颇，但也可反映出潘飞声重绮丽词风的倾向。其评谭敬昭云："买断人间天不晓，金钱那惜万缗输。"① 可见，潘飞声对表现绮靡情感之作的欣赏态度。

三　肯定豪放与婉约风格并重

在我国传统词学批评中，主张婉约与豪放风格不可偏废的承衍线索，大致发端于明代后期，兴盛于清代而流衍于民国时期。在历史上，从明代的陈继儒等人到近代的吴梅等人，很多词论家对婉约与豪放宗尚都持并驾齐驱之论，潘飞声也展现出豪放与婉约风格并重之批评主张。

潘飞声《论岭南词绝句二十首》评崔与之云："老来勋业畏投闲，极目边愁写乱山。自有激昂雄直气，高歌立马剑门关。"② 此诗多处引用了崔与之的《水调歌头·题剑阁》词句。首句赞扬崔与之心念国事，不愿置身于清闲之地。后三句赞扬崔与之《水调歌头·题剑阁》一词激昂雄直，既有豪放的一面又兼融婉约风格。其评屈大均云："剩水残山郁作诗，塞门骚屑又填词。秣陵吊古苍凉甚，可有金筶故国思。"③ 此诗首句感怀暮春，所见满是残破的河山；接着引出屈大均的《骚屑词》、《秣陵诗》，亡国之恨尽在大江东，随着大江流水连绵不断，作者情感之含蓄委婉与豪放直快并存。其评陈良玉云："仓皇烽火走山川，白发归来负酒泉。尽洗词家秾丽习，铜琶铁板唱霜天。"④ 陈良玉年轻时曾经春风得意，到老年归来客游他乡，甚至与衰谢的牡丹有同病相怜之感；但其词仍然旷达豪迈，有"铜琶铁板唱霜天"的气魄，此可谓对豪放与婉约风格并重的直接表现。其评吴尚憙云："楚游烟雨吊湘君，肮脏襟期写韵人。毕竟岭南钟间气，红闺词句似苏辛。"⑤ 此诗末句直接点明吴尚憙词风似苏轼、辛弃疾。潘飞声从论评崔与之到屈大均、陈良玉再到吴尚憙，都大力肯定了以苏轼、辛弃疾为代表的豪放之风。

---

① 程郁缀、李静：《历代论词绝句笺注》，北京大学出版社2014年版，第542页。
② 程郁缀、李静：《历代论词绝句笺注》，北京大学出版社2014年版，第534页。
③ 程郁缀、李静：《历代论词绝句笺注》，北京大学出版社2014年版，第538页。
④ 程郁缀、李静：《历代论词绝句笺注》，北京大学出版社2014年版，第544页。
⑤ 程郁缀、李静：《历代论词绝句笺注》，北京大学出版社2014年版，第544页。

四 崇尚气格鼓荡

潘飞声与晚清"四大家"都有交往,在词学思想上受到王鹏运、况周颐所倡"重、拙、大"观念的影响。况周颐在《蕙风词话》中有云:"作词有三要,曰重、拙、大。"① "重者,沉著之谓,在气格,不在字句。"② "拙不可及,融重与大于拙之中。"③ "重"大致指笔力的劲健,气格的沉着;"大"指意境的开阔,托旨的深远;"拙"则指语辞的质朴,真率而发。这大概也是影响潘飞声崇尚气格之作的很重要因素。

潘飞声《论岭南词绝句二十首》评崔与之云:"老来勋业畏投闲,极目边愁写乱山。自有激昂雄直气,高歌立马剑门关。"④ 此诗对崔与之顾念家国的心怀持以称赏,后三句称赏崔与之《水调歌头·题剑阁》具有"激昂雄直"之风,气格鼓荡其中。其评陈献章云:"静里端倪太极图,村南词兴爱行沽。小匡庐下光风艇,不碍先生作钓徒。"⑤ 此诗首句点出陈献章学术地位之高,其乃明代著名的理学家。潘飞声由其人而论词,认为其儒学造诣虽然精研,但并不妨碍他抒发性灵之气,做一位逍遥自在的烟波钓徒。潘飞声论陈献章词,旨在从内在气韵格调上加以评说。其评吴尚熹云:"楚游烟雨吊湘君,肮脏襟期写韵人。毕竟岭南钟间气,红闺词句似苏辛。"⑥ 此诗结合吴尚熹的人生经历,称扬其婉转含情、不露豪气,颇有大丈夫风范,其所表达的内涵格调较高,跳脱了一般女词人哀哀戚戚的书写范围,显示出如男儿般的磊落情怀。可见,吴尚熹词"骨干"俱在、"气息"浓郁。

总体来看,潘飞声是专论岭南词的代表之一。他对广东词人高度重视与大力弘扬,结合自身人生喜尚着重推扬表现情感之作,主张婉约与豪放风格并重,对于气格鼓荡之作也甚为推赏。可以说,潘飞声的《论岭南词绝句二十首》,在某种程度上引起了世人对于岭南词创作发展的再度关注

---

① 唐圭璋编:《词话丛编》,中华书局1986年版,第4406页。
② 唐圭璋编:《词话丛编》,中华书局1986年版,第4406页。
③ 唐圭璋编:《词话丛编》,中华书局1986年版,第4527页。
④ 程郁缀、李静:《历代论词绝句笺注》,北京大学出版社2014年版,第534页。
⑤ 程郁缀、李静:《历代论词绝句笺注》,北京大学出版社2014年版,第537页。
⑥ 程郁缀、李静:《历代论词绝句笺注》,北京大学出版社2014年版,第544页。

及重视，具有努力倡导之功。潘飞声的论词绝句，在形式上善于继承衍化，在立论上富于一定的特色，显示出独具的论说个性，在我国传统词学批评史上具有重要的价值。

第二节　高旭《论词绝句三十首》的批评观念与论说特点

高旭（1877—1925），字天梅，又字剑公、钝剑、惠云，别号自由斋主人，江苏金山（今属上海）人。近代诗人、南社创始人之一。他在1903年创办《觉民》月刊，1904年留学日本，1905年加入中国同盟会，回国后，任同盟会江苏分会会长。后积极参与发起组织南社，在南社的成立过程中起到重要的作用。高旭不仅在诗词创作方面成绩斐然，在批评方面也独具匠心。《愿无尽庐诗话》代表了其主要的诗歌批评主张，《论词绝句三十首》和《十家词选》则凸显了他的词学批评观念。

高旭《论词绝句三十首》论及的词人，主要有李白、刘禹锡、温庭筠、南唐后主李煜、韦庄、牛峤、鹿虔扆、范仲淹、欧阳修、苏轼、秦观、贺铸、黄庭坚、李清照、晏几道、苏过、陆游、高观国、史达祖、吴文英、辛弃疾、姜夔、张炎等，都是唐五代两宋时期产生过较大影响的词人。

一　批评观念

（一）推扬表现真情实感

情感是词体生发的基石，能引起读者的强烈共鸣，富于独特的艺术魅力。高旭在评词时，十分重视作品中真情实感的表现。首先，看其评花间派词人温庭筠、韦庄、牛峤、鹿虔扆。其《论词绝句三十首》（之三）云："始信《离骚》有嗣音，兰荃声调最关情。就中更爱梧桐句，叶叶声声滴到明。"[①] 高旭认为，温庭筠词继承了《离骚》的艺术风格，回环往复，具有很强的音韵之美。温庭筠擅长声律之道，多与乐工歌伎往还，不论是民间声调还是教坊曲子皆能信手拈来。其《更漏子·玉炉香》中有

---

① 程郁缀、李静：《历代论词绝句笺注》，北京大学出版社2014年版，第554页。

"梧桐树，三更雨，不道离情正苦。一叶叶，一声声，空阶滴到明"。词作选取梧桐、夜雨意象，勾画秋思离情，叶叶声声，哀怨欲泣。谢章铤在《赌棋山庄词话》中就此曾云："语弥淡，情弥苦，非奇丽为佳者矣。"[1]高旭直言更爱此中"梧桐"一句，格律曲调与意象传达水乳交融，可谓感人至深。其《论词绝句三十首》（之六）评韦庄云："浣花词笔老逾工，苦忆江南泪点红。"[2]韦庄与温庭筠并称"温韦"。其《菩萨蛮》咏写江南春色，《荷叶杯》抒发离愁苦恨，两首词皆情蕴深至。其《论词绝句三十首》（之七）评牛峤、鹿虔扆云："藕花对泣伤亡国，燕子频惊梦远人。牛给事中鹿节度，回肠荡气各酸辛。"[3]鹿虔扆《临江仙》一词借藕花传情，暗伤亡国意，含思凄惋。牛峤《菩萨蛮》写画梁之燕私语惊醒梦中人，思妇征人曲折传情，婉转悠扬。高旭评两人之作"回肠荡气各心酸"，对花间词情思曲折而真切的艺术表现予以高度推扬。

其次，评婉约词人柳永、秦观、姜夔、李清照、贺铸、欧阳修、史达祖、吴文英、王沂孙。其《论词绝句三十首》（之十三）谓秦观词风"流水寒鸦秦学士"[4]，柳永词风"霜风残照柳屯田"[5]。高旭化用秦观《满庭芳·山抹微云》中的"斜阳外，寒鸦万点，流水绕孤村"一句，以流水、寒鸦意象入诗，将《满庭芳》视作秦观代表之作，认为其书写离情别绪，缠绵凄婉。又化用柳永《八声甘州》中的"渐霜风凄紧，关河冷落，残照当楼"一句，认为世人都谓柳永词婉约俗化，此词却以沉雄之魄，书写奇丽之情。高旭选取此词化用之例并非无意之举，乃看到了柳永词刚柔相济之处。以《满庭芳》、《八声甘州》二首概括柳永、秦观才思"真凄绝"，如同空山闻杜鹃，有着画龙点睛的功效。又如，其《论词绝句三十首》（之十一）云："欧阳居士富风情，晚岁依然绮思横。痴绝文章老宗伯，水精枕畔听钗声。"[6]欧阳修素有文坛宗师之誉，其散文创作成就与古文理论相辅相成，开创了一代文风。在词体革新方面，欧阳修也扩大了词的抒情

---

[1] 唐圭璋编：《词话丛编》，中华书局1986年版，第3421页。
[2] 程郁缀、李静：《历代论词绝句笺注》，北京大学出版社2014年版，第555页。
[3] 程郁缀、李静：《历代论词绝句笺注》，北京大学出版社2014年版，第556页。
[4] 程郁缀、李静：《历代论词绝句笺注》，北京大学出版社2014年版，第559页。
[5] 程郁缀、李静：《历代论词绝句笺注》，北京大学出版社2014年版，第559页。
[6] 程郁缀、李静：《历代论词绝句笺注》，北京大学出版社2014年版，第558页。

功能，以词抒发人生感受，朝着通俗化的方向有所开拓。其《临江仙》描写夏季傍晚阵雨过后之景象，清雷疏雨，小楼新月，以"断虹明"和"月华生"将夏日之景推进到绝美的境地。以"堕钗"抒发思妇愁怨，闺中女主人倚着小楼栏杆思绪万千，人之情与夏之景悄然相与融合。其《论词绝句三十首》（之二十二）评姜夔云："白石当年善写生，人间从此有奇音。梅花清瘦荷花冷，再谱扬州蟋蟀声。"① 此诗论说姜夔词善于描摹，写情状物重在虚处传神，将外在景物通过巧妙的手法表现出来，赋予物象以独特新奇的意味。高旭评其《暗香》、《疏影》、《念奴娇》三词之中梅花"清瘦"、荷花"冷"。姜夔词风以清空骚雅著称，他不像传统婉约之作绵丽软媚，也不同于苏轼之作旷达迈往，而是以骚笔入词，吸收了江西诗注重锤炼、瘦硬峭拔的特点，清空之中包含刚劲峻洁之气，以"清瘦"、"冷"评之，可谓切中要害。

值得注意的是，高旭对于吴文英、周密的评价。其《论词绝句三十首》（之二十五）云："梦窗才藻艳于霞，七宝楼台眼欲花。心赏蘋洲渔笛谱，白莲花底思无涯。"② 在高旭看来，吴文英词密丽深致，如七宝楼台令人眼花缭乱。显然吴文英词用字密丽、秾挚绵丽，却不被高旭所欣赏，他称赏的乃才思凄绝、风格哀婉、境界阔达之作。可见，在词学观念上，高旭并不固守一端，而是根据具体的词人词风加以评说，不唯以流派归属而论。

最后，其论说豪放词人苏轼、辛弃疾、张孝祥，高旭注意到豪放词人的婉约清丽之句，从创作构思角度盛赞他们的才情。其《论词绝句三十首》（之十二）评苏轼云："关西大汉粗豪甚，铁板铜琶莫敢夸。除去乘风归去曲，倾心第一是杨花。"③ 苏轼词慷慨豪放，人们用"铁板铜琶"之喻譬说其风格特征，高旭显然对此颇有微词，相较之下，他更倾心苏轼词中的婉约清丽之作，如《水调歌头·明月几时有》、《水龙吟·次韵章质夫杨花词》。世人皆道苏轼词慷慨激昂、清新豪迈，高旭却盛赞其婉约清丽之作，眼光独到。又如，其《论词绝句三十首》（之十九）评辛弃疾

---

① 程郁缀、李静：《历代论词绝句笺注》，北京大学出版社2014年版，第564页。
② 程郁缀、李静：《历代论词绝句笺注》，北京大学出版社2014年版，第566页。
③ 程郁缀、李静：《历代论词绝句笺注》，北京大学出版社2014年版，第558页。

云:"稼轩妙笔几于圣,词界应无抗手人。侠气柔情双管下,小山亭酒倍酸辛。"① 辛弃疾与苏轼并称"苏辛",批评家论辛弃疾词也多以雄伟奔放冠之,高旭认为辛弃疾词刚柔并济,具有豪侠之气与柔婉之情相兼融的特征,不可简单以豪放概之。此正如冯煦所云,"摧刚为柔,缠绵悱恻,尤与粗犷一派,判若秦越"②。如,其《摸鱼儿》便是如此,委婉曲折,回肠荡气。张尔田在《致龙榆生》中也云:"苏辛笔力如锥画沙,非读破万卷不能,谈何容易。"③ 以"如锥画沙"比喻苏轼、辛弃疾才大力雄,富于创作才情与艺术表现力,他们填词所依凭的是才情、才气、才力,是他人难以模仿习得的。高旭表面是在推崇苏轼、辛弃疾婉约清丽之句,实际上乃在盛赞两人之才力表现。

从高旭所论及的花间派、婉约派、豪放派词人词作来看,他并不受传统正变观念之限制,而推尚情致感人、才思富赡之作,这体现出超越传统的批评取向,是难能可贵的。

(二)努力消弭与超越传统正变观念

明代,张綖在《诗余图谱》中云:"词体大略有二:一体婉约,一体豪放。婉约者欲其词情蕴藉,豪放者欲其气象恢弘。"④ 张綖把词体一分为二,以婉约、豪放概之,婉约之体含蓄蕴藉、委婉细腻,豪放之体气象恢宏,面目凸显。自张綖提出"二体"说之后,婉约、豪放便作为相互对应的体式与风格类型进入批评家的视野中,人们多以婉约之词为正、豪放之词为变,由此开启了传统词学正变之论。

高旭认为,不论词作艺术风格如何,只要情致感人便是好词,而不必计较其婉约还是豪放之风格。其《论词绝句三十首》(之十五)评范仲淹云:"悠悠羌笛倚高楼,听到边声泪忽流。浊酒孤城闲老范,一天芳草夕阳愁。"⑤ 范仲淹驻守边塞,作《渔家傲》描摹出寥廓荒僻、萧瑟悲凉的边塞图景,抒发出戍边将士思乡忧国的真挚情怀。其《渔家傲》有云:"塞下秋来风景异,衡阳雁去无留意。四面边声连角起,千嶂里,长烟落

---

① 程郁缀、李静:《历代论词绝句笺注》,北京大学出版社2014年版,第562页。
② 唐圭璋编:《词话丛编》,中华书局1986年版,第3592页。
③ 杨传庆编著:《词学书札萃编》,南开大学出版社2015年版,第283页。
④ 陈良运主编:《中国历代词学论著选》,百花洲文艺出版社1998年版,第275页。
⑤ 程郁缀、李静:《历代论词绝句笺注》,北京大学出版社2014年版,第560页。

日孤城闭。浊酒一杯家万里,燕然未勒归无计。羌管悠悠霜满地,人不寐,将军白发征夫泪。"秋天到了,西北边塞的风光与秀丽江南大为不同。大雁又飞回南方了,一点也没有停留之意。黄昏时,军中号角一吹,周围的边声也随之而起。层峦叠嶂里,山衔落日,暮霭沉沉,孤零零的城门紧闭。饮一杯浊酒,不由想起万里之外的家乡,未能像窦宪那样刻石燕然,不能早作归计。悠扬的羌笛响起来了,天气寒冷,霜雪满地。夜深了,将士们都不能安睡:将军为操持军务,须发都白了;战士们久戍边塞,也流下伤心的眼泪。在范仲淹以前鲜有文人以词来书写边塞风光、征夫忧思。高旭评范仲淹就是抓住了这一点,截取词中的边塞意象,盛赞范仲淹填词得风气之先,沉雄激壮,慷慨悲凉。如果说这首论词绝句表现出高旭盛赞词风之变、崇尚豪放之作的话,那么,其《论词绝句三十首》(之二十九)恰恰相反。其评李清照云:"《漱玉》女郎真绝世,慧根如许也前缘。万千心事凭谁寄,拼为妍花宠柳怜。"① 李清照词风以细腻婉约为主,屹然为一大宗,人称"婉约词宗"。李清照前期词多叙写闺中生活,风格清丽明快;后期词多抒发感伤怀乡之情,哀愁凄清。如其《醉花阴》云:"薄雾浓云愁永昼,瑞脑销金兽。佳节又重阳,玉枕纱厨,半夜凉初透。东篱把酒黄昏后,有暗香盈袖。莫道不销魂,帘卷西风,人比黄花瘦。"全词运用洗练的语言,书写出真实的生活图景。词人在无尽的愁思中独自徘徊。高旭以"绝世"、"柳怜"评说李清照,抓住了她的人生经历与情感无寄,并以此为生发点展开批评。显然,李清照之"哀婉"不同于范仲淹之"悲凉",一个是女子闺中之思,一个是男子边关之愁。在两种截然不同的艺术意味中,高旭不偏不倚,既推崇范仲淹慷慨悲凉、境界阔大的边塞之音,又爱赏李清照凄婉缠绵、引人悲情的闺中低语。

总之,高旭《论词绝句三十首》论及唐五代两宋时期的三十四位词人,既有花间、婉约风格之人,也有豪放风格之人,还有其他小众词人。他不拘泥于"二体"论,而从自身独特的审美感悟出发,呈现出超越传统正变之论的批评取向。

(三)推尚李煜之作

李煜的词大致分为前后两个时期,呈现出截然不同的风格,前期词极

---

① 程郁缀、李静:《历代论词绝句笺注》,北京大学出版社2014年版,第569页。

尽绮丽奢华之事，后期词多为哀怨伤痛之音。李煜词多表达人生愁恨，是用血泪铸成的不朽之作，体现出人类悲悯的深刻性与普遍性，引起历代读者的经久共鸣。高旭论词便首推南唐后主李煜。他在《愿无尽庐诗话》中云："在词之工妙哀艳，无有过于李后主者，古今来一人而已矣！余去年有《十家词选》之作，以李后主为冠。"① 在高旭看来，李煜词风哀感凄怨、婉约流丽，其《十家词选》择选南唐后主李煜、苏轼、秦观、周邦彦、辛弃疾、姜夔、张炎、刘基、王夫之、龚自珍十位词人，又一次张扬了李煜极高的词史地位。究其原因，乃在于高旭所生活环境与李煜创作心境颇为相似。李煜降宋后，词作多倾吐家国身世物是人非、时事易变之感，情意深沉，风格凄婉。此正如王国维在《人间词话》中所云，"词至李后主而眼界始大，感慨遂深，遂变伶工之词而为士大夫之词"②。词这一文体，发展到李煜手中变得风格凄绝、意境深远，从此，由歌伎优伶的燕乐之词逐渐演变为文人士大夫之作。

高旭生活在清末民初时期，国家甚为动荡，面临四分五裂的局面。他徒有志向却无处施展。此时的他一如当年的李煜，内心屈辱愤懑，他在李煜词中找到了共鸣。其《虞美人·题〈李后主词〉》有云："秣陵王气深堪惜，天水衣成碧。沧桑遗恨几时休？争信南朝天子总无愁。"③ 高旭受李煜创作影响甚深，用情真挚，含蓄中时见明快，他将人生之爱恨书写得穷情毕现。如，其《罗敷媚》中有云："连宵无梦春寒悄，雨也添愁。月也添愁。消瘦腰肢不自由。"《相见欢·拟南唐后主作》中有云："寒深酒浅难温，对芳樽。两地相思一样怨飘零。归心乱，归期远，悔因循。鬓已丝丝销得几黄昏。"情感表现真挚自然，意味隽永，形成清新流丽又婉曲深致的艺术特色。

高旭《论词绝句三十首》（之五）云："一般滋味在心头，昨夜东风满小楼。亡国音哀如汝少，子规啼月恨难休。"④ 此诗评说李煜直悟人生苦难无常之悲哀，真正用血泪书写出亡国破家的凄凉与悔恨，他把自身所经

---

① 高旭：《高旭集》，社会科学文献出版社2003年版，第603页。
② 唐圭璋编：《词话丛编》，中华书局1986年版，第4242页。
③ 高旭：《高旭集》，社会科学文献出版社2003年版，第284页。
④ 程郁缀、李静：《历代论词绝句笺注》，北京大学出版社2014年版，第555页。

历的惨痛遭遇艺术泛化，道出了人生深层次的悲剧体验，其深度超过一般词人，获得了广泛的社会共鸣。其《十大家词题词》（之一）云："王气江南阒寂，可怜都是伧才。工文亦复何益，千秋亡国音哀。"① 李煜兵败降宋，江南王气已绝。其《相见欢》被评为词中最为凄婉之作，正所谓"亡国之音哀以思"，残月、梧桐、深院、清秋等意象与作者胸中之情感表现相互交融，渲染出凄清哀伤之意境。陈廷焯在《云韶集》中曾云："凄凉况味，欲言难言，滴滴是泪。"② 作为亡国之君，李煜用极其婉转无奈的笔调，表达出难以言喻的愁苦悲伤。高旭在两首诗中都化用李煜名句，评说词人生平经历与风格特征，凸显出了对李煜词的大力推尚。

此外，高旭的《浮海词》（十四首）乃赓和李煜原作而成，曾在南社词苑引起较大的影响。南社同人刘鹏年在追和《浮海词》之"叙"中道："春光九十，客路三千。独处寡欢，凄然欲绝。别无消遣，惟嗜诗余。细数名家，首推后主。"③ 可见，高旭偏嗜李煜词，乃南社诸人中尽人皆知之事。

二 论说特点

（一）善于运用词中意象而评

论词绝句多为七言、六言四句的体制，其特点是体小意丰、形象直观。这既是其优长亦是欠缺，体制较小难以容纳更多的内容，因此，运用所评词人之作意象入诗，扩展其论说容量，深化其论说主旨，便成为一种有效的手段。高旭《论词绝句三十首》便是如此，共有二十三首诗运用了此方法。高旭对于词作意象的运用，大致包括花草虫鸟、风月霜雪、建筑器物三类。

一是花草虫鸟类的意象运用。如，高旭《论词绝句三十首》（之三）评温庭筠云："就中更爱梧桐句，叶叶声声滴到明。"④ 其第二十四首评刘过云："秋娘憔悴记当时，疏雨梧桐怨可知。"⑤ 诗句都化用了两人词中的"梧桐"意象，一为温庭筠《更漏子》中的"梧桐树"，一为刘过《沁园

---

① 程郁缀、李静：《历代论词绝句笺注》，北京大学出版社2014年版，第571页。
② 李璟、李煜著，詹安泰校：《李璟李煜词校注》，上海古籍出版社2017年版，第90页。
③ 高旭：《高旭集》，社会科学文献出版社2003年版，第675页。
④ 程郁缀、李静：《历代论词绝句笺注》，北京大学出版社2014年版，第554页。
⑤ 程郁缀、李静：《历代论词绝句笺注》，北京大学出版社2014年版，第566页。

春》中的"疏雨梧桐"。在我国古典诗词中,梧桐乃凄凉愁苦的象征,常用来渲染寂寞凄婉的氛围。如,李清照《声声慢》云:"梧桐更兼细雨,到黄昏、点点滴滴。"用梧桐着意渲染愁情,如泣如诉。高旭化用"梧桐"入诗,既隐喻温庭筠、刘过词风,又创造出独特的批评语境。此外,"燕子"、"杜鹃"、"寒鸦"、"蟋蟀"、"蝉"、"流萤"等,也在他的论词绝句中频频出现。如,其《论词绝句三十首》(之十三)评秦观、柳永云:"两家才思真凄绝,似向空山闻杜鹃。"① 其论词绝句第五首评南唐后主李煜云:"亡国音哀如汝少,子规啼月恨难休。"② 杜鹃又称子规,相传为蜀帝杜宇的魂魄所化,因为鸣声凄切,常被人用来寄寓凄凉哀伤之意。高旭化用"杜鹃"意象,道出了三位词人的才情思力与创作风格,既形象生动又含蓄蕴藉。

二是风月霜雪类意象,如"西风"、"东风"、"残照"、"细雨"、"夕阳"、"湖烟"、"新月"等。如,其论词绝句第一首中的"残照西风著意愁"一句,其论词绝句第十三首中的"霜风残照柳屯田"一句,分别化用李白《忆秦娥》中的"西风残照"与柳永《八声甘州》中的"渐霜风凄紧"、"残照当楼"。其论词绝句第十八首评张舜民云"回首夕阳红尽处",更是整句运用《卖花声》中的意象,体现词人谪贬失意之情,表达出沧海桑田之意。

三是建筑器物类意象,如"高楼"、"玉楼"、"霓旌"、"枕头"、"堕钗"、"房栊"等。如,其论词绝句第十一首中的"水精枕畔听钗声"一句,化用欧阳修《临江仙》中的"水精双枕"、"堕钗",盛赞晚年欧阳修"绮思",所填词委婉细腻、情韵悠长。

还有对词作典故本事的化用,共有九处,多为词人艳事之典。如,其论词绝句第六首评韦庄"赢得佳人甘绝粒"。相传韦庄有一宠姬,姿质艳丽,兼擅词翰,王建闻之便强夺而去,韦庄思念宠姬作《荷叶杯》、《小重山》,情意凄婉,传诵一时。又如,其论词绝句第十二首评苏轼云:"关西大汉粗豪甚,铁板铜琶未敢夸。"③ 相传苏轼曾问幕士,我词和柳永相比如

---

① 程郁缀、李静:《历代论词绝句笺注》,北京大学出版社2014年版,第559页。
② 程郁缀、李静:《历代论词绝句笺注》,北京大学出版社2014年版,第555页。
③ 程郁缀、李静:《历代论词绝句笺注》,北京大学出版社2014年版,第558页。

何？幕士答道："柳郎中词，只合十七八女郎，执红牙板，歌'杨柳岸晓风残月'；学士词须关西大汉，铜琵琶，铁绰板，唱'大江东去'。"① 诗作化用"关西大汉"、"铁板铜琶"之语，点明了苏轼词所具有的奔放豪迈、倾荡磊落的特点。

（二）长于运用词中语典而入

高旭对于词体发展衍化、词家艺术表现了然于胸。其论词乃词人兼批评家的"双视角"，在论说内容上，呈现出追溯词体发源、勾勒词体演变、评说词家风格的特点。

首先，在其论词绝句第一首中便开篇溯源，论说词家开山之祖乃是李白，并以李白的《忆秦娥》、《菩萨蛮》论之，化用词中"西风残照"、"暝色入高楼"等语句，推李白为"百代词曲之祖"。其次，通过论及三十位唐五代两宋时期词人，简明地勾勒出我国古代词体发展演变的轨迹。自开篇论说李白为词家开山之祖后，其《论词绝句三十首》（之二）云："柳条怕折他人手，话说君平便断肠。更唱《竹枝》刘梦得，夜深瑶瑟怨潇湘。"② 高旭评说刘禹锡《竹枝词》书写男女之情，富于民歌情韵，《潇湘神》仿拟民歌而作，叙写舜帝与潇湘二妃之事，乃早期文人词之代表。花间词中，温庭筠"最关情"，李璟、李煜父子"恨难休"。其《论词绝句三十首》（之二十九）评李清照云："《漱玉》女郎真绝世，慧根如许也前缘。万千心事凭谁寄，拼为妍花宠柳怜。"③ 李清照被人称为"易安体"，国破家亡后一改往日清丽明快之风格，而转变为凄婉幽怨，书写人生"物是人非事事休"之慨叹，感人至深。又如，其论词绝句第十二首评苏轼词乃"关西大汉粗豪甚，铁板铜琶未敢夸"④。对于词的发展而言，苏轼拓宽了其艺术表现范围，突破了词为"艳科"的格局，将传统的柔情之词扩展为可表现豪情之作，风格纵横恣肆，如关西大汉执铁板铜琶唱"大江东去"。高旭则直言，除去"乘风归去"曲，最令人青睐的还是《水龙吟·次韵章质夫杨花词》。从词体发展早期到五代再到两宋时期，在简洁

---

① 苏轼著，朱孝臧编年，龙榆生校笺：《东坡乐府笺》，上海古籍出版社2016年版，第199页。
② 程郁缀、李静：《历代论词绝句笺注》，北京大学出版社2014年版，第553页。
③ 程郁缀、李静：《历代论词绝句笺注》，北京大学出版社2014年版，第569页。
④ 程郁缀、李静：《历代论词绝句笺注》，北京大学出版社2014年版，第558页。

明快的诗句中，高旭评论了词的发展史上重要的三十位词家，俨然勾勒出一幅中国传统词体风格简史。

总体来看，高旭《论词绝句三十首》的批评观念，主要体现在三个方面：一是推扬表现真情实感。无论是花间词人温庭筠、韦庄、牛峤、鹿虔扆，还是婉约词人柳永、秦观、姜夔、李清照、贺铸、欧阳修、史达祖、吴文英等，还是豪放词人苏轼、辛弃疾、张孝祥等，他都从情感表现角度予以大力褒扬。二是努力消弭与超越传统正变观念。他既推崇范仲淹的慷慨悲凉、境界阔大之音，又爱赏李清照的缠绵凄婉之语，植根于自身的艺术感悟，呈现出超越传统正变之论的批评取向。三是推尚李煜之作。他评价李煜词多表现出人生沉重的愁恨，乃用血泪铸成的文字。其论说特点主要体现在两个方面：一是善于运用词中意象而评，其所用意象包括花草虫鸟、风月霜雪、建筑器物三大类，涉及范围较为广泛；二是长于运用词中语典而入，其所用语典丰富多样、切中词人词作艺术表现特点。高旭的《论词绝句三十首》，蕴含着丰富的批评内涵，构成了我国传统论词绝句发展史上的重要一环。

第三节　姚锡均《际了公论词绝句十二首》的批评观念与论说特点

姚锡均（1892—1954），别署鹓雏，字雄伯，笔名龙公、宛若，别号梦湘阁主，松江（今属上海）人。现代文学家、批评家，南社"四才子"之一。其著述甚多，主要有《鹓雏杂著》、《止观室诗话》、《桐花萝月馆随笔》、《檐曝余闻录》、《大乘起信论参注》、《春衾艳影》、《燕蹴筝弦录》、《沈家园传奇》、《鸿雪影》等。

姚锡均的论词绝句为《际了公论词绝句十二首》，收录于《姚鹓雏文集·诗词卷》之中。此组论词绝句评说的词人涉及晚唐的温庭筠，北宋的梅尧臣、柳永、秦观，南宋的陈亮、吴文英、姜夔、张炎，清代的陈维崧、纳兰性德、朱彝尊、厉鹗、樊增祥、王鹏运、杨锡章、谭献、文廷式、朱祖谋、庞树柏，共十九人。

一 批评观念

(一)"诗余"与"倚声"相结合的词体观念

词源之辩历来众说纷纭,或以"诗余"论之,或以"倚声"称之,抑或两者结合而论。姚锡均所云"诗咏之不足,则寄之倚声",可视作"诗余"与"倚声"相结合之论。所谓"诗余"乃词的别称,将词看作由诗发展而来的文学样式。如,张东川在《草堂诗余后跋》中有云:"诗余者,仿诗而作也,唐李太白《菩萨蛮》《忆秦娥》二词为古今绝唱,至宋名公才士往往寄兴于声调之间,而诗余始盛。"①"诗余"与"倚声"相结合之论,主要表现于明代后期与清代。姚锡均所云"诗咏之不足,则寄之倚声",既有"诗余"又有"倚声"之论的体现,认为词体书写的内容是"诗咏之不足",而词的表现形式则为倚声而歌。在《际了公论词绝句十二首》中,就明显地体现出这一观念。如,其评姜夔云:"楼台侧畔杨花过,帘幕中间燕子飞。别有冰心歌水调,新腔一阕《惜红衣》。"②姜夔有自度曲《惜红衣》,其声律匠心独运,全词用入声韵、声调激越。"冰心歌水调",正是盛赞姜夔精通音律,能自度曲,格律严密。又如,其《际了公论词绝句十二首》(之七)评朱祖谋云:"半塘已化纯常死,海内知音渐寂寥。只有苏州沤尹老,解拈新唱付琼箫。"③诗作感叹词坛凋敝,王鹏运、文廷式皆驾鹤西去,唯有朱祖谋"拈新唱"。朱祖谋为清季四大词人之一,其词极重音律,严守四声,有"律博士"之称。沈曾植就说:"彊村精识分铢,本万氏而益加博究,上去阴阳,矢口平亭,不假检本,同人惮焉,谓之律博士。"④姚锡均对朱祖谋的创作予以推扬。在价值取向上,表现出通达圆融的词体观念,重视词的形式体制,崇尚音律运用及其艺术表现。

(二)文随情至的创作原则

姚锡均曾云:"文随情至,音无繁缉,亦词家之正则也。"⑤作词,一

---

① 顾从敬:《草堂诗余》卷末,明嘉靖二十九年刻本。
② 程郁缀、李静:《历代论词绝句笺注》,北京大学出版社2014年版,第588页。
③ 程郁缀、李静:《历代论词绝句笺注》,北京大学出版社2014年版,第590页。
④ 朱祖谋:《彊村丛书》,上海古籍出版社1989年版,第8729页。
⑤ 姚锡均:《姚鹓雏文集·诗词卷》,上海古籍出版社2009年版,第832页。

个"情"字最为切要,由情而发、随情而至,乃为词家之正道。词情之论源远流长,最早大致可追溯至南宋的尹觉。他在《题坦庵词》中云:"词,古诗流也,吟咏性情,莫工于词。"① 词作艺术表现乃以情感抒写为根本,词是创作主体情难自已的产物,可见,"情"在传统诗词创作中具有十分重要的地位。

姚锡均《际了公论词绝句十二首》所论十九人,上至晚唐下讫近代,虽词风各异,或清丽,或婉媚,或旷达,实不出真情二字。如其评朱彝尊"情眇自难同",评梅尧臣"自将情思证无邪",评纳兰性德"情深笔眇自多奇",皆标举一个"情"字。朱彝尊《桂殿秋·思往事》有云:"思往事,渡江干,青蛾低映越山看。共眠一舸听秋雨,小簟轻衾各自寒。"词作以含蓄深蕴的笔法,书写自己与心上人咫尺天涯的无奈,全词曲折缱绻、感人至深,难怪作者要感叹朱彝尊抒情写意的功力。纳兰性德《忆江南·宿双林禅院有感》云:"风雨消磨生死别,似曾相识只孤檠,情在不能醒。"妻子的故去让词人心灰意冷,见眼前凄凉之景,自叹福分浅薄。王国维在《人间词话》中称纳兰性德"以自然之眼观物,以自然之舌言情"②。纳兰性德词风上承南唐后主李煜,工于抒情,毫无矫揉造作之感。姚锡均以"情深笔眇"、"多奇"评之,又以秦观与之并重,可见他对"情"作为词体艺术表现之根本的倾心推尚。

二 论说特点

(一) 多人之评合于一诗

论词绝句作为传统的词学批评形式,自明末清初出现以来,大多是一诗评一人,论说面较为狭窄,内容较为单一,很少出现多人之评合于一诗的现象。在姚锡均的《际了公论词绝句十二首》中,罕见地出现四人之评合于一诗的情况,并且十二首诗中百分之七十为多人之评。多人之评合于一诗,一方面拓展了论词绝句的体制容量,另一方面也丰富了其评说内容。从批评体式角度看,多人之评合于一诗的现象,乃论词绝句发展的一

---

① 赵师侠:《坦庵词》卷首,影印文渊阁《四库全书》本。
② 王国维撰,陈杏珍、刘烜重订,黄霖等导读:《人间词话》,上海古籍出版社1998年版,第13页。

个重要标志。

姚锡均《际了公论词绝句十二首》（之二）云："玉田微削梦窗腴，柳七风神故不虚。若舍浮华论骨概，龙川一集有谁知。"① 一首绝句论及张炎、吴文英、柳永、陈亮四人词风，在论词绝句发展史上是少见的。句首"玉田微削梦窗腴"，乃评张炎词风古雅峭拔，吴文英用字密丽、秾挚绵丽。张炎在《词源》中云："清空则古雅峭拔，质实则凝涩晦昧。"② 由此，张炎提出"清空"与"质实"的美学概念，用来描述词体所呈现的独特风格。所谓"清空"，即清彻空灵、唯美超脱；"质实"则指具体详赡、朴实敦厚。在张炎看来，姜夔词风清空超脱，吴文英词风质实密丽。其《词源》云："吴梦窗词如七宝楼台，眩人眼目，碎拆下来，不成片段。"③ 显然，张炎主张词作艺术表现要清彻空灵。姚锡均把张炎、吴文英放在句首进行对比，只用"削"、"腴"二字便点出两人风格特色相对。宋代，叶梦得在《避暑录话》中曾云："凡有井水饮处，即能歌柳词。"④ 柳永词甚为通俗，传唱市井，姚锡均评其风神不虚，可见一斑。

我国古代文论擅以形象思维见称，衍化出"风"、"骨"、"气"、"脉"等审美范畴。"骨"，有"风骨"、"骨气"之意，指文风刚健遒劲。早在南北朝时期，刘勰便有《文心雕龙·风骨》之论，钟嵘《诗品》评曹植"骨气奇高"，等等。姚锡均评陈亮以"骨概"论之，可谓切中要害。陈亮生活在宋朝南渡时期。他反对和议，力主抗金。其词多感慨愤懑、眷怀君国，故而感情激越，风格豪放不羁。如，其《念奴娇·登多景楼》云："危楼还望，叹此意、今古几人曾会。鬼设神施，浑认作、天限南疆北界。"这首词乃陈亮到京口察看地形后所作，襟怀雄阔，志向高远。姚锡均以"骨概"二字评之，凝练地概括出陈亮词风的特点。此首论词绝句评及两宋四位词家风格，并注意到陈亮被世人忽视的《龙川词》，体现出了姚锡均独特的审美取向。

此外，姚锡均《际了公论词绝句十二首》（之七）云："半塘已化纯

---

① 程郁缀、李静：《历代论词绝句笺注》，北京大学出版社2014年版，第588页。
② 张炎著，夏承焘校注：《词源注》，人民文学出版社1963年版，第16页。
③ 张炎著，夏承焘校注：《词源注》，人民文学出版社1963年版，第16页。
④ 叶德辉：《石林遗书》卷三，清宣统三年长沙叶氏观古堂校刊本。

常死，海内知音渐寂寥。只有苏州沤尹老，解拈新唱付琼箫。"① 这一首诗论及"清末四大家"中的王鹏运、朱祖谋及近代爱国词人文廷式。朱祖谋受王鹏运影响甚深，早岁工诗，他在京师创立词社即邀请朱祖谋加入。朱祖谋词多抒发壮怀零落、国土沦丧之感，风格悲惋沉郁。姚锡钧将朱祖谋与王鹏运、文廷式并列，对朱祖谋开拓词坛新风予以推扬。又如，其《际了公论词绝句十二首》（之九）云："竹垞情眇自难同，笔重其年亦易工。燕子不来连月雨，鲥鱼如雪一江风。"② 此诗将朱彝尊、陈维崧并列，他们一为浙西派之祖，一为阳羡派领袖，此论说甚见作者并重之意。

（二）善于摘取意象与本事入诗

论词绝句首先是诗，其次才是批评。它不用艰深的话语加以阐述，也不讲究严密的逻辑推理，而用形象生动的话语给人以身临其境之感。论词之人常从所论中摘取词句，巧妙化用其中意象或典故融于诗中。摘句评词要求论者需将所论词家之作烂熟于心，否则便容易了无生趣。

姚锡钧对历代词家词作大多熟识，常能信手拈来地将有关意象与典故化入诗中。其大致有两种情况：

一是摘取意象烘托气氛。如，姚锡钧《际了公论词绝句十二首》（之九）云："竹垞情眇自难同，笔重其年亦易工。燕子不来连月雨，鲥鱼如雪一江风。"③ 论及朱彝尊、陈维崧，两人并称"朱陈"，执掌词坛牛耳，开创词坛新局面。朱彝尊填词讲求音律工整严密，用字致密清新，词品醇雅净亮。陈维崧词则风格豪迈奔放，近似苏轼、辛弃疾。句首以"朱陈"两人作比，评朱彝尊词用情之深，陈维崧雄深雅健。句尾摘取朱彝尊《卖花声·雨花台》中的"燕子斜阳来又去，如此江山"一句，陈维崧《虞美人·无聊》中的"好风休簸战旗红，早送鲥鱼如雪过江东"一句，化用词中的燕子、鲥鱼意象，亦是在暗指二人，正好对仗了首句"朱陈"，首尾相互映衬、精密巧妙。

二是摘取词人本事典故论及词人地位。如，姚锡钧《际了公论词绝句十二首》（之八）云："病起新腔付小红，萧疏老子复谁同。会稽三绝流

---

① 程郁缀、李静：《历代论词绝句笺注》，北京大学出版社2014年版，第590页。
② 程郁缀、李静：《历代论词绝句笺注》，北京大学出版社2014年版，第591页。
③ 程郁缀、李静：《历代论词绝句笺注》，北京大学出版社2014年版，第591页。

传遍,第一词名满洛中。"① 此诗化用了姜夔与范成大婢女交往的风流韵事。姜夔有《过垂虹》一诗,其有云:"自作新词韵最娇,小红低唱我吹箫。"姚锡均化用这一本事到诗句之中,使得姜夔作为痴情词人的形象跃然纸上。刘熙载在《艺概》中有云:"姜白石词幽韵冷香,令人挹之无尽。拟诸形容,在乐则琴,在花则梅也。"② 姜夔词多用冷色调描绘事物,如冷月、冷香、冷枫、暗柳等,由此营构出幽冷悲凉的意境。刘熙载以梅花的"幽韵冷香"概括姜夔词风再合适不过。而姚锡均论及姜夔词却注意到了其"冷"之外的"清"。如,其《际了公论词绝句十二首》(之四)云:"飞行绝迹定谁惧,七宝楼台密不疏。区别梦窗和白石,一饶秾致一清虚。"③ 姜夔词"清空"、"骚雅"脱胎于苏轼、辛弃疾,在姚锡均看来,姜夔词含蓄空灵、飘然不群,这便是他心中属意的"第一词"。

(三)运用比较之法

姚锡均的论词绝句常把几个词家放到一起联系比较,如此并不是为了见出高下,而是意在对比中显示他们的个性特色。

首先,词风相异作比。姚锡均《际了公论词绝句十二首》(之四)云:"飞行绝迹定谁惧,七宝楼台密不疏。区别梦窗和白石,一饶秾致一清虚。"④ 此诗对比吴文英、姜夔,化用张炎《词源》中的"姜白石词如野云孤飞,去留无迹。吴梦窗词如七宝楼台,眩人眼目,碎拆下来,不成片段。此清空质实之说"⑤。姜夔词如闲云野鹤、无迹可寻,吴文英词似七宝楼台、夺人眼目。又如,其《际了公论词绝句十二首》(之二)云:"玉田微削梦窗腴,柳七风神故不虚。若舍浮华论骨概,龙川一集有谁知。"⑥ 此诗论及吴文英词以一"腴"字加以概括。在绝句体中两两相对论说风格迥异的词家,仅用"秾致"、"清虚"便切中要害,论之精妙尽在其中。

其次,风格相近作比。如,姚锡均《际了公论词绝句十二首》(之六)云:"修门词客今谁在,只有云门与复堂。语秀真能夺山绿,律严差可比

---

① 程郁缀、李静:《历代论词绝句笺注》,北京大学出版社2014年版,第590页。
② 刘熙载:《艺概》,上海古籍出版社1978年版,第108页。
③ 程郁缀、李静:《历代论词绝句笺注》,北京大学出版社2014年版,第588页。
④ 程郁缀、李静:《历代论词绝句笺注》,北京大学出版社2014年版,第588页。
⑤ 张炎著,夏承焘校注:《词源注》,人民文学出版社1963年版,第16页。
⑥ 程郁缀、李静:《历代论词绝句笺注》,北京大学出版社2014年版,第588页。

军行。"① 姚锡均感叹词坛孤寂，知音寂寥，谭献、樊增祥二人语词清秀、严于格律表现。樊增祥为词，始学苏轼、辛弃疾，又师法南唐二主李璟、李煜。如，其《倦寻芳·紫桐细乳》有云："紫桐细乳，黄鸟轻飞，春丽如画。"全词清丽澹远，描绘了一幅三月春景图。谭献词风含蓄隐曲，琢字隽秀。如，其《蝶恋花·庭院深深人悄悄》有云："庭院深深人悄悄，埋怨鹦哥，错报韦郎到。"姚锡均论词以谭献、樊增祥并重，以"语秀"、"律严"评之，赞赏两人词风清秀、格律谨严，实乃近代词坛不可多得的双璧。

（四）抓住词人创作个性与特征而论

姚锡均的论词绝句善于抓住词人的创作个性及特征，从词家的角度观照词体，在词人与词作、日常个性与创作个性的联系之中论说词体风格呈现及其成因。

姚锡均《际了公论词绝句十二首》（之十一）云："细秀枯清厉太鸿，行吟侧帽自从容。浙中独服摩奢馆，天马飞行明月中。"② 厉鹗乃浙西词派中期的代表人物，与朱彝尊一样，他甚为推尊南宋词，以幽隽清绮、婉约淡冷风格为上。姚锡均以"细秀枯清"论评厉鹗，可谓切中要害。如果说淡冷清绮是厉鹗创作个性在词中体现的话，那么情性孤寒、对世事颇不晓谙便是其日常个性。厉鹗一生清苦、淡泊名利，在诗词中皆有表现。如，其《广陵寓楼雪中感怀》有云："平生淡泊怀，荣利非所嗜。"厉鹗生活清苦、生性恬淡、不谙世事，唯独痴迷于诗词之道。也正是这样的人生经历造就了其冷清幽隽的创作个性。又如，其《际了公论词绝句十二首》（之六）云："修门词客今谁在，只有云门与复堂。语秀真能夺山绿，律严差可比军行。"③ "云门"、"复堂"即指樊增祥、谭献。两人词风清秀，用律谨严，为人所称道。谭献不仅是词人还是学者，正是词人与学者的双重身份，才造就了其词的独特风貌。谭献词内容多书写文人士大夫的情趣，同时强调"寄托"，词作呈现出含蓄隐曲之风。如，其《蝶恋花·庭院深深人悄悄》云："庭院深深人悄悄。埋怨鹦哥，错报韦郎到。压鬓钗梁金

---

① 程郁缀、李静：《历代论词绝句笺注》，北京大学出版社2014年版，第589页。
② 程郁缀、李静：《历代论词绝句笺注》，北京大学出版社2014年版，第592页。
③ 程郁缀、李静：《历代论词绝句笺注》，北京大学出版社2014年版，第589页。

凤小，低头只是闲烦恼。"词作形象鲜明、含蓄蕴藉，将文人的创作个性与想象中的思妇形象相互融合，清秀可爱。

此外，姚锡均在论词绝句中还注意到，词家性格特征的变化进而影响到作品风格。如，纳兰性德词集取名《侧帽集》，颇有潇洒不羁、才气横溢之意。他出身于皇室贵胄，天生超逸脱俗、才华出众，姚锡均以"侧帽自从容"评之，将词人日常个性与词作风格相融合，词人潇洒俊逸的形象跃然纸上。而在《际了公论词绝句十二首》（之十）中，姚锡均又云："湖海流传饮水词，情深笔眇自多奇。千年骨髓秦淮海，除却斯人那得知。"① 同样评纳兰性德，此时的他已不再是"侧帽"形象，而变为"情深笔眇"的状貌了，哀感顽艳，极有南唐二主之情韵风神。

（五）在时间上一直评说至当世

姚锡均的论词绝句在时间上一直评说至当世，颇有词史之论的意味。传统论词绝句往往将论说重点放在五代两宋时期，而忽略近世词家词作，姚锡均则从晚唐到近代皆有涉及，其论及近代词家七人，其中不乏南社同人如杨锡章、庞树柏。在对词家的选择上，也体现出开明通达的批评理念，不厚古薄今。

姚锡均论词绝句开篇便评说早期南社松江派成员杨锡章。杨锡章与姚锡均乃故交，他自负诗词之才，创作匠心独运。姚锡均《际了公论词绝句十二首》（之一）云："荼蘼微放快晴时，金线初抛垂柳丝。谁似城南杨夫子，隐囊乌几坐填词。"② 诗作描述出，蔷薇微微绽放，柳条抽出新芽，是谁坐在那里填词作诗？原来是城南的杨了公。姚锡均论词开篇便描绘出杨锡章端坐几案，淡然作诗填词的画面，很好地表现出了杨锡章的为人与词品。

又如，姚锡均《际了公论词绝句十二首》（之七）云："半塘已化纯常死，海内知音渐寂寥。只有苏州沤尹老，解拈新唱付琼箫。"③ 朱祖谋早岁工诗，风格近似孟郊、黄庭坚，更有"诗中梦窗"的美誉，后加入王鹏运所倡导成立的文学团体"词社"，致力于填词之道。姚锡均此诗感叹词

---

① 程郁缀、李静：《历代论词绝句笺注》，北京大学出版社2014年版，第591页。
② 程郁缀、李静：《历代论词绝句笺注》，北京大学出版社2014年版，第587页。
③ 程郁缀、李静：《历代论词绝句笺注》，北京大学出版社2014年版，第590页。

坛凋敝之时，朱祖谋堪当表率。他把词视为了悲愤呐喊的工具，显示出较为浓厚的社会呼吁性特征。词人生活的时代，民族正饱受欺凌，其词也多书写悲忧愤慨、家国情怀。如，朱祖谋《齐天乐·鸦》便是在八国联军侵占北京时有感而作，其中一句，"江关梦短，怕头白年年，旧巢轻换。独鹤无归，后栖休恨晚"，既有对列强入侵的悲愤，又有孤身被困、不得南归的惆怅，将家国命运和个人境遇结合在一起，感人心怀。其《际了公论词绝句十二首》（之九）云："竹垞情眇自难同，笔重其年亦易工。"① 姚锡均评说朱彝尊词风清空醇雅，陈维崧词风慷慨豪放，两人生活年代相近，但创作风格迥异，究其原因，乃在于朱彝尊推尊南宋词，而陈维崧效法苏轼、辛弃疾。陈廷焯在《词坛丛话》中有云："陈其年词，纵横博大，海走山飞，其源亦出苏辛。"② 苏轼、辛弃疾乃豪放派大家，陈维崧师法苏、辛，开阳羡一派，词风豪放阔达。刘永济在《词论》中认为朱彝尊"崇姜、张，以清空雅正为主，风气为之一变，是曰浙派"③。姜夔、张炎本就追求清空骚雅之作，朱彝尊效法姜、张，故而词风清空醇雅。如此看来，朱彝尊的浙西派与陈维崧的阳羡派风格迥异，也就不足为奇了。

总体来看，姚锡均的《际了公论词绝句十二首》，其批评观念主要有二：一是主张"诗余"与"倚声"相结合的词体观念；二是倡导文随情至的创作原则。其论说特点主要体现在五个方面：一是多人之评合于一诗，其体量看似不大但容量甚为丰富；二是善于摘取意象与典故入诗，给人以贴切入神之感；三是巧用对比之法，凸显各家特色；四是善于抓住词人创作个性与特征而论；五是按时间线索一直评说至当世，颇有词史之论的意味。姚锡均的论词绝句，从宏观角度看，显示出这一传统批评形式在历史长河中不断向前衍化发展的趋势，在我国传统词学批评史上有着较为重要的价值。

第四节 刘咸炘论词绝句的批评特点

刘咸炘（1896—1932），字鉴泉，别号宥斋，四川双流（今属成都）

---

① 程郁缀、李静：《历代论词绝句笺注》，北京大学出版社2014年版，第591页。
② 唐圭璋编：《词话丛编》，中华书局1986年版，第3731页。
③ 刘永济：《词论》，上海古籍出版社1981年版，第65页。

人,是民国时期我国著名的历史学家、词学家、古典文献学家。他深受家风滋养,自幼雅好读书,常手不释卷,在学术志业上颇有恒心,于写作之事十分勤勉,一生笔耕不辍,著作丰赡,成书多达四百余卷,总名为《推十书》。"推十"乃其书斋之名,盖取许慎《说文解字》中解"士"为"推十合一"之意,由此彰显明统知类、合十为一的学术志向。刘咸炘博览群书、资积深厚,因而在评诗论文时往往能独具卓识,自有心得。

刘咸炘共有论词绝句三十六首,其中,《说词韵语》二十九首,《说诗词韵语》七首。从诗作内容来看,刘咸炘的《说词韵语》颇有元好问《论诗绝句三十首》指点诸家、博涉诗史之风。《说词韵语》所论内容广泛、视野宏通,涉及诸多词学论题,于词学见解上别具一格。《说诗词韵语》虽仅七首,但也表达了对一些诗词问题的见解,同样具有独特的价值。总体来说,以《说词韵语》、《说诗词韵语》为对象,可以发现,刘咸炘的论词绝句呈现出自身独特的批评特色。

一 广阔宏通的批评视野

从数量上看,刘咸炘的《说词韵语》、《说诗词韵语》虽不可与谭莹、潘飞声等人的鸿篇巨制同日而语,然在民国时期论词绝句群体中已处于领先地位。他选择以规模较庞大的组诗形式进行词学批评,一面能将批评对象以某种共同特征进行联系,另一面则将其自身的审美趣尚、批评原则有章法地发诸笔端,往往能达到事半功倍的效果。这显示出在刘咸炘的词学批评中,已形成较为广阔宏通的视野和丰富的词学思想。

刘咸炘的《说词韵语》(之一)云:"乐府原来不一科,温韦作祖得无颇。若非游宴供营妓,未必名家绮语多。"[①] 其第二十九首论词绝句云:"靡靡唐余陷溺深,秀才太保独高吟。词家争说花间艳,谁识梁州感慨音。"[②] 可见,《说词韵语》以花间派的"绮语"问题为始,亦以此作终,中间杂糅了作者对诸多词学问题的看法,线索可谓分明,从中可见出作者创作《说词韵语》并非一时兴会所及,而是"有意"之论。

刘咸炘的《说诗词韵语》(之二)云:"南有西洲北六州,春闺怨与

---

① 孙克强、裴喆编著:《论词绝句二千首》,南开大学出版社2014年版,第787页。
② 孙克强、裴喆编著:《论词绝句二千首》,南开大学出版社2014年版,第795页。

秋边愁。两条纵贯诗词曲，此是江河万里流。"① 作者自注道："风云气、儿女情，凡一种文字初起，内容都不外此，唐以前之乐府杂曲、中唐以前之绝句、北宋以前之小令莫不皆然。久乃加入他事，内容渐广，而形式亦遂有变矣。"② 南方潮湿多雨，景色精致秀丽，人则多如小家碧玉，心意委曲缠绵，因而才产生如《西洲曲》这般宛曲曼丽、清俊喜人的作品。《西洲曲》描写的是一位江南采莲的少女从初春到深秋，从现实到梦境，对钟爱之人的苦苦思念。全诗话语直白，却无一字不浸润着细腻缠绵的深情，令人"情灵摇荡"。北地气候干燥，景色单调壮丽，人则豪爽快意，心中有情便要顺畅抒发，因而有《六州》词的豪气干云，鼓动人心。本是由于南北自然与人文环境差异所导致的词作在题材、风格上的参差，却渐渐发展成了词体最常表现出的迥然有别的风貌。刘咸炘的这首绝句，以词的地域风格问题为始，最终落足于"豪放"、"婉约"两派形成之根由。他认为，不仅是词体，大凡一种文体发展之初，内容都不免与儿女之情或风云之气相关，唐以前的乐府杂曲、中唐以前的绝句、北宋以前的小令，莫不如是。迨及一种文体发展得较为成熟，才逐渐有了其他题材的渗入，表现形式也随之发生相应的变化。闺怨词多为处于爱恋之中的小儿女喜悦、焦灼、抱怨等心情的流露，多表现爱恋之人的相思之苦、娇嗔之意，在风格上多体现为秀致深婉、委曲缠绵；边愁词则多为忠臣游子、将军士卒在环境艰苦、战事纷纷的边地所写，多表现忠肝义胆、忧国之思，或怀乡之意、羁旅之愁，在风格上则体现为悲壮慷慨、浩气磊然。这两种截然不同的题材一进入诗词，便形成了作品大为殊异的面貌。虽"闺怨"、"边愁"两条分支逐渐在后来的发展中被其他题材并入或替代，却始终是作品中稳定不变的基质。刘咸炘的这个观点，暗合了词体发展最终表现为"豪放"与"婉约"两大分野这一事实，足见其评说之确当。刘咸炘虽属文人诗客，却并未拘囿于一己之喜好来看待词体发展的历史；相反，他凭借渊博的学识，能取教于前修而覃思独往，提出"风云气、儿女情，凡一种文字初起，内容都不外此"这样识见高远的论断。

刘咸炘的《说诗词韵语》（之三）云："北人南客合柔刚，西杜东辛

---

① 孙克强、裴喆编著：《论词绝句二千首》，南开大学出版社2014年版，第796页。
② 孙克强、裴喆编著：《论词绝句二千首》，南开大学出版社2014年版，第796页。

占宋唐。河过龙门江出峡，不从一代论低昂。"① 杜甫、辛弃疾仕途多舛，生活困顿无依，然两人并未因现实境遇而失意消志，反将此不平之意注入文笔，穷而后工，终成大家。桐城派之祖姚鼐提倡："文章者，有所法而后能，有所变而后大。"② 刘咸炘对此深为赞同。在他看来，杜甫、辛弃疾各领诗词一军，两人之于诗词正如史之有汉高，这不仅因为两人的创作令后来者难以望其项背，更因其"变言情游心之作为知人论世之资"，后人却以"变调"贬抑杜甫、辛弃疾，实为不通之论。为此，刘咸炘提出"不从一代论低昂"，认为要评价杜甫、辛弃疾的功绩，不应局限于一代而论，而应从文学历史发展的角度言之。后人泥古奉法，自然难见出杜甫、辛弃疾高妙之处。刘咸炘从历史动态发展的角度看待诗人、词人的文学地位，则其宏通的批评视野可知矣。

二　不落窠臼的词学创见

论至诗词两体殊异，刘咸炘的《说词韵语》（之二）云："诗词一理是深谈，柔厚纤秾本不弇。我愿南人容诤友，莫将苏学概滹南。"③ 王若虚在《滹南诗话》中曾云："陈后山谓子瞻以诗为词，大是妄论，而世皆信之，独茅荆产辨其不然，谓公词为古今第一。今翰林赵公亦云此，与人意暗同。盖诗词只是一理，不容异观。自世之末作习为纤艳柔脆，以投流俗之好，高人胜士，亦或以是相胜，而日趋委靡，遂谓其体当然，而不知流弊之至此也。"④ 刘咸炘甚为赞许王若虚"诗词本是一理，不容异观"之说，在他看来，诗词只是不同形态的文学载体而已，皆是主体"用意"、"放情"的创造物，并无优劣之别。然而，结合文学发展的实际来看，长期以来，词的地位远不及诗。从源流上讲，这是符合文学发展事实的。诗歌自有其源远流长的传统，风雅比兴、言志抒情乃为正道、雅音；词从音乐艺术中分流而出，它伴随着音乐的发展而产生，最初也仅是音乐艺术的副产品。因而，填词一事长期被视为末技，乃为"艳科"、"小道"，甚至

---

① 孙克强、裴喆编著：《论词绝句二千首》，南开大学出版社2014年版，第796页。
② 姚鼐：《惜抱轩诗文集》，上海古籍出版社1992年版，第114页。
③ 孙克强、裴喆编著：《论词绝句二千首》，南开大学出版社2014年版，第787页。
④ 丁福保辑：《历代诗话续编》，中华书局1983年版，第517页。

有"诗余"之称。言及此,刘咸炘不流于俗,谓"若非游宴供营妓,未必名家绮语多"①,他认为,词的内容之所以始于花间"绮语",不能达于高格,乃为词体发展之初受时代所缚的单一功能所限。欧阳炯《花间词序》描述西蜀词人的创作背景道:"绮筵公子,绣幌佳人,递叶叶之花笺,文抽丽锦。举纤纤之玉指,拍按香檀。不无清绝之词,用助娇娆之态。自南朝之宫体,扇北里之倡风。"② 创作于这种散漫奢靡生活背景和重文轻质习气下的词作,乃是"游宴供营妓",专供歌筵酒席演唱的侧艳之词,自然会呈现出缛采轻艳、绮靡温馥的特征。"艳科"局面一经形成,便在此后的发展中愈演愈烈,直到苏轼等人力挽颓波,提出"以诗为词"而为词体开拓疆土,词坛淫艳靡丽之状况才有所纾解。虽然,刘咸炘并未刻意为词尊体,然其一言道出词体发展初期展现绮罗香泽之态的本质原因,在客观上起到了为词正声的效果。刘咸炘之论,实为词体正名有其裨益。他以诗人之眼看待词体应有的地位,故而认为诗词本就一理,不容后人脱离内容本身来评判其优劣,即便如此,他仍能客观地评价词体较诗体之局限处。其《说词韵语》(之十八)云:"词人每爱以仙呼,兴寄虽存气象输。"③周济认为词"非寄托不入,专寄托不出",从本质上说,词学中的"寄托"本就是《诗经》中"比兴"的深化与发展,从这一点上说,诗词之体并无高下分别。然而,在刘咸炘看来,词体固然有兴寄,却因其"幽约怨悱"的文体特征,不能尽言诗之所能言,而在整体的"气象"上输诗一筹。

刘咸炘的《说词韵语》(之十一)云:"当行出色是伶伦,未许关卿比硕人。康柳曾张都被贬,不知何故贵清真。"④周邦彦词风典雅富丽,一贯被视为北宋词坛的集大成者,周济便视其为所标举"宋四家"之首,更在《宋四家词选目录序论》中直言"清真,集大成者也"。以之为代表的常州词派,亦视周邦彦之作为词之极境,认为其达到最高品级之美。沈义父在《乐府指迷》中有云:"凡作词当以清真为主。盖清真最为知音,且

---

① 孙克强、裴喆编著:《论词绝句二千首》,南开大学出版社2014年版,第787页。
② 赵崇祚编,李一氓校:《花间集》,人民文学出版社1958年版,第1页。
③ 孙克强、裴喆编著:《论词绝句二千首》,南开大学出版社2014年版,第792页。
④ 孙克强、裴喆编著:《论词绝句二千首》,南开大学出版社2014年版,第789页。

无一点市井气，下字运意，皆有法度，往往自唐宋诸贤诗句中来，而不用经史中生硬字面，此所以为冠绝也。"① 刘肃在《片玉集序》中亦称："周美成以旁搜远绍之才，寄情长短句，缜密典丽，流风可仰，其征辞引类，推古夸今，或借字用意，言言皆有来历，真足冠冕词林。"② 后人推尊之意溢于言表。从南宋的张炎到清代的周济，皆以周邦彦为宗尚，足见其誉满词林。刘咸炘却谓其"只是曲中关汉卿耳"，"汉卿胸襟甚陋，清真亦无高怀"③。前于刘咸炘，王国维在《人间词话》中曾云："词之雅郑，在神不在貌。永叔、少游虽作艳语，终有品格。方之美成，便有淑女与倡伎之别。"④ 王国维认为周邦彦词少见真情高格，流于下品，有如娼妓。张炎虽以之为宗，却亦批评道："词欲雅而正，志之所之。一为情所役，则失其雅正之音；耆卿、伯可不必论，虽美成亦有所不免。"⑤ 刘熙载也批评其"旨荡"，意思大体相近。张炎、刘熙载、王国维对周邦彦的批评乃因其词作缺乏真情，显得流俗淫靡，而刘咸炘谓周邦彦"亦无高怀"，则批评其词鲜有寄托、无甚高致，与柳永辈正是一伦。张炎、王国维与刘咸炘之论，自是殊途同归。刘勰谓"情以物迁，辞以情发"，无真情便无所感，无所感便无所寄，倘无真情则自然难言寄托。

言及有"百代词曲之祖"称名的《菩萨蛮·平林漠漠烟如织》和《忆秦娥·箫声咽》二词，人多谓李白所作。如，高旭云："词家若论开山祖，端让青莲出一头。"⑥ 刘咸炘一反常论，认为后人将其冠名于李白乃自欺欺人。其《说词韵语》（之二十五）云："自古存疑十九篇，欺人何必指青莲。前驱多是无名子，造字今惟史颉传。"⑦ 刘咸炘认为，古来前驱素以寂寂无名之辈居多，如《古诗十九首》便出于无名氏之手，《菩萨蛮》、

---

① 张炎著，夏承焘校注：《词源注》；沈义父著，蔡嵩云笺释：《乐府指迷笺释》，人民文学出版社1963年版，第44页。
② 陈良运主编：《中国历代词学论著选》，百花洲文艺出版社1998年版，第155页。
③ 孙克强、裴喆编著：《论词绝句二千首》，南开大学出版社2014年版，第789页。
④ 况周颐著，王幼安校订：《蕙风词话》；王国维著，徐调孚注，王幼安校订：《人间词话》，人民文学出版社1960年版，第205页。
⑤ 张炎著，夏承焘校注：《词源注》；沈义父著，蔡嵩云笺释：《乐府指迷笺释》，人民文学出版社1963年版，第29页。
⑥ 孙克强、裴喆编著：《论词绝句二千首》，南开大学出版社2014年版，第726页。
⑦ 孙克强、裴喆编著：《论词绝句二千首》，南开大学出版社2014年版，第793页。

第五章　民国时期的论词绝句

《忆秦娥》盖亦如此。宋人如此附会，"全无征验"，乃无稽之谈。

谈及文体间的递兴演变，苏轼谓"诗不能尽，溢而为书，变而为画，皆诗之余"，王国维亦有"遁而作他体，以自解脱"之说。盖诗有不能尽处，便以词体相济补。早期与歌场舞榭、香艳脂粉结下的不解之缘，使词体早在萌芽时期便形成了自身别样的风致，而作为后起者的"诗余"，若无动摇人心的美质，也难从"艳科"、"小道"的身份中获得独立，进而彪炳文学史册。故词家论词，自有其理想风貌。言及词的内在审美质素，刘咸炘认为，词之艺术境界表现乃其生命活力所在，是词作能否具有独特艺术魅力的根本要素。《说词韵语》（之九）云："境狭焉能免语同，从知摹拟不为工。汴京小令称高格，芳草杨花处处逢。"[1] 此论词绝句谓词若境界狭窄，便难免造语雷同。作词之人若一味蹈袭故常，遗神取貌，其词便难达佳境。刘咸炘此论，乃以为创作主体的志意襟抱、学养性情，一而能寓于词，并因此形成独特的艺术境界。譬如，苏轼品格飘逸、学养深厚，其《蝶恋花·花褪残红青杏小》、《水龙吟·次韵章质夫杨花词》等，足称高格，然芳草、杨花岂非人人习见之物？乃因其境界高远而能得词之三昧。总之，若创作主体襟抱宏大、情思超逸，即使在风月题材中也同样能寄寓丰富深刻的内涵，从而感发人心。刘咸炘此论深受王国维"有境界则自成高格，自有名句"沾溉，然较王氏所云"境界"，他偏于言说词之自具面目、自有性情，确有袭旧而出新之义。谈及诗词之理想境界，刘咸炘也颇有见识。其《说词韵语》（之十七）云："不是重光也觉愁，文情相感莫来由。如盐入水惟存味，又见辛公懒上楼。"诗后自注道："诗词贵有事、意，而事、意皆化，止存一段情趣，又仍可见其事意，不同空幻，乃为最高之境。李后主词即如此。读其词者皆无其境遇也，而旷世相感，莫知其所以然。后此惟辛稼轩'不知筋力衰多少，但觉新来懒上楼'最为近之，他家未多见也。"[2] 早期以温庭筠等人为代表的花间派，填词多为应歌游乐，他们多摹写女子的声腔口吻，生造出绵绵衷情，虽诉说愁恨却少关于作者自身之风月，直至李煜，"眼界始大，感慨遂深，遂变伶工之词而为士大夫之词"。李煜词中寄寓自身的经历、情感甚多，富有力度，因而

---

[1] 孙克强、裴喆编著：《论词绝句二千首》，南开大学出版社2014年版，第789页。
[2] 孙克强、裴喆编著：《论词绝句二千首》，南开大学出版社2014年版，第791页。

往往能不事假借而自成天籁。可以说，正是在他的手中，词体在某种程度上摆脱了"代言"的性质，主体性开始滋长，从而实现了它表达一己情思的功能。世人读李煜词，全无其境遇，而往往能同悲共愁，怅然于心，一方面是为其直出肝肺、不加雕刻的真情所感动，另一方面则因为其词笔法精妙，别有怀抱，达到了"事、意皆化，止存一段情趣"之境界。刘咸炘这里所谓的词境，仿若盐之入水，只留其味，不见其形，如辛弃疾之"不知筋力衰多少，但觉新来懒上楼"一句，正合此意。填词如此，方能令读者有如庄周梦蝶一般，物我两忘地体验作者之喜悲，是为词之理想境界。周济所倡"夫词，非寄托不入，专寄托不出"之说，乃为刘咸炘"事、意皆化，止存一段情趣"这一词作理想之渊薮，然刘咸炘并未拘泥于周济之论。他认为，作词之人既有感兴于内里，必有情形于笔端，所谓"真"，便是创作主体饱满情感的外透。在周济刻意求"有寄托"的基础上，他设想了一种"无寄托"，纯是流抒性灵的可能，他所崇尚的是天然入妙、宛如造化之境，"事、意皆化，止存一段情趣"，便是其词作理想范式的具体形态。

三 "风流标格"的审美原则

王国维在《人间词话》中云："词人者，不失其赤子之心者也。"[①] 王国维所云"赤子之心"，当指词人的真性情、真品格，此种真意若以高超笔法润染于词中，形成的便是词之"境界"。王国维此说，大体可代表民国时期词家所映现的整体审美倾向。就整体词学风尚而言，此期人们多以境界、气象为标尺，推崇词之自具面目、各有性情，在风格上尤喜扫却纤艳、删除靡曼的豪放一派，词人中则立苏轼、辛弃疾为宗范。譬如，梁品如即对辛弃疾雄豪的词风、坦荡的为人颇为欣赏，专为其创作数首绝句，称"突骑渡江数立功，词豪更是万夫雄"[②]。高旭在《论词绝句三十首》（之十九）中更称："稼轩妙笔几于圣，词界应无抗手人。侠气柔情双管

---

① 况周颐著，王幼安校订：《蕙风词话》，王国维著，徐调孚注，王幼安校订：《人间词话》，人民文学出版社1960年版，第197页。
② 孙克强、裴喆编著：《论词绝句二千首》，南开大学出版社2014年版，第799页。

下，小山亭酒倍酸辛。"① 汪朝桢在《倚盾鼻词草题辞》中云："射雕手段上强台，压倒当时词翰才。拍到苏辛豪放句，天风海雨逼人来。"② 激赏之意甚明。以刘咸炘等人为代表的民国时期的词评家，乃喜境界至纯、一无夸饰之风，尤为赞赏苏轼、辛弃疾、陆游等人之作，因其既能托意高远，又有天然真性的恣意流露。苏轼《荷花媚》一词中谓荷花"霞苞电荷碧。天然地、别是风流标格"，实际上，即使是在语言益发精练、技巧日臻纯熟、体制愈渐完备、词境堪称浑融的北宋词人中，苏轼亦足"别是风流标格"。刘咸炘的《说词韵语》（之七）云："夺从伶手付诗人，小调能全六义真。斥境开疆谁出力，那将偏霸贬苏辛。"③ 苏轼、辛弃疾乃词风嬗递的关键人物，将词体从游宴取乐、娱人耳目的"艳科"尊崇至堪与诗歌相颉颃的正统地位，两人可谓起到导夫先路的作用。苏轼提出"以诗为词"，大大地开拓了词的题材运用、手法表现、境界创造等，提升了词的格调，在词体发展历史上无疑有着变革性意义。汪莘在《方壶诗余自序》中云："词至东坡而一变，其豪妙之气，隐隐然流出言外……三变而为辛稼轩，乃写其胸中事。"④ 苏轼、辛弃疾，一个以士大夫的主体才性，一个以弄潮儿的时代精神，在词中托寓高远的志气、超举的情思，从而"新天下之耳目，指出向上一路"，直接助力了词体与音乐联姻关系的破裂。在苏轼、辛弃疾于词作题材、内容、情致、格调开疆辟土的努力下，词体渐从伶官之手转向诗人之笔，从旖旎绮丽、风格软昵的取乐之作变为"无意不可入，无事不可言"，甚至"能全六义真"，媲美"风雅"之源《诗经》。救弊之功大如斯，竟仍有人以"偏霸"二字贬斥苏轼、辛弃疾，刘咸炘对此甚为不满。总体来看，他推举苏轼、辛弃疾等人自具面目、豪宕飘逸，与之相对，对绮艳婉转、娇柔作态的词风甚为不喜。刘咸炘的《说词韵语》（之十）云："向来厌薄美媛姿，左袒张华右陆机。淮海小山吾不解，妇人语与女郎诗。"⑤ 晏几道尝云："先公平日小词虽多，未尝作妇人语也。"⑥

---

① 孙克强、裴喆编著：《论词绝句二千首》，南开大学出版社2014年版，第728页。
② 孙克强、裴喆编著：《论词绝句二千首》，南开大学出版社2014年版，第697页。
③ 孙克强、裴喆编著：《论词绝句二千首》，南开大学出版社2014年版，第789页。
④ 辛更儒编：《辛弃疾资料汇编》，中华书局2015年版，第64页。
⑤ 孙克强、裴喆编著：《论词绝句二千首》，南开大学出版社2014年版，第789页。
⑥ 张惠民编：《宋代词学资料汇编》，汕头大学出版社1993年版，第110页。

意谓其父晏殊词虽较多地叙及闺情,摹写了女子娇柔软腻的神态与心理,实际上只是假作女子声吻,自抒情怀,刘咸炘认为晏几道为其父的辩解,"乃诳词也"。元好问《论诗绝句三十首》(之二十四)云:"有情芍药含春泪,无力蔷薇卧晓枝。拈出退之山石句,始知渠是女郎诗。"① 元好问直斥秦观之作为女郎词,刘咸炘赞同此说。自张华、陆机始,绮丽华赡、风流侧艳之风已露尖角,发展到秦观、晏几道等人,词体的旖旎之姿、妖娆之态已然形成。刘咸炘不掩其厌薄之意,他认为,秦观、晏几道身为男子而常作闺音,毁其刚直,自然难当正统,更直讥嘲两人词作乃妇人语、女郎诗,斥责之意分明。其《说词韵语》(之二十七)又云:"浅涉姜张已不尊,周吴幽径也迷惛。如今却忆雕菰老,独识花庵广大门。"② 焦循认为,周密的《绝妙好词》选词一意讲求轻柔润腻,不若黄昇的《花庵绝妙词选》不名一家,愿将刘克庄等人磊落抑塞之作一并网入其中,刘咸炘深以为然亦是前理。其《说词韵语》(之二十一)云:"扫除纤艳属诗人,南宋名家有陆陈。词里若寻陶谢味,莫忘虞集与刘因。"③ 刘咸炘直接表明对虞集、刘因等人的称许之意,更表露出对陶渊明、谢灵运诗中醇厚平淡之境的向往之情。

　　唐诗自有初盛中晚之界分,言及宋词,则有南北宋之论。早在南宋时,柴望在《凉州鼓吹自序》中即云:"词起于唐而盛于宋,宋作尤莫盛于宣靖间,美成、伯可各自堂奥,俱号称作者。近世姜白石一洗而更之,《暗香》、《疏影》等作,当别家数也。"④ 此说将生活在宣和、靖康年间的周邦彦、康与之与"近世"的姜夔区别对待,已初孕以词之风貌对宋词进行界划的意识。对南北宋词之比较是词界聚讼已久的命题,及此,刘咸炘以为北宋词实优于南宋词,这与清人论词多推尚南宋、贬抑北宋大是不同,亦可从中见出词学观念的变迁。席佩兰题吴慰光《小湖田乐府》(之四)云:"不师秦七与柳七,肯学草窗与梦窗。一片野云飞不定,并无清影落秋江。"⑤ 席佩兰谓作词不须肖北宋名家秦观、柳永,而应学南宋周

---

① 陶秋英编选,虞行校订:《宋金元文论选》,人民文学出版社1984年版,第458页。
② 孙克强、裴喆编著:《论词绝句二千首》,南开大学出版社2014年版,第794页。
③ 孙克强、裴喆编著:《论词绝句二千首》,南开大学出版社2014年版,第792页。
④ 张惠民编:《宋代词学资料汇编》,汕头大学出版社1993年版,第239页。
⑤ 孙克强、裴喆编著:《论词绝句二千首》,南开大学出版社2014年版,第225页。

密、吴文英。"野云"一句,是为张炎赞姜夔清空质实之语,则席佩兰推赏之意可知矣。赵同钰在《〈小湖田乐府〉题辞》中也云:"姜张风格本超然,写遍蛮方十分笺。一洗人间筝笛耳,玉箫吹彻彩云边。"① 有清一代,世人言词几乎无不称南宋。然而,在刘咸炘看来,南宋词人中,唯有辛弃疾、陆游、姜夔、王沂孙各有面目,他人"皆无真性情、真气象","面目模糊"。《说词韵语》(之十二)云:"落日长烟穷塞主,疏桐缺月见幽人。如何辛陆姜王外,面目模糊认不真。"②"落日长烟"、"疏桐缺月",乃从范仲淹的《渔家傲》"千嶂里,长烟落日孤城闭"与苏轼的《卜算子》"缺月挂疏桐,漏断人初静"二句脱化而来。刘咸炘欲借此说明北宋词之"自成一家,各名于世"。刘咸炘之推举北宋,贬抑辛、陆、姜、王之外的南宋大家,乃是因为比起北宋词人之各有面目,除却辛弃疾、陆游、姜夔、王沂孙等人,其他南宋词人之作则流于空疏浮薄,骨气笔力未能入词之腠理,在风格面貌上显得如出一辙,更无甚性情气象流贯其中。可见,刘咸炘批驳雕缋夸饰之浇风,而喜好意境淳化、妙造天然之作,其虽主真情却不废比兴之旨,虽尚寄托却不许滞气晦意,虽好琢炼却不喜镂金错彩,譬如苏轼、辛弃疾等人的"风流标格"之作,便足以为圭臬。

四 "以注补诗"的论评形式

论词绝句既是评论者意义传达的工具,又因文学话语的蕴藉属性成为了意义的一个新的生长点。可以说,论词绝句虽以其文学价值为批评文体添彩增色,但也确因此有着模棱两可、含混不清的不足。论词绝句创作的特殊性决定了受众面的窄小,而因其传播的需要,又要求作者在创作时,在"文学的"与"批评的"两个功能之间进行适度的权衡。诗歌往往以"含蓄"、"有味"为宜,而"批评"又往往是通俗、明确的,在"文学的"与"批评的"这一天平的考量上,批评者往往容易失衡。面对这样两难的境地,刘咸炘选择了一种折中之法,即以"自注"补充诗作,以达到既能传达意旨又不废诗艺的目的。

刘咸炘的《说词韵语》(之六)云:"希真逸调本玄真,老范雄词似

---

① 孙克强、裴喆编著:《论词绝句二千首》,南开大学出版社2014年版,第228页。
② 孙克强、裴喆编著:《论词绝句二千首》,南开大学出版社2014年版,第790页。

老辛。看到温韦晏欧外，谈言微中有汪莘。"刘咸炘自注道："汪莘《方壶词自序》曰：词至东坡而一变，其豪妙之气，隐隐然流出言外。二变而为朱希真，多尘外之想。三变而为辛稼轩，乃写其胸中事。此论实当。"① 汪莘于《方壶诗余自序》中道："余于词，所爱喜者三人焉。盖至东坡而一变，其豪妙之气，隐隐然流出言外，天然绝世，不假振作。二变而为朱希真，多尘外之想，虽杂以微尘，而其清气自不可没。三变而为稼轩，乃写其胸中事，尤好称渊明。此词之三变也。"② 刘咸炘持同此论。其《说词韵语》（之二十八）云："不歌而诵调犹存，曲谱词源任昧昏。欲觅謇公传楚些，焦周精语可重论。"刘咸炘在自注中提到："词之入乐既为曲所代，而其体犹能长存者，不惟能别成一体，抑以其声调、节奏尚能传也……自万红友发明上、去不可相代之理，周介存因而推论，并论诸韵之异，皆微而确，又尝以婉、涩、高、平四调通选古词，书虽不传，而标举四调，已足启导后人。焦里堂《易余籥录》谓：'词调愈平熟，则其音急；愈生拗，则其音缓。急则繁，其声易淫，缓则庶乎雅耳'。"③ 在这两首论词绝句的正文部分，其谓"谈言微中有汪莘"、"焦周精语可重论"，然囿于绝句之声律与篇幅，未能具体指明汪莘、焦循、周济的言说，而在自注部分，他以"注"的形式对诗歌的内容进行明确补充。可以说，在这两首论词绝句中，刘咸炘的"自注"便是对其正文未尽之意的补充与解释，自注与正文相结合，才构成一首完整的论词绝句。

刘咸炘的《说词韵语》（之八）云："艳曲何期得郑笺，漫将骚辨拟金荃。古诗十九从君说，作者终疑未必然。"刘咸炘自注云："皋文说飞卿《菩萨蛮》为《士不遇赋》，正中《蝶恋花》为爱君之词，吾皆不敢信。五代人君臣相谑，初无奇节深怀，史传章章具在。其时词多咏题，本皆艳冶之词，悉写艳冶之事，显非寄托。近来词人竟欲处处以美人香草隐谬旁寄说之，非愚则诬耳。"④ 张惠言在《词选》中评温庭筠《菩萨蛮》云："此感士不遇之作也。篇法仿佛《长门赋》，而用节节逆叙。此章从梦晓后

---

① 孙克强、裴喆编著：《论词绝句二千首》，南开大学出版社2014年版，第788—789页。
② 辛更儒编：《辛弃疾资料汇编》，中华书局2015年版，第64页。
③ 孙克强、裴喆编著：《论词绝句二千首》，南开大学出版社2014年版，第794—795页。
④ 孙克强、裴喆编著：《论词绝句二千首》，南开大学出版社2014年版，第789页。

第五章　民国时期的论词绝句　◆◇

领起'懒起'二字，含后文情事。'照花'四句，《离骚》初服之意。"①张惠言认为温庭筠的《菩萨蛮》，乃读书人在仕途失意的情境下，感慨自身"不遇"之悲而作。《菩萨蛮》一词中非但没有"为悦己者容"，反而"懒起画蛾眉，弄妆梳洗迟"的闺中女子，正是由于失去了爱情而变得失意消沉。在他看来，温庭筠实际上是用这一充满闺怨的妇人形象来譬喻在仕宦上失意的男子，类比自身，从而抒发满腹不得志之感。论及冯延巳的《蝶恋花》，张惠言同样认为其"忠爱缠绵，宛然《骚》、《辩》之意"。刘咸炘对张惠言之论持否定态度。毋庸赘言，从屈赋中发展而来的以男女情事譬喻君臣关系的比兴传统，对后世诗文影响甚大。然而，并非所有涉及男女情爱之作都有寄寓君臣之意。刘咸炘认为，温庭筠、冯延巳，本就善于书写闺情，在男女欢爱题材上尤为得心应手，致使两人词风艳冶，《菩萨蛮》、《蝶恋花》二首便是典型之作，后世一些人一味生搬硬套，牵强地将美人香草之义附会其中，实乃大谬。在刘咸炘之前，王国维在《人间词话》中亦云："固哉，皋文之为词也！飞卿《菩萨蛮》、永叔《蝶恋花》、子瞻《卜算子》，皆兴到之作，有何命意？皆被皋文深文罗织。"②在论词绝句的正文部分，刘咸炘斥责他人"漫将骚辨拟金荃"，广将《离骚》中的美人香草之义赋予作品的荒唐举动，并在注释中拈出张惠言对《菩萨蛮》、《蝶恋花》的牵强附会之语以作示例，实际上直接表达了对词人以一己的主观看法歪曲词作本意的贬斥。

可见，若脱离了作者的"自注"，许多诗句将难明对象、难辨其义。在刘咸炘"以注补诗"的论评实践中，论词绝句的正文实现了其文学与批评的双重价值，尽可能地合于声律，张扬诗意与诗美；而"自注"一方面是作者对正文的补充说明，另一方面则是其思想主张与批评倾向的直接表露，都与论词绝句的正文存在着密切的互补关系。

总之，刘咸炘的论词绝句，体现出自身鲜明的批评特色。其主要体现在四个方面：一是广阔宏通的批评视野；二是不落窠臼的词学创见；三是"风流标格"的审美原则；四是"以注补诗"的论评形式。其中，批评视

---

① 张惠言：《词选》卷一，清道光十年宛邻书屋刻本。
② 况周颐著，王幼安校订：《蕙风词话》；王国维著，徐调孚注，王幼安校订：《人间词话》，人民文学出版社1960年版，第233—234页。

野的广阔宏通、词学见解的别出机杼乃作者深厚学养在绝句之体中的发散,"风流标格"的审美原则可谓其一以贯之的批评理念,"以注补诗"的论评形式则为其批评个性与论说才力的展现提供了自由言说与引申发挥的空间。这些批评特色,共同构成了刘咸炘论词绝句独异于他人的面貌及风格。总体来看,刘咸炘的论词绝句中直接展示了他对词学问题的基本看法,内在体现出一以贯之的理念,富于批评个性与论说圆融性,在我国传统词学批评史上有着重要的价值及独特的地位。

第五节 吴灏论词绝句的批评观念

吴灏(?—1943),字子琴,又字涵如,号木业居士,晚号半山老人,浙江杭州人,后迁居上海。吴灏一生以藏书、编书、刊书为业,十分喜爱诗词创作。他在风云多变的时代氛围中选编出两部女性词集,即《闺秀百家词选》和《历代名媛词选》。吴灏以诗评词,创作有论词绝句《〈名媛词选〉题辞》、《重印〈名媛词选〉题辞》,将历代著名女性词人纳入观照视野,阐发自己的词学批评观念。

一 推扬女性词作

民国初年,时代风云变幻莫测,随着民主思潮的风起云涌,女性地位得到明显的提高,越来越多的女性作品受到重视。吴灏的《〈名媛词选〉题辞》、《重印〈名媛词选〉题辞》便是在这样的历史文化背景下产生的。他在论词绝句中努力推扬历代女性词人词作,具有构建女性词史的意义。

首先,从结构上看,其论词绝句按由总到分与词人先后顺序展开。《〈名媛词选〉题辞》论析女性词的起源,对女性词的发展状况进行了梳理。其《〈名媛词选〉题辞》(之一)云:"国风乐府尽天倪,半是闺中思妇辞。短咏长吟皆入律,何曾流衍五言诗。"[1] 关于词的起源,吴灏承继"乐府"之说,此说谓词起源于汉魏乐府诗。其中,表现相思闺怨的女性作品占有相当的数量。吴灏于诗中表明其立场,"国风乐府尽天倪",认为

---

[1] 程郁缀、李静:《历代论词绝句笺注》,北京大学出版社2014年版,第579页。

词源于先秦诗骚之体而直接起于汉魏乐府。诗中末句"何曾"一语,强调词的地位不应卑于诗体。其附注云:"国风之后,乐府继之,采诸里巷,播为乐章,皆长短句也,汉乃有五七言诗,故词虽盛于宋,而其源流极远,后人谓为诗余,非确论也。"① 吴灏认为词之体制源远流长,它虽然盛于两宋时期,但自先秦诗骚以来血脉贯穿,从民间多方面吸收养料,形成了自身独特的体制面貌。吴灏对单纯持词为"诗余"的观点予以明确反对。其《〈名媛词选〉题辞》(之二)云:"粗豪婉约各翻新,本色当行自有人。听罢双鬟花底唱,李朱端合匹苏辛。"② 吴灏认为,婉约词中的李清照与朱淑真,两人的词史地位可与豪放词中的苏轼、辛弃疾相提并论。此诗附注,认为词分豪放与婉约两派,始于宋代的铁板之喻。"红牙"与"铁板"皆为演唱时伴奏的乐器,"红牙"用檀木做成,为红色,其声婉丽清切。司马光《和王少卿十日与留台国子监崇福宫诸官赴王尹赏菊之会》有云,"红牙板急弦声咽,白玉舟横酒量宽",即是对此声音的形象描绘。而"铁板"则代表刚健豪放之声。从北宋时便有人注意到,词中风格有"婉约"与"豪放"之分,而时人皆从音乐的角度来论说"婉约"与"豪放"。故而,吴灏自注云:"自宋人说部有铁板、红牙之喻,词家乃分豪放及婉约两派,毛稚黄独以三李为本色当行,其一妇人即易安也,朱之于李,亦犹辛之于苏耳。"③ 吴灏持论,婉约与豪放不分上下、各具特色。毛先舒独以李白、李煜、李清照之词为当行本色,这是较为狭隘的看法。在婉约之作中,朱淑真相对于李清照,犹豪放词中的辛弃疾之于苏轼。其《〈名媛词选〉题辞》(之九)云:"《花庵》起例《草堂》仍,《林下》编成得未曾。珊网遍搜三百载,《玉台》继起有徐陵。"④ 吴灏认为,词之选本源起于《花间集》,但此词选并未收录女性之作,而《花庵词选》与《草堂诗余》只选录了极少数的女性词;直至清代初年周铭的《林下词选》问世,才有了第一部专录女性词的选本。近代又有徐乃昌的《小檀栾室汇刻闺秀百家词》及《小檀栾室闺秀词钞》,对女性词的择选更为丰富

---

① 程郁缀、李静:《历代论词绝句笺注》,北京大学出版社2014年版,第579页。
② 程郁缀、李静:《历代论词绝句笺注》,北京大学出版社2014年版,第579页。
③ 程郁缀、李静:《历代论词绝句笺注》,北京大学出版社2014年版,第579页。
④ 程郁缀、李静:《历代论词绝句笺注》,北京大学出版社2014年版,第583页。

多样。吴灏此诗意在评说编选女性词之少的遗憾,呼唤引起世人的足够重视。

其次,从数量上看,吴灏的《〈名媛词选〉题辞》中第三首至第八首,共有六首诗对历代著名女性词人的创作成就进行了褒扬。其中,所论女性词家有李清照、朱淑真、明代叶氏一族女词人、徐灿、吴藻、顾春。其《重印〈名媛词选〉题辞》共四首诗。其一云:"晨窗弄墨暝然脂,编就闺中绝妙词。今日妆台重把玩,石堪独咏悼亡诗。"① 吴灏开篇指出四首诗乃论说"闺中绝妙词",表明将女性词人予以集中考察的意愿。其三云:"五百名家聚一门,播芳都是美人魂。悬知地下相逢日,应有蛾眉念旧恩。"② 吴灏此诗意在评说女性词之美,以表达对女性词人的欣赏之意。"五百名家聚一门",指的是《五百家名媛词选》,亦即《历代名媛词选》。诗中第二句"播芳都是美人魂",作者将女性词人比拟为多彩绚丽的花朵,点明女性词都是美人精魂所在,充分体现出了他对女性词人的推扬态度。总体而论,以一组绝句系统论说历代女性词人词作,吴灏算是首次,开后世女性词选之先河。

二 大力肯定女性词人的创作才华

随着词的创作的兴盛繁荣,女性词的数量也逐渐增多。女性词人在创作上绽放出耀人的光芒,开辟出新的艺术境界。吴灏论及女性词家时,对李清照、明代叶氏一族女词人、吴藻、顾春等人词中所显示的情感与才华予以大力肯定,切实表现出对女性词人的欣赏赞美之情。

吴灏《〈名媛词选〉题辞》(之三)评李清照云:"寻寻觅觅冷清清,好句天然妙手成。解作黄花帘卷语,傲霜讵负岁寒盟。"③ 吴灏认为,李清照在创作上巾帼不让须眉,她敢于在文苑中驰骋才情,细腻地表现自我。"寻寻觅觅"一语,指的是李清照《声声慢·寻寻觅觅》中有"寻寻觅觅,冷冷清清,凄凄惨惨戚戚"之句。该词为李清照后期之作,风格沉郁顿挫,与前期词风格迥然不同。词中,作者将一个满怀家国恨事的孤独女

---

① 程郁缀、李静:《历代论词绝句笺注》,北京大学出版社2014年版,第584页。
② 程郁缀、李静:《历代论词绝句笺注》,北京大学出版社2014年版,第585页。
③ 程郁缀、李静:《历代论词绝句笺注》,北京大学出版社2014年版,第580页。

子的行为举止与细致心事描绘于薄笺之上。纯用自家语但引人进入深婉之境。词的上片以叠字奠定基调,以"伤心"略作收结,以行文之法计,词的下片或承或转,笔法自如。李清照在家国之痛中选择了一承到底,写黄花、写秋窗、写黄昏之下更添愁怀的梧桐细雨。尾句直抒胸臆,意象的堆叠更为丰富、绵密有致,其深致的内涵借助层层波澜以连环之力动人心怀。全词一字一泪,风格凝重深沉,哀婉凄苦,富于艺术感染力。吴灏持论,李清照词的创作成就很高,《声声慢》一词满含凄苦之情,堪称千古绝唱。故他称扬李清照"好句天然妙手成",认为其巧夺天工,笔力精妙,风韵天成。

吴灏《〈名媛词选〉题辞》(之五)评明代叶氏一族女词人云:"叶叶流芬午梦堂,天风吹下杜兰香。广寒亦有修文殿,免在人间见海桑。"[①] 与其他诗作有所不同,吴灏此诗评说叶氏家族女词人群体,而非单一的词人。明清时期,江南地区出现很多的名门望族,叶氏家族便是其中之一。"叶叶流芬午梦堂"一语,指明代叶氏家族词人被称为午梦堂词人。午梦堂词人群体是明代后期词坛上的奇葩。其成员有叶绍袁之妻沈宜修,叶绍袁之女叶纨纨、叶小纨、叶小鸾等,其词集为《午梦堂集》。此诗附注云:"叶氏一门文采辉映,琼章才尤颖异,惜早折,未竟其诣。其父仲韶哀之,汇刊为《午梦堂集》,未几,明室鼎革,仲韶流离兵间,旋亦披缁入道矣。"[②] 可见吴灏对午梦堂词人群体的推扬。其中,他又尤为推崇叶小鸾之作,评说其才华尤为颖异,惜年华早逝,创作才能并未能得到充分的展露。陈廷焯《白雨斋词话》有云:"闺秀工为词者,前则李易安,后则徐湘蘋。明末叶小鸾较胜于朱淑真,可为李、徐之亚。"[③] 陈廷焯持论叶小鸾词可与李清照、朱淑真相比肩。吴灏认为,午梦堂女词人群体才情丰赡,文笔雅丽,情感表现真挚细腻,是我国女性词史上一座秀丽的山峰,故言"免在人间见海桑"。

吴灏《〈名媛词选〉题辞》(之七)评吴藻云:"雅韵何妨混俗尘,吾

[①] 程郁缀、李静:《历代论词绝句笺注》,北京大学出版社2014年版,第581页。
[②] 程郁缀、李静:《历代论词绝句笺注》,北京大学出版社2014年版,第581页。
[③] 陈廷焯著,杜维沫校点:《白雨斋词话》,人民文学出版社1959年版,第134页。

家才子扫眉新。花帘吹彻琼箫月，雪北香南有几人。"① 吴藻自幼聪慧好学，善鼓琴，精绘事，工吟咏。她与徐灿、顾春并称为清代"闺秀三大家"。吴灏此诗意在称扬吴藻的创作才华。他评说吴藻词于"雅韵"中带着"俗尘"，不拘于美辞丽句，常以日常的生活细节入词，风格俊逸灵秀。吴灏评其乃"才子扫眉"。"花帘吹彻琼箫月，雪北香南有几人"二句，系称扬吴藻《花帘词》与《香南雪北词》，认为其讲究意象择取，注重境界呈现。徐珂《近词丛话》亦有云："吴蘋香女史，初好读词曲，后乃自作，亦复骎骎入古。……著有花帘词一卷，逼真漱玉遗音。……女史父夫皆业贾，无一读书者，而独工倚声，真夙世书仙也。"② 徐珂指出，吴藻创作才华非凡，其词与李清照之作相近相似，这与她所生活的商贾家庭是很不相合的，显示出超乎家庭熏陶的独特意义。吴灏亦持同此论，其于诗下附注云："《花帘词》，《香南雪北词》，为蘋香女士所著，其词极工，一时未易抗手，闻其夫仅一庸人，此尤难能而可贵者。"③ 吴灏认为，吴藻的《花帘词》与《香南雪北词》极为工致巧妙，一时独领风骚，少有比肩之人。他大力肯定吴藻的创作才华，认为一般人是确乎难以望其项背的。

吴灏《〈名媛词选〉题辞》（之八）评顾春云："初日英蓉出水新，渔歌争觅太清春。柳憨花懒阳台路，入梦休疑是楚臣。"④ 顾春工于诗词创作，有"清朝第一女词人"美誉。吴灏认为，顾春词如出水芙蓉，一扫纤弱浮艳之气，语言浑然天成，创造出了新的艺术境界。诗中第二句论及顾春词集《东海渔歌》。顾春在其中书写生活实感，有对自然景物的热爱，有与亲朋挚友的交往以及家庭生活的欢愉。"柳憨花懒"，指的是顾春《阳台路·赋得"手倦抛书午梦长"》中有"莲漏丁丁，一枕梦游，柳憨花暖"之句。该词自然深稳、朴实蕴藉，深受后人称誉。词的上片书写昏昏沉沉入梦的情境，下片书写梦醒时所发生的情事。词人以女性特有的敏感，真诚地袒露内心世界。眼前景色虽然美好，却无法解脱词人的烦恼与忧愁，作品隐含地折射出词人丰富曲折的人生经历与深沉思考。况周颐在

---

① 程郁缀、李静：《历代论词绝句笺注》，北京大学出版社2014年版，第582页。
② 唐圭璋编：《词话丛编》，中华书局1986年版，第4225页。
③ 程郁缀、李静：《历代论词绝句笺注》，北京大学出版社2014年版，第582页。
④ 程郁缀、李静：《历代论词绝句笺注》，北京大学出版社2014年版，第582页。

《蕙风词话》中有云："本朝铁岭人词，男中成容若，女中太清春，直窥北宋堂奥。"[1] 况周颐之言体现出他对顾春非凡创作才华的称赏。他评说顾春词直逼北宋人之境界，达到了很高的艺术层次。吴灏持同况周颐之论，评说顾春词风格妍秀，显示出过人的艺术才华。

三　称扬女性词人的情感表现

词的创作生发于人之性情，是人之情感的艺术化传达。在词学批评中，词论家往往将情感视为词之最重要的内核。吴灏将女性词人的情感表现纳入批评视域。他认为，女性词人的情感世界往往比男性词人更为丰富细腻、动人心魂。女性词人对自我的大胆表现，对本真情感毫无顾忌的抒发，都对丰富与发展词体起到了重要的作用。

吴灏《〈名媛词选〉题辞》（之三）评李清照云："寻寻觅觅冷清清，好句天然妙手成。解作黄花帘卷语，傲霜讵负岁寒盟。"[2] "解作"一句，源自李清照《醉花阴》中的"莫道不消魂，帘卷西风，人比黄花瘦"。此词为李清照婚后所作，抒发重阳佳节对丈夫的深切思念。词中，作者将浓厚的感情融入自然景物之中，客观环境与人物情绪相互交融，弥漫着一片相思之情。词之上片以佳节衬托离愁，含蓄蕴藉，短短五句，将一个满怀愁绪的思妇形象描绘得呼之欲出。词的下片书写作者赏菊的情景，尤其是结尾三句借黄花比喻人之憔悴神态，"瘦"字一语双关，兼写人与花，更暗示相思深切，生动传神。整首词以乐景写哀情，含蓄深沉，委婉地表达出作者对丈夫的思念之情及与之分离的深切痛楚。李清照的词不拘于传统的约束，而是真挚细腻地表现出女性心灵深处的爱恨情愁，言有尽而意无穷。

吴灏《〈名媛词选〉题辞》（之四）评朱淑真云："黄昏月上柳梢斜，元夜观灯玩岁华。女伴相邀等闲事，漫讥白璧有微瑕。"[3] "黄昏月上"二句，指的是朱淑真《生查子·元夕》中有"月上柳梢头，人约黄昏后。今

---

[1] 况周颐著，王幼安校订：《蕙风词话》，王国维著，徐调孚注，王幼安校订：《人间词话》，人民文学出版社1960年版，第169页。
[2] 程郁缀、李静：《历代论词绝句笺注》，北京大学出版社2014年版，第580页。
[3] 程郁缀、李静：《历代论词绝句笺注》，北京大学出版社2014年版，第580页。

年元夜时,月与灯依旧"之语。《生查子·元夕》一词,一说为欧阳修之作,一说为朱淑真之词。吴灏认为,此词极显思妇口吻,当为朱淑真所作。它通过巧妙的对比,使今与昔、悲与欢相互交织,质朴而真切地表现出一对情侣在两个元夕之夜的不同境况,巧妙地书写了物是人非之感。词之上片追忆"去年元夜"的欢会,充满希望与幸福,两情何等欢洽。此时周围的环境,无论花、灯还是月、柳,都成了爱的见证、美的表白,呈现出一幅幸福的图景。而词人未正面描写情侣相会前后以及分手之后的情感变化,仅用"人约黄昏后"加以概括,耐人寻味。词之下片书写"今年元夜"时重临故地、物是人非之感。"不见去年人,泪湿春衫袖",一个"湿"字,将凄凉幽怨之伤感表现得淋漓尽致。从情感表现而论,《生查子·元夕》寓情于景,语言有回环错综之美。词作上下片形成强烈的反差,去年与今年一切皆一样,唯有物是人非,有力地突出了离散悲伤之情。毛晋刻朱淑真《断肠词》时,评《生查子·元夕》"白璧微瑕",认为此词之真切表现可盖过其细小的瑕疵。吴灏承毛晋之论云"漫讥白璧有微瑕",表达出了他对朱淑真词作情感表现的大力称扬。

  吴灏《〈名媛词选〉题辞》(之六)评徐灿云:"望江南罢绝冰弦,塞雁凄凉唳远天。凤沼渔矶劳位置,可堪憔悴柳条边。"① "凤沼渔矶"一语,指的是徐灿《满江红·闻雁》中有"凤沼渔矶何处是,荷衣玉佩凭谁决"之句。此词创作于1647年前后,为徐灿再次进京后所作。它以深夜闻雁为线索,倾诉出堆积在心中近二十年的"感愤",寄寓家国兴亡感慨。词中,徐灿为与丈夫同享不该享的富贵而悔恨,浓浓的思乡痛楚弥漫于其中。词之上片,书写长夜不眠的词人正满腹愁绪,忽从寒空传来一声雁鸣,仔细辨认,发现那雁群却是向塞北而飞的。此时正是冬春之际,乡愁正苦的词人不禁发出疑问,"既是随阳,何不向东吴西越?也只是在莫尘燕市,共人凄切",雁声哀怨凄切,触动词人愁肠。词之下片,书写这一声声雁叫把词人胸中的心事都翻腾出来了,满满地罗列在眼前。词人很想找到一处仙山神地隐居起来,可是,"凤沼渔矶何处是,荷衣玉佩凭谁决",仙境在何方?隐居之所在哪里?作者在词中表露希望与丈夫偕隐江

---

① 程郁缀、李静:《历代论词绝句笺注》,北京大学出版社2014年版,第581页。

湖的愿望。整首词语调沉痛，尽表感伤无奈之情。陈廷焯《白雨斋词话》曾评徐灿云："闺秀工为词者，前则李易安，后则徐湘蘋。"[①] 陈廷焯评说徐灿的词真挚缠绵、意蕴深婉，认为她善于感事抒怀，常借助词作以抒发思人之意、乡关之情、人生之旨等。吴灏评徐灿词乃"塞雁凄凉唳远天"，可见徐灿词深怀对人生悲情的传达，是甚为容易动摇人心的。

总体来看，吴灏《〈名媛词选〉题辞》与《重印〈名媛词选〉题辞》的批评观念，主要体现在三个方面：一是推扬历代女性词人的创作，对女性词人词作起源及发展概况进行了梳理评说；二是大力肯定女性词人的创作才华，对李清照、朱淑真、明代叶氏家族女词人、徐灿、吴藻、顾春等人予以大力肯定；三是称扬女性词人的情感表现，推扬她们在情感表现方面的独特性、细腻性。吴灏的《〈名媛词选〉题辞》与《重印〈名媛词选〉题辞》，首次以论词绝句的形式评说历代女性词人词作，在词学批评史上显示出独特的开拓性，有着甚为重要的批评价值，在我国传统词学史上有着特殊的地位。

---

① 陈廷焯著，杜维沫校点：《白雨斋词话》，人民文学出版社1959年版，第134页。

第六章　新中国成立以来的论词绝句

概　论

新中国成立以后（1949—）为我国传统论词绝句的余光流彩期。这一时期的论词绝句主要有：夏承焘的《论近代词绝句一百首》，缪钺、叶嘉莹的《灵谿词说》（其中，缪钺三十七首，叶嘉莹五十首），启功的《论词绝句二十首》，吴小如的《论词绝句三首》，吴熊和的《论词绝句一百首》，陈永正的《读顾贞观词》（一首），纪宝成的《歌评宋词十七家》，李金坤的《论词绝句》（二首），胡迎建的《论词人绝句》（九首），王强的《说词韵语：散净居论词绝句一百首》，胡可先的《论词绝句一百首》，苗健青的《读李易安》（一首），田玉琪的《论词绝句四首》，黄杰的《为夏先生学案作论词绝句三十首》，许伯卿的《沈园四绝句》，刘勇刚的《论宋代词人八首》，陶然的《和吴熊和先生论词绝句》（三十四首），陈斌的《读宋人词集，漫与十绝》，李睿的《论词绝句八首》，徐拥军的《论词绝句十七首》，江合友的《词家四咏》，黄伟豪的《论词绝句四首》，关梅卿的《论词绝句五首》，林涛的《论词绝句十二首》，王彦龙的《论词绝句三十八首》，潘玲的《和启功先生论词绝句十八首》，等等。

此时期，文学批评形式已经发生很大的改变，论词绝句创作在整体上呈现出日趋没落之势。但少数人的创作依然绚烂，在内容与形式方面都臻于极致，多为名家与中青年才俊之论，富于典范性。他们驰骋才力，融学养情致与历史观照于一体，个性化特征更见明显，"旧形式"与"新眼光"并为融和，传统性与新观念相互糅合。

极少数人在论词绝句的创作上依然留有十分绚丽的一笔，不仅创作数量多，而且体现出较高的水平。如：夏承焘的《论近代词绝句一百首》，缪钺的《论词绝句》（三十七首），启功的《论词绝句二十首》，叶嘉莹的《论词绝句》（五十首），吴熊和的《论词绝句一百首》，王强的《说词韵语：散净居论词绝句一百首》，胡可先的《论词绝句一百首》，黄杰的《为夏先生学案作论词绝句三十首》，陶然的《和吴熊和先生论词绝句》（三十四首），王彦龙的《论词绝句三十八首》，等等。

少数老一辈学者使论词绝句之体得到了衍化与弘扬。如：夏承焘在《论近代词绝句一百首》中，于追源溯流中探讨词之本质，于篇幅不定中见出作者之喜好，于多元方法中考察词人之创作。其融因人而异、篇幅不定、比较异同、史论结合为一体，呈现出鲜明的时代性与个性化特征。他的论词绝句显示出独特新颖的意义。[①] 启功的《论词绝句二十首》，在论说方法与写作特点上，擅长摘录词人名句入诗，善于结合词人生活际遇而论，在内容上常常评论作品的特质与词人的历史地位。启功的论词绝句具有集承继性与创新性于一体的特点。[②] 个别中青年才俊驰骋学力，使论词绝句的创作继续得到承纳衍化及创新发展。如：王强、胡可先秉承对老一辈词学家夏承焘、启功、吴熊和、叶嘉莹等人学脉的继承弘扬，以传统论词绝句为言说方式，用切实的创作实践回应中华诗词复兴繁荣的呼声与倡导，为当代词学研究注入了鲜活的血液。

第一节 陈声聪《论近代词绝句》的批评特点

陈声聪（1897—1987），字兼与，号壶因、荷堂，福建闽侯人。早年毕业于中国大学政治经济科。1943年，赴重庆、贵阳等地从事税务工作。抗日战争胜利后，任福建省直接税局局长，后任财务部专门委员，全国花纱布管制委员会秘书长。新中国成立后，为上海文史馆馆员、中国韵文学会副理事长、中华诗词学会顾问。陈声聪早年以书法名重于时，曾与沈尹

[①] 汪素琴、胡建次：《夏承焘〈瞿髯论词绝句〉的论说方法与词学观念》，《浙江海洋大学学报》（人文科学版）2018年第6期。

[②] 汪素琴、胡建次：《启功〈论词绝句二十首〉的论说方法及词学观念》，《浙江海洋大学学报》（人文科学版）2017年第6期。

默举办个人书法展。他工于诗词，亦擅山水兰竹，著有《兼与阁诗》、《壶因词》、《兼与阁诗话》、《荷堂诗话》、《填词要略及词评四篇》、《壶因杂记》等。

陈声聪创作有《论近代词绝句》（四十五首），收录于《填词要略及词评四篇》之中。其中，论涉的词人主要有谭献、王鹏运、文廷式、郑文焯、朱祖谋、况周颐、夏孙桐、俞陛云、志锐、樊增祥、易顺鼎、陈曾寿、康有为、梁启超、林纾、赵熙、王允皙、何振岱、汪兆镛、金天羽、潘飞声、丁传靖、邵瑞彭、王国维、陈洵、郭则沄、夏敬观、张尔田、易孺、邵章、黄侃、吴梅、乔大壮、向迪琮、寿铋等。陈声聪的《论近代词绝句》彰显出其对近代词坛的深切关注，显示了鲜明的特色。

一 推尚悲情之作

诗词是长于表现人之心灵的文学体裁。陈声聪在论词绝句中，大力标举情感表现，推尚富于悲情性之作。如，其《论近代词绝句》（之四）评郑文焯云："铁岭云中大鹤仙，江南作客苦年年。冷红瘦碧伤春意，都作商声上管弦。"[1] 郑文焯晚号鹤、鹤公、鹤翁、鹤道人，奉天（今辽宁铁岭）人，家道中落，流寓吴越间，所作词多激越凄丽。陈声聪于诗作开篇称扬郑文焯为"大鹤仙"，给予郑文焯词很高的评价。经历了易代之悲与人生变故、流寓他乡的郑文焯，其词看似平怡，但总流露出忧伤情怀，赓续着以悲为美的创作传统。陈声聪对郑文焯身世乃云"江南做客苦年年"，评其《冷红词》与《瘦碧词》为"伤春"之作。郑文焯有《玉楼春·梅花过了仍风雨》之词。此词以吟咏残花而托物寄情，书写出浓重的伤春惜春之意。词作首先叙写"伤春"，咏出初春梅落的景象，不刻意言愁而愁情自见。结句以落花随晚潮而回转，与枝头上的残红相映，更增愁苦。又如，其《玉楼春·因循游计春过半》一词，借旧游春去、落花飘零感叹生命流逝。作者以花期比喻周而复始的生命轮回，伤春忧生之意溢于言表。陈声聪认为，郑文焯词将深重的悲、忧之意融入叙写之中，蕴藏着深沉的忧伤情怀。

---

[1] 程郁缀、李静：《历代论词绝句笺注》，北京大学出版社2014年版，第621页。

陈声聪的《论近代词绝句》（之三十一）评黄侃云："梦回孤抱入清尊，明月窥帏花有痕。不识谭经问字地，闲愁能抵几黄昏。"[1] 黄侃词作多达数百首，根据所表现的内容，可大致分为两类：一类是情词以及少部分侧艳之词，为其前期之作，多表达凄凉悲苦之情；另一类是反映社会生活之词，多忧国患民、怀旧思乡、哀时讽世。此处，陈声聪从创作渊源与悲情表现两个角度对黄侃词予以了评说。"梦回孤抱入清尊"一句，乃评说黄侃本于孤独之怀抱而吟诗填词，其词作显示出清雅高迈的特征，与俗世存在不合。"闲愁能抵几黄昏"一句，则评说黄侃之愁重怨深，其对社会人生的关注超乎常人。黄侃曾有云："华年易去，秘誓虚存。深恨遥情，于焉寄托。茧牵丝而自缚，烛有泪而难灰。聊为怊怅之词，但以缠绵为主。"（李一氓《关于黄侃的词》引）[2] 词作抒发出作者心中感伤郁闷情绪，委婉含蓄，笔致隽妙。黄侃之悲情表现有着不同的方式，或与伤春悲秋相联系，如《生查子》有云："春物自悬心，不解愁人意。飞絮落池塘，尽化相思泪。"《点绛唇》有云："几度西风，万态皆萧索。愁难却。"将情感变化借季节轮换表达出来，使人愈发感受到忧伤愁苦。抑或与孤苦羁旅相结合，如《鹧鸪天》有云："挑灯郑重裁笺寄，叙到归期带泪封。"《虞美人》有云："人间离散最伤情，此去天涯空作断肠声。"表现出了相隔两地的凄凉之感。总之，无论题材书写还是表达方式，黄侃词都体现出深情绵邈、哀婉凄清之特征面貌。

陈声聪的《论近代词绝句》（之三十七）评黄孝纾云："早岁欣同老宿游，两京才调孰能俦。风谣剩有劳山集，惆怅春归袖海楼。"[3] 黄孝纾少喜经学，精于训诂考据，亦善绘事。辛亥革命后，其父隐居青岛，他与乃父同居"滨海一楼，朝夕相慰"。陈声聪于诗作首句评说黄孝纾"早岁欣同老宿游"，深表对他的称赏之意。"风谣剩有劳山集"一句，则指黄孝纾创作有《劳山集》。此为黄孝纾毕生之结集，在我国近现代文学史上占有一席之地。袁思亮在《匑厂文稿·序》中评黄孝纾之作"葩而不靡，渊而

---

[1] 程郁缀、李静：《历代论词绝句笺注》，北京大学出版社2014年版，第631页。
[2] 李一氓：《存在集》，生活·读书·新知三联书店1985年版，第281页。
[3] 程郁缀、李静：《历代论词绝句笺注》，北京大学出版社2014年版，第633页。

不暖,格高而气昌,未尝不令人凄悲怀与为低昂也"①。袁思亮之言道出黄孝纾词非同凡响,格调高迈,不失词之本色,深有悲凄之感的特征。陈声聪亦与袁思亮持相通之论,他引"惆怅"二字评黄孝纾之作,点出了黄氏之作所存在的普遍悲情性之感。如,黄孝纾《南乡子》一词借即将到来的重阳节,抒发孤身一人漂泊他乡的凄绝之感,整首词格调沉郁,凸显出作者苦闷、孤独与悲凄之情。

陈声聪的《论近代词绝句》(之四十三)评丁宁云:"秋风身世共飘零,凄咽寒蝉那忍听。但望老师眼如月,长留诗卷镇垂青。"② 丁宁乃著名女词人。她身世畸零,爱女早夭,中年丧母,晚年孤独幽凄,一生都萦怀着无处是家的飘零之感。陈声聪所言"秋风身世共飘零",切中地道出了丁宁身世之孤苦悲凉。"凄咽寒蝉那忍听"一句,评说了丁宁将身世之悲在词中表达得淋漓尽致。失恃之悲与失女之痛、离乡漂泊之苦,皆落在一个人身上。她把这些衷情幽绪郁积胸中,化为一首首感人的词,字里行间充满了深重的哀凄孤独之感。施蛰存评其"词逐魂消,声为情变",对丁宁之悲情表现持以大力推扬。"长留诗卷镇垂青"一句,则对丁宁的《还轩词》给予高度评价。陈声聪认为,《还轩词》基调凄婉沉郁,对后世影响很大。如,其中第一首词《浣溪沙·丁卯二月》,便以个人的孤独、环境的凄清为切入点,融凄凉身世与感伤心境为一体,艺术表现感人至深。

陈声聪的《论近代词绝句》(之四十四)评沈祖棻云:"嘉陵江上水泱泱,国难家愁几断肠。何物鬼车成碎玉,悠悠古道沈斜阳。"③ 陈声聪持论,沈祖棻的创作充分体现出了作者的个人哀怨与忧国患民情怀。"国难家愁几断肠"一句,乃陈声聪赞许沈祖棻的忧国患民之情。诗作后两句交代了沈祖棻因遭遇车祸去世,令人为之心伤。"沈斜阳",指沈祖棻由创作《浣溪沙》一词所赢得的别号,体现出其善于描景绘物之非凡功力。《浣溪沙》为《涉江词》中的第一首。该词创作于1932年,表面看书写由踏青引发的春愁,但从"鼓鼙声里思悠悠"一句,可知"九一八"事变后,国人对山河破碎的家国之忧,已经远甚于一己之幽怨愁恨了。词之上阕与往

---

① 黄孝纾:《蜗厂文稿》卷首,民国间铅印本。
② 程郁缀、李静:《历代论词绝句笺注》,北京大学出版社2014年版,第634页。
③ 程郁缀、李静:《历代论词绝句笺注》,北京大学出版社2014年版,第635页。

年的记忆相连,叙写如今又到了诱人赏景赋诗的春季,军鼓声的回响刺激着作者,使她沉浸于民族兴亡的思索之中。下阕虽写莺啼花开,但作者心中已无赋诗填词的兴致,仍然在柳絮飘舞中独自登楼凝望沉思。整首词无明写对家国之忧愁,实则处处体现作者心系国家之情怀。

二 长于知人论世

细究《论近代词绝句》,可以见出陈声聪长于知人论世,紧密联系时代社会背景评说具体词人词作,考察他们的词史价值及意义。

陈声聪的《论近代词绝句》(之二)评王鹏运云:"四印斋头昼易昏,秋词唱彻五城门。百年朝局宫商变,领袖群流体益尊。"[1] 王鹏运与郑文焯、况周颐、朱祖谋合称"清末四大家"。他们词学功力深湛,所作词有着相似之处。王鹏运词多书写国势危亡之思,寄托对"帝室"的忠眷,国家运命之思与故朝遗老之情相互交织。"四斋印",指王鹏运曾汇刻《花间集》及宋元诸家词为《四印斋所刻词》。"秋词",指八国联军入侵北京时,王鹏运与朱祖谋等人集其寓所,合编有《秋词》二卷。诗中前两句,陈声聪结合历史事件,评说王鹏运所参与汇编的词集具有重要的价值。结尾两句,陈声聪先是论说当时的社会状况乃"百年朝局宫商变",整个社会发生了翻天覆地的变化,他们期望能够借如椽之笔来启导与拯救危亡的国家。"领袖群流体益尊"一句,表达出陈声聪对王鹏运所作词持大力称赏的态度。"领袖"二字,体现出王鹏运在当世词坛的巨大影响力。王鹏坛力尊词体、尚体格,提倡"重、拙、大"以及"自然从追逐中来",其词学主张进一步发扬光大了常州词派的理论,直接影响了当世词苑的创作,推动了晚清词的兴盛。陈声聪本着知人论世的原则,从交友及其所处时代背景出发,对王鹏运之词给予了很高的评价。

陈声聪的《论近代词绝句》(之八)评俞陛云道:"早岁荣归自玉堂,东华坐阅海生桑。剪红刻翠身难老,陶鞾风花作道场。"[2] 俞陛云乃晚清时期著名词人,其词的创作及词学观念对晚近词坛有着重要的影响。陈声聪从俞陛云的家世、生平及交游出发,对其词的创作进行探析。诗中首句,

---

[1] 程郁缀、李静:《历代论词绝句笺注》,北京大学出版社2014年版,第620页。
[2] 程郁缀、李静:《历代论词绝句笺注》,北京大学出版社2014年版,第623页。

评说俞陛云的家世乃为"玉堂",即他出生于浙江德清的望族,有着良好的家庭文化教育,这对其人格的塑造、学识的积累都起着奠基作用。"东华坐阅海生桑"一句,指俞陛云虽出身于书香世家,然一生并不太顺畅。他仕于清廷、民国政府,历经大变革时代,深受西学东渐与新文化运动的影响,这样的社会环境影响着其人生走向。"剪红刻翠身难老"一句,指辛亥革命之后,面对军阀割据、内忧外患的社会现状,俞陛云深有感触,郁思满怀,故大力为词而发抒之。其词后经嫡孙俞平伯整理结集,为《乐静词》二卷。诗作最后一句,论评俞陛云词的创作既有浙西派朱彝尊、厉鹗等人的影响痕迹,又十分重视比兴寄托之意,承续了浙西派与常州派相融合的创作路径。其词作风格亦呈现出清丽婉转与质朴沉厚两种类型,兼具婉约与豪放风格之美。

陈声聪的《论近代词绝句》(之九)评志锐云:"将军塞外久闻笳,何处春城每忆家。尚有豪言穷塞主,羁縻骄虏在天涯。"[①] 诗作首句交代志锐的人生境遇,即被派往戍守边疆伊犁。他在任职伊犁将军期间经常听笳作诗,以此排遣内心浓郁的思乡之情。"何处春城每忆家"一句,评说志锐身处荒蛮之地,心灵的孤独凄楚更加强烈。"尚有豪言穷塞主"一句,乃称誉志锐的忧国患民之心。在伊犁期间,志锐创作了大量词作来书写报国怀抱,以此平复对家乡故人的深切思念。如结句所指的《探春慢》,其中有"堪笑征衣暗裂,只赢得羁縻塞外骄虏"之句。此词叙写伊犁风物,抒发羁旅思乡情怀。纵观全篇,作者心境看似平和,然中含愤激,凸显出了坚守边关与对家乡深切思念的多维情感。知人论世,令人推服。

陈声聪的《论近代词绝句》(之十一)评易顺鼎云:"才人下笔实堪惊,楚颂湘弦太瘦生。老去青楼赢薄幸,功名画饼竟无成。"[②] 陈声聪结合易顺鼎生平经历对其词的创作进行论评。易顺鼎工于诗词骈文,与樊增祥齐名,并称"樊易"。诗作第一句,称扬易顺鼎的非凡才情,认为其乃"才人",所作词令人内心震撼。"楚颂"、"湘弦",乃分别指易顺鼎的《楚颂亭词》、《湘弦词》。诗作结尾二句,旨在结合易顺鼎的生平经历进行论说。易顺鼎暮年深感失意,一事无成,故以遗老名士自居,开始漂泊

---

① 程郁缀、李静:《历代论词绝句笺注》,北京大学出版社2014年版,第623页。
② 程郁缀、李静:《历代论词绝句笺注》,北京大学出版社2014年版,第624页。

京师，寄情于诗酒声色之中。这一时期，他一方面在现实生活中放逐自己，另一方面，功业无成的失意不时侵蚀着自己，"快意"与"失意"双流并行，内心甚为矛盾痛苦。纵观易顺鼎的一生，其仕宦之途并不如意，但创作颇为丰富深切，在晚清文坛上颇负盛名。

三 善于抓住词人创作特征

在论词绝句中，陈声聪从词人的创作特征角度标举谭献、文廷式、况周颐、赵熙、金天羽等人之作。陈声聪善于将词人的艺术特征与创作成就相结合，以体现所持词学观念与欣赏旨趣。

陈声聪的《论近代词绝句》（之三）评文廷式云："坐看云起自披襟，流水鸣琴出大音。气象与人不同处，断非无病作呻吟。"① 诗中，陈声聪以"大音"二字表明词家构思作品时的独特性，高度肯定文廷式的创作成就。"云起"二字，指文廷式有《云起楼词钞》，其风骨劲挺，凸显出雄苍之气，亦不乏清丽委婉之貌。"流水鸣琴出大音"一句，乃认为文廷式词多哀时感托之作，突破了词史上重婉约、抑豪放的传统，将两种艺术风格有机融合。如，其《蝶恋花》一词，上片渲染出京之离情，现实的衰颓、时代的动荡无处不在，作者将一腔末路英雄的抑郁悲愤皆于词中发抒；下片转入一己情志自坚之抒发，将屈骚忠爱之志向糅入"锦字"情爱的躯壳，由此，使绵绵无已的情衷表露得哀婉清艳、淋漓尽致。诗作第三句，评说文廷式与一般词流殊异。陈声聪于诗后附注云："然所作清空而又丽密，豪宕而不犷放，直可追步苏、辛，断非改之所能及其婉妙。"② 陈声聪评说文廷式词兼具清空密丽与雄放宏阔之风格元素，其创作境界可臻于苏轼、辛弃疾，乃是刘过等人所不易企及的。陈声聪之言体现出了他对文廷式创作成就的高度称赏。

陈声聪的《论近代词绝句》（之六）评况周颐云："词到常州已变风，天南崛起肯从同。如何重大兼能拙，商略黄昏有鹜翁。"③ 况周颐毕生致力于词业之事，与王鹏运、朱祖谋、郑文焯合称"清末四大家"。"词到常州

---

① 程郁缀、李静：《历代论词绝句笺注》，北京大学出版社2014年版，第620页。
② 程郁缀、李静：《历代论词绝句笺注》，北京大学出版社2014年版，第620页。
③ 程郁缀、李静：《历代论词绝句笺注》，北京大学出版社2014年版，第622页。

已变风"一句，乃评说况周颐词学本于常州派而又有衍化发挥。他强调常州派推尊词体的"意内言外"之说，乃"词家之恒言"，主张词的创作必须极为注重思想内容的传达。"如何重大兼能拙"一句，指陈声聪认为况周颐作词乃"重大兼能拙"，既有着沉着凝重的气格贯穿，亦有着返璞归真的骨力担纲与静穆浑融的境界呈现。诗作尾句乃评说况周颐为近代词坛的一株参天大树，对当世词坛有着广泛深远的影响。他将生平遭际与词的创作紧密结合，在经历了诸多波折变故之后，兼得"重"之气格与"拙"之质地，既有厚重涵养之格调又有哀感顽艳之面貌，在词坛自立新的面目。总体而论，陈声聪抓住况周颐词"拙、重、大"的特点，称誉其词的创作矫正了老滑纤弱的弊端，提升了词的创作层次与境界。

陈声聪的《论近代词绝句》（之十六）评赵熙云："狡狯文心百合宜，江山万里赋归时。才人风调诗人思，两载拼称三卷词。"[①] 陈声聪给予赵熙很高的评价，认为其词的创作在内容拓展与形式表现上有着突出的贡献。"才人风调诗人思"一句，乃称赏赵熙词才甚绝，援笔立就，风调冠绝一时。"三卷词"，指赵熙有《香宋词》三卷，其主要创作于1916年至1918年。赵熙作词时间虽短，但风格练达老到，在艺术上善于学习吸收，凸显出在继承中富于创新的精神。如其填词大量借鉴周邦彦、吴文英词韵之作，如《花犯·荷池晓望》、《玲珑四犯·含羞草》、《侧犯·唐池》、《霜叶飞·九日》等，大都在题目中直接标注"清真韵"。除此之外，赵熙亦对本朝词人学习效仿，彰显不贵古贱今的态度。如其在词中多次借用朱彝尊韵、王鹏运韵、胡薇元韵，有时亦用门人词韵。总体而论，陈声聪抓住赵熙词之用韵及风调显现特征，高度标举其创作成就。

陈声聪的《论近代词绝句》（之二十五）评陈洵云："深辞密意海绡词，更为周吴进一思。自是偏师尊涩体，能言琴带拙声宜。"[②]"海绡词"，乃指陈洵的《海绡词》。陈声聪称《海绡词》用语深妙精微，颇具特色。诗作第二句，论评陈洵词学观念乃宗尚周邦彦、吴文英之法，推崇词贵"含蓄能留"之说。不仅如此，陈洵于《海绡词》选取周邦彦、吴文英二家进行逐篇串释，以凸显其"师周吴"之道。"自是偏师尊涩体"一句，

---

① 程郁缀、李静：《历代论词绝句笺注》，北京大学出版社2014年版，第625页。
② 程郁缀、李静：《历代论词绝句笺注》，北京大学出版社2014年版，第629页。

乃评说陈洵论词推崇吴文英，其亦曾言"以留求梦窗"。陈洵在《海绡词》中对吴文英词之章法结构进行了细致的评说，乃深得"梦窗者"。朱祖谋曾云："海绡词，神骨俱静，此真火传梦窗者。"（陈声聪的《填词要略及评词四篇》引）① 陈声聪与朱祖谋持相通之论，认为陈洵词深得吴文英之作神髓，以平宜之音声而表现深微之幽绪，呈现出不同凡响的骨力神韵。总之，陈声聪抓住陈洵《海绡词》的整体艺术成就，对其词给予了大力的肯定。

陈声聪的《论近代词绝句》（之四十一）评陈运彰云："俊赏于人本不同，岭南词曲有宗风。纫芳一歇吴丝绝，片羽惟余翰墨工。"② 陈运彰师从况周颐，在很多方面赓续况氏之说。诗作开篇既称扬陈运彰多才多艺，亦高标其不凡的词学成就。"岭南词曲有宗风"一句，抓住陈运彰之词给予了很高的评价。陈声聪认为，陈运彰之作皆有岭南"宗风"之导向，对乡邦词人的创作有着很大的引导作用。"纫芳"、"吴丝"，分别指陈运彰的《纫芳簃词》与《吴丝新谱》。陈声聪持论，陈运彰这两部词集冠绝一时，为不可多得之物。它们用字严守韵律，辞藻颇为华绚，情感表现自然，在近代词坛有着重要的地位。

四 喜用类比之法

针对词人或词坛现状，陈声聪喜于运用类比之法，以彰显其批评意向。其《论近代词绝句》（之十三）评康有为云："岭南学海老经师，能作芊绵窈窕词。万木却生东塾后，萧条风雨不同时。"③ 康有为与其师陈澧皆为"东塾学派"，兼擅古文与骈体，两人词作皆体现出岭南风尚。陈声聪评陈澧"能作芊绵窈窕词"，认为其所作词情思细腻、辞采华丽，与经业之事所显面目迥异；而康有为则将经业之事融汇、穿贯于词的创作之中，只不过在不同时期所呈现面貌各异罢了。陈声聪运用类比之法，将陈澧、康有为师徒间的创作差异很好地予以了揭橥。如，康有为《蝶恋花》一词中，有"翠叶飘零秋自语，晓风吹堕横塘路"一句，广为人们所传

---

① 陈声聪：《填词要略及评词四篇》，广东人民出版社1986年版，第180页。
② 程郁缀、李静：《历代论词绝句笺注》，北京大学出版社2014年版，第634页。
③ 程郁缀、李静：《历代论词绝句笺注》，北京大学出版社2014年版，第624页。

诵。《蝶恋花》为康有为和梁鼎芬的《题荷花画幅》之作。此词意在宽慰被疏劾的梁鼎芬，词中感慨物华之荏苒，悲叹韶光之不再，情感表现真挚自然。康有为虽师从陈澧，但他们的词"实不相同也"。

陈声聪的《论近代词绝句》（之二十七）评夏敬观云："康家桥畔画叉钱，忍古楼头白石仙。酝酿酸风词意别，亦如诗喜傍梅边。"①"康家桥畔画叉钱"一句，乃指夏敬观曾筑室上海康家桥，卖画自给。"忍古楼"，指的是夏敬观有《忍古楼诗集》。夏敬观词出入欧阳修、晏殊、姜夔、张炎诸家，冶炼熔铸。陈锐在《映庵词序》中评夏敬观"既喜为诗，又工于词。诗格规模孟郊，词则奄有清真、梦窗之长"②。可见夏敬观词之独特超迈。诗后两句，旨在论说夏敬观词的创作特点。他承纳常州派"真率"观念，揄扬性情，标举襟抱。其词多书写经世之感，清婉雄阔，呈现出情真意切的风格特征。此处，陈声聪将夏敬观与姜夔相比拟，认为夏敬观词不仅具有真情实感，更有开拓创新，多表现出孤峭幽深旨趣。由此而看，陈声聪运用类比之法，将对夏敬观的推扬之意进一步彰显了出来。

陈声聪的《论近代词绝句》（之三十三）评乔大壮云："人间波外有风波，咫尺胥江即汨罗。足把骚余追屈宋，忍从灰里拨阴何。"③陈声聪运用类比之法，将乔大壮与屈原、王沂孙相提并论，认为三人词作皆表现了故国之思，体现出强烈的民族意识与家国情怀。"波外有风波"一语，乃指乔大壮有《波外楼诗》与《波外乐》二集。乔大壮与屈原一样自沉于水。"足把骚余追屈宋"一句，乃指乔大壮的创作继轨屈原、王沂孙骚雅之径，呈现出浓厚的历史意味。屈原、王沂孙都擅长以深隐笔法书写家国忧思，在兴亡之际渗透个人的无奈凄凉之感。陈声聪通过对屈原、王沂孙与乔大壮的类比，高度称誉乔大壮的创作才情与艺术成就。

陈声聪的《论近代词绝句》（之三十六）评汪东云："诗雅门庭挹异芬，玉溪白石欲平分。提携家国仓皇际，谁识哀时汪水云。"④汪东与李商隐、姜夔的诗词皆尚于典雅，在题材内容上多咏物抒怀。汪东词宗周邦

---

① 程郁缀、李静：《历代论词绝句笺注》，北京大学出版社2014年版，第629页。
② 冯乾编校：《清词序跋汇编》，凤凰出版社2013年版，第1926页。
③ 程郁缀、李静：《历代论词绝句笺注》，北京大学出版社2014年版，第631页。
④ 程郁缀、李静：《历代论词绝句笺注》，北京大学出版社2014年版，第632页。

彦，顿挫有致，舒徐绵邈；李商隐词藻采缛丽，多感时伤事；姜夔词力主骚雅，清空中糅有刚峻气脉，语言灵动自然。"玉溪白石欲平分"一句，乃将李商隐与姜夔相比较，认为两者咏物诗词地位相当。汪东所作词持守了典雅的特点，多彰显醇厚雅正之特色。陈声聪将汪东与李商隐、姜夔相比较，立足于词之雅正的特点，道出了汪东对个人遭际与家国命运的细腻深致书写之功。如汪东《虞美人》一词，虽书写北极阁的秋景与气象台的观摩印象，但用语醇雅、自然生动，整首词至情至性，灵动自然，甚见李商隐、姜夔之影响。陈声聪论及汪东时，采取比较之法，彰显出了对雅韵高迈之作的推扬。

陈声聪的《论近代词绝句》（之三十九）评龙榆生云："平生亦爱说东坡，青眼高歌砚待磨。独是词源疏凿手，艺林功孰与君多。"[①] 龙榆生十分推崇苏轼，他认为苏轼词不仅具有豪迈放旷的艺术风格，更有着高远豁达的境界呈现，其在传统词史上有着转折性的价值及意义，体现出独特的创作个性与精神境界。"独是词源疏凿手，艺林功孰与君多"二句，陈声聪甚为称赏龙榆生在词学领域所作的贡献，认为其乃20世纪最负盛名的词学大师。龙榆生毕生治词，不仅推源溯流，研求声韵，辨析词格，整理词籍，亦将研究与创作相与融合，双轮推进，互为补济，在词学事业上取得了巨大的成就。诗中，陈声聪将龙榆生与苏轼相与类比，强调龙榆生与苏轼一样，在词学研究领域作出了巨大的贡献，他对此极表敬佩之意。

总体来看，陈声聪的《论近代词绝句》所论涉范围较广，所论对象较多，其批评特点主要体现在四个方面：一是推尚悲情性之作，高标郑文焯、黄侃、黄孝纾、丁宁等人富于悲情之词；二是长于知人论世，以具体的社会历史背景为依托而展开词人词作之评；三是善于抓住词人的创作特征，称扬不同的创作成就；四是喜于运用类比之法，以凸显论评对象的优缺。作为从旧时代"走过来"的词学批评家，陈声聪于旧垒中积极沐浴新的阳光。其论词绝句，在传统形式中映现出新的批评观念及论说特点，在我国词学批评史上有着重要的价值及地位。

---

① 程郁缀、李静：《历代论词绝句笺注》，北京大学出版社2014年版，第633页。

第二节　夏承焘《瞿髯论词绝句》的论说方法与特点

夏承焘（1900—1986），字瞿禅，别号瞿髯，浙江温州人。其毕生致力于词学研究与教学事业，是我国现代词学的开拓者与奠基人，被誉为"一代词宗"。据《瞿髯论词绝句》"前言"自叙，夏承焘三十岁于上海拜谒"清季四大词人"之一的朱祖谋时，便已开始论词绝句的创作。朱祖谋读其绝句，认为持论甚为独特新颖，建议多创作一些，但因各种缘由未能着笔。直到六十多岁，他禁足西湖期间，乃陆续创作了数十首。至1978年初春，共得八十二首。尔后，其夫人吴无闻为之作注，由中华书局于1979年出版。1983年再版，新增绝句十八首（包括外编七首"论域外词"），修改原有绝句八首（其中，七首只改了个别字句，一首大改），注释和题解也做了十数处修正。

夏承焘的《瞿髯论词绝句》体大思精，通过探析源流、比较异同、知人论世、抓住典型等方法，对词的起源、发展、流变、词人词作特点、风格呈现等予以评价。其论说篇幅不定，既有合论，也有一人一论，还有一人多论；既有总体把握，又有不同角度的具体分析，是其词学理论批评观念的重要体现。

一　于追源溯流中探讨词之本质

追源溯流是我国古代文论中常用的批评方法。夏承焘深谙此法。《瞿髯论词绝句》开篇便论及词源问题，并以此为基点，对填词之法、词之本质等进行探讨，从而使整个论评呈现出结构严谨、脉络清晰的特点。其《瞿髯论词绝句》开篇云："乐府谁能作补亡，纷纷绮语学高唐。民间哀怨敦煌曲，一脉真传出教坊。"[①] 关于词体起源问题的探讨古已有之，崔令钦的《教坊记》、段安节的《乐府杂录》、元稹的《乐府古题序》、欧阳炯的《花间集序》、李清照的《词论》、王灼的《碧鸡漫志》、沈括的《梦溪笔

[①] 夏承焘著，吴无闻注：《瞿髯论词绝句》，中华书局1983年版，第1页。

谈》等都有涉及。至 20 世纪，该论题仍是治词者探讨的核心之一。在敦煌石室打开之前，古今词源说主要有几种：一是词起于新声变曲，二是词起于燕乐，三是词起于声诗之变，四是词起于乐府之变。敦煌词曲的面世，使得 20 世纪二三十年代出现了"歌谣"热。胡适、郑振铎、夏承焘等人在对敦煌文献及教坊曲研究的基础上，突破千余年来词史研究的局限，跳出燕乐与文人词何者乃源头的思维模式，强调词的民间源头，提出了以敦煌词为中心的词源论。夏承焘认为，词乃"胡夷、里巷之曲"，它所配合的音乐主要是燕乐，产生于隋代，最早起于民间。他的这种词的起源观念在第一首论词绝句中得到了体现。"乐府谁能作补亡，纷纷绮语学高唐"，是对宫词艳曲以唐代文人词为宗尚之创作路径的概说。"民间哀怨敦煌曲，一脉真传出教坊"，则指出词的雏形是敦煌曲子，而敦煌曲子源于唐代教坊，其前身乃民间小调。在此，夏承焘确立了词的民间身份，认为词作之体乃劳动大众的产物，在所表现内容上具有广泛的社会现实性。它们或反映农民的劳动，如《舍麦子》、《挫碓子》等；或反映渔夫的生活，如《渔父引》、《拨棹子》等；或反映军人的斗争，如《破阵子》、《怨胡天》等。情感哀怨深挚，与花间词人运用华丽的辞藻、精巧的雕琢来描写男女情爱的艳曲大有不同。

正因为词出于民间，具有广泛的社会性，故而夏承焘持同作词应该不受声律束缚的观念。其《瞿髯论词绝句》（之二）云："腕底银河落九天，文章放笔肯言'填'！楼台七宝拳椎碎，谁是词家李谪仙。"[1]吴无闻在这首绝句后注释道："宋徽宗崇宁四年成立大晟府，选用词人及音律家，日制新曲。大晟府作家如万俟雅言，其所著《大声集》中的许多词，都严格地遵守宫律，其《春草碧》一阕，且上下片字字四声相对。这种过分重视阴阳四声的做法，却束缚住词家的笔。"[2] 与古体诗先有徒诗徒歌再依咏成曲不同，词体是倚曲所填的。大晟府设立之后，北宋词坛填词受音律束缚的现象越发明显。"落九天"、"拳椎碎"出自李白的诗歌。李白是具有鲜明个性的诗人，其诗歌想象奇特，用笔高妙，风格多样，或雄奇奔放，或清新俊逸，呈现出多元的审美风貌。夏承焘赞赏李白作诗放笔直言，希冀

---

[1] 夏承焘著，吴无闻注：《瞿髯论词绝句》，中华书局 1983 年版，第 2 页。
[2] 夏承焘著，吴无闻注：《瞿髯论词绝句》，中华书局 1983 年版，第 3 页。

人们能追步李白，不要被四声阴阳规则所束缚，徒有严饬华美的形式，以致因严守声律而影响情感表现。可见，在声律运用与情感表现的问题上，夏承焘更在乎后者。他对词之情感要素十分重视，这在《瞿髯论词绝句》（之三）中可以见出。其云："北里才人记曲名，边关闾巷泪纵横。青莲妍唱清平调，懊恼宫莺第一声。"① 这首诗将李白词与民间曲子对举评说。"北里"在唐时乃妓女居所，她们弹唱《教坊记》、《曲名表》中的曲调，这些曲子实出于民间小调。它们虽然在艺术上比较粗糙，但是能够反映边关闾巷人们的生活疾苦，具有情感表现的真实性与感染力，容易引起接受者的共鸣。如上所述，词出于民间，随着文人词的逐渐兴盛，民间词的这种拙朴风格及哀怨情感逐渐被弱化，"纷纷绮语学高唐"，词人越来越关注辞采藻饰，在夏承焘看来，这一趋势无疑与词体发展正途相违背。李白的《清平调》可能是唐代宫词的第一首，它虽辞藻华美，音韵流畅，却为杨贵妃而作，在情感表现上不如民间小调深挚沉郁，故而作者用"懊恼宫莺第一声"对其进行批评。显然，夏承焘对《曲名表》中那些情感真挚、反映社会生活的民间小调是持称赏态度的。换句话说，他将情感真挚视为词之艺术表现的最基本要素，强调词家在创作过程中应该脱离声律等形式因素的束缚，任由情感驱使，将所见所感融于笔端，这样才能创作出富于魅力之作。在《瞿髯论词绝句》中，但凡作者所给予肯定性评价的，如敦煌词、李煜、苏轼、李清照、辛弃疾诸家，都具有情感表现真实诚挚这一共性特征。

夏承焘不但于论词绝句开篇界定词体源头，而且在余下的篇什中也论及词体起源的相关问题。如其言"懊恼宫莺第一声"，将李白视为宫词的最早作家；"让君软语作开山"，将温庭筠视为婉约词的鼻祖；"唤起温韦看境界"，将李煜视为开拓词境之人；"一扫风花出肝肺"、"千载才留学豪放"，将苏轼视为豪放词的集大成者；"茗柯一派皖南传"，将张惠言视为常州词派的开创者；等等。可见，追源溯流之法一直贯穿在整个论词绝句当中，它像一条主线，勾勒与穿贯起对整个词史发展演变脉络的论说。

---

① 夏承焘著，吴无闻注：《瞿髯论词绝句》，中华书局1983年版，第3页。

二 于篇幅不定中见出作者之喜好

夏承焘的《瞿髯论词绝句》共一百首，它以词史为纲，论述唐代敦煌词至晚清词之发展流变，对历史上重要的词人予以评论，所论词人数量之多，家数之众，时间跨度之长，可以说是一部简明的中国古典词学批评史。在篇幅上，它大抵以一人一论为主，一人多论为辅，亦有四首合论。其中，一人二论八家（李珣、李煜、周邦彦、张孝祥、元好问、吴文英、周密、朱彝尊），一人三论一家（岳飞），一人四论四家（辛弃疾、陈亮、张炎、龚自珍），一人五论一家（姜夔），一人六论两家（苏轼、李清照）。上述一人多论之中，夏承焘除对周邦彦、张炎持批评态度外，对其余各家都持称赏态度。至于一人三论（含）以上的词人，除李清照被视为婉约派词人，姜夔、张炎被视为清雅派词人之外，余下诸家都被视为豪放派词人；此外，这八位词人都有爱国之作流传，词中都传达有慷慨激越之情。

从数量上看，这组绝句论唐五代词凡五家七首，论北宋词凡十家十六首，论南渡至金元词凡二十三家四十六首，论明清词凡十九家二十二首，论词之起源和填词之法各一首，论域外词七首。夏承焘论说最多的是南渡至金元时期的词人，而这一时期的词人，如张元干、宋徽宗赵佶、李清照、岳飞、陆游、张孝祥、辛弃疾、陈亮、朱熹、张抡、史达祖、张镃、刘过、姜夔、刘克庄、元好问、吴文英、刘辰翁、周密、王沂孙、文天祥、张炎、陈经国等，以豪放风格为主。由于该时期外族入侵、国土沦丧，故而词人于作品中多有家国之思。不但如此，所论数量居其次的明清词人也都以风格慷慨的爱国词人居多。

夏承焘论词，在强调词之真情实感外推崇清越慷慨之作。在论词绝句当中，他对那些豪放之作的评价普遍较高，对豪放词人的关注也更多，而对风格婉约的词人微辞颇多。例如，对于豪放派大家苏轼，他不但用六首论词绝句对其进行评说，而且称其"一扫风花出肝肺"、"垂老声名满世间"，对他的词史地位、词作质量、词坛影响等给予大力的肯定。再如，他称张元干"堂堂晚盖一人豪"，赞赏其晚年之作慷慨悲凉、风格豪迈，有伤时感事之情；又在评辛弃疾的第四首论词绝句中云："金荃兰畹各声雌，谁为吟坛建鼓旗？百丈龙湫雷鏊底，他年归读稼轩词。"① 夏承焘直接对软媚词风提出不满，主张以辛弃疾豪放词为吟坛树立旗鼓；批评周邦彦词"气短大江东去后"，批评万俟雅言"气短朝堂顾曲人"，批评史达祖、张炎等人以咏物寄托为能事，不复辛弃疾、陆游之慷慨悲怀；且对晏殊、晏几道两位声名颇盛的词人不作论说；如此等等。这些方面，都可以见出他于豪放和婉约风格之中，还是偏赏豪放一路的。尽管如此，夏承焘对南唐后主李煜、李清照两位婉约词人却评价极高；对姜夔、元好问、王沂孙甚为称赏。夏承焘记录自己的学词经历时说："早年妄意合稼轩、白石、遗山、碧山为一家，终仅差近蒋竹山而已。"② 可见，他论评词人词作有试图破除婉约、豪放两派壁垒的倾向，努力超越"二分"法的词史建构，力求融会贯通、兼取所长，体现出独特的论说个性。仔细赏读作者所推崇的诸家之词，无论豪放，抑或婉约，还是清雅，都有一个共同的特征，即有清越慷慨之情流露。同是花间派词人，温庭筠虽为开山鼻祖，辞藻秾丽、构思精巧，却用软语填边塞曲调；李珣虽词名不及温庭筠，但其《渔歌子》四首风格清越恬淡。因此，夏承焘批评前者"让君软语做开山"，赞赏后者"数声清越出花间"。事实上，他的这种审美取向与创作个性是十分吻合的。夏承焘在《天风阁学词日记》中写道："接榆生信。谓余词专从气象方面落笔，琢句稍欠婉丽，或习性使然。此言正中余病。自审才性，似宜于七古诗，而不宜于词。好驱使豪语，又断不能效苏、辛，纵成就亦不过中下之才，如龙州、竹山而已。梦窗素所不喜，宜多读清真词以药之。"③ 可见，夏承焘在创作实践中喜用豪语，落笔有力，有以词为诗之特点，风格呈现清刚雅逸。

在主题内容上，夏承焘在强调词之社会性的基础上推崇融含家国之思。他寓居杭州纂《乐府补题考》时，正值卢沟桥战役起，"书成而杭州陷。顷者避地泪读，寇氛益恶，惧国亡之无日，爱取宋人词之足鼓舞人心、砥砺节概者，钩稽史事为之注，以授从游诸子，并取诗大序'一国之

---

① 夏承焘著，吴无闻注：《瞿髯论词绝句》，中华书局1983年版，第37页。
② 夏承焘：《夏承焘集》（第四册），浙江古籍出版社1998年版，第113页。
③ 夏承焘：《夏承焘集》（第四册），浙江古籍出版社1998年版，第214页。

事以系一人之本'，名之曰宋词系"①。夏承焘所处的时代政局动荡，战火不断。作为学者，他不能在战场上救亡图存，而只能在学术领地里设法发挥功用，编写诗集以激发民众便是一个有效的途径。《瞿髯论词绝句》创作于作者"蹲牛棚"之际，故而这种爱国之思、身世之感在其中亦清晰可见。对于那些身处颠沛艰难环境而能持志守节、关注家国百姓之词人，夏承焘在论说时尤为推重。其所论南宋词人如张元干、李清照、岳飞、陆游、张孝祥、辛弃疾、陈亮、刘克庄、刘辰翁、文天祥等，所论明清词人如金堡、陈经国、陈子龙、夏完淳、陈维崧、龚自珍等，都曾于词中流露出强烈的爱国情怀。夏承焘在对这些词人进行论说时，并未过多关注他们的艺术成就，却予以高度评价，可见他的救世之用意。例如，在评说周密、王沂孙时，夏承焘云："草窗花外共沉吟，桑海相望几赏音？不共玉田入中秘，清初诸老夜扪心。"②夏承焘对周密的《草窗集》、王沂孙的《花外集》甚为喜爱。他避开传统之论，而就词集中所蕴含的深沉故国之思进行赏读。其于《天风阁学词日记》中道："点读《花外集》半本，十五六首皆有君国之思，咏物词至碧山，光芒万丈。"③然而，清初诸家在秘呈词集时，却只进献张炎的《山中白云词》，而没有周密、王沂孙的词集。究其原因，张炎词"技尽雕虫句到家"，通首妥溜，文字无瑕，技巧到家，而周密、王沂孙词中的故国之思、黍离之痛却为清初诸家所顾忌。显然，夏承焘在此有为周密、王沂孙抱不平之意。

在艺术风格呈现上，夏承焘在诗词相融观念的基础上推崇境界开阔之作。在《瞿髯论词绝句》中，他对苏轼与李清照给予的关注最多，分别用六首绝句对他们进行评说。在评李清照第四首论词绝句中，夏承焘针对李清照所倡导的"词别是一家"观点，提出"一脉诗词本不分"的见解。关于诗词之关系，他于《红鹤山房词序》中指出："夫词蜕于诗，而非诗之余。迹其运化，如水生冰，其初兴也，灵虚要渺，不涉执象。"④虽然词最初是配合燕乐演唱，词托体为卑，然其与诗体一样都源于民间，在社会功

---

① 夏承焘：《夏承焘集》（第三册），浙江古籍出版社1998年版，第479页。
② 夏承焘著，吴无闻注：《瞿髯论词绝句》，中华书局1983年版，第53页。
③ 夏承焘：《夏承焘集》（第六册），浙江古籍出版社1998年版，第29页。
④ 夏承焘：《夏承焘集》（第八册），浙江古籍出版社1998年版，第240页。

用上具有相似的使命。尽管在文人化的过程中，词的娱乐功能逐渐增强，然"自南唐冯君臣之作，'词心始孕'，词体乃大，而到苏轼、辛弃疾，乃至张孝祥、陈亮、刘辰翁等人的作品，则与《诗经》名篇'不相远'了"①。李清照论词强调声律表现，她批评苏轼"学际天人，作为小歌词，直如酌蠡水于大海，然皆句读不葺之诗尔"②。对此，夏承焘在《评李清照的词论》一文中指出："柳永、苏轼两家先后崛起，一面从民间吸取新气息，一面合诗于词，从词的内容和形式上，打破它狭窄的规模，开辟广阔的道路，这都是必要的举措，也是必然的趋势。"③他在评苏轼第四首论词绝句中云："雪堂绕枕大江声，入梦蛟龙气未平。千载才流学豪放，心头庄释笔风霆。"④对于苏轼在拓展题材、开阔词境等方面的贡献给予充分的肯定。此外，李煜词之所以被夏承焘所称道，一方面与其情感表现真挚有关，另一方面则与其境界创造开阔有关，"千古真情一钟隐"，当亡国之痛熔铸于敏锐的词心，便成就了一代词帝：上脱花间派之陈旧窠臼，下开苏轼"大江东去"之开阔境界。

三 于多元方法中考察词人之创作

夏承焘生活在新旧文化交替的年代，其治学方法深受时代的影响，呈现出由传统向现代转变的特点。在词学研究方面，他既承续传统校勘之法，以词学考订与词集校理为基础，又借鉴现代科学方法，在词史的整理与词学批评的探究上下功夫。传统性与现代性，在其研究中得到一定的体现。《瞿髯论词绝句》的论说形式虽然是传统的，但其论说思路、论说内容与论说方法，呈现出很强的现代性。从个案研究角度而言，夏承焘主要运用了比较异同、史论结合的方法来考察词人的创作及其艺术特质。

（一）比较异同，凸显特质

在论说词人词作艺术特质时，夏承焘善于运用比较异同的方法，将具有相似风格特征的词人放在一起进行比较，以凸显其创作个性，把握其词

---

① 朱惠国：《论夏承焘的词学思想及其渊源》，《中国韵文学刊》2012年第4期。
② 郭绍虞主编：《中国历代文论选》，上海古籍出版社1979年版，第350页。
③ 夏承焘：《夏承焘集》（第二册），浙江古籍出版社1998年版，第256页。
④ 夏承焘著，吴无闻注：《瞿髯论词绝句》，中华书局1983年版，第16页。

作风貌。如，辛弃疾和刘辰翁都被视为豪放词人，前者既能于豪放中见出韶秀，又能于婉约中见出激越，词风浑融；后者虽被视为"稼轩后起"，风格具有雄放的特点，但因其作词受江西诗派用典炼字作风的影响，风格"壮"而不"清"，在艺术成就上不及辛弃疾。又如，温庭筠、韦庄、李煜都被视为婉约派词人，在词史发展过程中都起到了重要的作用。在论说李煜时，夏承焘将他与温庭筠、韦庄等花间词人比较，温庭筠用艳语填边塞曲，用软语作词，而李煜则"唤起温韦看境界，风花挥手大江来"[1]，以独特的个体抒情，将自身的生活遭遇与真情实感融进词中，格调韵味远胜于花间词人。夏承焘在《词学论札》中指出："五代末年，出了李煜，他开始把词当作独立艺术看，开始认真地拿它作抒情工具，他超越了花间派，而直接继承唐代民间抒情词和盛唐绝句的传统，来写他哀怨惨酷的生活经历，这在词的发展史上，本来可以扭转颓风而另开一个大局面的；但可惜到了北宋欧阳修、晏殊诸家，都是诗文名手，以词为游戏小品，于是词又回到娱宾遣兴的老路。"[2] 通过对比方法，一方面，作者一针见血地道出词人词作的艺术特点；另一方面又将词史的发展脉络呈现出来，使读者对词人的历史地位有更为清楚的体认。再如，李清照与蔡文姬都是我国古代著名的女性作家。"易安旷代望文姬，悲愤高吟新体诗。倘使倚声共南渡，黄金合铸两娥眉。"[3] 夏承焘指出，李清照词乃"悲愤高吟"的"新体诗"，蔡文姬若与李清照一起南渡作词，她的作品定可与李清照的《漱玉集》相媲美。

比较异同法不仅能将具有相似创作特征的词人巧妙地组织在一起，凸显词人词作，而且能将风格迥异的词人放在一起对举，从而强化论评主旨。秦观词情感细腻、柔婉精深，他虽为苏门弟子，其风格却与苏轼完全不同。夏承焘评其《踏莎行》中的"郴江幸自绕郴山，为谁流下潇湘去"，可与苏轼《念奴娇》中的"大江东去，浪淘尽，千古风流人物"相媲美。周邦彦词精工秾丽，音韵绵长，结构严谨，其在艺术上有"词中老杜"之称。但周邦彦词作内容局限在"秋娘庭院"的范围之内，与苏轼

---

[1] 夏承焘著，吴无闻注：《瞿髯论词绝句》，中华书局1983年版，第8页。
[2] 夏承焘：《夏承焘集》（第八册），浙江古籍出版社1998年版，第90页。
[3] 夏承焘著，吴无闻注：《瞿髯论词绝句》，中华书局1983年版，第28页。

"大江东去"之创作气局相比,呈现出"气短"的特点。南宋前期,宋金之战不断,词中忧国忧民之情表现甚为明显,情感表现激越昂扬;南宋后期,国家衰败的局面已然形成,士人表现于词中的高昂之气逐渐减少,江南士气呈现出一片衰飒之象。故而,夏承焘称史达祖词为"江南士气秋蛩曲"。用比较异同之法将不同风格的词人串联在一起进行探析,不但更有力地将论说主体的词作特质显明出来,且使读者对作者的批评观念有了更为清晰的体认。

(二) 史论结合,全面观照

考证史实是夏承焘治词的显著特色。他在对词人生平和所处历史环境进行深入考察的基础上,开创了词人谱牒之学。在《瞿髯论词绝句》中,这种观念和方法也得到很好的体现。夏承焘论词绝句中的很多批评,都是在考证词人生平材料的基础上作出的,甚富于词学史意义。例如,《瞿髯论词绝句》论南唐后主李煜的两首绝句:"泪泉洗面枉生才,再世重瞳遇可哀。唤起温韦看境界,风花挥手大江来。""樱桃落尽破重城,挥泪宫娥去国行。千古真情一钟隐,肯抛心力写词经。"① 李煜被称为"千古词帝",王国维在《人间词话》中认为"词至李后主而眼界始大",对李煜词予以高度的评价。其又云:"词人者,不失其赤子之心者也,……后主之词,真所谓以血书者也。"② 李煜以至真至情之心填词,一来与其艺术天分有关,二来与国破家亡的身世有关。南唐为帝时期,李煜词如《一斛珠》(晓妆初过)、《浣溪沙》(红日已高三丈透)、《玉楼春》(晚妆初了明肌雪)等,还不脱离花间习气,多书写宫廷生活,风格绮丽柔靡;亡国被虏后,他终日"泪泉洗面",满腹的故国之思、亡国之恨融铸于心中,任由真情实感倾泻于笔端,词的创作也随之进入巅峰状态。

又如,夏承焘的《瞿髯论词绝句》论范仲淹云:"罗胸兵革酒难温,未勒燕然梦叩阍。莫怪人嗤穷塞主,歌围舞阵正勾魂。"③ "罗胸兵革"一语,乃从对范仲淹"胸中有百万兵"这一评价而来,"未勒燕然",出自范仲淹《渔家傲》中的"浊酒一杯家万里,燕然未勒归无计"之句。范仲

---

① 夏承焘著,吴无闻注:《瞿髯论词绝句》,中华书局1983年版,第8—9页。
② 唐圭璋编:《词话丛编》,中华书局1986年版,第4242—4243页。
③ 夏承焘著,吴无闻注:《瞿髯论词绝句》,中华书局1983年版,第11页。

第六章　新中国成立以来的论词绝句

淹所处的时期正值北宋与西夏政权矛盾日益尖锐之际。《渔家傲》一词以边塞生活为题材，书写将士们的戍边生活与苦闷心情，突破了宋初词坛"歌围舞阵正勾魂"的风气，范仲淹之作甚至被欧阳修讥为"穷塞主词"。范仲淹之所以不追随当时词坛风气，而以词作叙写边塞生活、抒发心中郁结，便同北方民族的欺凌、宋王朝的不自振作以及自身政治改革的不能实现等因素紧密相关。

再如，夏承焘的《瞿髯论词绝句》论岳飞绝句三首。其一云："两河父老宝刀寒，半壁君臣恨苟安。千载瑶琴弦迸泪，和君一曲发冲冠。"① 岳飞所处的南宋时期苟安江左，文恬武嬉。宋高宗在位时，虽迫于时局形势起用岳飞、韩世忠等人，但大部分时间仍重用主和派的大臣。岳飞反对宋廷"仅令自守以待敌，不敢远攻而求胜"的防御战略，主张积极地反攻，以谋取中原失地。公元1140年，完颜兀术毁盟攻宋，岳飞挥师北伐，先后收复郑州、洛阳等地，又于郾城、颖昌大败金军，进军朱仙镇。宋高宗、秦桧却一意求和，以十二道"金字牌"召令退兵，岳飞被迫班师。在宋金议和的过程中，岳飞遭受秦桧、张俊等人诬陷，被捕入狱。公元1142年，岳飞以"莫须有"的罪名被杀。"千载瑶琴弦迸泪"，乃岳飞《小重山》的结句，正是夏承焘对岳飞人生际遇的强烈情感评价。

可以说，关于词人生平经历及所处时代环境对其词作内容与风格影响的论说，在《瞿髯论词绝句》中随处可见。值得注意的是，这种知人论世的方法往往通过典型事象与词作语典而加以展开。如论张志和，夏承焘以严光隐居富春江，尝披羊裘钓于江上作比，称前者为"羊裘老子"。这一来道出了张志和隐士的身份，二来暗示了《渔歌子》"隐跃言外，蕴含不露，笔墨入画，超然尘埃之外"② 的内在缘由。又如评苏轼，言其被贬黄州之事；评贺铸，言其"铁面刚棱"的性格特征；评姜夔，言其晚年与辛弃疾相识之事；评文天祥，言其为王清惠昭仪代作词一事；等等。选择典型性事象与典实入诗，对于更好地把握词人创作动机，全面地体察词人创作风格，定位词人的历史地位是大有裨益的。

总之，夏承焘的《瞿髯论词绝句》，在论说形式上篇幅不定，因人而

---

① 夏承焘著，吴无闻注：《瞿髯论词绝句》，中华书局1983年版，第29页。
② 唐圭璋编：《词话丛编》，中华书局1986年版，第3023页。

异；在论说方法上，融追源溯流、比较异同、史论结合为一体。通过追源溯流之法，探讨词的民间性源头，并以此为基点，进而关注词体的情感性与社会性特征，赓续"诗词不分"的观念。通过篇幅不定的形式，见出作者对情感清越慷慨、具有家国之思及境界开阔之作的推崇。这种喜好虽与作者的创作个性、所处环境有关，但同时也是词体民间性这一理论基点的外化。通过比较异同，一方面将具有相似风格的词人放在一起进行比较，以凸显他们的创作个性；另一方面将风格迥异的词人放在一起对举，以彰显各异的创作特征，强化论评主旨。通过史论结合之法，对词人的创作进行全面的观照，从而使整个评说有理有据，富于说服力。夏承焘治词深受传统与现代方法的双向影响，呈现出鲜明的时代性与个性化特征。其论词绝句在我国传统词学史上具有十分重要的地位，显示出独特新颖的意义。

第三节 缪钺论词绝句的批评观念

缪钺（1904—1995），字彦威，江苏溧阳人。从小爱好中国古典文学，广泛阅读经史子集著作，经常背诵其中的名篇佳什，在古典文学研究上有很深的造诣。著有《元遗山年谱汇纂》、《诗词散论》、《杜牧年谱》、《冰茧庵丛稿》、《灵谿词说》（合著）、《词学古今谈》（合著）等。缪钺的论词绝句共四十首[①]，大部分收录于《灵谿词说》[②] 一书中，内容涉及词体特质、词人特点、词作风格、前人词论等的论评。论词绝句虽是传统的评说形式，但缪钺以论词绝句为提要，将其置于词学论文之前，使得传统与现代两种批评模式得到了紧密的融合。

一 强调词体"要眇宜修"的特质

缪钺论词绝句有两首总论词体特质。其第一首云："漫云景物当前语，

[①] 40首之数乃笔者根据缪钺公开发表的论文及著作统计而得。其中，有37首集中收录于《灵谿词说》（上海古籍出版社1987年版），《论张惠言及常州词派》与《论朱彝尊词》二首仅见于《灵谿词说（四则）》一文，《论吴彦高词》一首仅见于《灵谿词说（续）》一文。

[②] 《灵谿词说》乃缪钺与叶嘉莹合著，包括"立言"、"后记"在内共有词论四十一篇。此书在体例上融合论词绝句、词话、词学论文、词史于一炉；内容则是纵论唐宋词人，综合运用中西文学理论，阐释词中"要眇宜修"特质及其感发兴起之作用，结合词人生平，分析其作品中的幽情微旨，并指出他们在词史中发展拓新之功能。每篇词论前，有相应的论词绝句。

要眇宜修贵细参。云影天光摇荡处,微言多少此中涵。"①"要眇宜修"语出《九歌·湘君》。其有云:"君不行兮夷犹,蹇谁留兮中洲?美要眇兮宜修,沛吾乘兮桂舟。"王逸《楚辞章句》释"要眇"为"好貌",释"修"为"饰";洪兴祖《楚辞补注》说"要眇宜修"是形容"娥皇容德之美,以喻贤臣"②。可见,"要眇宜修"是既有外在精微之态,又有内在涵养的一种美。第一个用"要眇宜修"论词的乃王国维,其《人间词话删稿》云:"词之为体,要眇宜修。能言诗之所不能言,而不能尽言诗之所能言。诗之境阔,词之言长。"③ 王国维虽然注意到词体独特的美感特质,但并未对这一特质进行细致的阐释。缪钺独具慧眼地从中发现了这一论说,认为"这几句话很能说出词的特质"④。他在《学词小传》中说:"凡是一种文学艺术,皆有其产生之特质条件,从而形成此种文学艺术之特质,而其长短得失亦寓于其中。今词之特质果何在乎?王静安先生谓:'词之为体,要眇宜修。能言诗之所不能言,而不能尽言诗之所能言。诗之境阔,词之言长。'斯言得之。词兴于中晚唐而滋衍于五代,当时词人,于歌筵酒席之间,按拍填词,娱宾遣兴,寄怀写物,取资目前。因唱词者多是少年歌女,故词中亦多写男女间之幽怨闲情,其风格则是婉约馨逸,有一种女性美,亦即王静安所谓'要眇宜修'者也。"⑤ 缪钺从词体起源时的形态及表现内容、风格呈现等角度出发,认为词体适宜表现幽怨悱恻之情,叙写婉约馨逸之态,确是抓准了早期词的文体特征。尽管词在发展过程中产生很大的变化,然而其之所以为词的特质并没有改变。"云影天光摇荡处",化自周济《介存斋论词杂著》中的"天光云影,摇荡绿波"⑥之句,旨在言说词体呈现出来的摇曳多姿之美。"微言多少此中涵"与张惠言"道贤人君子幽约怨悱不能自言之情"句意相同。在缪钺看来,词虽然更倾向于以精美细致之物、境来表情达意,但"微言"也能蕴含深沉情感,反映历史现实。在此,缪钺从内外两个方面对"要眇宜修"的意涵进行阐发。受

---

① 缪钺、叶嘉莹:《灵谿词说正续编》,北京大学出版社 2014 年版,第 42 页。
② 洪兴祖撰,白化文等点校:《楚辞补注》,中华书局 1983 年版,第 59 页。
③ 唐圭璋编:《词话丛编》,中华书局 1986 年版,第 4258 页。
④ 缪钺、叶嘉莹:《灵谿词说正续编》,北京大学出版社 2014 年版,第 42 页。
⑤ 缪钺:《缪钺全集》(第三卷),河北教育出版社 2004 年版,第 377—378 页。
⑥ 唐圭璋编:《词话丛编》,中华书局 1986 年版,第 1633 页。

限于论词绝句的体例，缪钺在诗中仅道出其词体特质观念的大要。但结合缪钺的其他论说，不难发现，词体特质观在其词学思想中占有核心的地位。可以说，他所有的批评观念都是以此为基础而展开的。

缪钺在《论词》一文中，将词异于诗的特征概括为四：一曰其文小；二曰其质轻；三曰其径狭；四曰其境隐。①"文小"是就意象运用而言，"质轻"是就表达方式而言，"径狭"是就文体功用而言，"境隐"是就意境创造而言。正因为词体这种"深美闳约"的特点，"故虽豪壮激昂之情，亦宜出之以沉绵深挚"②。缪钺论词体特质第二首云："苏辛健笔开新境，言志抒怀体自殊。须识东坡韶秀处，莫将豪放误粗疏。"③苏轼和辛弃疾分别开拓了"以诗为词"与"以文为词"的新境界。尽管"东坡词之豪放旷逸，稼轩词之悲壮激宕，世所共推"，但"苏、辛词之佳作仍归于深美闳约"④。以辛弃疾为例，缪钺将其视为词中杜甫，对辛弃疾评价甚高。认为"稼轩作壮词，于其所欲表达之豪壮情思以外，又另造一内蕴之要眇词境"，给人以"双重之印象"，具有"浑融深厚之妙"⑤。张孝祥、张元干、陆游等人的词之所以比辛弃疾稍显逊色，主要原因就在于他们的壮词不如辛弃疾词造境丰融、内蕴要眇。正因为缪钺立足于词体的特质而评，故能对词人的特色与词史地位做出合理的定位。

出于爱国情怀的影响，缪钺珍视民族词人之作，并于抗战期间撰写了《中国史上之民族词人》一书，表现出对词的思想内容和社会价值的重视。然而，在对词作进行艺术评赏时，缪钺始终以词体"要眇宜修"的特质为准则，体现出严肃的学者风范。如其论岳飞云："将军佳作世争传，三十功名路八千。一种壮怀能蕴藉，请君细读《小重山》。"⑥"三十功名路八千"摘自岳飞《满江红》中的"三十功名尘与土，八千里路云和月"之句。一直以来，《满江红》（怒发冲冠）被视为岳飞的代表作。⑦该词用语

---

① 缪钺著，缪元朗编：《诗词散论》，北京大学出版社2018年版，第14—19页。
② 缪钺著，缪元朗编：《诗词散论》，北京大学出版社2018年版，第20页。
③ 缪钺、叶嘉莹：《灵谿词说正续编》，北京大学出版社2014年版，第42页。
④ 缪钺：《学词小传》，《缪钺全集》（第三卷），河北教育出版社2004年版，第378页。
⑤ 参见缪钺著，缪元朗编《诗词散论》北京大学出版社2018年版，第262页。
⑥ 缪钺、叶嘉莹：《灵谿词说正续编》，北京大学出版社2014年版，第281页。
⑦ 《满江红》（怒发冲冠）词是否为岳飞所作尚有疑问，本书不做探讨。

直切，情感激越，表现了迫切要求报仇雪耻、收复河山的壮志。陈廷焯的《白雨斋词话》云："何等气概，何等志向，千载下读之凛凛有生气焉。"①相较而言，《小重山》词则显得委婉许多。其云："昨夜寒蛩不住鸣，惊回千里梦，已三更。起来独自绕阶行，人悄悄，帘外月胧明。白首为功名，旧山松竹老，阻归程。欲将心事付瑶琴，知音少，弦断有谁听？"与《满江红》多用赋体、直陈其事相比，《小重山》运用比兴寄托之法，借寒蛩惊梦、空阶明月、瑶琴独奏，委婉曲折地吐露词人的忧国患民之情，可谓沉郁悲怆。在缪钺看来，同样是表达隐忧时事的爱国情怀，《小重山》的表现手法更符合"要眇宜修"的特质。缪钺用"一种壮怀能蕴藉"予以评说，艺术高下之持论昭然可见。

正是基于对词体特质的认识，缪钺对《花间集》的词史地位予以了重构。其论《花间集》第一首云："活色生香情意真，莫将侧艳贬词人。风骚体制因时变，要眇宜修拓境新。"②花间词多创作于歌筵酒席之间，难免以书写儿女柔情为主。所谓"绮筵公子，秀幌佳人，递叶叶之花笺，文抽丽锦；举纤纤之玉指，拍按香檀。不无清绝之辞，用助娇娆之态"③。尽管如此，早期词多为词人随心而发，无矫揉造作之态，情感表现真挚，幽约凄迷，要眇深折，能启发读者的远慕遐思。因此，缪钺认为以侧艳视花间词是不恰当的。他进而指出："固多儿女柔情语，亦有风云感慨辞。红藕野塘亡国泪，残星金甲戍边思。"④《花间集》中虽有许多艳词，但这些作品大都"清婉酝藉，情景相生，笔法灵便，有远韵远神，而无尘下浅陋之弊"⑤。事实上，《花间集》已经呈现出题材广泛、风格变化的特点。例如：阎选的《临江仙》（十二高峰天外寒）、毛熙震的《后庭花》（莺啼燕语芳菲节）、牛峤的《定西番》（紫塞月明千里）、欧阳炯的《南乡子》（岸远沙平）、顾敻的《何传》（棹举）、李珣的《南乡子》（渔市散）等都为凭吊怀古之作；鹿虔扆的《临江仙》（金锁重门荒苑静）乃痛伤故国

---

① 陈廷焯撰，孙克强、赵瑾、张海涛、赵传庆辑校：《白雨斋词话全编》，中华书局2013年版，第116页。
② 缪钺、叶嘉莹：《灵谿词说正续编》，北京大学出版社2014年版，第60页。
③ 赵崇祚编，杨景龙校注：《花间集校注》，中华书局2014年版，第1页。
④ 缪钺、叶嘉莹：《灵谿词说正续编》，北京大学出版社2014年版，第60页。
⑤ 缪钺、叶嘉莹：《灵谿词说正续编》，北京大学出版社2014年版，第67页。

之作;孙光宪的《风流子》(茅舍槿篱溪曲)为描绘农村生活的佳制。不但如此,"淮海清真晏小山,发源同是出花间",秦观、晏几道、周邦彦之词均源于《花间集》。因此,仅仅关注花间词摇曳飘荡的外在风貌而忽略其内在的真情实意、多元题材,是不符合客观实际的。词源于民间,有着深厚的社会基础。缪钺从内外两个层面审视词体的特质,对评价词人词作的特色与价值有着重要的意义。

二 主张词作题材与风格的开拓

词体虽具有文小、质轻、径狭、境隐的特点,但这并不意味着它不能书写重大的主题。历史上词的丰富多样性证明,词作题材是可以突破儿女幽怨之狭小藩篱的。范仲淹词中的将帅报国之情,柳永、周邦彦词中的仕途寥落之感,苏轼词中的咏史吊古之怀,黄庭坚、秦观、贺铸词中的政治感愤之意,岳飞、张元干、张孝祥、辛弃疾、陆游、文天祥等人词中的抗战报国之志,姜夔、刘辰翁、王沂孙、张炎等人词中的"黍离"、"麦秀"之悲等,无不意味着词史进程中题材与主题的开拓创新。

缪钺论词绝句在强调词体"要眇宜修"的特质之余,主张词作题材与风格呈现的开拓。其论词绝句论李清照词三首,就体现出上述倾向。缪钺论李清照第一首诗云:"论词敢作惊人语,恤纬常怀忧国思。谁似乙庵具真赏,能从'神骏'识奇姿。"[①] 李清照一向被视为婉约词的代表。王灼评其"能曲折尽人意,轻巧尖新,姿态百出"[②]。刘体仁将李清照与柳永、黄庭坚对比,认为"易安居士'最难将息,怎一个愁字了得',深妙稳雅,不落蒜酪,亦不落绝句,真此道本色当行第一人也"[③]。对李清照词中"要眇宜修"的艺术特质予以认可。王士禛直接将李清照视为婉约正宗。他在《花草蒙拾》中云:"张南湖论词派有二:一曰婉约,一曰豪放。仆谓婉约以易安为宗,豪放惟幼安称首,皆吾济南人,难乎为继矣。"[④] 然而,缪钺对李清照的认识并没有停留在"婉约词人"之上。一方面,他注意到李清

[①] 缪钺、叶嘉莹:《灵谿词说正续编》,北京大学出版社2014年版,第262页。
[②] 唐圭璋编:《词话丛编》,中华书局1986年版,第88页。
[③] 唐圭璋编:《词话丛编》,中华书局1986年版,第622页。
[④] 唐圭璋编:《词话丛编》,中华书局1986年版,第685页。

照论词敢出"惊人语"的才能与胆识。李清照虽身在闺中,却"纵论文学,臧否人物,发抒己见,无所顾忌"①。其《词论》针对当时词坛状况,首倡"乐府声诗并著"的词体观念,对词体的文学性与音乐性予以揭橥;进而对词史上的诸多大家进行评骘,提出"别是一家"的观念。尽管后人有以"苛求太甚"、"论词观点与创作实践矛盾"为由,对李清照的《词论》提出非议,但她的批评观念确是符合词体质性的。另一方面,缪钺对李清照词中的忧国患世之情表示赞赏。《武陵春》中的"物是人非事事休。欲语泪先流",《念奴娇》中的"征鸿过尽,万千心事难寄",《声声慢》中的"这次第,怎一个、愁字了得",等等,无不是词人在家破国亡后内心悲愁苦闷的写照。缪钺在《论李易安》一文中叹赏李清照是"纯粹之词人",具有"高超之境界"与"创辟之才能"。同样是书写家国离恨,李煜直泻、沉重、粗犷,李清照婉转、轻灵、细柔;辛弃疾词豪,李清照词悲。缪钺将李清照视为第一流的词人,认为她"有理想,能超脱,用情而不溺于情,赏物而不滞于物,沉挚之中,有轻灵之思,缠绵之内,具超旷之致,言情写景,皆从高一层着笔"②。诚然,李清照的词汇集"要眇宜修"的特质与题材、用语的开拓性于一体,与缪钺的词体评价标准非常吻合。沈曾植拈出"神骏"二字加以称赏。他在《菌阁琐谈》中云:"易安跌宕昭彰,气度极类少游,刻挚且兼山谷……才锋大露,被谤殆亦因此。自明以来,堕情者醉其芬馨,飞想者赏其神骏,易安有灵,后者当许为知己。"③ 缪钺对沈曾植之论甚为认同,认为李清照"有才学、有胆识,敢于冲击世俗的网罗",其为人像骏马一样摆脱羁绊、不畏险阻,其词则发抒己见、无所顾忌,真乃我国文学史上旷世绝伦的女词人。

缪钺曾说:"任何一种文学体裁,都应当不断地开拓与革新,才有生命力,而在这方面有贡献的作者,是值得称赞的。"④ 缪钺注重文体的开拓,但需要注意的是,所谓的开拓并非远离文体特质的随意发挥。高超的词人在进行题材、技巧、风格等的开拓时,总能立足于词的艺术特质,且

---

① 缪钺、叶嘉莹:《灵谿词说正续编》,北京大学出版社2014年版,第264页。
② 缪钺、叶嘉莹:《灵谿词说正续编》,北京大学出版社2014年版,第271页。
③ 唐圭璋编:《词话丛编》,中华书局1986年版,第3608页。
④ 缪钺:《灵谿词说(续)》,《四川大学学报》(哲学社会科学版)1982年第4期。

会格外注意词作情感的沉挚深厚。

　　范仲淹是较早将边塞题材书写入词中的人。他虽以余事为词,却于词中叙写真情实感,使词呈现出有别于《花间》、南唐诸作的风貌。缪钺论范仲淹云:"平生忧乐关天下,经略边疆赋壮词。别有深情流露处,眉间心上耐寻思。"[1] 作为北宋杰出的政治家,范仲淹一生以天下事为己任。其《渔家傲》(塞下秋来风景异)乃镇守西北边疆时所作。该词"词旨苍凉,多道边镇之苦"[2],情感表现沉挚,风格呈现雄壮。缪钺将范仲淹视为苏轼之前的开路先锋,认为其《渔家傲》在宋词的发展史上是一个大突破。他对欧阳修非难范仲淹词表示不满,认为"欧阳修谓范仲淹这首词为'穷塞主词'(《东轩笔录》),似有不满之意。大概欧阳修在词的创作上,仍不免还有些拘守传统的思想,故未能充分认识范词之特长也"[3]。欧阳修作词承继南唐之风,不能欣赏范仲淹词中的豪情壮志不足为奇。然而,任何一种富有生命力的文学体裁都是在保留自身特色的同时与时俱进、不断开拓的。词在发展过程中,若一味沉湎于歌筵酒席、娱宾遣兴,必将遭到唾弃。词中士大夫情怀的抒发、志士仁人情操的表露、麦秀黍离之悲的激发,是词体"上与《风》《骚》同流,而承继六朝、三唐诗歌的优良传统"[4] 的体现。缪钺跳出传统论词桎梏,故在具体词人词作之评中多有创辟。难怪有学者评价,"缪钺治词,主要用力之处不在词籍的辑佚、校勘、笺注或词人年谱的编撰,而在词论的探索、词史的总结、词人的评价和词作的分析鉴赏"[5]。

三　重视词史的发展与流变

　　缪钺特别服膺陈寅恪所倡导的"文史互证"治学方法。他说:"研究文学的人要知人论世,必须熟悉历史;研究历史的人也可以从文学作品中得到启发,能更深入的理解、阐述历史问题;所以文史互证确是治学的一

---

[1] 缪钺、叶嘉莹:《灵谿词说正续编》,北京大学出版社2014年版,第105页。
[2] 唐圭璋编:《词话丛编》,中华书局1986年版,第1831页。
[3] 缪钺、叶嘉莹:《灵谿词说正续编》,北京大学出版社2014年版,第106页。
[4] 缪钺、叶嘉莹:《灵谿词说正续编》,北京大学出版社2014年版,第64页。
[5] 曾大兴:《缪钺对王国维词学思想的继承与超越》,《四川大学学报》(哲学社会科学版)2006年第6期。

第六章 新中国成立以来的论词绝句

个行之有效的好方法。陈寅恪先生在这方面曾作出卓越的贡献。他的专著《元白诗笺证稿》以及《桃花源记旁证》、《读哀江南赋》、《读莺莺传》、《韦庄秦妇吟校笺》等一系列的许多篇论文，都是征引广博，比勘精密，识解敏锐，抉发深微，往往由近及远，因小见大，发前人所未发，示后学以津梁，为我们树立了很好的范例。"[1] 缪钺在论词过程中有很强"史"的意识。这使他不仅能清晰地梳理出词史的发展脉络，准确地理解词人之间的异同，且能在行文中旁征博引，直探古人之词心。

词之为体，要眇宜修，但在词的发展过程中，每个阶段都有自身的特点。缪钺论韩偓词云："冬郎神似义山诗，雏凤声清旧所知。沉郁苍凉家国感，如何未见入新词？"[2] 韩偓字致尧，小名冬郎。李商隐与韩父乃同年进士，且为连襟。韩偓诗歌善于以低徊深微的笔法书写沉郁感慨之情，诗风与李商隐神似。吴闿生在《韩翰林集跋》中云："韩致尧为晚唐大家，其忠亮大节，亡国悲愤具在篇章。而含意悱恻，词旨幽眇，有美人香草之遗，非陆务观、元裕之之所及。"[3] 与韩偓诗歌数量较多、风格沉郁苍凉、富有家国之感不同，其词寥寥可数，[4] 且内容多为闺怨离愁。对此，缪钺解释道："大凡每一种新文学体裁创建之后，需要经过长时间的发展，有不少天才作家从事创作，在实践中积累经验，才能够充分发挥此种新体裁的功能……韩偓填词时，也不过是按照当时一般文人的想法，作为应歌之作，偶尔尝试，他自然不会想到将其故国沧桑之痛、身世沦落之悲写入词中。"[5] 缪钺以变化发展的观点审视词体特质，将韩偓及其词置于整个词体发展的历史维度中加以衡量，得出的结论令人信服。

缪钺在比较风格类似的词人时，会通过探寻他们的词作渊源，辨析两者之间的差异。《庄子》、楚骚作为我国诗歌的两大源头，与词体有着不解

---

[1] 缪钺：《治学补谈》，《文史哲》1983年第3期。
[2] 缪钺、叶嘉莹：《灵谿词说正续编》，北京大学出版社2014年版，第53页。
[3] 韩偓撰，吴在庆校注：《韩偓集系年校注》，中华书局2015年版，第1243页。
[4] 施蛰存《读韩偓词札记》云："韩偓词惟《尊前集》载《浣溪沙》二首，《绝妙词选》同。《全唐词》载三首，《浣溪沙》二首外，增《生查子》（侍女动妆奁）一首。王国维辑《香奁词》，共十三首，盖取《香奁集》中歌诗十首增益之。林大椿辑《唐五代词》，录韩偓词五首，而以其余篇附录于校记中，盖未敢径以为词也。"（华东师范大学中文系中国古典文学研究室编：《词学论稿》，华东师范大学出版社1986年版，第117页。）
[5] 缪钺、叶嘉莹：《灵谿词说正续编》，北京大学出版社2014年版，第56页。

之缘。缪钺论苏轼、辛弃疾词与《庄子》、楚骚的关系云："超旷豪雄各不同，苏辛词境树新风。黄流九曲寻源去，都在《庄》《骚》孕育中。"①"超旷"与"豪雄"分别是陈廷焯对苏轼与辛弃疾词的评价。其《白雨斋词话》云："东坡心地光明磊落，忠爱根于性生，故词极超旷，而意极和平。稼轩有吞吐八荒之概，而机会不来……故词极豪雄，而意极悲郁。苏、辛两家，各自不同。后人无东坡胸襟，又无稼轩气概，漫为规模，适形粗鄙耳。"②缪钺视陈廷焯之言为造微之论，认为笼统地将苏轼与辛弃疾词归为"豪放"是不妥的。就大的倾向而言，苏轼词出于《庄子》，辛弃疾词源于楚骚。苏轼一生仕途坎坷，屡遭挫折，尽管境遇非常不堪，而他始终以达观放旷的态度处之。缪钺认为，苏轼的这种处世态度与庄子虽深于哀乐而不滞于哀乐，虽易于触感而又能自遣的态度很相像。辛弃疾一生以抗金报国为志，虽然其间频遭弹劾，但他心志坚定，这与屈原遭谗被放后仍对楚国矢志不渝的精神极为相似。缪钺从源头出发辨析词人词作特点，因此能把握他们的独特性。

缪钺对词体发展流变的重视还体现在词史的梳理上。他将柳永、苏轼、周邦彦视为宋代词史上具有转折作用的词人，并在论词绝句中，对苏轼一脉词人作了较多的论说。缪钺将范仲淹视为苏轼的先行者，对词风与苏轼相近的陈与义、张孝祥予以辨析。陈与义、张孝祥二人词风虽近苏轼，但细究起来又有区别。缪钺论陈与义云："诗法为词亦一途，简斋于此得骊珠。杏花疏雨传佳什，自有神情似大苏。"③陈与义晚年奉祠退居僧舍时，情绪悠闲，于是以长短句自遣，创作出了《无住词》十八首。缪钺指出，陈与义不算专业词人，对当时词坛风气不大留意，因此填词并未受当时流行的柳永、周邦彦等人的影响。而陈与义词风之所以与苏轼相近，是因为他有高妙的诗才与深厚的素养，一旦也是"以诗为词"，就很自然地与苏轼相近。与陈与义不同，张孝祥不但性情襟抱与苏轼相似，且有意学习苏轼。通过对词人生平经历、性格习性、学习路径等的细致考察，缪钺将陈与义、张孝祥词风与苏轼词的关联及内在原委清晰地道了出来。

---

① 缪钺、叶嘉莹：《灵谿词说正续编》，北京大学出版社2014年版，第188页。
② 陈廷焯著，杜维沫校点：《白雨斋词话》，人民文学出版社1959年版，第166页。
③ 缪钺、叶嘉莹：《灵谿词说正续编》，北京大学出版社2014年版，第276页。

不但如此，缪钺论词绝句对于同调词的创作变化也有关注。清代，宋翔凤在《乐府余论》中认为，慢词大致起于宋仁宗朝，"耆卿失意无俚，流连坊曲，遂尽收俚俗语言，编入词中，以便伎人传习。一时动听，散播四方。其后东坡、少游、山谷辈，相继有作，慢词遂盛"①。柳永的确是大力创作慢词的第一人，但并非长调的始创者。缪钺论杜牧与秦观的《八六子》云："新声一曲《八六子》，筚路功推杜牧之。更有秦郎才调美，危亭芳草见清词。"②晚唐的杜牧已有长调问世，其《八六子》一词共九十字，摹情状物，笔触细腻，表现了宫妃独守空房的失意之态。在缪钺看来，虽然杜牧词"就艺术性来说，并不很高明，有的地方尚欠精粹浑融"③，却有开创之功。相较而言，秦观的《八六子》一词"情景交炼"，意象鲜明幽美，章法交插错综，用笔轻灵，音节舒缓回旋，通体精纯，艺术造诣上远胜杜牧之作。④缪钺将早期词人与盛时词人的同调之作放在一起对比论说，对于认识词体的发展有着重要的启示。

四　提倡词法门径的多样性

缪钺论张炎词第三首诗云："美成以下论妍媸，两卷《词源》见卓思。骚雅清空尊白石，无妨转益更多师。"⑤《词源》上卷论词的音律，下卷论词的作法兼评诸家词人的长短。周邦彦词浑厚和雅，在南宋久负盛名，姜夔、史达祖、高观国、吴文英等人都曾受到周邦彦的沾溉。针对词坛盛赞周邦彦的现状，张炎提出作词不应专取法于周邦彦的观点，认为一味效法周邦彦词将有"失之软媚"的危险。两宋词坛名家众多，姜夔、高观国、史达祖、吴文英诸家各有特长。"作词者能取诸人之所长，去诸人之所短，象而为之，岂不能与美成辈争雄长哉！"⑥在张炎看来，词的风貌与表现形式是多种多样的。学习者应该以广阔的视野汲取各家之长，抛弃各家所短。虽然张炎在《词源》中对姜夔"清空骚雅"的风貌格外推崇，并盛称

---

① 张璋、职承让、张骅、张博宁编纂：《历代词话》，大象出版社2002年版，第1482页。
② 缪钺、叶嘉莹：《灵谿词说正续编》，北京大学出版社2014年版，第45页。
③ 缪钺、叶嘉莹：《灵谿词说正续编》，北京大学出版社2014年版，第46页。
④ 参见缪钺、叶嘉莹《灵谿词说正续编》，北京大学出版社2014年版，第47—48页。
⑤ 缪钺、叶嘉莹：《灵谿词说正续编》，北京大学出版社2014年版，第428页。
⑥ 唐圭璋编：《词话丛编》，中华书局1986年版，第255页。

其词"如野云孤飞,去留无迹","不惟清空,又且骚雅"①,但总的来说,张炎在评说词人词作时胸怀宽广、观点圆融。缪钺以"骚雅清空尊白石,无妨转益更多师"评价张炎的词法门径,是充分体认张炎词学观念的结果。事实上,在缪钺看来,只要是有利于凸显词作幽眇的特质、表现词作深挚情感的艺术方法,都可以运用到词的创作中来。

  缪钺论贺铸词云:"匡济才能未得施,美人香草寄忧思。《离骚》寂寞千年后,请读《东山乐府》词。"② 词体"要眇宜修"的特质决定其在抒情言志时常借助草木虫鱼、风云月露等自然之景及女子口吻,以委折抑塞之法出之。这种借景抒情、托志帷房的表达方式同《离骚》美人香草的手法实为一体。谢章铤在《赌棋山庄词话》中云:"美人香草,《离骚》半多寄托;朝云暮雨,宋玉最善微言。识曲得真,是在逆志。因噎废食,宁复知音。"③ 陈廷焯在《白雨斋词话》中云:"十三国变风,二十五篇楚词,忠厚之至,亦沉郁之至,词之源也。"④ 沈祥龙在《论词随笔》中云:"屈宋之作,亦曰词,香草美人,惊乎绝绝,后世倚声家所由祖也。故词不得楚骚之意,非淫靡,即粗浅。"⑤ 都认为词的创作手法与楚骚之体有相通之处。诚如周建忠在《楚辞论稿》中所说:"屈原的楚辞抒情模式,尤其容易引起几乎具有同样生活、素养、遭遇的后代文人的心灵振荡与再现欲望,虽然诗体更替,但'内核'始终凝聚,'顽固'地传承,它在有的样式中可能是隐晦的、变形的、貌合神离的,在另外一些样式中,却是时隐时现、神貌契合的,而在内容、形式的相似、相通、相同方面,却莫过于'词'这种文学样式。"⑥ 缪钺论贺铸一诗虽旨在指出贺铸词借美人香草之辞以抒发所志不遂、孤寂自守的特点,将贺铸词的源头上溯至楚骚,认为贺铸的经历与屈原有相似之处,实则暗含着对词体"比兴寄托"之法运用的认可。缪钺论苏轼、辛弃疾词与《庄子》、楚骚的关系云:"超旷豪

---

① 唐圭璋编:《词话丛编》,中华书局 1986 年版,第 259 页。
② 缪钺、叶嘉莹:《灵谿词说正续编》,北京大学出版社 2014 年版,第 224 页。
③ 唐圭璋编:《词话丛编》,中华书局 1986 年版,第 3367 页。
④ 陈廷焯著,杜维沫校点:《白雨斋词话》,人民文学出版社 1959 年版,第 4 页。
⑤ 唐圭璋编:《词话丛编》,中华书局 1986 年版,第 4048 页。
⑥ 周建忠:《楚辞论稿》,中州古籍出版社 1994 年版,第 202 页。

雄各不同，苏辛词境树新风。黄流九曲寻源去，都在《庄》《骚》孕育中。"① 词人对《庄子》、楚骚的承继，最显著的体现便是这种"以一首词中形象的全体或部分来暗喻作者所要寄托的意思"② 的曲折表现手法。

词之为体，与诗有着一定的区别，但亦有千丝万缕的联系。张惠言在《词选序》中云："词者，盖出于唐之诗人采乐府之音，以制新律，因系其词，故曰'词'。"③ 缪钺赞成张惠言的观点。其云："盖唐代以诗入乐，诗句齐整，而乐谱参差，以词就谱，必加衬字，久之，感其不便，于是或出于乐工之请求，或由于诗人之自愿，依乐谱之音律，作为长短句之新词，以便歌唱，所谓'逐弦吹之音，为侧艳之词'，而词体遂兴。"④ 缪钺虽然甚为重视词体深美闳约、幽眇迷离之特质，视比兴寄托为词的常用创作之法，但他对以诗为词亦持认可态度。在缪钺看来，以诗为词之法对词体的开拓创新具有重要的意义。

缪钺论陈与义云："诗法为词亦一途，简斋于此得骊珠。杏花疏雨传佳什，自有神情似大苏。"纪昀等在《四库全书总目提要》中评陈与义词"语意超绝"，"吐言天拔，不作柳弹莺娇之态，亦无疏笋之气，殆于首首可传，不能以篇帙之少而废之。方回《瀛奎律髓》称杜甫为一祖，而以黄庭坚、陈师道及与义为三宗。如以词论，则师道为勉强学步，庭坚为利钝互陈，皆迥非与义之敌矣"⑤。缪钺认为，陈与义词之所以能得到如此高的评价，与《无住词》中诗法的运用有关。其云："以诗为词，也是宋词发展中的一种途径。如果运用恰当，即是说，将作诗的方法运用到填词中去，而又能保持词的情韵意味，那么，这些作品，虽然缺少许多词作中的那种隐约幽微、烟水迷离之致，然而疏快明畅，也自有其可取之处。苏东坡在这方面的尝试是很有效的，其他诗人也有这样做的，陈与义就是一个。"⑥ 陈与义将作诗之法运用到词中，故使词呈现出别样的风貌。其《临江仙》（忆昔午桥桥上饮）一词，笔法空灵，上片追忆二十余年前洛中旧

---

① 缪钺、叶嘉莹：《灵谿词说正续编》，北京大学出版社2014年版，第188页。
② 沈祖棻：《宋词赏析》，上海古籍出版社1980年版，第225页。
③ 张璋、职承让、张骅、张博宁编纂：《历代词话》，大象出版社2002年版，第1269页。
④ 缪钺著，缪元朗编：《诗词散论》，北京大学出版社2018年版，第11页。
⑤ 永瑢等：《四库全书总目》卷一百九十八，清乾隆武英殿刻本。
⑥ 缪钺、叶嘉莹：《灵谿词说正续编》，北京大学出版社2014年版，第280页。

游，下片抒发离乱沧桑之感，有浑然天成之境。

另一个善于将诗法运用到词中的人乃姜夔。缪钺论姜夔第一首诗云："江西诗法出新裁，清劲填词别派开。幽韵冷香风格异，湘皋月坠见红梅。"① 缪钺从风格形成的原因着手，探究诗法对词的创作的影响。他在《姜白石之文学批评及其作品》一文中道："白石词之特点，即在以江西派诗人作诗之法作词。白石早年学黄山谷诗，用心甚苦，所入颇深，既得其法，而移以作词，遂开新境。盖江西派诗人如黄山谷、陈后山等，作诗能创新法，而不工词，运用此种新法以作词，则白石之功，故白石亦可谓词中之江西派也。"② 姜夔作诗由江西诗派入，由早期的一语噤而不敢吐，到逐渐摆脱束缚追求自然之妙境。诗词本有互通之处。姜夔精研诗法多年，作词难免受诗法影响。缪钺认为，姜夔词之所以别开生面以至于开宗立派、影响深远，正是与诗法的参悟有关。

运用古人诗意入词，贵在浑然天成。尽管缪钺对晚唐、五代及北宋前期词的直抒胸臆、不假雕饰甚为属意，认为北宋中叶以后词作渐趋工巧，不复早期活色生香之状，但他对于那些不露痕迹地化用古人诗句之作还是极为赞赏的。其论吴激词云："填词檃栝唐诗句，《片玉》《东山》角两雄。争似吴郎新乐府，浑然人巧夺天工。"③ 吴激，字彦高，乃宰相吴栻之子。北宋末，奉使于金，被留不遣。北宋亡，遂仕于金，官翰林待制，后出知深州，卒。《片玉》、《东山》分别为周邦彦、贺铸的词集。缪钺指出，周邦彦、贺铸善于运化古人诗句于词，"巧丽精工，然终见用力之迹，斧凿之痕，晚唐、五代词中浑朴自然之风味亦稍减矣"④。相对而言，吴激作词不多，词名亦不盛，然其"皆精微尽善，虽多用前人诗句，其剪裁缀辑，皆若天成，真奇作也"⑤。事实上，无论是"比兴寄托"还是"以诗为词"，都是词在发展过程中的产物。对于词人而言，任何一种艺术方法的运用都要以彰显词体的特质为目的。

缪钺学词、论词、治学深受张尔田、王国维、陈寅恪等人的影响。他

---

① 缪钺、叶嘉莹：《灵谿词说正续编》，北京大学出版社2014年版，第347页。
② 缪钺著，缪元朗编：《诗词散论》，北京大学出版社2018年版，第281页。
③ 缪钺：《灵谿词说（续）》，《四川大学学报》（哲学社会科学版）1982年第4期。
④ 缪钺：《灵谿词说（续）》，《四川大学学报》（哲学社会科学版）1982年第4期。
⑤ 刘祁：《归潜志》卷八，清武英殿聚珍版丛书本。

在《学词小传》中说："生平学词，深得诸师友之助，而张孟劬先生（尔田）之教益尤为深切。"① 又在《自传及著作简述》中道："读到王静安、陈寅恪两位先生的著作，对我影响很大。"② 作为一位出生于民国时期，生活于新时代的学者，缪钺论词绝句中的批评观念呈现出以传统性为依托，以现代性为增长点的特征。总体而言，缪钺论词绝句中的批评观念主要表现为：一是强调词体"要眇宜修"的特质，认为词之为体，兼有幽眇迷离之致与深厚的情味意境，后者为词体生发的动力；二是主张在立足词作审美特质与词情表达的同时，开拓词的题材与风格，增强文体的艺术表现力；三是将词视为发展着的文体，强调它既有弥久不变的体制特性，又有具体发展阶段的历史特征；四是提倡词法门径的多样性，主张只要有利于凸显词作幽眇的特质与深挚情感的方法，都可运用到词的创作中来。缪钺论词绝句的批评观念始终围绕着词体的特质而展开，在我国传统词学史上具有十分重要的价值及地位。

第四节 启功《论词绝句二十首》的批评观念与论说特点

启功（1912—2005），爱新觉罗氏，字元白，满族。我国当代著名书画家、诗人、红学家、古典文献学家。著有《启功丛稿》、《启功韵语》、《古代字体论稿》等。《论词绝句二十首》收在《启功全集》第六卷《启功韵语》之中。

论词绝句是词学领域一种传统的理论批评形式，论词者采用绝句（以七言为主，亦有六言、五言）的形式，对词史、词家、词作、词事、词风、词派等进行概括评说。作为论诗绝句的衍生延伸，论词绝句的出现较晚。它孕育衍生于宋元明时期，成长发展于清代前期，全面繁盛于清代中期，继续流衍于民国时期。嗣后，随着西方新思想、新批评的涌入，新文化运动的兴起，论词绝句这一批评形式虽似黯淡然并未就此匿迹。陈声

---

① 缪钺：《缪钺全集》（第三卷），河北教育出版社2004年版，第378页。
② 北京图书馆《文献》丛刊编辑部、吉林省图书馆学会会刊编辑部编：《中国当代社会科学家》（第三辑），书目文献出版社1983年版，第337页。

聪、夏承焘、缪钺、启功、叶嘉莹、吴熊和等人都有硕果存留。他们驰骋才养，融学力于词，以"旧瓶装新酒"的形式，使论词绝句的创作仍然绽放出异彩。

一 批评观念

论词绝句作为一种批评体式，虽然受限于形式的短小，作者的批评观念不能全面地呈现出来，甚至可能会因作者"兴之所至"的缘故，在表达观点时有不谨严之处，但仔细剖析每首诗的内容，结合作者的其他论说，却是深思熟虑，能凸显其词学思想的。

（一）赞赏真情实感，批评矫揉造作

启功十分赞赏苏轼和李清照的诗词。他曾言："我认为苏轼的诗之所以好，主要是因为他写出了真性情……李清照的词之所以可爱，是因为她敢于用明白如话的语言写自己的真情实感，而从不隐藏。"[①] 苏轼和李清照的这种创作旨趣同启功"我手写我口"、"我手写我心"的美学主张是一致的。在启功看来，诗歌的最高境界是"佳者出常情，句句适人意。终篇过眼前，不觉纸有字"[②]。好的诗要"做到诗中有我"，即让读者无须揣摩字句就能领略作者的情意，只要一读就知道是谁的诗。换句话说，好的诗，一方面当有人类的情感共性，能引起读者的共鸣；另一方面能见出作者的创作个性，体现独特的风格特色。启功此论虽似对那些辞藻工丽、形式奇巧的诗词似有不公，但事实上，他是就诗词创作的关键而言的。诗词的语言和表现形式固然重要，然"用韵率通词曲，隶事懒究根源。但求我口顺适，请谅尊听絮烦"[③]。对于诗词的平仄押韵问题，他认为只要合辙押韵，听起来和谐即可。启功又指出，"反映现实、表现生活应有多种形式。就事论事、直抒胸臆是一种方式，寄托、比兴也是一种方式。两种方式因

---

① 启功口述，赵仁珪、章景怀整理：《启功口述历史》，北京师范大学出版社2004年版，第199页。
② 启功口述，赵仁珪、章景怀整理：《启功口述历史》，北京师范大学出版社2004年版，第200页。
③ 启功口述，赵仁珪、章景怀整理：《启功口述历史》，北京师范大学出版社2004年版，第198页。

人而异，因时而异，不能说哪种优于哪种"①。可见，在诗词创作中，用语习惯、表现形式等都是因人而异的，孰好孰坏得视具体情况而论。然而，无论哪种题材的作品，对于真情实感的要求都是一致的。就启功自身的创作实践而言，他倾向于采用寄托、象征的手法，即借助写景咏物等方法来委婉含蓄地表现思想情感。但亦不乏直接抒发内心情感之作，如悼念亡妻的《痛心篇》二十首，便用甚为浅显的语言表达对亡妻的深切思念，读之感人泪下。

基于以上观念，启功对周邦彦、史达祖、吴文英提出了批评。其《论词绝句二十首》评周邦彦云："美成一字三吞吐，不是填词是反刍。"② 所谓"一字三吞吐"，当指周邦彦遣词用字过于讲究这一现象。周邦彦善于熔炼字句，且所用字"往往自唐、宋诸贤诗句中来，而不用经、史中生硬字面"③，故而有浑厚和雅之美。也正因如此，启功认为他不是在"填词"，而是在"反刍"，在"把没味道的东西嚼来嚼去"④。其《论词绝句二十首》评史达祖云："顾影求怜苦弄姿，连篇矫揉尽游辞。史邦卿似周邦彦，笔下云何我不知。"⑤ 史达祖以咏物词著称，周济在《介存斋论词杂著》中曾云："梅溪甚有心思，而用笔多涉尖巧，非大方家数，所谓一钩勒即薄者。"⑥ 刘熙载在《艺概》中亦云："周美成律最精审，史邦卿句最警炼，然未得为君子之词者，周旨荡，而史意贪也。"⑦ 精致奇巧是史达祖词的一大特色，然正因其过于精雕细琢、刻意研炼，故而被批评非"大方家数"、虚浮不实。启功的《论词绝句二十首》又评吴文英云："崎岖路绕翠盘龙，七宝楼台蓦地空。沙里穷披金屑小，隔江人在雨声中。"⑧ 吴文英词重视格律声情，讲究修辞用典，结构富有变化，"词风空灵奇幻、绵

---

① 启功口述，赵仁珪、章景怀整理：《启功口述历史》，北京师范大学出版社2004年版，第198页。
② 启功：《启功全集》（第六卷），北京师范大学出版社2009年版，第67页。
③ 唐圭璋编：《词话丛编》，中华书局1986年版，第277—278页。
④ 启功口述，赵仁珪、章景怀整理：《启功口述历史》，北京师范大学出版社2004年版，第199页。
⑤ 启功：《启功全集》（第六卷），北京师范大学出版社2009年版，第68页。
⑥ 唐圭璋编：《词话丛编》，中华书局1986年版，第1632页。
⑦ 唐圭璋编：《词话丛编》，中华书局1986年版，第3692页。
⑧ 启功：《启功全集》（第六卷），北京师范大学出版社2009年版，第68页。

丽幽深、工于锤炼、长于用事"①。这种独特的艺术风格使得论者对吴文英词评价不一。褒之者曰："求词于吾宋者，前有清真，后有梦窗。"② 贬之者言："吴梦窗词如七宝楼台，眩人眼目，碎拆下来，不成片段。"③ 显然，启功是在贬之者行列的。"崎岖路绕翠盘龙"，此句化用吴文英《风流子》中的"温柔酎紫曲，扬州路、梦绕翠盘龙"之句，形象地指出吴文英词意脉迂曲的特点；而"七宝楼台蓦地空"，既表明作者赞成张炎对吴文英词"如七宝楼台，眩人眼目，碎拆下来，不成片段"④ 的评价，又点明了其对吴文英词重视外在形式而轻视情感内容的不满。

（二）称扬气格深厚，贬抑风格柔靡

"厚"是积于内而发于外的一种情感传达，是一种沉郁至深之情状。词以言情为主，而词情之"真"与"深"密切相关。情真乃词之基点，只有以此为基础，再加上婉转笔法、丰富经历等，才能使情"深厚"。在词学批评史上，"厚"作为审美范畴，第一次出现于张炎的《词源》之中，张炎评周邦彦词"浑厚和雅"。嗣后，晚清词论家不但对"厚"的美学内涵进行了总结论说，且结合当时创作实践对"厚"的审美表现作出新的阐说。如，刘熙载"寄厚于轻"、谭献"柔厚之旨"、陈廷焯"温厚以为体"、况周颐"填词以厚为要旨"，都是这一时期词学理论批评结出的硕果。民国时期，赵尊岳在前人的基础上提出了"朴厚"的观点。启功虽未直接提出词贵深厚之论，但从其批评的褒贬态度上可以见出，他是深为赞赏气格深厚之词而力批风格柔靡之作的。

如上所述，启功对李煜和李清照之词持赞赏态度，持论李煜乃"命世才人"，"两篇绝调即千古"，认为李清照"清空如话斯如话，不作藏头露尾人"。尽管在传统词史上，李煜和李清照都被视为婉约词人，然而他们都是经历过国破家亡之人，这种巨大的人生转变投射到创作中便使得他们的词多了一份命运感、伤痛感。纪昀等《四库全书总目提要》云："清照以一妇人，而词格乃抗轶周柳。……虽篇帙无多，固不能不宝而存之，为

---

① 周密编纂，邓乔彬、彭国忠、刘荣平撰：《绝妙好词译注》，上海古籍出版社2000年版，第187页。
② 黄大舆编，许隽超校点：《唐宋人选唐宋词》，上海古籍出版社2004年版，第835—836页。
③ 唐圭璋编：《词话丛编》，中华书局1986年版，第259页。
④ 唐圭璋编：《词话丛编》，中华书局1986年版，第259页。

词家一大宗矣。"① 相比而言，晏殊一生悠游富贵，其《珠玉词》多吟于舞榭歌台，虽温润秀洁，理致深蕴，然缺少一种内在的张力。故此，启功用"瓦砾堆"一词来加以批评。此外，启功称扬辛弃疾词"意气干云声彻地"，这种"意气"是词人内在灵魂与生命状态的流露。辛弃疾二十一岁便参加抗金义军，一生以收复失地为念。其词无论豪放激昂还是婉约含蓄，都"极沉郁顿挫之致"，且豪而不放，壮中见悲，气格深厚。相反，启功在第二十首论词绝句中所批判的那些伪豪放派之作，"豪放装成意外声，欲教石破复天惊"，则徒有粗语、壮语与貌似广阔的艺术面貌，终不能撼人心灵。

（三）论词以"清"为高

启功初学作诗时受傅心畬影响颇大。傅心畬论词主张清彻空灵，作诗喜学唐音。受其影响，启功初期的诗歌亦"力求格调圆美，文笔流畅，词汇优雅"②。然而，这种诗歌毕竟离现实生活较远，缺乏个人情志。故而，其后的诗歌以紧扣生活、抒发性灵为主，笔调也渐为开阔，形成了以嬉笑诙谐、杂以嘲戏为主要风格的"启功体"。尽管如此，还是没有改变他对"清"这一风格的喜爱。

在《论词绝句二十首》所论十七位词人中，启功对姜夔有着很高的评价。其云："词仙吹笛放船行，都是敲金戛玉声。两宋名家谁道着，春风十里麦青青。"③ 启功将姜夔视为两宋词人中的名家，认为姜夔词如"敲金戛玉"一般美妙，可见其对姜夔词的喜爱。据魏新河《启功与姜夔》一文记载，启功深爱姜夔，他的评论经常涉及姜夔。在书法之作中，他爱书写姜夔的诗词，爱画姜夔之诗的主题与意境。他有一幅书法之作，即姜夔《湖上寓居杂咏》中的第一首"荷叶披披一浦凉"，启功颇爱此，在这一幅字末尾系小款两行云："白石道人诗无败笔，足冠南宋。"启功之所以对姜夔有如此高的评价，很大程度上与他们的审美旨趣相与契合有关。姜夔词清空骚雅，"如野云孤飞，去留无迹"，而启功的书画亦追求意态冲和，

---

① 永瑢等：《四库全书总目提要》，《万有文库》本，商务印书馆1923年版，第57页。
② 启功口述，赵仁珪、章景怀整理：《启功口述历史》，北京师范大学出版社2004年版，第195页。
③ 启功：《启功全集》（第六卷），北京师范大学出版社2009年版，第68页。

有清隽之美。另外，启功称道李清照"清空如话斯如话"，赞赏张炎"情深不碍语清圆"，可见其对"清"这种艺术风格甚为欣赏的态度。

二 论说特点

启功虽以书法艺术闻名，然其诗词创作精于格律又不为格律所束缚，真率自然，幽默风趣，形成独特的"启功体"，在当代享有盛誉。作为一名学者型诗人，启功的论词绝句兼有众长，语言朴直，音韵流畅，气象疏朗，于自然天成中见出作者的涵养、性情与学力。

启功的《论词绝句二十首》所论对象，涉及李白、温庭筠、李煜、冯延巳、柳永、晏殊、苏轼、贺铸、周邦彦、李清照、辛弃疾、姜夔、史达祖、吴文英、张炎、陈维崧、纳兰性德、顾春十八家，第十九首和第二十首分别论说伪婉约派及伪豪放派词，可视为词学风格流派之总论。

（一）擅长摘录词人名句入诗

启功的二十首论词绝句中，有十四首化用或袭用词人名句入诗，占总数的百分之七十，可见其对化用这一论说形式之喜爱。兹将化用或袭用的情况列表如下：

论说对象	诗句	化用或袭用出处
李白	暝色高楼听玉箫（句首）	《菩萨蛮》："暝色入高楼，有人楼上愁。"
温庭筠	两行征雁一声鸡（句尾）	《更漏子》："两行征雁分。京口路，归帆渡，正是芳菲欲度。银烛尽，玉绳低，一声村落鸡。"
李煜	一江春水向东流（句首）	《虞美人》："恰似一江春水向东流。"
冯延巳	新月平林鹊踏枝（句首） 风行水上按歌时（二句）	《鹊踏枝》："独立小桥风满袖，平林新月人归后。" 《谒金门》："风乍起，吹皱一池春水。"
柳永	渐字当头际遇乖（二句）	《八声甘州》："渐霜风凄紧，关河冷落，残照当楼。"
晏殊	却甘词费燕归来（句尾）	《浣溪沙》："无可奈何花落去，似曾相识燕归来。"
苏轼	潮来万里有情风（句首）	《八声甘州》："有情风万里卷潮来，无情送潮归。"
贺铸	斗酒雷颠醉未休（句首） 路人但唱黄梅子（三句）	《小梅花》："作雷颠，不论钱，谁问旗亭美酒斗十千。" 《青玉案》："试问闲愁都几许？一川烟草，满城风絮，梅子黄时雨。"

第六章　新中国成立以来的论词绝句

续表

论说对象	诗句	化用或袭用出处
辛弃疾	夕阳红处倚危栏（句首） 群山不许望长安（句尾）	《摸鱼儿》："休去倚危楼，斜阳正在，烟柳断肠处。" 《菩萨蛮》："西北望长安，可怜无数山。"
姜夔	春风十里麦青青（句尾）	《扬州慢》："过春风十里，尽荠麦青青。"
吴文英	崎岖路绕翠盘龙（句首）	《风流子》："温柔酲紫曲，扬州路、梦绕翠盘龙。"
张炎	万绿西泠一抹烟（句首）	《高阳台》："万绿西泠，一抹荒烟。"
陈维崧	笔端黄叶中原走（二句）	《点绛唇》："悲风吼，临洺驿口，黄叶中原走。"
顾春	花枝不作可怜红（句尾）	《苍梧谣·题墨牡丹》："依，淡扫花枝待好风。瑶台种，不作可怜红。"

由上表可知，启功的《论词绝句二十首》在化用或袭用时，除"一江春水向东流"（评李煜）、"万绿西泠一抹烟"（评张炎）两处是较为完整地摘录自词人词作之外，其余十二首都是以化用一两个句子或袭用其中一个短语的形式出现；且除评冯延巳、贺铸、辛弃疾三位词人的论词绝句，分别化用了两首词中的句子外，其余都是化用或袭用一首词中的词句。究其缘由，大抵与论词绝句体制短小有关。有限的篇幅使得完整地摘录词句或摘录多首词中的名句显得过于奢侈，而以化用或袭用部分语句的形式论说则易于扩充容量，便于作者更好地传达观念。首先，从化用或袭用所出现的位置看，虽半数以上都出现在论词绝句的句首（八首，占百分之五十七），但仍有部分出现在句中及尾句，可见启功对这一论说形式运用之娴熟。其次，从化用或袭用的对象上看，尽管这些句子大都出自词人名作，但未必是影响最大之词。如《更漏子》并非温庭筠的名作，然启功在评说温庭筠时，结尾化用了"两行征雁分。京口路，归帆渡，正是芳菲欲度。银烛尽，玉绳低，一声村落鸡"之句。又如，贺铸《小梅花》一词并非其名作，然启功在该首词的首句化用了《小梅花》"作雷颠，不论钱，谁问旗亭美酒斗十千"之句。贺铸有"黄梅子"之称，其《青玉案》通过对暮春景色的描写，抒发作者的"闲愁"。全词借美人香草之辞以抒发其所志不遂与孤寂自守的"闲愁"，立意新奇，能引起人们无限的想象，为当时传诵的名篇。然启功言"小梅花最见风流"，认为最能见出贺铸词之韵致的，当属《小梅花》而非《青玉案》。他认为，《小梅花》一词融时光

311

流转的苦闷之情、把酒言欢的洒脱之态、功业难成的悲凉之意于一体,有一种激越之情,故而"最见风流"。可见,启功在选择化用或袭用时,并不着眼于词句在读者中的接受程度,而是以能否见出词人独特的艺术风貌为依据,选择最为典型的语句,意在使读者对词人的风格有更为清楚明白的感悟体认。

(二) 善于结合词人生活际遇而论

启功的《论词绝句二十首》在论说温庭筠、李煜、冯延巳、柳永、晏殊、李清照、辛弃疾等人时,都联系他们的生活际遇加以立论。其评温庭筠云:"谁识伤心温助教,两行征雁一声鸡。"[1] 温庭筠出身于没落贵族家庭,虽富天才,却多次进士未第,曾官国子监助教;他行为放浪,一生不得志,故作者称其为"伤心"之人。那傍晚纷飞的征雁给人的离别之感及晨响的鸡鸣给人的落寞之情,与温庭筠的落魄形象十分贴合,启功从其词中拣选出这两个意象来加以评价,可谓妥帖得当。

启功的《论词绝句二十首》评柳永云:"词人身世最堪哀,渐字当头际遇乖。岁岁清明群吊柳,仁宗怕死妓怜才。"[2] 与温庭筠一样,柳永一生仕途坎坷、生活潦倒,直至宋景祐元年(1034)才赐进士及第,时已年近半百。柳永生前多混迹于歌楼妓馆,为教坊乐工和歌姬填词,一生落魄,去世时家无余财,群妓合资葬于城南郊外。虽然柳永的身世令人哀怜,然其去世后有"岁岁清明群吊柳"的场面。启功运用对比手法将柳永生前身后之差异凸显出来,虽未对后者词作艺术风格进行直接论说,但仍可见出他对柳词地位及影响力的由衷肯定。

一般而言,词人的创作与身世有着密切的联系。鉴于此,启功在评价词人成就时,常常将词品与人品结合起来加以论说。其《论词绝句二十首》评李清照云:"毁誉无端不足论,悲欢漱玉意俱申。清空如话斯如话,不作藏头露尾人。"[3] 启功认为李清照的词与其为人一样,一者明白如话,一者光明磊落。她是我国文学史上著名的女词人,擅长将寻常之语熔炼于词,以白描手法创造动人的意境,以真情填词,使词"能曲折尽人意"、

---

[1] 启功:《启功全集》(第六卷),北京师范大学出版社2009年版,第64页。
[2] 启功:《启功全集》(第六卷),北京师范大学出版社2009年版,第64页。
[3] 启功:《启功全集》(第六卷),北京师范大学出版社2009年版,第67页。

"姿态百出"。历史上对李清照曾颇多毁誉，究其原因，主要是针对其是否再适张汝舟一事。在启功看来，"毁誉无端不足论"，虽然历史上就李清照是否再嫁曾出现过如此多的争论，但不管如何，李清照与赵明诚夫妻的伉俪深情在《漱玉集》中跃然纸上，是不容置疑的。其《论词绝句二十首》评顾春云："词品欲评听自赞，花枝不作可怜红。""花枝"一句，化自《苍梧谣·题墨牡丹》，原句为："侬，淡扫花枝待好风。瑶台种，不作可怜红。"此词表面似在咏写墨牡丹不合流俗的品性，实乃托物寓志，表达作者坚守节操的气节和崇尚清雅的意趣。启功所谓"词品欲评听自赞"，可见出其对词人词品与人品的双重肯定。

（三）常评词作特质与词人历史地位

虽然启功书名大于画名，画名大于诗名，但实际上他确是一位风格独到、造诣精湛的诗人与批评家。从数量上看，仅其陆续出版的《启功韵语》、《启功絮语》、《启功赘语》就收录了三百六十五题六百七十余首诗词，这其中，尚不包括很多被删减的作品。其实，启功从小就对诗词有着浓厚的兴趣。受祖父的影响，他在小时候就吟咏背诵了大量的诗词，这一方面为其日后的创作奠定了良好的基础，另一方面也为其诗词鉴赏提供了路径，培养了感悟力。

在论词时，启功能一针见血地道出词人的艺术特质。其《论词绝句二十首》评温庭筠云："词成侧艳无雕饰，弦吹音中律自齐。"他认为温庭筠词虽"侧艳"却无"雕饰"，用语浑然天成，音律谐婉。其又论冯延巳云："新月平林鹊踏枝，风行水上按歌时。"他认为冯延巳词自然流畅，所表现内容虽不出《花间》之属，但其词善叙人物心境、感受和体验，有忧患之情与生命之思，在格调上远超"白雪词"。此外，其言晏殊词"柔情似水"，言姜夔词乃"敲金戛玉声"，言吴文英词"崎岖路绕"，言张炎词"用情深厚"、语言"清圆"，都是对这些词人之作特质深入体会后而得出的结论。启功一生耕耘在中国传统文化之中，对词的艺术特质有着独到的解会，他不人云亦云，而是将褒贬直接呈现在纸上。在所论说的十八位词人中，相对而言，他对李煜、苏轼、李清照、辛弃疾、姜夔、张炎、陈维崧等人持赞赏之态度，而对晏殊、周邦彦、史达祖、吴文英、纳兰性德等人则稍显批评之取向，显示出褒贬分明、持论有据的特点。兹将启功《论词绝句二十首》对于论说对象的态度列表如下：

论说对象	论说态度	论说诗句	论说对象	论说态度	论说诗句
李白	持中	继响缘何苦寂寥	李清照	赞赏	不作藏头露尾人
温庭筠	持中	词成侧艳无雕饰	辛弃疾	赞赏	意气干云声彻地
李煜	赞赏	两篇绝调即千古	姜夔	赞赏	都是敲金戛玉声
冯延巳	赞赏	不必谦称白雪词	史达祖	批评	连篇矫揉尽游辞
柳永	持中	词人身世最堪哀	吴文英	批评	七宝楼台蓦地空
晏殊	批评	珠玉何殊瓦砾堆	张炎	赞赏	情深不碍语清圆
苏轼	赞赏	无数新声传妙绪	陈维崧	赞赏	词豪一代几曾闻
贺铸	持中	小梅花最见风流	纳兰性德	批评	数典文人病健忘
周邦彦	批评	不是填词是反刍	顾春	赞赏	词品欲评听自赞

在深入地观照词人词作特质的前提下，启功对词人的历史地位进行了缕析。他称李煜乃"命世才人"，有着极高的艺术天赋，认为他虽有帝王的不幸遭遇，但这种不幸使其词的创作登上艺术巅峰，以使两篇绝调《虞美人》、《浪淘沙》能够在历史上流传千古；其又论苏轼"无数新声传妙绪"，不仅是豪放派的代表，更是继往开来的词人，在文学史上有着开创性独特地位；他还视姜夔为两宋词坛当之无愧的名家，认为一首《扬州慢·淮左名都》就足以见其才华；如此等等。如果说对词人词作特质的体悟是点与面的铺排，那么对词人历史地位的确认则是线的勾连。虽然启功《论词绝句二十首》所论数量并不算多，但作者鲜明的论说观点还是得到了很好的展现。他在我国当代词学批评史上有着显著的地位。

第五节 叶嘉莹论词绝句的批评观念与论说特点

叶嘉莹（1924—），号迦陵，生于北京，本姓叶赫那拉，祖上为蒙古裔满族人，著名诗词家、中国古典文学家。她自小受"新知识、旧道德"的家庭教育，1945年毕业于辅仁大学国文系，之后一直从事教育工作，以传承弘扬中华传统文化为己任。叶嘉莹擅长以深入浅出的文字，应用于对中国传统诗词的探究与阐释之中，卓然成家。她天资敏慧，才思出众，典雅细腻的文笔以及半生漂泊坎坷的经历，使得其在谈诗论词时往往能感常人之未感，悟常人之少悟。她曾先后任职于台湾大学，美国密歇根大学、哈佛大学，后来定居加拿大温哥华，任不列颠哥伦比亚大学终身教授，并于1991年当选加拿大皇家学会院士。1993年回国，任南开大学中华古典文化研究所所长。

作为蜚声中外的一位学者，叶嘉莹所获殊荣甚多，如获2015—2016年度"影响世界华人大奖"终身成就奖，2018年度"最美教师"称号，南开大学教育教学终身成就奖，等等。其著作主要有《迦陵论词丛稿》、《迦陵论诗丛稿》、《唐宋词十七讲》、《唐宋名家词赏析》、《中国词学的现代观》、《中国古典诗歌评论集》、《杜甫秋兴八首集说》、《王国维及其文学批评》、《唐宋词名家论稿》、《清词丛稿》、《词学新诠》、《迦陵杂文集》等。

叶嘉莹与缪钺合著有《灵谿词说》。其中，叶嘉莹创作有五十首诗，论及的对象涉及十六位唐宋词人，即温庭筠、韦庄、冯延巳、李璟、李煜、晏殊、欧阳修、柳永、晏几道、苏轼、秦观、周邦彦、陆游、辛弃疾、吴文英、王沂孙。她用七言绝句的形式概括词人词作的主要内涵、艺术特点及总体成就等，揭示各家词作的精微之处及其历史地位。

一　批评观念

（一）推扬真情书写

真情是叶嘉莹论词的核心，词中流露的真情可促使读者感发兴起。叶嘉莹在论词绝句中所推扬的一面，如论李璟、晏殊、柳永及吴文英之词，其中所具的迟暮之哀、年华易逝、悲慨之情，见于对凋敝事物、黄昏景象等的慨叹之中；其论李煜词，多强调国破家亡之恨见于后期词作风格的突变中；其论欧阳修词，则强调创作主体豪兴真情见于对自然美景的描绘中。

叶嘉莹的《灵谿词说》论李璟云："凋残翠叶意如何，愁见西风起绿波。便有美人迟暮感，胜人少许不须多。"[1] 诗作前二句源自李璟《摊破浣

---

[1]　程郁缀、李静：《历代论词绝句笺注》，北京大学出版社2014年版，第660页。

溪沙》的开端，以凋敝残叶、肃杀凄清的秋风，书写人的憔悴的年华容色，抒发对美好景物和生命消逝之哀感。此正如王国维称赏其有"众芳芜秽"、"美人迟暮"之寓意。李璟传世之作甚少，却能以少胜人多，其缘由正是词作富于感发力，于景中生发动人之情。又如，其《灵谿词说》论晏殊云："词风变处费人猜，疑想浇愁借酒杯。一曲标题赠歌者，他乡迟暮有深哀。"① 晏殊的一首变调之作为《山亭柳·赠歌者》。全词声情激越，给人寂寥落寞之感，与晏殊一贯的旷达温润之风格格不入。郑骞认为此词乃晏殊借他人之酒杯而抒发自己暮年失志的悲慨。对此，叶嘉莹认为郑骞之言甚为有见。晏殊不愿把自我落寞的真情直接发泄，故在遇到一个迟暮凄凉的歌者时，借《赠歌者》之题表露感慨激越之心声。还如，其《灵谿词说》评柳永云："休将俗俚薄屯田，能写悲秋兴象妍。不减唐人高处在，潇潇暮雨洒江天。"② 诗作意指柳永虽擅长创制长调俗曲，但不可鄙薄其人。其缘由乃柳永能够以高远之兴象书写秋士之悲慨，真情动人，为世人所传诵。如《八声甘州》诸作，其景物形象之开阔博大与声律气势之雄浑矫健，都传达出强大的艺术感发力。

真情的抒发离不开与情思相似景物的描绘，而能体现词人情意悲切的景物，则大多为黄昏落日、长夜寂寥、深秋衰草、萧疏冬日一类的意象。张綖在《草堂诗余别录》中曾云："词以写情，情之所注，尤在初昏时。故词家多言黄昏。"③ 张綖论断词人表现内心深处细腻的愁怨之情，往往通过黄昏这一时令来加以体现与烘托，其含蓄隽永而意味深长。叶嘉莹的《灵谿词说》论吴文英云："断烟离绪事难寻，辽海蓝霞感亦深。独上秋山看落照，残云剩水最伤心。"④ 其中，所述"蓝霞"、"落照"的黄昏之景，颇具感伤凄凉之意。前句出自吴文英的《霜飞叶·重九》一词，表现出作者对往事的追怀，与经历生死离别的哀伤，情意深挚，甚为感人；后句出自吴文英的《古香慢·赋沧浪看桂》，此词更具有感慨悲凉之意，大有亡国之哀思。

---

① 程郁缀、李静：《历代论词绝句笺注》，北京大学出版社 2014 年版，第 661 页。
② 程郁缀、李静：《历代论词绝句笺注》，北京大学出版社 2014 年版，第 662 页。
③ 朱崇才编纂：《词话丛编续编》，人民文学出版社 2010 年版，第 84 页。
④ 程郁缀、李静：《历代论词绝句笺注》，北京大学出版社 2014 年版，第 664 页。

以上都是对表达迟暮之哀、年华易逝、国势悲慨之作的论评，是叶嘉莹对真情书写之作的欣赏。不难发现，无论是抒发小情怀还是表达大情怀，只要情真意切均为其所推赏。论及大情怀之作不得不提及李煜词。如，叶嘉莹的《灵谿词说》云："悲欢一例付歌吟，乐既沉酣痛亦深。莫道后先风格异，真情无改是词心。"① 这是对李煜亡国前后悲欢意绪的强烈对比，尽管风格不同，但其词中不变的特色即是仍保持纯真深挚之情。李煜在国破家亡后，以深情之体认悟出一切有生之物的苦难，领悟出人类共有之悲哀。其《灵谿词说》又云："凭栏无限旧江山，叹息东流水不还。小令能传家国恨，不教词境囿《花间》。"② 李煜后期词表现出无尽的故国之思，以流水不还比喻莫可挽赎之事与无尽之沉哀。其沉哀具沉郁之致，境界阔大，实为《花间》词中之所未见。李煜词的大情怀，亡国之痛的真情流露，所蕴含的感发之力是难以言喻的。至于欧阳修词，虽不及李煜词情感表现与艺术呈现的深度，但其对自然人事的赏爱与锐感，传达出的豪兴之性，乃成为其经历忧患后的支持与慰藉。正因如此，欧阳修词同样具有真情流露之艺术功效，颇具感动人心的力量。

（二）偏赏婉约之体

"婉约"中的"婉"指柔美、婉曲之意；"约"，本义为缠束之意，引申为精练、隐约、微妙。叶嘉莹擅长以婉约之笔书写情感，在词的论评上也偏赏含蓄深厚、柔婉精微之体。她从词作风格特征入手，论及花间词人如温庭筠与韦庄，认为其词别有情致、风格婉约，多书写离愁别恨之幽约怨悱情感。叶嘉莹总结温庭筠词的特质为：不作明白之叙写，但以物象之错综排比与音律之抑扬长短增加直觉之美；温庭筠词中也有托喻之情意，故具有含蓄婉约之质。如，其《灵谿词说》论温庭筠云："绣阁朝晖掩映金，当春懒起一沉吟。弄妆仔细匀眉黛，千古佳人寂寞心。"③ 诗作将闺阁女子当春懒起的春容情态与容颜尽显，词人幽怨与寂寞蕴蓄于中。叶嘉莹加以简要点出。她评说温庭筠词喜于描摹人之情态，寥寥数句，将佳人孤寂的景况道了出来。叶嘉莹不愧为万千女子的千古知音。其又言"离合神

---

① 程郁缀、李静：《历代论词绝句笺注》，北京大学出版社2014年版，第661页。
② 程郁缀、李静：《历代论词绝句笺注》，北京大学出版社2014年版，第661页。
③ 程郁缀、李静：《历代论词绝句笺注》，北京大学出版社2014年版，第659页。

光写妙辞"①，其中的"妙"，即指温庭筠词柔婉细腻。一个"妙"字体现出作者对温庭筠词的欣赏，也是对其婉约之体的推扬。而相较之下，韦庄多作直接分明之叙述，但笔直情曲，亦即笔端劲直真切，情感深挚幽微。如，其《灵谿词说》云："谁家陌上堪相许，从嫁甘拼一世休。终古挚情能似此，楚骚九死谊相伴。"②叶嘉莹指出韦庄词注重情感的抒发，表达真挚深沉的情感，如《思帝乡·春日游》中的"妾拟将身嫁与，一生休。纵被无情弃，不能羞"，于率直中见出女子的郁结之情，深具柔美微妙之特征。

除论及温庭筠、韦庄词的婉约美外，叶嘉莹对秦观之作也加以评说。陈廷焯在《词则·大雅集》中曾评秦观《浣溪沙·漠漠轻寒上小楼》"宛转幽怨，温、韦嫡派"③。这言说出了秦观传承温庭筠、韦庄之所长。叶嘉莹采取化用的方式，点出秦观词的婉约之处。其云："花外斜晖柳外楼，宝帘闲挂小银钩。正缘平淡人难及，一点词心属少游。"④诗作第一句化用秦观的《画堂春》，此词融含敏锐难言的幽微深恨，柔婉动人；第二句摘自秦观的《浣溪沙》，同样具有细致幽微之美质。故秦观词重视表现柔婉精微的感受，令人赏重。叶嘉莹便欣赏词人含蓄深厚、缠绵盘郁及柔婉旖旎之美。叶嘉莹评冯延巳云："缠绵伊郁写微辞，日日花前病酒卮。多少闲愁抛不得，阳春一集耐人思。"⑤她总结出冯延巳词具有隐约缠绵执着之质性，其中，尤其是《鹊踏枝》一词最能体现此特征。关于欧阳修，叶嘉莹云："诗文一代仰宗师，偶写幽怀寄小词。莫怪樽前咏风月，人生自是有情痴。"⑥叶嘉莹认为，除诗文成就外，欧阳修一些即便是吟咏风月的小词，也具有柔婉沉着之特点，欧阳修较好地承衍了柔婉精微、含蓄深厚之体的艺术弘扬。

（三）推赏雅正之作

叶嘉莹是典型的中国知识分子，她的人生以诗词为伴，以诗词育人，

---

① 程郁缀、李静：《历代论词绝句笺注》，北京大学出版社2014年版，第659页。
② 程郁缀、李静：《历代论词绝句笺注》，北京大学出版社2014年版，第660页。
③ 陈廷焯：《词则》卷二，上海古籍出版社1984年版。
④ 程郁缀、李静：《历代论词绝句笺注》，北京大学出版社2014年版，第662页。
⑤ 程郁缀、李静：《历代论词绝句笺注》，北京大学出版社2014年版，第660页。
⑥ 程郁缀、李静：《历代论词绝句笺注》，北京大学出版社2014年版，第661页。

自是承衍了传统词学的"以雅为正"之精神及特征。在论词绝句中,其对典雅之作的评论便体现出对雅正典则的推赏。其《灵谿词说》论晏几道云:"艳曲争传绝妙辞,酒酣狂草付诸儿。谁知小白长红事,曾向春风感不支。"[1] 叶嘉莹认为,晏几道的《小山词》,与《花间集》中同样书写爱情为主的艳词看似相近,但其间有许多不同之处。譬如《花间集》中的艳辞丽句常不免是辞采的涂饰,而《小山词》中的句辞则别具清丽典雅之致。以成就而言,晏几道使歌筵酒席之词,在风格上更具典雅清丽之特征。叶嘉莹点出了晏几道《小山词》的雅致之处,实为以细腻的眼光推赏雅正之作。

除上述而外,叶嘉莹对周邦彦词技巧功力所长的评论,与沈义父见地近乎一致。南宋末年,沈义父从曲律运用的角度提出词的创作应以古雅为尚。他认为,词要讲究选字用调,为此,从正面标树出周邦彦词为雅正之体。叶嘉莹也认为在炼字、用律、布局上,周邦彦词都属于雅正之作。其《灵谿词说》云:"当年转益亦多师,博大精工世所知。更喜谋篇能拓境,传奇妙写入新词。"[2] 此论意在言明周邦彦填词善于炼字,妥帖工稳;精于音律,抑扬清浊;结构细密,工于布局,其笔法入乎雅致、面貌呈现圆融。周邦彦乃结北开南之人,使北宋词风发生重大的变化,归其缘由乃在于辞赋、音律上的造诣。

叶嘉莹曾提出"小词之中的修养与境界",即"小词大雅"的观念。历代所谓的"小词",一是指词的篇幅短小,二是指少有所谓言志、载道的内容。然而,叶嘉莹认为小词中仍有大雅,这种"大雅"是微言中蕴含大义,是个人境界的升华,是展现词人理想抱负的精神力量。古代词人大多无法实现自身的理想,故借词作来排遣心中积郁,而这样的词蕴含作者之志,同样属于雅正之作。论及具有忠义之心、事功之志的词人,不得不提及辛弃疾。叶嘉莹表明辛弃疾一向是她极为赏爱的词人,其词尽显民族忠义,意气风发,乃大雅之作。其《灵谿词说》论辛弃疾云:"少年突骑渡江来,老作词人事可哀。万里倚天长剑在,欲飞还敛慨风雷。"[3] 辛弃疾

---

[1] 程郁缀、李静:《历代论词绝句笺注》,北京大学出版社2014年版,第662页。
[2] 程郁缀、李静:《历代论词绝句笺注》,北京大学出版社2014年版,第663页。
[3] 程郁缀、李静:《历代论词绝句笺注》,北京大学出版社2014年版,第663页。

自少年起便具有鸿鹄之志，晚年虽满腔忠义与谋略在胸，但不为朝廷所重用。其《水龙吟·过南剑双溪楼》中凝聚着收复中原的慷慨壮志，其中，"风雷"暗示着政治上的困阻与现实的失意。其《灵谿词说》又云："曾夸苏柳与周秦，能造高峰各有人。何意山东辛老子，更于峰顶拓途新。"[①]叶嘉莹对苏轼、柳永、周邦彦、秦观等人都尽意推尚，评说他们"能造高峰"，但相较而言，她更欣赏辛弃疾之创作，持论其善于开拓创新而入于巅峰之途。在我国传统词史发展历程中，因情而作，从微言中兴发感动，引发丰富高远的联想，这样的小词乃叶嘉莹所推赏的雅正之作。

二 论说特点

（一）紧密立足于人生论词

在叶嘉莹感悟美、创造美、阐发美的历程中，逐渐走出古典才女之小我，获得心灵突围。她曾在世网中苦苦挣扎，度尽劫波，却如松柏之质经霜弥茂，历久弥坚。在论词绝句中对词人进行整体观照，点出词人遭际和人生浮沉，以词人之作与经历透视世变，深省人生。

叶嘉莹的《灵谿词说》论李煜云："悲欢一例付歌吟，乐既沉酣痛亦深。莫道后先风格异，真情无改是词心。"[②]在亡国破家前，李煜所书写的歌舞宴乐之词，呈现出纯真深至之情；亡国破家之后，所书写的悲痛哀伤之作同样倾注纯真深至之感，这是其不变的创作特色。其《灵谿词说》又云："林花开谢总伤神，风雨无情葬好春。悟到人生有长恨，血痕杂入泪痕新。凭栏无限旧江山，叹息东流水不还。小令能传家国恨，不教词境囿《花间》。"[③]国亡之后，在"日夕只以眼泪洗面"的软禁中，李煜以一首首泣尽以血的绝唱，使亡国之君成为千古词坛的"南面王"，这正应验了"国家不幸诗家幸，赋到沧桑语便工"之语。其后期词凄凉悲壮，意境深远，已为苏轼、辛弃疾豪放词的出现打下伏笔。王国维在《人间词话》中有云："词至李后主而眼界始大，感慨遂深。"[④]叶嘉莹在论李煜时，领悟

[①] 程郁缀、李静：《历代论词绝句笺注》，北京大学出版社2014年版，第663页。
[②] 程郁缀、李静：《历代论词绝句笺注》，北京大学出版社2014年版，第661页。
[③] 程郁缀、李静：《历代论词绝句笺注》，北京大学出版社2014年版，第661页。
[④] 王国维：《人间词话》，中国文联出版社2016年版，第30页。

到"自是人生长恨水长东"、"流水落花春去也"的悲恸,看穿世道之变与人生起伏升沉是难以预料的。

叶嘉莹的《灵谿词说》论晏几道云:"谁知小白长红事,曾向春风感不支。人间风月本无常,事往繁华倍可伤。一样纯情兼锐感,叔原何似李重光。"[1] 这道出了晏几道身世变化和个人性情。晏几道性情孤傲,家境中落,词风哀感缠绵、清壮顿挫。他前期过着锦衣玉食的生活,然而,父亲去世,使曾经富足的生活荡然无存,晏几道也不幸遭遇政敌迫害。其因一首《与郑介夫》,被人冠以讽刺"新政"的罪名而银铛入狱。其《小山词》的主要内容大都描写个人由贵而变后的抑郁和失意后的悲哀,对往事的回忆和困顿潦倒的深愁,成为贯穿其词的基本旋律。

生活巨变使晏几道对世事多了几分深入的了解,于是在词中就流露出几多深沉忧思。他曾被后世称为"词坛贾宝玉",叶嘉莹在其论词绝句中,认为晏几道的人生遭际如同李煜,这也不仅是关注词人类似的遭际,同时也是肯定晏几道的词坛地位。故而,正因作者透视世变,深省人生,以真挚的情思和敏锐的观察才能发出"叔原何似李重光"之慨叹。此外,其《灵谿词说》论苏轼云:"道是无情是有情,钱塘万里看潮生。可知天海风涛曲,也杂人间怨断声。"[2] 苏轼的一首《八声甘州》,"有情风万里卷潮来,无情送潮归。问钱塘江上,西兴浦口,几度斜晖?"其中,"有情"和"无情"、"来"和"归",蕴含人生之变,不仅有哀叹,还道尽人生沉浮的本质所在。叶嘉莹的论词绝句对词人生平遭际、沉浮荣辱有着精细深入的把握。

(二)善于在比较中而论

在叶嘉莹的论词绝句中,不乏对词人词作的对比,通过比较异同之法,呈现词家各异的艺术风貌,肯定多样化风格存在的价值及其在词史上的意义。如,其《灵谿词说》论温庭筠云:"何必牵攀拟楚骚,总缘物美觉情高。玉楼明月怀人句,无限相思此意遥。"[3] 此句提及《楚辞》与温庭筠词,实则不能相互媲美,一较高下,因大情怀与小情思各有其妙。关

---

[1] 程郁缀、李静:《历代论词绝句笺注》,北京大学出版社2014年版,第662页。
[2] 程郁缀、李静:《历代论词绝句笺注》,北京大学出版社2014年版,第662页。
[3] 程郁缀、李静:《历代论词绝句笺注》,北京大学出版社2014年版,第659页。

于温庭筠词的论说，清代乾隆末年，一统词坛百余年的"常州派"视温词为经典，另外，当代词学大家唐圭璋、俞平伯、浦江清等人对温庭筠词也进行解读评点，足见其艺术魅力与成就。

对于词作的比较，叶嘉莹的《灵谿词说》论冯延巳云："《金荃》秾丽《浣花》清，淡扫严妆各擅名。难比正中堂庑大，静安于此识豪英。"① 《金荃》是温庭筠的词集，具有秾艳绮丽之风，而韦庄的《浣花集》却呈清丽之致，无论浓淡与否，各具特色，但难与冯延巳词境阔大相比。王国维曾将冯延巳和韦应物、孟浩然相互比较，以见对冯延巳的推崇。冯延巳词具有秾丽之中显现悲伤的风格，展现出俊朗清雅之质，远超五代时期秾丽纤弱的词风。叶嘉莹赞同王国维的观点，将冯延巳与温庭筠、韦庄相比照，意在说明前者创作上的路径突破与多样化的艺术特质。

以上之外，叶嘉莹借晏几道和李煜人生际遇之相似性，点出晏几道的词史地位堪比李煜。其《灵谿词说》论陆游云："散关秋梦沈园春，词笔诗才各有神。漫说苏秦能驿骑，放翁原具自家真。"② 这之中，叶嘉莹将陆游与苏轼、秦观对比，评说陆游诗词创作以凸显神致风采见长，立足于艺术本真之态，将表现边塞生活的题材书写得独具魅力。

杨慎在《词品》中曾谓："放翁词纤丽处似淮海，雄慨处似东坡。"③ 叶嘉莹认为此说不免为皮相之论。若以表面观之，陆游某些书写怀抱之作，与苏轼确有相似处，但苏轼词之笔法与意境是陆游所不能及的；再则，陆游与秦观之词，在表面上有相似处但本质不同，原因在于秦观词之柔婉纤丽乃天性所致，而陆游词是偶然弄笔，并非本性流露。其《灵谿词说》论辛弃疾云："曾夸苏柳与周秦，能造高峰各有人。何意山东辛老子，更于峰顶拓途新。"④ 这是于对比中对辛弃疾词的高度肯定。蔡宗茂在《拜石山房词钞》中曾云："词胜于宋，自姜、张以格胜，苏、辛以气胜，秦、柳以情胜，而其派乃分。"（江顺诒《词学集成》引）⑤ 以叶嘉莹之见，柳永、秦观、苏轼、辛弃疾、姜夔、张炎各有成就，这之中，柳永、秦观之

---

① 程郁缀、李静：《历代论词绝句笺注》，北京大学出版社2014年版，第660页。
② 程郁缀、李静：《历代论词绝句笺注》，北京大学出版社2014年版，第663页。
③ 唐圭璋编：《词话丛编》，中华书局1986年版，第513页。
④ 程郁缀、李静：《历代论词绝句笺注》，北京大学出版社2014年版，第663页。
⑤ 唐圭璋编：《词话丛编》，中华书局1986年版，第3272页。

作以情致呈现偏胜，苏轼、辛弃疾之词以气脉融贯见长，姜夔、张炎之作以格调高迈见称。其又云："东坡而后更清真，流衍词中物态新。白石清空人莫及，梦窗丽密亦能神。"① 叶嘉莹评价苏轼之后词的创作更显示清迈本真之面貌，姜夔词清彻空灵、常人难及，而吴文英之作在华丽密致中凸显神致风采。他们都开拓创新了词的创作，将其艺术表现不断推向了新的境界。

（三）呈现出建构词史之功

叶嘉莹的论词绝句，并不限于对词人词作的片段式评点，更为重要的是，以整体性的探索对词源、词家、词风、词事加以评论。叶嘉莹论词绝句共有五十首，所论词人从晚唐温庭筠始，至南宋王沂孙止，跨越时间较长。在其论词组诗中，不难发现唐宋词史贯穿其间。

叶嘉莹从词之起源论起，按照时间顺序，分别论及唐代至五代十国时期的温庭筠、韦庄、冯延巳、李璟、李煜；北宋七家：欧阳修、柳永、晏殊、晏几道、苏轼、秦观、周邦彦；南宋四家：陆游、辛弃疾、吴文英、王沂孙。关于词源，叶嘉莹结合相关历史，论及"风诗雅乐"、"六代歌谣"、"诗余"、"长短句"、"南朝乐府"及敦煌曲子词，意在言明词之兴起。词乃诗歌的一种，起源于隋唐。先是流传于民间，大多数由民间人士所填制，所用的音乐融合了古代乐曲、民间歌谣、外来胡乐，为歌女或伎工传唱于歌楼酒肆之间。

从词的发展流变来看，由温庭筠、韦庄词之香艳缠绵、简练典雅，可知晚唐时期出现花间词派，温庭筠、韦庄便成为文人词的奠基者。接着，出现以冯延巳、晏殊、晏几道、欧阳修为代表的江西派，后又出现以苏轼、辛弃疾为代表的豪放派，以秦观、周邦彦等人为代表的婉约派，以吴文英为代表的格律派。从词史地位来看，叶嘉莹重视冯延巳、晏几道及周邦彦词之成就。此外，关于咏物词发展，叶嘉莹的《灵谿词说》云："纷纷毁誉知谁是，一代词传吟物篇。欲向斯题论得失，须从诗赋溯源沿。东坡而后更清真，流衍词中物态新。"② 在中国诗词史上，具有咏物传统，而咏物则从诗赋说起，最初诗的"感物吟志"的重点为"志"，直到屈原、

---

① 程郁缀、李静：《历代论词绝句笺注》，北京大学出版社2014年版，第664页。
② 程郁缀、李静：《历代论词绝句笺注》，北京大学出版社2014年版，第664页。

宋玉的时代,"赋"发展起来,在赋的铺陈里面,物才成为真正的描写对象。其后发展到建安时期,曹植乃咏物诗的代表。词中也不乏咏物之作,如苏轼的《水龙吟·次韵章质夫杨花词》,姜夔和吴文英的咏物词也颇具新意。然而,更值得一提的是,对于王沂孙的咏物词,批评家对其却有"毁誉悬殊"之差异,此种情况的原因,主要乃在于评论者对于咏物之作的流传及其特质都未曾作过更细致深入的分析。故而,叶嘉莹的《灵谿词说》论王沂孙云:"离离柳发掩柴门,犹有归来旧菊存。多少世人轻诋处,遗民涕泪不堪论。"① 在南宋覆亡后,王沂孙所作的咏物词实际上寄托了故国之思。因此,这需要对其"隐语之喻托"有清晰的把握。总之,叶嘉莹的论词绝句试图以建构词史为目的,从较为全面的眼光评论唐宋著名词人,这对当代词学批评具有一定的贡献。

总体来看,叶嘉莹论词绝句的批评观念主要有四:一是持论词源于倚声之属;二是推扬真情书写;三是偏赏婉约之体;四是推赏雅正之作。其批评特点主要有三:一是紧密立足于人生论词;二是善于在比较中而论;三是呈现出建构词史之功。其论词绝句论说广泛而中的,贯穿着一以贯之的批评观念,具有很强的系统性,在我国传统词学批评史上有着突出的价值。

第六节 吴熊和《论词绝句一百首》的批评观念与论说特点

吴熊和(1934—2012),上海人,1955年大学毕业后就读于浙江师范学院古典文学研究班,留校任教,为浙江大学教授、著名词学家、"一代词宗"夏承焘的学术传人。其治学以专驭博,在词学文献研究、唐宋词研究、词学理论研究等领域成就卓越,构建了独具特色的研究体系。

其《论词绝句一百首》发表于《词学》第十六辑。这组绝句共一百零四首(另附《追怀瞿禅师》四首),除论西蜀词人外其余均为一人四评。其中,所论北宋词人有柳永、晏殊、欧阳修、苏轼、晏几道、黄庭坚、秦

---

① 程郁缀、李静:《历代论词绝句笺注》,北京大学出版社2014年版,第664页。

观、贺铸、周邦彦九位；所论南宋词人有李清照、张元干、陆游、张孝祥、辛弃疾、陈亮、姜夔、史达祖、吴文英、周密、王沂孙、张炎十二位；所论唐五代词人有温庭筠、韦庄、冯延巳、李煜四位；所论西蜀词人有薛涛、王衍、牛希济、李珣、欧阳炯等。《论词绝句一百首》虽以短小的韵文形式论词，却贯穿着史学之思，有很强的学术性，其立论有据，论域宏阔，给人以启发。

一 批评观念

（一）肯定情感表现的多样性

吴熊和将情感视为词之创作的根本，强调词是以情感人而非以理服人。他持同词与诗有共性的观点，但认为词又有其独胜之处，"更擅于表达人们深层的、隐蔽的感情，尤其是一些很微妙的心理感受"[1]。他认为，要真正参悟一首词，需要体贴入微，感受词中潜隐的幽微之情，寻找词中的情感脉络。吴熊和非常注重读词。他在撰著《唐宋词通论》时，曾五次通读全宋词，深入感悟与理解词作情感。这种对情感词作的强调在《论词绝句一百首》中常可见出。

唐宋词人名家辈出，词人特殊的经历与鲜明的个性映射到创作之中，往往会使词呈现出别样的情感表现。吴熊和深谙其中妙处，对词情的多样化感受深刻。其《论词绝句一百首》为我们展现了丰富多彩的情感画卷。其论晏殊第二首诗中"词家哀怨总情真，念远伤春实怆神"[2]的哀怨之情；论欧阳修第四首诗中"六一堂前歌舞伎，采桑才罢采红莲"[3]的闲远之情；论苏轼第一首诗中"妓筵题帕偶挥毫，洗眼湖山兴更豪"[4]的豪放之情；论苏轼第二首诗中"漏断临高月缺时，幽人犹起恋寒枝"[5]的幽独之情；论晏几道第一首诗中"小蘋初见便相思，坠雨辞云不复归"[6]的怀人之情；

---

[1] 陶然：《词学新境的建构与拓展——吴熊和教授访谈录》，《文艺研究》2012年第3期。
[2] 胡可先主编：《夏承焘学案》，浙江大学出版社2018年版，第647页。
[3] 胡可先主编：《夏承焘学案》，浙江大学出版社2018年版，第649页。
[4] 胡可先主编：《夏承焘学案》，浙江大学出版社2018年版，第649页。
[5] 胡可先主编：《夏承焘学案》，浙江大学出版社2018年版，第649页。
[6] 胡可先主编：《夏承焘学案》，浙江大学出版社2018年版，第650页。

论晏几道第三首诗中"哀弦自诉秋心苦,坠粉飘红终不休"①的痴绝之情;
论秦观第三首诗中"时人钟爱星河曲,亦赋人间牛女情"②的专诚之情;
论李清照第三首诗中"辗转依人两浙来,双溪舴艋载愁回"③的愁苦之情;
论张元干第二首诗中"九地横流气不伸,东京旧事尽如尘"④的忧时之情;
论陆游第四首诗中"荒村多少霜风夜,独有中原入梦多"⑤的爱国之情;
论辛弃疾第二首诗中"烟柳斜阳感不禁,梦中哽咽更沉吟"⑥的迟暮之情;
论韦庄第二首诗中"惟记谢娘花下别,梦余残月照边城"⑦的思归之情;
论李煜第一首诗中"一朝归顺失家山,月冷秦淮客梦还"⑧的失国之恨;
如此等等,悉数可见。从事古典文学研究不能离开作品在外围打转,只有进入作品之中,以无厚入有间才能鞭辟入里。作者在论说这些情感时,字里行间体现出深切的"同情"心理。其《论词绝句一百首》论晏几道第四首诗云:"人生聚散苦无常,犹幸论交寂照房。政事堂中旧宾客,几曾顾念晏家郎。"⑨晏几道为晏殊暮子,陆沉下位却不践诸贵之门。作者在感叹世事无常、人情淡薄的同时,也为晏几道能与黄庭坚相交并唱和于京师寂照房而感到欣喜。

不同词人表达情感的方式有异:有情理相衡而以情为主的,有一泻千里而束缚不住者。吴熊和结合词人性情与遭遇对词作情感进行解读。如,晏殊《浣溪沙》云:"一曲新词酒一杯,去年天气旧亭台,夕阳西下几时回?无可奈何花落去,似曾相识燕归来。小园香径独徘徊。"王灼《碧鸡漫志》评晏殊词"温润秀洁"⑩。叶嘉莹认为晏殊词有一种"圆融的观照"⑪。晏殊身居高位、仕途顺遂,吴熊和从情理相衡的角度,认为"春秋

---

① 胡可先主编:《夏承焘学案》,浙江大学出版社 2018 年版,第 651 页。
② 胡可先主编:《夏承焘学案》,浙江大学出版社 2018 年版,第 653 页。
③ 胡可先主编:《夏承焘学案》,浙江大学出版社 2018 年版,第 657 页。
④ 胡可先主编:《夏承焘学案》,浙江大学出版社 2018 年版,第 658 页。
⑤ 胡可先主编:《夏承焘学案》,浙江大学出版社 2018 年版,第 659 页。
⑥ 胡可先主编:《夏承焘学案》,浙江大学出版社 2018 年版,第 661 页。
⑦ 胡可先主编:《夏承焘学案》,浙江大学出版社 2018 年版,第 642 页。
⑧ 胡可先主编:《夏承焘学案》,浙江大学出版社 2018 年版,第 644 页。
⑨ 胡可先主编:《夏承焘学案》,浙江大学出版社 2018 年版,第 651 页。
⑩ 唐圭璋编:《词话丛编》,中华书局 2005 年版,第 83 页。
⑪ 叶嘉莹:《唐宋词十七讲》,北京大学出版社 2007 年版,第 178 页。

易序，人事代谢，盖世变之常，而去燕来鸿，前尘影事，则未能忘情，低徊无已。'无可奈何'二句，前为理语，后为情语，情理相衡，两得其中，诚为宋人达识，思密而情丰"。道出了该词以理节情，以情动人，情与理相得益彰的美感特质。又如，李煜《相见欢》云："无言独上西楼，月如钩。寂寞梧桐深院锁清秋。剪不断，理还乱，是离愁。别是一番滋味在心头。"宋代开宝四年（971），宋灭南汉，李煜去除唐号，改成"江南国主"。开宝八年（975），宋军攻破金陵，李煜被迫降宋，与子弟及官属随宋师北行。这首写于被虏之后的词，上片感慨处境之落寞，下片抒发离怨之深厚，感情真挚凄婉，极写亡国之恨。吴熊和评云："别番滋味在心头，不是寻常离乱愁。"[1] 与人世间寻常的离愁别绪相比，亡国之痛无疑更为沉重。作者同情李煜的处境，故能深刻地理解其满腹离怨之情。

（二）称赏寓含寄托之作

吴熊和对唐五代名家词持论甚高，细究《论词绝句一百首》，可以见出作者对那些寓含寄托之作更为推重。其《论词绝句一百首》论王沂孙第二首诗云："南北风花一例删，常州诸老采诗悭。只缘寄托关宏旨，领袖四家殿碧山。"[2] 吴熊和称扬王沂孙在"南宋四家"中为领袖人物，其词富于寄托之旨、寓含深层之意，他的创作对导引常州词派的产生及发展有着显著的影响。

吴熊和的《论词绝句一百首》论苏轼第二首诗云："漏断临皋月缺时，幽人犹起恋寒枝。秦黄乐府妙天下，敛手黄州落雁词。"[3] 吴熊和认为，秦观、黄庭坚的词虽然精妙无比，但与苏轼《卜算子·黄州定慧院寓居作》相比，还是稍逊一筹。北宋元丰二年（1079），苏轼因乌台诗案险些丧命。次年被贬到黄州，寓居临皋亭。因心情苦闷而书写《卜算子·黄州定慧院寓居作》一词。其云："缺月挂疏桐，漏断人初静。谁见幽人独往来，缥缈孤鸿影。惊起却回头，有恨无人省。拣尽寒枝不肯栖，寂寞沙洲冷。"[4] "幽人"与"孤鸿"乃词人自托，"缺"、"疏"、"断"极写落寞伤神之

---

[1] 胡可先主编：《夏承焘学案》，浙江大学出版社2018年版，第645页。
[2] 胡可先主编：《夏承焘学案》，浙江大学出版社2018年版，第667页。
[3] 胡可先主编：《夏承焘学案》，浙江大学出版社2018年版，第649页。
[4] 苏轼著，朱孝臧编年，龙榆生校笺，朱怀春标点：《东坡乐府笺》，上海古籍出版社2009年版，第202页。

怀,"惊"、"恨"、"寒"、"寂寞"、"冷",抒发劫后余生的"忧谗畏讥"之情。陈匪石评道:"若就词论词,则黄山谷谓'语意高妙,似非吃烟火人语'者,最为得之。首句写景,已一片幽静气象。次句写时,更觉万籁无声,纤尘不到。"① 吴熊和自注云:"《卜算子》(缺月挂疏桐)盖自寓忧伤,而笔力蕴藉超脱。"充分肯定苏轼这首寓含寄托之作的艺术价值。

吴熊和的《论词绝句一百首》论李清照第一首诗云:"南渡幼安与易安,词坛高并两峰寒。自来历下多名女,赢得晦翁刮眼看。"② 吴熊和将李清照与辛弃疾视为词坛难以逾越的两座高峰。李清照早期词主要叙写少女闲愁、闺阁情怨,风格深挚清隽,含蓄委婉。其南渡后的词多以寡居的孤苦、漂泊的乡愁、国事的忧患为内容,风格缠绵凄苦,深沉哀伤。李清照词虽偏于婉约,但《渔家傲》(天接云涛)一词景象壮阔,气势磅礴,隐寓对南宋社会现实的失望及对理想境界的向往,寄托遥深。其论李清照第四首诗云:"道路流离过半生,暮年打马亦奇兵。独怜被冷香消夜,犹梦蓬舟海外行。"③ 吴熊和对李清照在孤苦流离之际仍有游仙之想与"路长日暮"之嗟的举动表示认可。他认为,相较于李清照,辛弃疾的词更为豪放,其中亦多有寄托之语。

吴熊和的《论词绝句一百首》论辛弃疾第二首诗云:"烟柳斜阳感不禁,梦中哽咽更沉吟。红巾翠袖黄封酒,难慰辛郎迟暮心。"④ "烟柳斜阳"摘自《摸鱼儿》结句"休去倚危栏,斜阳正在,烟柳断肠处"。罗大经《鹤林玉露》评《摸鱼儿》"词意殊怨"⑤。陈廷焯在《白雨斋词话》中云:"姿态飞动,极沉郁顿挫之致。"⑥ 刘永济在《唐五代两宋词简析》中言:"此词所写身世之感极深。"⑦ "梦中哽咽"摘自《祝英台近》一词中的"罗帐灯昏,哽咽梦中语"句。张炎在《词源》中评其"景中带情,

---

① 陈匪石编著,钟振振校点:《宋词举》,江苏古籍出版社2002年版,第125页。
② 胡可先主编:《夏承焘学案》,浙江大学出版社2018年版,第656页。
③ 胡可先主编:《夏承焘学案》,浙江大学出版社2018年版,第657页。
④ 胡可先主编:《夏承焘学案》,浙江大学出版社2018年版,第661页。
⑤ 唐圭璋编:《词话丛编》,中华书局2005年版,第951页。
⑥ 唐圭璋编:《词话丛编》,中华书局2005年版,第3793页。
⑦ 刘永济:《唐五代两宋词简析》,人民文学出版社2018年版,第107页。

而存骚雅"①；陈匪石在《宋词举》中言此词"终觉风情旖旎中时带苍凉凄厉之气"②。"红巾翠袖"一语，摘自《水龙吟·登建康赏心亭》结句"倩何人、唤取红巾翠袖，揾英雄泪"。俞陛云在《唐五代两宋词简析》中评该句"言英雄之泪，未要人怜，倘揾以红巾，或可破颜一笑，极言其潦倒，仍不减其壮怀也"③。辛弃疾锐意恢复，所志不行，便将满腔踌躇不得志之意流于词中。辛弃疾有六十多首咏物词，其中咏花词多至四五十首。一般咏花草词，大都属婉约之体，而辛弃疾词有用《楚辞》词汇书写的，有用历史故事书写的，常于咏物中寄托身世遭遇。④

靖康之变后，词人们受国仇家恨的激发，不再沉醉于剪红刻翠、含宫咀商当中，词风为之翕然一变。这一时期，张元干、陆游、陈亮、张孝祥等人的词中多有托兴遥深的家国情怀。对此，吴熊和颇为推赏。张元干（1091—1170），字仲宗，福州长乐人。靖康元年（1126），李纲任亲征行营使，张元干在其属下任职，投身抗金斗争。南宋高宗绍兴八年（1138），胡铨因反对宋金议和，上书请斩秦桧，被贬为监广州盐仓。绍兴十二年（1142），又以"饰非横议"之罪被除名编管新州。张元干激于义愤，作一词二诗赠送胡铨。几年后，秦桧得知此事，就用他事削除张元干官籍。《贺新郎·送胡邦衡待制赴新州》是现传《芦川词》的首篇。夏承焘评道："这首词充分表现了作者对祖国河山遭受金兵践踏的悲痛，对投降派的愤怒。把《花间》《尊前》一向吟风弄月、倚红偎翠的词作为政治斗争的武器，这是前所未有的。"⑤ 吴熊和《论词绝句一百首》在论张元干第一首诗中，对这一史事进行了评说。其云："梦绕神州压卷词，闽中风义独扶持。老来又过垂虹路，看到咸阳撒手时。"⑥ 吴熊和不但将《贺新郎》视为《芦川词》的压卷之作，更称赏张元干的义举，并在论张元干第四首诗中对其气节予以充分肯定。《芦川词》中有二十余阕寿词，大都未署寿主姓名。其中有两首，疑为秦桧及桧妻王氏贺寿而作。尽管如此，出于对

---

① 唐圭璋编：《词话丛编》，中华书局2005年版，第264页。
② 陈匪石编著，钟振振校点：《宋词举》，江苏古籍出版社2002年版，第75页。
③ 俞陛云：《唐五代两宋词选释》，上海古籍出版社1985年版，第373页。
④ 夏承焘、吴熊和：《读词常识》，中华书局2014年版，第144—147页。
⑤ 夏承焘、盛静霞：《唐宋词选讲》，中国青年出版社2011年版，第97—98页。
⑥ 胡可先主编：《夏承焘学案》，浙江大学出版社2018年版，第657页。

张元干气节的笃信，吴熊和仍以"堂堂晚盖不可移"论之。陈亮（1143—1194），字同甫，号龙川。他力主革新，曾多次上书宋孝宗，慷慨以论北伐大计，为权臣所嫉，三次被诬下狱。叶适《书〈龙川集〉后》谓陈亮"有长短句四卷。每一章就，辄自叹曰：'平生经济之怀，略已陈矣'"。对此，吴熊和深表赞同。其《论词绝句一百首》论陈亮第一首诗云："磊落嵚奇笔一枝，水心传语最相知。平生经济情怀在，假手花间侧艳词。"① 陈亮词中的"微言"，可以从咏梅词中见出。《龙川词》中有《点绛唇》、《好事近》、《浪淘沙》、《品令》、《最高楼》、《丑奴儿》等多首咏梅之作。吴熊和指出："不怕埋藏只报春，咏梅数阕见精神。孤山雪后花千树，志士情怀处士魂。"② 吴熊和认为，这些咏梅之作蕴含着词人的高洁志向。张孝祥（1132—1170），字安国，号于湖居士。在论词绝句中，吴熊和以"书生亦自重横行"，肯定张孝祥《六州歌头》笔墨酣畅的特点；又以"于湖追步老坡仙，豪纵才情可拍肩"一句，高度称扬张孝祥的词品与人品。总体而言，吴熊和对辛派词人的评价很高，认为辛弃疾爱国词派"上承苏轼，南宋初一些'中兴名臣'为之前驱，陆游、陈亮等爱国志士为之羽翼，之后犹不乏有力的后继者。……有了辛弃疾词派，南宋词坛才从宣和以来的袅袅余音中转向了'虎虎有生气'局面"③。

（三）称扬夏承焘的词学成就

吴熊和就读于浙江师范学院古典文学研究班时，受教于夏承焘、姜亮夫、胡士莹、王焕镳、钱南扬、郦承铨、陆维钊、任铭善诸先生，眼界大开，渐窥治学门径。毕业留校后，专从夏承焘学词。④ 在夏氏的指点下，吴熊和先后撰写有《怎样读唐宋词》（浙江人民出版社，1957年）、《读词常识》（中华书局，1961年）、《放翁词编年笺注》（上海古籍出版社，1984年）等著作，学问日益精进。夏承焘的治词方法对他影响深远。《论词绝句一百首》后附有四首论夏承焘的诗作。其第一首云："铜琶铁板久

---

① 胡可先主编：《夏承焘学案》，浙江大学出版社2018年版，第662页。
② 胡可先主编：《夏承焘学案》，浙江大学出版社2018年版，第663页。
③ 吴熊和：《唐宋词通论》，上海古籍出版社2010年版，第235页。
④ 费君清、陶然：《一脉天风 百丈清泉——吴熊和教授学术研究述评》，《文学评论》2003年第3期。

无音，赖有清商白石吟。江左词星惊殒落，旧时月色更冥冥。"①作者称夏承焘为"江左词星"，表明了对夏承焘词学成就的高度认可。一个"惊"字，流露出对恩师逝世的无限缅怀之情。

作为词学专家，夏承焘被视为"一代词宗"。在论词绝句中，吴熊和对夏承焘以史治词，以年谱体例考订词人行实的成就予以肯定。其《论词绝句一百首》论夏承焘第二首诗云："独开史局谱花间，紫色蛙声放手删。留得严陵清操在，春江长绕月轮山。"②夏承焘撰有《唐宋词人年谱》、《唐宋词论丛》。其中，前者包括《韦端己年谱》、《冯正中年谱》、《南唐二主年谱》、《张子野年谱》、《二晏年谱》、《贺方回年谱》、《周草窗年谱》、《温飞卿系年》、《姜白石系年》、《吴梦窗系年》，共十种十二家。朱祖谋致夏承焘函谓："梦窗生卒，考订凿凿可信……梦窗系属八百年未发之疑，自我兄而昭晰，岂非词林美谈。"（夏承焘日记，1929年12月11日）③在唐宋词人中，夏承焘于姜夔用力最深，其《姜白石词编年笺校》不仅是集大成式的文献整理之著，更体现出夏氏对姜夔词的推重。自张綖在《诗余图谱·凡例》中提出"词有婉约豪放二体"说之后，词学史便常以婉约、豪放之目分门别类。清初浙西派推尊姜夔、张炎，清雅词派得以进入主流话语系统。但随着常州词派对"意内言外"、"寄托"、"厚"等理论的标举，姜夔词的接受度逐渐回落。夏承焘从壮岁开始研究姜夔，认为姜夔词不独骚雅而且清刚。《姜白石词编年笺校》包括词笺、辑传、版本考、行实考等方面。吴熊和以"独开史局"评价夏承焘的治学方法，可谓抓住了其精髓所在。

吴熊和在《论词绝句一百首》中称赞夏承焘："几生修到住西湖，独有词心接大苏。八卷人传新浙派，而今不让小长芦。"④夏承焘词"清刚雅逸"。其在《天风阁学词日记》中道："接榆生信。谓余词专从气象方面落笔，琢句稍欠婉丽，或习性使然。此言正中余病。自审才性，似宜于七古诗，而不宜于词。好驱使豪语，又断不能效苏、辛，纵成就亦不过中下

---

① 胡可先主编：《夏承焘学案》，浙江大学出版社2018年版，第669页。
② 胡可先主编：《夏承焘学案》，浙江大学出版社2018年版，第669—670页。
③ 夏承焘：《夏承焘集》（第五册），浙江古籍出版社、浙江教育出版社1998年版，第140—141页。
④ 胡可先主编：《夏承焘学案》，浙江大学出版社2018年版，第670页。

之才，如龙州、竹山而已。梦窗素所不喜，宜多读清真词以药之。"（夏承焘日记，1931年7月3日）①夏承焘性近苏轼，《瞿髯论词绝句》中有六首论及苏轼，称其"一扫风花出肝肺"、"垂老声名满世间"。夏承焘居杭州西子湖畔有年，喜为豪语，故吴熊和赞其词心与苏轼相似。夏氏长期任教于杭州大学（今浙江大学），培养了一大批学术传人，其平生著述大都汇集于《夏承焘集》八卷之中。吴熊和认为，夏承焘的词学成就堪比浙西派领袖朱彝尊，因此将其归属于"新浙派"。

二 论说特点

20世纪80年代是我国古典文学在研究观念与研究方法上开拓转变的新时期。"新的批评方式代替旧的模式、宏观研究对微观研究的超越、在广阔的文化背景下对纯文学研究的冲击"②，成了这一时期研究的新趋势。作为此时期词学研究的中坚人物，吴熊和的治词方法显示出鲜明的时代特色，具有承前启后之功。

（一）以史为基夯实论说依据

吴熊和对夏承焘融史于词的问学之法相当熟稔，认为"词学并不是个自我封闭的体系。词学不但要与诗学彼此补益，相互参照，联手共事；同时还要不断从其他相关学科，尤其是史学（包括音乐史、文化史）中取得滋养和帮助"③。这种以史实为立论之基的思维模式贯穿于《论词绝句一百首》中。其论晏殊"雍容气象"的词风，就联系词人位居高位的生活状态；论晏几道的清华品性，就言其家道变化前后的表现；论李清照的词学成就，从身世之变着眼；论张元干、陆游、辛弃疾、陈亮等人的创作风貌，则结合他们的爱国行为而加以展开。可以说，从知人论世的角度对词人作出评说的例子随处可见。

比如，在探讨柳永其人时，吴熊和从仕宦经历着眼。其《论词绝句一百首》论柳永第四首诗云："暮年中第入淮行，残月晓风别帝京。姓氏已

---

① 夏承焘：《夏承焘集》（第五册），浙江古籍出版社1998年版，第214页。
② 谢桃坊：《中国词学史》，四川人民出版社2015年版，第557页。
③ 吴熊和：《吴熊和词学论集》，杭州大学出版社1999年版，第441页。

留名宦录，桐江象海总亲民。"① 诗作首联言及柳永仕途坎坷一事。柳永于北宋景祐元年（1034）登第，已近暮年。颔联言及柳永《雨霖铃》的写作背景。《雨霖铃》乃词人离开汴京、与恋人惜别之作。贺裳称"今宵酒醒何处？杨柳岸、晓风残月"为"古今俊句"②，沈谦称读后"若身历其境，惝恍迷离，不能自主"③，刘永济认为这两句"是最凄凉之景，读之自然使人感到一种难堪之情"④，都表现出对该词真挚情感与凄美意境的大加赞赏之意。吴熊和在注释中道："《雨霖铃》记于汴京东水门登舟，经汴河至泗州入淮，渡江而至两浙，在今浙江桐江、象山为亲民官。两浙方志列柳永于名宦传，记其亲民善政。"⑤ 他指出词人之所以忍痛惜别，是因为要远赴地方任上。柳永历来以风流才子闻名，然而，作者在此向读者展现了柳永关心民生疾苦的形象。据《余杭县志》载，"柳永字耆卿，仁宗景祐间余杭令，长于词赋，为人风雅不羁，而抚民清净，安于无事，百姓爱之"⑥。在任昌国（今浙江舟山定海）晓峰盐场监官时，柳永以一首《煮海歌》向世人展示了关心民生疾苦、为民发声之用心。吴熊和有《从宋代官制考证柳永的生平仕履》与《柳永与宋真宗"天书"事件》二文，详细考证了柳永行年及其词作，甚有助于对柳永生平行实的了解认识。

又如，吴熊和在评苏轼及黄庭坚、秦观词时，都涉及了他们的贬谪经历。面对类似遭遇，三人有不同的反应。苏轼因"乌台诗案"而初贬黄州之际，尽管内心极度苦闷，但能较快地从中逃离出来，以乐观的心态去面对眼前境遇。吴熊和《论词绝句一百首》论苏轼第四首诗云："曹瞒周郎共觥筹，扁舟赤壁本神游。乌台贬后雄心在，指顾长江绕郭流。"⑦ 苏轼《初到黄州》一诗，有"长江绕郭知鱼美，好竹连山觉笋香"之句，很好地表现出他的"出入炼狱而不改其度"的超脱人生态度。黄庭坚也屡遭贬

---

① 胡可先主编：《夏承焘学案》，浙江大学出版社 2018 年版，第 647 页。
② 唐圭璋编：《词话丛编》，中华书局 2005 年版，第 703 页。
③ 唐圭璋编：《词话丛编》，中华书局 2005 年版，第 629 页。
④ 刘永济：《唐五代两宋词简析》，人民文学出版社 2018 年版，第 78 页。
⑤ 胡可先主编：《夏承焘学案》，浙江大学出版社 2018 年版，第 647 页。
⑥ 张吉安修，朱文藻撰：《嘉庆余杭县志》卷二十一《名宦传》引"旧志"语，上海书店 2011 年影印本。
⑦ 胡可先主编：《夏承焘学案》，浙江大学出版社 2018 年版，第 650 页。

谪。吴熊和论黄庭坚第一首诗云："观风已过鬼门关，万里黔中独往还。数载泸戎犹气岸，舞裙歌板佐清欢。"① 北宋绍圣二年（1095），黄庭坚被贬入黔，投荒万里，过峡州鬼门关。绍圣五年（1098），又移置戎州。面对仕途的变幻无常，黄庭坚淡然处之。其《鹧鸪天》云："身健在，且加餐。舞裙歌板佐清欢。黄花白发相牵挽，付与时人冷眼看。"吴熊和论黄庭坚第三首诗云："白发簪花耐盛衰，宜州酒味总相宜。投床大鼾投荒去，短笛长歌莫紧催。"② 在贬谪的处境之下，黄庭坚仍能"投床大鼾"，并写出"白发簪花"、"酒味相宜"、"短笛长歌"等词句，实属可贵。周济论词倡导雅正，曾对黄庭坚词中的俚语有过批评。其在《介存斋论词杂著》中云："周、柳、黄、晁，皆喜为曲中俚语，山谷尤甚。此当时之软平勾领，原非雅音。若托体近俳，而择言尤雅，是名本色俊语，又不可抹煞矣。雅俗有辨，生死有辨，真伪有辨，真伪尤难辨。"③ 就词而论，黄庭坚词确实有弊病。然而，如果结合他不被世事束缚的洒脱性格来看，则又有别样的体会。吴熊和评黄庭坚道："词中雅俗本兼容，雅俗俱能黄九翁。"他的评价显然更为圆融，更得词心。与苏轼、黄庭坚不同，秦观在贬谪之际表现出更多愁情。吴熊和论秦观第二首诗云："元祐党家剧可哀，古藤醉卧去无回。无双国士雕龙手，一入庙堂即祸胎。"④ "古藤醉卧"，语出秦观《好事近》"醉卧古藤阴下，了不知南北"之句。秦观有"绝尘之才"，其词"寄慨身世，闲雅有情思"⑤，却因元祐党争致祸，于北宋元符三年（1100）从贬所北归途中，卒于藤州。"剧可哀"三字，表现了作者对秦观不幸遭遇的深切同情与惋惜。

（二）以文化视角拓宽论说视域

吴熊和论词的另一个鲜明特点就是将词视为一种文化现象，不就词论词。他在《唐宋词通论·重印后记》中指出："词在唐宋两代并非仅仅作为文学现象而存在。词的产生不但需要燕乐风行这种具有时代特征的音乐环境，它同时还关涉到当时的社会风习，人们的社交方式，以歌舞侑酒的

---

① 胡可先主编：《夏承焘学案》，浙江大学出版社2018年版，第651页。
② 胡可先主编：《夏承焘学案》，浙江大学出版社2018年版，第652页。
③ 唐圭璋编：《词话丛编》，中华书局2005年版，第1643页。
④ 胡可先主编：《夏承焘学案》，浙江大学出版社2018年版，第653页。
⑤ 唐圭璋编：《词话丛编》，中华书局2005年版，第3586页。

歌妓制度，以及文人同乐工歌妓交往中的特殊心态等一系列问题。词的社交功能与娱乐功能，在相当长的时间内，是同它的抒情功能相伴而行的。不妨说，词是在综合上述复杂因素的历史背景下产生的一种文学——文化现象。"① 这种宽广的文化视角，运用在论词绝句的创作之中，主要体现为对以下几方面内容的关注：

一是对词体音乐性的关注。词的产生与隋唐时期新兴的燕乐有关。然而，词作为音乐文学，促进其产生的音乐并不是单一的。本土音乐与外来音乐、俗乐与雅乐，到底哪种音乐的影响更大仍有不少争议。周邦彦"性好音乐，如古之妙解，'顾曲'名堂，不能自已"②，吴熊和在评说周邦彦时，首先关注到他的音乐才能。其《论词绝句一百首》论周邦彦第一首诗云："典丽精工迥不侔，笙箫并作上樊楼。秋娘唱罢周郎曲，占得东京第一流。"③ 这里涉及词的演唱问题，包括演唱者"秋娘"，伴奏乐器"笙箫"，演唱地点"樊楼"，演唱曲目"周郎曲"，演唱效果"占得东京第一流"，等等。通过一系列的场景还原，可以看出周邦彦词的典丽精工、谐声美听及在当时的影响。又如，吴熊和对欧阳修"鼓子词"的注意，对宋词中"南风"的关注等，都是与音乐紧密相关的话题。

二是对词体社交功能的关注。柳永《乐章集》中有十余首应制词，分别为颂仁宗生日、庆元宵佳节、观争标赐宴、咏降圣节宫中夜醮、咏老人星现等，内容较为丰富多样。相对于诗文而言，词体较为卑弱，故御前作词应制多由文学侍从之臣或布衣词人完成。应制词作为臣下与君王之间的交往媒介，虽不如应制诗多，但亦有一定数量的创作。对以词应制、以词唱和等社交功能的论说，是吴熊和关于词的社会价值与历史地位认识的重要组成部分。

三是对词作传播与影响的关注。吴熊和《论词绝句一百首》论柳永第三首诗云："京洛音声牧马儿，西陲井畔舞成围。东瀛朝会奏唐乐，满耳楚娘柳七词。"④ 柳永词在北宋时期影响很大，远播西夏，东传高丽。《高

---

① 吴熊和：《唐宋词通论》，上海古籍出版社2010年版，第455页。
② 周邦彦撰，孙红校注，薛瑞生补订：《清真集校注》，中华书局2002年版，第70页。
③ 胡可先主编：《夏承焘学案》，浙江大学出版社2018年版，第655页。
④ 胡可先主编：《夏承焘学案》，浙江大学出版社2018年版，第646页。

丽史·乐志》所载"唐乐",有柳永《醉蓬莱》、《倾杯乐》等八首。吴熊和认为,柳永是对域外影响最大的词人。那么,柳永词为何会具有如此大的影响力,值得深入探究。又如,其论周邦彦第三首诗云:"官本清真数刻传,陈注曹笺出南边。尊周尊姜纷纷是,一脉瓣香到玉田。"① 这里提出了一个值得思考的话题。周邦彦词在南宋风靡一时,而在金元词人中就鲜有影响。吴熊和论词绝句以广阔的视域为我们提供了诸多思考的切入点。

四是对词作与地域文化关系的关注。吴熊和《论词绝句一百首》论张元干第三首诗云:"早岁汴营共抗金,南归忧国付长吟。三山新得词星聚,锁考同呼作闽音。"② "三山"是福州的别名。张元干与李纲南归后定居福州。他们的词中"锁"、"考"同押,这是因为受了闽地方言的影响。作者在此指出了方言与词作用韵的关联。其论吴文英第四首诗云:"苏台庚幕十年间,池馆清华日往还。久别鄮峰长作客,阊门数屋是家山。"③ 吴文英乃四明(今浙江宁波)人,但幕居苏州长达十年,其词无作于家乡者。可见,词人占籍与创作活动的实际发生地之间可能往往是存在差异的。

五是对词人心态的关注。吴熊和《论词绝句一百首》论史达祖第四首诗云:"姜张作序交称许,本集居然未唱酬。应是两家开禧后,篇篇删净洗前羞。"④ 注曰:"《梅溪词》有姜夔、张镃二序(姜序今佚),交口称许,姜、张二家集中,却绝无与史达祖往还之迹,盖开禧兵败之后,尽删之矣。陈造《江湖长翁集》卷五《次姜尧章赠诗卷中韵》:'准许高史来,函丈置三席。'高为高观国,史即史达祖,是白石与竹屋、梅溪久有交谊也。"吴熊和对词史现象的细微洞察,建立在对词人、词作、词史高度熟识的基础之上。他从姜夔、张镃避嫌的心态着眼,解答了两家词集中没有与史达祖往还之作的原因。

总体来看,吴熊和《论词绝句一百首》的批评观念,主要体现在三个方面:一是以情为本,肯定词作情感表现的丰富性与多样性;二是撇开婉约、豪放、清雅等风格之论,对于寓含寄托之意的词作都予以推尚;三是

---

① 胡可先主编:《夏承焘学案》,浙江大学出版社2018年版,第656页。
② 胡可先主编:《夏承焘学案》,浙江大学出版社2018年版,第658页。
③ 胡可先主编:《夏承焘学案》,浙江大学出版社2018年版,第666页。
④ 胡可先主编:《夏承焘学案》,浙江大学出版社2018年版,第664页。

称扬夏承焘的词学成就,表现出对现当代词学研究的深入关切。作为当代词学研究的中坚人物,吴熊和的论词绝句呈现出以史为基及以文化视角为切入点而拓宽论说视域、深化论说主旨的特点,具有很大的启发意义。其论词绝句深受传统词学与现代词学的双向影响,呈现出鲜明的时代性与个性化特征,在我国传统词学批评史上具有重要的地位。

第七节 胡可先《论词绝句一百首》的批评观念与论说特点

胡可先是我国当代唐宋文学研究的知名专家。作为浙江大学中国古代文学专业的教授,他秉承老一辈学者如夏承焘、吴熊和等人兼融博雅与宏通渊深的探研宗旨,论学既注重文献来源又倡导文化视角,取得了较大的学术成就。胡可先的论词绝句共有一百零四首。除论西蜀词人为一人一诗外,其余均为一人四评。其中,论北宋词人九位,分别为柳永、晏殊、欧阳修、苏轼、晏几道、黄庭坚、秦观、贺铸、周邦彦;论南宋词人十二位,分别为李清照、张元干、张孝祥、陆游、辛弃疾、陈亮、姜夔、史达祖、吴文英、周密、王沂孙、张炎;专论唐五代词人四位,分别为温庭筠、韦庄、冯延巳、李煜,另论西蜀词人四位。所论均为唐宋词大家。据作者自述,他的《论词绝句一百首》乃和其师吴熊和所作。吴熊和的《论词绝句一百首》发表于《词学》2006年第1辑。它除论西蜀词人(第一首)外,每首绝句都附有详略不一的注释。论词绝句虽为传统的批评形式,吴熊和之作却具有较为浓郁的现代气息。一方面,评一词人而有数首从不同角度加以论说的诗作,使认识更为细致深入;另一方面,绝句与注释并行,既有对词作源流的交代、作者仕履的考订,又有对寓事用典情况的补充说明及词学观念的传达等。作为"一代词宗"夏承焘的学术传人,吴熊和以专驭博、卓然自立,构建出独具特色的词学研究体系。其论词绝句融合韵语史笔,体现出广博的学力与丰富的辨识。胡可先之作也不例外。与乃师吴熊和的论词绝句与注释并行相比,其注释数量有所减少,共在七十九首诗后附有注释。相对而言,胡可先之作的注释以事典、摘句介绍为主,夹以词学观念的传达及写作意图的诠释。尽管他的论词绝句在体制上与吴熊和之作有较大的相似性，但论说特点似更鲜明，呈现出博、雅、精、专相互融合的批评风貌。

一　批评观念

（一）推扬词作情感表现

词情论由北宋中期开始孕育，至清末民初而臻于完善，历代批评家对情感表现的探讨相当广泛。如，宋代王灼在《碧鸡漫志》中曾云："或曰：古人因事作歌，抒写一时之意，意尽则止，故歌无定句。因其喜怒哀乐，声则不同，故句无定声。今音节皆有辖束，而一字一拍，不敢辄增损，何与古相戾欤？予曰：皆是也。今人固不及古，而本之性情，稽之度数，古今所尚，各因其所重。"① 王灼将情感视为词的生发的本质要素，认为词乃对人之情感的艺术化传达。清代，沈谦在《填词杂说》中亦云："词不在大小浅深，贵于移情。'晓风残月'、'大江东去'，体制虽殊，读之皆若身历其境，惝恍迷离，不能自主，文之至也。"② 沈谦也将情感表现界定为词作优劣的根本。他认为，相对于所表现艺术境界的大小浅深，创作主体情感的贯注更为关键。那些让读者身临其境、感同身受之词才是真正的佳作。可以说，对情感表现的推扬是传统词学批评的主旋律之一。

胡可先的论词绝句中有三十二首用到"情"字，涉及二十一位词人，占所论词人数量的百分之七十二。其分别为温庭筠、韦庄、牛峤、冯延巳、柳永、晏殊、欧阳修、苏轼、晏几道、秦观、贺铸、周邦彦、李清照、张孝祥、陆游、陈亮、史达祖、吴文英、周密、王沂孙、张炎等。如，其《论词绝句一百首》论柳永"逸兴高情满锦坊"，论晏殊"清疏雅洁有情思"，论欧阳修"意动情闲词更达"，论苏轼"风韵情怀诚可到"，论晏几道"文章翰墨有情思"，论秦观"辞情一体兼疏荡"，论贺铸"堪叹真情属鬼头"，论周邦彦"襟抱情怀北宋英"，论史达祖"恋阙情深寓物悲"，论吴文英"幽微自有融情处"，论周密"情寄湖山揽胜概"，论温庭筠"羁旅情思言外旨"，等等。从如此高频度地运用"情"字所作的评价中，不难发现作者对情感表现十分推重。事实上，不同身份与类型之人

---

① 唐圭璋编：《词话丛编》，中华书局1986年版，第80页。
② 唐圭璋编：《词话丛编》，中华书局1986年版，第629页。

都有其主体情性,对万事万物也都有触动感发,所谓"词家先要辨得情字",要想创作出撼人心魂之作,就需要将情感灌注到作品之中。胡可先欣赏词作情感表现的丰富性与深致性。其所论情感涉及儿女之情、家国之情、湖山之情、羁旅之情、物事之情等,但凡人生际遇中种种摇曳人心之事,都可被书写进词作情感表现之中。

胡可先论情感表现主张"真"与"深"。在所论二十九位词人中,晏几道和秦观可谓以情感深挚著称的人。作者在评晏几道的四首绝句中,有三首用到"情"字。其《晏几道》(之一)云:"文章翰墨有情思,诗酒闲游不肯归。德欠才余为拙吏,萧条晚景倚柴扉。"① 其二云:"人情物态自妍华,气韵天然本世家。留得补亡真意在,玉笙犹恋碧桃花。"② 其四云:"痴绝情怀亦有常,梦随双燕到兰房。无情樽酒多情泪,岂得负心未见郎。"③ 胡可先认为,晏几道词不但具有"情思"而且显现"真意",其人就是"痴情"的化身。无独有偶,在评秦观的四首绝句中,亦有类似的情况。其《秦观》(之一)云:"少游鲁直本同俦,绮语真情不足羞。本欲屠龙偏锢党,横州放罢又雷州。"④ 其三云:"八六篇章格调新,杜郎俊赏未专城。秦郎芳草危亭恨,更著春风十里情。"⑤ 其四云:"京洛困穷不罢吟,东坡极口叹知音。辞情一体兼疏荡,端在少游苦用心。"⑥ 秦观词中虽多绮丽华艳之语,但真情实意的灌注使其有"辞情一体"之妙,呈现出疏快荡达的风格特征。晏几道和秦观都被冯煦视为"古之伤心人"。冯煦在《宋六十一家词选》中有云:"淮海、小山,真古之伤心人也,其淡语皆有味,浅语皆有致。求之两宋词人,实罕其匹。"⑦ 晏几道乃贵人暮子,早年悠游富贵,随着父亲的逝世而家道中落,遍尝人间甜酸冷暖。秦观仕途坎坷,连贬杭州、处州、郴州、横州、雷州,终身郁郁不得志。晏几道、秦观虽然"性情、家世、环境、遭遇不同","词境亦异,其为自写伤

---

① 胡可先主编:《夏承焘学案》,浙江大学出版社2018年版,第678页。
② 胡可先主编:《夏承焘学案》,浙江大学出版社2018年版,第678页。
③ 胡可先主编:《夏承焘学案》,浙江大学出版社2018年版,第679页。
④ 胡可先主编:《夏承焘学案》,浙江大学出版社2018年版,第680页。
⑤ 胡可先主编:《夏承焘学案》,浙江大学出版社2018年版,第680页。
⑥ 胡可先主编:《夏承焘学案》,浙江大学出版社2018年版,第681页。
⑦ 唐圭璋编:《词话丛编》,中华书局1986年版,第3586页。

心则一也"（郑骞《成府谈词》）①。"情本发于吾心，蕴诸寸衷，沛于宇宙，抒之翰墨，自然佳胜。"（赵尊岳《填词丛话》）②晏几道、秦观以善于触感之心体察世间万千物事，寓之笔端，故而抒真情写深意，卓然独立词坛。胡可先围绕"情"字对晏几道、秦观创作所展开的论说，可谓深得两人旨趣。

（二）推重词人之气

"气"是我国传统文论的核心范畴，由哲学领域衍化而来。曹丕在《典论·论文》中首先将"气"范畴引入文论中。而后，刘勰、钟嵘都以之评诗论文，推动了"气"范畴在文论中的运用。唐宋时期，"气"广泛运用于诗文批评中，成为衡量作品的重要标准之一。"气"乃是一个甚具包容性、延展性的文论范畴。其大体而言，旨在强调创作主体的生命力、精神境界、道德情操、气质才性，以及创作主体投射到客体上的富有充沛生机与弥漫精神的审美特质。

胡可先的论词绝句中，有十四首诗涉及"气"字，所评词人十三位。其所用"气"字大致体现出四种含义。

其一，指时代、社会的风貌与特质。胡可先《柳永》（之一）有"承平气象形容尽"句，"承平气象，形容曲尽"，乃陈振孙《直斋书录解题》对柳永《望海潮》的评价。《望海潮》一词上片，从"形胜"、"都会"、"繁华"三个方面书写杭州城太平风貌；下片将笔触转入西湖，重点描摹其湖山之美。北宋黄裳在《书乐章集后》中云："予观柳氏乐章，喜其能道嘉祐中太平气象，如观杜甫诗，典雅文华，无所不有。"③柳永将北宋嘉祐时期的盛世景象铺叙于词章之中，既见出其所处时代的"承平气象"，又体现出彼时创作之盛的面貌。

其二，指自然界的气象。胡可先《姜夔》（之三）云："身世如同笠泽贤，怎堪为客更无钱。小楼寒夜悲秋气，投老长安又几年。"④姜夔终生未仕、漂泊始终，这种不得志之情如秋天的悲凉之气，萦绕心头，伴随

---

① 郑骞：《从诗到曲》，商务印书馆2017年版，第183页。
② 刘梦芙编校：《近现代词话丛编》，黄山书社2009年版，第244页。
③ 黄裳：《演山集》卷三十五，影印文渊阁《四库全书》本。
④ 胡可先主编：《夏承焘学案》，浙江大学出版社2018年版，第688页。

一生。

其三，指创作主体的精神境界。胡可先《论词绝句一百首》评陈亮云："平生气节谁期许。"评王沂孙云："莼香幽抱气嶙峋。"评李珣云："宾贡词人气亦张。"以上所评都与"气节"相关，有气节高尚、骨气刚正之义。陈亮"为人才气超迈"，心系家国兴亡。他早年所著《酌古论》，考前人用兵成败之迹；为太学博士弟子时，上《中兴五论》；后又六次诣阙上书极论时事，然终不得重用。他在《书龙川集后》中曾云："平生经济之怀，略已陈矣。"① 陈亮以创作豪壮词著称，但亦有艳丽闲适之作。胡可先论词绝句评陈亮云："折桂当年第一枝，好谈王霸博人知。平生气节谁期许，尽入龙川疏宕词。"② 作者认为，陈亮的平生气节都融化到了《龙川词》等作品之中，可见对其忧国患民情怀的极度赏识。

其四，指创作主体气质个性所呈现出来的气势、气韵等。胡可先《论词绝句一百首》评晏几道云："气韵天然本世家。"评苏轼云："逸气舒徐集酒边。"评黄庭坚云："慧心迥出气雍容。"评贺铸云："满腔英气铸词雄。"评周邦彦云："壮年气锐铺张事。"评辛弃疾云："卷舒豪气干斗牛。"评张孝祥云："才气文章岂并肩。"评冯延巳云："元和气格晚唐风。"上述飘逸之气、雍容之气、英武之气、豪迈之气、锐力之气等，既指词人的内在气质，又指词的内容及所蕴含的精神，是创作主体气质才性由内而外的呈现。以贺铸为例，其性格耿介，为人"豪爽精悍"，"色青黑而有英气"。他的词虽"盛丽如游金、张之堂，而妖冶如揽嫱、施之袪，幽洁如屈、宋，悲壮如苏、李"（张耒《东山词序》）③，然工丽深婉只是其词的一个方面特征。贺铸尚有"满心而发，肆口而成"的雄壮之词，而后者正是他作为落拓豪侠的自我映照，故而作者言其"满腔英气铸词雄"。

不难发现，创作主体与文本本身所呈现的气势、气韵、逸气等，是胡可先论评词人词作所关注的重点，充分显现出作者对创作之气的极意推重。

---

① 叶适：《水心集》卷二十九，影印文渊阁《四库全书》本。
② 胡可先主编：《夏承焘学案》，浙江大学出版社2018年版，第687页。
③ 陈良运主编：《中国历代词学论著选》，百花洲文艺出版社1998年版，第59页。

(三) 大力肯定以诗为词

作为抒情文学中"别是一家"之体，词自有其独特质性。对此，早在北宋末年，李清照针对词坛现状便提出看法。她在《词论》中云："至晏元献、欧阳永叔、苏子瞻，学际天人，作为小歌词，直如酌蠡水于大海，然皆句读不葺之诗尔。又往往不协音律者，何邪？"① 李清照认为，晏殊、欧阳修、苏轼在词中驰骋才学，而忽视格律表现，是对艺术体性的偏离。词乃伴随隋唐时期新兴燕乐而出现的文学体制。燕乐之名自周代始，沿用至汉魏南北朝，主要指与并时的郊庙、军旅等其他音乐相对的一种供宴飨之用的文体。其所表现题材以男女情爱为主，具有浓厚的抒情性。之后，随着文人参与度的增强，音乐性逐渐淡化，格律化趋势愈发明显，以致在创作体制、题材书写、艺术表现等方面都发生了相应的变化。

胡可先对词的艺术体性有着切实深入的持见，这从他对晏殊《浣溪沙》（一曲新词酒一杯）的论评中便可见一斑。其《论词绝句一百首》有云："无可奈何花落去，新声一曲最堪悲。若将词句移诗句，千载知音复有谁！"② 胡可先在注释中列举晏殊《假中示判官张寺丞王校勘》一诗。"无可奈何花落去，似曾相识燕归来"，与《浣溪沙》一词相同，"小园幽径独徘徊"与《浣溪沙》中的"小园香径独徘徊"仅相差一字。可以说，《假中示判官张寺丞王校勘》诗与《浣溪沙》词相比，辞句运用与意境呈现都十分相似。然而，《浣溪沙》是晏殊词中的名篇，而《假中示判官张寺丞王校勘》一诗影响并不大。究其原因，"无可奈何花落去，似曾相识燕归来。小园香径独徘徊"一句放在词中，更能显示独特的风神韵致。

尽管词体与诗体相比有其独特的质性，但并不意味着不能将诗法融入词的创作之中。相反，胡可先对这一创作开拓之径是深为认可的。其《论词绝句一百首》评柳永云："不似花间小曲儿，铺排展衍几层围。锦肠花骨趋时俗，妙句重来柳七词。"③ "铺排展衍"就是通过铺陈排比的方式，将紧密关联的意象依照一定的顺序叙写出来。柳永的《雨霖铃》、《八声甘州》等，"以平叙见长。或发端、或结尾、或换头，以一二语勾勒提掇，

---

① 陈良运主编：《中国历代词学论著选》，百花洲文艺出版社1998年版，第72页。
② 胡可先主编：《夏承焘学案》，浙江大学出版社2018年版，第675—676页。
③ 胡可先主编：《夏承焘学案》，浙江大学出版社2018年版，第675页。

有千钧之力"（周济《宋四家词选目录序论》）①，融叙事与抒情于一体，"铺叙委婉，言近意远"（周济《介存斋论词杂著》）②，与花间词有很大的区别。如果说柳永只是初露"以诗为词"端倪的话，那么，苏轼便是第一个大力将诗法融入词的创作之人。胡可先评苏轼云："阳关一曲酒酣时，豪放绮罗各一枝。诗律漫移长短句，人人争唱大江词。"③ 诗法移入是苏轼开拓词境的重要途径，其词之所以产生重要的影响正缘于此。然而，这种"别样"之法遭到李清照、陈师道等人的批评。李清照评苏轼词乃"句读不葺之诗耳"，极意予以贬低。如果从维护词的音乐性角度而论，李清照、陈师道等人主张"曲调"与"歌辞"相结合之论确乎有其合理处，但不可否认，这种救弊心态忽略了词体发展的趋势。夏承焘在《评李清照的词论》一文中言："柳永、苏轼两家先后崛起，一面从民间吸取新气息，一面合诗于词，从词的内容和形式上，打破它狭窄的规模，开辟广阔的道路，这都是必要的举措，也是必然的趋势。"④

苏轼之后，黄庭坚"俚词生字未能休"，将俚语、俗词填入词中；贺铸"变化楚骚手眼中"，将楚骚用语化入词中，"运以变化"，使词呈现出"古乐府之风"；周邦彦"清词丽句移人语，融化唐诗启玉田"，取唐宋诸贤诗句为己所用；张孝祥"托物寄情余翰墨"、"诗人句法染词风"，以"兴观群怨"之法填词；辛弃疾"惟怜健笔论时事"，以词笔论时事；等等，都是对"以诗为词"手法的开拓展衍。胡可先在论词绝句中不断提及这种创作之法，可见其所持融通透脱的批评观念。

（四）称赏风格呈现的多样性

自明代张綖在《诗余图谱·凡例》中提出"词有婉约豪放二体"说之后，许多批评家都深受其影响。如，徐师曾的《文体明辨》、朱彝尊的《词综》、邹祗谟等的《倚声初集》、田同之的《西圃词说》、王士禛的《花草蒙拾》、徐釚的《词苑丛谈》、黄苏的《蓼园词评》、张宗橚的《词林纪事》、江顺诒的《词学集成》、陈廷焯的《白雨斋词话》、沈祥龙的

---

① 唐圭璋编：《词话丛编》，中华书局1986年版，第1651页。
② 唐圭璋编：《词话丛编》，中华书局1986年版，第1631页。
③ 胡可先主编：《夏承焘学案》，浙江大学出版社2018年版，第677—678页。
④ 夏承焘：《夏承焘集》（第二册），浙江古籍出版社1998年版，第256页。

《论词随笔》等,都显示出"二体"说影响的痕迹。胡可先视风格的丰富多样为词史发展的必然现象。他既欣赏婉约之词又推扬豪放之作,既赏识典雅之词又对俚俗之作持大力肯定的态度。在平正融通的词体观念下,作者能较好地把握词家风格独特性与多样性的统一,对词人历史地位给予适当的评价。

如,胡可先论晏殊拈出一个"雅"字,认为晏殊词"清疏雅洁"、"风流闲雅";论欧阳修词,言其"意动情闲",可以追步《诗三百》;论秦观词,跳出婉约之说,言其才情兼备,"辞情一体兼疏荡";论贺铸词,避开"工丽"说,着眼于"奇崛"之论;论陈亮词,扣住其心胸之开拓,词境之"幽秀";如此等等。

在论及词作风格时,论者常会被词人影响广泛深远的艺术面貌所遮蔽,以致忽略作品中的其他特质。事实上,优秀的作品常常会呈现出丰富多样的风格特点。胡可先对此深为明了。

如,柳永开启两宋慢词书写的先声。北宋时期,柳永词流播甚广,"凡有井水饮处,即能歌柳词"。他善于运用民间俗语与铺叙之法,组织较为丰富的内容来反映中下层市民的生活面貌,其创作具有浓厚的市井气息,受到人们的广泛喜爱。然而,不少人对其词中所体现的市井之气予以批评指责。如,王灼在《碧鸡漫志》中云:"惟是浅近卑俗,自成一体,不知书者尤好之。予尝以比都下富儿,虽脱村野,而声态可憎。"[①] 对此,胡可先论柳永词拈出雅俗兼具的特点。其在《论词绝句一百首》中有云:"不似花间小曲儿,铺排展衍几层围。锦肠花骨趋时俗,妙句重来柳七词。"[②] "锦肠花骨",乃欧阳凯在《崇安县志》中论柳永之语。作者以此论为善而加以化用,认为柳永词虽有花间遗风,不乏绮罗香艳,但其多为小调,柳永创造性地将铺排展衍之法置入词中,使其容量大为增扩,"承平气象"与"逸兴高情"并溢纸上,故曰"锦肠花骨趋时俗",这更符合柳永词的艺术风貌。

苏轼以创作豪放词著称,然胡可先指出,"风涛挟势"是苏轼词的一个方面,"豪放绮罗各一枝"才更符合其创作实际。作者对苏轼之作持论

---

① 唐圭璋编:《词话丛编》,中华书局1986年版,第84页。
② 胡可先主编:《夏承焘学案》,浙江大学出版社2018年版,第675页。

甚高。其在《论词绝句一百首》中云："东坡高处入云天，逸气舒徐集酒边。风韵情怀诚可到，春衫著处荡秋千。"① 词论史上对苏轼词褒贬不一。如，李清照在《词论》中评北宋名家云："至晏元献、欧阳永叔、苏子瞻，学际天人，作为小歌词，直如酌蠡水于大海，然皆句读不葺之诗耳，又往往不协音律者。"② 李清照认为，苏轼学识广博，所创作词气象阔大，但不协音律，就像套着长短句外表的诗歌而已。王灼与胡寅等人则对苏轼词给予高度的评价。王灼在《碧鸡漫志》中云："东坡先生非心醉于音律者，偶尔作歌，指出向上一路，新天下耳目，弄笔者始知自振。今少年妄谓东坡移诗律作长短句。"③ 王灼认为，苏轼词题材多样、境界开阔，有"向上"之风貌，让人耳目一新。胡可先深为持同后一方面之论，认为苏轼词独有的"逸气"及"风涛撼海"之势，赋予其词以"高处入云天"的妙境。

对于另一位以豪放著称的词人辛弃疾，胡可先同样有着别样的识见。刘克庄在《辛稼轩集序》中称辛弃疾词"大声鞺鞳，小声铿鍧，横绝六合，扫空万古，自有苍生以来所无"④。张炎在《词源》中谓辛弃疾"作豪气词，非雅词也。于文章余暇，戏弄笔墨，为长短句之诗耳"⑤。尽管他们对辛弃疾词褒贬不一，但着眼点都在豪迈放旷的特征之上。然而，对于辛词的风貌，夏承焘在《唐宋词欣赏》中云："他的豪放激昂的作品固然振奋人心，而婉约含蓄的也同样出色动人。"⑥ 胡可先论辛弃疾词充分体察到了这种艺术表现的多元性。其在《论词绝句一百首》中有云："醉墨淋漓写国忧，卷舒豪气干斗牛。有时也识陶彭泽，无事仗藜咏暮秋。"⑦ 此论很好地道出了辛弃疾词所具有的刚柔兼融的特点。

在辨析词作的基础上，胡可先努力对词人的历史地位及其影响做出评

---

① 胡可先主编：《夏承焘学案》，浙江大学出版社2018年版，第678页。
② 陈良运主编：《中国历代词学论著选》，百花洲文艺出版社1998年版，第72页。
③ 唐圭璋编：《词话丛编》，中华书局1986年版，第85页。
④ 辛弃疾撰，邓广铭笺注：《稼轩词编年笺注（增订本）》，上海古籍出版社1993年版，第598页。
⑤ 唐圭璋：《词话丛编》，中华书局1986年版，第267页。
⑥ 夏承焘：《唐宋词欣赏》，北京出版社2002年版，第118页。
⑦ 胡可先主编：《夏承焘学案》，浙江大学出版社2018年版，第687页。

价。他评欧阳修："意动情闲词更达，犹追三百俟城隈。"① 评黄庭坚："直到金元全盛曲，始知黄九唱歌头。"② 评周邦彦："圆融浑化传千古，词界正宗实定评。"③ 评张炎："清空秀远尽堪传，白石碧山更玉田。"④ 评史达祖："若得清和闲婉意，规模姜史作新声。"⑤ 评吴文英："七宝楼台未定论，落梅烟雨更黄昏。幽微自有融情处，不见词心未及门。"⑥ 评冯延巳："新调琳琅开北宋，元和气格晚唐风。"⑦ 如此等等，都是在细致深入地体悟词作精微的基础上所得出的持论。

二 论说特点

作为短小精悍的韵文之体，论词绝句不但隽谐可喜，而且能将丰富的蕴涵浓缩在很小的篇幅之中，义精词简，集中含蓄。胡可先的论词绝句综合运用知人论世、摘句批评、比较论说等方法来展开批评，阐述对词史、词家、词作、词风、词派、流播等的看法。

（一）知人论世，评骘有据

知人论世是我国文论的基本原则及常用之法。论者在进行批评实践中，往往先对批评对象的人生经历及所处时代特征等进行考察，以此为基础，阐释作品的内涵，体会作品的美感。在胡可先的论词绝句中，知人论世原则渗透到对每位词人的评价之中。作者深谙唐宋词史，这使他在论说时往往能结合词人的家世、性格、仕途、爱情、事迹、学识、交游等，抓住批评对象富于典型意义的境况展开论评，从而将其特征凸显出来。他于评论每位词人的诗中，大致形成"论词人身世 + 论典型词作 + 论创作风格或评词史地位"的批评模式。

在关涉词人的众多因素中，作者较为关注仕途对他们创作的影响。《论语·子张》有"仕而优则学，学而优则仕"之论；《孟子·尽心上》

---

① 胡可先主编：《夏承焘学案》，浙江大学出版社2018年版，第677页。
② 胡可先主编：《夏承焘学案》，浙江大学出版社2018年版，第679页。
③ 胡可先主编：《夏承焘学案》，浙江大学出版社2018年版，第683页。
④ 胡可先主编：《夏承焘学案》，浙江大学出版社2018年版，第692页。
⑤ 胡可先主编：《夏承焘学案》，浙江大学出版社2018年版，第689页。
⑥ 胡可先主编：《夏承焘学案》，浙江大学出版社2018年版，第690页。
⑦ 胡可先主编：《夏承焘学案》，浙江大学出版社2018年版，第674页。

第六章　新中国成立以来的论词绝句

有"穷则独善其身，达则兼善天下"之说。对于中国传统文人而言，出仕是发挥其社会功用的最佳途径。然而，在很多时候，文人的仕途并不是一帆风顺的，"失职而志不平"、"羁旅而无友生"，往往成为很多贫士的真实写照。在志不得伸的情况下，文人"发愤著书"、"不平则鸣"，以诗文创作而言志抒情便成为重要的表达方式。于是，"人"与"文"紧密相连，论"文"之前先需识"人"。如，温庭筠终生潦倒不得志，作者论其"一第难登事可哀，逐弦吹管恨时乖"。这种坎壈之状为"词赋苦心见往尘"埋下了伏笔。韦庄生逢动荡时期，早年仕唐后又仕蜀，一生由北下南又入蜀，这种漂泊使其对"家"无限思念。所谓"洛阳才子赴江南"、"云凝地壮浙西行"、"蜀地羁留啼泪尽"，都是对其流离漂泛生存状态的形象化记录；而"寓目伤时追杜老，一生未见太平基"，则是对其人生遭际的概括。只有细致地考察词人的仕途经历，才能真正了解冯延巳词何以会给人"和泪试严妆"之感，柳永词中何以会有"秋士易感"之悲，秦观何以会被称为"真古之伤心人"。

对于那些深具爱国情怀的词人，胡可先往往会结合他们的人生经历加以论评。这种论说取向可从对李清照、张元干、陆游、辛弃疾、陈亮等人的评价中见出。以南渡为界，李清照词风发生很大的变化。其南渡后之词，以中年寡居的漂泊乡愁、国事忧患为内容，风格缠绵凄苦、深沉哀伤。作者论李清照（其一）中的"闾阎嫠妇蹙双眉"，化用《上枢密韩工部尚书胡公》诗中之句，而李清照之所以郁郁寡欢，正缘于对家国的无尽思念。所谓"恹恹永夜忆长安，南渡犹思易水寒"，这种深沉凝重的悲伤，融化在《渔家傲》、《武陵春》、《声声慢》等词中。作者论李清照（其四）中的"却恨人间缺霸才"一句，正是对她爱国人格的注解。张元干少壮时挂冠谢事，靖康时上书却敌，绍兴末因送胡铨及寄李纲之词为秦桧所忌，被追赴大理寺，除名削籍。胡可先论张元干的第一首诗便交代了上述诸事，为后几首言说李纲之作所融"词心苦"、有"遗恨"、语"悲壮"埋下了伏笔。

在知人论世的过程中，胡可先关注的视角并不囿于窠臼。如，他从性格角度，言及周邦彦"壮年气锐铺张事"、"襟抱情怀北宋英"，认为周邦彦被称为"词界正宗"，其词"圆融浑化"，与他的襟怀气度有很大的关

347

系。又如，其《论词绝句一百首》论李煜第二首诗云："音容闲雅画眉头，一隅偏安岂识愁。天性懦孱威武昧，却称国主又封侯。"① 作者指出李煜天性闲雅、性格懦孱，并不符合作为帝王将相的特质。然而国家不幸诗家幸，他虽不是成功的帝王，却是影响深远的"千古词帝"。

（二）摘句批评，寓托底蕴

论词绝句体制短小，为了在有限的篇幅中传达更多的批评信息，论者或援引事典，或采摘字面意象，或撷取部分字词，或袭用个别句子，以致摘句批评成为常用的方法。胡可先对摘句法十分熟稔，在其《论词绝句一百首》中，这一现象随处可见。如在评柳永的四首诗中，每首诗都有摘句出现：其一中的"承平气象"，取自陈振孙《直斋书录解题》对柳永《望海潮》的评价；其二中的"熙熙雅俗"，化自柳永《玉蝴蝶》一词，"落日醉眠芳草"，摘自柳永《小镇四犯》一词；其三中的"锦肠花骨"，化自欧阳凯在《崇安县志》中对柳永词的评价；其四中的"别来千里重行行"、"泪眼盈盈"，分别袭用与化自柳永《引驾行》一词。同样的情况亦出现在论欧阳修的四首绝句中。其一中的"白发戴花君莫笑"，是欧阳修《浣溪沙》一词中的原句，"一张一局"，取自"乐府纪闻"；其二中的"平山堂上雨如烟"，化自《词苑》；其三中的"临流曲水"，袭自欧阳修《西湖念语》中的自述；其四中的"犹追三百俟城隈"，乃《欧阳文忠公集》卷一三三《近体乐府》所载罗泌的校正语。

胡可先对摘句法的运用甚为灵活。从一首绝句的摘句分布情况看，有些仅某一句出现摘句，有少数则四句都运用摘句，形式丰富多样。如，其《论词绝句一百首》论晏殊云："一向年光有限身，惜时怀旧总伤春。无端又见残阳下，此处离情最断魂。"② "一向年光有限身"，摘自晏殊《浣溪沙》一词。其论陈亮云："经济情怀本热衷，南师不见万夫雄。戎强国耻伤时运，更叹无人禹域中。"③ "南师不见万夫雄"、"更叹无人禹域中"，化自陈亮《送章德茂大卿使虏》之《水调歌头》一词。其论韦庄云："云

---

① 胡可先主编：《夏承焘学案》，浙江大学出版社2018年版，第674页。
② 胡可先主编：《夏承焘学案》，浙江大学出版社2018年版，第676页。
③ 胡可先主编：《夏承焘学案》，浙江大学出版社2018年版，第687页。

凝地壮浙西行，功业怎堪比帝京。惟喜江南春水碧，等闲游猎出军城。"①
"云凝地壮"，取自韦庄《润州显济阁晓望》一诗；"春水碧"，撷自韦庄的《菩萨蛮》一词；"等闲游猎出军城"，摘自韦庄《观浙西府相畋游》一诗。其论陆游云："驿外断桥水下波，关河梦断著渔蓑。蘋洲烟雨篷三扇，不惯伤春泪几多。"②"驿外断桥"，摘自陆游的《卜算子·咏梅》一词，"关河梦断"，摘自《诉衷情》一词；"蘋洲烟雨"，摘自《鹊桥仙》一词，"不惯伤春泪"，摘自《一丛花》一词。

此外，胡可先《论词绝句一百首》的摘句来源非常广泛。既有出自所咏对象之词的，如柳永的《玉蝴蝶》、晏殊的《浣溪沙》、晏几道的《阮郎归》、黄庭坚的《减字木兰花·登巫山县楼作》、贺铸的《半死桐》、张元干的《贺新郎·寄李伯纪丞相》、张孝祥的《六州歌头》等；又有录自所咏对象之诗的，如李清照的《上枢密韩公工部尚书胡公》、《偶成》，韦庄的《润州显济阁晓望》、《观浙西府相畋游》等。既有摘自词话诗话的，如王灼的《碧鸡漫志》、沈义父的《乐府指迷》、叶梦得的《避暑录话》、刘克庄的《后村诗话》、彭孙遹的《金粟词话》、徐釚的《词苑丛谈》、刘熙载的《艺概》、陈廷焯的《白雨斋词话》等；又有引自笔记见闻的，如《乐府纪闻》、陆游的《老学庵笔记》、叶梦得的《四朝闻见录》等。既有袭自序跋提要的，如黄庭坚的《小山集序》、楼钥的《清真先生文集序》、陈应行的《于湖先生雅词序》、魏了翁的《鹤山题跋》、张炎的《台城路序》、张镃的《梅溪词序》、毛晋的《于湖词跋》、纪昀等的《四库全书总目》等，又有化用野史方志的，如邵思的《雁门野说》、龙衮的《江南野史》、欧阳凯等的《崇安县志》等。

胡可先善于以词家之语典语意入诗，擅长熔铸他人的评价以传达词学批评观念，其在对摘句批评的运用中，体现出甚为丰富深厚的文化底蕴。

(三) 比较论说，辩证词史

比较论说是胡可先《论词绝句一百首》中运用较多的批评方式，其主要有两种情况。

一是将风格类似的词人放在一起进行对比。如，其《论词绝句一百

---

① 胡可先主编：《夏承焘学案》，浙江大学出版社2018年版，第672页。
② 胡可先主编：《夏承焘学案》，浙江大学出版社2018年版，第686页。

首》在论柳永中,将柳永词与花间词对比。虽然柳永的部分词有"花间"遗风,但作者从创作技巧角度入手,认为柳永将铺排之法运用于慢词的创作中,与《花间词》以小令为主不同,其体制构造更为扩大、内容更为广博。又如,其在论秦观的四首绝句中,有三首运用到比较之法。在第一首中,将秦观与黄庭坚对比。其在《论词绝句一百首》中有云:"少游鲁直本同侪,绮语真情不足差。本欲屠龙偏锢党,横州放罢又雷州。"① 前人论词多以秦观类似晏几道,渊源于《花间词》、《尊前集》。作者指出,秦观身世与黄庭坚相类,他们的词心亦有相似之处。在第二首诗中,将秦观与柳永对比。其在《论词绝句一百首》中有云:"杨柳鸦啼景色哀,沉吟花下几多回。露花倒影何堪比,独运词心岂夺胎。"② "露花倒影"乃柳永《破阵乐》中之语,作者认为秦观独运词心,比柳永之作更胜一筹。在第三首诗中,将秦观与杜牧对比。其在《论词绝句一百首》中有云:"八六篇章格调新,杜郎俊赏未专城。秦郎芳草危亭恨,更著春风十里情。"③ 杜牧、秦观都有长调《八六子》,虽然此词由杜牧所创,且秦观"春风十里柔情"一句乃化用杜牧之诗而来,然与杜牧词相较,秦观词更为精致纯美。此外,言苏轼词的豪迈之风,将其与屈原、宋玉、李白之作对比;言史达祖词的精思警迈,将其与周邦彦之作对比;言张炎词的清空秀远,将其与姜夔、王沂孙之作对比;言及牛峤的言情之作,将其与李贺对比;等等。将不同时期风格相类的词人放在一起进行比较,能较为清晰地窥见词史发展流变的脉络。

二是对同一词人前后期的作品风格进行比较论说,使词作面貌更为立体地呈现出来。如,其《论词绝句一百首》论周密云:"南宋遗民数此翁,少年流丽晚移风。钟情典实终感发,犹有杏钿事点红。"④ "流丽"、"典实"、"感发",乃戴表元对周密前后词风的评价。戴表元在《弁阳集序》中云:"少年流丽钟情,壮年典实明赡,晚年感慨激发。"⑤ "杏钿事点红",化自周密《露华》词中的"怕里早莺啼醒,问杏钿、谁点愁红"一

---

① 胡可先主编:《夏承焘学案》,浙江大学出版社2018年版,第680页。
② 胡可先主编:《夏承焘学案》,浙江大学出版社2018年版,第680页。
③ 胡可先主编:《夏承焘学案》,浙江大学出版社2018年版,第680页。
④ 胡可先主编:《夏承焘学案》,浙江大学出版社2018年版,第690页。
⑤ 戴表元:《剡溪集》卷八,影印文渊阁《四库全书》本。

句。周密期作品多吟风弄月、宴饮酬唱，后期有不少抒发亡国之恨与故国之思的词作。虽然一个人的风格呈现会有前后差异，但成熟稳定的艺术风格具有一定的延续性。周密后期词虽充满感慨，但亦偶有流丽之作。李煜的词风亦经历过前后期转变的过程，胡可先《论词绝句一百首》论李煜有云："早年铅粉润词香，亦胜仙人奏八琅。流水落花春去后，血痕缕缕不能藏。"[1] 南唐为帝时期，李煜的词如《一斛珠》（晓妆初过）、《浣溪沙》（红日已高三丈透）、《玉楼春》（晚妆初了明肌雪）等，还不脱花间习气，多书写宫廷生活，风格绮丽柔媚；亡国被虏之后，他终日"泪泉洗面"，满腹的故国之思、亡国之恨融铸于心中，任由真情实感倾泻于笔端，其词的创作也随之进入巅峰状态。

论词绝句由来已久。早在元代，元淮就有《读李易安文》一诗，似可视为论词绝句之肇兴。虽然这一批评形式在当代整体上趋向没落，但少数作者的创作依然绚烂，他们驰骋才力，融学养、情致与对历史文化的观照思考于创作之中。胡可先的论词绝句创作显示出几个方面的意义：一是对论词绝句批评形式自身发展的开拓。作者以传统论词绝句为言说方式，为当代词学研究注入了鲜活的血液。二是对夏承焘、吴熊和等老一辈词学家学脉的承继与发扬。胡可先的论词绝句虽乃和其师吴熊和所作，但在和诗的过程中，需要对吴熊和之作进行全面深入的考察，在词学观念互动、批评方法碰撞的过程中形成自身之论。三是对弘扬中华诗词呼声的有力回应。自20世纪80年代以来，原来泛称的旧体诗词易名为"中华诗词"，并有了正式的刊物《中华诗词》，成立了中华诗词学会。新时期以来，无论是民间人士还是学院派中人，人们对诗词创作的热情都渐趋提高。胡可先作为一位中国古典文学的研究者，他用切实的创作，回应了中华诗词复兴繁荣的呼声与倡导，确是难能可贵与值得称道的。

---

[1] 胡可先主编：《夏承焘学案》，浙江大学出版社2018年版，第675页。

结　　论

一　中国传统代表性论词绝句的批评观念与论说特点

我们大致可以对中国传统代表性论词绝句的批评观念与论说特点作些概括描述。

清代前期为我国传统论词绝句的正式称名与成长发展时期。其代表性的论词绝句主要有陈聂恒的《读宋词偶成绝句十首》、李其永的《读历朝词杂兴》（三十首）、厉鹗的《论词绝句十二首》、郑方坤的《论词绝句三十六首》等。

陈聂恒的《读宋词偶成绝句十首》所体现的批评观念，主要体现在五个方面：一是推尊词作之体；二是以婉约为本色；三是推崇音律协美；四是强调由技而进乎道。其论词绝句明确体现出"有意为之"的创作态度。厉鹗《论词绝句十二首》所体现的批评观念主要有四：一是主张师法姜夔、张炎；二是倡导雅正；三是强调兴寄；四是崇尚清秀深婉之美。在论说特点上，厉鹗首次在题目中为论词绝句称名，体现出创作态度的严谨性，同时开创一人一评及完善了以注补诗的论说形式。郑方坤《论词绝句三十六首》所体现的批评观念，主要体现在三个方面：一是欣赏悲情之作；二是标举精言秀语；三是重视词作音律。其论说特点主要体现在两个方面：一是努力勾勒词史发展演变历程；二是完善了以注补诗的论说形式。

清代中期为我国传统论词绝句的全面繁盛时期。其代表性论词绝句主要有章恺的《论词绝句八首》、江昱的《论词十八首》、朱方蔼的《论词绝句二十首》、沈初的《论词二十四首》、陈观国的《论词二十四首》、朱依真的《论词绝句二十二首》、孙尔准的《论词绝句二十二首》、沈道宽的《论词绝句四十二首》、宋翔凤的《论词绝句二十首》、周之琦的《题心日斋十六家词》、王僧保的《论词绝句三十六首》等。

章恺的《论词绝句八首》所体现的批评观念主要有三：一是崇雅去俗；二是以委婉典重为正；三是推尚清彻空灵之作。其论说特点主要有二：一是合论词人；二是以本事论词。其论词绝句虽然体制较小，但批评价值不可小觑。朱方蔼的《论词绝句二十首》所体现的批评特点，主要体现在三个方面：一是对代表性词人各有称扬与批评；二是有着较为广阔的关注视域；三是论词具有整体性。江昱的《论词十八首》所体现的批评观念，主要体现在四个方面：一是强调正本清源，追溯词史；二是高标爱国情怀与人格超拔之作，崇尚词品与人品的一致；三是倡导崇雅去俗；四是以婉约为词之正体。沈初的《论词二十四首》所体现的批评观念，主要体现在三个方面：一是标树真情之作；二是推扬韵味融含之词；三是标举陈维崧之作。其论说特点主要体现在两个方面：一是善于运用比较之法；二是擅长探讨词人词作渊源。陈观国的《论词二十四首》所体现的批评特点，主要体现在三个方面：一是对传统词史流变的简明勾画；二是知人论世的论说方式；三是平正融通的论说特征。陈观国的论词绝句既有对词史的整体把握，又有对词家、词作、词事的细致辨说，点线结合，宏微融通，富于论说的张力性。朱依真的《论词绝句二十二首》所体现的批评观念，主要体现在三个方面：一是推举清空骚雅之作；二是主张豪放与婉约不可偏废；三是对粤西词人的关注。其论说特点主要体现在两个方面：一是不拘旧说，有独得之见；二是摘录词人妙语秀句入诗。孙尔准的《论词绝句二十二首》所体现的批评观念，主要体现在四个方面：一是崇雅黜俗；二是重视寄兴托意；三是力主天然浑成；四是推崇陈维崧之作。其论说特点主要体现在两个方面：一是善于运用比较之法；二是长于抑扬结合。沈道宽的《论词绝句四十二首》所体现的批评观念主要有五：一是持同倚声之论；二是推扬情感表现；三是肯定不同艺术表现路径；四是崇尚雅正；五是豪放与婉约风格并重。宋翔凤的《论词绝句二十首》所体现的批评观念，主要体现在三个方面：一是重视比兴寄托；二是重视情感表现；三是重视词作音律。其论说特点主要体现在两个方面：一是注重词家词作之辨析；二是注重对词史的勾勒。周之琦的《题心日斋十六家词》所体现的批评观念，主要体现在五个方面：一是倡导真情而发；二是推扬比兴寄托；三是强调音律表现；四是崇尚清空醇雅；五是显示出以悲为美的审美趣味。其论说特点主要体现在三个方面：一是善于结合词人生活境遇而论；二是注重梳理词的源流线索；三是擅长引用所评词人之语入诗。王僧保的《论词绝句三十六首》所体现的批评观念，主要体现在三个方面：一是推尚情感表现；二是强调兴寄托意；三是称赏词人气节。其论说特点主要有三：一是关注词人生平境遇；二是善用比较之法；三是将词人词作之评与词学理论阐说相互结合。

晚清时期为我国传统论词绝句的成熟深化时期。其代表性论词绝句主要有谭莹的《论词绝句一百首》、《又四十首·专论国朝人》、《又三十六首·专论岭南人》，杨恩寿的《论词绝句三十首》，冯煦的《论词绝句十六首》，华长卿的《论词绝句三十六首》，萧瑷常的《双溪词题诗十四首》，曾鸿燊的《题词绝句十八首》，等等。

谭莹的《论词绝句一百首》所体现的批评观念，主要体现在三个方面：一是推崇词品为本；二是崇尚婉约为正；三是提倡多种风格之作。其论说特点主要体现在四个方面：一是以总—分—总的顺序加以展开；二是善于联系比较；三是论评词人讲究轻重有分；四是重视对女性词人的评说。其论词绝句体量甚大，史上少有，蕴含着十分丰富的内涵，显示出自身鲜明的特色。谭莹的《又四十首·专论国朝人》所体现的批评观念，主要体现在三个方面：一是推尚情感表现，强调作者情感表现的真挚性；二是推扬当时代词人，体现出对清词中兴之论的切实弘扬；三是对不同艺术风格兼容并收，同时对少数人的创作所缺也予以批评斥责。谭莹的《又三十六首·专论岭南人》所体现的批评观念，主要体现在三个方面：一是大力推扬乡邦词人；二是崇尚情感表现；三是推尚词品词格。其论词绝句为进一步宣传岭南词坛，弘扬岭南词的创作成就作出了独特的贡献。杨恩寿的《论词绝句三十首》所体现的批评观念，主要体现在三个方面：一是大力肯定富于悲情性之作，将悲情视为词之重要的情感内核；二是对一般词人也努力推扬；三是努力勾索词之渊源，梳理词的发展脉络。冯煦的《论词绝句十六首》所体现的批评观念，主要体现在四个方面：一是推崇关怀社会现实之作；二是推尚以悲为美；三是推扬格高之作；四是主张兼融并取南北宋之词。

民国时期为我国传统论词绝句的继续流衍期。其代表性论词绝句主要有潘飞声的《论岭南词绝句二十首》、高旭的《论词绝句三十首》、姚锡均的《际了公论词绝句十二首》、刘咸炘的《说词韵语》、吴灏的《〈名媛词选〉题辞十首》等。

潘飞声的《论岭南词绝句二十首》的批评观念，主要体现在四个方面：一是对广东地域词人高度重视与大力弘扬；二是结合自身人生喜尚着重推扬表现情感之作；三是主张婉约与豪放风格并重；四是对于气格鼓荡之作也甚为推赏。潘飞声是专论岭南词的代表诗人之一，他的论词绝句，在某种程度上引起了世人对于粤词的再度关注与重视，具有努力倡导之功。高旭的《论词绝句三十首》所体现的批评观念，主要体现在三个方面：一是推扬表现真情实感；二是努力消弭与超越传统正变观念；三是推尚李煜之作。其论说特点主要体现在两个方面：一是善于运用词中意象而评；二是长于运用词中语典而入。姚锡均《际了公论词绝句十二首》所体现的批评观念，主要体现在两个方面：一是"诗余"与"倚声"相结合的词体观念；二是文随情至的创作观念。其论说特点主要体现在五个方面：一是多人之评合于一诗；二是善于摘取意象与典故入诗；三是巧用对比之法；四是抓住词人个性与创作特征而论；五是按时间线索一直评说至当世。其论词绝句虽体量不大但容量不小，富于一定的特色。刘咸炘的《说词韵语》所体现的批评特点，主要体现在四个方面：一是广阔宏通的批评视野；二是不落窠臼的词学创见；三是"风流标格"的审美原则；四是"以注补诗"的论评形式。其论词绝句内在体现出一以贯之的批评理念，富于论说个性与圆融性。

中国当代为传统论词绝句的"回光返照"时期。其代表性论词绝句主要有夏承焘的《瞿髯论词绝句》、缪钺的《论词绝句三十六首》、启功的《论词绝句二十首》、叶嘉莹的《论词绝句五十首》、吴熊和的《论词绝句一百首》、王强的《说词韵语：散净居论词绝句一百首》、胡可先的《论词绝句一百首》等。

夏承焘的《瞿髯论词绝句》的论说方法与特点主要体现有三：一是于追源溯流中探讨词之本质；二是于篇幅不定中见出作者之喜好；三是于多

元方法中考察词人之创作。其融因人而异、篇幅不定、比较异同、史论结合等为一体，呈现出鲜明的时代性、个性化特征。启功的《论词绝句二十首》所体现的批评观念，主要体现在两个方面：一是赞赏真情实感之作，批评矫揉造作之词；二是称扬气格深厚之词，贬抑风格柔靡之作；三是论词以"清"为高。在论说方法与特点上，一是擅长摘录词人名句入诗；二是善于结合词人生活际遇而论，且在内容上常评论词作特质与词人的历史地位。启功的论词绝句具有融承继性与创新性于一体的特点。叶嘉莹的《论词绝句五十首》所体现的批评观念主要有四：一是持论词源于倚声；二是推扬真情书写；三是偏赏婉约之体；四是推赏雅正之作。其批评特点主要有三：一是立足于人生论词；二是善于在比较中而论；三是努力呈现出建构词史之功。胡可先的《论词绝句一百首》所体现的批评观念，突出地体现在四个方面：一是推扬词之情感表现；二是推重词人之气；三是大力肯定以诗为词；四是称赏词作风格呈现的多样性。其论说特点主要体现为，综合运用知人论世、摘句批评、比较论说等方法来展开词学批评之论，阐述对词史、词家、词作、词风、词派、流播等的看法，呈现出传统论议性与现代阐发性相融合的特征。

二 中国传统论词绝句所显示的本质特征

对于中国传统论词绝句所显示的本质特征，我们至少可以得出如下持论：一、论词绝句之体是我国传统词学理论批评推衍发展的有机组成部分，其在整体上呈现出相续相禅、衍化创新及有选择性展开建构的特征。在承纳衍化的细致变化中，呈现出独特的历史脉络及面貌形态。二、传统论词绝句之理论批评所达到的广度与深度，从总体而言，是难与词话、序跋、书信等形式相提并论的。但它们在一些命题上或体现出卓越之见，或有着独特之处，进一步补充、丰富与完善了词学理论批评的建构，具有重要的词学史价值，呈现出多样的意义。三、我国传统论词绝句的发展流变脉络大致可概括为：宋元明三代为孕育衍生时期，清代前期为成长发展时期，清代中期为全面繁盛时期，晚清时期为成熟深化时期，民国年间为继续流衍时期，新中国成立以后为余光流彩时期。其总体上呈现出前端细长不显，中段肥大丰满，后部纤弱不继型的结构特征。四、我国传统论词绝句的衍化流变特征大致表现为：在总体上呈现出发展由慢而快，数量由少而多又由多而少，规模由小而大，内在系统性不断加强，螺旋型提升然又复趋于"玩赏"，"内敛"特色比较明显等。五、我国传统论词绝句的承纳衍化是历时与共时发生的必然结果；同时，其衍化展开又为传统词学理论批评的建构、递变与创新起到一定的沟通或催生作用。它们与其他论评形式一起，共构出了传统词学理论批评的丰富内涵及完整体貌。

参考文献

顾从敬：《草堂诗余》，明嘉靖二十九年刻本。
陈聂恒：《栩园词弃稿》，清康熙四十三年刊本。
刘克庄：《后村先生大全集》，《四部丛刊》本。
陈维崧：《湖海楼词集》，《四部备要》本。
曹贞吉：《珂雪词》，影印文渊阁《四库全书》本。
李清照：《漱玉词》，影印文渊阁《四库全书》本。
戴延介：《银藤花馆词》，清嘉庆戊辰刻本。
吴锡麒：《有正味斋骈体文》，《续修四库全书》本。
朱彝尊：《曝书亭集》，影印文渊阁《四库全书》本。
赵师侠：《坦庵词》，影印文渊阁《四库全书》本。
黄裳：《演山集》，影印文渊阁《四库全书》本。
叶适：《水心集》，影印文渊阁《四库全书》本。
戴表元：《剡溪集》，影印文渊阁《四库全书》本。
惠洪：《石门文字禅》，影印文渊阁《四库全书》本。
谢逸：《溪堂集》，《豫章丛书》本。
叶梦得：《避暑录话》，《稗海》本。
朱彧：《萍洲可谈》，《守山阁丛书》本。
叶德辉：《石林遗书》，清宣统三年长沙叶氏观古堂校刊本。
郭则沄：《清词玉屑》，民国二十五年自序自刊本。
黄孝纾：《匑厂文稿》，民国间铅印本。
朱彝尊：《曝书亭集》，商务印书馆 1935 年版。
厉鹗：《樊榭山房集》，商务印书馆 1936 年版。

魏庆之：《诗人玉屑》，（长沙）商务印书馆1938年版。

叶梦得：《避暑录话》，商务印书馆1939年版。

丁寿田、丁亦飞选注：《唐五代四大名家词》，商务印书馆1940年版。

赵崇祚编，李一氓校：《花间集》，人民文学出版社1958年版。

黄升：《花庵词选》，中华书局1958年版。

俞文豹撰，张宗祥校订：《吹剑录全编》，中华书局1959年版。

胡仔纂辑，廖德明校点：《苕溪渔隐丛话》，人民文学出版社1962年版。

张炎著，夏承焘校注：《词源注》；沈义父著，蔡嵩云笺释：《乐府指迷笺释》，人民文学出版社1963年版。

永瑢等：《四库全书总目》，商务印书馆1965年版。

唐圭璋编：《全宋词》，中华书局1965年版。

端木埰选录，何广棪校评：《宋词赏心录校评》，（台北）正中书局1975年版。

朱彝尊、汪森编：《词综》，上海古籍出版社1978年版。

刘熙载：《艺概》，上海古籍出版社1978年版。

陶渊明著，逯钦立校注：《陶渊明集》，中华书局1979年版。

郭绍虞主编：《中国历代文论选》，上海古籍出版社1979年版。

俞平伯：《唐宋词选释》，人民文学出版社1979年版。

唐圭璋：《〈宋词三百首〉笺注》，上海古籍出版社1979年版。

唐圭璋编：《全金元词》，中华书局1979年版。

纳兰性德：《通志堂集》，上海古籍出版社1979年版。

上彊村民编，唐圭璋笺注：《宋词三百首笺注》，上海古籍出版社1979年版。

钱仲联：《后村词笺注》，上海古籍出版社1980年版。

叶嘉莹：《迦陵论词丛稿》，上海古籍出版社1980年版。

夏承焘：《唐宋词欣赏》，百花文艺出版社1980年版。

龙榆生编选：《唐宋名家词选》，上海古籍出版社1980年版。

詹安泰：《宋词散论》，广东人民出版社1980年版。

何文焕辑：《历代诗话》，中华书局1981年版。

王国维著，滕咸惠校注：《人间词话新注》，齐鲁书社1981年版。

刘永济：《词论》，上海古籍出版社 1981 年版。
王士禛：《香祖笔记》，上海古籍出版社 1982 年版。
刘尧民：《词与音乐》，云南人民出版社 1982 年版。
任半塘：《唐声诗》，上海古籍出版社 1982 年版。
罗大经撰，王瑞来点校：《鹤林玉露》，中华书局 1983 年版。
张炎撰，吴则虞校辑：《山中白云词》，中华书局 1983 年版。
丁福保辑：《历代诗话续编》，中华书局 1983 年版。
夏承焘著，吴无闻注：《瞿髯论词绝句》，中华书局 1983 年版。
吴丈蜀：《词学概说》，中华书局 1983 年版。
万树：《词律》，上海古籍出版社 1984 年版。
陶秋英编选，虞行校订：《宋金元文论选》，人民文学出版社 1984 年版。
龙榆生：《词曲概论》，上海古籍出版社 1984 年版。
褚斌杰、孙崇恩、荣宪斌编：《李清照资料汇编》，中华书局 1984 年版。
朱淑真撰，郑元佐注：《朱淑真集注》，浙江古籍出版社 1985 年版。
刘毓盘：《词史》，上海书店 1985 年版。
薛砺若：《宋词通论》，上海书店 1985 年版。
俞陛云：《唐五代两宋词选释》，上海古籍出版社 1985 年版。
李一氓：《存在集》，生活·读书·新知三联书店 1985 年版。
唐圭璋编：《词话丛编》，中华书局 1986 年版。
张璋、黄畲编：《全唐五代词》，上海古籍出版社 1986 年版。
杨海明：《唐宋词风格论》，上海社会科学院出版社 1986 年版。
陶尔夫：《北宋词坛》，山西人民出版社 1986 年版。
唐圭璋：《词学论丛》，上海古籍出版社 1986 年版。
陈声聪：《填词要略及评词四篇》，广东人民出版社 1986 年版。
朱彝尊：《曝书亭集》，上海古籍出版社 1987 年版。
任中敏编：《敦煌歌辞总编》，上海古籍出版社 1987 年版。
陈迩冬：《宋词纵谈》，人民文学出版社 1987 年版。
杨海明：《唐宋词史》，江苏古籍出版社 1987 年版。
郭扬：《千年词史》，广西人民出版社 1987 年版。
宛敏灏：《词学概论》，上海古籍出版社 1987 年版。

陈振孙：《直斋书录解题》，上海古籍出版社1987年版。
龙榆生：《词学十讲》，福建人民出版社1988年版。
杨海明：《唐宋词论稿》，浙江古籍出版社1988年版。
施蛰存：《词学名词释义》，中华书局1988年版。
尹志腾校点：《清人选评词集三种》，齐鲁书社1988年版。
吴无闻编：《夏承焘教授纪念集》，中国文联出版公司1988年版。
黄拔荆：《词史》，福建人民出版社1989年版。
严迪昌：《清词史》，江苏古籍出版社1990年版。
狄兆俊：《填词指要》，百花洲文艺出版社1990年版。
叶嘉莹：《中国词学的现代观》，岳麓书社1990年版。
刘庆云：《词话十论》，岳麓书社1990年版。
陈鸿祥：《王国维年谱》，齐鲁书社1991年版。
吴讷编：《百家词》，天津古籍出版社1992年版。
姚鼐：《惜抱轩诗文集》，上海古籍出版社1992年版。
钱鸿瑛：《词的艺术世界》，上海文艺出版社1992年版。
金启华：《中国词史论纲》，南京出版社1992年版。
黄兆汉：《金元词史》，（台北）学生书局1992年版。
叶嘉莹：《唐宋词十七讲》，（台北）桂冠图书公司1992年版。
张惠民编：《宋代词学资料汇编》，汕头大学出版社1993年版。
蒋士铨著，邵海清、李梦生校笺：《忠雅堂文集校笺》，上海古籍出版社1993年版。
辛弃疾撰，邓广铭笺注：《稼轩词编年笺注（增订本）》，上海古籍出版社1993年版。
严迪昌：《阳羡词派研究》，齐鲁书社1993年版。
邓乔彬：《唐宋词美学》，齐鲁书社1993年版。
谢桃坊：《中国词学史》，巴蜀书社1993年版。
李冰若：《花间集评注》，人民文学出版社1993年版。
杨海明：《唐宋词纵横谈》，苏州大学出版社1994年版。
陈振濂：《宋词流派的美学研究》，江苏教育出版社1994年版。
艾治平：《婉约词派的流变》，辽宁大学出版社1994年版。

李争光：《宋词艺术论》，吉林大学出版社1994年版。

方智范、邓乔彬、高建中、周圣伟：《中国词学批评史》，中国社会科学出版社1994年版。

孙立：《词的审美特性》，（台北）文津出版社1995年版。

张惠民：《宋代词学的审美理想》，人民文学出版社1995年版。

朱崇才：《词话学》，（台北）文津出版社1995年版。

乔力：《唐宋词要义》，光明日报出版社1996年版。

龙建国：《唐宋词艺术精神》，山西高校联合出版社1996年版。

陈文华：《海绡翁梦窗词说诠评》，（台北）里仁书局1996年版。

朱熹著，黎靖德编：《朱子语类》，岳麓书社1997年版。

叶嘉莹：《迦陵论词丛稿》，河北教育出版社1997年版。

木斋：《唐宋词流变》，京华出版社1997年版。

叶嘉莹：《王国维及其文学批评》，河北教育出版社1997年版。

夏承焘：《夏承焘集》，浙江古籍出版社1997年版。

陈良运主编：《中国历代词学论著选》，百花洲文艺出版社1998年版。

王国维撰，陈杏珍、刘烜重订，黄霖等导读：《人间词话》，上海古籍出版社1998年版。

夏承焘：《夏承焘集》，浙江古籍出版社1998年版。

诸葛忆兵：《宋词——璀璨的明珠》，团结出版社1998年版。

苗菁：《唐宋词体通论》，中州古籍出版社1998年版。

杨海明：《唐宋词美学》，江苏教育出版社1998年版。

杨海明：《唐宋词史》，天津古籍出版社1998年版。

刘锋焘：《金代前期词研究》，陕西师范大学出版社1998年版。

张宏生：《清代词学的建构》，江苏古籍出版社1998年版。

施蛰存、陈如江编：《宋元词话》，上海书店出版社1999年版。

苏轼著，张春林编：《苏轼全集》，中国文史出版社1999年版。

朱彝尊、汪森编：《词综》，上海古籍出版社1999年版。

永瑢等：《四库全书总目》，海南出版社1999年版。

张璋、黄畬编：《全唐五代词》，中华书局1999年版。

唐圭璋辑，孔凡礼补辑：《全宋词》，中华书局1999年版。

刘扬忠：《唐宋词流派史》，福建人民出版社1999年版。

龙榆生：《唐宋词格律》，上海古籍出版社1999年版。

严迪昌：《清词史》，江苏古籍出版社1999年版。

陶然：《金元词研究》，浙江大学出版社1999年版。

刘锋焘：《金词研究》，陕西师范大学出版社1999年版。

陈水云：《清代前中期词学思想研究》，武汉大学出版社1999年版。

马兴荣：《龙川词校笺》，江西人民出版社1999年版。

卓人月汇选，徐士俊参评，谷辉之校点：《古今词统》，辽宁教育出版社2000年版。

周密编纂，邓乔彬、彭国忠、刘荣平撰：《绝妙好词译注》，上海古籍出版社2000年版。

邓红梅：《女性词史》，山东教育出版社2000年版。

王兆鹏：《唐宋词史论》，人民文学出版社2000年版。

刘尊明：《唐五代词史论稿》，文化艺术出版社2000年版。

屈大均著，陈永正主编：《屈大均诗词编年笺校》，中山大学出版社2000年版。

夏承焘、吴熊和：《读词常识》，中华书局2000年版。

陶然：《金元词通论》，上海古籍出版社2001年版。

金诤：《宋词综论》，巴蜀书社2001年版。

李康化：《明清之际江南词学思想研究》，巴蜀书社2001年版。

李逸安点校：《欧阳修全集》，中华书局2001年版。

张晖：《龙榆生先生年谱》，学林出版社2001年版。

夏承焘：《唐宋词欣赏》，北京出版社2002年版。

张璋、职承让、张骅、张博宁编纂：《历代词话》，大象出版社2002年版。

南京大学中国语言文学系全清词编纂研究室编：《全清词·顺康卷》，中华书局2002年版。

张伯伟：《中国古代文学批评方法研究》，中华书局2002年版。

张仲谋：《明词史》，人民文学出版社2002年版。

陶尔夫、诸葛忆兵：《北宋词史》，黑龙江教育出版社2002年版。

杨海明：《唐宋词与人生》，河北人民出版社2002年版。

邱世友：《词论史论稿》，人民文学出版社 2002 年版。
刘锋焘：《宋金词论稿》，中国社会科学出版社 2002 年版。
张廷杰：《宋词艺术论》，研究出版社 2002 年版。
徐枫：《嘉道年间的常州词派》，（台北）云龙出版社 2002 年版。
蒋哲伦、傅蓉蓉：《中国诗学史·词学卷》，鹭江出版社 2002 年版。
丁放：《金元词学研究》，中国社会科学出版社 2002 年版。
皎然著，李壮鹰校注：《诗式校注》，人民文学出版社 2003 年版。
高旭：《高旭集》，社会科学文献出版社 2003 年版。
祁光禄：《词艺术研究》，湖南教育出版社 2003 年版。
颜翔林：《宋代词话的美学研究》，湖南师范大学出版社 2003 年版。
皮述平：《晚清词学的思想与方法》，学苑出版社 2003 年版。
况周颐原著，孙克强辑考：《蕙风词话·广蕙风词话》，中州古籍出版社 2003 年版。
启功口述，赵仁珪、章景怀整理：《启功口述历史》，北京师范大学出版社 2004 年版。
周锡山编校：《人间词话汇编汇校汇评》，北岳文艺出版社 2004 年版。
黄大舆编，许隽超校点：《唐宋人选唐宋词》，上海古籍出版社 2004 年版。
饶宗颐、张璋编：《全明词》，中华书局 2004 年版。
沙先一：《清代吴中词派研究》，人民文学出版社 2004 年版。
余传棚：《唐宋词流派研究》，武汉大学出版社 2004 年版。
张文勋：《诗词审美》，云南人民出版社 2004 年版。
郭峰：《南宋江湖词派研究》，巴蜀书社 2004 年版。
孙克强：《清代词学》，中国社会科学出版社 2004 年版。
杨柏岭：《晚清民初词学思想建构》，安徽大学出版社 2004 年版。
褚斌杰、孙崇恩、荣宪宾编：《李清照资料汇编》，中华书局 2005 年版。
刘勰著，黄霖编：《文心雕龙汇评》，上海古籍出版社 2005 年版。
张璋、职承让、张骅、张博宁编纂：《历代词话续编》，大象出版社 2005 年版。
陈廷焯：《白雨斋词话》，中华书局 2005 年版。
史仲文：《两宋词史》，中国社会出版社 2005 年版。

俞平伯：《唐宋词选释》，陕西师范大学出版社2005年版。

闵泽平：《宋词二十讲》，新世界出版社2005年版。

王兆鹏：《唐宋词史的还原与建构》，湖北人民出版社2005年版。

艾治平：《词人心史》，学林出版社2005年版。

邓乔彬：《词学廿论》，上海古籍出版社2005年版。

朱惠国：《中国近世词学思想研究》，上海古籍出版社2005年版。

陈水云：《清代词学发展史论》，学苑出版社2005年版。

徐北文：《李清照全集评注》，济南出版社2006年版。

周密著，查为仁、厉鹗笺注，徐文武、刘崇德点校：《绝妙好词笺》，河北大学出版社2006年版。

朱德慈：《常州词派通论》，中华书局2006年版。

王辉斌：《唐宋词史论稿》，吉林文史出版社2006年版。

朱崇才：《词话史》，中华书局2006年版。

刘贵华：《古代词学理论的建构》，中国文史出版社2006年版。

周明初、叶晔编：《全明词补编》，浙江大学出版社2007年版。

先著、程洪编：《词洁》，河北大学出版社2007年版。

姚蓉：《明清词派史论》，广西师范大学出版社2007年版。

许兴宝：《唐宋词别论》，巴蜀书社2007年版。

杨柏岭：《唐宋词审美文化阐释》，黄山书社2007年版。

徐安琪：《唐五代北宋词学思想史论》，人民文学出版社2007年版。

辛弃疾撰，邓广铭笺注：《稼轩词编年笺注》，上海古籍出版社2007年版。

刘永济：《宋词声律探源大纲·词论》，中华书局2007年版。

刘永济：《唐五代两宋词简析·微睇室说词》，中华书局2007年版。

木斋：《宋词体演进史》，中华书局2008年版。

沙先一、张晖：《清词的传承与开拓》，上海古籍出版社2008年版。

迟宝东：《常州词派与晚清词风》，南开大学出版社2008年版。

江合友：《明清词谱史》，上海古籍出版社2008年版。

巨传友：《清代临桂词派研究》，上海古籍出版社2008年版。

黄志浩：《常州词派研究》，中国社会科学出版社2008年版。

王兆鹏：《词学研究方法十讲》，北京大学出版社2008年版。

邓子勉编：《宋金元词话全编》，凤凰出版社2008年版。
单芳：《南宋辛派词人研究》，巴蜀书社2008年版。
孙克强：《清代词学批评史论》，上海古籍出版社2008年版。
沙先一、张晖：《清词的传承与开拓》，上海古籍出版社2008年版。
陈廷焯著，彭玉平导读：《白雨斋词话》，上海古籍出版社2009年版。
姚锡均：《姚鹓雏文集·诗词卷》，上海古籍出版社2009年版。
刘梦芙编校：《近现代词话丛编》，黄山书社2009年版。
孙虹：《北宋词风嬗变与文学思潮》，上海古籍出版社2009年版。
陈雪军：《梅里词派研究》，上海古籍出版社2009年版。
王兆鹏：《宋南渡词人群体研究》，凤凰出版社2009年版。
邓乔彬：《唐宋词艺术发展史》，河北人民出版社2009年版。
刘尊明、甘松：《唐宋词与唐宋文化》，凤凰出版社2009年版。
宋秋敏：《唐宋词与流行歌曲》，中国社会科学出版社2009年版。
侯雅文：《中国文学流派学初论：以常州词派为例》，（台北）大安出版社2009年版。
林宛瑜：《清初广陵词人群体研究》，（台北）文津出版社2009年版。
王璧寰：《北宋新旧党争与词学》，（新北）花木兰文化出版社2009年版。
谭新红：《清词话考述》，武汉大学出版社2009年版。
曾大兴：《词学的星空——20世纪词学名家传》，河北人民出版社2009年版。
余意：《明代词学之建构》，上海古籍出版社2009年版。
郑炜明：《况周颐先生年谱》，上海古籍出版社2009年版。
龙榆生：《龙榆生词学论文集》，上海古籍出版社2009年版。
汪沆：《槐堂文稿》，上海古籍出版社2010年版。
周密撰，孔凡礼点校：《浩然斋雅谈》，中华书局2010年版。
王伟勇：《清代论词绝句初编》，（台北）里仁书局2010年版。
朱崇才编纂：《词话丛编续编》，人民文学出版社2010年版。
吴梅：《词学通论》，中华书局2010年版。
莫立民：《近代词史》，人民文学出版社2010年版。
谢穑：《宋代女性词人群体研究》，湖南人民出版社2010年版。

曹艳春：《词体审美特征论》，巴蜀书社 2010 年版。

李静：《金词生成史研究》，中国社会科学出版社 2010 年版。

张若兰：《明代中后期词坛研究》，中国社会科学出版社 2010 年版。

房日晰：《宋词比较研究》，安徽大学出版社 2010 年版。

朱崇才：《词话理论研究》，中华书局 2010 年版。

胡建次：《中国古典词学理论批评承传研究》，凤凰出版社 2010 年版。

王晓雯：《清代谭莹"论词绝句"研究》，（新北）花木兰文化出版社 2011 年版。

木斋：《曲词发生史》，光明日报出版社 2011 年版。

李东宾：《词体的形态及其演进》，内蒙古教育出版社 2011 年版。

姚惠兰：《宋南渡词人群与多元地域文化》，东方出版中心 2011 年版。

高峰：《江苏词文化史论》，凤凰出版社 2011 年版。

邓乔彬：《宋词与人生》，上海古籍出版社 2001 年版。

邓嗣明：《中国词美学》，海天出版社 2011 年版。

王纱纱：《常州词派创作研究》，南京大学出版社 2011 年版。

胡云翼：《中国词史略》，岳麓书社 2011 年版。

曾大兴：《20 世纪词学名家研究》，中华书局 2011 年版。

彭玉平：《人间词话疏证》，中华书局 2011 年版。

朱彝尊：《朱彝尊词集》，浙江古籍出版社 2012 年版。

赵福勇：《清代"论词绝句"论北宋词人及其作品研究》，（新北）花木兰文化出版社 2012 年版。

孙克强、岳淑珍编著：《金元明人词话》，南开大学出版社 2012 年版。

孙克强、杨传庆、裴喆编著：《清人词话》，南开大学出版社 2012 年版。

周密：《齐东野语》，上海古籍出版社 2012 年版。

南京大学中国语言文学系全清词编纂研究室编：《全清词·雍乾卷》（全十六册），南京大学出版社 2012 年版。

邓子勉编：《明词话全编》，凤凰出版社 2012 年版。

田玉琪：《词调史研究》，人民出版社 2012 年版。

陈慷玲：《清代世变与常州词派之发展》，（台北）国家出版社 2012 年版。

徐德智：《明代吴门词派研究》，（新北）花木兰文化出版社 2012 年版。

彭玉平：《中国分体文学学史·词学卷》，山西教育出版社2012年版。

张先著，吴熊和、沈松勤校注：《张先集编年校注》，上海古籍出版社2012年版。

顾太清撰，金启琮、金选校笺：《顾太清集校笺》，中华书局2012年版。

周庆云纂辑，方田点校：《历代两浙词人小传》，浙江古籍出版社2012年版。

葛渭君：《词话丛编补编》（全六册），中华书局2013年版。

冯乾编校：《清词序跋汇编》，凤凰出版社2013年版。

许伯卿：《浙江词史》，浙江大学出版社2013年版。

张少真：《清代浙江词派研究》，（新北）花木兰文化出版社2013年版。

郑海涛：《明代词风嬗变研究》，中国社会科学出版社2013年版。

刘梦芙：《近百年名家旧体诗词及其流变研究》，学苑出版社2013年版。

苏利海：《晚清词坛"尊体运动"研究》，中国社会科学出版社2013年版。

张仲谋：《明代词学通论》，中华书局2013年版。

傅宇斌：《现代词学的建立——〈词学季刊〉与20世纪三、四十年代的词学》，商务印书馆2013年版。

茫旭仓、牟晓明整理：《谭献日记》，中华书局2013年版。

陈廷焯撰，孙克强、赵瑾、张海涛、赵传庆辑校：《白雨斋词话全编》，中华书局2013年版。

况周颐著，秦玮鸿校注：《况周颐词集校注》，上海古籍出版社2013年版。

沈文泉：《朱彊村年谱》，浙江古籍出版社2013年版。

程郁缀、李静：《历代论词绝句笺注》，北京大学出版社2014年版。

戴表元著，陈晓冬、黄天美点校：《戴表元集》，浙江古籍出版社2014年版。

孙克强、裴喆编著：《论词绝句二千首》，南开大学出版社2014年版。

刘体仁：《七颂堂集》，黄山书社2014年版。

龙榆生编：《唐宋名家词选》，上海古籍出版社2014年版。

马大勇：《二十世纪诗词史论》，时代文艺出版社2014年版。

周明秀：《词学审美范畴研究》，上海古籍出版社2014年版。

王昊：《两宋词学批评论要》，（新北）花木兰文化出版社2014年版。

岳淑珍：《明代词学批评史》，社会科学文献出版社2014年版。

唐玉凤：《清初词人焦袁熹"论词长短句"及其词研究》，（新北）花木兰文化出版社2014年版。

吴文英撰，孙虹、谭学纯校笺：《梦窗词集校笺》，中华书局2014年版。

朱彝尊、汪森编：《词综》，上海古籍出版社2014年版。

辛更儒编：《辛弃疾资料汇编》，中华书局2015年版。

张惠言著，黄立新点校：《茗柯文编》，上海古籍出版社2015年版。

杨传庆编著：《词学书札萃编》，南开大学出版社2015年版。

余意：《明代词史》，北京大学出版社2015年版。

汪梦川：《南社词人研究》，上海古籍出版社2015年版。

刘少坤：《清代词律批评理论史》，人民出版社2015年版。

彭玉平：《王国维词学与学缘研究》，中华书局2015年版。

纳兰性德撰，赵秀亭、冯统一校笺：《饮水词校笺》，中华书局2015年版。

欧阳修著，胡可先、徐迈校注：《欧阳修词校注》，上海古籍出版社2015年版。

陆游著，马亚中、涂小马校注：《渭南文集校注》，浙江古籍出版社2015年版。

苏轼著，朱孝臧编年，龙榆生校笺：《东坡乐府笺》，上海古籍出版社2016年版。

郁玉英：《宋词经典的生成及嬗变》，中国社会科学出版社2016年版。

马大勇：《晚清民国词史稿》，华中师范大学出版社2016年版。

胡建次、邱美琼：《中国传统词学重要命题与批评体式承衍研究》，中国社会科学出版社2016年版。

陈水云：《中国词学的现代转型》，社会科学文献出版社2016年版。

蔡嵩云著，张响整理：《蔡嵩云词学文集》，河南文艺出版社2016年版。

曹辛华主编：《民国词集丛刊》，国家图书馆出版社2016年版。

陈匪石编著，钟振振校点：《宋词举（外三种）》，上海古籍出版社2016年版。

陈乃乾编：《清名家词》，上海书店出版社2016年版。

柳永著，陶然、姚逸超校笺：《乐章集校笺》，上海古籍出版社2016年版。

夏敬观著，兰石洪、陈谊整理：《夏敬观词学文集》，河南文艺出版社2016年版。

赵尊岳著，张再林、郝文达整理：《赵尊岳词学文集》，河南文艺出版社2016年版。

李璟、李煜著，詹安泰校：《李璟李煜词校注》，上海古籍出版社2017年版。

于东新：《金词风貌研究》，人民文学出版社2017年版。

郑骞：《从诗到曲》，商务印书馆2017年版。

孙克强：《唐宋词学批评史论》，河南大学出版社2017年版。

昝圣骞：《晚清民初词体声律学研究》，社会科学文献出版社2017年版。

刘兴晖：《晚清民国唐宋词选本研究——以光宣时期为中心》，安徽师范大学出版社2017年版。

王鹏运著，沈家庄、朱存红校笺：《王鹏运词集校笺》，上海古籍出版社2017年版。

朱彝尊著，屈兴国、袁李来点校：《朱彝尊词集》，浙江古籍出版社2017年版。

曹辛华编：《全民国词》（第一辑，全十六册），浙江古籍出版社2018年版。

胡可先主编：《夏承焘学案》，浙江大学出版社2018年版。

陈水云：《清代词学思想流变》，社会科学文献出版社2018年版。

缪钺：《诗词散论（增订本）》，北京大学出版社2018年版。

唐圭璋编：《全金元词》，中华书局2018年版。

项楚：《敦煌歌辞总编匡补》，中华书局2019年版。

孙克强、杨传庆主编：《历代闺秀词话》，凤凰出版社2019年版。

孙克强主编：《清代词话全编》，凤凰出版社2019年版。

曹明升：《清代宋词学研究》，中华书局2019年版。

胡建次、邱美琼：《民国时期词学理论批评衍化与展开研究》，中国社会科学出版社2019年版。

黄海：《南宋词坛研究——以诗词关系比较为中心》，贵州大学出版社2020年版。

孙克强、杨传庆、和希林编：《民国词话丛编》，社会科学文献出版社 2020 年版。
彭玉平：《况周颐与晚清民国词学》，中华书局 2021 年版。
王卫星：《词体正变观研究》，上海人民出版社 2021 年版。

附录一　中国历代论词绝句主要研究论文索引

（以时间近远为序）

作者	篇名	所发表刊物与卷期
邱美琼、王雪婷	《陈聂恒〈读宋词偶成绝句十首〉的批评观念》	《常州工学院学报》（社科版）2021 年第 6 期
胡建次、刘皇俊	《姚锡均〈眎了公论词绝句十二首〉的论说方法及批评观念》	《兴义民族师范学院学报》（社会科学版）2021 年第 2 期
胡建次、王雪婷	《厉鹗论词绝句的批评观念与创作特色》	《台州学院学报》（社会科学版）2021 年第 1 期
胡建次、金凤	《试析沈道宽论词绝句的批评观念》	《咸阳师范学院学报》（社会科学版）2020 年第 5 期
胡建次、李梦凡	《江昱〈论词十八首〉的批评观念》	《盐城师范学院学报》（人文社会科学版）2020 年第 4 期
胡建次、金凤	《周之琦〈题心日斋十六家词〉的批评观念与论说特色》	《宁夏大学学报》（人文社会科学版）2020 年第 4 期
苏静	《明末清初词学观念的变化——以论词绝句为中心》	《文艺争鸣》2020 年第 4 期
胡建次、李甜甜	《晚清民国词学观念的演变——以论词绝句为考察对象》	《江西社会科学》2019 年第 4 期
汪素琴、胡建次	《夏承焘〈瞿髯论词绝句〉的论说方法与词学观念》	《浙江海洋大学学报》（人文科学版）2018 年第 6 期
胡建次、邱青青	《陈观国〈论词二十四首〉批评特色摭论》	《船山学刊》2018 年第 5 期
邱青青	《清代中期论词绝句研究》	南昌大学硕士学位论文，2018 年
李甜甜	《晚清民国时期论词绝句研究》	南昌大学硕士学位论文，2018 年
汪素琴、胡建次	《启功〈论词绝句二十首〉的论说方法及词学观念》	《浙江海洋大学学报》（人文科学版）2017 年第 6 期

附录一 中国历代论词绝句主要研究论文索引

续表

作者	篇名	所发表刊物与卷期
李世文	《夏承焘先生〈瞿髯论词绝句〉新版小记》	《中华读书报》2017年11月8日
顾一凡	《论夏承焘词学观对其词体创作的影响——以〈瞿髯论词绝句〉为中心的考察》	《闽西职业技术学院学报》2017年第4期
胡传志	《论词绝句的发源与中断》	《吉林师范大学学报》(哲学社会科学版)2016年第4期
陶然、项鸿强	《两千首论词绝句汇为一部词史》	《中华读书报》2015年4月22日
沙先一	《论词绝句与清词的经典化》	《江苏师范大学学报》(哲学社会科学版)2013年第5期
邓桂姣	《叶嘉莹早期的诗词批评方法》	《芒种》2013年第2期
孙赫男	《清代中期论词绝句词学批评特征平议》	《求是学刊》2011年第7期
朱存红、沈家庄	《别有境界 自成一家——夏承焘〈瞿髯论词绝句〉刍议》	《文艺评论》2011年第6期
韩配阵	《清代论词绝句研究》	暨南大学硕士学位论文,2011年
刘青海	《论夏承焘〈瞿髯论词绝句〉中的词学观》	《中国韵文学刊》2011年第1期
王伟勇	《清代论词绝句之整理、研究及价值》	《第二届两岸韵文学学术研讨会论文集》,2010年4月
詹杭伦	《潘飞声〈论粤东词绝句〉说略》	《西华师范大学学报》(哲学社会科学版)2010年第1期
孙克强、杨传庆	《清代论词绝句的词史观念及价值》	《学术研究》2009年第11期
谢永芳	《谭莹的〈论词绝句〉及其学术价值》	《图书馆论坛》2009年第4期
胡建次	《清代论词绝句的运用类型》	《广西社会科学》2009年第2期
王伟勇、郑琇文	《清·江昱〈论词十八首〉探析》	《北京大学中国古文献研究中心集刊》第七集(中国古文献学与文学国际学术研讨会论文集),北京大学出版社,2008年
邱美琼、胡建次	《论词绝句在清代的运用与发展》	《重庆社会科学》2008年第7期
赵福勇	《清代〈论词绝句〉论贺铸〈横塘路〉词探析》	(台湾)《台北大学中文学报》2008年4月
王伟勇、郑琇文	《高旭论〈十大家词〉绝句探析》	第四届国际暨第九届全国清代学术研讨会会议论文,收入《清代学术研讨会论文集》,2008年

续表

作者	篇名	所发表刊物与卷期
孙克强	《词学理论的重要载体——简论清代论词诗词的价值》	《广州大学学报》（社会科学版）2008年第1期
王伟勇、林淑华	《陈澧〈论词绝句〉六首探析》	（台湾）《政大中文学报》2007年6月
曹明升	《清人论宋词绝句脞说》	《贵州社会科学》2007年第2期
王伟勇	《清代〈论词绝句〉论李白词探析》	《台湾学术新视野·中国文学之部（二）》，2006年12月
王伟勇	《清代〈论词绝句〉论温庭筠词探析》	（台湾）《文与哲》2006年11月
陶子珍	《清代张祥河〈论词绝句〉十首探析》	（台湾）《台大中文学报》2006年12月
王伟勇	《冯煦〈论词绝句〉论南宋词探析》	《第四届宋代文学国际学术研讨会论文集》，2005年9月
陶然、刘琦	《清人七家论词绝句述评》	《厦门教育学院学报》（社会科学版）2005年第3期
程郁缀	《论词绝句笺评——论李煜词》	日本大学文理学部中国文学科年刊《汉学研究》第36号，1998年
程郁缀	《论词绝句笺评——论苏轼词（下）》	日本神户大学文学部中文研究会年刊《未句》第16号，1998年
程郁缀	《论词绝句笺评——论苏轼词（上）》	日本神户大学文学部中文研究会年刊《未句》第15号，1997年
陶然	《论清代孙尔雅、周之琦两家论词绝句》	《文学遗产》1996年第1期
范三畏	《试谈厉鹗论词绝句》	《社科纵横》1995年第2期
范道济	《从〈论词绝句〉看厉鹗论词"雅正"说》	《黄冈师范专科学校学报》1994年第6期
周裕锴	《〈灵谿词说〉笔谈——批评方法的启示》	《四川大学学报》（哲学社会科学版）1987年第3期
神田喜一郎著，彭黎明译	《槐南词话与竹隐论词绝句》	《河北大学学报》（哲学社会科学版）1986年第1期
刘扬忠	《〈瞿髯论词绝句〉注解商榷》	《文学遗产》1985年第3期
杨牧之	《"千年流派我然疑"——〈瞿髯论词绝句〉读后》	《读书》1980年第10期
夏承焘	《论域外词绝句九首》	《文献》1980年第2期

附录二 中国历代主要论词绝句作者及作品简列

词论家	籍贯	生卒年	论词绝句	备注
吴伟业	江苏太仓	1609—1672	《读陈其年书江、白下新词四首》	有《梅村家藏稿》
张蜩赓	南直隶六安（今属安徽）	不详	《读李易安〈漱玉集〉》（一首）	有《蕉窗遗韵》等
曹溶	浙江秀水（今嘉兴）	1613—1685	《题周青士词卷四首》、《媚雪出示白莲花词题赠二首》	有《静惕堂诗集》、《静惕堂词》
冷真	不详	不详	《红藕庄词题词》（五首）	
罗坤	浙江会稽（今绍兴）	不详	《寄题兰园词四断句》（四首）	
钱德震	浙江海盐	不详	《〈罗裙草〉题辞》（一首）	有《金粟集》
毛先舒	浙江仁和（今杭州）	1620—1688	《题末填词》（一首）	有《思古堂文集》、《蕊云集》、《晚唱》、《东苑诗钞》、《选填词》等
吴骐	江南华亭（今属上海）	1620—1696	《〈罗裙草〉题辞》（一首）	有《顾颃集》

375

续表

词论家	籍贯	生卒年	论词绝句	备注
计南阳	江南华亭（今属上海）	不详	《〈罗浮裙〉题辞》（一首）	有《负跛集》、《江枫草》
李澄中	山东诸城	1629—1700	《易安居士画像题辞》（一首）	有《卧象山房诗集》、《卧象山房文集》
朱彝尊	浙江秀水（今嘉兴）	1629—1709	《题沈东田〈苏州好〉〈忆江南〉》（一首）	有《曝书亭集》，与汪森合辑《词综》
恽格	江苏阳湖（今属常州）	1633—1690	《题毛稚黄新词》（一首）	有《瓯香馆集》
王士禛	山东新城（今桓台）	1634—1711	《题陈其年填词图》（一首）	有《带经堂集》，与邹祗谟合辑《倚声初集》
徐釚	江苏吴江（今属苏州）	1636—1708	《灯下自题王子北征词》（一首）、《读友人新词》（一首）	有《南州草堂集》、《菊庄词》等
陈玉璂	江苏武进（今属常州）	1636—？	《和王阮亭冶春诗二十四首》	有《学文堂文集》、《学文堂诗集》、《耕烟词》
沈峰日	浙江平湖	1637—1703	《〈罗耕草〉题辞》（二首）	有《楚游集》、《燕游集》、《柘西精舍集》
秦松龄	江苏无锡	1637—1714	《读阮亭词集绝句》（一首）	有《苍砚山人集》
叶舒崇	江苏吴江（今属苏州）	1640—1678	《题朱锡鬯词》（一首）	
庞垲	直隶任丘（今属河北）	1640—？	《偶成四首》	有《丛碧山房诗集》、《丛碧山房文集》
黄庭	江苏长洲（今苏州）	不详	《题沈东田〈苏州好〉〈忆江南〉》（一首）	有《采香泾词》、《岁寒词》
孙致弥	江苏嘉定（今属上海）	1642—1709	《题杜紫纶〈花雨填词图〉次原韵画小山"落花人独立，微雨燕双飞"词意》（一首）	有《抚左集》、《别花余事》、《消夏词》、《梅泜词》、《玉河西干词》，词有《䌹琴词》，辑有《词钞初编》

376

附录二 中国历代主要论词绝句作者及作品简列

续表

词论家	籍贯	生卒年	论词绝句	备注
吴雯	山西蒲州（今永济）	1644—1704	《读放翁词》（一首）、《怀阮亭先生》（一首）、《焚诗》（一首）	有《莲洋集》
魏坤	浙江嘉善	1646—1705	《罗裙草题辞》（二首）	有《倚晴阁诗抄》、《历山唱酬集》、《秦淮杂咏》及《水村琴趣》、《粤游纪程诗》
沈岸登	浙江平湖	1650—1702	《读乐笑翁北归集》（一首）、《题竹坨并头莲词后》（一首）	有《黑蝶斋诗钞》、《黑蝶斋词》
查慎行	浙江海宁	1650—1727	《题杜子纶旅常填词图二首》、《旧有〈余波词〉二卷，原稿失去将四十年，沈房仲、楚望，椒园兄弟忽以抄本来归，即用"词"字为韵，口占二绝谢之》	有《敬业堂诗集》、《敬业堂文集》、《余波词》等
沈季友	浙江平湖	1652—1698	《题沈东田〈苏州好〉〈忆江南〉》（一首）	有《学古堂诗集》
朱昆田	浙江秀水（今嘉兴）	1652—1699	《题查客〈罗裙谱〉》（一首）、《罗裙草题辞》（一首）	有《笛渔小稿》、《三体摭韵》等
宋荦	河南商丘	1656—1725	《春日读周草窗〈绝妙好词〉偶题》（一首）	有《纬萧草堂诗》
邵瑸	浙江仁和（今杭州）	1657—1709	《〈罗裙草〉题辞》（一首）	有《石帆花屋诗集》
龚翔麟	江苏嘉定（今属上海）	1658—1733	《题〈红藕庄词〉》（二首）	有《田居诗稿》、《红藕庄词》
张大受	江苏嘉定（今属上海）	1660—1723	《题高查客〈罗裙草〉》、《〈罗裙草〉题辞》（二首）	有《匠门书屋文集》、《侣蚕遗音》
蒋锡震	江苏宜兴	1662—1739	《题陈曾起〈棚园词〉》五绝句	有《青溪诗偶存》
叶舒璐	江苏吴江（今属苏州）	1663—1735	《答友秦词》（一首）	有《分干诗钞》

377

续表

词论家	籍贯	生卒年	论词绝句	备注
顾嗣立	江苏长洲（今苏州）	1665—1722	《题同年杜云川〈花雨填词图〉二绝》	有《秀野草堂诗集》、《同丘诗集》等
杜诏	江苏无锡	1666—1736	《自题〈花雨填词图〉三绝句》、《题华亭曹十经〈灌锦词〉后》（一首）	有《云川集》、《浣花词》、《凤髓词》、《蓉湖渔笛谱》等
李必恒	江苏高邮	1666—1706	《呈朱竹垞先生八绝句》	有《三十六湖草堂诗集》、《橒巢诗选》
纪逵宜	顺天文安（今属河北）	1672—？	《壬午秋晚杂诗》（一首）	有《梦笔山房茧翁集》、《闲云词》
赵虹	江苏嘉定（今属上海）	不详	《〈吾尽吾意乐府〉题辞》（一首）	
沈德潜	江苏长洲（今苏州）	1673—1769	《赠张商言》（一首）	有《归愚诗钞》、《归愚诗钞余集》、《归愚文钞》，合刊为《沈归愚诗文全集》
陈袞恒	江苏武进（今属常州）	1673—？	《读朱词偶成绝句十首》	有《朴斋文集》、《棫园词弃稿》
王时翔	江苏太仓	1675—1744	《题〈画空词〉词系余草堂学人钱温璆抚子嵩、格、傪，任孙安国、徐庚成所作》（一首）、《题陈北溪词稿后陈系崔不雕外孙》（一首）、《次韵题杜云川大史〈花雨填词图〉三首》、《酬姚鲁思太史年任题中州所制〈青绿乐府〉四绝句次原韵》	有《小山诗文全稿》
曹一士	江苏青浦（今属上海）	1678—1736	《蓉湖词隐第三图为杜云川大史题二首》	有《四焉斋诗集》、《四焉斋文集》
汪沈琇	江苏常熟	1679—1754	《题云川〈蓉湖词隐图〉》（一首）	有《太古山房诗钞》

378

附录二　中国历代主要论词绝句作者及作品简列

续表

词论家	籍贯	生卒年	论词绝句	备注
薛雪	江苏吴县（今属苏州）	1681—1770	《题周韵山、陈蔚轩〈林下词选〉》（一首）、《〈碧箫词〉题辞》（一首）	有《䂬桂山房诗存》、《抱珠轩诗存》、《一瓢斋诗存》等
华嵒	福建上杭	1682—1761	《题员双屋〈红板词〉后》（一首）	有《新罗山人离垢集》
汪槚	安徽休宁	1683—？	《题〈翠羽词〉》	
沈起孟	浙江秀水（今嘉兴）	不详	《题〈翠羽词〉》（一首）	
方日岱	安徽桐城	不详	《题〈翠羽词〉》	
罗天尺	广东顺德（今属佛山）	1686—？	《读尤晦庵、陈其年两太史词》（一首）	有《瘿晕山房诗删》
汤斯祚	江西南丰	1687—？	《题毛闰斋宜丰新春词后》（一首）	有《亦庐诗集》
范咸	浙江仁和（今杭州）	不详	《〈白蕉词〉跋》（一首）	
江声、金志章	浙江仁和（今杭州）	不详	《题周年陆南香〈白蕉词〉》四首	有《江声草堂诗集》
徐娆然	浙江海盐	不详	《〈白蕉词〉跋》	
李其永	顺天宛平（今属北京）	不详	《读历朝词杂兴》（三十首）	有《贺九山房诗》
厉鹗	浙江钱塘（今杭州）	1692—1752	《论词绝句十二首》、《书柘湖张龙威长句后二首》	有《樊榭山房集》等
马维翰	浙江海盐	1693—1740	《题褚家诗后九首》	有《墨麟诗》
郑燮	江苏兴化	1693—1766	《题陈孟周词后》（一首）	有《板桥诗钞》、《板桥词钞》
郑方坤	福建建安（今建瓯）	1693—？	《论词绝句三十六首》	有《蕉尾诗集》、《青衫词》
陈章	浙江钱塘（今杭州）	1696—？	《哭太鸿十二绝》	有《孟晋斋诗集》
黄图珌	江苏松江（今属上海）	1699—？	《读张荣卸〈白雪词〉》（一首）	有《看山阁集》

379

续表

词论家	籍贯	生卒年	论词绝句	备注
舒瞻	满洲正白旗	？—1747	《题友人诗余》（一首）	有《兰藻堂集》
汪俊	江苏长洲（今苏州）	？—1756	《〈碧箫词〉题辞》（一首）	有《山雉诗》
钟仁	浙江石门（今桐乡）	不详	《题方雪屏〈惜春词〉》（一首）	
闵宁	江苏江都（今扬州）	不详	《〈扪腹斋诗余〉题辞》（一首）	
姚孔𫘬	安徽桐城	不详	《书〈珂雪词〉》（一首）	有《小安乐窝诗钞》
刘藻	山东菏泽	1701—1766	《舟行至高邮寄怀广陵诸子》（一首）	
沈廷芳	浙江仁和（今杭州）	1702—1772	《怀人绝句十四首》	有《隐拙斋集》
汪沆	浙江钱塘（今杭州）	1704—1784	《题〈玉屏词集〉》（一首）	有《槐塘诗稿》、《槐塘文稿》
江昱	江苏仪征	1706—1775	《论词十八首》	有《松泉诗集》、《梅鹤词》等
陈澕	安徽天长	1707—1728	《题宸谷〈秋水词〉后》（一首）	有《闱房集》
鲍倚云	安徽歙县	1708—1778	《题吴从夕词卷》、《题〈听稼轩诗词卷〉八绝句》、《题〈曝书亭集〉后》	有《寿藤斋诗集》
钱载	浙江秀水（今嘉兴）	1708—1793	《题词卷二首》、《题词卷三首》（一首）	有《萚石斋诗集》、《萚石斋文集》
薛怀	江苏桃源	不详	《〈扪腹斋诗余〉题辞》	
马恒锡	浙江平湖	不详	《〈玉雨词〉题词》（一首）	有《古直庐集》
万光泰	浙江秀水（今嘉兴）	1712—1750	《南唐宫词四首》、《受铭归自高安，题其〈竹蒙词〉》后二首	有《柘坡居士集》
裘日修	江西新建	1712—1773	《为陈望之观察题陈迦陵填词图》（一首）	有《裘文达公诗集》、《裘文达公文集》

380

附录二 中国历代主要论词绝句作者及作品简列

续表

词论家	籍贯	生卒年	论词绝句	备注
成文	河南沁阳	1715—1763	《答吴孝廉〈答〉》（一首）、《题张瘦铜〈碧箫词〉》（一首）	有《玉汝堂诗集》
汪筠	浙江秀水（今嘉兴）	1715—？	《读〈词综〉书后二十首》、《校〈明综〉三首》	有《谦谷集》
章恺	浙江嘉善	1718—1770	《论词绝句八首》	有《北亭集》、《蕉雨秋房词》、《杏花春雨楼词》
冯浩	浙江石门（今桐乡）	1719—1801	《题汪孝廉〈孟销〉〈埋冰词〉四首》	有《孟亭居士诗稿》、《孟亭居士文稿》
汪孟鋗	浙江秀水（今嘉兴）	1720—1770	《题本朝词十首》	有《厚石斋集》
韦谦恒	安徽芜湖	1720—1796	《题江松泉秀才〈梅鹤词〉卷》（一首）	有《传经堂诗钞》
刘臻	山东诸城	不详	《〈花韵倌词〉题辞》（一首）	有《筠谷诗略》等
陈宜振	浙江仁和（今杭州）	不详	《题杨升庵〈词品〉二首》	有《石屋磨灰稿》
朱方蔼	浙江石门（今桐乡）	1721—1786	《论词绝句二十首》	有《春桥草堂集》、《小长芦渔唱》等
李中简	直隶任丘（今属河北）	1721—1795	《题〈小隐词集〉后为郑永州》（一首）	有《嘉树山房诗集》、《嘉树山房文集》
刘伊	江苏通州（今南通）	1721—1803	《跋李渔衫〈乡乐府〉词后三首》	有《传经堂诗集》等
汪仲鈖	浙江秀水（今嘉兴）	1722—1753	《题陆南香〈白蕉词〉后四首》	有《桐石草堂集》
弘晓	不详	1722—1778	《题筠庭词后兼步星韵》（一首）	有《明善堂诗集》、《明善堂文集》

381

续表

词论家	籍贯	生卒年	论词绝句	备注
吴泰来	江苏长洲（今苏州）	1722—1788	《舟中读江澄绮新词有寄》（一首）、《昆山访刘改之墓》（一首）、《读赵璞函新词兼寄张少华》（一首）、《怀人诗二十八首》	有《砚山堂集》
张宾鹤	浙江钱塘（今杭州）	1724—？	《题方坳堂刺史词卷后》（一首）	有《云汀诗钞》
张熙纯	江苏上海（今上海）	1725—1767	《题朱时霖词卷四首》、《题顾开锋吟卷二首》	有《华海堂诗》
赵文哲	江苏上海（今上海）	1725—1773	《书曹绚圃近词后四首》	有《媕雅集》、《媕雅堂诗续集》、《媕雅堂诗别集》、《媕雅堂词集》
蒋士铨	江西铅山	1725—1785	《题蔡生词本后》（一首）	有《忠雅堂诗集》、《忠雅堂文集》，词有《铜弦词》
王昶	江苏青浦（今属上海）	1725—1806	《题孝廉剑剑潭（端光）〈禅雨山房诗词〉后》（一首）、《舟中无事偶作论词绝句四十六首》	有《春融堂集》、《琴画楼词》，辑有《湖海诗传》、《琴画楼词钞》、《国朝词综》、《明词综》等
程名世	江苏仪征	1726—1779	《题家浙江伯〈虫天吃语〉乐府后》（一首）	有《思纯堂集》
江昉	安徽歙县	1726—1793	《题〈有正味斋词〉后》（一首）	有《晴绮轩诗集》、《练溪渔唱》、《集山中白云词》、《随月读书楼词钞》等
吴骞	浙江会稽（今绍兴）	1727—1773	《题黄楚覃〈拾翠词〉》（一首）	有《黄冢山房集》
阮葵生	江苏山阳（今淮安）	1727—1789	《题刘妃堂泉州词后》（一首）	有《七录斋诗钞》、《七录斋斋文钞》

382

附录二 中国历代主要论词绝句作者及作品简列

续表

词论家	籍贯	生卒年	论词绝句	备注
褚廷璋	江苏长洲（今苏州）	1728—1797	《周湘渔〈春谷词〉题后四首》	有《筠心书屋诗钞》
鲍廷博	安徽歙县	1728—1814	《题吴枚庵词》（一首）	有《花韵轩咏物诗存》，辑有《知不足斋丛书》
沈初	浙江平湖	1729—1799	《编旧词存稿作论词绝句十八首》、《题陈迦陵前辈填词图五首》	有《兰韵堂集》、《兰韵堂文集》
周春	浙江海宁	1729—1815	《冬夜读白楼任倩〈红杏词〉奉题二首》	有《周松霭先生遗书》、《松霭诗钞》
王文治	江苏丹徒（今属镇江）	1730—1802	《题史赤霞〈游翠词〉后》（一首）	有《梦楼诗集》
张埙	江苏吴县（今属苏州）	1731—1789	《书亡友盛史晓心〈拗莲词〉后》（一首）、《题陈其年先生填词图五首》	有《竹叶庵文集》
彭元瑞	江西南昌	1731—1803	《汪太史〈上林〉〈花韵山房诗余〉》（一首）	有《恩余堂辑稿》
翁方纲	顺天大兴（今属北京）	1733—1818	《题陈其年检讨填词图后四首》	有《复初斋诗集》、《复初斋文集》
毛大瀛	江苏宝山（今属上海）	1735—1800	《寄赠王言三首》	有《戏欧居诗钞》等
庄炘	江苏武进（今属常州）	1736—1818	《题〈藕湖词〉》（一首）	有《师尚斋诗集》
范来宗	江苏吴县（今属苏州）	1737—1817	《吴竹桥祠部寄示〈小湖田乐府〉题寄》（一首）、《消暑四种》	有《洽园诗稿》、《洽园诗余》
如纶常	山西介休	1740—？	《国朝诸名家逸事诗》（一首）	有《答斋诗集》、《答斋文钞》
吴文溥	浙江秀水（今嘉兴）	1741—1802	《意香阁词〉题词》（一首）	有《南野堂集》
徐志鼎	浙江平湖	不详	《春夜读吴人年〈有正味斋词〉》（一首）	有《昔云草堂集》、《玉雨词》

续表

词论家	籍贯	生卒年	论词绝句	备注
吴中奇	江苏吴江（今属苏州）	1741—1800	《题〈六花词〉》（一首）	有《与稽斋丛稿》
吴翌凤	江苏长洲（今苏州）	1742—1819	《〈翠薇花馆词〉题辞》（一首）	有《素修堂诗集》、《小湖田乐府》
吴蔚光	江苏昭文（今常熟）	1743—1803	《词人绝句》	有《小岘山人诗文集》
秦瀛	江苏无锡	1743—1821	《奉题族伯若舫先生词稿》（一首）、《枫人〈玉勾草堂词稿〉》（一首）、《题郑枫人〈玉勾草堂词稿〉》（一首）、《题陈迦陵先生填词图六首》（一首）、《为杨兰谷题填词图》	
潘允恭	江苏宜兴	1743—1821	《题陈迦陵先生填词图》	有《长溪草堂集》
朱依真	广西临桂（今桂林）	1743—?	《论词绝句二十二首》	有《九芝草堂诗存》
王春熙	江苏娄县（今属上海）	1744—1800	《〈玉雨词〉题词》（一首）	有《延青斋诗钞》
陈观国	浙江海宁	1745—1815	《论词二十四首》	有《惺斋吟草》
沈赤然	浙江仁和（今杭州）	1745—1817	《书汪孝廉应培〈苇墅词钞〉》后二首》（一首）	有《五砚斋诗钞》、《五砚斋文钞》
吴锡麒	浙江钱塘（今杭州）	1746—1818	《题〈秋蓼亭词草〉》（一首）	有《有正味斋集》
赵怀玉	江苏阳湖（今常州）	1747—1823	《钱秀才（季重）以诗余索予评骘，为书三断句》、《题庄生曾仪诗词后》（一首）	有《亦有生斋集》等
陈文瑞	江西铅山	1747—?	《题秋潭〈粒粟园词余〉》（一首）	有《瘦松柏斋诗集》
王复	浙江秀水（今嘉兴）	1748—1798	《书上杂咏八首》	有《晚晴轩诗》、《晚晴轩词》
顾宗泰	江苏元和（今苏州）	1749—?	《南唐杂事诗》（一首）	有《月满楼诗集》、《月满楼文集》

附录二 中国历代主要论词绝句作者及作品简列

续表

词论家	籍贯	生卒年	论词绝句	备注
吴嵩	江西南城	1749—？	《题冯晏海诗词名（云鹏，通州人）》（一首）	有《菜香书屋诗草》
武廷选	山西文水	1749—？	《题〈潽香楼词〉》三首》	有《兰闺诗钞》等
龚理身	浙江仁和（今杭州）	不详	《题陈四〈湖上花衣词〉》（一首）	有《矍诗稿》
乔煌	山西祁县	不详	《题闺媛徐湘蘋〈拙政园诗余〉后二首》	有《黄叶楼诗钞》
师范	云南赵州（今大理）	1751—1811	《题葛砥斋诗集后》（一首）、《题段七峰〈忆旧词〉》（一首）	有《师荔扉先生诗集》
铁保	满洲正黄旗	1752—1824	《题黄心庵填词图》（一首）	有《梅庵诗钞》、《梅庵文钞》，合辑为《惟清斋全集》
杨凤苞	浙江归安（今湖州）	1753—1816	《题王五长短句后》（一首）、《题严九艳词后》（一首）	有《秋室集》
陈石麟	浙江海盐	1754—1814	《书张皋文填词后》（一首）	有《小信天巢诗钞》
岑振祖	浙江余姚	1754—1839	《书李又山、温飞卿诗集》（一首）	有《延绿斋诗存》
章洞	江苏海州（今连云港）	1755—1786	《答李仲子》（一首）	有《浣香吟》、《浣香词》等
李銮宣	江苏通州（今南通）	1755—1807	《题蒋小松桂花词后》（一首）	有《天海楼诗集》、《天海楼文续集》、《紫琅山筒诗集》、《扶海楼词钞》
吴照	江西南城	1755—1811	《题迦陵先生填词图》（一首）	有《听雨斋诗集》、《听雨斋诗别集》
王芑孙	江苏长洲（今苏州）	1755—1818	《芷生乡荐第一送其北上四首》	有《楞伽山房集》、《渊雅堂集》

385

续表

词论家	籍贯	生卒年	论词绝句	备注
叶绍楏	浙江归安（今湖州）	1755—1821	《客暨阳三旬，得〈沁园春〉词一卷，录寄许竹屿大令，缀以二绝句》	有《谨墨斋诗钞》
石韫玉	江苏吴县（今属苏州）	1756—1837	《读蒋心余、彭湘涵、郭频伽词草各系一诗》	有《独学庐初稿》、《独学庐二稿》、《独学庐三稿》、《独学庐四稿》、《独学庐五稿》等
李兆元	山东掖县（今莱州）	1757—1828	《论词绝句》	有《十二笔舫诗录》、《十二笔舫杂录》等
沈清瑞	江苏长洲（今苏州）	1758—1791	《点定铁夫〈瑶想词〉缀二绝句其后》	有《沈氏群峰集》
吴文照	浙江石门（今桐乡）	1758—1827	《陈伯恭先生嘱题迦陵检讨填词图》（一首）	有《在山草堂诗稿》
范崇简	江苏通州（今南通）	1758—？	《题李渔衫〈乡乐府〉后二首》	有《懒牛诗钞》
朱文沼	浙江余姚	1760—1845	《题张茂才远春词》（一首）	有《绕竹山房诗稿》、《绕竹山房诗余》
严冠	浙江仁和（今杭州）	不详	《〈远春词〉题词》（一首）	有《茶寿庵诗》
李超孙	浙江嘉兴	不详	《挽篑园叔祖》（一首）、《读吴进士衡照新辑词话题后》（一首）	有《拙守斋诗文合钞》
蔡德澄	浙江石门（今桐乡）	不详	《题孙玉樵〈自怡集〉》（一首）	有《便佳居诗选》
部源	浙江平湖	不详	《题〈六花词〉》（一首）	有《花同草堂集》、《红柳词》
顾翃	浙江钱塘（今杭州）	1761—？	《书张仲雅廉〈食研斋诗集〉后五绝句》	有《金粟影庵存稿》、《金粟影庵续存稿》、《随山书屋诗存》
尤维熊	江苏长洲（今苏州）	1762—1809	《评词八首》、《续评词四首》	有《虚白斋诗钞》、《二娱小庐诗钞》、《二娱小庐词钞》

386

附录二 中国历代主要论词绝句作者及作品简列

续表

词论家	籍贯	生卒年	论词绝句	备注
钱林	浙江仁和（今杭州）	1762—1828	《岁莘偶为绝句贻诸游好》（一首）、《紫珊见示用予著〈碧梧山馆词〉卷，读竟题二绝句于后》	有《玉山草堂集》
徐熊飞	浙江武康（今德清）	1762—1835	《咏苏东坡丙辰中秋作〈水调歌头〉事》、《题〈双花阁词钞〉题辞》（一首）	有《白鹄山房诗选》、《六花词》等
黄丕烈	江苏长洲（今苏州）	1763—1825	《题影钞金氏钞蔡松年词残本后》（一首）	有《士礼居藏书题跋记》等
潘际云	江苏溧阳	1764—？	《题朱淑真〈断肠词〉》（一首）	有《清芬堂集》等
王文浩	浙江仁和（今杭州）	1764—？	《题吴澹溪词草三首》	有《韵山堂诗集》
陆坊	浙江平湖	1765—1814	《题〈六花词〉》（一首）	有《草心亭诗钞》
程应佐	江苏泰州	1765—1815	《〈红雪词〉题辞》（一首）	有《浣花阁余课》等
舒位	顺天大兴（今属北京）	1765—1815	《书潘榕臯农部〈水云笛谱·和作〉后》（一首）、《清梦庵二白词题辞》（一首）	有《瓶水斋诗集》等
王崇本	浙江仁和（今杭州）	1765—1823	《古山内兄以所校尊外祖张思岩先生藕村词稿寄示，展读数过，谨题四截句以志仰慕之忱》	
李銮	浙江嘉兴	1765—1840	《题〈六花词〉》（一首）、《〈意香阁〉题词》	有《介石诗钞》
侯云松	江苏上元（今南京）	1765—1853	《题蒋剑人填词图》（一首）	有《薄游草》
李遇孙	浙江秀水（今嘉兴）	1765—？	《题冯柳东〈杨柳岸晓风残月图〉册页》（一首）	有《芝省斋吟稿》
沈沂曾	湖北竹溪	不详	《清梦庵二白词题辞·和作》（一首）	有《瘦岭草》
顾广圻	江苏元和（今苏州）	1766—1835	《题秦澹生太史〈栖碧词〉》（一首）	有《思适斋集》等

387

续表

词论家	籍贯	生卒年	论词绝句	备注
席佩兰	江苏昭文（今常熟）	1766—？	《题竹桥太史〈小湖田乐府〉词稿》（一首）	有《长真阁集》
钦善	江苏娄县（今属上海）	1766—？	《和〈自题词卷〉》（一首）	有《吉堂文稿》、《吉堂诗稿》
赵同钰	江苏昭文（今常熟）	不详	《〈小湖田乐府〉题辞》	有《韫玉楼诗集》
屈秉筠	江苏昭文（今常熟）	1767—1810	《吴竹桥太史〈小湖田乐府〉题辞》（一首）、《〈晚香居词〉题辞》（一首）	有《韫玉楼诗》、《韫玉楼词钞》
郭麐	江苏吴江（今属苏州）	1767—1831	《童佛庵借诸同人以厉樊榭姬征君及其姓人月上木主树黄文节公祠设祭焉，同人有诗，亦得三绝句》、《病起怀人诗三十首》	有《灵芬馆全集》，词有《灵芬馆词》
程邦宪	江苏吴江（今属苏州）	1767—1833	《题张春有〈蓇朗阁填词图〉》（一首）	有《迟云吟馆集》
顾廷纶	浙江会稽（今绍兴）	1767—1834	《题陈迦陵先生填词图》（一首）	有《玉笥山房要集》
彭兆荪	江苏镇洋（今太仓）	1768—1821	《〈清梦庵二白词〉题词》（一首）	有《小谟觞馆诗集》、《小谟觞馆文集》等
陈鸿寿	浙江钱塘	1768—1822	《填词为严小秋作》（一首）	有《种榆仙馆诗钞》
戴敦元	浙江开化	1768—1834	《题严修能〈画蔺斋秋怨词〉后》（一首）	有《戴简恪公遗集》
蒋因培	江苏昭文（今常熟）	1768—1838	《题严比玉笥马（铤）〈宜园词隐图〉》（一首）	有《乌目山房诗存》
李兆洛	江苏阳湖（今常州）	1769—1841	《题张春司马〈蝶花楼填词图〉》（一首）	有《养一斋文集》、《养一斋诗集》
李福	江苏吴县（今属苏州）	1769—？	《题徐懒云〈玉梅花下填词图〉》（一首）、《题张生香吏〈听香听月寮填词图〉》（一首）	有《花屿读书堂诗钞》、《花屿读书堂文钞》、《花屿读书堂词钞》

附录二 中国历代主要论词绝句作者及作品简列

续表

词论家	籍贯	生卒年	论词绝句	备注
释汉兆	浙江宁海	1769—？	《论词》（一首）	有《妙香诗草》
孙尔准	江苏金匮（今无锡）	1770—1832	《论词绝句二十二首》	有《泰云堂集》
查揆	浙江海宁	1770—1833	《题马少府诗余》（一首）、《客舫填词图》为陶观察作》（一首）、《念宛斋词钞》题辞》	有《筼谷诗钞》、《筼谷文钞》、《菽原堂初集》
李芳林	不详	不详	《晏海大兄属题〈红雪词〉》（一首）	
吴鹰	江苏如皋	不详	《〈红雪词〉题辞》	
汪桂林	江苏如皋	不详	《〈红雪词〉题辞》	有《半江诗钞》
李华	江苏扬州	不详	《〈红雪词〉题辞》	
顾金堃	江苏如皋	不详	《〈红雪词〉题辞》	
吕玉	江苏如皋	不详	《〈红雪词〉题辞》	
吴侍曾	山东海丰	不详	《怀人绝句十九首》	有《竹泉诗钞》
王斯年	浙江海宁	不详	《题归佩珊女史〈绣余诗词〉册》（一首）	有《秋滕书屋诗钞》、《秋滕文钞》
陈鸿熙	浙江会稽（今绍兴）	不详	《陶凫芗（梁）以所著〈红豆馆词稿〉见示，题赠二绝》	有《藤阿吟稿》
郑勉	山东济宁	不详	《丙寅秋九月因家柳田得见小秋，并读词卷，奉题三绝》	有《墨泉遗稿》
吴柯	安徽歙县	不详	《壬申夏五赋题小秋词集》	
归懋仪	江苏昭文（今常熟）	不详	《〈晚香居词〉题词》（一首）	有《绣余小草》、《绣余续草》，词有《听雪词》

389

续表

词论家	籍贯	生卒年	论词绝句	备注
王铎	江苏上海（今上海）	1771—1808	《题二乇词卷》（一首）	有《半衣小稿》
陈文述	浙江钱塘（今杭州）	1771—1823	《题〈花影楼词〉》（一首）、《题郜机人观察〈断肠集〉》（一首）、《题查伯葵撰〈李易安论〉后》（一首）、《又题〈漱玉集〉》（一首）	有《颐道堂诗选》、《颐道堂诗外集》、《仙馆诗钞》等
查有新	浙江海宁	1771—1830	《题李篁园明经〈意香阁词〉》（一首）	有《春园吟稿》
陈寿祺	福建侯官（今福州）	1771—1834	《题叶小庚同知所辑〈本事词〉（申梦）》（一首）	有《绛跗草堂诗集》、《左海文集》
黄承吉	江苏江都（今扬州）	1771—1842	《春迟眠日，怀涉颇繁，杂成绝句十二首，并书之，无次第》、《日来阆填词句为消夺寂，赋〈解佩令〉》（一首）、《饮窗以所作词数卷要予点定，久未报命，雨後玩，率成四绝简之》、《饮以挽之，遂以〈忆旧游〉一句，系之以诗》、《观饮泉词集，漫成〈鹧鸪天〉词一阕，为题》	有《梦陔堂诗集》、《梦陔堂文集》
陈基	江苏长洲（今苏州）	1771—1845	《辛丑嘉平客全椒官舍，家苏生出示吴籁香女史花宿书屋手书词册，芬芳悱恻，一往含情深，洵推作手，因题二绝》	有《咏清堂诗钞》
陆继辂	江苏阳湖（今常州）	1772—1834	《〈小庚词存〉题辞》（一首）	有《崇百药斋文集》等，词有《清邻词》
沈道宽	顺天大兴（今属北京）	1772—1853	《论词绝句四十二首》	有《话山草堂诗钞》、《话山草堂词钞》

390

附录二 中国历代主要论词绝句作者及作品简列

续表

词论家	籍贯	生卒年	论词绝句	备注
陶梁	江苏长洲（今苏州）	1772—1857	《陆费春帆见和销夏诸作，赋此柬之》（一首）	有《红豆树馆诗稿》、《红豆树馆词》等，辑有《词综补遗》
金学莲	江苏吴县（今属苏州）	1772—？	《范白舫填词画册》（一首）	有《三李集》、《竹西客隐草堂集》
谭敬昭	广东阳春	1773—1830	《〈剑光楼词〉题词》（一首）	有《听云楼诗钞》、《听云楼词》
端木国瑚	浙江青田	1773—1837	《宜园渔隐词卷》（一首）	有《大鹤山人集》
陈本直	江苏元和（今苏州）	1773—1837	《读其年检讨词钞漫书》（一首）	有《覆瓿诗草》、《覆瓿词草》
倪稻孙	浙江仁和（今杭州）	1774—1818	《题〈六花词〉》（一首）	有《云林堂词》
马功仪	江苏上元（今南京）	不详	《题〈六花词〉》（一首）	有《倚云亭诗存》、《倚云草词》
林元夔	福建闽县（今属福州）	1774—？	《阅〈侯鲭录〉辨传奇莺莺事并微之、崔莺莺〈商调蝶恋花〉词十章题后》	有《漱石吟草》
商嘉言	浙江会稽（今绍兴）	1775—1827	《杜尺庄咏竹吟馆词题例》（一首）	有《拜亭诗草》
王衍梅	浙江会稽（今绍兴）	1776—1830	《书〈有正味斋集〉》（一首）	有《绿雪堂遗集》
汪潮生	江苏仪征	1777—1832	《以词稿乞正子春谷，未蒙点定，顷以四诗见简，即此奉酬》	有《冬巢诗集》、《冬巢词集》
周仪㻋	江苏阳湖（今常州）	1777—1846	《题吴兰雪〈绿春词〉后》（一首）	有《夫椒山馆诗》
宋翔凤	江苏长洲（今苏州）	1777—1860	《论词绝句二十首》，《读张子澜（渌）〈词原浅述〉即用自题二绝韵》，《张春楼郡丞谓自江西书来，并寄所刻词，因答以四绝句》，《〈紫藤花馆诗余〉题辞》（一首）	有《忆山堂诗录》、《洞箫楼诗纪》、《朴学斋文录》等，词有《洞箫词》、《香草词》、《碧云庵词》

391

续表

词论家	籍贯	生卒年	论词绝句	备注
石同福	江苏吴县（今属苏州）	1777—？	《〈小庚词存〉题辞》（一首）	有《瘦竹幽花馆诗存》、《瘦竹幽花馆词》
董国琛	江苏吴县（今属苏州）	1777—？	《和〈自题词卷〉》（一首）	有《香叶山馆词》
吴慈鹤	江苏吴县（今属苏州）	1778—1826	《清梦庵二白词题辞·和作》（一首）	有《吴侍读全集》
褚逢椿	不详	不详	《清梦庵二白词题辞·和作》（一首）	
蒋志凝	不详	不详	《清梦庵二白词题辞·和作》（一首）	
汤贻汾	江苏武进（今属常州）	1778—1853	《题秦淮海集》（一首）、《自题〈红豆村庄填词图〉》（一首）	有《琴隐园诗集》，词有《琴隐园词》，辑有《江东词社词选》
王敬之	江苏高邮	1778—1856	《带山诗来，谓白石道人最契于梅，当于梅花盛时为白石芳。余适得白小象石墨，遂相招设供》（一首）、《往岁扬州友生赠石旁，注音拍题后》（一首）、《目住》（一首）、《题〈翠微花馆词〉十七卷后》（一首）	有《王宽甫集》等，词有《三十六湖渔唱》
刘珊	湖北汉川	1779—1824	《题马肆原茂才〈停云填词图〉》（一首）	有《亦政堂诗集》、《亦政堂词集》
李宗昉	江苏山阳（今淮安）	1779—1846	《姜白石遗像》（一首）	有《闻妙香室诗》、《闻妙香室词》
赵函	江苏震泽（今属苏州）	1780—1845	《和〈自题词卷〉》（一首）	有《乐潜堂诗初集》、《乐潜堂诗二集》、《菊潜庵剩稿》，词有《飞鸿阁琴意》
张维屏	广东番禺（今属广州）	1780—1859	《沈伯眉广文（世良）见示新词为题二绝句》	有《听松庐诗钞》、《松心诗集》等，词有《海天霞唱》、《玉香亭词》，总称《听松庐词钞》

392

附录二 中国历代主要论词绝句作者及作品简列

续表

词论家	籍贯	生卒年	论词绝句	备注
朱王林	浙江平湖	1780—1859	《姚古楛茂才〈前枢〉〈桐华馆词集〉题辞三首》	有《小云庐吟稿》、《小云庐诗稿删存》、《小云庐晚学文稿》等
王乃斌	浙江仁和（今杭州）	1780—？	《桐江道中读魏滋伯〈花滩渔唱〉词》（一首）	有《红蝠山房诗钞》、《红蝠山房二编诗钞》等
汪全泰	江苏仪征	？—1842	《题〈藕花小室诗钞〉》（一首）	有《铁孟居士诗稿》
夏桢	江苏丹徒（今属镇江）	不详	《题蕴庵禅友词集》	有《十砚斋高诗钞》
徐锡奎	江苏吴江（今属苏州）	不详	《庚辰十二月十九日同人集学舍祀东坡先生得诗三首》	
何国华	不详	不详	《〈意香阁词〉题辞》（一首）	
王晓	江苏宝应	不详	《题〈栽云馆词〉》（一首）	
鲍正言	安徽歙县	不详	《题张香午〈宝钟〉〈珀朗阁填词图〉》（一首）	
程步瀛	江苏元和（今苏州）	不详	《〈翠薇花馆词〉题辞》（一首）、《〈清梦庵词选〉题辞》（一首）、《〈闲红一舸词〉题辞》（一首）	
蒋宝龄	江苏昭文（今常熟）	1781—1840	《〈翠薇花馆词〉题辞二百词》	有《琴东野屋集》等
杨夔生	江苏金匮（今无锡）	1781—1841	《随园酒次奉题小秋词集》（一首）	有《真松阁集》、《真松阁词》等
周铭鼎	浙江山阴（今绍兴）	不详	《己卯闰四月奉题小秋词集，时行色匆匆，言不尽意》（一首）	有《响山楼诗集》
孙芹	江苏高淳	不详	《题王生餐花词集》（一首）	

393

续表

词论家	籍贯	生卒年	论词绝句	备注
陈起	江苏江宁（今南京）	不详	《读子骏词卷感题二截句》	
吴规臣	江苏金坛（今属常州）	不详	《辛巳秋钞来游白门，读〈餐花词集〉，赋此奉题》（一首）	
周之琦	河南祥符（今开封）	1782—1862	《题心日斋十六家词》	有《金梁梦月词》、《怀梦词》、《鸿雪词》、《退庵词》，总称《心日斋词集》，辑有《心日斋十六家词录》
毛梦兰	江苏甘泉（今扬州）	1782—？	《〈浣花阁词钞〉题词》（一首）、《〈浣花阁词续钞〉题辞》（一首）	有《荆花书屋诗文集》等
刘瀚	湖南	不详	《〈浣花阁词续钞〉题辞》（一首）	
杨云书	江苏清河（今属淮安）	不详	《〈浣花阁词续钞〉题辞》（一首）	
孙宗礼	江苏江都（今扬州）	不详	《〈浣花阁词续钞〉题辞》（一首）	
胡大镛	江苏山阳（今淮安）	不详	《〈浣花阁词续钞〉题辞》（一首）	
李静仪	江苏淮阴	不详	《〈浣花阁词续钞〉题辞》（一首）	
张复	浙江钱塘（今杭州）	1783—1854	《题〈餐花吟馆词稿〉为严小秋作三首》	有《眠云出岫集》
阮亨	江苏仪征	1783—1859	《道光壬午秋八月奉题小秋〈餐花词集〉》（一首）	有《茹古斋诗钞》、《茹古斋文钞》等
乔普	江苏如皋	不详	《奉题小秋〈餐花词卷〉》（一首）	有《珠湖草堂诗钞》
方先甲	江苏上元（今南京）	不详	《奉题〈餐花词集〉》（一首）	

394

续表

词论家	籍贯	生卒年	论词绝句	备注
钱有序	浙江秀水（今嘉兴）	不详	《道光癸未重九晴小秋于蔻香阁，承赠〈餐花词集〉，赋此奉题》（一首）	
宋翟	江苏溧阳	不详	《题严〈小秋〉、骏生〈餐花馆集〉》（一首）、《题马棣原〈功仪〉〈倚云亭填词图〉》（一首）	有《洮湖盟鸥馆诗钞》
李德庚	江苏通州（今南通）	不详	《申申花朝后五日晴小秋于角城，赋题〈餐花词集〉》（一首）	
卢昌祚	浙江钱塘（今杭州）	不详	《申申冬十月重遇小秋于袁江，赋题〈餐花馆词集〉》（一首）	
韩崇	江苏元和（今苏州）	1783—1860	《题孙月坡〈秋露词〉花馆填词图》后》（一首）、《〈翠薇广文〈鸿阜〉填词图〉题辞》（一首）、《题张隐庵词〉题辞》（一首）、《〈香隐庵词〉题辞》（一首）	有《宝铁斋诗录》
方熊	江苏昭文（今常熟）	1783—1860	《题友人悼亡词后》（一首）、《姜白石像，朱时白良玉画，自题有"鹤瞥如烟刷羽风"句》（一首）、《〈玉梅花下填词图〉为香初作》（一首）、《题李清照〈漱玉集〉、朱淑真〈断肠集〉》（一首）	有《绣屏风馆诗集》、《绣屏风馆文集》等
吴庆源	浙江钱塘（今杭州）	1783—？	《白石道人小像为姜玉溪（恭寿）作》（一首）、《张仲甫舍人（应昌）以〈渔渔图〉索题，作四诗报之》	有《小栗山房诗钞，词有《花坞樵唱》
蒋承志	江苏吴县（今属苏州）	1784—1814	《题禾乙（绶）〈椒华馆诗稿〉后》（一首）	有《鸭桃花馆集》

395

续表

词论家	籍贯	生卒年	论词绝句	备注
刘开	安徽桐城	1784—1824	《题程赤霞词卷》（一首）	有《刘孟涂集》
斌良	满洲正红旗	1784—1847	《题陶危香〈客肪填词图〉》（一首）	有《抱冲斋诗集》
路德	陕西盩厔（今周至）	1784—1851	《题叶小庚（申芗）同年〈天籁轩词〉后》（一首）	有《柽华馆全集》
陈昙	广东番禺（今属广州）	1784—1851	《题吴孝廉兰修〈石华词钞〉》（一首）	有《海骚》、《感遇堂诗集》等
沈炳垣	浙江石门（今桐乡）	1784—？	《题雷约轩〈海上论词图〉》三首》	有《祥止室诗钞》等
郭尚先	福建莆田	1785—1833	《陈子敬观察见示新词即题其后》（一首）	有《增默庵诗遗稿》、《郭大理遗稿》等
程恩泽	安徽歙县	1785—1837	《题程稚圭前辈〈金梁梦月词〉》（一首）	有《程侍郎遗集》
潘德舆	江苏山阳（今淮安）	1785—1839	《怀里人作》（一首）	有《养一斋集》，词有《养一斋词》等
戈载	江苏吴县（今苏州）	1785—1856	《清梦庵二白词题辞·和作》	
张祥河	江苏松江（今属上海）	1785—1862	《论词绝句十首专赋闺人》	有《小重山房诗词全集》
刘开	不详	不详	《清梦庵二白词题辞·和作》	
钦善	不详	不详	《清梦庵二白词题辞·和作》	
吴清皋	浙江钱塘（今杭州）	1786—1849	《题〈六花词〉》（一首）	有《壶庵诗》等
曹楙坚	江苏吴江（今属苏州）	1786—1853	《冬夜怀人诗二十首》、《秦淮喜晤诸君各系一绝句》（一首）、《和〈自题词卷〉》（一首）	有《昙云阁诗集》
梅曾亮	江苏上元（今南京）	1786—1856	《题戈载宝〈四春词〉》	有《柏枧山房诗集》、《柏枧山房文集》

附录二　中国历代主要论词绝句作者及作品简列

续表

词论家	籍贯	生卒年	论词绝句	备注
戈载	江苏吴县（今属苏州）	1786—1856	《和〈自题词卷〉》（一首）	有《翠薇花馆词》
孙义钧	不详	不详	《清梦庵二白词题辞·和作》（一首）	
史麟	不详	不详	《清梦庵二白词题辞·和作》（一首）	
沈亮	不详	不详	《清梦庵二白词题辞·和作》（一首）	
辛蕊婵	不详	不详	《清梦庵二白词题辞·和作》（一首）	
邵堂	江苏青浦（今属上海）	1787—1824	《论诗六十首》、《和〈自题词卷〉》（一首）	有《大小雅堂诗钞》、《大小雅堂文钞》
黄钊	广东镇平（今蕉岭）	1787—1853	《题潘绂庭（曾莹）〈睡香花室词稿〉》（一首）、《题〈东陂酒父词〉》（一首）	有《读白华草堂诗集》、《读白华草堂诗二集》
杨荣	江苏丹徒（今镇江）	1787—1862	《题韫庵上人〈清梦轩诗余〉》（一首）	有《蝶庵诗钞》
朱士龙	江苏丹徒（今镇江）	不详	《韫庵上人〈清梦轩诗余〉题词》（一首）	有《蠡余集》
尹文浩	不详	不详	《题〈清梦轩诗余〉》（一首）	
楮逢椿	江苏长洲（今苏州）	1787—？	《和〈自题词卷〉》（一首）	有《清籁阁集》、《行素斋集》、《行素斋文集》
梁梅	广东顺德（今佛山）	1788—1838	《论词绝句一百六十首》	有《寒木斋集》
贺熙龄	湖南善化（今长沙）	1788—1846	《陈迦陵先生填词图》（一首）	有《寒香馆诗钞》、《寒香馆文钞》
康发祥	江苏泰州	1788—1865	《填词图为金子石（德榇）题》（一首）、《黄子鸿藏姜白石道人像题句五首》	有《伯山诗文集》、《伯山诗钞》

397

续表

词论家	籍贯	生卒年	论词绝句	备注
朱绶	江苏元和（今苏州）	1789—1840	《题沈〈传桂〉词卷》（一首）、《白石道人小像》（一首）、《自题词稿》（一首）、《清梦庵二白词题辞·和作》（一首）	有《知止堂诗录》、《知止堂词录》、《知止堂文集》
汪树	浙江秀水（今嘉兴）	不详	《题蒋上舍梦花（楷）〈来青阁词稿〉后三首》	有《古梅溪馆集》
徐传镐	江苏吴县（今属苏州）	不详	《〈翠薇花馆词〉题辞》（一首）	有
许其湘	江苏吴县（今属苏州）	不详	《〈翠薇花馆词〉题辞》（一首）	有
毕华珍	江苏太仓	不详	《读〈烟波渔唱〉忆西湖旧游作》（一首）	有
谈怡曾	江苏江都（今扬州）	不详	《题〈秋莲子词稿〉》（一首）	有《梅巢杂诗》、《律吕元音》等
孙义钧	江苏吴县（今属苏州）	不详	《吴中旧友十首、和〈自题词卷〉》（一首）、《题〈翠薇花馆词〉十七卷后》（一首）	有《好深湛室存存》
严鄂	江苏元和（今苏州）	不详	《〈清梦二白词〉题辞》（一首）	有《明志堂集》
洪朴	江苏青浦（今属上海）	不详	《和〈自题词卷〉》（一首）	有《五芙蓉馆诗钞》
沈沂曾	江苏吴县（今属苏州）	不详	《题郑幼韩（志潮）手摹陈其年填词图卷》（一首）、《和〈自题词卷〉》（一首）	有《瘦吟草》
史麟	江苏溧阳	不详	《题钱毅衫〈双花阁词钞〉三首》、《和〈自题词卷〉》（一首）	有《小红泉山庄诗稿》、《五云溪渔唱》
黄金	不详	不详	《〈双花阁词钞〉题辞》（一首）	有
沈亮	江苏长洲（今苏州）	不详	《和〈自题词卷〉》（一首）	有《松籁阁诗稿》
金畹	江苏吴县（今属苏州）	不详	《为外录〈词林正韵〉毕书后》（一首）	有《宜春舫诗钞》

附录二 中国历代主要论词绝句作者及作品简列

续表

词论家	籍贯	生卒年	论词绝句	备注
史静	江苏溧阳	不详	《蕊生长姒〈百美诗〉于李易安、朱淑贞尚沿旧说，诗以辨之》（一首）	有《停琴仁月楼诗》
毛岳生	江苏宝山（今属上海）	1791—1841	《题马棣原填词图》（一首）	有《休复居诗集》、《休复居文集》
徐士芬	浙江平湖	1791—1848	《题黄柳桥先生〈秋夜填词图〉》（一首）	有《濑芳阁集》
翁心存	江苏昭文（今常熟）	1791—1862	《题王艺畇〈江南词〉后并示春谷》（一首）	有《知止斋诗集》
龚自珍	浙江仁和（今杭州）	1792—1841	《己亥杂诗》（一首）	有《龚自珍全集》，词有《无著词》、《怀人馆词选》、《影事词》、《小奢摩词选》、《庚子雅词》
沈传桂	江苏吴县（今属苏州）	1792—1849	《清梦庵二白词题辞·自题词卷》（一首）	有《鲍叶高词稿》、《清梦庵二白词》等
潘曾沂	江苏吴县（今属苏州）	1792—1852	《题〈二白词〉后》（一首）、《清梦庵二白词题辞·和作》（一首）	有《功甫小集》、《船庵集》、《放猿集》、《桐江集》、《江山风月集》、《东津馆文集》等
王僧保	江苏仪征	1792—1853	《论词绝句三十六首》	有《秋莲子词前稿》、《秋莲子词后稿》，辑有《松西书屋词选》
叶廷琯	江苏吴县（今属苏州）	1792—1869	《题金相堂〈王宝〉〈填词养疴图〉》（一首）、《张筱峰广文〈鸿草〉以藕花香里填词图〉索题》（一首）	有《楙花庵诗》
沈涛	浙江秀水（今嘉兴）	1792—？	《读严小秋（骏生）词卷即题其〈餐花吟馆图〉后二首》	有《柴辟亭诗集》、《柴辟亭诗二集》、《九曲渔庄词》

399

◆ 中国传统论词绝句史论

续表

词论家	籍贯	生卒年	论词绝句	备注
洪朴	不详	不详	《清梦庵二白词题辞》（一首）	
季兰韵	江苏昭文（今常熟）	1793—1848	《读王素卿夫人〈韵梅〉〈问月楼遗稿〉》（一首）	有《楚畹阁集》
祁隽藻	山西寿阳	1793—1866	《抱山楼词题辞》（二首）	有《䜱䜪亭集》、《䜱䜪亭九亭后集》
陈斐之	浙江钱塘（今杭州）	1794—1826	《题帚云词稿后即和自题原韵》（一首）、《倚云亭填词图》（一首）、《清梦庵二白词题辞·和作》（一首）	有《澄怀堂诗集》、《梦玉词》
梅植之	江苏江都（今扬州）	1794—1843	《次王西御（僧保）自题〈秋莲子词〉韵》（一首）	有《嵇庵诗集》、《嵇庵文集》
魏源	湖南邵阳	1794—1857	《题友人填词》（一首）	有《古微堂诗集》、《古微堂诗内集》、《古微堂诗外集》等
何朝昌	广东新会	1794—？	《题墨〈剑光楼词集〉后》（一首）	有《春藻堂诗集》、《啸叶轩文集》等
蒋启敩	广西全州	1795—1856	《题张春查〈柳院填词图〉》（三首）	有《问梅轩诗草偶存》、《问梅轩文稿偶存》
查冬荣	浙江海宁	1795—？	《题小庚郡伯〈本事词〉》（一首）、《奉题致堂司马大人词稿并以志别》（一首）	有《诗禅堂诗集》
王鸿初	不详	不详	《奉题致堂仁兄词集次青时韵》（一首）	

400

附录二 中国历代主要论词绝句作者及作品简列

续表

词论家	籍贯	生卒年	论词绝句	备注
王杭	江苏吴县（今属苏州）	不详	《咸丰甲寅春抄，廉访林公廷节来州，小与筱园直牧暨致堂仁仲同参攻幨，旁及诗词，致生所著词稿嘱拈，小最心折〈沁园春〉〈恨〉〈愁〉〈情〉〈梦〉四阕并〈满江红〉〈答张幼涵下第诗〉一阕，奉题三绝句以志佩忱》	有《矍红馆吟稿》
仪中克	广东番禺（今属广州）	1796—1838	《戴金溪观察冒雨过访，谈词竟日，喜志所闻》（一首）	有《剑光楼诗钞》、《剑光楼词》
冯询	广东番禺（今属广州）	1796—1871	《张春楼司马（湄）属题〈柳院填词图〉》（一首）	有《子良诗存》、《子良诗录》等
王嘉禄	江苏长洲（今苏州）	1797—1824	《清梦庵二白词题辞·和作》（一首）	有《嗣雅堂诗存》，词有《桐月修箫谱》
赵亚函	不详	不详	《清梦庵二白词题辞·和作》（一首）	有《嗣雅堂词集》
董国琛	不详	不详	《清梦庵二白词题辞·和作》（一首）	
蔡邦甸	安徽合肥	1797—？	《书朱椒真词后》（一首）	有《晚香亭诗钞》
贾敦临	浙江平湖	1798—1840	《绿雪庵词》题辞（一首）	有《知止斋诗》，辑有《粤西集》
王汝玉	江苏吴县（今属苏州）	1798—1852	《自题词稿并寄潘和卿、蒋淡人〈元圻〉》（一首），《书潘仲超〈锦瑟词〉后》（一首）	有《闻妙轩诗存》
钱福昌	浙江平湖	1799—1850	《绿雪馆词》题辞（一首）	
汪衣	不详	不详	《绿雪馆词》题辞（一首）	
赵莲	浙江海盐	不详	《绿雪馆词》题辞（一首）	
贾允明	不详	不详	《绿雪馆词》题辞（一首）	

401

续表

词论家	籍贯	生卒年	论词绝句	备注
高三祝	浙江平湖		《〈绿雪馆词〉题辞》（一首）	有《西笑斋诗集》、《软红集》
何绍基	湖南道州（今道县）	1799—1873	《怀都中友人》（一首）	有《东洲草堂诗钞》、《东洲草堂文钞》、《东洲草堂诗余》
顾春	满洲镶蓝旗	1799—1877	《再送前韵答湘佩》（一首）	有《天游阁集》
杨季鸾	湖南宁远	1799—?	《题陈其年先生填词图二首》	有《春星阁诗钞》
林寿春	江苏丹阳	不详	《题武林秀阆吴瀬香〈花帘词〉》（一首）	有《读月楼诗钞》
辛丝	山西太原	不详	《和〈自题词卷〉》（一首）	有《瘦云馆诗》
陈继勋	不详	不详	《艺云词题词》（一首）	
蒋子檥	河南睢州（今睢县）	?—1838	《艺云词题词》（二首）	
冯询	不详	不详	《艺云词题词》（二首）	
彭寿三	不详	不详		
该人格	江苏高邮	不详	《青箱书屋余韵词存题辞》（四首）	
谭莹	广东南海（今广州）	1800—1871	《论词绝句一百首》、《又三十六首·专论岭南人》、《又四十首·专论国朝人》	有《乐志堂诗集》、《乐志堂文集》
王文玮	浙江会稽（今绍兴）	1800—?	《西江作论古五十首》、《题家春泉通守词集四首》	有《志隐斋诗钞》
周荣廉	江苏江宁（今南京）	?—1866	《题〈人月圆〉词》（一首）	有《日巢诗存》
徐汉苍	安徽合肥	不详	《题严小秋（骏生）〈餐花词〉》（一首）	有《萧然自得斋诗集》、《善琅玕馆诗余》
凌志圭	江苏江宁（今南京）	不详	《〈江南好〉词题识》（一首）	有《惜分阴馆诗草》、《桐叔词》

附录二 中国历代主要论词绝句作者及作品简列

续表

词论家	籍贯	生卒年	论词绝句	备注
陈翔鹗	浙江钱塘（今杭州）	不详	《〈江南好〉词题识》（一首）	
刘倬	江苏甘泉（今扬州）	不详	《书陈迦陵咏钱〈醉太平〉词后》（一首）、《题蒋鹿潭春霖〈水云楼词〉》（一首）	有《江都刘云斋先生诗剩》
徐士怡	安徽石埭	不详	《答曹梅生》（一首）	有《寄生山馆诗剩》、《瘦玉词钞》
戴熙	浙江钱塘（今杭州）	1801—1860	《〈东篱词稿〉题词》（一首）	有《习苦斋诗集》等
钱衡	浙江仁和（今杭州）	不详	《〈东篱词稿〉题词》（一首）	
叶其英	广东镇平（今蕉岭）	不详	《〈东篱词稿〉题词》（一首）	有《心向住斋集》
孔继镛	山东曲阜	1802—1858	《题王保衡僧保〈秋莲子词〉四首》	有《心白日斋诗钞》
蒋志凝	江苏吴县（今属苏州）	1802—1863	《和〈自题词卷〉》（一首）	有《守经堂诗集》等
沈筠	浙江平湖	1803—1862	《华亭张啸峰醛尹〈鸿草〉寄惠〈绿雪馆词集〉》（一首）	有《碧梧桐馆诗存》等
秦焘文	江苏无锡	1803—1873	《〈抱山楼词录〉题辞》（二首）	有《小草庵诗钞》
屠苏	江苏吴县（今属苏州）	1804—1853	《藕花香里填词图》（一首）	有《绿漪草堂文集》、《绿漪草堂诗集》、《研华馆词》
罗汝怀	湖南湘潭	1804—1880	《再答王夫人绝句》	有《复庄诗问》、《疏影楼词续钞》、《玉笛词》
姚燮	浙江镇海（今属宁波）	1805—1864	《论词九绝句示杜（煦）、汪（全泰）》两丈	有《疏影楼词》、《疏影楼词续钞》、《玉笛词》
华长卿	直隶天津（今天津）	1805—1881	《论词绝句三十六首》	有《梅庄诗钞》
许耀	不详	不详	《微波阁词题赠》（四首）	

403

续表

词论家	籍贯	生卒年	论词绝句	备注
陈震升	不详	不详	《微波阁词题赠》（二首）	
金安澜	不详	不详	《微波阁词题赠》（一首）	
刘梅	不详	不详	《微波阁词题赠》（四首）	
释星云	不详	不详	《微波阁词题赠》（一首）	
殷兆镛	江苏吴江（今属苏州）	1806—1883	《读〈齐亭集〉》（一首）	有《齐庄中正堂诗钞》
庄心痒	广东番禺（今属广州）	1806—？	《题〈东坡渔父词〉》（一首）	
叶坤厚	安徽怀宁	1807—1894	《题张牧斋司马同年填词图》（一首）	有《江上小蓬莱吟舫诗存》、《江上小蓬莱吟舫诗馀》
韩崇	不详	不详	《香隐庵词题辞》（二首）	
杨长年	不详	不详	《香隐庵词题辞》（二首）	
顾影	不详	不详	《香隐庵词题辞》（一首）	
赵鎣	不详	不详	《香隐庵词题辞》（集姜白石诗句）》（四首）	
蒋翰经	不详	不详	《香隐庵词题辞》（二首）	
韩崇	江苏吴县（今属苏州）	不详	《香隐庵词题辞》（一首）	
蒋褒复	江苏宝山（今属上海）	1808—1867	《题补月坡秀才（麟趾）〈绣鹭词〉》（一首）	有《啸古堂诗集》、《啸古堂文集》、《芬陀利室词》等
潘曾莹	江苏吴县（今属苏州）	1808—1878	《沈闰生（传桂）属题〈夜雨填词图〉》（一首）、《酬陶子贞孝廉（方朔）〈词集〉》（一首）、《酬黄雯青前辈》（一首）、《题石敦夫大令〈香隐庵词〉题辞》（二首）、《香禅词题辞》（一首）	有《小鸥波馆诗钞》、《小鸥波馆词钞》等

404

附录二 中国历代主要论词绝句作者及作品简列

续表

词论家	籍贯	生卒年	论词绝句	备注
鲍瑞骏	安徽歙县	1808—1883	《黄蓉荪先生〈蘅〉〈碧云秋露词〉题后》（一首）	有《桐花舸诗钞》、《桐花舸诗续钞》
张文虎	江苏南汇（今属上海）	1808—1885	《秋日怀人诗》（一首）	有《舒艺室诗存》、《舒艺室杂著》等
潘遵祁	江苏吴县（今属苏州）	1808—1892	《题〈玉洤词〉》（一首）	有《西圃集》、《西圃续集》
谭溥	湖南湘潭	1809—1875	《李鹤人〈蓼东词集〉题辞》（一首）	有《四照堂诗集》
刘禧延	江苏吴县（今属苏州）	1810—1863	《〈香禅词〉题辞》（一首）	有《麦轩诗钞》
陈澧	广东番禺（今属广州）	1810—1882	《论词绝句六首》、《题陈礼部〈其锟〉诗稿八首》	有《东塾集》、《陈东塾先生遗诗》、《忆江南馆词》
潘曾绶	江苏吴县（今属苏州）	1810—1883	《叶小庚司马〈申夢〉以〈本事词〉索题即书其后》（一首）、《题边湘石大史〈洛礼〉词集》（一首）、《〈清梦庵二白词〉题词》（一首）	有《陔兰书屋诗集》、《睡香花室词》、《同心室词》、《秋碧词》、《忆佩居词》、《蝶园词》、《花好月圆室词》
边浴礼	直隶任丘（今属河北）	不详	《十汉海传为明相国园址，秋晚过此，赋五绝句》	有《健修堂诗稿》、《空青馆词》等
汪纫兰	江苏吴县（今属苏州）	不详	《题何闰霞夫人〈若琛〉〈双烟阁吟草〉》（一首）	有《睡香花室诗钞》
周冰润	浙江山阴（今属绍兴）	1810—？	《题倪又香秀才〈宝键〉〈白门秋柳填词图〉》（一首）	有《柯亭子初诗集》、《柯亭子初诗二集》、《柯亭子初诗三集》、《柯亭三集》、《复斋堂诗四印斋》、《养生四印斋诗五集》等

405

续表

词论家	籍贯	生卒年	论词绝句	备注
顾影	江苏元和（今苏州）	不详	《〈香隐庵词〉题辞》（一首）	
蒋馆经	江苏吴县（今属苏州）	？—1860	《〈香隐庵词〉题辞》（一首）	
张端卿	不详	不详	《藤香馆词题诗（丙秋游浙日，与慰农同年流连湖上，得读新词，时君有倦行，题此留别）》（四首）	
许宗衡	江苏上元（今南京）	1811—1869	《书西御〈秋莲子词集〉》（一首）	有《玉井山馆诗余》《玉井山馆诗余》等
杨长年	江苏江宁（今南京）	1811—1894	《〈香隐庵词〉题辞》（一首）	有《妙香斋集》
潘希甫	江苏吴县（今属苏州）	1811—？	《题玉泉弟词稿四首》	有《花隐庵遗稿》
王汝金	浙江钱塘（今杭州）	1811—？	《题孙吉生（佑培）司马〈咪红阁填词图〉三首》《又题〈咪红阁词稿〉二首》	有《咪谏来斋集》
秦缃业	江苏无锡	1813—1883	《题邓似周广文〈舜庵丛稿〉》（一首）	有《虹桥老屋遗稿》
史梦兰	直隶丰润（今属河北）	1813—1899	《题郡季闻剌史〈掌帚斋词〉》（一首）	有《尔尔书屋文草》《尔尔书屋诗草》《全史宫词》
钱国珍	江苏江都（今扬州）	1813—？	《宣卿题拙词奖誉过甚，依韵赋谢》（一首）	有《峰青馆诗钞》《峰青馆诗续钞》《寄庐词稿》
赵韵卿	江苏武进（今属常州）	1813—？	《重读吴蘋香女史〈花帘词集〉》（一首）	有《寄云山馆诗钞》《寄云山馆诗存》
刘家谋	福建侯官（今属福州）	1814—1853	《〈酒边词〉为枚如题》（一首）、《读〈本事词〉杂感》（一首）	有《外丁卯桥居士初稿》《观海集》《东洋小草》等

续表

词论家	籍贯	生卒年	论词绝句	备注
王庆勋	江苏上海（今上海）	1814—1867	《题姚梅伯孝廉〈燮〉〈疏影楼词稿〉》（一首）、《题张啸峰广文〈藕花香里填词图〉》（一首）	有《诒安堂诗初稿》、《诒安堂诗二集》、《诒安堂诗余》
孙衣言	浙江瑞安	1815—1894	《抱山楼词题辞》（二首）	有《逊学斋诗钞》
方浚颐	安徽定远	1815—1889	《题子慎〈征蕊斋词稿〉》（一首）	有《二知轩诗钞》、《二知轩文存》等
赖学海	广东顺德（今属佛山）	1815—1893	《题恩江词卷》（一首）	有《虚舟诗草》
刘楚英	四川中江	1815—？	《阅〈中州乐府〉》（一首）	有《石窠诗卷》
于源	浙江秀水（今嘉兴）	不详	《题彦宣长短居后即送其客吴江》（一首）、《〈断肠集〉题词》（一首）	有《一栗庐诗一稿》、《一栗庐诗二稿》、《题红阁词》等
岳鸿庆	浙江嘉兴	不详	《题彦宣长短居后即送其客吴江》（一首）	有《宝爵堂诗钞》
毛梦兰	陕西甘泉	不详	《浣花阁词钞题词》（四首）、《浣花阁词续钞题词》（二首）	
刘瀚	不详	不详	《浣花阁词续钞题词》（二首）	
杨云书	不详	不详	《浣花阁词续钞题词》（二首）	
裴妆信	江苏扬州	不详	《浣花阁词续钞题词》（二首）	
孙宗礼	不详	不详	《浣花阁词续钞题词》（二首）	
胡大镛	不详	不详	《浣花阁词续钞题词》（二首）	
汪鋆	江苏仪征	1816—？	《受辛词题辞》（一首）、《写〈井南填词图〉并题》（十首）	

续表

词论家	籍贯	生卒年	论词绝句	备注
尤树滋	江苏吴县（今属苏州）	1817—1889	《题夔丰〈听风听水填词图〉》（一首）、《题宋浣花词稿》（一首）等	有《市隐书屋初稿》、《随安庐诗集》等
蒋春霖	江苏江阴	1818—1868	《题〈红馆词〉》（一首）、《缉红轩词钞题辞（乙丑九月朔，捧读一过，如入波斯宝市，辄以眼福祈人，口占二绝，以志倾倒，时寓昭阳旅舍志）》（二首）	有《水云楼词》、《水云楼剩稿》
邵亨豫	江苏昭文（今常熟）	1818—1883	《题许益斋〈煮梦庵填词图〉》（一首）	有《愿学堂诗存》
陆懋修	江苏元和（今苏州）	1818—1886	《宋浣花诗词合刻题辞》（二首）、《读黄韵甫〈倚晴楼诗〉》（一首）	有《岭上白云集》、《世朴斋文集》
方江	安徽桐城	1818—？	《题景云〈羁红词〉草》（一首）	有《海云诗钞》
邹在衡	不详	道光—咸丰年间在世	《宋浣花诗残稿》	有《愿学堂诗存》
冯应图	不详	不详	《宋浣花诗词合刻题辞》（三首）	有《尚志堂诗草》
尤树滋	不详	不详	《宋浣花诗词合刻题辞》（三首）	有《市隐初稿》、《随安庐诗集》
朱皓源	广东新阳	不详	《宋浣花诗词合刻题辞》（二首）	有《介石山房遗集》
朱寿康	广西临桂（今属桂林）	不详	《读宋浣花残稿，感怀书二十八字》（一首）	
凌焕	安徽定远	1819—1874	《杜筱舫观察以新刊宋词二家并〈词律校勘记〉见赠，书五截句奉谢，兼索其画兰五帧，时子奉檄海陵句当公事，适与筱舫同云》	有《损斋诗钞》、《损斋文钞》
潘曾玮	江苏吴县（今属苏州）	1819—1886	《题石敦甫〈幽花瘦竹词〉遗稿》（一首）	有《自镜斋诗钞》、《自镜斋文钞》等

附录二 中国历代主要论词绝句作者及作品简列

续表

词论家	籍贯	生卒年	论词绝句	备注
朱锡绶	江苏镇洋（今太仓）	1819—？	《题金树楠〈政圃〉〈花下填词图〉》（一首）	有《蔬兰仙馆诗集》等
谢章铤	福建长乐	1820—1903	《题高文楷〈思齐〉词卷》（一首）、《阅近人秋窗同话词卷同作》（一首）	有《赌棋山庄集》
王济	湖南湘潭	1820—？	《论词绝句十二首》	有《扶荔生覆瓿集》
陈凤孙	浙江归安（今属湖州）	不详	《题〈玉泾词〉》（一首）	
吴仰贤	浙江秀水（今嘉兴）	1821—1887	《读释石庭〈红雪秋声词〉》（一首）	有《小匏庵诗存》等
陈锴	浙江山阴（今绍兴）	1821—？	《读〈东坡外纪〉》（一首）	有《朴勤诗存》、《朴勤诗存续编》等，合刻为《橘荫轩全集》
张修府	江苏嘉定（今属上海）	1822—1880	《七绝二章题冯仲鱼吾见大人大著词稿即送南行录请正句》（一首）、《醒花轩词题识》（二首）	有《小浪环园诗录》
李士棻	四川忠州（今重庆忠县）	1822—1885	《题劳亦渔词稿》（一首）	有《天瘦阁诗半》
严辰	浙江石门（今桐乡）	1822—1893	《题吴蓉圃前辈〈凤箫〉〈桐华仙官填词图〉》（一首）	有《墨吟龛诗钞》等
韩弼元	江苏丹徒（今镇江）	1822—1905	《题评列姬〈和〈漱玉词〉〉》（一首）	有《翠岩室诗钞》、《翠岩室文稿》
王鸿初	不详	不详	《醒花轩词题识》（二首）	
王杭	不详	不详	《醒花轩词题识》（三首）	
冬荣	不详	不详	《醒花轩词题识》（四首）	
沈世良	广东番禺（今属广州）	1823—1860	《案头杂置诸词集戏题四绝句》	有《小祇陀庵诗钞》等

409

续表

词论家	籍贯	生卒年	论词绝句	备注
江人镜	安徽婺源（今江西婺源）	1823—1900	《游吴草题辞》（四首）	有《知白斋诗钞》
张凤藻	不详	不详	《游吴草题辞》（四首）	
王嘉福	不详	不详	《万竹楼词题辞》（四首）	
潘猷	不详	不详	《随山馆词稿题辞》（二首）	
何荦光	不详	不详	《征园词存题辞》（二首）	
孙采芙	江苏仪征	1825—1881	《颜君石樵以尊甫东篱先生所著〈东坡渔父词〉〈众香词〉属题》（一首）	有《丛笔轩遗稿》
潘尚志	不详	不详	《莲漪词题辞》（四首）	
懒云居士	不详	不详	《广小圃咏题词·题贞庵主人〈广小圃咏〉词册》（二首）	
徐兆英	江苏江都（今扬州）	1826—1905	《读东坡词集》（一首）	有《梧竹轩诗钞》
黄振均	江苏山阳（今淮安）	1826—？	《答友人论词》（一首）	有《比玉楼遗稿》、《金壶七墨》等
郑由熙	安徽歙县	1827—？	《题恩江词稿》（一首）	有《晚学斋集》等
王维翰	浙江黄岩	1828—1890	《读张莘叟〈画夔集〉》（一首）	有《彝经堂诗钞》、《蕊春词》
汪瑔	广东番禺（今属广州）	1828—1891	《春日怀人诗十八首》、《赠余药田（寿宏）即书其所作〈抱香词〉后》（一首）	有《随山馆全集》
董沛	浙江鄞县（今属宁波）	1828—1895	《再题涟漪填词图》（一首）	有《六一山房诗集》、《六一山房诗续集》、《正谊堂文集》
陆筠	江苏昭文（今常熟）	1828—？	《咏古四首·淑真》	有《谢怀堂诗集》

附录二 中国历代主要论词绝句作者及作品简列

续表

词论家	籍贯	生卒年	论词绝句	备注
倪鸿	广西临桂（今桂林）	1829—1892	《除夕怀鬼诗》（一首）	有《退遂斋诗钞》、《退遂斋诗续集》
潘祖同	江苏吴县（今属苏州）	1829—1902	《〈抱山楼词录〉题辞》（一首）	有《竹山堂诗稿》等
张昭潜	山东潍县（今潍坊）	1829—1907	《消夏四咏·读姜石帚词集》、《题〈湖海楼集〉》	有《无为斋诗集》、《无为斋文集》等
张开孚	不详	不详	《抱山楼词题辞》（二首）	
庄棫	江苏丹徒（今属镇江）	1830—1878	《题黄子鸿词卷二首》	有《蒿庵遗集》、《中白词》
王诒寿	浙江山阴（今绍兴）	1830—1881	《购得国朝名家词四种，读竟各题一绝》	有《缦雅堂诗》、《笙月词》、《花影词》、《水琴词》、《秋舫笛语》等
汪芑	江苏吴县（今属苏州）	1830—1889	《题林下词》（一首）	有《茶磨山人诗钞》、《茶磨山人词稿》
潘尚志	安徽歙县	不详	《〈莲漪词〉题辞》（一首）	
潘畇	江苏元和（今苏州）	不详	《〈随山馆词稿〉题辞》（一首）	有《种石轩劫余草》
狄学耕	江苏溧阳	不详	《怀人绝句五首》	
周南	江苏青浦（今属上海）	不详	《〈蘩松阁词〉题辞》（二首）	
张开孚	湖南永绥（今花垣）	不详	《〈抱山楼词录〉题辞》（一首）	有《石庄诗集》等
刘禧延	江苏吴县（今属苏州）	不详	《香禅词题辞》（二首）	
孙学驭	不详	不详	《玉玲珑馆词存题辞》（一首）	
吴积鉴	浙江钱塘（今杭州）	不详	《玉玲珑馆词存题辞》（三首）	

411

续表

词论家	籍贯	生卒年	论词绝句	备注
楼昏春	浙江义乌	1832—1895	《题〈襄坐轩仅存稿〉》（一首）	有《檠花馆诗钞》、《檠花馆词钞》
丁丙	浙江钱塘（今杭州）	1832—1899	《题张啸峰〈鸿草〉、〈藕花香里填词图〉》（一首）	有《松梦寮诗稿》、《松梦寮杂文集》、《三塘渔唱》等
傅桐	不详	不详	《缝月轩词录题辞》（一首）	
刘启瑞	不详	不详	《缝月轩词录题辞》（四首）	
奕䜣	满洲镶蓝旗	1833—1898	《莲因室词题词·题孝妇郑太夫人〈莲因室集〉，应徐花衣太史嘱》（三首）	
潘康保	江苏吴县（今属苏州）	1834—1881	《题族兄钟瑞〈听风听水填词图〉》（一首）	有《迦兰陀室诗钞》
臧毅	江苏江都（今扬州）	1834—1910	《〈扬州百咏拟望江南调〉题辞》（一首）、《〈倚盾鼻词草〉题辞》（一首）	有《菊隐翁诗集》、《雪溪残稿》
王永年	江苏上元（今南京）	1834—？	《戊戌人日拜题上元张子和先生咸丰丙辰秋撰〈江南好〉词一百首后〈江南好〉原序云："或作〈哀江南〉，伤今也；蒙作〈江南好〉，忆昔也。"》（一首）	有《紫蘋诗钞》
余云焕	湖南平江	1835—？	《论词绝句三首》	有《白雨湖庄诗钞》
冯应图	江苏吴县（今属苏州）	1835—？	《〈末浣花诗词合刻〉题词》（一首）	有《尚志堂诗草》
李恩树	不详	不详	《听彀词题辞》（三首）	
严永华	浙江石门（今桐乡）	1836—1890	《题张素霞女史〈修竹轩诗余〉》（一首）	有《纫兰室诗钞》、《鲽砚庐诗钞》
徐兆丰	江苏江都（今扬州）	1836—1908	《题啸竹先生寄示忆东园胜概词后》（一首）	有《香雪巢诗钞》等

附录二 中国历代主要论词绝句作者及作品简列

续表

词论家	籍贯	生卒年	论词绝句	备注
杨恩寿	湖南长沙	1837—1891	《论词绝句（翻阅近人词集，仿元遗山论诗体各题一绝，仅见选本暨生存者概付阙如）》	有《坦园全集》
程秉钊	安徽绩溪	1837—1891	《〈红蕉词〉题词》（一首）	有《程蒲孙遗集》等
张荫桓	广东南海（今广州）	1837—1900	《菩华春雨楼填词图》为樊云门题，即送计偕人都》（一首）	有《铁画楼诗钞》、《铁画楼诗续钞》
陈荣仁	福建晋江	1837—1903	《题陈检讨填词图》（一首）	有《藤华吟馆诗录》等
陈作霖	江苏江宁（今南京）	1837—1920	《题张次珊通参（仲炘）词集三首》	有《可园诗存》、《可园词存》、《可园文存》、《寿藜堂诗集》等
毛俊	不详	不详	《醉吟居词隐题辞》（三首）	有《传雅堂诗集》、《传雅堂文集》
刘寿曾	江苏仪征	1838—1882	《题南江张筱峰先生〈藕花香里填词图〉》（一首）	有《传雅堂诗集》、《传雅堂文集》
李煌	浙江归安（今湖州）	不详	《论词（专论朱元以来吴兴词人）》（一首）	有《溪上玉楼诗钞》等
葛其龙	江苏上海（今属上海）	不详	《〈绿梅花龛词〉题词》（一首）	有《寄庵诗钞》、《微云词馆吟草》等
史德培	直隶遵化（今属河北）	不详	《题友人小窗八种词本》（一首）	有《秋棠吟馆诗存》
陈荣仪	福建晋江	不详	《题陈检讨填词图》（一首）	
陈荣伦	福建晋江	不详	《题陈检讨填词图》（一首）	
龚显曾	福建晋江	1841—1885	《论词绝句十六首》、《〈青溪词钞〉题词》（二首）	有《薇花吟馆诗存》等
冯煦	江苏金坛（今属常州）	1842—1927		有《蒿庵类稿》、《蒿庵续稿》，辑有《宋六十一家词选》

413

续表

词论家	籍贯	生卒年	论词绝句	备注
连曾	不详	不详	《题江宾谷〈山中白云词疏证〉》（一首）	
孙埏	浙江会稽（今绍兴）	不详	《蠹余遗词序题辞》（二首）	
史念祖	江苏江都（今扬州）	1843—1910	《题〈俞俞斋诗余〉》（一首）	有《俞俞斋诗稿初集》、《俞俞斋文稿初集》、《俞俞斋诗余》等
万钊	江西南昌	1844—1899	《题仲修〈烟柳斜阳填词图〉》（一首）、《〈青耒庵词〉题跋》（一首）	有《鹤涧诗龛集》、《苹波词》
缪荃孙	江苏江阴	1844—1919	《题朱古微校词图》（一首）	有《艺风堂文集》、《艺风堂诗存》、《碧香词》等，辑有《国朝常州词录》
朱鬻瀛	顺天大兴（今属北京）	1845—1928	《题龙松琴同年〈继栋〉〈闹红一舸词〉》（一首）	有《金粟山房诗钞》、《金粟山房诗续钞》、《玉胃词》、《柳湖词》等
王曾祺	四川华阳（今属成都）	1845—?	《咏古》（一首）	有《聊园诗词存》等
袁宝璜	江苏元和（今苏州）	1846—1897	《〈红蕉词〉题词》（二首）	有《寄蜗庐诗集》、《寄蜗庐文集》
程秉剑	不详	不详	《〈红蕉词〉题词》（二首）	有《琼州杂事词》
樊增祥	湖北恩施	1846—1931	《题徐舍人词稿》（一首）、《张孝祥》（一首）	有《樊山全集》、《五十麝斋词赓》、《东溪草堂词》、《微云榭词选》等，辑有《无长物斋词存》
刘炳照	江苏阳湖（今属常州）	1847—1917	《赠又点》（一首）	有《无长物斋词存》、《留云借月庵词》

414

续表

词论家	籍贯	生卒年	论词绝句	备注
谢章铤	浙江余姚	1848—1899	《题白石道人诗词集四首》	有《赌棋山庄集》
王鹏运	广西临桂（今桂林）	1848—1904	《校刊〈稼轩词〉成率题三绝于后》	有《半塘定稿》、《半塘剩稿》，校辑有《四印斋所刻词》、《四印斋汇刻宋元三十一家词》
陈宝琛	福建闽县（今属福州）	1848—1935	《文小坡〈泠红移填词卷子〉》（一首）	有《沧趣楼诗集》、《沧趣楼文存》、《听水词》等
叶昌炽	江苏长洲（今苏州）	1849—1917	《题陈培之户部〈灯下填词图〉》（一首）	有《奇觚庼诗集》、《奇觚庼文集》
吴庆坻	浙江钱塘（今杭州）	1849—1924	《朱彊尹前辈校词图》（一首）	有《朴松庐诗录》、《朴松庐诗集》等
沈曾植	浙江嘉兴	1850—1922	《〈修梅清课〉题词》（一首）	有《海日楼诗集》、《曼陀罗寱词》
柯劭忞	山东胶州	1850—1933	《张韵舫〈眠琴室填词图〉》（一首）	有《蓼园诗钞》等
萧珩章	广东南海（今广州）	？—1916	《〈双溪词〉题词》（一首）	有《铁帚集》
叒恩煦	浙江钱塘（今杭州）	不详	《桨坞词存》题辞》（一首）	
铁龄	满洲正黄旗	1851—1891	《桨坞词存》题辞》（一首）	有《柬园诗存》
赵藩	云南剑川	1851—1927	《〈今悔庵词〉题辞》（一首）	有《向湖村舍诗初集》、《向湖村舍诗二集》
释敬安	湖南湘潭	1852—1912	《陈天婴以题裴清朴画〈花影吹笙室填词图〉一首见寄，依韵答之》（一首）	有《八指头陀诗集》等
林纾	福建闽县（今属福州）	1852—1924	《为拔可令妹李穗清〈花影吹笙室填词图〉并题》（一首）	有《畏庐文存》、《畏庐词》等

附录二 中国历代主要论词绝句作者及作品简列

415

续表

词论家	籍贯	生卒年	论词绝句	备注
陈三立	江西义宁（今修水）	1853—1937	《纳兰容若小像题词》（一首）、《疆邨校词图为沤尹题》（一首）	有《散原精舍诗》、《散原精舍诗续集》、《散原精舍诗别集》、《散原精舍文集》等
傅苑	直隶大兴（今属北京）	1853—？	《读吴氏石莲庵刻〈漱玉词〉生正堂〈易安居士事辑〉，后附俞理初先生心源，李莼客〈慈铭〉二跋，率题绝句二首》	有《山青云白轩诗草》
朱庆澜	不详	不详	《哀逝集题词》（二首）	
朱应徵	不详	不详	《哀逝集题词·七兄自维扬寄题〈哀逝集〉二绝，依韵却酬》（二首）	
吴郁生	江苏元和（今苏州）	1854—1940	《丰题疆邨先生校词图》（一首）	
王以敏	湖南武陵（今常德）	1855—1921	《南来词宗吴君特，陈君衡皆明州人也，赋此怀之二首》	有《檗坞诗存》、《檗坞词存》、《青鹤庵诗》、《青鹤精舍集》
蒋兆兰	江苏宜兴	1855—？	《题姜白石词后》（一首）	有《青鹤庵诗》、辑有《乐府补题后词》
葛其龙	江苏上海（今上海）	不详	《绿梅花庵词题辞》（四首）	有《寄庵诗钞》
文廷式	江西萍乡	1856—1904	《缪小山前辈、张季直修撰，郑苏戡同年叠招饮吴园别后却寄》（一首）、《题姜白石招词》（一首）	有《文道希先生遗诗》、《云起轩词钞》等
屠寄	江苏武进（今属常州）	1856—1921	《江吉士标属题其〈红蕉词〉册三绝句》、《〈红蕉词〉题词》（三首）	有《结一宧诗略》
王寿卿	不详	不详	《〈红蕉词〉题词》（二首）	

续表

词论家	籍贯	生卒年	论词绝句	备注
陈衍	福建侯官（今福州）	1856—1937	《为古微同年题〈疆村校词图〉三首》	有《石遗室诗集》《石遗室文集》、《朱丝词》等
夏孙桐	江苏江阴	1857—1942	《为傅沅叔题徐湘蘋水墨写生册四首》	有《观所尚斋诗存》《观所尚斋文存》、《悔龛词》等
戴振声	不详	不详	《梦坡词存题辞·读先生词存，敬书四截句志佩》（四首）	有《江左戴子诗录》
易顺鼎	湖南龙阳（今汉寿）	1858—1920	《泪影词题词·成君著有〈九经今义〉一书，又以〈泪影词〉属读，辄题一绝》	有《琴志楼编年诗集》等
韩荫桢	直隶天津（今天津）	1858—1927	《书仲佳所作倚声后》（一首）	有《冬青馆诗存》
郭曾炘	福建侯官（今福州）	1858—1928	《题朱谦甫〈秋树声图〉》（一首）	有《匏庐诗存》、《再愧轩诗草》等
潘飞声	广东番禺（今属广州）	1858—1934	《论岭南词绝句二十首》、《题万剑盟参军〈钊〉》《姜露庵填词图》（一首）、《题吴颖老〈苏隐词〉》（一首）、《庞蘗子属题〈玉馆填词图〉》（一首）、《辛仿斋出观宋来张玉娘〈兰雪集〉旧藏本，翰林院西吴兴钮西农先生〈准海章明经出视吴兴钮西农先生亦有秋斋词〉，当夜读之，演其词意，成诗四首，奉题》	有《说剑堂集》
刘肇隅	湖南湘潭	不详	《阒伽坛词题词·病感自题〈阒伽坛词〉后》（四首）	有《阒伽坛词》
瞿福田	不详	不详	《寄影轩词稿题辞》（四首）	

续表

词论家	籍贯	生卒年	论词绝句	备注
黄树芝	不详	不详	《寄影轩词稿题辞》（六首）	
王晓	不详	不详	《题裁云馆词》（四首）	
邵堂	不详	不详	《清梦庵二白词题辞·和作》（一首）	
陈鼎	不详	不详	《泪影庵词题词》（一首）	
黄应遴	不详	不详	《泪影词题词》（一首）	
李详	江苏兴化	1859—1931	《题杭州徐仲可（珂）〈纯飞馆填词图〉》（一首）	有《学制斋骈文》、《学制斋诗钞》、《学制斋文钞》等
吴学廉	安徽庐江	？—1931	《古微侍郎命题校词图》（一首）	
张焕桢	不详	不详	《论词绝句三首》	
王寿卿	江苏宝应	不详	《〈红蕉词〉题词》（一首）	
桂林	满洲	不详	《〈海山词〉题词》（一首）	
载莹	不详	1861—1909	《徐花衣太史嘱题〈玉可庵词存〉雅政》（一首）	有《云林书屋诗集》等
章梫	浙江宁海	1861—1949	《题徐仲可舍人（珂）〈纯飞馆填词图〉》（一首）、《题朱古薇侍郎〈彊邨校词图〉》六首	有《一山文存》、《一山诗存》
宋恕	浙江平阳	1862—1910	《历下杂事诗》（一首）	有《宋恕集》
李希圣	湖南湘乡	1864—1905	《冒鹤亭属题填词》（一首）	有《雁影斋诗存》等

418

附录二 中国历代主要论词绝句作者及作品简列

续表

词论家	籍贯	生卒年	论词绝句	备注
丘逢甲	台湾苗栗	1864—1912	《题兰史〈香海棠词〉二首》	有《岭云海日楼诗钞》等
王守恂	直隶天津（今天津）	1864—1936	《题兰史〈传恨词〉后》（一首）、《冯梦老与人书有云："词之以写忧，非学者恒轨。"》、《偶成二绝句》、《题〈静志居琴趣〉》（一首）	有《王仁安集》
陈诗	安徽庐江	1864—1943	《题朱古微宗伯〈彊村校词图〉四首》、《题夏剑丞〈映庵填词图〉》（吴清卿中丞孙湖帆处士所绘）》（一首）	有《尊瓠室诗》、《鹤柴诗集》、《鹤柴诗存》，后人辑为《陈诗诗存》，辑有《近人诗录》、《庐江诗苑》、《皖雅》
顾麟士	江苏元和（今苏州）	1865—1930	《为沚尹先生作校词图附书三绝句》	有《审安斋诗集》、《南苕文钞》
陈涛	陕西三原	1866—1923	《为陆庾南题〈蘗砚庵填词图〉》（一首）	有《眉韵楼诗》、《诗史阁王姜诗存》、《旧京诗文存》等
孙雄	江苏常熟	1866—1935	《题向仲坚〈柳溪词稿〉》（一首）、《题陆庾南〈蘗砚庵填词图〉》（一首）	有《新庵诗存》、《蜃庵词》
曾习经	广东揭阳	1867—1926	《题〈冷红簃词〉》（一首）	有《蜃庵诗存》、《蜃庵词》
孙宝琦	浙江钱塘（今杭州）	1867—1931	《〈半樱词〉题辞》（一首）	有《望古遥集诗文集》
王文濡	浙江吴兴（今湖州）	1867—1935	《〈昔梦词〉题词》（一首）	有《香宋诗集》、《香宋词》，后人辑有《赵熙集》
赵熙	四川荣县	1867—1948	《论词》	有《香宋诗集》、《香宋词》，后人辑有《赵熙集》
吴昌绶	浙江仁和（今杭州）	1868—1924	《题〈寿楼春〉词卷后》（一首）	有《松邻遗集》，辑有《仁和吴氏双照楼景刊宋元本词》

419

续表

词论家	籍贯	生卒年	论词绝句	备注
吴士鉴	浙江钱塘（今杭州）	1868—1933	《题朱古微前辈〈彊村校词图〉》（一首）、《题戴文节为黄韵珊先生作荷晴楼图》（一首）	有《含嘉室诗集》、《含嘉室文存》、《武溪词》
蔡元培	浙江山阴（今绍兴）	1868—1940	《题〈纫飞馆填词图〉》（一首）	有《蔡元培全集》
丁惠康	广东丰顺	1869—1909	《堪定词》（一首）	有《丁叔雅遗集》
金兆蕃	浙江嘉兴	1869—1950	《李易安像》（一首）	有《安乐乡人诗集》、《药梦词》等
潘祖年	江苏吴县（今属苏州）	1870—1925	《题谱琴兄（祖同）〈竹山堂诗词〉》（一首）	有《拙速诗存》
汪朝桢	江苏丹徒（今属镇江）	1870—？	《〈倚眉簃词〉题辞》（一首）	
盛子秦	江苏吴县（今属苏州）	不详	《截句题诗余》（一首）	有《适庵诗稿》、《适庵诗余》等
张白英	江苏铜山	1871—1949	《百花词草题词》（二首）	
陈训正	浙江慈溪	1872—1943	《题霓仙先生填词稿》（一首）、《读定公词》（一首）	有《天婴堂丛稿》等
冯开	浙江慈溪	1873—1931	《题徐仲可〈纫飞馆填词〉》（一首）	有《回风堂诗》、《回风堂文集》、《回风堂词》等
陈去病	江苏吴江（今属苏州）	1873—1933	《题沈君墨小词》（一首）、《题湘水成涤如本璞）填词图》（一首）、《仲可又嘱题〈纫飞馆填词图〉》（一首）、《自题〈蝶恋花〉词后再集定公句》（一首）	有《浩歌堂诗钞》，辑有《笠泽词征》，后人辑有《陈去病全集》
黄节	广东顺德（今属佛山）	1873—1935	《奉题汪尹先生校词图》（一首）	有《兼葭楼诗》等

420

附录二 中国历代主要论词绝句作者及作品简列

续表

词论家	籍贯	生卒年	论词绝句	备注
徐自华	浙江桐乡	1873—1935	《小淑以余词比清照，口占答之》（一首）	有《听竹楼诗稿》、《忏慧词》，后人辑有《徐自华诗文集》
夏仁虎	江苏江宁（今南京）	1873—1963	《剑秋属点定其室吕桐花夫人〈清声阁词稿〉即题四章》	有《枝巢编年诗稿》、《啸庵文稿》、《啸庵诗稿》、《枝巢四述》等
胡念修	浙江建德	1873—？	《王佑遐给谏鹏运见惠词集》（一首）	有《灵芝仙馆诗钞》、《卷秋亭词钞》
易顺鼎	广东鹤山	1874—1941	《奉题忏翁〈半舫斋词卷〉》（二首）	有《双清池馆集》、《蕉高丁戊集》等
张尔田	浙江钱塘（今杭州）	1874—1945	《集定公句自题〈遁庵乐府〉》（一首）、《论词绝句八首》	有《遁庵文集》、《遁庵乐府》、《近代词人逸事》
许国英	江苏武进（今属常州）	1875—1923	《题莼衣填词图》（一首）	有《病起楼诗》、《吾眼堂类稿》等
诸宗元	浙江绍兴	1875—1932	《彊邨先生以岳翁所制校图属题，赋奉正定》（一首）、《五言二截句奉题寄尘女士词卷》（二首）	有《大至阁诗》、《吾眼堂类稿》等
钱振锽	江苏阳湖（今属常州）	1875—1944	《阳羡纪事赠词人蒋春舫，年七十矣》（一首）、《戏题〈长离阁词集〉》（一首）	有《名山全集》等，词有《名山词》、《星隐楼词》、《谪星词》、《海上词》
夏敬观	江西新建	1875—1953	《还友人词卷》（一首）、《兰筠词题辞》（一首）	有《忍古楼诗》续）、《忍古楼词》、《映庵词》等
李光	不详	不详	《兰筠词题辞》（一首）	

421

续表

词论家	籍贯	生卒年	论词绝句	备注
金树武	不详	不详	《兰畹词题辞》（一首）	有《弗堂类稿》、《庚午春词》
姚华	贵州贵筑（今贵阳）	1876—1930	《自题〈裴密京俗词〉尾》（一首）	有《硕果亭诗》，后人辑有《李宣龚诗文集》
李宣龚	福建闽县	1876—1952	《题亡妹楳清〈花影吹笙室填词图〉书毕怆然》（一首）	有《桐云轩诗文集》、《张琴题画诗七百首》
张琴	福建莆田	1876—1952	《题玉琴斋词后》（二首）	有《天梅遗集》等，后人辑有《高旭集》
高旭	江苏金山（今属上海）	1877—1925	《论词绝句十三首》、《虎林杂诗》（一首）、《读王纯衣词题寄二章》（十首）、《十家词选》	有《观堂集林》等，词有《苕华词》
王国维	浙江海宁	1877—1927	《题敦煌所出唐人杂书六绝句》	
张岳	广东海南（今海南省）	不详	《论词绝句》	
张素	江苏丹阳	1877—1945	《石工、眉孙两家论词不合》（一首）、《暑日杂诗》（一首）	有《问寻鹦馆诗抄》、《瘦眉词》等，后人辑有《南社张素文集》
周达	安徽建德	1878—1948	《疆邨侍郎属题缶翁所绘校词图》（一首）	有《今觉庵诗》、《今觉庵诗续》等
陈曾寿	湖北蕲水（今浠水）	1878—1949	《怀人四首》	有《苍虬阁诗集》
胡汉民	广东番禺（今属广州）	1879—1936	《题武陵邓云山先生词集后集〈曹全碑〉字》（一首）、《竟无无生所编〈金光明经品目〉赠榆生适赠先生远贻〈词品〉及〈疆邨语业〉各一卷，率拈小绝报之》（一首）	有《不匮室诗抄》

附录二 中国历代主要论词绝句作者及作品简列

续表

词论家	籍贯	生卒年	论词绝句	备注
高燮	江苏金山（今属上海）	1879—1958	《题王瞕庵诗词稿》（一首）	有《吹万楼文集》、《吹万楼诗》、《吹万楼词》等，后辑为《高燮集》
于右任	陕西三原	1879—1964	《山阳笛语题词》（一首）	有《右任诗存》、《右任文存》
吕光辰	江苏武进（今属常州）	1880—1911	《南唐杂事诗》（一首）	有《留我相庵诗草》、《留我相庵词》等
徐沅	江苏吴县（今属苏州）	1880—？	《柳絮泉访易安遗址》（一首）	有《斗南老人诗集》、业《小薜荔馆词钞》
吴灏	浙江杭州	？—1943	《〈名媛词选〉题辞》（四首）	辑有《历代名媛词选》，亦名《五百家名媛词选》
胡君复	江苏武进（今属常州）	不详	《题徐仲可〈纯飞馆填词图〉取"栩严"、"纯飞馆即飞"之意》（一首）	有《芬陀利室词存》
叶恭绰	广东番禺（今属广州）	1881—1968	《题李易安三十一岁小像》（一首）、《读橡轩集》（一首）	有《遐庵汇稿》、《遐庵词》等，辑有《全清词钞》、《广箧中词》
梁鸿志	福建长乐	1882—1946	《潘若海词稿三阕卷》（一首）、《李栩青〈花影吹笙图卷〉拨可属题。栩青，拨可妹也》（一首）	有《爱居阁诗》
傅熊湘	湖南醴陵	1883—1931	《题寿石工填词图》（一首）、《傅熊湘集》（一首）	有《钝安诗》、《钝安词》，后人辑有《傅熊湘集》
吕碧城	安徽旌德	1883—1943	《重阳和徐生见寄柳絮泉访安遗址韵》（一首）	有《吕碧城集》、《晓珠词》等
李放	奉天义州（今辽宁义县）	1884—1924	《自题〈菘沱小令〉》（一首）	有《炊沙词》、《锦瑟词》等

423

中国传统论词绝句史论

续表

词论家	籍贯	生卒年	论词绝句	备注
吴梅	江苏吴县（今属苏州）	1884—1939	《扬州杂诗示任生中敏》（一首）	有《霜厓诗录》、《霜厓词录》等
王蕴章	江苏无锡	1884—1942	《题〈酹江月〉后二绝》	有《云外朱楼集》等
陈芸	福建侯官（今福州）	1885—1911	《小黛轩论诗诗》	有《陈孝女遗集》
罗惇曧	广东顺德	1885—1924	《题疆村侍郎校词图》（一首）、《湘雨楼词集》三首、《奉题汲尹先生校词图时同游西湖》（一首）	有《瘿庵诗集》
黄侃	湖北蕲春	1886—1935	《题刘仲遂〈瑞龙吟〉词后》（一首）	有《黄季刚诗文钞》
俞锷	江苏太仓	1887—1938	《读楚伧〈菩萨蛮〉词率题两绝呈一厂、亚子并调楚伧》（一首）	有《剑华集》等
柳亚子	江苏吴江（今属苏州）	1887—1958	《读李后主词感赋》（一首）、《题棨子〈玉琤馆填词图〉》（一首）、《题俞华〈小窗吟梦图〉》（一首）、《为人题词集》（一首）	有《磨剑室诗词集》、《磨剑室文集》等
汪国垣	江西彭泽	1887—1966	《论诗绝句十首》	有《汪辟疆文集》
邵瑞彭	浙江淳安	1888—1938	《太伟礼部〈晚闻室填词图〉今归芸子，既感且幸，为赋二绝》	有《扬荷集》
胡光炜	浙江嘉兴	1888—1962	《题〈大鹤山人年谱〉，出其女戴亮吉笔》（一首）	有《愿夏庐诗词钞》
严既澄	广东四会	1889—？	《题〈忆云词〉》（一首）	有《初日楼诗》、《驻梦词》等
钱梯丹	江苏嘉定（今属上海）	不详	《题〈红梵词稿〉》（一首）	
许醉侯	上海	不详	《题〈红梵词〉》（一首）	
张恂子	上海	不详	《题〈红梵词〉》（一首）	

424

附录二 中国历代主要论词绝句作者及作品简列

续表

词论家	籍贯	生卒年	论词绝句	备注
何铸	广东南海（今广州）	不详	《寄怀杨君仓西》（一首）	有《梦句楼弱冠草》
曹经沅	四川绵竹	1892—1946	《题〈柳溪填词图〉》（一首）	有《借槐庐诗集》
谢圻	上海	1892—？	《题〈红梵词〉》（一首）	
姚锡钧	江苏松江（今属上海）	1893—1954	《草〈南社掞记〉竟，意有未尽，再纪以诗》（一首）、《怀人诗》（一首）、《杂怀》（一首）、《际丁公论词绝句十二首》、《感旧诗》（一首）、《怀人三续》	有《悟养诗》、《红豆诗》、《苍雪词》，后人辑有《姚鹓雏文集》
郁达夫	浙江富阳	1896—1945	《无题》（一首）、《题〈白云轩诗词集〉》（一首）	有《郁达夫诗词集》等
刘咸炘	四川双流（今属成都）	1897—1932	《说词韵语》（二十九首）、《说诗词韵语》（七首）	有《推十书》
林庚白	福建闽侯	1897—1941	《自题〈空前词〉》（四十五首）	有《丽白楼自选诗》等，后人辑有《丽白楼遗集》
梁品如	河北吴桥	1897—1975	《论词绝句》	有《壶因词》
陈声聪	福建闽侯	1900—1987	《题〈清溪词〉》（一首）	有《笠山诗钞》、《笠山文钞》
包树棠	福建上杭	1900—1981	《论近代词绝句一百首》	有《笠山诗集》
夏承焘	浙江温州	1904—1986	《论近代词绝句》（三十七首）	有《夏承焘词集》
缪钺	江苏溧阳	1904—1995	《半舫斋词余题词》（二首）	有《冰茧庵诗词稿》
吕贞白	江西九江	1907—1984	《论词绝句二十首》	有《吕伯子词集》、《吕伯子诗存》
启功	北京	1912—2005	《论词绝句》	
吴小如	安徽泾县	1922—2014	《论词绝句三百首》	

425

续表

词论家	籍贯	生卒年	论词绝句	备注
叶嘉莹	北京	1924—	《论词绝句》（四十九首）	
吴熊和	上海	1934—2012	《论词绝句一百首》	
陈永正	广东茂名	1941—	《读顾贞观词》（一首）	
陶文鹏	广西南宁	1941—	《缅怀大师饶公》（一首）《痛悼乔彬兄》（一首）	
纪宝成	江苏扬州	1944—	《歌评宋词十七家》	有《岁月诗痕》、《乐嵩词》等
孙维城	安徽安庆	1947—	《悼邓师乔彬先生》（一首）	
钟振振	江苏南京	1950—	《题郑虹霓博士〈唐宋词对六朝文学的接受〉》《论词》《纪念常州词派开创二百周年》《纪念吴世昌先生诞辰九十周年》《颜生翔林以博士论文〈宋代词话研究〉版行在即索序子余，赋此报之》《题赵生永源〈遗山乐府校注〉》《书文信公〈酹江月〉词后》《题〈吴勉斋诗词千首〉》《题清江朱生蕴慈〈近代词人考略〉》《五律论词四首，为许生伯卿赋》《题维江学弟〈一叶中庐诗词集〉》《序〈康震评说苏东坡〉》	
李金坤	江苏金坛	1953—	《论词绝句》（三首）	
胡迎建	江西星子	1953—	《论词人绝句》（九首）	有《帆影集》、《湖星集》、《雁鸣集》、《轻舟集》等

附录二 中国历代主要论词绝句作者及作品简列

续表

词论家	籍贯	生卒年	论词绝句	备注
张晶	吉林四平	1955—	《惊悉师兄王步高教授病逝哀感万分夜不能寐口占四绝以述哀思师弟阿晶志之》	
王强	北京	1959—	《说词韵语：散净居论词绝句一百首》	
胡可先	江苏灌南	1960—	《论词绝句一百首》	
苗健青	山东栖霞	1963—	《读李易安》（一首）	
田玉琪	河北保定	1964—	《论词绝句四首》	
褚宝增	北京大兴	1965—	《读蔡世平词界》（一首）、《说当今诗词四公》（一首）、《思及诗词音韵问题有感》（一首）、《读芭梦碧〈夕秀词〉》（一首）	
黄杰	河南信阳	1967—	《论唐宋词人》（二十首）、《论夏承焘词》（十首）	
许伯卿	江苏海安	1967—	《沈园四绝句》	
刘勇刚	江苏高邮	1970—	《论宋代词人人首》	
陶然	江西南昌	1971—	《论宋词词人》（二十五首）、《读夏承焘昊鹭山二公联句》（一首）、《和胡可先兄论夏承焘先生折腰体五首》、《论高丽李齐贤词四绝句》	
陈斌	江苏扬州	1972—	《读宋人词集，漫与十绝》	

427

续表

词论家	籍贯	生卒年	论词绝句	备注
乔云峰	山东济宁	1973—	《超然台》《读纳兰至情一叹》《题苏轼〈江城子·密州上元〉》《再叹纳兰》《清明苏词赋》《东坡论》《咏史·纳兰容若》《易安三评》《临风词论》《读苏词〈望江南·超然台作〉》《腊月十九坡公圣诞祭十绝》	
汪梦川	湖北麻城	1976—	《读龙榆生吊吕碧城词有感而作》（一首）《昆山谒龙洲塞》（一首）	有《没名堂存稿》
李睿	安徽南陵	1976—	《论词绝句八首》	
徐拥军	江西万年	1976—	《论词绝句十七首》	
江合友	江西景德镇	1978—	《词家四咏》	有《白石修词稿》
黄伟豪	香港	1981—	《论词绝句四首》	
关梅卿	江苏徐州	不详	《论词绝句五首》	
林涛	不详	不详	《论词绝句十二首》	
王彦龙	陕西商州	1990—	《论词绝句三十八首》	
潘玲	不详	不详	《和启功先生论词绝句十八首》	

附录三　中国当代部分论词绝句辑录

陈永正

作者简介：

陈永正（1941—），男，汉族，字止水，号沚斋，广东茂名人。1962年于华南师范大学中文系汉语言文学教育专业本科毕业，1981年于中山大学中文系汉语史专业硕士研究生毕业，文学硕士，曾任职于广州市第三十六中学，后任职于中山大学中文系、中国古典文献研究所，书法家、诗人、知名学者，主要研究领域为中国古籍整理与书法艺术，主要词学著作有《岭南历代词选》、《屈大均诗词编年笺校》（主编）、《晏殊晏几道词选》、《王国维诗词全编校注》、《王国维诗词笺注》等。

读顾贞观词

志士文章合杀身，栖迟雪窖竟逢春。
知谁侧帽歌金缕，师友恩深此一人。

所评词人简介：

顾贞观（1637—1714），原名华文，字远平、华峰，亦作华封，号梁汾，金匮（今江苏无锡）人。顾宪成四世孙；康熙五年举人，擢秘书院典籍，与纳兰性德交契，康熙二十三年致仕，读书终老；工诗文，词名尤著，与陈维崧、朱彝尊并称为明末清初"词家三绝"。著有《弹指词》、《积书岩集》等。

纪宝成

作者简介：

纪宝成（1944— ），男，江苏扬州人。1966 年于北京商学院本科毕业，1981 年于中国人民大学贸易经济系经济学专业硕士研究生毕业，经济学硕士，曾任职于中国人民大学、国内贸易部、教育部，后任中国人民大学校长，主要研究领域为市场与商品流通、商业经济、教育改革、教育管理、公共管理等。著有《市场学》、《大学的探索》、《中国高等教育散论》，诗词集《岁月诗痕》、《乐斋词》等。

歌评宋词十七家

（以词家出生时间为序）

七绝·歌柳永

倜傥风流才艺绝，移商换羽执红牙。

一词不合龙颜愠，成就空前一大家。

自注：柳永原名三变，字耆卿。北宋真宗朝他年轻时曾连续三届赴考未中，激愤下填《鹤冲天》词，有句云："青春都一饷，忍把浮名，换了浅斟低唱。"据胡仔《苕溪渔隐丛话》（后集）载：至仁宗朝，"当时有荐其才者，上曰：得非填词柳三变乎？曰：然。上曰：且去填词。由是不得志，日与狎子纵游娼馆酒楼间，无复检约，自称云：奉圣旨填词柳三变"。

所评词人简介：

柳永（987？—1053），原名三变，字景庄，行七，亦称柳七，改名永，字耆卿，因其官至屯田员外郎，后人称为柳屯田，祖籍山西河东（今永济），先祖徙居福建崇安。早年科场失意，后登进士第，晚年流落不偶。著有《乐章集》。

七绝·歌晏殊

清疏温婉祖初先，闲雅从容信手妍。

独上高楼天趣见，浮生细算自超然。

自注：晏殊《鹊踏枝·槛菊愁烟兰泣露》："独上高楼，望尽天涯路。"《木兰花·燕鸿过后》："燕鸿过后莺飞去，细算浮生千万绪。"

所评词人简介：

晏殊（991—1055），字同叔，江西临川人。十四岁以神童入试，赐进士出身，命为秘书省正字，官至右谏议大夫、集贤殿学士、同平章事兼枢密使、礼部刑部尚书、观文殿大学士知永兴军、兵部尚书；以词著于文坛，尤擅小令，与欧阳修并称"晏欧"。著有《珠玉词》、《晏元献遗文》等。

七绝·歌欧阳修

一代文名冠天下，开先启后倚晴空。

风流蕴藉清深旷，把酒东风惜乱红。

自注：欧阳修《朝中措·送刘仲原甫出守维扬》："平山阑槛倚晴空，山色有无中。"《蝶恋花·庭院深深深几许》："泪眼问花花不语，乱红飞过秋千去。"《浪淘沙·把酒祝东风》："把酒祝东风，且共从容。"

所评词人简介：

欧阳修（1007—1072），字永叔，号醉翁、六一居士，江西吉水人。天圣八年进士，官至翰林学士、枢密副使、参知政事，在政治上负有盛名；后人将其与韩愈、柳宗元、苏轼合称"千古文章四大家"，为"唐宋八大家"之一，开创一代文风。著有《欧阳文忠公先生大全集》。

七绝·歌苏轼

汪洋恣肆大文豪，旷达胸怀品自高。

莫叹人生多起落，大江东去古今涛。

自注：苏轼《念奴娇·大江东去》："大江东去，浪淘尽，千古风流人物。"

所评词人简介：

苏轼（1037—1101），字子瞻，又字和仲，号铁冠道人、东坡居士，四川眉山人，祖籍河北栾城。曾任翰林学士、侍读学士、礼部尚书等职，后出知杭州、颍州、扬州、定州等地；著名文学家、书法家、画家；与其父苏洵、弟苏辙合称"三苏"，为"唐宋八大家"之一；书法"宋四家"之一；诗文赋词书画皆有盛名。著有《东坡七集》、《东坡易传》、《东坡乐府》等。

七绝·歌晏几道

纤绵深婉丽辞工，怡贵安贫雅意浓。
歌尽舞低春去矣，落花微雨有谁同？

自注：晏几道《鹧鸪天·彩袖殷勤捧玉钟》："舞低杨柳楼心月，歌尽桃花扇底风。"《临江仙·梦后楼台高锁》："落花人独立，微雨燕双飞。"

所评词人简介：

晏几道（1030？—1106），字叔原，号小山，江西临川人。晏殊幼子，曾任太常寺太祝，善诗文，尤工词，与父晏殊齐名，称"二晏"。词集原名《乐府补亡》，黄庭坚为之序，传本名《小山词》。

七绝·歌黄庭坚

有无不可入新词？雅俗皆能信笔奇。
峭拔清刚人坎坷，春归何处问黄鹂。

自注：黄庭坚《清平乐·春归何处》："春归何处，寂寞无行路。""春无踪迹谁知，除非问取黄鹂。"

所评词人简介：

黄庭坚（1045—1105），字鲁直，号山谷道人，晚号涪翁，洪州分宁（今江西修水）人。宋英宗治平四年进士，历官叶县尉、北京国子监教授、太和知县，哲宗立，召为校书郎、《神宗实录》检讨官，后擢起居舍人，后贬涪州别驾，安置黔州等地。徽宗初，羁管宜州卒。著名文学家、书法家，江西诗派开山之祖。著有《山谷词》等。

七绝·歌秦观

正音本色神来笔，绝代歌吟入画中。

坎坷一生酿凄婉，古藤醉卧叹途穷。

自注：秦观《好事近·春路雨添花》："醉卧古藤阴下，了不知南北。"

所评词人简介：

秦观（1049—1100），字少游，一字太虚，别号邗沟居士，学者称淮海居士，江苏高邮人。宋神宗元丰八年进士，曾任太学博士、秘书省正字、国史院编修官，哲宗时"新党"执政，被贬为监处州酒税，徙郴州，编管横州，又徙雷州，至藤州而卒；与黄庭坚、晁补之、张耒号称为"苏门四学士"。著有《淮海集》，词有《淮海词》，或称《淮海居士长短句》。

七绝·歌贺铸

艳幽豪愤多情致，尽在精工婉丽中。

耿直何堪梅子雨，孤高不肯嫁春风。

自注：贺铸《青玉案·凌波不过横塘路》："试问闲愁都几许，一川烟草，满城风絮，梅子黄时雨。"《芳心苦·杨柳回塘》："当年不肯嫁东风，无端却被秋风误。"

所评词人简介：

贺铸（1052—1125），字方回，又名贺三愁，人称贺梅子，自号庆湖遗老，祖籍山阴（今浙江绍兴），生于卫州（今河南卫辉）。贵族出身，曾任右班殿直，元祐中曾任泗州、太平州通判；晚年退居苏州，杜门校书；能诗文，尤长于词。

七绝·歌周邦彦

典丽精工冠八荒，京华倦客自堂皇。

美人香草音弦外，婉约清真润泽长。

自注：周邦彦《兰陵王·柳阴直》："登临望故国，谁识京华倦客。"周自号清真，所著词集名《清真集》。

所评词人简介：

周邦彦（1056—1121），字美成，号清真居士，钱塘（今浙江杭州）人。官历太学正、庐州教授、溧水知县等，徽宗时为徽猷阁待制，提举大晟府；精通音律，曾创作不少新词调。有《清真居士集》，已佚，今存《片玉集》。

七绝·歌李清照

清词丽句夺天工，卓立生辉百代同。

悲苦伤时吟绝唱，西楼月满怅西风。

自注：李清照《一剪梅·红藕香残玉簟秋》："云中谁寄锦书来，雁字回时，月满西楼。"《醉花阴·薄雾浓云愁永昼》："帘卷西风，人比黄花瘦。"

所评词人简介：

李清照（1084—1155？），女，号易安居士，章丘（今属山东济南）人。李格非女，赵明诚妻；有"千古第一才女"之称，宋代婉约词派代表。有《词论》一篇，主"别是一家"之说，强调协律，崇尚典雅；后人辑其诗词文为《李清照集》；词集名《漱玉集》，又名《漱玉词》。

七绝·歌张元干

刚风劲节几人同？慷慨悲歌笔力雄。

大笑声中了今古，清词妙手避谗翁。

自注：张元干《水调歌头·袖手看飞雪》："大笑了今古，乘兴便西东。"

《芦川归来集·次韵奉送李季言四首》："我辈避谗过避贼。"

所评词人简介：

张元干（1091—约1161），字仲宗，号芦川居士、真隐山人，晚年自称芦川老隐，芦川永福（今福建永泰）人。历任太学上舍生、陈留县丞。与张孝祥一起，号称南宋初期"词坛双璧"。

七绝·歌陆游

壮怀激烈漫笺流，沉郁悲凉是陆游。
报国无门贪啸傲，一腔热血老沧洲。

自注：陆游《鹧鸪天·家住苍烟落照间》："贪啸傲，任衰残，不妨随处一开颜。"《诉衷情·当年万里觅封侯》："此生谁料，心在天山，身老沧洲。"

所评词人简介：

陆游（1125—1210），字务观，号放翁，山阴（今浙江绍兴）人。宋孝宗时赐进士出身，历任福建宁德县主簿、隆兴府通判等，后应四川宣抚使王炎之邀，投身军旅，任职于南郑幕府；又为礼部郎中兼实录院检讨官，官至宝章阁待制。南宋文学家、史学家、爱国诗人。有《陆放翁全集》。

七绝·歌张孝祥

淋漓酣墨痛沉多，忠愤填膺奈若何。
肝胆浮沉似冰雪，扣舷独啸洞庭波。

自注：张孝祥《六州歌头·长淮望断》："使行人到此，忠愤气填膺。"《念奴娇·洞庭青草》："孤光自照，肝胆皆冰雪。""扣舷独啸，不知今夕何夕。"

所评词人简介：

张孝祥（1132—1170），字安国，别号于湖居士，先世移居历阳乌江（今安徽和县），生于明州鄞县（今浙江宁波）。绍兴二十四年进士，授承事郎，签书镇东军节度判官，历任秘书郎、著作郎、集英殿修撰、中书舍人等，以显谟阁直学士致仕。有《于湖居士文集》四十卷、《于湖词》一卷传世。

七绝·歌辛弃疾
万千气象写春秋，豪放辛翁壮志道。
可惜谗言常得势，伴相丘壑说风流。

自注：辛弃疾《鹧鸪天·枕簟溪堂冷欲秋》："书咄咄，且休休。一丘一壑也风流。"

所评词人简介：

辛弃疾（1140—1207），初字坦夫，后改字幼安，号稼轩，历城（今山东济南）人。曾组织义兵抗金，率义军归南宋，上《九议》、《应问》、《美芹十论》，言恢复大计，文武双全，然一生升沉起伏。著有《稼轩集》，已佚，有辑本《辛稼轩诗文钞存》；有《稼轩词》，又名《稼轩长短句》。

七绝·歌姜夔
一生傲骨伴清贫，高格江湖脱世尘。
骚雅清空成一派，暗香疏影笔如神。

自注：1191年冬，姜诣苏州石湖拜访范成大，应求自度《暗香》《疏影》两曲。

所评词人简介：

姜夔（1155？—1221？），字尧章，号白石道人，江西鄱阳人。早岁孤贫，以布衣终；精音律，工诗词，善书法。著有《白石道人诗集》、《白石道人诗说》、《绛帖平》、《续书谱》等，词集名《白石道人歌曲》。

七绝·歌吴文英
幽邃空灵婉丽明，丰华词藻律音精。
文人落拓风云淡，纤手香凝一片情。

自注：吴文英《风入松·听风听雨过清明》："黄蜂频扑秋千索，有当时纤手香凝。"

所评词人简介：

吴文英（约1212—1260），字君特，号梦窗，晚号觉翁，本姓翁氏，入继吴氏，四明（今浙江鄞县）人。曾任浙东安抚使吴潜幕僚；知音律，能自度曲，词名甚重，南宋婉约派代表词人之一。著有《梦窗甲乙丙丁稿》传世。

七绝·歌张炎

清空雅正自风流，倦旅天涯汗漫游。
孤影寒塘天地远，芦花零落一身秋。

自注：张炎《月下笛·万里孤云》："天涯倦旅，此时心事良苦。"与张炎同时的郑思肖在《山中白云词序》中说张炎"三十年汗漫数千里"。《解连环·孤雁》："自顾影、却下寒塘，正沙净草枯，水平天远。"《八声甘州·记玉关踏雪事清游》："折芦花赠远，零落一身秋。"

所评词人简介：

张炎（1248—1320），字叔夏，号玉田，一号乐笑翁，祖籍甘肃成纪（今天水），寓居临安（今浙江杭州）。南宋大将张俊六世孙；曾与王沂孙、周密等人唱和，工诗，有《玉田生诗》，已佚。精通音律，于词学颇有心得。著有《词源》二卷，词集名《山中白云词》，一名《玉田词》。

钟振振

作者简介：

钟振振（1950— ），男，汉族，江苏南京人。1981年于南京师范大学中文系中国古代文学专业硕士研究生毕业，1988年于南京师范大学中文系中国古代文学专业博士研究生毕业，文学博士，现任职于南京师范大学文学研究所、文学院。中国古代文学专业博士研究生导师、著名词学研究专家、文献学专家、词人，主要研究领域为中国古典词学与文献学，主要著作有《东山词校注》、《北宋词人贺铸研究》、《宋词纪事会评》、《词学的辉煌——文学文献学家唐圭璋》、《词苑猎奇》等。

题郑虹霓博士《唐宋词对六朝文学的接受》

一

宫体南朝每艳惊，小词踵事愈多情。
冀云飘过香腮雪，自在飞花胜梦轻。

二

词到乐章长调开，驷车六辔迹相追。
试吟皓月绛河句，应自南朝赋里来。

三

一编世说固难俦，谁识南华蝶梦周。
天水诸公孤陋甚，只从晋宋觅风流。

四

颍州湖水亦名西，六一翁曾啸傲题。
今看竟天新雨后，阳光七彩出虹霓。

所评词人简介：

郑虹霓（1974— ），女，汉族，安徽六安人。2010年于南京师范大学文学院中国古代文学专业博士研究生毕业，文学博士，现任职于阜阳师范学院文学院，主要研究领域为中国古典词学，主要著作有《唐宋词对六朝文学的接受》等。

书文信公《酹江月》词后

地裂山崩海水空，难将片石补苍穹。
南冠一酹江城月，天外呜呜走大风。

题《吴勉诗词千首》

酒一壶兮笔一枝，书生本色是吟痴。

烟霞万里人生路，三十八年千首诗。

题《月人词集》，鹤顶格，集词牌
月华清引广寒秋，人望秦川忆旧游。
词度新声将进酒，集贤宾上最高楼。

《月华清》《华清引》《广寒秋》《望秦川》《忆旧游》《度新声》《将进酒》《集贤宾》《最高楼》

题清江朱生德慈《近代词人考略》
陨石纷纷若坠萤，百年歌哭遣谁听？
赏音今在清江上，网得残宵千粒星。

《考略》凡收清嘉道同光以还词人千余。

所评词人简介：
朱德慈（1963— ），男，汉族，江苏宿迁人。1984年于南京师范大学中文系汉语言文学教育专业本科毕业，2003年于南京师范大学文学院中国古代文学专业博士研究生毕业，2005年于南京大学中国语言文学博士后流动站出站，文学博士、博士后，曾任职于淮阴师范学院文学院，现任职于扬州大学文学院，主要研究领域为中国古典词学，主要著作有《近代词人行年考》、《近代词人考录》、《常州词派通论》、《潘德舆年谱考略》等。

胡迎建

作者简介：
胡迎建（1953— ），男，汉族，江西星子人。1981年于江西省九江师范专科学校中文系汉语言文学教育专业毕业，1987年于江西师范大学中文系中国古代文学专业硕士研究生毕业，文学硕士，曾任职于江西省星子县地方志办公室，后任职于江西省社会科学院赣鄱文化研究所，诗人，主要研究领域为中国近代文学与江西地方历史文化。主要著作有《近代江西诗话》、《朱熹诗词研究》，主编《庐山历代诗词全集》等。

论词人绝句

论晏殊词，时逢其诞辰千年
脱卸紫袍吐语真，新词一曲见风神。
西江词派开山祖，已兆文坛万木春。

山长水远误邮程，翻羡双飞燕子轻。
独恨离愁推不去，沤成戛玉迸珠声。

力扫秾华返洁清，可怜婉约少宏音。
如何谔谔当朝相，只写徘徊寂寞心。

所评词人简介：
晏殊（991—1055），字同叔，江西临川人。十四岁以神童入试，赐进士出身，命为秘书省正字，官至右谏议大夫、集贤殿学士、同平章事兼枢密使、礼部刑部尚书、观文殿大学士知永兴军、兵部尚书；以词著于文坛，尤擅小令，与欧阳修并称"晏欧"。著有《珠玉词》、《晏元献遗文》等。

论晏几道
微雨落花看燕翔，小山云月独当行。
为君醉倒风尘里，尽写相思每断肠。

所评词人简介：
晏几道（1030？—1106），字叔原，号小山，江西临川人。晏殊幼子，曾任太常寺太祝，善诗文，尤工词，与父晏殊齐名，称"二晏"。词集原名《乐府补亡》，黄庭坚为之序，传本名《小山词》。

论黄山谷词
句随意转曲高低，词艳情真亦幻迷。

色即空空能觉悟，如何妄说坠泥犁。

所评词人简介：

黄庭坚（1045—1105），字鲁直，号山谷道人，晚号涪翁，洪州分宁（今江西修水）人。宋英宗治平四年进士，历官叶县尉、北京国子监教授、太和知县，哲宗立，召为校书郎、《神宗实录》检讨官，后擢起居舍人，后贬涪州别驾，安置黔州等地。徽宗初，羁管宜州卒。著名文学家、书法家，江西诗派开山之祖。著有《山谷词》等。

论稼轩词

投闲坐老健雄才，山似知音献秀来。
还将胸襟浩然气，养得词心巧化裁。

所评词人简介：

辛弃疾（1140—1207），初字坦夫，后改字幼安，号稼轩，历城（今山东济南）人。曾组织义兵抗金，率义军归南宋，上《九议》、《应问》、《美芹十论》，言恢复大计，文武双全，然一生升沉起伏。著有《稼轩集》，已佚，有辑本《辛稼轩诗文钞存》；有《稼轩词》，又名《稼轩长短句》。

论姜白石词

红萼暗香引翠禽，神思迷浦冷云深。
别开灵秀清刚派，谁识飘零忧愤心。

所评词人简介：

姜夔（1155？—1221？），字尧章，号白石道人，江西鄱阳人。早岁孤贫，以布衣终；精音律，工诗词，善书法。著有《白石道人诗集》、《白石道人诗说》、《绛帖平》、《续书谱》等，词集名《白石道人歌曲》。

论王易先生词

倚声蜿曲稿成堆，谁料芬馨付劫灰。

遥想东湖兰桨荡，一时倾倒梦窗才。

所评词人简介：

王易（1889—1956），原名朝综，字晓湘，号简庵，江西南昌人。曾任心远大学、南京大学教授；抗战初返赣，中正大学创立于泰和杏岭，出任文史系主任，后任文学院院长，创办《文史季刊》，著有《修辞学通诠》、《乐府通论》、《国学概论》、《词曲史》等。

题吕小薇《竹村剩稿》

破碎山河眉黛横，老来蔗境绮霞明。
试拨冰弦歌白纻，催摇珠玉落盘声。

所评词人简介：

吕小薇（1915—2006），女，名蕴华，号竹村，江苏武进人。1933年毕业于无锡国学专修学校，抗战中流寓江西，曾从事中学语文教学，后任职于江西教育学院（今南昌师范学院）图书馆，曾任江西诗词学会副会长、中华诗词学会理事。著有《西湖诗词》、词集《竹村韵语剩稿》等。

论龙榆生

薰风紫气漾株潭，天诞龙师在斗南。
词脉赓传功忒伟，棋盘变幻命难堪。

注：孟夏至万载县株潭镇访龙赓言龙榆生故居，八九间，凋敝破败，门上方匾额"竹苞""书府""象观北斗"；门旁有朱红楹联存"东来紫气""南至薰风"楷书数字，余俱难辨识。

所评词人简介：

龙榆生（1902—1966），男，汉族，名沐勋，晚年以字行，号忍寒公，别号忍寒居士、风雨龙吟室主，江西万载人。早年毕业于武昌高等师范学校，曾任职于上海暨南大学、中山大学、上海博物馆，后任职于上海音乐学院。毕生致力于词学研究，为20世纪最负盛名的词学大师之一，主要研究领域为中国古典词学,主要著作有《唐宋名家词选》、《中国韵文史》、《东坡乐府笺》、《近三百年名家词选》、《苏门四学士词》、《词曲概论》、《词学十讲》、《龙榆生词学论文集》等。

张晶

作者简介:

张晶(1955—),男,满族,笔名若冰,吉林四平人。1982年于吉林大学中国语言文学系汉语言文学专业本科毕业,1984年于吉林大学中国语言文学系中国古代文学专业硕士研究生毕业,1998年于复旦大学中国语言文学系中国文学批评史专业博士研究生毕业,文学博士,曾任职于辽宁师范大学中国语言文学系,现任职于中国传媒大学图书馆、艺术研究院,文艺学专业博士研究生导师,中国传媒大学"资深教授"、著名辽金元文学研究专家,作家,主要研究领域为辽金元文学与中国古典文艺美学,主要著作有《中国古典诗学新论》、《禅与唐宋诗学》等,2017年结集出版有《美学与诗学——张晶学术文选》六卷。

惊悉师兄王步高教授病逝哀感万分夜不能寐口占四绝以述哀思师弟阿晶志之

一

一别音容两渺茫,忽闻涕泪满衣裳。
乡音吴越犹在耳,南望金陵怀雁行。

二

春城霰雪惊初见,往事纷纷到睫前。
手足情深四十载,惊问此行何时还?

三

词坛失却射雕手,学界又倾参天楼。
怅望南天一洒泪,欲说心事且休休。

四

闻君西去如惊雷,失箸难掩心底悲。

此情可待成追忆，只是英灵唤不回！

2017. 11. 1

所评词人简介：

王步高（1947—2017），男，汉族，江苏扬中人。1969年于南京大学外语系德语专业本科毕业，1984年于吉林大学中文系中国古代文学专业硕士研究生毕业，后于南京大学中文系中国古代文学专业博士研究生毕业，文学博士，曾任职于江苏古籍出版社等，后任职于东南大学人文学院中文系，著名词学研究专家，主要研究领域为中国古典词学，主要著作有《梅溪词校注》、《梅溪词研究》、《探寻词苑的艺术与人生》等。

苗健青

作者简介：

苗健青（1963—　），福建人，1983年于福建师范大学中文系汉语言文学教育专业本科毕业，1991年于北京师范大学中文系中国古代文学专业硕士研究生毕业，2006年于福建师范大学文学院中国古代文学专业博士研究生毕业，文学博士，现任职于福州大学学报编辑部，主要研究领域为中国古典文献学与福建地方文献。

读李易安

绿肥红瘦每称奇，寻觅清凄婉约姿。
漱玉词中多理趣，谁云尽是女儿诗？

所评词人简介：

李清照（1084—1155?），女，号易安居士，章丘（今属山东济南）人。李格非女，赵明诚妻；有"千古第一才女"之称，宋代婉约词派代表。有《词论》一篇，主"别是一家"之说，强调协律，崇尚典雅；后人辑其诗词文为《李清照集》；词集名《漱玉集》（又名《漱玉词》）。

褚宝增

作者简介：

褚宝增（1965— ），字应去，号燕南幽士，北京大兴人。1986年于南京大学数学系数学专业本科毕业，曾随许永璋学诗，现任职于中国地质大学（北京）数学与应用数学教研室，主要研究领域为数学与中华传统诗词学，主要著作有《褚宝增诗文选集（1985—2005）》、《中国古典文学史纲要》、《许永璋诗集初编笺注》、《许永璋诗集续编笺注》等。

读蔡世平词
(2017年)

巧同造化善新声，今古相通自在行。
无有秦楼和楚馆，人间仍有柳耆卿。

所评词人简介：

蔡世平（1955— ），湖南湘阴人。现任职于国务院参事室下属中华诗词研究院，作家、著名词人。出版有散文集《大漠兵谣》、《蔡世平散文》，词集《蔡世平词选》，诗集《回忆战争》等。

说当今诗词界
(2017年)

其一

自陶心性爱装骚，姿态清高宗六朝。
若以其间风骨论，难如老干体丝毫。

其二

闽珠湘洛逆行舟，讽笑江河东向流。
标榜溯源实赴死，劝能回首望神州。

思及诗词音韵问题有感
（2017年）

自恃学高死抱残，逻辑伪乱近刁蛮。
始知雍正推新政，堪比而今新韵难。

读寇梦碧《夕秀词》

小令轻清逞巧绝，慢词呕血卵石叠。
孤心只入文辞内，如此平生便了结。

所评词人简介：

寇梦碧（1917—1990），名家瑞，字泰逢，号梦碧，天津人。曾任职于天津教育学院，后任职于天津大学，著名诗词家。创作有《夕秀词》、《六合小溷杂诗》等。

许伯卿

作者简介：

许伯卿（1967— ），男，汉族，江苏海安人。1988年于江苏省苏州师范专科学校中文系汉语言文学教育专业毕业，1997年于湘潭大学中文系中国古代文学专业硕士研究生毕业，2001年于南京师范大学文学院中国古代文学专业博士研究生毕业，2003年于苏州大学中国语言文学博士后流动工作站出站，文学博士、博士后，曾任职于宁波大学，现任职于常州大学文法与艺术学院，主要研究领域为中国古典词学，主要著作有《宋词题材研究》、《浙江词史》等。

沈园四绝句

甲申六月初九日于绍兴

一

放翁最是有情痴，半为君王半为伊。

白发渐除豪气去，春波尚自泻相思。

二

爱情须信有奇功，从此沈园属放翁。
千百万人同一叹，发花犹似当年红。

三

人到沈园每怅然，古来情爱总难全。
放翁自是奇男子，无力呵持一䩅肩。

四

周遭秀色反伤神，指掌轻拂古墨新。
隔世相怜诚可咏，不如珍爱眼前人。

所评词人简介：

陆游（1125—1210），字务观，号放翁，山阴（今浙江绍兴）人。宋孝宗时赐进士出身，历任福州宁德县主簿、隆兴府通判等，后应四川宣抚使王炎之邀，投身军旅，任职于南郑幕府；又为礼部郎中兼实录院检讨官，官至宝章阁待制。南宋文学家、史学家、爱国诗人。

刘勇刚

作者简介：

刘勇刚（1970— ），江苏高邮人。1992年于江苏省南通师范专科学校（今并入南通大学）中文系汉语言文学教育专业毕业，1997年于南京师范大学中文系中国古代文学专业硕士研究生毕业，2002年于南京师范大学文学院中国古代文学专业博士研究生毕业，2005年于浙江大学中国语言文学博士后流动工作站出站，文学博士，曾任职于辽宁师范大学，现任职于扬州大学文学院，中国古代文学专业博士生导师，主要研究领域为中国古典词学与明清文学，主要著作有《云间派文学研究》、《水云楼词研究》、《水云楼诗词笺注》等。

李清照

一

彤管风流李易安，泠泠漱玉润词坛。
千年犹似桐初引，新色照人北斗寒。

二

绿肥红瘦惜花心，把酒东篱费泪吟。
最是多情人易老，云窗雾阁转悲深。

三

酒鬼赌神加色女，如何戏说竟成风！
藕神握有连城璧，齿冷帮闲衮衮公。

所评词人简介：

李清照（1084—1155?），女，号易安居士，章丘（今属山东济南）人。李格非女，赵明诚妻；有"千古第一才女"之称，宋代婉约词派代表。有《词论》一篇，主"别是一家"之说，强调协律，崇尚典雅；后人辑其诗词文为《李清照集》；词集名《漱玉集》，又名《漱玉词》。

秦观

一

秦郎国士本无双，岂是靡靡小石腔？
策论忧心关大计，危楼独倚望长江。

二

香囊暗解最销魂，越艳清歌侍绿尊。
直把词心抒入骨，春来拭遍玉梨痕。

三

雪后登文游台

雪意凄其细草腓，登台偏作独游人。
桃源望断无寻处，回首秦郎泪满身。

所评词人简介：

秦观（1049—1100），字少游，一字太虚，别号邗沟居士，学者称淮海居士，江苏高邮人。宋神宗元丰八年进士，曾任太学博士、秘书省正字、国史院编修官，哲宗时"新党"执政，被贬为监处州酒税，徙郴州，编管横州，又徙雷州，至藤州而卒；与黄庭坚、晁补之、张耒号称为"苏门四学士"。著有《淮海集》，词有《淮海词》，或称《淮海居士长短句》。

周邦彦

识曲知音片玉昆，崇宁大晟主盘敦。
白圭有玷终难掩，犹是周郎百代尊。
（周邦彦吹捧蔡京，故云"白圭有玷"）

所评词人简介：

周邦彦（1056—1121），字美成，号清真居士，钱塘（今浙江杭州）人。官历太学正、庐州教授、溧水知县等，徽宗时为徽猷阁待制，提举大晟府；精通音律，曾创作不少新词调。有《清真居士集》，已佚，今存《片玉集》。

吴文英

七宝楼台幻亦真，何人识得梦窗珍！
埋香瘗玉伤魂断，透骨痴情最动人。

所评词人简介：

吴文英（约1212—1260），字君特，号梦窗，晚号觉翁，本姓翁氏，入继吴氏，四明（今浙江鄞县）人。曾任浙东安抚使吴潜幕僚；知音律，能自度曲，词名甚重，南宋婉约派代表词人之一。著有《梦窗甲乙丙丁稿》传世。

陈斌

作者简介：

陈斌（1972— ），网名"双鱼一生"，江苏扬州人。现任《书城》杂志社主编，于中西新旧学问颇有涉猎。著译有《不一样的记忆：与钱锺书在一起》、《英超足球经营启示录》、《竖起拇指》等。

读宋人词集，漫与十绝

范仲淹《范文正公诗余》

此老胸中十万兵，秋来塞下马蹄轻。
如何泪洒相思曲，都入征夫羌管声。

所评词人简介：

范仲淹（989—1052），字希文，谥文正，亦称范履霜，祖籍陕西邠州（今彬县），迁居江苏吴县。历任兴化县令、秘阁校理、陈州通判、苏州知州等，康定元年任陕西经略安抚招讨副使，又出任参知政事，后受贬出任多地知州。著有《范文正公文集》二十卷，《别集》四卷，《尺牍》二卷，《奏议》十五卷，《丹阳编》八卷。

晏几道《小山词》

彩笔天然称婉妙，风情端不让花间。
樽前扇底笙歌沸，小杜后身是小山。

所评词人简介：

晏几道（1030？—1106），字叔原，号小山，江西临川人。晏殊幼子，曾任太常寺太祝，善诗文，尤工词，与父晏殊齐名，称"二晏"。词集原名《乐府补亡》，黄庭坚为之序，传本名《小山词》。

柳永《乐章集》

常醉青楼不愿醒，浅斟低唱换浮名。
晓风残月非虚设，市井清歌处处闻。

所评词人简介：

柳永（987？—1053），原名三变，字景庄，行七，亦称柳七，改名永，字耆卿，因官至屯田员外郎，后人称为柳屯田，祖籍山西河东（今永济），徙居福建崇安。早年科场失意，后登进士第，晚年流落不偶。著有《乐章集》。

苏轼《东坡词》

峨冠博带绝尘迹，每诵公词想御风。
对月予怀真渺渺，叩舷高唱大江东。

所评词人简介：

苏轼（1037—1101），字子瞻，又字和仲，号铁冠道人、东坡居士，四川眉山人，祖籍河北栾城。曾任翰林学士、侍读学士、礼部尚书等职，后出知杭州、颍州、扬州、定州等地；著名文学家、书法家、画家；与其父苏洵、弟苏辙合称"三苏"，为"唐宋八大家"之一；书法"宋四家"之一；诗文赋词书画皆有盛名。著有《东坡七集》、《东坡易传》、《东坡乐府》等。

周邦彦《清真集》

词名片玉亦清真，顾曲周郎数美成。
典丽风华谁得似，旁搜远绍见功深。

所评词人简介：

周邦彦（1056—1121），字美成，号清真居士，钱塘（今浙江杭州）人。官历太学正、庐州教授、溧水知县等，徽宗时为徽猷阁待制，提举大晟府；精通音律，曾创作不少新词调。有《清真居士集》，已佚，今存

《片玉集》。

李清照《漱玉词》

诗酒襟怀付昔游，溪亭日暮记惊鸥。
新来人比黄花瘦，帘下偏生一段愁。

所评词人简介：

李清照（1084—1155？），女，号易安居士，章丘（今属山东济南）人。李格非女，赵明诚妻；有"千古第一才女"之称，宋代婉约词派代表。有《词论》一篇，主"别是一家"之说，强调协律，崇尚典雅；后人辑其诗词文为《李清照集》；词集名《漱玉集》，又名《漱玉词》。

辛弃疾《稼轩长短句》

龙拿虎掷奇男子，恣意挥毫气势雄。
鞺鞳淋漓真本色，吟成海雨挟天风。

所评词人简介：

辛弃疾（1140—1207），初字坦夫，后改字幼安，号稼轩，历城（今山东济南）人。曾组织义兵抗金，率义军归南宋，上《九议》、《应问》、《美芹十论》，言恢复大计，文武双全，然一生升沉起伏。著有《稼轩集》，已佚，有辑本《辛稼轩诗文钞存》；有《稼轩词》，又名《稼轩长短句》。

姜夔《白石道人歌曲》

雾里观花逸且豪，云飞无迹梦迢遥。
吹箫声杳人何处，肠断扬州廿四桥。

所评词人简介：

姜夔（1155？—1221？），字尧章，号白石道人，江西鄱阳人。早岁孤贫，以布衣终；精音律，工诗词，善书法。著有《白石道人诗集》、《白石道人诗说》、《绛帖平》、《续书谱》等,词集名《白石道人歌曲》。

吴文英《梦窗词》

斑香宋艳拟清才,幽邃常从绵丽来。
环佩丁东今绝响,云何七宝一楼台。

所评词人简介:

吴文英(约 1212—1260),字君特,号梦窗,晚号觉翁,本姓翁氏,入继吴氏,四明(今浙江鄞县)人。曾任浙东安抚使吴潜幕僚;知音律,能自度曲,词名甚重,南宋婉约派代表词人之一。著有《梦窗甲乙丙丁稿》传世。

张炎《山中白云》

沧桑几度曾经遍,抱膝山中望白云。
欲悟宋贤词律细,要从叔夏味声情。

所评词人简介:

张炎(1248—1320),字叔夏,号玉田,一号乐笑翁,祖籍甘肃成纪(今天水),寓居临安(今浙江杭州)。南宋大将张俊六世孙;曾与王沂孙、周密等人唱和,工诗,有《玉田生诗》,已佚。精通音律,于词学颇有心得。著有《词源》二卷,词集名《山中白云词》,一名《玉田词》。

乔云峰

作者简介:

乔云峰(1973—),山东济宁人。1995 年于济宁师范专科学校中文系汉语言文学教育专业毕业,2002 年于山东师范大学文学院汉语言文学专业自考本科毕业,2008 年于信阳师范学院文学院中国古代文学专业硕士研究生毕业,文学硕士,曾任职于潍坊工商职业学院,现任职于山东省诸城市超然台管理处,主要研究领域为先秦两汉史传文学与中国传统诗词学。

超然台

高台如旧满超然，苏子举杯开笑颜。
一曲中秋明月醉，密州胜景冠人寰。

读纳兰至情一叹

一代词人振有清，纳兰妙笔本天成。
感君热泪今宵醉，卢氏当然醋意生。

题苏轼《江城子·密州上元》

苏子当年苦上元，山城寂寞冷无边。
昏昏雪意无心赏，却重农桑鼓连天。

再叹纳兰

其一

一从公子伤心去，谁念人间执手词。
皆叹悼亡天下响，纳兰情意问谁知？

其二

公子情深惟念君，梦中长夜泪频频。
一词天下谁人解，空对西风伤万钧。

有感于学陶之难即苏子亦未得其神韵之论

学陶千载几多人，不在田园谁入神？
苏子天才门外和，作诗最要性情真。

清明苏词赋

苏子密州寒食念，半壕春水百花灿。
柳斜风细慢闻香，一座高台千载叹。

东坡论

文衰八代振东坡，道济长天雄气多。

才子吟来豪放意，名高千古气如歌。

注：5月23日苏轼研究著名专家曾枣庄先生于《光明日报》撰文《文起八低之衰，而道济天下之溺》以阐苏轼《潮州韩文公庙碑》之赞韩愈之论。

咏史·纳兰容若
一往情深惜纳兰，大才不幸失英年。
清词之冠谁堪敌？每每吟来最可怜。

易安三评
其一
诗余兴起唱闲情，未必当时有令声。
文体古来多变化，今人论宋以词名。
其二
诗豪风骨气如虹，长短句多儿女情。
自有所长无可比，今人岂敢乱讥评？

咏史·易安
又读易安赏三瘦，词家妙笔尽悲秋。
几吟未觉相思痛，何奈情人不解愁。

注：李清照有《凤凰台上忆吹箫》"新来瘦，非干病酒，不是悲秋"，《如梦令》"知否，知否，应是绿肥红瘦"，《醉花阴》"莫道不消魂，帘卷西风，人比黄花瘦"，世谓"李三瘦"。坊传赵明诚词弱，何奈也。

临风词论
依声不见古音律，按谱填词槛最低。
字数凑齐充里手，大牙笑掉可怜兮。

注：古称"依声填词"，一为词人精音律、作曲，直以曲谱填词。此又称"按谱填词"。二为不能作曲，仅听懂曲调，按曲调填词。"依句填词"者，又仅按前人句式、平仄而已。今之"按谱填词"即此矣。"依数

填词"者，明清以降，今人最多，仅足于字数、句数，实不为填词矣！

读苏词《望江南·超然台作》

一

扶淇两岸柳风斜，台上超然不见花。
烟雨一川惟梦里，醒来苏子更咨嗟。

二

春水半壕花有期，千家烟雨满迷离。
遗风千载超然在，多少年华无酒诗。

读苏子《望江南·暮春》

嫩柳摇摇荡春风，一场微雨更催耕。
百花正艳无人问，四野尽传鞭子声。

腊月十九坡公圣诞祭十绝

出猎悼亡吟仲秋，超然四曲最风流。
三杯一祭千年月，早付此心苏密州。

寂寞山城人不老，欲吟大雪北台扫。
遥看马耳露双尖，借得好诗心自巧。

十年苦恨隔阴阳，身寄东州一梦长。
心底多情不须泪，醒来何处话凄凉。

开泉祈雨救生民，秋来还愿谢山神。
黄茅冈下卷千骑，豪放词风第一人。

能记超然胸不狭，游于物外赏春花。
一从苏子暗烟雨，情比江南何处差。

才子从来咏月秋,苏公自敢占鳌头。
余词尽废何须论,怕让嫦娥多恼羞。

凡物可观对红尘,情怀自有觅佳邻。
但能物外借秋月,留得名台付后人。

祈雨开泉遗爱真,常山两载乌鱼亲。
千年流淌扶淇水,一断风流傲世尘。

入眼潍河千里水,送客东州快哉风。
主政地方头一个,虞公之后有苏公。

每逢此日万家同,感念坡仙天地中。
恰遇立春迎圣诞,人间尽处是东风。

所评词人简介:

苏轼(1037—1101),字子瞻,又字和仲,号铁冠道人、东坡居士,四川眉山人,祖籍河北栾城。曾任翰林学士、侍读学士、礼部尚书等职,后出知杭州、颍州、扬州、定州等地;著名文学家、书法家、画家;与其父苏洵、弟苏辙合称"三苏",为"唐宋八大家"之一;书法"宋四家"之一;诗文赋词书画皆有盛名。著有《东坡七集》、《东坡易传》、《东坡乐府》等。

汪梦川

作者简介:

汪梦川(1976—),男,汉族,湖北麻城人。1999年于南开大学历史学院历史学专业本科毕业,2002年于南开大学历史学院中国古代史专业硕士研究生毕业,2007年于南开大学文学院中国古代文学专业博士研究生毕业,历史学硕士、文学博士,现任职于南开大学文学院,中国古代文学专业博士研究生导师，主要研究领域为中国古典词学与近代文学，主要著作有《南社词人研究》等。

昆山谒龙洲墓

词家流落总堪哀，斗酒彘肩亦快哉。
借得玉山佳丽地，几人墓上一裴回。

所评词人简介：

陈亮（1143—1194），字同甫，号龙川，学者称龙川先生，婺州永康（今浙江永康）人。少喜谈兵，下笔千言立就，著名哲学家，文章气势磅礴，尤工词。有《龙川文集》，词集名《龙川词》。

李睿

作者简介：

李睿（1976— ），女，安徽南陵人。2003年于安徽大学中文系中国古代文学专业硕士研究生毕业，2006年于华东师范大学中文系中国古代文学专业博士研究生毕业，文学博士，现任职于安徽大学文学院，主要研究领域为中国古典词学与中国古典文献学，主要著作有《清代词选研究》、《历代咏南陵诗词三百首》等。

晏几道

千古伤心明月在，帘垂酒醒觅红尘。
落花微雨情何限，疑是红楼梦里人。

所评词人简介：

晏几道（1030？—1106），字叔原，号小山，江西临川人。晏殊幼子，曾任太常寺太祝，善诗文，尤工词，与父晏殊齐名，称"二晏"。词集原名《乐府补亡》，黄庭坚为之序，传本名《小山词》。

秦观

少岁词心胜匠心，中年凄厉醉藤阴。
一生空有桃源梦，郴水郴山砌恨深。

所评词人简介：

秦观（1049—1100），字少游，一字太虚，别号邗沟居士，学者称淮海居士，江苏高邮人。宋神宗元丰八年进士，曾任太学博士、秘书省正字、国史院编修官，哲宗时"新党"执政，被贬为监处州酒税，徙郴州，编管横州，又徙雷州，至藤州而卒；与黄庭坚、晁补之、张耒号称为"苏门四学士"。著有《淮海集》，词有《淮海词》，或称《淮海居士长短句》。

苏轼

清雄歌尽大江东，海雨天风自不同。
谁道坡仙情意短，小窗明月泪痕中。

所评词人简介：

苏轼（1037—1101），字子瞻，又字和仲，号铁冠道人、东坡居士，四川眉山人，祖籍河北栾城。曾任翰林学士、侍读学士、礼部尚书等职，后出知杭州、颍州、扬州、定州等地；著名文学家、书法家、画家；与其父苏洵、弟苏辙合称"三苏"，为"唐宋八大家"之一；书法"宋四家"之一；诗文赋词书画皆有盛名。著有《东坡七集》、《东坡易传》、《东坡乐府》等。

辛弃疾

喑呜叱咤稼轩风，一代鸿文百世宗。
烟柳斜阳饶婉转，短歌长调尽能雄。

所评词人简介：

辛弃疾（1140—1207），初字坦夫，后改字幼安，号稼轩，历城（今山东济南）人。曾组织义兵抗金，率义军归南宋，上《九议》、《应问》、

《美芹十论》，言恢复大计，文武双全，然一生升沉起伏。著有《稼轩集》，已佚，有辑本《辛稼轩诗文钞存》；有《稼轩词》，又名《稼轩长短句》。

姜夔

树帜清空风雅派，江西诗法入词新。
一生梦绕淮南路，泪浥梅花几度春。

所评词人简介：

姜夔（1155？—1221？），字尧章，号白石道人，江西鄱阳人。早岁孤贫，以布衣终；精音律，工诗词，善书法。著有《白石道人诗集》、《白石道人诗说》、《绛帖平》、《续书谱》等，词集名《白石道人歌曲》。

王沂孙

落叶哀蝉寄兴微，浓阴绿遍几时归。
旧香难忘家山改，一片幽怀付落晖。

所评词人简介：

王沂孙（生卒年不详），字圣与，号碧山，又号中仙、玉笥山人，浙江会稽（今绍兴）人。入元，至元中曾为庆元路学正；长于词，与周密、蒋捷、张炎并称"宋末四大家"。词有《花外集》，一名《碧山乐府》，又有《玉笥词》、《玉笥山人词集》、《碧山词》等名。

张炎

春水华章赋少年，可堪孤雁宿寒烟。
殷勤收拾山河泪，一代词学卓荦传。

所评词人简介：

张炎（1248—1320），字叔夏，号玉田，一号乐笑翁，祖籍甘肃成纪（今天水），寓居浙江临安（今杭州）。南宋大将张俊六世孙；曾与王沂孙、周密等人唱和，工诗，有《玉田生诗》，已佚。精通音律，于词学颇有心得。著有《词源》二卷，词集名《山中白云词》，名《玉田词》。

纳兰性德

底事干卿空富贵，相思一叶不胜悲。
花飞瀚海无根蒂，冷暖人生独自知。

所评词人简介：

纳兰性德（1655—1685），字容若，号楞伽山人，原名成德，避东宫讳，改性德，满洲正黄旗人。授侍卫，深得康熙帝隆遇。著有《通志堂经解》、《通志堂诗集》、《渌水亭杂识》；词初集名《侧帽词》，后经顾贞观增补为《饮水词》，后人又汇辑成《纳兰词》；与顾贞观同编有《今词初集》。

徐拥军

作者简介：

徐拥军（1976— ），男，汉族，江西万年人。1997年于上饶师范学院文学与新闻传播学院汉语言文学教育专业本科毕业，2007年于暨南大学文学院中国古代文学专业硕士研究生毕业，2010年于苏州大学文学院中国古代文学专业博士研究生毕业，2013年于暨南大学中国语言文学博士后流动站出站，文学博士，曾任职于南方日报报业集团，现任职于广东职业技术师范学院文学院，主要研究领域为中国古典词学，主要著作有《唐宋隐逸词史论》、《唐宋词体研究》。

李白《忆秦娥》

千古佳词境意浑，唐人未见宋人存。
高楼百载箫声咽，恐断秦娥梦里魂。

李白《菩萨蛮》

中兴创曲谪仙词，未入尊前竟不疑。

谁纵碧鸡公已死，纷纭聚讼各支离。

所评词人简介：

李白（701—762），字太白，自号青莲居士、酒仙翁，祖籍陇西成纪（今甘肃秦安），后迁居绵州隆昌（今四川江油）。少通诗书，观百家，长而倜傥，纵横任侠，轻财重施，出游各地；与贺知章、张旭等号"饮中八仙"，有"诗仙"之称。有《李太白集》，今存署名之词共十八首。

张志和《渔父词》

逍遥容与玄真子，蓑笠渔歌西复东。
流水桃花飞白鹭，莫非三洞一仙翁？

云韶评词意未真，青莲超逸只诗人。
渔歌唱起时贤和，百代江山终属秦。

所评词人简介：

张志和（732—774），字子同，初名龟龄，号玄真子，祖籍浙江金华，生于浙江祁门。曾任翰林待诏、左金吾卫录事参军、南浦县尉等；后弃官弃家，浪迹江湖。著有《玄真子》十二卷、《大易》十五卷，有《渔父词》五首传世。

刘禹锡《竹枝词》

巴女蛮儿唱竹枝，相催笛鼓舞歌儿。
怨词苦调黄钟羽，泪湿座中司马衣。

盐车绊骥穷司马，欲效九歌传竹枝。
陌上北人听一曲，少儿里巷竞新词。

所评词人简介：

刘禹锡（772—842），字梦得，洛阳人。贞元九年进士及第，初在淮南节度使杜佑幕府中任记室,为杜佑所器重,后从杜佑入朝,为监察御史。贞元末,与柳宗元、陈谏、韩晔等结交于王叔文,形成了一个以王叔文为首的政治集团。后历任朗州司马、连州刺史、夔州刺史、和州刺史、主客郎中、礼部郎中、苏州刺史等职;会昌时,加检校礼部尚书。文学家、哲学家。有《刘宾客集》传世。

刘白春词

刘白春词乐定辞,贞元此技少人知。
且将拍扳牛生对,一代龙门竟叹奇。

所评词人简介:

刘禹锡(略)

白居易(772—846),字乐天,号香山居士,又号醉吟先生,祖籍山西太原,生于河南新郑。曾官至翰林学士、左赞善大夫;与元稹共同倡导新乐府运动,世称"元白",为唐代伟大的现实主义诗人。著有《白氏长庆集》,其中,代表诗作有《长恨歌》、《卖炭翁》、《琵琶行》等。

论苏东坡兼答谷卿

红尘踏尽阻归程,道是无情若有情。
旧学未移心向北,小舟哪得寄余生?

所评词人简介:

苏轼(1037—1101),字子瞻,又字和仲,号铁冠道人、东坡居士,四川眉山人,祖籍河北栾城。曾任翰林学士、侍读学士、礼部尚书等职,后出知杭州、颍州、扬州、定州等地;著名文学家、书法家、画家;与其父苏洵、弟苏辙合称"三苏",为"唐宋八大家"之一;书法"宋四家"之一;诗文赋词书画皆有盛名。著有《东坡七集》、《东坡易传》、《东坡乐府》等。

徽宗杏花词

宴山亭北雨凄凄,燕子飞花人失栖。

梦里多情犹思国，一宵魂断杏成泥。

所评词人简介：

赵佶（1082—1135），即宋徽宗，宋神宗第十一子，曾先后被封为遂宁王、端王，在位二十五年，国亡被俘受折磨而死。自创书法字体，被后人称为"瘦金体"；爱画花鸟，自成"院体"。是我国古代少有的艺术天才。

易安词

晓雾连天又接云，风鹏飞举若无群。
篷舟未到三山去，梦醒东篱瘦几分。

所评词人简介：

李清照（1084—1155?），女，号易安居士，章丘（今属山东济南）人。李格非女，赵明诚妻；有"千古第一才女"之称，宋代婉约词派代表。有《词论》一篇，主"别是一家"之说，强调协律，崇尚典雅；后人辑其诗词文为《李清照集》；词集名《漱玉集》，又名《漱玉词》。

论秦观词

梦断西园魂亦断，天涯孤馆度年年。
落花虽有成蹊意，梦里桃源望日边。

落寞词人更写心，江流不驻古藤阴。
拈出皮相今人语，岂比东坡索解深。

所评词人简介：

秦观（1049—1100），字少游，一字太虚，别号邗沟居士，学者称淮海居士，江苏高邮人。宋神宗元丰八年进士，曾任太学博士、秘书省正字、国史院编修官，哲宗时"新党"执政，被贬为监处州酒税，徙郴州，编管横州，又徙雷州，至藤州而卒；与黄庭坚、晁补之、张耒号称为"苏门四学士"。著有《淮海集》，词有《淮海词》，或称《淮海居士长短句》。

渚山堂词话

倚腔成调渥灵芝，阅习言频继旧著。
手捧陈编郑重看，宋人风致草堂词。

抗直埋轮天下闻，士氛丕变亲操斤。
是编多有故人玉，似为渚山张一军。

爱园词话

乐府名词自有因，人心易感歌声新。
诗词北曲依次替，脱颖传口一代珍。

读柳永词二首

由来才命两相妨，薄幸青楼解吊亡。
遥想当年悲行役，温柔乡对水云乡。

聚讼纷纭一乐章，渭清泾浊两分疆。
应知古乐非今乐，俗极雅时词便亡。

所评词人简介：

柳永（987？—1053），原名三变，字景庄，行七，亦称柳七，改名永，字耆卿，因官至屯田员外郎，后人称为柳屯田，祖籍山西河东（今永济），徙居福建崇安。早年科场失意，后登进士第，晚年流落不偶。著有《乐章集》。

江合友

作者简介：

江合友（1978— ），男，号白石簃主人，江西景德镇人。2004 年于南京师范大学文学院中国古代文学专业硕士研究生毕业，2007年于南京大学文学院中国古代文学专业博士研究生毕业，文学博士，现任职于河北师范大学文学院，中国古代文学专业博士生导师，主要研究领域为中国古典词学，主要著作有《明清词谱史》、《白石簃词稿》等。

词家四咏

丙申春夏，读濠上先生《民国四大词人》、《当代词综》，有所感焉。因效潘兰史例，为《词家四咏》。

瞿髯词

慵倚豪歌两得兼，真诚大志水中盐。
坡公唤起徘徊共，酒胆箫声醉月尖。

所评词人简介：

夏承焘（1900—1986），字瞿禅，晚年改字瞿髯，别号谢邻、梦栩生，浙江温州人。1918年毕业于温州师范学校，1930年由浙江省立第九中学转之江大学任教，曾任浙江大学教授，后任中国科学院浙江分院研究员；毕生致力于词学研究和教学，是我国现代词学的奠基人之一。著有《唐宋词人年谱》、《唐宋词论丛》、《姜白石词编年笺校》、《天风阁学词日记》等，创作了大量诗词，其代表作为《天风阁诗集》、《夏承焘词集》。

忍寒词

授砚传灯若许年，沧桑世变有情天。
葵倾傲忍谁能选，且看孤危契阔篇。

所评词人简介：

龙榆生（1902—1966），男，汉族，名沐勋，晚年以字行，号忍寒公，别号忍寒居士、风雨龙吟室主，江西万载人。早年毕业于武昌高等师范学校，曾任职于上海暨南大学、中山大学、上海博物馆，后任职于上海音乐学院。毕生致力于词学研究，为20世纪最负盛名的词学大师之一，主要研究领域为中国古典词学，主要著作有《唐宋名家词选》、《中国韵文史》、《东坡乐府笺》、《近三百年名家词选》、《苏门四学士词》、《词曲概论》、《词学十讲》、《龙榆生词学论文集》等。

梦桐词

情性真如白话词，比兴都忘语偏痴。
梧桐半死清霜后，却向花间老泪垂。

所评词人简介：

唐圭璋（1901—1990），字季特，江苏南京人。1928年毕业于国立东南大学中文系，曾任南京第一女中、钟英中学、安徽中学教师，又任中央大学、金陵大学中文系教授，新中国成立后历任南京大学、东北师范大学、南京师范大学教授，中国古代文学专业博士研究生导师；著名词学家。著有《宋词三百首笺注》、《南唐二主词汇笺》、《宋词四考》、《元人小令格律》、《词苑丛谈校注》、《宋词纪事》、《词学论丛》等，编著有《全宋词》、《全金元词》、《词话丛编》等。

无庵词

漱宋南天问碧山，衫尘寄寓梦千般。
劫来史事寒蝉老，冷谷栖香跌宕间。

所评词人简介：

詹安泰（1902—1967），广东饶平人。1921年至1926年就读于广东高等师范学堂和广东大学，毕业后在潮州任教于省立第二师范学校，1938年起任教于中山大学；古典文学家、书法家；有"南詹北夏，一代词宗"的评誉。著有《花外集笺注》、《碧山词笺注》、《姜词笺解》、《宋人题词集录》、《温词管窥》、《词学研究十二论》、《无庵词》、《鹧鸪巢诗》、《滇南挂瓢集》、《离骚笺疏》、《李煜词》、《宋词散论》、《古典文学论集》、《詹安泰词学论集》。

黄伟豪

作者简介：

黄伟豪（1981— ），香港人。2003 年于岭南大学中文系本科毕业，2005 年于香港中文大学中文系硕士研究生毕业，2013 年于南京大学文学院中国古代文学专业博士研究生毕业，2017 年于复旦大学中国语言文学博士后流动工作站出站，文学博士，曾任教于香港浸会大学、香港科技大学、澳门科技大学、中山大学、香港树仁大学等，现任职于上海交通大学中文系，主要研究领域为中国古典诗学与唐宋文学，著有《文学师承与诗歌推演——南宋中兴诗坛的师门与师法》等。

论词绝句四首

（一）
雪腮云鬓小山眉，妆点都成百态姿。
独数晚唐温助教，谁知淡抹浣花词？

所评词人简介：

温庭筠（812？—866），本名岐，字飞卿，山西祁县人。精通音律，尤善管弦。屡试不第，生活放浪不羁，喜讥刺权贵，为所忌，仕途不顺；诗与李商隐齐名，并称"温李"。五代赵崇祚编《花间集》将其词列于集首，为花间词派鼻祖。原所著《握兰》、《金荃》二集已散佚，后人辑有《金荃词》。

（二）
一曲填平一曲歌，酒筵娱兴女郎多。
自从词乐分离后，可奈依然婉约何。

（三）
代代斯文有降升，由来定谳信难凭。
耆卿虽擅新时体，无补其时最下乘。

所评词人简介：

柳永（987？—1053），原名三变，字景庄，行七，亦称柳七，改名永，字耆卿；因其官至屯田员外郎，后人称为柳屯田；祖籍山西河东（今永济），徙居福建崇安。早年科场失意，后登进士第，晚年流落不偶。著有《乐章集》。

（四）

坡老倚声疏凿手，论功舍我又其谁？
但闻境界边疆辟，早见敦煌曲子词。

所评词人简介：

苏轼（1037—1101），字子瞻，又字和仲，号铁冠道人、东坡居士，四川眉山人，祖籍河北栾城。曾任翰林学士、侍读学士、礼部尚书等职，并出知杭州、颍州、扬州、定州等地；著名文学家、书法家、画家；与其父苏洵、弟苏辙合称"三苏"，"唐宋八大家"之一；书法"宋四家"之一。著有《东坡七集》、《东坡易传》、《东坡乐府》等传世。

关梅卿

作者简介：

关梅卿，江苏徐州人。南京师范大学文学院汉语言文学教育专业本科毕业，文学学士，现任职于江苏省徐州市泉山区文化馆，擅长旧体诗词创作。

论词绝句五首

（一）

如神之句惹人思，一片清光入小词。
堪注冰壶无限意，无端只是性情痴。

（二）

王母桃花蘸彩笔，李家父子本多情。

书笺欲出身前事，我辈吟来百感生。

（三）

千年之下几人出，咳唾天成一斛珠。
任是周吴深复丽，动人字句不能摹。

（四）

动人字句不需摹，文士清怀更适吾。
词帝风流同柳氏，嶙峋瘦骨岂如吴。

（五）

春风春水咏春愁，富贵风流骨相柔。
一旦归为臣虏去，苍凉词笔竟如矛。

所评词人简介：

李璟（916—961），字伯玉，初名李景通，徐州（今江苏徐州）人。五代十国时期南唐第二位皇帝；后因受到后周威胁，削去帝号，改称国主，史称南唐中主。好读书，多才艺，喜饮宴赋诗，其词感情真挚，风格清新，被收录在《南唐二主词》中。

李煜（937—978），本名从嘉，字重光，号钟隐、白莲居士等，世称南唐后主、李后主。徐州（今江苏徐州）人。政治上庸懦无能，善文章，工书画，知音律，长于诗词。原有《李煜集》等，均佚，南宋人将其与李璟词合辑为《南唐二主词》。

林涛

论词绝句十二首

李白

醉卧长安懒上船，苍茫偶写素娥衫。
纤罗难缚鲲鹏翅，又领新潮第一帆。

所评词人简介：

李白（701—762），字太白，自号青莲居士、酒仙翁，祖籍陇西成纪

（今甘肃秦安），后迁居绵州隆昌（今四川江油）。少通诗书，观百家，长而倜傥，纵横任侠，轻财重施，出游各地；与贺知章、张旭等号"饮中八仙"，有"诗仙"之称。有《李太白集》，今存署名之词共十八首。

温庭筠
梦断鹧鸪枕透湿，佳人揽镜洗梳迟。
平生每悔描眉浅，要占花间最俏枝。

所评词人简介：

温庭筠（812？—866），本名岐，字飞卿，山西祁县人。精通音律，尤善管弦。屡试不第，生活放浪不羁，喜讥刺权贵，为所忌，仕途不顺；诗与李商隐齐名，并称"温李"。五代赵崇祚编《花间集》将其词列于集首，为花间词派鼻祖。原所著《握兰》、《金荃》二集已散佚，后人辑有《金荃词》。

韦庄
江南倚马袖红招，秋雨巴山夜挽潮。
莫笑晴芳偏暖软，温柔乡里觅英豪。

所评词人简介：

韦庄（约836—约910），字端己，长安杜陵（今陕西西安）人。韦应物四世孙，五代时前蜀宰相。早年屡试不第，乾宁元年六十时方考取进士，任校书郎，后升任左补阙，入蜀为王建掌书记，任左散骑常侍，判中书门下事，官终吏部侍郎兼平章事；与温庭筠齐名，并称"温韦"。著有《浣花集》十卷等，后人辑其词作为《浣花词》。

李煜
涕泪江流凭客恨，呢喃燕语惹人思。
敢吟天上春归去，便是人间最好词。

所评词人简介：

李煜（937—978），本名从嘉，字重光，号钟隐、白莲居士等，世称南唐后主、李后主。徐州（今江苏徐州）人。政治上庸懦无能，善文章，工书画，知音律，长于诗词。原有《李煜集》等，均佚，南宋人将其与李璟词合辑为《南唐二主词》。

苏东坡

滟滪石湍流愈竞，艰难身陷气如虹。
蹉跎本是神来笔，不借人间逸豫翁。

所评词人简介：

苏轼（1037—1101），字子瞻，又字和仲，号铁冠道人、东坡居士，四川眉山人，祖籍河北栾城。曾任翰林学士、侍读学士、礼部尚书等职，并出知杭州、颍州、扬州、定州等地；北宋著名文学家、书法家、画家；与其父苏洵、弟苏辙合称"三苏"，"唐宋八大家"之一；书法"宋四家"之一。著有《东坡七集》、《东坡易传》、《东坡乐府》等传世。

秦观

苏门绝艳润群枝，别有离愁渺渺姿。
小妹莫非多妩媚，新词只许写相思。

所评词人简介：

秦观（1049—1100），字少游，一字太虚，别号邗沟居士，学者称淮海居士，江苏高邮人。宋神宗元丰八年进士，曾任太学博士、秘书省正字、国史院编修官，哲宗时"新党"执政，被贬为监处州酒税，徙郴州，编管横州，又徙雷州，至藤州而卒；与黄庭坚、晁补之、张耒号称为"苏门四学士"。著有《淮海集》，词有《淮海词》，或称《淮海居士长短句》。

岳飞

残阳醉对泪滂沱，红色满江近汨罗。
唱到英雄心痛处，吴钩月下久摩挲。

所评词人简介：

岳飞（1103—1142），字鹏举，河南汤阴人。曾官湖北、京西南路宣抚使兼营田大使；南宋抗金名将，著名军事家、战略家、民族英雄。后遭受秦桧、张俊等人的诬陷，入狱，被害。创作有《满江红·怒发冲冠》、《小重山·昨夜寒蛩不住鸣》等词作。

王夫之

君家松柏云中种，霜雪百年始绽芳。
灌圃不迎时客味，东风一枕已沧桑。

所评词人简介：

王夫之（1619—1692），字而农，号姜斋，又号夕堂，自署船山病叟、南岳遗民，人称船山先生，湖南衡阳人。青年时期积极参加反清起义，晚年隐居于石船山，著书立传；与顾炎武、黄宗羲并称明清之际三大思想家。著有《周易外传》、《黄书》、《尚书引义》、《永历实录》、《春秋世论》、《噩梦》、《读通鉴论》、《宋论》等。

吴伟业

霓曲空闻繁裂管，烂柯悔捡枉凝肠。
书生才是多情种，写罢风花写兴亡。

所评词人简介：

吴伟业（1609—1672），字骏公，号梅村，别署鹿樵生、灌隐主人、大云道人，镇洋（今江苏太仓）人。明崇祯四年进士，曾任翰林院编修、左庶子等；清顺治十年被迫应诏，次年被授予秘书院侍讲，后升国子监祭酒，后不复出仕；与钱谦益、龚鼎孳并称"江左三大家"，又为娄东诗派开创者。著有《梅村家藏稿》五十八卷,《梅村诗余》,传奇《秣陵春》,杂剧《通天台》、《临春阁》,史乘《绥寇纪略》、《春秋地理志》等。

陈维崧

回首彤云挽角弓,戎衣猎猎大王风。
芒鞋踏破中原路,却与青衿话盏红。

所评词人简介:

陈维崧(1625—1682),字其年,号迦陵,江苏宜兴人。诸生,长期未曾得官职,身世飘零,游食四方;阳羡派代表词人,与吴绮、章藻功并称"清初骈体三大家";词与朱彝尊齐名,世称"朱陈"。著有《湖海楼诗集》、《迦陵文集》、《湖海楼词》等;与潘眉同辑有《古今词选》,又与曹亮武等编《荆溪词初集》。

朱彝尊

每坐江楼久抚阑,残红惜剩羽衣添。
且将兴废无穷意,换取罗裙仔细看。

所评词人简介:

朱彝尊(1629—1709),字锡鬯,号竹垞,晚号小长芦钓鱼师,又号金风亭长,秀水(今浙江嘉兴)人。曾入值南书房,后以著述终老,浙西派创始者,诗与王士禛齐名,称"南朱北王"。著有《经义考》、《日下旧闻》、《明诗综》、《词综》、《曝书亭集》、《曝书亭集外稿》等。其《曝书亭词》,自定为《江湖载酒集》、《静志居琴趣》、《茶烟阁体物集》、《蕃锦集》四种。

王国维

诗庄词媚论乖张,无我有情自校量。
神韵性灵融境界,本为一月照三江。

所评词人简介：

王国维（1877—1927），字伯隅、静安，号观堂、永观，浙江海宁人。清末秀才；早年入上海《时务报》馆充书记校对，后执教于江苏师范学校（南通），1906年随罗振玉入京，任清政府学部总务司行走、图书馆编译、名词馆协韵等；后曾任上海仓圣明智大学教授，受聘任北京大学国学门通讯导师；又任清逊帝溥仪"南书房行走"，1925年受聘任清华研究院导师；晚清民国时期学术巨子、国学大师。著有《观堂集林》、《人间词话》、《宋元戏曲考》等。

王彦龙

作者简介：

王彦龙（1990— ），陕西商州人。文学硕士，现供职于九州出版社，编辑，出版有《王彦龙诗词选》等。

论词绝句三十八首
（新韵）

按：2010年旧作也，偶尔翻检视之，虽不成熟，但亦是我当年读词的一点亲身感受。年来多读唐宋词史，并略窥各家词集，稍谓知其梗概。近日乃择余熟悉者三十六家，并加总叙、结语于首末，成绝句三十八首。盖余之所及，知人论词，或多有不当，以求受教于方家。

总叙
词媚诗庄已判然，艳科小道更堪怜。
百川一旦潮如海，须让文坛另眼看。

李白
太白诗篇万口传，诗余两阕更天然。
秦楼已自箫声咽，别有长亭暝色寒。

所评词人简介：

李白（701—762），字太白，自号青莲居士、酒仙翁，祖籍陇西成纪（今甘肃秦安），后迁居绵州隆昌（今四川江油）。少通诗书，观百家，长而倜傥，纵横任侠，轻财重施，出游各地；与贺知章、张旭等号"饮中八仙"，有"诗仙"之称。有《李太白集》，今存署名之词共十八首。

白居易

乐府新声已足奇，《相思》小调更猗旎。
香山一曲江南忆，幽梦至今绕白堤。

所评词人简介：

白居易（772—846），字乐天，号香山居士，又号醉吟先生，祖籍山西太原，生于河南新郑。曾官至翰林学士、左赞善大夫；与元稹共同倡导新乐府运动，世称"元白"，为唐代伟大的现实主义诗人。著有《白氏长庆集》，其中，代表诗作有《长恨歌》、《卖炭翁》、《琵琶行》等。

温庭筠

绿艳红香斗锦春，芳姿神韵见情真。
解嘲微作批评语，毕竟贴花是美人。

自注：温庭筠《菩萨蛮》词有句云："照花前后镜，花面交相映。新帖绣罗襦，双双金鹧鸪。"

所评词人简介：

温庭筠（812？—866），本名岐，字飞卿，山西祁县人。精通音律，尤善管弦。屡试不第，生活放浪不羁，喜讥刺权贵，为所忌，仕途不顺；诗与李商隐齐名，并称"温李"。五代赵崇祚编《花间集》将其词列于该集之首，为花间词派鼻祖。原所著《握兰》、《金荃》二集已散佚，后人辑有《金荃词》。

韦庄

西蜀十年事事非，总教志愿与身违。
"秀才"名号终何补？老罢江南犹未归。

自注：秀才，韦庄曾因《秦妇吟》一诗而被称为"秦妇吟秀才"。

所评词人简介：

韦庄（约836—约910），字端己，长安杜陵（今陕西西安）人。韦应物四世孙，五代时前蜀宰相。早年屡试不第，乾宁元年六十时方考取进士，任校书郎，后升任左补阙，入蜀为王建掌书记，任左散骑常侍，判中书门下事，官终吏部侍郎兼平章事；与温庭筠齐名，并称"温韦"。著有《浣花集》十卷等，后人辑其词作为《浣花词》。

冯延巳

平林新月与谁临，羡煞南唐士子心。
若怪春池风乍起，何来毁誉到如今？

所评词人简介：

冯延巳（903—960），又名延嗣，字正中，五代广陵（今江苏扬州）人。仕于南唐烈祖、中主二朝，三度入相，官终太子太傅；学问渊博，文章颖发，辩说纵横。其词集名《阳春集》。

李煜

梦回芳草忆风流，雨打归舟泪不休。
一自仓皇辞庙后，双肩担尽古今愁。

所评词人简介：

李煜（937—978），本名从嘉，字重光，号钟隐、白莲居士等，世称南唐后主、李后主。徐州（今江苏徐州）人。政治上庸懦无能，善文章，工书画，知音律，长于诗词。原有《李煜集》等，均佚，南宋人将其与李璟词合辑为《南唐二主词》。

柳永

秦楼楚馆问行藏，甘把浮名换酒香。

卿相白衣终惨恻，《乐章》品罢费思量。

自注：柳永《鹤冲天》词有句云："才子词人，自是白衣卿相。""忍把浮名，换了浅斟低唱。"

所评词人简介：

柳永（987？—1053），原名三变，字景庄，行七，亦称柳七，改名永，字耆卿。因其官至屯田员外郎，后人称为柳屯田。祖籍山西河东（今永济），徙居福建崇安。早年科场失意，后登进士第，晚年流落不偶。著有《乐章集》。

范仲淹

一身忧乐系中华，书剑飘然两不差。

想见洛阳楼上客，而今白首未还家。

所评词人简介：

范仲淹（989—1052），字希文，谥文正，亦称范履霜，祖籍陕西邠州（今彬县），迁居江苏吴县。历任兴化县令、秘阁校理、陈州通判、苏州知州等，康定元年任陕西经略安抚招讨副使，又出任参知政事，后受贬出任多地知州。著有《范文正公文集》二十卷，《别集》四卷，《尺牍》二卷，《奏议》十五卷，《丹阳编》八卷。

张先

看舞听歌一尚书，风流三影竟谁如？

老来意气犹未减，还似当年及第初。

所评词人简介：

张先（990—1078），字子野，乌程（今浙江湖州）人。天圣八年进士，历任宿州掾、吴江知县、嘉禾判官，后又知渝州、虢州、安陆，治平元年以尚书都官郎中致仕。著有《张子野词》。

晏殊

同叔心事与谁同？高处身寒自不胜。
洗尽花间轻薄气，顿开一代雅淳风。

所评词人简介：

晏殊（991—1055），字同叔，江西临川人。十四岁以神童入试，赐进士出身，命为秘书省正字，官至右谏议大夫、集贤殿学士、同平章事兼枢密使、礼部刑部尚书、观文殿大学士知永兴军、兵部尚书；以词著于文坛，尤擅小令，与欧阳修并称"晏欧"。著有《珠玉词》、《晏元献遗文》等。

欧阳修

诗赋文章俱老成，垂杨紫陌亦新声。
缘何观念偏执甚，不奉诗余作正宗？

自注：欧阳修《浪涛沙》一阕甚工，有句云："垂杨紫陌洛城东。总是当时携手处，游遍芳丛。"

所评词人简介：

欧阳修（1007—1072），字永叔，号醉翁、六一居士，江西吉水人。天圣八年进士，官至翰林学士、枢密副使、参知政事，在政治上负有盛名；后人将其与韩愈、柳宗元、苏轼合称"千古文章四大家"，为"唐宋八大家"之一，开创一代文风。著有《欧阳文忠公先生大全集》。

王安石

胸有图强百卷经，可怜世事太无情。
登临送目清秋晚，商女无知唱后庭。

所评词人简介：

王安石（1021—1086），字介甫，号半山，世称王文公，江西临川人。

历任扬州签判、鄞县知县、舒州通判、参知政事等职；积极主持变法，两次拜相又罢相；为北宋著名思想家、政治家、文学家、改革家，列宁称之为"中国十一世纪的改革家"。今存有《王临川集》、《临川集拾遗》、《三经新义》残卷等。

苏轼

词章风骨俱峥嵘，一片铜琶掷地声。
樽酒遥怜千载后，仍无铁板接余风。

所评词人简介：

苏轼（1037—1101），字子瞻，又字和仲，号铁冠道人、东坡居士，四川眉山人，祖籍河北栾城。曾任翰林学士、侍读学士、礼部尚书等职，并出知杭州、颍州、扬州、定州等地；北宋著名文学家、书法家、画家；与其父苏洵、弟苏辙合称"三苏"，"唐宋八大家"之一；书法"宋四家"之一。著有《东坡七集》、《东坡易传》、《东坡乐府》等传世。

晏几道

梦后楼台似去年，落花微雨自纤纤。
情怀虽带花间气，格调非常别有天。

所评词人简介：

晏几道（1030？—1106），字叔原，号小山，江西临川人。晏殊幼子，曾任太常寺太祝，善诗文，尤工词，与父晏殊齐名，称"二晏"。词集原名《乐府补亡》，黄庭坚为之序，传本名《小山词》。

黄庭坚

源于燕乐奈词何？词曲本为宴上歌。
最是激昂如鲁直，填词亦有艳情多。

所评词人简介：

黄庭坚（1045—1105），字鲁直，号山谷道人，晚号涪翁，洪州分宁

（今江西修水）人。宋英宗治平四年进士，历官叶县尉、北京国子监教授、太和知县，哲宗立，召为校书郎、《神宗实录》检讨官，后擢起居舍人，后贬涪州别驾，安置黔州等地。徽宗初，羁管宜州卒。著名文学家、书法家，江西诗派开山之祖。著有《山谷词》等。

秦观

  苏门有客字少游，女郎诗句未应羞。
  若知性命薄如纸，会解飞红无尽愁。

自注：秦观有词云："春去也，飞红万点，愁如海。"

所评词人简介：

秦观（1049—1100），字少游，一字太虚，别号邗沟居士，学者称淮海居士，江苏高邮人。宋神宗元丰八年进士，曾任太学博士、秘书省正字、国史院编修官，哲宗时"新党"执政，被贬为监处州酒税，徙郴州，编管横州，又徙雷州，至藤州而卒；与黄庭坚、晁补之、张耒号称为"苏门四学士"。著有《淮海集》，词有《淮海词》，或称《淮海居士长短句》。

贺铸

  重过阊门万事休，梧桐半死吊残秋。
  满城风絮黄梅雨，合入词中第一流。

所评词人简介：

贺铸（1052—1125），字方回，又名贺三愁，人称贺梅子，自号庆湖遗老，祖籍浙江山阴（今绍兴），出生于河南卫州（今卫辉）。贵族出身，曾任右班殿直，元祐中曾任泗州、太平州通判；晚年退居苏州，杜门校书；能诗文，尤长于词。

晁补之

  师法东坡气纵横，儒冠未必误生平。
  诗词写到清绝处，不愧苏门一后生。

所评词人简介：

晁补之（1053—1110），字无咎，号归来子，济州巨野（今山东巨野）人。曾任吏部员外郎、礼部郎中；工书画，能诗词，善属文；为"苏门四学士"之一，北宋著名文学家。著有《鸡肋集》、《晁氏琴趣外篇》等。

周邦彦

钱塘自古有奇才，雨后新荷次第开。
至有清真方绝世，字雕句炼几千回。

所评词人简介：

周邦彦（1056—1121），字美成，号清真居士，浙江钱塘（今杭州）人。官历太学正、庐州教授、溧水知县等，徽宗时为徽猷阁待制，提举大晟府；精通音律，曾创作不少新词调。有《清真居士集》，已佚，今存《片玉集》。

朱敦儒

遗民泪似雨潇潇，独向山中弄玉箫。
词赋不沾烟火气，可怜名士作渔樵。

所评词人简介：

朱敦儒（1081—1159），字希真，河南洛阳人。历官兵部郎中、临安府通判、秘书郎、都官员外郎、两浙东路提点刑狱；与陈与义等并称为"洛中八俊"。词有《樵歌》三卷。

李纲

家国偏安怨恨深，白头不忘净胡尘。
胸中自有兵千万，合是稼轩一类人。

所评词人简介：

李纲（1083—1140），字伯纪，号梁溪先生，祖籍福建邵武，生于江苏无锡。宋徽宗政和二年进士，历官太常少卿、兵部侍郎、尚书右丞、参知改事、湖南宣抚使等；抗金名臣，民族英雄；能诗善文，亦能词。著有《梁溪先生文集》、《靖康传信录》、《梁溪词》等。

李清照

武陵春暮在天涯，宝枕纱橱感物华。
非是悲秋非病酒，西风愁绝瘦如花。

所评词人简介：

李清照（1084—1155？），女，号易安居士，章丘（今属山东济南）人。李格非女，赵明诚妻；有"千古第一才女"之称，宋代婉约词派代表。有《词论》一篇，主"别是一家"之说，强调协律，崇尚典雅；后人辑其诗词文为《李清照集》；词集名《漱玉集》，又名《漱玉词》。

陈与义

万事消磨老境增，长沟流月去无声。
他年花影如今日，吹笛尚可到天明？

自注：陈与义《临江仙·夜登小阁忆洛中旧游》有句云："长沟流月去无声。杏花疏影里，吹笛到天明。"

所评词人简介：

陈与义（1090—1138），字去非，号简斋，祖居京兆（今陕西西安），曾祖迁居河南洛阳。曾任太学博士、太傅幕僚等职；善诗工词，为南北宋之交著名诗人，江西诗派"一祖三宗"之一。著有《简斋集》。今人白敦仁有《陈与义集校笺》。

岳飞

百战千捷功业多，何年收拾旧山河？
靖康耻与孤臣恨，化作词中泪滂沱。

所评词人简介：

岳飞（1103—1142），字鹏举，河南汤阴人。曾官湖北、京西南路宣抚使兼营田大使；南宋抗金名将，著名军事家、战略家、民族英雄。后遭受秦桧、张俊等人的诬陷，入狱，被害。创作有《满江红·怒发冲冠》、《小重山·昨夜寒蛩不住鸣》等词作。

陆游

荡荡雄心老更雄，位卑未敢忘孤忠。
诗词最显凌云志，亘古男儿一放翁。

所评词人简介：

陆游（1125—1210），字务观，号放翁，山阴（今浙江绍兴）人。宋孝宗时赐进士出身，历任福建宁德县主簿、隆兴府通判等，后应四川宣抚使王炎之邀，投身军旅，任职于南郑幕府；又为礼部郎中兼实录院检讨官，官至宝章阁待制。南宋文学家、史学家、爱国诗人。有《陆放翁全集》。

张孝祥

南渡无人论中兴，却是书生意不平。
望断长淮歌舞地，英雄忠愤泪如倾。

自注：张孝祥《六州歌头》有句云："长淮望断，关塞莽然平。""使行人到此，忠愤气填膺，有泪如倾。"

所评词人简介：

张孝祥（1132—1170），字安国，别号于湖居士，先世移居历阳乌江（今安徽和县），生于明州鄞县（今浙江宁波）。绍兴二十四年进士，授承事郎，签书镇东军节度判官，历任秘书郎、著作郎、集英殿修撰、中书舍人等，以显谟阁直学士致仕。有《于湖居士文集》四十卷、《于湖词》一卷传世。

辛弃疾
胸中万字可平戎，铁马金戈气纵横。
神策自关天下事，谱成新曲万人惊。

所评词人简介：

辛弃疾（1140—1207），初字坦夫，后改字幼安，号稼轩，历城（今山东济南）人。曾组织义兵抗金，率义军归南宋，上《九议》、《应问》、《美芹十论》，言恢复大计，文武双全，然一生升沉起伏。著有《稼轩集》，已佚，有辑本《辛稼轩诗文钞存》；有《稼轩词》，又名《稼轩长短句》。

陈亮
想来无望见南师，济国经邦待几时？
梦里锋芒心底剑，一齐写入龙川词。

所评词人简介：

陈亮（1143—1194），字同甫，号龙川，学者称龙川先生，婺州永康（今浙江永康）人。少喜谈兵，下笔千言立就，著名哲学家，文章气势磅礴，尤工词。有《龙川文集》，词集名《龙川词》。

刘过
济世情怀和者稀，天教心愿与身违。
学来一段稼轩气，可奈江湖一布衣。

所评词人简介：

刘过（1154—1206），字改之，号龙洲道人，吉州太和（今江西泰和县）人。四次应举不中，流落江湖间，布衣终身；曾为陆游、辛弃疾所赏，亦与陈亮、岳珂友善；与刘克庄、刘辰翁享有"辛派三刘"之誉。著有《龙洲集》，词有《龙洲词》。

姜夔

语自精淳气自高，暗香疏影信妖娆。
凄凄一曲扬州慢，铅泪无端湿客袍。

所评词人简介：

姜夔（1155？—1221？），字尧章，号白石道人，江西鄱阳人。早岁孤贫，以布衣终；精音律，工诗词，善书法。著有《白石道人诗集》、《白石道人诗说》、《绛帖平》、《续书谱》等，词集名《白石道人歌曲》。

刘克庄

学词尤得稼轩风，忧愤情怀谁与同？
最是生平逢季世，江山寥落一衰翁。

所评词人简介：

刘克庄（1187—1269），初名灼，字潜夫，号后村，福建莆田人。师事真德秀；初为江西靖安主簿，又为江苏建阳知县，后通判潮州，改吉州，授枢密院编修官，兼权侍郎官，后为工部尚书，又授龙图阁学士。著有《后村先生大全集》。

吴文英

七宝楼台何处寻？幽云怪雨意颇深。
读来自感艰难甚，料是词人着意真。

所评词人简介：

吴文英（约1212—1260），字君特，号梦窗，晚号觉翁，本姓翁氏，入继吴氏，四明（今浙江鄞县）人。曾任浙东安抚使吴潜幕僚；知音律，能自度曲，词名甚重，南宋婉约派代表词人之一。著有《梦窗甲乙丙丁稿》传世。

周密
南宋词人江浙多，繁华又奏六朝歌。
钱塘潮水来天际，都被周公一网罗。

所评词人简介：

周密（1232—1298），字公谨，号草窗，又号四水潜夫、弁阳老人、弁阳啸翁，先世济南人，南渡后寓浙江吴兴（今湖州）。曾为义乌令；入元不仕，迁居杭州，悉心著述。著有《武林旧事》、《齐东野语》、《癸辛杂识》、《云烟过眼录》、《浩然斋雅谈》等；诗有《草窗韵语》；词有《蘋洲渔笛谱》，一名《草窗词》。

王沂孙
清高独抱自无伦，咏物纤秾似旧陈。
写尽妍媸终可叹：有无一句自家珍？
自注：王沂孙多咏物词。

所评词人简介：

王沂孙（生卒年不详），字圣与，号碧山，又号中仙、玉笥山人，会稽（今浙江绍兴）人。入元，至元中曾为庆元路学正；长于词，与周密、蒋捷、张炎并称"宋末四大家"。词有《花外集》，一名《碧山乐府》，又有《玉笥词》、《玉笥山人词集》、《碧山词》等名。

张炎
楚江空晚片云寒，大抵情怀如碧山。
境界稍为开阔处，画帘半卷作清谈。
自注："楚江空晚"、"画帘半卷"均出自张炎《解连环·孤雁》一词。

所评词人简介：

张炎（1248—1320），字叔夏，号玉田，一号乐笑翁，祖籍甘肃成纪（今天水），寓居临安（今浙江杭州）。南宋大将张俊六世孙；曾与王沂孙、周密等人唱和，工诗，有《玉田生诗》，已佚。精通音律，于词学颇有心得。著有《词源》二卷，词集名《山中白云词》，一名《玉田词》。

蒋捷

听雨听风事事愁，恼人双鬓易成秋。
枯荷冷饭无人管，欲写牛经竟谁求？

自注：蒋捷《贺新郎·兵后寓吴》云："叹浮云、本是无心，也成苍狗。明日枯荷包冷饭，又过前头小阜。趁未发、且尝村酒。醉探枵囊毛锥在，问邻翁，要写牛经否。翁不应，但摇手。"凄凉悲怨，感人至深。

所评词人简介：

蒋捷（约1245—1305后），字胜欲，号竹山，阳羡（今江苏宜兴）人。咸淳十年进士；南宋亡，深怀亡国之痛，隐居不仕；长于词，与周密、王沂孙、张炎并称"宋末四大家"。著有《竹山词》二卷。

结语

早岁常如浪里行，聊凭泾渭论浊清。
冗词读到三千首，高下妍媸自洞明。

自注：首句谓随波逐流，凭他人论短长尔。

潘玲

和启功先生论词绝句十八首
李白

何处高楼伤玉箫，柳枝日日拂尘嚣。
汉家陵阙西风里，空有残阳慰寂寥。

所评词人简介：

李白（701—762），字太白，自号青莲居士、酒仙翁，祖籍陇西成纪（今甘肃秦安），后迁居绵州隆昌（今四川江油）。少通诗书，观百家，长而倜傥，纵横任侠，轻财重施，出游各地；与贺知章、张旭等号"饮中八仙"，有"诗仙"之称。有《李太白集》，今存署名之词共十八首。

温庭筠

风流才子文思捷，八韵场中又手齐。
鹦鹉赋高偏累己，唯将白发唱黄鸡。

所评词人简介：

温庭筠（812？—866），本名岐，字飞卿，山西祁县人。精通音律，尤善管弦。屡试不第，生活放浪不羁，喜讥刺权贵，为所忌，仕途不顺；诗与李商隐齐名，并称"温李"。五代赵崇祚编《花间集》将其词列于该集之首，为花间词派鼻祖。原所著《握兰》、《金荃》二集已散佚，后人辑有《金荃词》。

李煜

落花依旧水长流，上苑当年伴月游。
可叹仓皇辞庙后，梧桐空锁一庭秋。

所评词人简介：

李煜（937—978），本名从嘉，字重光，号钟隐、白莲居士等，世称南唐后主、李后主，徐州（今属江苏）人。政治上庸懦无能，善文章，工书画，知音律，长于诗词。原有《李煜集》等，均佚，南宋人将其与李璟词合辑为《南唐二主词》。

冯延巳

杨柳风轻展晓枝，新愁还似去年时。

无端看得春池皱,悔唱尊前白雪词。

所评词人简介:

冯延巳(903—960),又名延嗣,字正中,五代广陵(今江苏扬州)人。仕于南唐烈祖、中主二朝,三度入相,官终太子太傅;学问渊博,文章颖发,辩说纵横。其词集名《阳春集》。

柳永

半生偃蹇实堪哀,一醉蓬莱运命乖。
忍寄浮名于浅唱,晓风残月或怜才。

所评词人简介:

柳永(987?—1053),原名三变,字景庄,行七,亦称柳七,改名永,字耆卿,因官至屯田员外郎,后人称为柳屯田,祖籍山西河东(今永济),徙居福建崇安。早年科场失意,后登进士第,晚年流落不偶。著有《乐章集》。

晏殊

谁家朱户开新宴,兰藉蕙蒸珠玉堆。
一曲踏莎歌未遍,杨花无数入墙来。

所评词人简介:

晏殊(991—1055),字同叔,江西临川人。十四岁以神童入试,赐进士出身,命为秘书省正字,官至右谏议大夫、集贤殿学士、同平章事兼枢密使、礼部刑部尚书、观文殿大学士知永兴军、兵部尚书;以词著于文坛,尤擅小令,与欧阳修并称"晏欧"。著有《珠玉词》、《晏元献遗文》等。

苏轼

鹏飞万里御长风,斥鷃焉能识此公。

竹杖芒鞋无所惧，一蓑烟雨任西东。

所评词人简介：

苏轼（1037—1101），字子瞻，又字和仲，号铁冠道人、东坡居士，四川眉山人，祖籍河北栾城。曾任翰林学士、侍读学士、礼部尚书等职，后出知杭州、颍州、扬州、定州等地；著名文学家、书法家、画家；与其父苏洵、弟苏辙合称"三苏"，为"唐宋八大家"之一；书法"宋四家"之一；诗文赋词书画皆有盛名。著有《东坡七集》、《东坡易传》、《东坡乐府》等。

贺铸

指点江山意未休，镜湖载酒足风流。
钟馗铁面柔情在，歌得梅花落满头。

所评词人简介：

贺铸（1052—1125），字方回，又名贺三愁，人称贺梅子，自号庆湖遗老，祖籍山阴（今浙江绍兴），生于卫州（今河南卫辉）。贵族出身，曾任右班殿直，元祐中曾任泗州、太平州通判；晚年退居苏州，杜门校书；能诗文，尤长于词。

李清照

离合焉同俗辈论，半生漂泊志难伸。
三千金石烽烟尽，泣撰残篇诫后人。

所评词人简介：

李清照（1084—1155?），女，号易安居士，章丘（今属山东济南）人。李格非女，赵明诚妻；有"千古第一才女"之称，宋代婉约词派代表。有《词论》一篇，主"别是一家"之说，强调协律，崇尚典雅；后人辑其诗词文为《李清照集》；词集名《漱玉集》，又名《漱玉词》。

辛弃疾

吴钩看遍独凭栏，壮志岂言行路难。
苦恨山河终破碎，旌旗未得到长安。

所评词人简介：

辛弃疾（1140—1207），初字坦夫，后改字幼安，号稼轩，历城（今山东济南）人。曾组织义兵抗金，率义军归南宋，上《九议》、《应问》、《美芹十论》，言恢复大计，文武双全，然一生升沉起伏。著有《稼轩集》，已佚，有辑本《辛稼轩诗文钞存》；有《稼轩词》，又名《稼轩长短句》。

姜夔

素云黄鹤似君行，角徵宫商妙有声。
歌到庾郎肠断处，残鸦欲舞数峰青。

所评词人简介：

姜夔（1155？—1221？），字尧章，号白石道人，江西鄱阳人。早岁孤贫，以布衣终；精音律，工诗词，善书法。著有《白石道人诗集》、《白石道人诗说》、《绛帖平》、《续书谱》等，词集名《白石道人歌曲》。

史达祖

柳暗花明燕弄姿，绮罗香软撰新辞。
他人但赏瑰奇笔，慷慨龙吟谁得知。

所评词人简介：

史达祖（1163—1220？），字邦卿，号梅溪，河南开封人。一生未第，早年任过幕僚，韩侂胄当国时，是最亲信的堂吏，负责撰拟文书；韩败，牵连受黥刑，死于贫困之中。著有《梅溪词》。

吴文英

幽云怪雨护神龙，腻水酸风射夜空。

君特遣词多满怪，眩人金碧梦窗中。

所评词人简介：

吴文英（约1212—1260），字君特，号梦窗，晚号觉翁，本姓翁氏，入继吴氏，四明（今浙江鄞县）人。曾任浙东安抚使吴潜幕僚；知音律，能自度曲，词名甚重，南宋婉约派代表词人之一。著有《梦窗甲乙丙丁稿》传世。

张炎

莺啭苏堤柳弄烟，西湖春水自清圆。
白云已去人应老，怅望东风一惘然。

所评词人简介：

张炎（1248—1320），字叔夏，号玉田，一号乐笑翁，祖籍甘肃成纪（今天水），寓居临安（今浙江杭州）。南宋大将张俊六世孙；曾与王沂孙、周密等人唱和，工诗，有《玉田生诗》，已佚。精通音律，于词学颇有心得。著有《词源》二卷，词集名《山中白云词》，一名《玉田词》。

陈维崧

青咒亦应输此君，悲歌燕赵那堪闻。
迎陵笔下风烟急，雪浪怒涛卷楚云。

所评词人简介：

陈维崧（1625—1682），字其年，号迦陵，江苏宜兴人。诸生，长期未曾得官，身世飘零，游食四方；阳羡派代表词人，与吴绮、章藻功并称"清初骈体三大家"；词与朱彝尊齐名，世称"朱陈"。著有《湖海楼诗集》、《迦陵文集》、《湖海楼词》等；与潘眉同辑《古今词选》，又与曹亮武等编《荆溪词初集》。

纳兰成德

承平公子撰新腔，一寸相思两不忘。

幽艳缠绵非本色，平生功业在诸羌。

所评词人简介：

纳兰成德（1655—1685），字容若，号楞伽山人，避东宫讳，改性德，满洲正黄旗人。授侍卫，深得康熙帝隆遇。著有《通志堂经解》、《通志堂诗集》、《渌水亭杂识》；词初集名《侧帽词》，后经顾贞观增补为《饮水词》，后人又汇辑成《纳兰词》；与顾贞观同编有《今词初集》。

东海渔歌（西林春）

丁香花落怨春风，闺阁蒙冤千古同。
补屋牵梦人自洁，浮云不碍日头红。

所评词人简介：

西林春（1799—1877），女，名顾春，字太清，一字子春，号云槎外史，满洲镶蓝旗人。鄂尔泰曾孙女，西林觉罗氏，幼遭变故，养于顾氏；乾隆曾孙奕绘侧室；工诗词，善书画，文采风流，以词成就最高。今存诗《天游阁集》七卷，词有《东海渔歌》六卷。

后　　记

　　大致八九年前，我们在撰写《中国传统词学重要命题与批评体式承衍研究》一书的过程中，较多地关注到论词绝句这一领域。当时，撰成了《清代论词绝句的运用类型》一文。后由于精力所限，一直未能腾出手脚进行更为细致深入的考察。在指导研究生毕业论文的过程中，倒是有几位学生将论词绝句作为了考察的对象。

　　2018年8月，我到云南师范大学文学院任教之后，遂下决心将这一选题努力变为著作。2019年6月，以"中国传统论词绝句研究"为题，申请获批了云南省哲学社会科学研究重点项目，遂促使这一著作的撰写正式提上了议事日程。

　　经过两年半左右的时间，写作团队终于拿出了这本四十余万字的书稿，算是了却了我的一个词学研究"心愿"，着实心怀怡畅，"人的本质力量对象化"之后的幸福感满满。

　　本书是在通力合作的过程中完成的。汪素琴是我曾经指导过的硕士研究生，在浙江海洋大学工作多年，现在武汉大学攻读中国古代文学专业博士学位；金凤、吴玉窕都是我现在所教授的文艺学专业硕士研究生。她们努力克服论词绝句这一批评体式不易领悟把握的特点，尽己所能地推进书稿的写作，自己也在此过程中进一步体悟到学术研究的取径与方法，大大提高了学习的能力。另外，研究生李甜甜、邱青青、王雪婷、刘皇俊、李梦凡也对本书的撰写提供了部分未成稿资料，在此一并致谢。

　　在具体的写作推进过程中，我对学生们所承担的任务进行了十分细致的指导，反复交流，细心打磨，对书稿的各个方面予以了修改与完善，以期将论词绝句这一批评体式的演变、发展、衍化历程及其特征多方面地呈现出来。

兹有小诗一首，以为人生历程之纪念。

春城无时不飞花，

彩云之南即吾家。

人生到处知何似，

微风江南飘流霞。

我本书生一介休，

古今词流意中留。

愿将玲珑麒麟阁，

待与传世诸名公。

本书的出版，得到云南师范大学学术著作出版基金的资助，特致以谢忱！

胡建次于昆明呈贡雨花毓秀寓所

2021年7月26日